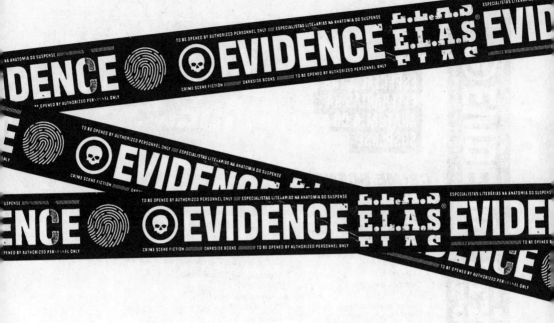

TANA FRENCH

E.L.A.S ESPECIALISTAS LITERÁRIAS NA ANATOMIA DO SUSPENSE

ESPECIALISTAS LITERÁRIAS NA ANATOMIA DO SUSPENSE

CRIME SCENE® FICTION

THE WITCH ELM
Copyright © 2018 by Tana French
Todos os direitos reservados.

Tradução para a língua portuguesa
© Regiane Winarski, 2024

Diretor Editorial
Christiano Menezes

Diretor Comercial
Chico de Assis

Diretor de Novos Negócios
Marcel Souto Maior

Diretora de Estratégia Editorial
Raquel Moritz

Gerente de Marca
Arthur Moraes

Gerente Editorial
Marcia Heloisa

Editor
Bruno Dorigatti

Capa e Projeto Gráfico
Retina 78

Coordenador de Diagramação
Sergio Chaves

Designer Assistente
Jefferson Cortinove

Preparação
Fernanda Castro

Revisão
Verena Cavalcante
Retina Conteúdo

Finalização
Roberto Geronimo

Marketing Estratégico
Ag. Mandíbula

Impressão e Acabamento
Braspor

DADOS INTERNACIONAIS DE CATALOGAÇÃO NA PUBLICAÇÃO (CIP)
Jéssica de Oliveira Molinari CRB-8/985

French, Tana
    Árvore de ossos / Tana French ; tradução de Regiane Winarski.
—Rio de Janeiro : DarkSide Books, 2024.
    496 p.

    ISBN: 978-65-5598-459-0
    Título original: The Witch Elm

    1. Ficção norte-americana 2. Suspense
    I. Título II. Winarski, Regiane

24-4676   CDD 813

Índice para catálogo sistemático:
1. Ficção norte-americana

[2024]
Todos os direitos desta edição reservados à
DarkSide® Entretenimento LTDA.
Rua General Roca, 935/504 — Tijuca
20521-071 — Rio de Janeiro — RJ — Brasil
www.darksidebooks.com

TANA
ÁRVORE DE OSSOS
FRENCH

TRADUÇÃO REGIANE WINARSKI

E.L.A.S

DARKSIDE

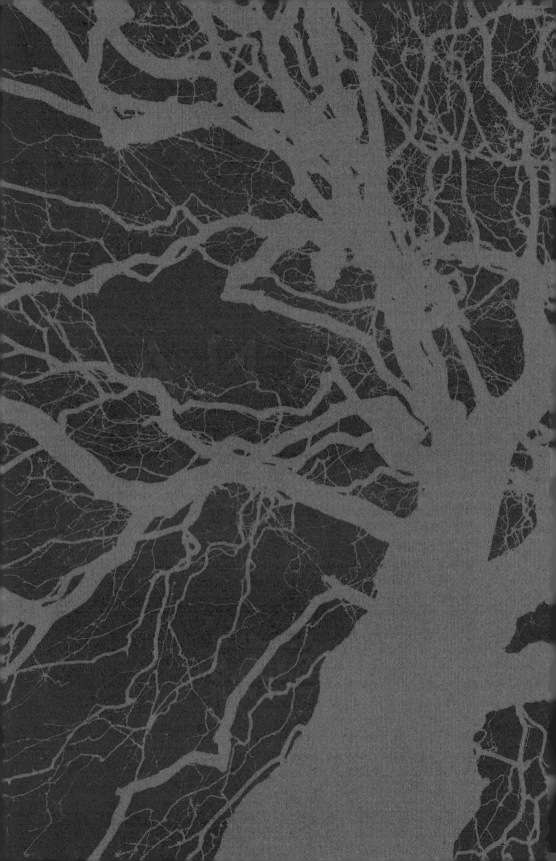

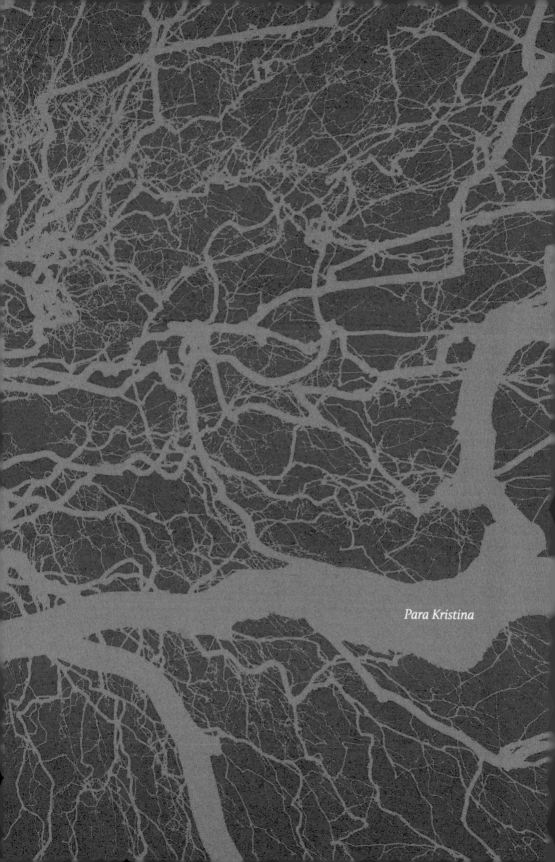
Para Kristina

Senhor, nós sabemos o que somos,
mas não o que podemos ser.

William Shakespeare, *Hamlet*

Um

Sempre me considerei uma pessoa de sorte. Não estou falando que sou uma daquelas pessoas que escolhem números de loteria que valem muitos milhões de euros por impulso ou que aparecem com segundos de atraso para voos que caem e não deixam sobreviventes. Quero dizer apenas que consegui passar pela vida sem nenhum daqueles infortúnios tradicionais dos quais ouvimos falar. Não sofri abuso quando criança e nem bullying na escola; meus pais não se separaram, morreram, sofrem de vícios, e, muito menos, têm discussões fora do trivial; nenhuma das minhas namoradas me traiu (ao menos que eu saiba) ou me largou de forma traumática; eu nunca fui atropelado por um carro nem tive doenças piores que catapora, tampouco precisei usar aparelho nos dentes. Não que eu passe muito tempo pensando nisso, mas, quando essa ideia me ocorreu, foi acompanhada de uma sensação satisfatória de que tudo estava caminhando exatamente como deveria.

E, claro, havia a Casa da Hera. Acho que ninguém teria conseguido me convencer, nem agora, de que eu não tinha sorte por ter a Casa da Hera. Sei que não era tão simples, sei todos os motivos em detalhes íntimos e cruéis; consigo organizá-los em uma linha reta, austeros e rúnicos como gravetos pretos na neve, e olhar para eles até quase me convencer; mas basta um sopro do cheiro certo (jasmim, chá *lapsang souchong*, um sabonete antigo específico que nunca consegui identificar) ou um raio inclinado de sol da tarde em um ângulo específico e eu me perco, fico enfeitiçado de novo.

Não muito tempo atrás, liguei para meus primos para falar sobre isso. Era quase Natal e eu estava meio bêbado de vinho quente depois de uma festa horrível de trabalho, senão nunca teria ligado, ou pelo menos não teria pedido a opinião deles, ou os conselhos, ou fosse lá o que eu estivesse procurando. Susanna achou a pergunta boba: "Bom, sim, é óbvio que tivemos sorte. Era um lugar incrível". E então, pois fiquei em silêncio: "Se você tá preocupado com todas as outras coisas, então, pessoalmente...". Ouvi um ruído de tesoura cortando papel com agilidade, cantores de coral doces e alegres ao fundo — ela estava embrulhando presentes. "Eu não ficaria. Sei que é fácil falar, mas, sério, Toby, remexer nisso depois de não sei quantos anos, de que adianta? Mas faz o que você quiser." Leon, por outro lado, que no começo pareceu genuinamente feliz de falar comigo, ficou tenso na mesma hora: "Como eu vou saber? Ah, escuta, já que tô falando com você... Eu ia te mandar um e-mail... tô pensando em ir pra casa passar uns dias na Páscoa, você vai estar...?". Fiquei meio agressivo e exigi uma resposta, o que eu sabia perfeitamente bem sempre ter sido o jeito errado de lidar com Leon, e ele fingiu que o sinal tinha caído e desligou na minha cara.

Ainda assim... ainda assim. Importa. Importa, no meu entendimento, para o bem ou para o mal a essa altura, mais do que tudo. Demorei esse tempo todo para pensar sobre o que pode ser a sorte, como ela pode ser suave e deliciosamente enganosa, como pode ser distorcida de forma implacável, emaranhada em seus próprios esconderijos, e como pode ser letal.

Aquela noite. Sei que há um número infinito de lugares para começar qualquer história, e estou bem ciente de que todas as outras pessoas envolvidas nisso teriam problemas com a minha escolha; consigo ver o levantar irônico no canto da boca de Susanna, ouvir o ruído de puro escárnio de Leon. Mas não consigo evitar: para mim, tudo remete àquela noite, à dobradiça escura e corroída entre o antes e o depois, à lâmina de vidro grosso que pinta tudo em cores lúgubres de um lado, enquanto, de outro, tudo se mostra luminoso, dolorosamente próximo, intocado e intocável. Apesar de ser uma baboseira comprovada (afinal, naquela época, o crânio já tinha sido guardado no nicho havia anos, embora ache que está bem claro que teria ressurgido naquele verão de qualquer jeito), não consigo deixar de acreditar, em algum nível mais profundo do que a lógica, que nada daquilo teria acontecido se não fosse aquela noite.

Parecia uma noite boa no começo; uma noite ótima, na verdade. Era uma sexta-feira de abril, o primeiro dia que pareceu primavera de verdade, e eu estava ao ar livre com meus dois melhores amigos da escola.

O Hogan's estava lotado, o cabelo das garotas, macio e leve devido ao calor do dia, e as mangas dobradas dos garotos, camadas de conversa e risos ocupando o ar até a música ser só um *reggae boom boom boom* alegre e subliminar vindo do chão e entrando pelos pés. Eu estava alto feito uma pipa, mas não de cocaína nem nada; tinha rolado um problema no trabalho no começo da semana, mas consegui resolver tudo naquele dia e o triunfo estava me deixando meio eufórico. Eu percebia a todo momento que estava falando rápido demais ou virando um gole da cerveja com um floreio. Uma morena extremamente bonita na mesa ao lado estava de olho em mim, dando um sorriso demorado demais quando meu olhar pousava nela por acaso. Eu não pretendia fazer nada sobre isso (tinha uma namorada ótima e nenhuma intenção de traí-la), mas era divertido saber que ainda não havia perdido o charme.

"Ela gostou de você", disse Declan, indicando a morena que jogava a cabeça para trás de forma extravagante enquanto ria da piada da amiga.

"Ela tem bom gosto."

"Como tá a Melissa?", perguntou Sean, o que achei desnecessário. Mesmo que não houvesse Melissa, a morena não era meu tipo; tinha curvas dramáticas malcontidas por um vestido vermelho retrô apertado e fazia o perfil de quem estaria mais feliz em um bistrô cheio de gauleses vendo vários caras brigarem de faca por ela.

"Ótima", falei, o que era verdade. "Como sempre." Melissa era o oposto da morena: pequena, de rosto doce, cabelo louro esvoaçante e várias sardas, sempre atraída por natureza por coisas que deixavam ela e todos ao seu redor felizes: vestidos coloridos com estampa florida em algodão macio; fazer seu próprio pão; dançar com a música que tocasse no rádio; piqueniques com guardanapos de pano e queijos exagerados. Fazia dias que eu não a via, e pensar em Melissa me fez desejar tudo nela, a risada, o nariz enfiado no meu pescoço, o cheiro de madressilva de seus cabelos.

"Ela é ótima", disse Sean, um pouco enfático demais.

"É, sim. Fui eu que acabei de falar que ela tá ótima. Sou eu que tô saindo com ela. Eu sei que ela é ótima. Ela é ótima."

"Você usou *speed*?", Dec quis saber.

"Eu tô doidão pela sua companhia. Você, cara, é o equivalente humano da mais pura e branca colombian..."

"Você usou *speed*. Divide aí. Filho da mãe muquirana."

"Eu tô limpo como bunda de bebê, seu verme aproveitador."

"Então por que tá de olho naquela mulher?"

"Ela é bonita. Um homem pode apreciar uma coisa bonita sem..."

"Café demais", disse Sean. "Toma mais disso aí. Vai resolver seu problema."

Ele estava apontando para a minha cerveja.

"Qualquer coisa por você", falei, bebendo quase tudo que havia no copo. "Ahhh."

"Ela é simplesmente deslumbrante", disse Dec, olhando para a morena com tristeza. "Que desperdício."

"Tenta você", falei. Ele não faria isso; nunca fazia.

"Ah, claro."

"Vai. Enquanto ela tá olhando."

"Ela não tá olhando pra mim. Tá olhando pra você. Como sempre." Dec era atarracado, tenso e certinho, usava óculos e tinha uma cabeleira ruiva desgrenhada; até que era bonitinho, mas, em algum momento, havia se convencido de que não era, e as consequências foram previsíveis.

"Ei", disse Sean, fingindo estar magoado. "As gatinhas também olham pra mim."

"Olham, sim. Ficam se perguntando se você é cego ou se tá usando essa camisa porque perdeu uma aposta."

"Inveja", disse Sean tristemente, balançando a cabeça. Sean era um sujeito grande, com um metro e oitenta e sete, rosto largo e expressivo, e músculos de rúgbi que estavam começando a sumir. Ele atraía muita atenção feminina, embora também fosse um desperdício, porque estava feliz namorando a mesma garota desde a época da escola. "Que coisa feia."

"Não se preocupe", garanti a Dec. "Tudo vai mudar pra você com o..." Apontei o queixo sutilmente na direção da cabeça dele.

"O quê?"

"Você sabe. Isso aí." Gesticulei depressa para onde começava meu couro cabeludo.

"Do que você tá falando?"

Eu me inclinei discretamente sobre a mesa e mantive a voz baixa.

"O implante capilar. Parabéns pra você, cara."

"Eu não tenho porra de implante nenhum!"

"Não é motivo de vergonha. Todos os grandes artistas estão fazendo atualmente. Robbie Williams. Bono."

Isso só deixou Dec ainda mais ultrajado. "Não tem nada de errado com a porra do meu cabelo!"

"É isso que eu tô dizendo. Tá ótimo."

"Não ficou óbvio", disse Sean para tranquilizá-lo. "Não tô dizendo que tá óbvio. Só ficou bom, sabe?"

"Não tá óbvio porque não *existe*. Eu não *tenho*..."

"Para com isso", falei. "Dá pra ver. Aqui e..."

"Tira a mão de mim!"

"Já sei. Vamos perguntar pra sua mulher o que ela acha." Comecei a fazer sinal para a morena.

"Não. Não, não, não. Toby, eu tô falando sério, vou te matar..." Dec tentou agarrar minha mão, que acenava. Eu desviei.

"É o tópico perfeito pra iniciar uma conversa", observou Sean. "Você não sabia como começar a falar com ela, né? É a sua chance."

"Fodam-se vocês", disse Dec, abandonando a tentativa de segurar minha mão e se levantando. "Vocês dois são uns escrotos. Sabiam?"

"Ah, Dec", falei. "Não nos abandone."

"Eu vou ao banheiro. Pra dar a vocês dois a chance de se acalmarem. Você, Risadinha", ele disse para Sean, "a rodada é sua."

"Ele vai ver se tá tudo no lugar", comentou Sean, de lado, indicando o cabelo do amigo. "Você bagunçou. Tá vendo aquela parte ali? Foi toda pra..." Dec mostrou o dedo do meio para nós e saiu andando em meio às pessoas na direção do banheiro, tentando se manter digno enquanto passava entre nádegas e canecas erguidas de cerveja, concentrado em ignorar tanto nossa explosão de risadas quanto a morena.

"Ele entrou na pilha por um momento", disse Sean. "Idiota. Vamos continuar bebendo a mesma coisa?" E foi na direção do bar.

Quando tive um momento sozinho, mandei uma mensagem para Melissa: *Tô bebendo com os caras. Te ligo mais tarde. Te amo.* Ela respondeu de imediato: *Vendi a poltrona steampunk doida!!!* Vários emojis de fogos de artifício. *A designer ficou tão feliz que chorou no telefone, e eu fiquei tão feliz por ela que quase chorei também :-) Diz oi pros meninos por mim. Também te amo. Bjs.* Melissa tinha uma lojinha em Temple Bar que vendia coisas peculiares de design irlandês, conjuntos engraçados de vasos de porcelana interconectados, cobertores de caxemira em cores neon, puxadores de gaveta entalhados à mão com formato de esquilo dormindo ou árvores brotando. Ela estava tentando vender aquela poltrona havia anos. Mandei uma mensagem em resposta: *Parabéns! Você é uma diabinha das vendas.*

Sean voltou com as cervejas e Dec voltou do banheiro, parecendo mais composto, mas ainda evitando intencionalmente o olhar da morena. "Perguntamos à sua mulher o que ela acha", comentou Sean. "Ela disse que os implantes ficaram lindos."

"Disse que ficou admirando a noite toda", falei.

"Ela quer saber se pode tocar neles."

"Ela quer saber se pode lamber."

"Vão tomar no cu. Vou te dizer por que ela fica olhando pra você, cara de bunda", disse Dec para mim, puxando o banco. "Não é porque ela tá a fim de você. É só porque viu sua cara besta no jornal e tá tentando lembrar se você tava lá porque deu um golpe numa vovozinha pra ficar com as economias dela ou porque comeu uma garotinha de 15 anos."

"Sendo que ela nem faria o esforço de tentar lembrar caso não estivesse a fim de mim."

"Nos seus sonhos. A fama subiu à sua cabeça."

Minha foto havia saído nos jornais duas semanas antes… nas páginas sociais, o que me fez ser sacaneado absurdamente. Isso porque eu por acaso estava conversando com uma atriz antiga de novela em um evento de trabalho, a inauguração de uma exposição. Na época, eu fazia RP e marketing para uma galeria de arte mediana e com um certo prestígio no centro da cidade, a poucas vielas e atalhos da Grafton Street. Não era o que eu tinha em mente quando estava terminando a faculdade; eu planejava ir para uma firma grande de RP, só fui para a entrevista pelo treino. Mas, quando cheguei lá, gostei do lugar de uma forma inesperada: a casa georgiana alta e pouco reformada com todos os pisos em ângulos estranhos, Richard, o dono, me olhando pelos óculos tortos e perguntando sobre meus artistas irlandeses favoritos (por sorte, eu tinha me preparado para a entrevista e pude dar respostas meio sensatas, e nós tivemos uma conversa longa e feliz sobre le Brocquy e Pauline Bewick e várias outras pessoas sobre quem eu mal tinha ouvido falar antes daquela semana). Também gostei da ideia de ter liberdade. Em uma firma grande, eu teria passado meus dois primeiros anos sentado na frente de um computador, aguando e podando obedientemente as ideias de outras pessoas sobre campanhas brilhantes para redes sociais, em dúvida se deveria deletar comentários racistas de trolls sobre um sabor novo e horroroso de batata frita ou se deveria deixá-los ali para gerar engajamento. Na galeria, eu podia tentar o que quisesse e consertar meus erros de iniciante pelo caminho, sem ninguém olhando por cima do meu ombro. Richard nem sabia direito o que era o Twitter, embora soubesse que precisava ter um perfil lá, e claramente não era do tipo que fazia microgerenciamento. Quando, para minha leve surpresa, o emprego me foi oferecido, eu nem hesitei. Alguns anos, pensei, algumas campanhas publicitárias para dar brilho ao meu currículo, e eu poderia dar o salto para uma firma grande em um nível que realmente apreciasse.

Isso tinha sido cinco anos antes, e eu estava começando a prospectar contatos e tendo um nível de resposta gratificante. Sentiria falta da galeria; eu tinha gostado não só da liberdade, mas do trabalho em si, dos artistas com seus níveis bobos de perfeccionismo, da satisfação de aprender gradualmente o bastante para entender por que Richard pulava em cima de um artista e dava as costas para outro. Mas eu tinha 28 anos, Melissa e eu estávamos falando sobre morar juntos, e a galeria pagava bem, mas não chegava nem perto das firmas grandes. Eu achava que era hora de as coisas ficarem sérias.

Tudo isso tinha chegado bem perto de virar fumaça na semana anterior, mas minha sorte se manteve. Minha mente, contagiosa, saltitava e arremetia feito um border collie. Sean e Dec estavam curvados sobre a mesa, rindo. Nós estávamos planejando férias de verão só entre os rapazes, mas não conseguíamos decidir para onde — *Tailândia? Espera aí, quando é a estação das chuvas?*, telefones saindo do bolso, *Quando é a estação dos golpes?* — Dec insistia em Fiji por algum motivo, *Tem que ser Fiji, nós nunca vamos ter outra chance, não depois de...* inclinando a cabeça de forma falsamente sutil na direção de Sean. Sean ia se casar no Natal, e embora depois de doze anos isso não chegasse a ser inesperado, ainda parecia uma coisa assustadora e gratuita de se fazer, e a menção ao casamento levou inevitavelmente a provocações: *Assim que você disser "sim", seu tempo tá contado, cara, sabe como é, você vai ter um filho e pronto, sua vida acabou... Um brinde às últimas férias do Sean! À última saída à noite do Sean! Ao último boquete do Sean!*. Na verdade, Dec e eu gostávamos muito de Audrey, e o sorriso irônico na cara de Sean, fingindo irritação, secretamente feliz da vida consigo mesmo, me fez pensar em Melissa, no fato de que estávamos juntos havia três anos agora e que talvez eu devesse pensar em pedi-la em casamento, e toda aquela falação sobre últimas chances me fez olhar para a morena, que estava contando uma história usando muito as mãos, unhas pintadas de escarlate, e algo no ângulo do pescoço dela revelou que ela sabia perfeitamente bem que eu estava olhando e que não tinha nada a ver com a foto no jornal — *Vamos fazer com que você receba um trato na Tailândia, Sean, não se preocupe. Um brinde à primeira travesti do Sean!*

Depois disso, minha memória sobre aquela noite fica meio falhada. Claro que depois repassei tudo um milhão de vezes, obsessivamente, seguindo cada fio para encontrar o nó responsável por mudar o padrão em um ponto a partir do qual não dava mais para recuperar; torcendo para que houvesse apenas um detalhe cuja importância eu tinha deixado passar, a chave em volta da qual todas as pessoas se encaixariam no lugar e o todo dispararia anéis de luz multicolorida enquanto eu pulava gritando *Eureca!* Os pedaços faltantes não importavam (bem comum, os médicos disseram de forma tranquilizadora, completamente normal, ah, tão normal): muita coisa voltou com o tempo, e peguei o que consegui da memória do Sean e do Dec, remontando laboriosamente aquela noite como um afresco velho de fragmentos preservados e palpites educados, mas como eu poderia saber com certeza o que havia nas lacunas? Eu esbarrei em alguém no bar? Falei alto demais, montado no meu balão de euforia, ou estiquei o braço em um gesto expansivo e bati na caneca de cerveja de alguém? O ex bombado da morena estava rosnando em algum canto escondido? Eu nunca havia pensado em mim como o tipo de pessoa que procura problemas, mas nada parecia fora de questão, não mais.

Fios longos e amanteigados de luz em madeira escura. Uma garota usando um chapéu de veludo vermelho e abas largas no bar quando foi minha vez de comprar a cerveja, conversando com o barman sobre algum show, sotaque do Leste Europeu, os pulsos se movendo como os de uma dançarina. Um folheto pisado no chão, verde e amarelo, um desenho naïf falso de um lagarto mordendo a própria cauda. Eu lavando as mãos no banheiro, cheiro de água sanitária, ar frio.

Eu me lembro do meu celular vibrando no meio de uma discussão barulhenta sobre se o próximo filme de *Star Wars* seria inevitavelmente pior do que o anterior, com base em algum algoritmo intricado que Dec tinha elaborado. Pulei para atender, achando que podia ter a ver com uma situação de trabalho, Richard querendo alguma atualização ou talvez Tiernan finalmente retornando minhas ligações, mas era apenas um convite de festa de aniversário no Facebook. "Alguma história?", Sean quis saber, erguendo as sobrancelhas para o meu celular, e percebi que eu o tinha tirado do bolso com avidez demais.

"Nada", falei, guardando o telefone. "E na série *Taken*, que a filha começou como vítima e depois virou ajudante...?" E nós voltamos à discussão sobre filmes, que àquela altura já tinha seguido por tantas tangentes que nenhum de nós lembrava qual era a posição original de cada um. Era daquilo que eu precisava naquela noite, daquilo tudo, Dec inclinado sobre a mesa gesticulando, Sean erguendo as mãos com incredulidade, todos nós tentando gritar mais do que o outro sobre Hagrid... Peguei o celular e o coloquei no silencioso.

O problema no trabalho não tinha sido culpa minha, na verdade, ou pelo menos só tangencialmente. Originou-se com Tiernan, o cara encarregado das exposições, um hipster magrelo de queixo comprido, óculos vintage com aro de chifre e dois tópicos de conversa: bandas folk alternativas obscuras do Canadá e a injustiça do fato de que sua arte (retratos meticulosos pintados a óleo de pessoas em raves com cabeça de pombo que olhavam sem ver, esse tipo de coisa, produzidos no ateliê patrocinado pelos pais dele) não tenha atingido a proeminência que merecia. No ano antes disso tudo, Tiernan havia tido a ideia de uma mostra em grupo usando representações de espaços urbanos criadas por jovens em posição de desvantagem. Richard e eu adoramos a ideia; a única forma mais fácil de fazer propaganda disso seria se algum dos jovens em posição de desvantagem também fosse um refugiado sírio, de preferência trans, e Richard, apesar do ar geral de imprecisão extraterrena e do tweed esfarrapado, estava bem ciente de que a galeria precisava de status e dinheiro para seguir aberta. Alguns dias depois que Tiernan deu a ideia — de um jeito meio casual, na reunião do mês, enquanto catava migalhas de açúcar de donut no guardanapo —, Richard mandou que ele começasse.

 A coisa inteira se desenvolveu como um sonho. Tiernan percorreu as escolas mais duvidosas, e todos os conjuntos habitacionais que encontrou (em um dos lugares, um bando de crianças de 8 anos bateu na bicicleta dele usando uma marreta, bem na frente do rapaz, até ela virar uma coisa ao estilo de Dalí), e voltou com uma coleção satisfatória de jovens esfarrapados, fichados na polícia por crimes menores, com desenhos meio amassados de seringas e blocos de apartamentos velhos e um cavalo aleatório. Para ser justo, nem tudo era tão previsível: havia uma garota que fazia pequenos modelos sinistros das várias casas de acolhimento em que morou usando materiais que surrupiava de lugares abandonados; como um homem de lona sentado em um sofá esculpido a partir de um pedaço de concreto, com o braço apoiado nos ombros de uma garotinha de lona de um jeito que achei meio perturbador. Outro garoto fazia moldes de gesso ao estilo Pompeia, imortalizando objetos que encontrava nas escadas do prédio dele; um isqueiro amassado, um par de óculos infantis com uma haste torta, um saco plástico com nós intrincados. Eu achava que aquela exposição funcionaria apenas com base em superioridade moral, mas algumas das coisas eram muito boas.

 Tiernan ficou especialmente orgulhoso de uma descoberta, um garoto de 18 anos conhecido como Gouger. Gouger se recusava a falar com qualquer pessoa que não fosse Tiernan, a nos dizer seu nome verdadeiro e, algo muito frustrante, a dar entrevistas; ele tinha entrado e saído do sistema corretivo juvenil durante boa parte da vida e havia desenvolvido uma rede complicada de inimigos, que temia que fossem atrás dele caso o vissem ficando rico e famoso. Mas ele era bom. Ele fazia as coisas em camadas, usando tinta spray, fotografias, caneta e tinta, com uma habilidade feroz e impetuosa que dava uma sensação de urgência, como se fosse preciso olhar rápido e intensamente antes que algo viesse rugindo pela lateral e quebrasse o quadro em fragmentos de cor e rabiscos. A *pièce de resistance* dele, uma espiral enorme de adolescentes de carvão gritando em volta de uma fogueira de tinta spray, as cabeças viradas para trás, arcos de neon de bebida voando a partir de latinhas balançadas, era chamada *BoHeroin Rhapsody* e já tinha despertado o interesse de vários colecionadores depois que a coloquei em nossa página no Facebook.

O Arts Council e o Dublin City Council praticamente jogaram dinheiro na nossa cara. A imprensa nos deu mais cobertura do que o esperado. Tiernan levou os jovens para conhecerem a galeria, uns cutucando os outros e comentando em voz baixa, dando olhares longos e ininteligíveis para a mostra *Divergências* composta de abstratos em várias mídias. Diversos convidados distintos responderam ao nosso convite, dizendo que ficariam felizes em comparecer à inauguração. Richard andava pela galeria sorrindo, cantarolando trechos de uma ópera leve intercalados com coisas bizarras que havia aprendido em algum lugar (Kraftwerk??). Só que, uma tarde, entrei na sala de Tiernan sem bater e o vi agachado no chão, retocando os detalhes da obra-prima mais recente de Gouger.

Após o primeiro segundo de perplexidade, comecei a rir. Em parte, pela expressão na cara de Tiernan, uma mistura enrubescida de culpa e defesa empolada enquanto procurava por uma desculpa plausível; e em parte por mim mesmo, por ter dado corda alegremente para aquilo tudo sem um pingo de desconfiança, quando obviamente eu devia ter descoberto meses antes (desde quando jovens sem privilégios estavam no radar de Tiernan?). "Ora, ora, ora", falei, ainda rindo. "Olha só pra você."

"*Shhh*", sussurrou Tiernan, erguendo as mãos e olhando para a porta.

"O próprio Gouger. Em carne e osso."

"Meu Deus, cala a *boca*, por favor, o Richard tá..."

"Você é mais bonito do que eu esperava."

"Toby. Escuta. Não, não, me escuta..." Ele estava com o braço meio aberto na frente do quadro que parecia estar tentando esconder de um jeito ridículo, tipo *Quadro? Que quadro?* "Se isso vazar, eu tô *morto*, tô mesmo, ninguém vai..."

"Meu Deus", falei. "Tiernan. Calma."

"Os quadros são bons, Toby. São *bons*. Mas esse é o único jeito, ninguém nunca vai olhar duas vezes se eles vierem de mim, eu fiz faculdade de *artes*..."

"São só as coisas do Gouger? Ou tem mais?"

"Só do Gouger. Eu juro."

"Hum", falei, olhando por cima do ombro dele. O quadro era um clássico de Gouger, uma camada grossa de tinta preta com dois garotos grafitados se agarrando selvagemente por cima. Através deles, uma parede de sacadas havia sido desenhada minuciosamente, com uma cena vívida pequenininha se desdobrando em cada uma. Devia ter levado uma eternidade. "Há quanto tempo você tá planejando isso?"

"Um tempinho, eu não..." Tiernan me olhou. Ele estava muito agitado. "O que você vai fazer? Você vai...?"

Supostamente, eu devia ter ido direto falar com Richard e contar a história toda, ou pelo menos ter encontrado uma desculpa para tirar o trabalho do Gouger da exposição (dizer que os inimigos estavam chegando nele, qualquer coisa assim — inventar uma overdose só o teria tornado mais atraente). Para ser sincero, eu nem considerei a possibilidade. Tudo estava seguindo lindamente, todos os envolvidos estavam felizes da vida; acabar com a coisa toda estragaria o momento de muita gente por nenhum motivo, na minha percepção. Mesmo se fosse uma questão de ética, eu estava do lado de Tiernan: nunca tive a crença autoflageladora da classe média de que ser pobre e ter o hábito de cometer pequenos delitos torna a pessoa mais digna, mais profundamente conectada com uma fonte mais real de verdade artística. Para mim, a exposição continuava como estava há dez minutos; se as pessoas quisessem ignorar os quadros perfeitamente bons na frente da cara delas e se concentrar na ilusão gratificante que havia por trás deles, isso era problema delas, não meu.

"Relaxa", falei. Tiernan estava num estado tal que deixá-lo sem resposta por mais tempo teria sido crueldade. "Não vou fazer nada."

"Não vai?"

"Juro por Deus."

Tiernan expirou de forma longa e trêmula. "Tudo bem. Tudo bem. Levei um susto agora." Ele se empertigou e observou o quadro, batendo na borda de cima como se estivesse acalmando um animal assustado. "São bons", disse ele. "São, não são?"

"Sabe o que você devia fazer?", falei. "Pintar mais daqueles da fogueira. Fazer uma série."

Os olhos de Tiernan se iluminaram. "Eu podia", disse ele. "Não é má ideia, sabe, da construção da fogueira até o amanhecer, quando vira cinzas..." Ele se virou para a mesa a fim de procurar lápis e papel, a mente já pincelando o episódio inteiro. Eu o deixei trabalhar.

Depois daquele pequeno tropeço, a exposição voltou a seguir suavemente em direção à inauguração. Tiernan trabalhou direto na série da fogueira de Gouger, a ponto de eu ter certeza de que ele não estava dormindo mais do que umas poucas horas por noite. Mas se alguém reparou em seu olhar atordoado e pesado e nos bocejos constantes, não teria motivo para relacionar com os quadros que ele trazia com uma regularidade triunfante. Transformei o anonimato de Gouger em um enigma sub-Banksy, com muitas contas falsas de Twitter discutindo em jargão semiprofissional se ele era o cara do conjunto habitacional que tinha esfaqueado Mixie daquela vez, porque, se fosse, Mixie estava atrás dele. A imprensa caiu direitinho, e nossos seguidores se espalharam. Tiernan e eu discutimos meio que a sério a ideia de arrumar um jovem drogado autêntico para ser a cara do produto, em troca de dinheiro suficiente para sustentar o hábito dele (obviamente, nós precisaríamos de um cara com algum vício, para garantir um nível máximo de autenticidade), mas decidimos que era melhor não, refletindo que um viciado desconhecido seria imediatista demais para ser confiável; mais cedo ou mais tarde, ele começaria a nos chantagear ou iria querer assumir o controle criativo, e aí as coisas poderiam ficar feias.

Acho que eu deveria ter me preocupado com a chance de tudo dar errado; havia tantas formas disso acontecer — um jornalista que bancasse o detetive, eu usando a gíria errada na conta do Twitter de Gouger. Mas eu não estava. Preocupação sempre me parecera uma risível perda de tempo e energia; era tão mais simples seguir alegremente pela vida e lidar com o problema quando ele surgisse, se surgisse, o que na maioria das vezes nem acontecia. Por isso, fui pego totalmente de surpresa quando, um mês antes da data marcada para a inauguração da exposição e apenas quatro dias antes daquela noite, Richard descobriu.

Ainda não sei bem como aconteceu. Algo relacionado a uma ligação telefônica, pelo pouco que consegui entender (encostado na porta da minha sala, olhando para a tinta branca velha, os batimentos aumentando lentamente até criar um ressoar desconfortável na base da minha garganta), mas Richard expulsou Tiernan tão rápido num sopro ardente de fúria que nem tivemos chance de conversar. Em seguida, entrou na minha sala (pulei para trás bem a tempo de evitar uma portada no nariz) e me mandou ir embora e só voltar na sexta, quando teria decidido o que fazer em relação a mim.

Bastou uma olhada nele, a cara pálida, a gola da camisa para cima, a mandíbula contraída feito um punho, e eu tive o bom senso de não dizer nada, mesmo caso tivesse tido a chance de elaborar qualquer coisa coerente antes da porta ser batida com tanta força quando Richard saiu, que os papéis voaram da minha mesa. Arrumei minhas coisas e fui embora, evitando os olhos redondos e ávidos da contadora Aideen pela fresta da porta, tentando manter os passos leves e confiantes ao descer a escada.

Passei os três dias seguintes, em suma, morrendo de tédio. Contar para qualquer pessoa o que tinha acontecido seria idiotice, pois existia uma boa chance de a coisa toda passar. Fiquei assustado com a raiva de Richard; eu teria esperado que o homem ficasse chateado, claro, mas a profundeza da fúria dele me pareceu totalmente desproporcional — eu tinha quase certeza de que ele só estava tendo um dia ruim e que já teria se acalmado quando eu voltasse ao trabalho. Então, fiquei enfiado em casa o dia todo para o caso de alguém me ver andando por aí quando eu não deveria estar na rua. Eu não podia nem ligar para ninguém. Não podia passar a noite na casa de Melissa nem a chamar para a minha, prevenindo caso ela quisesse ir andando junto comigo para o trabalho de manhã; a loja dela ficava a só cinco minutos da galeria, por isso costumávamos ir andando após passar a noite juntos, de mãos dadas e conversando como dois adolescentes. Falei para ela que estava resfriado, convenci Melissa a não vir cuidar de mim para não pegar a doença e agradeci a Deus por ela não ser do tipo que decidia que eu a estava traindo. Joguei um monte de jogos de Xbox e vesti o uniforme de trabalho quando fui ao mercado, só por garantia.

Felizmente, eu não morava no tipo de lugar em que trocava acenos alegres com meus vizinhos a caminho do trabalho de manhã ou onde, se eu faltasse um dia de trabalho, alguém apareceria com biscoitos para saber se eu estava bem. Meu apartamento era no térreo de um prédio de tijolos vermelhos dos anos 1970, enfiado entre lindas mansões vitorianas em uma parte extremamente boa de Dublin. A rua era ampla e arejada, cheia de árvores enormes e velhas cujas raízes arrancavam pedaços grandes da calçada, e o arquiteto teve pelo menos a sensibilidade de reagir a isso: minha sala tinha janelões do chão ao teto e portas de vidro dos dois lados. No verão, a sala toda era uma avalanche gloriosa e desorientadora de luz do sol e sombreado das folhas. Mas, fora esse único golpe de inspiração, ele havia feito um trabalho bem ruim: a parte externa era amargamente utilitária, e os corredores tinham a energia alucinatória e liminar de um hotel de aeroporto, com uma linha longa de carpete marrom seguindo ao longe, uma linha longa de papel de parede bege texturizado e portas vagabundas de madeira dos dois lados, as arandelas sujas de vidro cortado na parede emitindo um brilho amarelo meio talhado. Eu nunca via os vizinhos. Ouvia um baque abafado ocasional quando alguém deixava cair alguma coisa no andar acima do meu, e uma vez segurei a porta para um sujeito com cara de contador, com acne e muitas sacolas da Marks & Spencer, mas, fora isso, era como se o prédio fosse todo meu. Ninguém estava por perto para notar ou se importar com por que, em vez de ir para o trabalho, eu estava em casa matando tempo e inventando histórias fofas sobre a galeria a fim de contar para Melissa no telefone à noite.

Eu tive uma certa quantidade de ataques de pânico, aqui e ali. Tiernan não estava atendendo o telefone, nem mesmo quando liguei da linha fixa que não estava na lista telefônica, então eu não tinha como saber o quanto ele havia me dedurado, embora a falta de contato não parecesse bom sinal. Falei para mim mesmo que, se Richard estivesse planejando me demitir, teria feito isso logo de cara, da mesma forma que fizera com Tiernan; na maior parte do tempo, isso fazia um sentido reconfortante, mas, de vez em quando, havia um momento — no meio da noite, em geral, quando meus olhos se abriam para o raio de luz pálida cortando ameaçadoramente o teto do meu quarto toda vez que um carro passava quase em silêncio lá fora — em que o potencial completo da coisa caía em cima de mim. Se eu perdesse meu emprego, como eu esconderia isso das pessoas (meus amigos, meus pais, ah, meu Deus, *Melissa*) até conseguir um novo? E se eu não conseguisse um novo? Todas as firmas grandes que eu andara cultivando com tanto cuidado reparariam na minha partida súbita da galeria, reparariam que a estrela da exposição de verão tão promissora tinha se desmaterializado abruptamente na mesma época, e aí seria o fim: se eu quisesse um novo emprego, teria que sair do país, e talvez nem isso fosse adiantar muito. E, quanto a sair do país: Será que Tiernan podia ser preso por fraude? Nós não tínhamos vendido nenhum quadro do Gouger, graças a Deus, e não estávamos alegando que eram legítimos Picassos nem nada, mas recebemos fundos com motivações falsas, e isso devia ser algum tipo de crime...

Como falei, eu não estava acostumado a me preocupar, e a intensidade daqueles momentos me surpreendeu. Na facilidade da retrospectiva, é tentador vê-los como uma premonição que deu errado, um sinal louco de perigo atirado em minha direção pela força da própria urgência e embaralhado de forma sutil, porém fatal, pelas limitações da minha mente. Na ocasião, enxerguei isso apenas como um incômodo, um que eu não tinha intenção de permitir que me fizesse surtar. Após alguns minutos de pânico crescente, eu me levantava, arrancava a consciência da espiral de destruição em trinta segundos debaixo do chuveiro gelado, tremia como um cachorro e voltava ao que estivesse fazendo.

Na manhã de sexta, eu estava meio elétrico, tanto que precisei de várias tentativas para encontrar uma roupa que parecesse transmitir a mensagem certa (sóbrio, arrependido, pronto para voltar ao trabalho), e acabei escolhendo o terno cinza-escuro de tweed com uma camisa branca lisa sem gravata. Mesmo assim, quando bati na porta de Richard, eu estava me sentindo até que bem confiante. Nem o breve "Entra" dele me deixou nervoso.

"Sou eu", falei, pondo a cabeça timidamente no vão da porta.

"Eu sei. Senta."

A sala de Richard era um ninho bagunçado de antílopes entalhados, bolachas-da-praia, gravuras de Matisse e coisas que ele tinha comprado em viagens, tudo precariamente equilibrado em estantes, sobre pilhas de livros ou umas sobre as outras. Ele estava mexendo, distraído, em uma pilha grande de papéis. Puxei uma cadeira para mais perto da mesa, de lado, como se nós dois fôssemos olhar provas de livretos juntos.

Depois de esperar que eu me acomodasse, ele disse: "Não preciso explicar do que se trata".

Bancar o inocente teria sido um erro. "Gouger", falei.

"Gouger", disse Richard. "Sim." Ele pegou uma folha da pilha, olhou para ela por um momento, sem prestar atenção, e a deixou cair. "Quando você descobriu?"

Cruzando os dedos para que Tiernan tivesse ficado de bico calado, falei: "Algumas semanas atrás. Duas. Talvez três". Tinha sido bem mais do que isso.

Richard me olhou. "E não me contou."

O tom frio na voz dele. Richard ainda estava furioso, de verdade; não tinha passado. Aumentei a intensidade em algumas notas. "Eu quase contei. Mas, àquela altura, quando descobri, a coisa já tinha ido longe demais, sabe? As coisas do Gouger estavam no mundo, no site, no *convite*... Sei de fontes seguras que foi por causa dele que o *Sunday Times* disse sim, e o embaixador...". Eu estava falando rápido demais, tagarelando, fazendo com que soasse culpado. Fui mais devagar. "Eu só conseguia pensar em como ia parecer suspeito se ele sumisse tão perto da exposição. Podia lançar dúvida sobre a coisa toda. Sobre a galeria toda." Os olhos de Richard se fecharam por um segundo ao ouvir aquilo. "E eu não queria jogar a responsabilidade nas suas costas. Então eu só..."

"Está nas minhas costas agora. E você tá certo, vai ser incrivelmente suspeito."

"Podemos resolver. De verdade. Passei os últimos três dias pensando em tudo. Nós podemos ter tudo resolvido até o fim do dia." *Nós, nós*: veja, ainda somos uma equipe. "Vou procurar todos os convidados e críticos, explicar que tivemos uma ligeira mudança na lista de artistas e que achamos que eles iam querer saber. Vou dizer que Gouger amarelou, que ele acha que os inimigos estão rondando, que precisa ficar na dele por um tempo. Vou dizer que estamos muito otimistas de que ele vai resolver os problemas pessoais em breve e trazer o trabalho de volta pra galeria. Precisamos que fiquem esperançosos, temos que desapontá-los gradualmente. Vou explicar que é um risco que se corre quando se trabalha com gente com esse tipo de história e que, apesar de obviamente lamentarmos que tenha dado errado, nós não nos arrependemos de ter dado uma chance a ele. Seria preciso ser um monstro pra ter problema com isso."

"Você é bom nesse tipo de coisa", disse Richard, cansado. Ele tirou os óculos e apertou a ponte do nariz entre o indicado e o polegar.

"Preciso ser. Preciso compensar pra você." Ele não reagiu. "A gente vai perder alguns dos críticos e talvez alguns convidados, mas não o suficiente a ponto de importar. Tenho quase certeza de que dá tempo de impedir que o programa seja impresso. Podemos refazer a capa, colocar a montagem do sofá de Chantelle no lugar..."

"Tudo isso teria sido bem mais fácil de fazer três semanas atrás."

"Eu sei. Eu sei. Mas não é tarde demais. Vou falar com a imprensa, vou cuidar pra que sejam sutis, vou explicar que não queremos assustá-lo de vez..."

"Ou...", disse Richard. Ele pôs os óculos. "Nós podemos enviar um *press release* explicando que descobrimos que Gouger era um impostor."

Ele me encarou, os olhos azuis suaves ampliados e sem piscar.

"Bem", falei com cuidado. Fiquei animado pelo "nós", mas era uma ideia péssima e eu precisava que ele entendesse isso. "Nós podemos. Mas é quase certo que significaria cancelar a exposição toda. Vamos supor que eu conseguisse encontrar um jeito de abordar isso, talvez destacando o fato de que tiramos as obras dele da galeria assim que descobrimos, mas vamos continuar parecendo otários e isso vai despertar perguntas sobre o resto dos..."

"Tudo bem", disse Richard, virando o rosto para o lado e erguendo a mão para me interromper. "Sei disso tudo. Nós não vamos fazer isso. Deus sabe que eu adoraria, mas não vamos. Vai lá e faz a outra coisa, aquilo tudo que você falou. Resolve rápido."

"Richard", falei, emocionado. Ao olhar para ele, para a maré repentina de fadiga no corpo dele, eu me senti péssimo. Richard sempre tinha sido bom comigo. Havia se arriscado ao me contratar, totalmente inexperiente, enquanto a outra mulher da última entrevista tinha anos de experiência; se eu tivesse ideia de que aquilo o atingiria com tanta intensidade, jamais teria deixado as coisas irem tão longe, nunca... "Eu sinto muito."

"Sente?"

"Deus, sim, de verdade. Foi uma coisa horrível de se fazer. Eu só... Os quadros são tão bons, sabe? Eu queria que as pessoas vissem. Queria que a gente exibisse as telas. Eu me deixei levar. Nunca mais vou cometer esse erro."

"Tudo bem. Isso é bom." Ele continuava sem me olhar. "Vai fazer suas ligações."

"Eu vou resolver. Juro."

"Tenho certeza disso", disse Richard, secamente. "Agora vai." E voltou a rearrumar os papéis.

Desci as escadas até minha sala correndo, eufórico, já mapeando a tempestade de especulações e previsões sombrias entre os seguidores do Twitter de Gouger. Richard ainda estava, é claro, puto comigo, mas isso passaria quando visse tudo resolvido e de volta ao rumo, ou pelo menos quando a exposição acontecesse lindamente. Era uma pena com relação aos quadros do Tiernan; depois daquilo, eu não conseguia imaginar outra possibilidade além de ficarem mofando no ateliê do dono, embora eu não tivesse descartado a ideia de pensar em alguma coisa pelo caminho. Mas Tiernan sempre podia fazer outros.

Eu precisava de uma cerveja. Na verdade, precisava de algumas. Na verdade, precisava de uma noitada. Estava com saudades de Melissa, já que normalmente passávamos pelo menos três noites por semana juntos, mas eu precisava dos meus amigos, das besteiras e dos debates ridículos e acalorados, de uma daquelas sessões infinitas que não andávamos tendo ultimamente, em que todo mundo dorme no sofá de um dos três, por volta do amanhecer, após comer tudo que tinha na geladeira. Eu tinha haxixe do bom em casa — tinha ficado tentado a fumar algumas vezes naquela semana, mas não gostava de ficar bêbado ou doidão quando as coisas não estavam indo bem, só para não correr o risco de me sentir ainda pior; então, eu o deixei guardado para a comemoração do final feliz, como gesto de fé de que haveria um, e eu estava certo.

E assim foi: Hogan's, pesquisar praias de Fiji no celular, esticar a mão de vez em quando para puxar um dos implantes capilares de Dec ("Vai se *foder!*"). Eu não estava planejando mencionar os eventos da semana, mas estava alegrinho e suspirando de alívio e, por volta da quinta caneca de cerveja, comecei a contar a história toda, pulando apenas os momentos de pânico da madrugada (que, em retrospecto, foram ainda mais bobos do que pareceram na hora) e incluindo uns floreios aqui e ali para arrancar gargalhadas.

"Seu merdinha", disse Sean ao final, mas estava balançando a cabeça com um sorriso um tanto irônico. Fiquei meio aliviado; eu sempre me importava com a opinião de Sean, e a reação de Richard havia deixado um resíduo de inquietação no fundo da minha mente.

"Você *é* um merdinha", disse Dec, mais explícito. "Isso podia ter explodido na sua cara."

"Explodiu na minha cara."

"Não. Eu digo explodir de verdade. Tipo você perder o emprego. Talvez até ser preso."

"Bom, não aconteceu", falei, irritado. Aquela era a última coisa em que eu queria pensar naquele momento, e Dec devia ter se dado conta disso. "Em que mundo você vive em que a polícia se importa se um quadro é de um zé-ninguém qualquer de moletom ou de um zé-ninguém qualquer de chapéu fedora?"

"A exposição podia ter sido cancelada. Seu chefe podia ter desistido."

"Mas não desistiu. E, mesmo que tivesse, não teria sido exatamente o fim do mundo."

"Talvez não pra você. Mas e os jovens artistas? Eles tão lá suando a camisa e você sendo sacana com a cara deles como se fossem uma piada..."

"Como é que eu fui sacana?"

"... a grande chance deles chegou e você arrisca tudo por uma risada..."

"Ah, pelo amor de Deus."

"Se você tivesse estragado as coisas, quem ia se ferrar eram eles, pelo resto da..."

"Do que você tá falando? Eles podiam ter *estudado*. Em vez de passar a vida cheirando cola e quebrando retrovisor de carro. Eles podiam ter arrumado *empregos*. A recessão acabou. Não tem motivo pra alguém continuar ferrado a não ser que a pessoa queira."

Dec estava me encarando, de olhos arregalados, incrédulo, como se eu tivesse acabado de enfiar o dedo no nariz. "Você não tem ideia, cara."

Dec era bolsista na nossa escola; o pai dele dirigia um ônibus e a mãe trabalhava na Arnotts. Nenhum dos dois tinha sido preso nem era viciado, então ele tinha tão pouca coisa em comum com os jovens da exposição quanto eu, mas às vezes gostava de dar a cartada do passado humilde quando queria uma desculpa para ficar na defensiva e ser moralista. Ele ainda estava irritado com a coisa dos implantes. Eu podia ter observado que Dec era a prova viva de que a baboseira hipócrita dele não passava exatamente disso; ele não estava agachado cheirando tinta spray roubada, tinha dedicado tempo e esforço e conquistado uma carreira excelente em TI, como queríamos demonstrar. Mas eu não estava com saco para dar corda para ele, não naquela noite. "É a sua vez de pegar outra rodada."

"Você não tem mesmo ideia."

"E é mesmo a sua vez. Você vai lá comprar a bebida ou precisa que eu vá no seu lugar por causa do seu passado sem privilégios?"

Dec sustentou o olhar por mais um instante, e eu também, até que ele acabou sacudindo a cabeça de um jeito exagerado e foi para o bar. Nem se deu ao trabalho de desviar da morena dessa vez, não que ela tivesse notado.

"Que porra foi essa?", perguntei, assim que ele estava longe. "O que foi isso?"

Sean deu de ombros. Eu tinha trazido junto uns pacotinhos de amendoim quando comprei a última rodada de bebidas (eu não havia jantado, resolver a situação do Gouger tinha me obrigado a ficar até tarde no escritório), e Sean tinha encontrado um amendoim com alguma coisa duvidosa dentro. A atenção dele parecia estar nisso.

"Não *fiz mal* a ninguém. Ninguém se *feriu*. Dec tá agindo como se eu tivesse dado um soco na *avó* dele." Eu havia chegado ao ponto sério da noite. Estava inclinado para frente por cima da mesa, talvez de forma ameaçadora, não tinha como saber. "E olha quem está falando, caramba. Ele já fez coisas burras. Muitas vezes."

Sean deu de ombros de novo. "Ele tá estressado", respondeu, comendo o amendoim.

"Ele tá sempre estressado."

"Ele tava falando em voltar com a Jenna."

"Ah, meu Deus", falei. Jenna era a ex mais recente de Dec, uma professora claramente louca e vários anos mais velha do que nós que, uma vez, passou a mão na minha coxa por baixo de uma mesa de bar e, quando olhei para ela, atônito, piscou para mim e botou a língua para fora.

"É. Mas ele odeia ficar solteiro. Diz que tá ficando velho demais pra primeiros encontros, que não consegue lidar com essa bosta de Tinder e que não quer ser o quarentão deprê que é convidado pros jantares por pena e deixado ao lado da divorciada que passa a noite toda falando mal do ex."

"Bom, ele não precisa descontar em mim", falei. Eu conseguia ver Dec acabando exatamente daquele jeito, mas seria culpa dele mesmo caso isso acontecesse, e, na minha opinião, naquele momento, ele merecia.

Sean estava encostado na cadeira, me olhando com uma expressão que poderia ser de diversão ou apenas leve interesse. Sean sempre tinha esse ar de distanciamento confortável, de estar, sem esforço nem arrogância, um pouco acima da situação do que todo mundo. Eu sempre atribuí isso vagamente ao fato de que a mãe dele morreu quando Sean tinha 4 anos, um fato que eu encarava com um misto de horror, constrangimento e assombro, mas também podia ser só porque ele era um sujeito tão grande. Em qualquer situação que envolvesse álcool, era inevitável que Sean fosse a pessoa menos bêbada presente.

Como ele não respondeu, falei: "O quê? Você também me acha a encarnação do mal agora?"

"Sinceramente?"

"Sim. Sinceramente."

Sean limpou o restante de sal de amendoim da mão. "Eu acho que é coisa de criança."

Não consegui entender se devia me sentir insultado ou não. Ele estava falando mal do meu trabalho, me garantindo que aquilo não era nada demais ou o quê? "Do que você tá falando?"

"Contas falsas no Twitter", explicou Sean. "Guerras imaginárias entre gangues. Fazer coisas pelas costas do chefe, ficando de dedos cruzados pra dar tudo certo. Coisa de criança."

Dessa vez, fiquei genuinamente magoado, ao menos um pouco. "Puta que pariu. Já é bem ruim Dec me enchendo o saco. Não começa você."

"Eu não tô começando. Só..." Ele deu de ombros e virou o copo. "Eu vou me casar em alguns meses, cara. Eu e Audrey estamos falando em ter um bebê ano que vem. É difícil ficar empolgado com você fazendo as mesmas palhaçadas de sempre." Quando franzi as sobrancelhas, ele acrescentou: "Você faz coisas assim desde que eu te conheço. Foi pego algumas vezes. Resolveu sempre. Dessa vez é só mais do mesmo."

"Não. Não. Isso é..." Fiz um movimento amplo e cortante com o braço, terminando em um estalo de dedos dramático; pareceu uma declaração pura e completa por si só, mas Sean continuou me olhando sem entender. "Isso é diferente. Das outras vezes. Não é a mesma coisa. De jeito nenhum."

"De que jeito é diferente?"

Fiquei irritado com aquilo. Eu sabia que havia diferença e achei falta de generosidade do Sean exigir que eu explicasse depois de tantas cervejas. "Deixa pra lá. Esquece que eu falei."

"Eu não tô pegando no seu pé. Só tô perguntando."

Sean não tinha se movido, mas havia algo de novo e afiado em seu rosto, uma intenção inabalável, como se existisse algo importante que ele quisesse de mim. E eu senti uma necessidade obscura de me explicar para ele no fim das contas, explicar sobre Melissa, sobre ter 28 anos, sobre as firmas grandes e sobre levar as coisas a sério, contar que, ocasionalmente, nos dias atuais (eu jamais admitiria na frente de Dec, nunca tinha nem mencionado para Melissa), eu imaginava uma casa branca georgiana e alta com vista para a Baía de Dublin, eu e Melissa acomodados debaixo de uma manta de caxemira na frente de um fogo alto na lareira, com talvez duas ou três crianças louras rolando com um golden retriever no tapete. Dois anos antes, a imagem teria me enchido de pânico. Agora, não parecia má ideia.

Eu não estava no estado certo para descrever essas epifanias incipientes a Sean — eu não conseguiria nem pronunciar "epifanias incipientes" —, mas me esforcei. "Tudo bem", falei. "Tudo bem. Todas as outras vezes de que você tá falando, sim, foram coisa de criança. Pela diversão ou porque eu queria uma pizza grátis ou uma chance de dar uns amassos na Lara Mulvaney. Mas não somos mais crianças. Sei disso. Eu entendo. Nós também não somos adultos *adultos*, mas estamos indo nessa direção e... bom, meu Deus, olha pra quem eu tô falando. Sei que a gente tava tirando sarro de você ainda agora, mas, falando sério, o que você e Audrey têm é ótimo. Vocês vão ser..." Eu havia perdido a linha de pensamento. O bar estava ficando mais barulhento, e a acústica não aguentava, todos os sons se misturavam em um rugido gaguejado sem fonte definida. "É. E essa foi toda a questão, essa história do Gouger. Era pra *isso*. Eu tô atrás das coisas grandes agora. Não de pizza grátis. Das coisas de verdade. *Essa* é a diferença."

Eu me encostei e olhei para Sean com esperança no rosto.

"Entendi", disse ele, depois do que pareceu tempo demais. "Faz sentido. Boa sorte com tudo, cara. Espero que você consiga o que quer."

Talvez tenha sido minha imaginação ou a barulheira ao nosso redor, mas ele soou remoto, quase decepcionado, mas por quê? Sean até parecia mais distante, como se tivesse recuado deliberadamente alguns passos por uma longa passagem, embora eu tivesse quase certeza de que tinha a ver com a birita.

A parte que ele não parecia estar entendendo, o que era frustrante, era que a coisa com Gouger tinha tido a ver precisamente com fazer essas mudanças; quanto melhor fosse a exposição, melhores ficavam minhas chances com as firmas grandes, melhor seria o lugar que eu poderia pagar para morar com Melissa, e assim por diante. Mas, antes que eu pudesse encontrar uma forma de articular tudo isso, Dec havia voltado com as canecas de cerveja. "Sabe o que você é?", perguntou ele, pondo os copos na mesa e conseguindo derramar só um pouquinho.

"Ele é um merdinha", disse Sean, colocando uma bolacha de chope em cima do líquido derramado. Aquele brilho súbito de intensidade tinha sumido. Ele tinha voltado a ser o cara plácido e tranquilo de sempre. "Já estabelecemos isso antes."

"Não. Eu tô perguntando pra ele. Você sabe o que você é?"

Dec estava sorrindo, mas o tom tinha mudado. Havia um brilho nada confiável e meio estático nele. "Eu sou um príncipe entre os homens", falei, me encostando na cadeira com as pernas abertas e sorrindo de volta para ele.

"Pronto." Ele apontou para mim em triunfo, como se tivesse marcado um ponto. "É disso que tô falando." E, como não reclamei, ele perguntou, puxando o banco mais para perto da mesa e se preparando para brigar: "O que teria acontecido comigo se eu tivesse feito uma idiotice dessas no meu trabalho?"

"Você teria sido demitido."

"Teria sido, sim. Eu estaria ligando pra minha mãe agora pedindo pra voltar a morar na casa dela até ter um emprego novo e poder pagar aluguel outra vez. Por que você não tá fazendo isso?"

Sean deu um suspiro pesado e virou um terço da cerveja. Nós dois conhecíamos aquele humor de Dec: ele ficaria me cutucando de forma cada vez mais agressiva, cutucando e cutucando, até me afetar ou ficar tão bêbado que teríamos que colocá-lo em um táxi e dar o endereço para o motorista, além de pagar a corrida.

"Porque eu sou um encanto", falei. E até que era verdade, as pessoas costumavam gostar de mim, o que costumava me livrar de encrencas. Mas isso não tinha nada a ver e eu estava falando só para irritar Dec. "E você não é."

"Porra nenhuma. Sabe por quê? É porque você não paga aluguel. Seus pais compraram a casa pra você."

"Não compraram, não. Eles fizeram o depósito. Eu pago a hipoteca. O que isso tem a ver com...?"

"E se você ficasse na pior, eles pagariam sua hipoteca por uns meses, não pagariam?"

"Não faço ideia. Nunca precisei..."

"Ah, pagariam. Sua mãe e seu pai são uns amores."

"Eu *não sei*. De qualquer modo, e daí se pagassem?"

"E daí..." Dec estava apontando para mim, ainda sorrindo, um sorriso que poderia passar por simpático caso eu não o conhecesse bem. "E daí que foi por isso que o seu chefe não te deu tchauzinho. Porque você não entrou lá desesperado. Você não entrou lá em pânico. Você entrou lá sabendo que, fosse lá o que acontecesse, você se sairia bem. E você se saiu bem."

"Eu me saí *bem* porque entrei e pedi desculpas e falei pra ele que conseguia resolver. E porque sou bom no trabalho e ele não quis me perder."

"É igual na escola." Dec estava investido naquilo: inclinado por cima da mesa na minha direção, a cerveja esquecida. Sean estava com o celular na mão, olhando a tela, vendo as manchetes das notícias. "Como quando você e eu roubamos a peruca do sr. McManus. Nós dois fizemos isso. Nós dois fomos vistos. Nós dois fomos levados para o Armitage. Né? E o que aconteceu com a gente?"

Revirei os olhos. Eu não fazia ideia, na verdade; eu me lembrava de ficar curvado sobre o corrimão para pegar a peruca, dos gritos de pânico de McManus ficando mais distantes abaixo de nós conforme corríamos rindo, da peruca balançando na vara de pescar do meu pai; mas eu não conseguia lembrar o que tinha acontecido depois.

"Você nem se lembra."

"Eu não *ligo*."

"Eu fui *suspenso*. Por três dias. Você foi pra detenção. Um dia."

"Tá falando sério?" Olhei para ele com incredulidade. Eu estava ficando cansado daquilo; o ar estava escapando do meu balãozinho brilhante e feliz de alívio, e eu achava que merecia ficar com ele por pelo menos mais uma noite depois da semana que tinha passado. "Isso foi tipo catorze *anos* atrás. Você ainda tá puto por isso?"

Dec estava balançando o dedo para mim, sacudindo a cabeça. "Não é essa a questão. A questão é que você levou um tapinha na mão e o garoto com bolsa levou uma surra. Não, escuta, eu tô falando aqui", ele disse, quando me encostei na cadeira e olhei para o teto. "Não tô dizendo que Armitage fez por maldade. Tô dizendo que eu entrei lá morrendo de medo de ser expulso, de acabar no buraco que era a escola comunitária. Você entrou sabendo que, mesmo que fosse expulso, sua mãe e seu pai arrumariam outra escola ótima. Essa é a diferença."

Ele estava começando a falar alto. A morena estava perdendo o interesse em mim; havia eletricidade demais no ar ao meu redor, confusão demais, e eu concordava totalmente com ela sobre isso. "Então", disse Dec. "O que você é?"

"Eu nem sei mais *do que* você tá falando."

"Deixem isso pra lá", resmungou Sean, sem tirar os olhos do celular. "Puta que pariu."

Dec disse: "Você é um babaquinha sortudo, isso que você é. Só isso. Só um babaquinha de sorte".

Eu estava procurando uma resposta espertinha quando de repente me caiu a ficha, uma sensação morna, flutuante e irresistível como uma correnteza quente: ele estava certo, ele estava falando a verdade absoluta e aquilo não era nada com que ficar irritado, era pura alegria. Respirei da forma que me pareceu a mais profunda em dias; e o ar saiu junto de uma série de risadas. "Eu sou", falei. "É exatamente isso que eu sou. Um filho da mãe sortudo."

Dec estava me olhando, sem ter acabado, decidindo o que dizer em seguida. "Amém", falou Sean, largando o telefone na mesa e erguendo o copo. "Aos babaquinhas de sorte e aos que são só babaquinhas", ele disse, e inclinou o copo na direção de Dec.

Comecei a rir de novo e bati o copo no dele. Depois de um momento, Dec soltou a risada mais alta de todas e bateu com o copo nos nossos, e voltamos a discutir sobre para onde ir nas férias.

Mas eu havia desistido da ideia de levá-los para casa comigo. Quando Dec ficava daquele jeito, ele se tornava imprevisível, além de agressivo — ele não tinha coragem de fazer nada realmente desastroso, mas, mesmo assim, eu não estava no clima. As coisas ainda pareciam meio precárias, incertas nas juntas, como se não devessem ser cutucadas com muita força. Eu queria me deitar no sofá, fumar meu haxixe e derreter lindamente em uma poça de risadas, e não ficar de olho em Dec enquanto ele andava pela sala recolhendo coisas para usar em um boliche improvisado, enquanto eu tentava não olhar em direção a nada frágil para não dar ideias a ele. Lá no fundo, ainda me ressinto disso: 28 anos é idade suficiente para ter superado esse tipo específico de merda estúpida, e, se Dec tivesse conseguido fazer isso, ele e Sean teriam ido comigo para casa e e e...

Depois disso, as coisas ficaram confusas de novo. O que lembro com clareza é que, logo em seguida, na hora do bar fechar, me despedi deles do lado de fora, com grupos barulhentos de pessoas discutindo para onde ir em seguida, as cabeças inclinadas na direção dos isqueiros, as garotas equilibradas nos saltos, as placas iluminadas em amarelo dos táxis passando por nós. "Escuta", disse Dec, com uma sinceridade bêbada e hiperfocada, "não, escuta. Sem piada. Tô feliz por tudo ter dado certo pra você. De verdade. Você é uma pessoa boa. Toby, falando sério, tô feliz da vida com isso..." Ele teria continuado indefinidamente, mas Sean chamou um táxi e colocou Dec lá dentro com a mão entre as omoplatas dele, depois assentiu para mim, acenou e foi andando na direção da Portobello e Audrey.

Eu poderia ter tomado um táxi, mas a noite estava gostosa, silenciosa e fresca, com um ar suave e tranquilo que prometia mais primavera pela manhã. Estava bêbado, mas não a ponto de ficar desequilibrado; minha casa ficava a uma caminhada de menos de meia hora de distância. E eu estava morrendo de fome; queria comprar comida, algo apimentado, picante e enorme. Fechei o casaco e saí andando.

Um malabarista pirofágico no alto da Grafton Street agitava sua plateia estranha a que aplaudisse de forma rítmica, os caras bêbados rugindo encorajamentos ou distrações ininteligíveis. Um cara em situação de rua estava encolhido em uma porta, enrolado em um saco de dormir azul, apagado no meio daquilo tudo. Enquanto andava, liguei para Melissa; ela não iria para a cama até nossa ligação de boa-noite, e eu não queria segurá-la acordada, por isso não dava para esperar até chegar em casa. "Tô com saudade", falei quando ela atendeu. "Você é um amor."

Ela riu. "Você também. Onde você tá?"

O som da voz dela me fez apertar o telefone contra a orelha. "Stephen's Green. Eu tava no Hogan's com os caras. Agora tô indo pra casa e pensando em como você é linda."

"Vem pra cá."

"Não posso. Tô bêbado."

"Eu não ligo."

"Não. Eu vou feder a álcool e roncar no seu ouvido, e você vai me abandonar por algum bilionário de fala mansa que tem uma máquina pra purificar o sangue quando volta do bar."

"Eu não conheço nenhum bilionário de fala mansa. Juro."

"Ah, conhece. Eles estão sempre por perto. É que só aparecem quando veem a oportunidade. São feito mosquitos."

Ela riu de novo. O som me aqueceu por inteiro. Eu não esperava que Melissa fosse ficar mal-humorada, responder mal ou desligar por tê-la negligenciado, mas a doçura imediata dela foi outro lembrete de que Dec estava certo, eu era mesmo um filho da mãe de sorte. Lembrei de ter ouvido, com um assombro meio autocongratulatório, às histórias de Dec sobre os dramas elaborados envolvendo suas ex-namoradas, gente se trancando ou trancando o outro do lado de dentro ou de fora de vários lugares improváveis enquanto todo mundo chorava e/ou gritava e/ou implorava... Esse tipo de coisa jamais aconteceria com Melissa. "Posso ir amanhã? Assim que eu estiver humano outra vez?"

"Claro! Se o dia estiver bom de novo, podemos almoçar no jardim, cochilar no sol e roncar juntos."

"Você não ronca. Você faz uns barulhinhos felizes de *ronron*."

"Eca. Que atraente."

"Mas é. É lindo. Você é linda. Já falei que você é linda?"

"Você tá bêbado, seu bobo."

"Eu avisei." O verdadeiro motivo para eu não querer ir até a casa de Melissa (na verdade, eu queria, e muito, mas o motivo para eu não ir) era, claro, que eu estava tão bêbado que poderia acabar contando sobre a história do Gouger. Eu não tinha medo que ela fosse me largar, nem nada extremo assim, mas ela teria ficado incomodada, e eu me importava muito em não incomodar Melissa.

Ainda assim, queria o máximo que pudesse dela antes de desligar. "Quem comprou a poltrona steampunk?"

"Ah, Toby, queria que você tivesse visto! Era um casal de uns 40 e poucos anos, usando roupas estilo iate clube; ela tava com uma daquelas blusas listradas estilo Breton, a pessoa nunca que ia imaginar... achei que *talvez* fossem levar um cobertor, se as cores não fossem fortes demais pra eles, mas os dois foram direto na poltrona. Acho que devem ter lembrado de alguma coisa; eles ficavam se olhando e rindo, e depois de uns cinco minutos, decidiram que não se importavam que a poltrona não combinasse com nada na casa deles, precisavam ficar com ela. Amo quando as pessoas agem de forma inesperada."

"Temos que comemorar amanhã. Vou levar *prosecco*."

"Sim! Traz o mesmo que a gente bebeu da última vez, o...", um bocejo a pegou desprevenida. "Desculpa, não é a companhia! Eu só..."

"Tá tarde. Você não devia ter ficado me esperando."

"Eu não ligo. Gosto de dar boa-noite."

"Eu também. Agora vai dormir. Te amo."

"Eu também te amo. Boa noite." Ela mandou um beijo.

"Boa noite."

Por algum motivo, é a esse erro — não foi um erro, na verdade, o que há de errado em tomar umas cervejas na noite de sexta após uma semana estressante, o que há de errado em querer que a garota que você ama pense o melhor de você? —, é a essa escolha que fico voltando, repassando tudo compulsivamente como se eu pudesse descascar e jogar fora: uma dose a menos de uísque com os caras, uma cerveja a menos, um sanduíche na minha mesa enquanto eu rearrumava o programa da exposição, e eu estaria sóbrio o suficiente para confiar em mim mesmo e ir até a casa de Melissa. Pensei tanto naquela possível noite que sei cada momento dela: eu a girando no colo em um abraço quando ela abrisse a porta, *Parabéns! Sabia que você ia conseguir!*; o corpo curvado e suave dela respirando na cama, o cabelo fazendo cócegas no meu queixo; um brunch preguiçoso de sábado no nosso café preferido, uma caminhada junto ao canal para ver os cisnes, Melissa balançando nossas mãos dadas. Sinto uma saudade tão feroz que é como se fosse algo real, sólido e insubstituível que consegui perder e que poderia, caso soubesse o truque, salvar e guardar.

"Você não desligou."

"Nem você."

"Boa noite. Durma bem."

"Chega direitinho em casa. Boa noite." Beijos, mais beijos.

A Baggot Street estava silenciosa e quase deserta, com fileiras longas de casas georgianas enormes, as fabulosas espirais de ferro forjado nos postes antigos. Um *tiquetiquetique* suave de rodas de bicicleta se aproximando às minhas costas, e um cara alto de chapéu passou por mim, sentado muito ereto com os braços cruzados sobre o peito. Duas pessoas se beijando em uma porta, cabelo verde e liso caindo, uma agitação de lilás. Devo ter comprado comida indiana pelo caminho, apesar de não imaginar onde, porque o ar ao meu redor estava carregado de coentro e funcho, deixando minha boca cheia d'água. A rua estava quente, estranha e muito larga, cheia de um encantamento ininteligível. Um homem velho de barba e boina meio que dançava sozinho, com os dedos abertos, em meio às árvores grandes na divisória da rua. Uma garota do outro lado da via andava depressa, o casaco preto balançando ao redor dos tornozelos, a cabeça abaixada para o celular, que brilhava em branco-azulado na mão dela como uma joia de contos de fadas. Basculantes delicados e empoeirados, um brilho dourado em uma janelinha alta. Água escura debaixo da ponte do canal, cintilante e rápida.

Devo ter chegado em casa sem incidentes... Mas como vou saber? Como saber o que estava acontecendo fora da periferia dos meus olhos, quem podia estar olhando através das portas, o que poderia ter se soltado de uma sombra para caminhar com passos suaves atrás de mim? Mas, de qualquer modo, devo ter chegado em casa sem nada extraordinário ter acontecido para disparar alarmes. Devo ter comido minha comida indiana e talvez visto alguma coisa na Netflix (será que eu não estava bêbado demais para acompanhar uma história?), ou talvez tenha jogado algo no Xbox (embora isso pareça improvável; depois daqueles últimos dias, eu estava enjoado do meu Xbox). Devo ter esquecido de ligar o alarme; apesar de ficar no térreo, eu só o ligava às vezes; a janela da cozinha andava meio frouxa, por isso, se o vento estivesse na direção errada, ela balançava e disparava o histérico alarme, e, afinal, eu não morava numa selva urbana tomada pelo crime. Em determinado momento, devo ter colocado o pijama e ido para a cama, caindo em um sono bêbado e satisfeito.

Alguma coisa me acordou. Primeiro, eu não soube bem o quê; tenho a lembrança clara de um som, de um estalo, mas não sabia se tinha sido no meu sonho (um cara alto e negro com dreadlocks e uma prancha de surfe, rindo, se recusava a me contar uma coisa que eu precisava saber) ou fora dele. O quarto estava escuro, havia somente o leve brilho do poste da rua contornando as cortinas. Fiquei parado, com os resquícios do sonho ainda enevoando minha mente, e prestei atenção.

Nada. E aí, de repente: uma gaveta sendo aberta ou fechada, do outro lado da parede, na sala de estar. Um baque seco.

A primeira coisa em que pensei foi nos rapazes, Dec entrando sorrateiro para mexer comigo como vingança pela história dos implantes de cabelo. Uma vez eu e Sean o acordamos com nossas bundas nuas encostadas na janela do quarto dele, mas Dec não tinha a chave da minha casa — meus pais tinham, podia ser uma surpresa, mas eles teriam esperado até o amanhecer... Melissa? Será que não conseguiu esperar para me ver? Mas ela odiava sair sozinha à noite... Uma parte animal de mim já sabia; eu me sentei ereto, o tempo todo meu coração batendo forte, sombrio.

Um breve murmúrio na sala. O movimento pálido de uma lanterna passando embaixo da fresta da porta.

Na minha mesa de cabeceira, havia o castiçal que Melissa tinha trazido da loja alguns meses antes, um objeto lindo feito para se parecer as amuradas de ferro forjado na parte de fora das casas antigas de Dublin: uma haste torcida imitando balas de cevada e açúcar e uma flor-de-lis graciosa no alto, o pino central afiado para segurar a vela (um cotoco de cera derretida, uma noite com vinho na cama e Nina Simone). Não lembro de me levantar, mas estava de pé com as duas mãos segurando o castiçal com força, testando o peso e seguindo devagar rumo à porta do quarto. Eu me sentia um idiota, quando obviamente não havia nada de ruim acontecendo; eu apavoraria a pobre Melissa, Dec jamais me deixaria incólume por isso...

A porta da sala estava entreaberta, um raio de luz oscilando pela escuridão lá dentro. Abri a porta com o castiçal e bati no interruptor, e a sala se encheu de claridade, de modo que demorou meio segundo para eu conseguir enxergar.

Minha sala, a xícara do *espresso* da manhã ainda na mesa de centro, papéis espalhados no chão por baixo de gavetas abertas e dois homens: ambos com casacos de moletom puxados sobre a boca e bonés enfiados até a altura dos olhos, os dois paralisados no meio do movimento, me olhando. Um deles estava virado na direção da porta aberta do pátio, curvado de um jeito meio desajeitado sobre meu laptop; o outro estava esticado atrás da televisão, a mão erguida para o suporte na parede, a outra apontando a lanterna. Era tão claro que eles estavam deslocados ali que os dois chegaram a ficar ridículos, sobrepostos, como um trabalho ruim de Photoshop.

Depois do atordoamento daquele primeiro instante, gritei: "Saiam!". A fúria percorreu meu corpo inteiro como combustível de foguete; eu nunca tinha sentido nada igual, a pura audácia indiferente daqueles cretinos ao entrarem na minha casa... *"Pra fora! Saiam daqui, porra! Pra fora!"*

Mas aí me dei conta de que eles não estavam correndo para a porta, e, depois disso, as coisas ficaram meio confusas. Eu não sei quem se moveu primeiro, mas, de repente, o cara com a lanterna estava vindo na minha direção, e eu me atirei nele. Acho que dei uma bela porrada na cabeça dele com o castiçal, pelo menos, mas o impulso nos tirou o equilíbrio, e nós nos agarramos para ficar de pé. Ele fedia a cecê e a alguma outra coisa estranha e leitosa — às vezes, sinto o mesmo cheiro em uma loja e tenho ânsia de vômito antes de entender o porquê. Ele era mais forte do que eu esperava, musculoso e ágil. Ele me segurou pelo braço do castiçal para que eu não conseguisse bater de novo... Então, continuei dando socos curtos e furiosos na barriga dele, mas não tinha espaço para ter força, nós estávamos tão perto, cambaleando. O polegar dele bateu no meu olho. Gritei, e depois alguma coisa acertou minha mandíbula, uma luz branco-azulada explodiu para todo lado e eu caí.

Parei de costas no chão. Meus olhos e nariz estavam jorrando, minha boca cheia de sangue, e eu cuspi um monte, a língua pegando fogo. Alguém estava gritando *seu filho da puta* — eu me apoiei nos cotovelos e peguei impulso para trás, para longe deles, com os pés, *se acha muito foda*, e tentando me levantar apoiado no braço do sofá e...

Alguém me chutou na barriga. *Vou te arrebentar* — consegui rolar para longe, comecei a vomitar em ondas grandes, mas os chutes continuaram vindo, na lateral agora, sólidos e sistemáticos. Não houve dor, não exatamente, mas houve outra coisa, pior, uma sensação horrenda e perturbadora de algo errado. Eu não estava conseguindo respirar. Percebi com uma clareza terrível e distante que eu talvez fosse morrer, que eles precisavam parar naquele momento, senão seria tarde demais, mas não consegui fôlego para dizer a eles essa única coisa importante e inadmissível.

Tentei me afastar, deitado de bruços, os dedos arranhando inutilmente. Um chute na minha bunda enviou minha cara ao tapete, depois outro e outro. Ouvi a risada aguda de um homem, ampliada e triunfante.

De algum lugar:

... *mais alguém...?*

Não, senão

Dá uma olhada. ...namorada...

A risada de novo, aquela risada, com uma avidez nova servindo de motivação. *Aí sim, cara.*

Eu não conseguia lembrar se Melissa estava ali ou não. Em uma nova onda de pavor, tentei me levantar do chão, mas não consegui, meus braços fracos como fitas, cada respiração saindo como uma fungada grossa e irregular em meio a sangue e catarro e fibras de carpete. Os chutes haviam parado; a enormidade do alívio levou o que restava das minhas forças.

Sons arranhados, grunhidos de esforço. O castiçal caído embaixo de uma cadeira virada. Eu não conseguia nem pensar em esticar a mão para pegá-lo, mas, de alguma forma, ele fez uma peça se encaixar no meu cérebro confuso, *boa noite, durma bem*, Melissa em segurança na casa dela, graças a Deus... A luz agredindo meus globos oculares. Um estrondo de objetos caindo, de novo e de novo. A estampa geométrica verde da minha cortina, esticada para cima em um ângulo estranho, sumindo e aparecendo e sumindo

É isso

... tem algum...

... foda-se. Vai
Espera, ele tá...?
Um borrão escuro chegando mais perto. Uma cutucada nas minhas costelas, e eu me encolhi, tossindo, movendo os braços para me proteger do próximo chute, que não veio. Uma mão enluvada apareceu e se fechou sobre o castiçal, e só tive tempo de me perguntar atordoado por que diabos iriam querer aquilo antes de uma explosão enorme e sem som bloquear o ar e tudo sumir. Tudo.

Não sei quanto tempo fiquei apagado. Nenhuma das partes seguintes se encaixam; tenho apenas momentos isolados, emoldurados como slides e com a mesma qualidade luminosa e solta, sem nada entre eles além de escuridão e do clique seco de um sendo tirado e o outro se encaixando no lugar.

Carpete áspero no meu rosto e dor por toda parte; a dor era impressionante, dilacerante, mas não pareceu particularmente importante nem mesmo particularmente conectada comigo — o que importava, a parte apavorante, era que eu estava cego, totalmente, eu não conseguia
clique
me levantar do chão, mas meus braços estavam trêmulos como se estivessem em convulsão, cederam embaixo de mim, e caí de cara no carpete
clique
golpes lunáticos e toques de vermelho em tecido branco, um fedor metálico intenso de sangue
clique
de quatro, vomitando, líquido quente caindo nos meus dedos
clique
pedaços azuis irregulares de porcelana espalhados (em retrospecto, acho que deviam ser os restos da xícara de *espresso*, mas, na hora, minha mente não estava funcionando desse jeito, nada tinha sentido ou essência, nada era nada além de estar lá)
clique
rastejando por um campo infinito de destroços que se moviam e estalavam, meus joelhos escorregando, as bordas da minha visão se movendo
clique
o corredor se prolongando por quilômetros, marrom e bege e pulsante. Um leve movimento lá longe, no final, uma coisa branca

me apoiando contra a parede, cambaleando com hesitação como se todas as minhas juntas estivessem soltas. Um grasnido terrível vindo de algum lugar, rítmico e impessoal; tentei desesperadamente acelerar, correr para longe antes que a coisa pudesse me atacar, mas não consegui sair da câmera lenta de pesadelo, e a coisa ainda estava lá, nos meus ouvidos, nas minhas costas, em volta de mim (e agora é claro que tenho certeza de que foi minha própria respiração, mas, na hora, sabe como é)
clique
madeira marrom, uma porta. Arranhando, machucando as unhas, um gemido rouco que não formava palavras
clique
a voz de um homem ordenando alguma coisa com urgência, o rosto de uma mulher tomado de horror, a boca aberta, um roupão rosa de retalhos; uma das minhas pernas ficou líquida, a cegueira voltou com tudo e eu desapareci.

Dois

Depois disso, houve um longo período — umas 48 horas, pelo que consigo reconstruir dos eventos — em que nada fez muito sentido. Obviamente, existem momentos longos e escuros nos quais estive apagado, por isso estou ciente, de forma bastante desagradável, do quanto é improvável que eu saiba exatamente o que aconteceu durante eles. Perguntei à minha mãe uma vez, mas ela comprimiu os lábios até empalidecerem e disse "Eu não consigo, Toby", o que foi o fim da conversa.

Mesmo quando comecei a acordar e apagar de novo, minhas lembranças eram fragmentos deslocados e sem ordem específica. Pessoas gritando comigo, pedindo coisas; às vezes, eu tentava fazer o que elas queriam — lembro-me de frases como *aperta minha mão* e *abra os olhos* — para fazê-las felizes e elas me deixarem em paz, mas às vezes eu só as ignorava, e elas acabavam indo embora de novo. Minha mãe ficou sentada encolhida em uma cadeira de plástico, o cabelo louro-platinado solto e um cardigã verde caído em um dos ombros. Ela estava com uma aparência terrível, e eu queria passar o braço em volta dela e dizer que tudo ficaria bem, que ela estava ficando tensa sem motivo, eu tinha apenas pulado da árvore dos meus avós e quebrado o tornozelo; eu queria fazê-la rir até seus ombros magros e rígidos relaxarem, mas só conseguia emitir um grunhido, um som desajeitado que a fazia pular da cadeira na minha direção, a boca escancarada, *Toby, ah, querido, você consegue* — e mais escuridão. Lembro da minha mão, com um arranjo volumoso de agulha, tubo e curativo preso nela, embutido na minha pele como um parasita grotesco. Meu pai encostado em uma parede, com a barba por fazer e olheiras, soprando sobre um copo de papel. Havia um animal andando em silêncio de um lado para o outro na frente dele, uma criatura castanha de músculos longos que parecia uma espécie de animal selvagem, talvez um chacal, mas não consegui focar o olhar direito para ter certeza; meu pai pareceu não ter notado, e me ocorreu que talvez eu devesse avisá-lo, mas isso teria parecido besteira porque era possível que ele mesmo tivesse levado o animal para me animar, o que não estava acontecendo, mas talvez depois ele se deitasse na cama comigo e fizesse algo em relação à dor... A dor era tão imensa e difusa que parecia um elemento intrínseco ao ar, algo a ser desconsiderado porque sempre tinha estado ali e jamais iria embora. Mas não é disso que me lembro com mais vividez quando penso naqueles primeiros dias, tampouco da dor; o que me lembro é da sensação de estar sendo metodicamente desmontado em pedaços, corpo e mente, com a facilidade de um lenço de papel molhado, e de que não havia nada que eu pudesse fazer para resistir.

Quando as partes de mim conseguiram se reorganizar, com hesitação e com o tanto que deu da forma que deu, era noite. Eu estava deitado de costas em uma cama desconfortável em um quarto desconhecido, uma parte dividida por uma cortina comprida e pálida. Estava quente demais. Meus lábios estavam rachados; minha boca parecia revestida de argila seca. Uma das minhas mãos estava presa a um tubo que subia até sumir nas sombras. A persiana balançava com a agitação de uma corrente de ar; uma máquina apitava baixo, com regularidade.

Foi entrando na minha cabeça, gradualmente, que eu devia estar em um hospital. Pareceu uma ideia boa considerando a dor que eu estava sentindo. Tudo doía. O epicentro parecia ser um ponto atrás da minha têmpora direita; parecia inchado e quase explodindo de um líquido escuro e horrendo que latejava e me deixava com medo de levantar a mão e tatear o local.

A sensação de puro pavor, depois de começar, não parou mais. Meu coração estava tão disparado que achei que talvez estivesse tendo um ataque cardíaco; eu estava ofegando como um corredor de maratona, e cada respiração espalhava dor pelo meu lado esquerdo, o que fazia o medo aumentar. Eu sabia que deveria existir um botão próximo que eu pudesse apertar para chamar uma enfermeira, mas não podia fazer isso; e se ela me desse alguma coisa que me apagasse e eu nunca mais conseguisse voltar?

Fiquei bem imóvel por muito tempo, segurando partes do lençol e lutando para não gritar. Listras finas de luz cinzenta passavam por entre as placas da persiana. Em algum lugar atrás da cortina, uma mulher estava chorando baixinho, de um jeito terrível.

No coração do medo estava o fato de que eu não tinha ideia de como havia ido parar lá. Eu me lembrava de alguma coisa relacionada ao Hogan's e Sean e Dec, de andar para casa, beijos ao telefone com Melissa...

ou teria sido em outra noite? E aí, nada. Se alguém tinha tentado me matar, e a sensação era de que tinham e de que isso chegou bem perto de acontecer, o que impediria a pessoa de vir atrás de mim ali, o que a impediria de estar por trás da cortina agora? Dolorido, fraco, tremendo, cheio de tubos e só Deus sabia mais o que, eu não seria muito útil contra um assassino determinado e implacável... A persiana estalou, e um espasmo de medo quase me jogou para fora da cama.

Não sei por quanto tempo fiquei ali deitado, percorrendo obstinada e desesperadamente os estilhaços da minha memória. A mulher na outra cama ainda estava chorando, o que pelo menos era um pouco tranquilizador: enquanto ela continuasse, eu podia ter certeza de que não havia ninguém se aproximando pelo lado dela da cortina. Eu também estava quase chorando quando consegui encontrar uma imagem: minha sala, uma fonte repentina de luz, dois homens me encarando, paralisados.

Talvez isso possa parecer estranho, mas foi um grande alívio. Ladrões tinham me dado uma surra. Podia acontecer com qualquer um, e agora havia acabado e eu estava seguro; não iam me procurar no hospital para terminar o serviço. Eu só precisava ficar ali deitado e melhorar.

Lentamente, meu coração se acalmou. Acho que até sorri, mesmo com aquilo tudo, no escuro. Foi assim que acabei me convencendo, entende, com uma certeza total e abençoada, de que tinha acabado.

De manhã, um médico veio me ver. Eu estava acordado, mais ou menos — o nível de barulho no corredor aumentava havia um tempo, vozes bruscas, passos, o zumbido sinistro de rodinhas —, mas percebi pela luz pálida e dolorosa que entrava pela janela que ainda era cedo. Atrás da cortina, estavam conversando com a mulher na outra cama, com a firmeza tranquila e a ênfase pesada que se usaria com o filho pequeno birrento de outra pessoa: "A senhora vai ter que aceitar que tudo que fizemos foi seguindo as melhores práticas".

Devo ter emitido algum som, porque houve uma agitação ali perto, e uma voz disse delicadamente: "Toby".

Eu me encolhi, o que fez a dor se espalhar por toda parte, mas era meu pai, inclinado para a frente em uma cadeira, amarrotado e de olhos vermelhos. "Toby, sou eu. Como você tá se sentindo?"

"Bem", falei, com a voz arrastada. Na verdade, eu estava me sentindo muito menos zen do que quando adormeci. Tudo estava doendo ainda mais, o que não deveria estar acontecendo; era para eu estar melhorando, e a possibilidade de que as coisas não fossem tão simples assim fez o pânico explodir nas extremidades da minha mente outra vez. Consegui reunir coragem para encostar dois dedos com cuidado no ponto atrás da têmpora direita, mas o lugar parecia estar coberto por uma gaze grossa, o que não me revelou nada de útil, e o movimento fez a dor aumentar mais um pouco.

"Quer alguma coisa? Um gole d'água?"

O que eu queria era algo para colocar em cima dos olhos. Estava tentando reunir foco para pedir por isso quando um canto da cortina foi puxado para o lado.

"Bom dia", disse o médico, botando a cabeça pela abertura. "Como você está hoje?"

"Ah", falei, lutando para me sentar e fazendo uma careta. "Bem." Minha língua tinha o dobro da grossura habitual e estava doendo de um lado. Eu parecia um ator ruim fazendo papel de pessoa com deficiência.

"Está se sentindo bem o suficiente pra falar?"

"Tô. Sim." Eu não estava, mas precisava urgentemente saber que porra estava acontecendo.

"Bom, é um grande passo", disse o médico, fechando a cortina depois de entrar e assentindo para o meu pai. "Vou te dar uma mãozinha aí." Ele mexeu em alguma coisa, e a cabeceira da cama se ergueu com um som chiado e desagradável, de forma que fiquei meio sentado. "Que tal assim?"

O movimento fez minha visão girar e despencar como se eu estivesse em um brinquedo de parque de diversões. "Tá bom", falei. "Obrigado."

"Que bom, que bom." Ele era um homem jovem, só uns poucos anos mais velho do que eu; alto, com um rosto redondo e ameno e entradas no cabelo. "Sou o dr. Coogan." Ou talvez tenha sido Cregan ou Duggan ou algo que não tinha nada a ver com isso, quem sabe. "Você pode me dizer seu nome?"

Só o fato de ele perguntar, como se eu pudesse não saber a resposta, foi perturbador. Trouxe de volta um brilho agitado de caos, uma voz alta no meu ouvido, luz forte balançando e quicando, meu corpo convulsionando com ânsia de vômito... "Toby Hennessy."

"Aham." Ele puxou uma cadeira e se sentou. Estava segurando uma pilha de papéis de aparência enigmática que supus ser meu prontuário, o que quer que isso significasse. "Você sabe em que mês estamos?"

"Abril."

"Isso mesmo. Sabe onde está?"

"Em um hospital."

"Certo de novo." Ele fez uma anotação no prontuário. "Como você está se sentindo?"

"Bem. Meio dolorido."

Ele ergueu o rosto ao ouvir aquilo. "Onde é a dor?"

"Na cabeça. Tá bem ruim." Era eufemismo; a minha cabeça estava latejando de uma forma tão horrível que parecia que meu cérebro estava sendo sacudido com a força de cada batimento. Mas eu não queria que o médico saísse atrás de analgésicos e me deixasse sem explicações. "E no rosto. E na lateral. E..." — eu não conseguia pensar no termo médico para *logo acima da bunda*, eu sabia que tinha um, mas não conseguia encontrar — "... aqui?" O movimento arrancou um ruído involuntário de minha parte.

O médico assentiu. Ele tinha olhos pequenos, límpidos e rasos, como os de um brinquedo. "Sim. Seu cóccix quebrou, assim como quatro das suas costelas. Não tem nada que a gente possa fazer pra ajudar com isso, mas vão cicatrizar sozinhos sem dano duradouro; não é nada com que se preocupar. E consigo te arrumar uma coisa pra dor." Ele esticou um dedo. "Você consegue apertar meu dedo?"

Fiz isso. O dedo dele era comprido e meio gorducho, muito seco, e houve algo de desagradável em tocá-lo de forma tão íntima.

"Aham. E com a outra mão?"

Fiz de novo com a outra mão. Não precisava de estudo em medicina para saber a diferença: minha mão direita parecia a mesma de sempre; a esquerda tinha uma sensação irreal de algodão que me apavorou. Meu aperto foi fraco como o de uma criança.

Olhei para o médico, mas ele não deu sinal de ter notado nada. "Muito bom." Ele fez outra anotação. "Posso?"

Ele estava indicando o lençol. "Claro", falei, desorientado. Eu não tinha ideia do que ele queria fazer. Meu pai observava em silêncio, os cotovelos nos joelhos, os dedos apoiados na frente da boca.

O médico puxou o lençol com habilidade, revelando minhas pernas nuas (eu estava com alguns hematomas feios) e a parte de baixo embolada da camisola do hospital, que era branco-acinzentada com uma estampa discreta de diamantes azuis pequenos. "Agora", disse ele, colocando a palma da mão por baixo do meu calcanhar. "Você consegue cutucar minha mão com o seu pé?"

Flexiona, estica, outro pé, o esquerdo novamente mais fraco que o direito, embora não tanto, a diferença não podia ser tão grande... Havia algo de apavorante em ser exposto e manuseado de forma tão eficiente e impessoal. O médico estava agindo como se meu corpo fosse carne, não parte de uma pessoa. Precisei de toda a minha força de vontade para não afastar o pé da mão dele.

"Bom", disse ele. "Agora quero que você levante a perna com a pressão da minha mão. Tudo bem?"

Ele esticou a camisola e pôs a palma da mão aberta na minha coxa. "Espera", falei de repente. "O que tem de errado comigo?"

Eu meio que esperava que o médico me repreendesse como tinha feito com a mulher na outra cama, mas ela devia ser neurótica ou um pé no saco ou alguma outra coisa assim, porque ele só tirou a mão da minha perna e se sentou na cadeira. "Você foi atacado", ele disse com gentileza. "Tem alguma lembrança disso?"

"Tenho. Não de tudo, da coisa toda, mas... não, não é isso que eu quero dizer. Eu tenho uma, uma..." Eu não conseguia encontrar a palavra. "Minha cabeça. Quebraram ela? Ou o quê?"

"Você levou pelo menos dois golpes na cabeça. Um deles provavelmente foi um soco, aqui." Ele apontou para o lado esquerdo da própria mandíbula. "E outra vez com um objeto pesado e afiado, aqui." O ponto atrás da minha têmpora direita. Ouvi a respiração tensa do meu pai. "Você sofreu uma concussão, mas isso parece ter se resolvido bem. Você também teve uma fratura no crânio, o que causou um hematoma extradural, que é um sangramento entre o crânio e a cobertura externa do cérebro, causado por um vaso sanguíneo rompido. Não se preocupe." Eu não estava seguindo boa parte daquilo, mas, naquele último ponto, meus olhos devem ter se arregalado, porque o médico ergueu uma das mãos a fim de me tranquilizar. "Nós corrigimos isso cirurgicamente assim que você chegou. Fizemos um buraquinho no seu crânio e drenamos o sangue, o que aliviou a pressão no seu cérebro. Você teve muita sorte."

Uma parte vaga de mim achou que aquela era uma coisa bem absurda de se dizer para alguém na minha situação, mas uma parte maior se agarrou ao consolo das palavras; sorte, sim, eu tinha sorte, o cara era médico, afinal, ele sabia do que estava falando, e eu não queria ser como a mulher chorona da outra cama. "Acho que sim", respondi.

"Teve mesmo. Você experimentou o que chamamos de intervalo lúcido depois do ataque. É bem comum com esse tipo de lesão. Acreditamos que você tenha ficado inconsciente por uma hora ou mais por causa da concussão, mas aí você voltou a si e conseguiu pedir ajuda antes de perder a consciência outra vez, certo?"

Ele olhou para mim, questionando. "Acho que sim", falei de novo depois de um momento confuso. Eu não conseguia me lembrar de ter ligado para ninguém. Ainda não conseguia me lembrar de praticamente nada, na verdade, apenas vislumbres sombrios e fervilhantes que me faziam não querer olhar muito a fundo.

"Muita sorte", repetiu o médico, inclinando o corpo para a frente a fim de ter certeza de que eu entendia a seriedade da coisa. "Se você não tivesse conseguido pedir ajuda e o hematoma tivesse ficado sem tratamento por cerca de mais uma hora, é quase certo que teria sido fatal." E, quando olhei para ele sem entender, sem conseguir interpretar aquilo, o médico acrescentou: "Você quase morreu".

"Ah", falei depois de um momento. "Eu não sabia."

Nós nos olhamos. Parecia que ele esperava algo de mim, mas eu não tinha ideia do quê. A mulher na outra cama estava chorando de novo.

"E agora?", perguntei, conseguindo manter boa parte do pânico longe da voz. "A minha mão. A minha perna. Vão...? Quando vão...?"

"É cedo demais pra saber essas coisas", disse o médico, bruscamente. Ele não estava mais olhando para mim, estava mexendo em alguma coisa nas anotações, o que fez meu pânico aumentar. "O neurologista vem fazer um..."

"Eu só quero um, um, um..." Não consegui encontrar a palavra, e fiquei com medo de que aquele fosse o instante em que ele usaria a voz de acalmar criancinha e me diria para parar de fazer perguntas e me comportar...

"A gente entende que o senhor não pode dar garantias", disse meu pai, a voz baixa e firme. "Só gostaríamos de uma ideia geral do que esperar."

Após um momento, o médico assentiu e uniu as mãos por cima das anotações. "Muitas vezes, há danos em uma lesão como essa", disse ele, "os seus parecem ser relativamente menores, embora eu não tenha como dizer nada definitivo com base em uma avaliação na beira do leito. Um efeito comum são convulsões, e você vai ter que ficar alerta pra isso, mas costumam diminuir com o tempo. Vamos indicar um fisioterapeuta que possa ajudar com a fraqueza do lado esquerdo, e há terapeutas ocupacionais disponíveis caso você tenha dificuldade com concentração e memória." O tom dele era tão prático e racional que comecei a assentir junto, como se tudo isso — *convulsões, terapeuta ocupacional*, coisas saídas de uma série médica melodramática a anos-luz da minha vida real — fosse perfeitamente cotidiano. Apenas uma partezinha periférica de mim começou a entender, com um desânimo doentio, que aquela seria a minha vida real a partir dali. "Você pode esperar que a maior parte da melhora aconteça nos próximos seis meses, mas o processo pode continuar por até dois anos. O neurologista vai..."

Ele seguiu falando, mas do nada fui tomado por uma onda gigantesca de exaustão. O rosto do médico duplicou e ficou borrado de um jeito absurdo; a voz se afastou e virou um blábláblá distante e sem sentido. Eu queria dizer que precisava dos analgésicos agora, por favor, mas reunir energia para falar parecia difícil, quase impossível, coisa demais para se esperar de qualquer pessoa, e a dor foi comigo rumo a um sono pesado e traiçoeiro.

Fiquei no hospital por um pouco menos de duas semanas. Não foi tão ruim levando tudo em consideração. Na noite da minha conversa com o médico, conseguiram (com lamentos e um resmungo no piloto automático sobre superlotação) um quarto só para mim, o que foi um alívio: a mulher neurótica da outra cama continuava chorando e estava começando a me irritar, entrando nos meus sonhos. O quarto novo era claro, arejado e silencioso, e dei um tapinha congratulatório mental nas minhas costas por ter um bom plano de saúde, apesar de não ter esperado precisar dele por décadas.

Eu dormi muito, e, quando estava acordado, costumava haver alguém comigo. Durante o dia, era mais a minha mãe, que tinha largado o trabalho e jogado tudo no colo do departamento — ela dá aula de história do século XVIII na Trinity — assim que recebeu a ligação. Ela me trazia coisas: um ventilador, porque o quarto era implacavelmente quente, infinitas garrafas de água, suco e Lucozade, porque eu precisava ficar hidratado, cartões-postais de arte e buquês de tulipas, guloseimas de que eu gostava quando era criança (Monster Munch, pipoca com queijo e um cheiro violento de vômito), cartões das minhas tias e tios, uma variedade impressionante de livros, um baralho, um cubo mágico meio hipster estilo Lego. Não toquei em quase nada daquilo, e, em poucos dias, o quarto ficou com aquele aspecto estranho de mato alto, como se coisas aleatórias estivessem aparecendo em todas as superfícies disponíveis por geração espontânea e, mais cedo ou mais tarde, os enfermeiros fossem me encontrar soterrado sob uma pilha de cupcakes e um acordeão.

Eu sempre me dei bem com a minha mãe. Ela é inteligente, sensível e engraçada, com um senso apurado de beleza e uma capacidade adorável e expansiva de felicidade, uma pessoa de quem eu teria gostado ainda que não fôssemos parentes. Mesmo quando eu era um adolescente um tantinho rebelde, minhas brigas (coisas bem padrão: *por que eu não posso ficar na rua até mais tarde?* e *é tão injusto você pegar no meu pé por causa do dever de casa!*) eram com meu pai, quase nunca com ela. Desde que fui morar sozinho, ligava para ela duas vezes por semana e a encontrava para almoçar a cada um ou dois meses, por afeição e prazer genuínos, não por dever. Eu escolhia presentinhos diferentes para ela de vez em quando e enviava as tiradas engraçadas que Richard dizia por mensagem de texto, coisas que eu sabia que ela apreciaria. Até o visual dela me fazia bem, a passada distraída de pernas compridas com o casaco balançando, os arcos amplos e finos das sobrancelhas subindo e descendo em sincronia com a história que eu estivesse contando. Por isso, acabou sendo uma surpresa ruim para nós dois que as visitas dela no hospital me deixassem louco.

Primeiro, ela não conseguia ficar sem tocar em mim: uma das mãos estava sempre fazendo cafuné no meu cabelo, apoiada no meu pé ou procurando minha mão em meio à roupa de cama, e, mesmo deixando a dor de fora, eu estava descobrindo que detestava ser tocado, às vezes com uma aversão tão intensa que não conseguia me impedir de afastar o corpo. E ela ficava querendo falar sobre aquela noite... Como eu estava me sentindo? (*Bem.*) Eu queria conversar sobre aquilo? (*Não.*) Eu tinha alguma ideia de quem eram os homens, eles tinham me seguido até em casa, talvez tivessem me visto no bar e percebido que meu casaco era caro ou...? Àquela altura, eu passava a maior parte do tempo convencido de forma vaga, porém firme, de que a invasão tinha sido obra de Gouger e de um dos amigos dele de Borstal, para se vingar de mim por tê-lo expulsado da exposição, mas eu ainda estava confuso demais sobre a coisa toda para explicar tudo isso à minha mãe mesmo que quisesse. Eu me recolhia em grunhidos que iam ficando cada vez mais rudes até ela recuar, mas cerca de uma hora depois ela voltava ao assunto, sem conseguir se controlar... Eu estava dormindo bem? Estava tendo pesadelos? Eu me lembrava de muita coisa?

Acho que o verdadeiro problema era que minha mãe estava terrivelmente abalada. Ela botou muita força de vontade em disfarçar, mas eu reconhecia aquela alegria artificial e calma demais das crises da infância (*Tudo bem, querido, vamos limpar o sangue para ver se você precisa ir ao consultório da dra. Mairéad e passar a cola azul! Talvez ela tenha adesivos de novo!*), e isso me deixava tenso. Vez ou outra, a fachada caía e um horror terrível e cru acabava aparecendo, o que me jogava em ataques de pura fúria: óbvio que ela havia tido dias ruins, mas agora eu estava fora de perigo e minha mãe não tinha nada com que se preocupar; as mãos dela estavam funcionando perfeitamente, a visão dela não estava vacilando e dobrando, ninguém estava fazendo discursos para ela sobre terapia ocupacional, então qual era o problema daquela mulher?

A única coisa que eu tinha vontade de fazer assim que a via era arrumar briga. Fosse lá o que a lesão na cabeça tivesse provocado, não me impedia de seguir em frente. Pelo contrário: na maior parte do tempo, eu só conseguia formar frases simples, mas iniciar um ataque parecia liberar uma fluência nova e feia. Bastava um vacilo da minha mãe, uma frase ou expressão que me cutucasse — e nem sob a mira de uma arma eu teria como justificar por que certas coisas contavam como vacilos, mas contavam —, e tudo começava.

"Eu trouxe pêssego. Quer um agora? Eu posso lavar no..."

"Não. Obrigado. Não tô com fome."

"Bem..." Ela puxou o tom alegre, se curvando para remexer na sacola plástica cheia ao lado da cadeira. "Também trouxe pretzels. Que tal? Aqueles pequenos que você..."

"*Já falei* que não tô com fome."

"Ah. Tudo bem. Vou guardar pra depois."

A tolerância densa e martirizada no rosto dela me deu vontade de vomitar. "Meu Deus, essa cara. Você pode parar de me olhar com essa cara?"

Ela contraiu o rosto. "Que cara?"

"*Ah, coitadinho do Toby, ele não tá normal, preciso dar um desconto, o pobrezinho não sabe o que tá dizendo...*"

"Você foi seriamente ferido. Tudo que eu leio diz que é normal você estar um pouco..."

"Eu sei exatamente o que tô dizendo. Não sou uma porra de *vegetal*. Não tô babando no meu purê de ameixa. É isso que você anda dizendo pras pessoas, que eu *não tô normal*? Foi por isso que ninguém veio me ver aqui? Susanna e Leon nem me ligaram..."

Minha mãe estava piscando depressa, os olhos fixos em um ponto atrás da minha orelha, encarando a luz da janela. Tive a sensação horrível de que ela estava tentando não chorar e outra igualmente horrível de que, se ela embarcasse naquela merda, eu a expulsaria do quarto. "Eu só falei que você talvez ainda não estivesse se sentindo bem o bastante. Você não parece estar a fim de falar com as pessoas."

"Você não se deu ao trabalho de me perguntar o que eu achava? Só decidiu que eu *não tava normal* a ponto de tomar uma decisão como essa sozinho?" Foi um alívio poder botar a culpa daquilo na minha mãe. Eu não queria mesmo falar com meus primos, mas nós tínhamos crescido juntos, e, embora àquela altura não participássemos mais tanto da vida um do outro (eu via Susanna algumas vezes por ano no Natal e em aniversários, Leon uma vez por ano quando ele vinha de Amsterdã ou Barcelona ou da cidade em que estivesse morando), doeu que não tivessem se incomodado em ligar.

"Se você quiser ver todo mundo, eu posso..."

"Se eu quiser ver as pessoas, eu mesmo posso dizer a elas. Ou você acha que tô com danos cerebrais demais pra isso? Acha que eu sou uma criancinha agora, que preciso da mamãe marcar pra eu brincar com os amiguinhos?"

"Tudo bem." Ela respondeu, com um cuidado enlouquecedor, as mãos unidas e apertadas no colo. "Então o que você quer que eu diga pras pessoas quando perguntarem de você? Todo mundo andou pesquisando lesões na cabeça no Google, e claro que tem um monte de resultados que ninguém faz ideia do que..."

"Não diz nada. *Nada*." Eu conseguia ver direitinho minha família reunida e xeretando feito formigas por cima da minha carcaça... Tia Louisa fazendo caras compassivas e melosas, tia Miriam debatendo qual dos meus chacras precisava ser desbloqueado, tio Oliver opinando sobre alguma baboseira que ele leu na Wikipedia e tio Phil assentindo com sabedoria o tempo todo. Aquilo me dava vontade de dar um soco em alguém. "Ah, já sei, tive uma ideia genial, diz pra todo mundo que eu tô bem e que é pra eles cuidarem da porra da vida deles. Que tal?"

"Eles estão preocupados com você, Toby. Eles só..."

"Ah, merda, me desculpa, essa situação é difícil pra eles? Eles estão passando por *maus bocados* por causa disso?"

E assim por diante. Eu nunca havia sido cruel na vida, nunca, nem na escola, onde fui um dos garotos descolados que poderia se safar de qualquer coisa; eu nunca fiz bullying com ninguém. Perceber que eu estava fazendo isso naquele instante me deu uma onda de alegria selvagem e esbaforida junto de mal-estar; alegria porque era uma arma nova, embora eu não soubesse exatamente como ela me protegeria (na próxima vez que eu esbarrasse em ladrões, daria na cara deles com sarcasmo, imagino,) e mal-estar porque eu gostava de ser uma pessoa boa e agora não conseguia encontrar o caminho de volta para isso, parecia perdido de vez em uma região escura cheia de escombros fumacentos; por isso, quando minha mãe ia embora todos os dias, ela e eu estávamos exaustos.

No início da noite, meu pai chegava. Ele era procurador e estava sempre enrolado instruindo advogados sobre algum caso financeiro impenetrável; ele vinha direto do trabalho, trazendo junto a mesma atmosfera serena e esotérica de ternos caros e segredos pela metade que atravessava a porta com ele todas as noites quando eu era criança. Diferente da minha mãe, ele sabia quando eu não estava com humor para conversa fiada, e, diferente da minha mãe, eu não tinha vontade de irritá-lo com brigas onde todos perdiam. Em geral, meu pai fazia algumas perguntas educadas sobre como eu estava me sentindo e se eu precisava de alguma coisa, depois tirava um livro enrolado e surrado do bolso do casaco (P.G. Wodehouse, Thomas Keneally), se acomodava na cadeira de visitante e lia em silêncio por horas sem fim. Se eu tivesse sido capaz de achar qualquer coisa repousante ou reconfortante, acho que teria sido aquilo: o ritmo regular das viradas de página, a risadinha ocasional, as linhas do perfil dele na frente da janela cada vez mais escura. Era comum que eu dormisse quando ele estava lá — os únicos sonos naquele hospital que não eram irregulares e precários, ameaçados por sonhos ruins e pela possibilidade de nunca acordar.

Melissa vinha sempre que arrumava alguém para cuidar da loja, mesmo que por uma hora, e de novo à noite. Para ser sincero, na primeira vez que ela veio, fiquei aterrorizado. Até para mim mesmo eu fedia a suor e produtos químicos sem nome, ainda estava de camisola de hospital e sabia que tinha uma aparência de merda. Quando me arrastei até o banheiro e me olhei no espelho, foi um choque. Eu estava acostumado a ser, de verdade, um cara bonitão, de uma forma fácil e direta que não exigia muita reflexão; tenho cabelo claro denso e liso, olhos muito azuis e o tipo de rosto aberto e infantil que, na mesma hora, faz tanto caras quanto garotas gostarem de mim. A figura no espelho manchado era uma história bem diferente. Meu cabelo estava de um castanho sujo e ressecado, e havia uma área grande raspada do lado direito da minha cabeça, com uma linha vermelha feia de cicatriz a atravessando, cheia de grampos grossos e brutais. Uma pálpebra estava pendendo de um jeito feio que me fazia parecer drogado, meu queixo estava inchado e manchado de roxo; eu tinha um pedaço do dente superior da frente lascado, e meus lábios estavam estufados. Mesmo durante aqueles poucos dias, eu tinha perdido peso; já era magro antes, mas agora havia buracos embaixo das maçãs do rosto e uma mandíbula que me dava ares de uma urgência faminta e assustadora. Vários dias de barba por fazer deixaram meu rosto parecendo sujo, e meus olhos estavam vermelhos, com um olhar desfocado à meia distância que me deixava ali pela metade do caminho entre parecer burro ou psicopata. Eu parecia um vagabundo de um longa-metragem de zumbi que não passaria da primeira meia hora de filme.

E ali estava Melissa, a cabeça dourada e leve, um rodopio do vestido florido na porta que se abria, uma fadinha de um mundo distante de borboletas e gotas de orvalho. Eu sabia que ela daria uma olhada naquele lugar horrível e em mim — com qualquer coisa que valesse a pena tendo sido arrancada deliberada e metodicamente, sem restar nada além dos mecanismos e fluidos mais básicos e dos fedores da vida expostos de forma obscena —, e jamais me veria do mesmo jeito outra vez. Não que eu esperasse vê-la dar meia-volta e fugir; com toda a suavidade que possuía, Melissa tinha um código direto e inabalável de lealdade que eu sabia não incluir largar o namorado com lesão cerebral antes mesmo de tirarem o soro dele. Mas me preparei para a expressão de horror em seu rosto, para a contração de determinação que mostraria quando decidisse cumprir seu dever.

Mas o que Melissa fez foi atravessar o quarto voando, sem hesitar nem um segundo, de braços esticados, "Ah, Toby, ah, querido", parando ao lado da minha cama para não me machucar, as mãos tremendo a centímetros de mim, o rosto branco e os olhos redondos e atordoados como se ela tivesse acabado de descobrir o que tinha acontecido. "Coitadinho do seu rosto, ah, Toby..."

Eu ri alto de puro alívio. "Vem cá", falei, conseguindo disfarçar a aspereza da minha língua, "eu não quebro." Passei os braços em volta de Melissa (sentindo uma pontada de dor nas costelas, mas não me importei) e a apertei bem. Senti as lágrimas quentes dela em meu pescoço, e ela riu enquanto fungava. "Sou tão boba, é só que eu estou tão *feliz*..."

"Shh", falei, aninhando a cabeça macia, fazendo carinho nas costas dela. O cheiro de madressilva, a delicadeza do pescoço sob a minha mão... Senti uma onda sufocante de amor por ela, por Melissa estar ali e por desmoronar e eu poder ser a pessoa forte a reconfortá-la. "Shh, querida. Tá tudo bem. Vai ficar tudo bem." Permanecemos assim, a brisa doce de primavera balançando a persiana e o sol lançando ovais de luz oscilante pela miríade de garrafas de água, meu cóccix me matando e eu o ignorando, até ela ter que ir embora para abrir a loja de novo.

Foi desse jeito que passamos muitas das visitas dela, as melhores: juntos na cama apertada, sem falar, sem nos mover, exceto pela subida e descida de nossa respiração e o ritmo regular da minha mão no cabelo dela. Só que, às vezes, não funcionava assim. Havia dias em que a ideia de alguém me tocando fazia minha pele se contrair, e, embora obviamente eu não dissesse isso para Melissa (eu falava que estava todo dolorido, o que, sendo justo, era verdade), dava para ver que ela ficava abalada ao ver que eu me afastava dela após um breve abraço e um beijo. *Como foi hoje, vendeu alguma coisa boa?* Mas ela escondia bem: puxava a cadeira e conversava, contava histórias engraçadas do trabalho, fofocava sobre o drama mais recente da colega de apartamento (Megan era uma garota petulante e meticulosa que gerenciava um café pretensioso do tipo que servia couve kale orgânica crua e que não conseguia entender por que todo mundo que ela conhecia acabava sendo um babaca; só mesmo Melissa era capaz de morar com ela por qualquer período de tempo). Eram relatos do mundo externo, para que eu soubesse que ele ainda estava lá me esperando. Eu apreciava o que ela estava fazendo e me esforçava para ouvir e rir nas horas certas, mas minha concentração estava detonada, o fluxo implacável de falação fazia minha cabeça doer e (eu me sentia ingrato e traidor, mas não conseguia evitar) as histórias dela pareciam besteiras triviais, minúsculas e sem peso perto da massa ampla e escura que preenchia minha mente, meu corpo e o ar ao redor. Eu acabava divagando, encontrando imagens nas dobras do lençol amassado ou revirando compulsivamente as lembranças daquela noite em busca de novas imagens, ou então simplesmente pegando no sono. Depois de um tempo, a voz de Melissa parava, e ela murmurava alguma coisa sobre voltar para o trabalho ou ir para casa, se inclinava para dar um beijo de leve na minha boca machucada e ia embora.

Quando não tinha visitantes, eu não fazia nada. Meu quarto tinha televisão, mas eu não conseguia seguir uma história por mais do que alguns minutos, nem deixar o som em um volume normal sem ficar com uma dor de cabeça lancinante. Eu também tinha dor de cabeça caso tentasse ler ou mexer na internet pelo celular. Normalmente, aquele tipo de inatividade me deixaria inquieto feito criança, perguntando para qualquer um que chegasse perto quando eu poderia ir para casa ou pelo menos sair para fazer uma caminhada, qualquer coisa; mas me vi sinistramente disposto a ficar ali deitado, observando as pás do ventilador girarem preguiçosas e as listras de luz da persiana seguirem seu progresso lento pelo chão, mudando de posição de vez em quando, sempre que meu cóccix estivesse doendo demais. Meu celular apitava e apitava com mensagens de amigos (*Ei, cara, acabei de saber, que merda isso, espero que você esteja melhorando e que os babacas que fizeram isso fiquem presos pro resto da vida*); da minha mãe perguntando se eu queria um quebra-cabeça; de Susanna, *Oi, só vim saber como você está, espero que esteja bem, avisa se precisar de alguma coisa ou se precisar de companhia*; de Sean e Dec perguntando se podiam me visitar; de Melissa *Só pra dizer que te amo*. Às vezes levava horas para eu pegar o celular e ler as mensagens. O tempo havia perdido a solidez naquele quarto árido e sufocante, assombrado por barulhos eletrônicos suaves e cheiros de dissolução, e se amontoava e se espalhava como mercúrio. A única coisa a prover um fio coerente para o tempo era o ciclo inexorável da minha medicação agindo e passando. Em poucos dias, eu conhecia os sinais em detalhes mínimos, o aumento gradual e ameaçador do latejar acima da orelha, o afinamento da névoa gentil que mantinha o mundo a uma distância gerenciável; eu conseguia saber quase o minuto em que o gotejar do meu soro soltaria o bipe arrogante e estridente que significava que eu podia apertar o botão para obter outra dose.

Mas a dor não era a pior parte, nem de longe. A pior parte era o medo. Dez vezes por dia, mais até, meu corpo fazia algo que não deveria estar fazendo. Minha visão se dividia e tremia, e era preciso uma série de piscadas frenéticas para voltar ao normal; eu esticava a mão esquerda para pegar um copo d'água sem pensar e o via cair por entre os dedos e se espatifar no chão, a água derramada para todo lado. Apesar de o inchaço na língua ter diminuído, minha fala ainda estava com aquele jeito arrastado do idiota do vilarejo; quando eu ia ao banheiro, meu pé esquerdo arrastava no piso esverdeado grudento e eu andava como se fosse o Quasímodo. A cada vez, eu entrava em uma espiral nova: e se eu nunca mais enxergasse/andasse/falasse direito? E se fosse a primeira das convulsões sobre as quais o médico tinha me avisado? E se não fosse daquela vez, mas fosse na seguinte ou na seguinte ou na seguinte? E se eu nunca mais tivesse um dia na vida em que fosse normal de novo?

Quando o medo tomava conta, eu estava fodido. Nunca soube que algo assim pudesse existir: um vórtice preto, rodopiante e voraz que consumia tudo e me sugava tão completa e implacavelmente que parecia que eu estava sendo devorado vivo, os ossos se partindo, o tutano sendo aspirado. Depois de uma eternidade (deitado na cama com o coração a mil, a adrenalina me atiçando feito luz estroboscópica, eu sentindo os últimos fios que mantinham minha mente no lugar se esticando ao ponto de se romperem), alguma coisa acontecia e quebrava o domínio do vórtice (uma enfermeira entrava e eu tinha de conversar com alegria de forma mecânica, ou experimentar um sono incontrolável), e eu saía dele, trêmulo e fraco como um animal quase afogado. Mas mesmo quando o medo recuava um pouco, estava sempre presente: escuro, amorfo, com garras, pendurado em algum lugar acima e atrás de mim, esperando o próximo momento em que cairia nas minhas costas e entraria fundo.

* * *

Cerca de uma semana depois, dois detetives vieram falar comigo. Eu estava deitado na cama vendo televisão sem som (um monte de caminhões de desenho animado estava tentando consolar um caminhão de chapéu rosa de caubói que chorava lágrimas grandes de desenho animado) quando houve uma batida na porta, e um cara com cabelo grisalho bem cortadinho enfiou a cabeça no quarto.

"Toby?", disse ele. Eu soube de imediato, pelo sorriso, que ele não era médico; eu já tinha entendido como eram os sorrisos dos médicos, firmes e distantes, calibrados com talento para deixar claro quanto tempo restava de cada conversa. Aquele cara parecia genuinamente simpático. "Detetives. Você tem alguns minutinhos pra gente?"

"Ah", falei, sobressaltado; mas não deveria ter me assustado, era óbvio que aquilo envolveria detetives em algum momento, mas eu tinha outras coisas na cabeça e a ideia ainda não havia me ocorrido. "Tenho. Claro. Entrem." Encontrei o botão para elevar a cama e me coloquei sentado.

"Ótimo", disse o detetive, se aproximando e puxando a cadeira até perto da cama. Ele tinha uns 50 anos ou pouco mais; pelo menos um e oitenta de altura, e usava um terno marinho confortável. Seu corpo era sólido, com jeito de inquebrável, como se tivesse sido esculpido em um bloco único. Havia outro cara atrás dele, mais jovem e mais magro, com cabelo ruivo e um terno castanho meio exagerado e retrô. "Sou Gerry Martin e este é Colm Bannon." O ruivo assentiu para mim e encostou no parapeito da janela. "Estamos investigando o que aconteceu. Como você está?"

"Bem. Melhor."

Martin assentiu e inclinou a cabeça para examinar meu queixo e minha têmpora. Gostei de vê-lo me inspecionar de forma direta e objetiva, como um treinador de boxe, em vez de fingir não ter notado nada para depois ficar roubando olhares quando achasse que eu não estava prestando atenção. "Você tá com uma cara bem melhor mesmo. A surra foi ruim. Você se lembra de mim naquela noite?"

"Não", falei, após um segundo de desorientação; era perturbador pensar neles lá naquela noite, testemunhando a condição em que eu estava, fosse qual fosse. "Você tava lá?"

"Só por uns minutos. Eu entrei pra falar com os médicos, ver em que estado você tava. Por um tempo, eles tiveram medo de te perder. É bom ver que você é mais forte do que pensavam."

Ele tinha uma voz de homem grande, acessível e dublinense, com uma aspereza reconfortante ao fundo. Estava sorrindo de novo, e, apesar de parte de mim saber que era lamentável ficar tão grato àquele sujeito aleatório por agir como se eu fosse uma pessoa normal, não um paciente ou vítima ou alguém a ser manuseado com luvas de pelica para não correr o risco de cair em pedaços, me vi sorrindo para ele. "É, eu também tô feliz com essa parte."

"Estamos fazendo tudo que podemos pra descobrir quem fez isso. Esperamos que você possa ajudar a gente. Não queremos te cansar." O cara do terno extravagante balançou a cabeça ao fundo. "Podemos ser mais minuciosos quando você sair do hospital, quando estiver pronto pra dar um depoimento completo. Por enquanto, só precisamos do suficiente pra começar. Você consegue tentar?"

"Consigo", falei. Com minha fala arrastada, eu não queria que eles pensassem que eu tinha alguma deficiência, mas não podia recusar o pedido. "Claro. Mas não sei se vou ser muito útil. Não me lembro de muita coisa."

"Ah, não se preocupa com isso", disse Martin. O cara do terno extravagante pegou um caderno e uma caneta. "Só dá pra gente o que você tiver aí. Nunca se sabe o que pode nos colocar na direção certa. Quer que eu encha pra você antes de começarmos?"

Ele estava apontando para o copo na mesa de cabeceira. "Ah. Obrigado."

Martin resgatou a jarra de água do amontoado de coisas na mesa de rodinhas e encheu meu copo. "Agora", disse ele, botando a jarra de volta. O detetive puxou as pernas das calças para se sentar com mais conforto e apoiou os cotovelos nas coxas, as mãos unidas, pronto para conversar. "Conta pra gente: tem algum motivo pra alguém querer fazer isso com você?"

Por sorte, eu sabia que havia um bom motivo para não mencionar minha teoria do Gouger para a polícia, apesar de eu não conseguir lembrar qual era. "Não", falei. "Não tem motivo nenhum."

"Você não tem inimigos?"

"Não." Martin estava me encarando com firmeza, com olhos azuis pequenos e agradáveis. Olhei para ele, grato pelos remédios, que teriam me impedido de ficar trêmulo ainda que eu quisesse.

"Algum estresse com vizinhos? Discussões por causa de estacionamento, alguém que acha que você escuta música alto demais?"

"Não que eu consiga lembrar. Eu nem vejo meus vizinhos."

"Esses são os melhores. Tá vendo esse camarada aqui?" Apontou para o cara do terno extravagante: "Conta pra ele sobre o sujeito do cortador de grama."

"Meu Deus", disse o cara do terno extravagante, erguendo os olhos para o teto. "Meu antigo vizinho, sabe? Eu sempre cortava a grama no sábado ao *meio-dia*. Não era nem cedo. Só que o cara da casa ao lado, ele gostava de dormir até tarde. Ele reclamou por causa disso, então mandei que ele usasse tampão no ouvido. Aí ele me *gravou* cortando a grama e botou pra tocar na parede do meu quarto a noite toda."

"Meu Deus", falei, pois estava claro que ele esperava alguma resposta. "O que você fez?"

"Mostrei o distintivo e tive uma conversinha sobre comportamento antissocial." Os dois riram. "Isso fez ele sossegar. A questão é que nem todo mundo tem distintivo pra mostrar. É aí que a coisa pode ficar feia."

"Acho que tive sorte", falei. "Além do mais, aquela coisa, o..." Eu estava procurando a palavra *isolamento térmico*. "... as paredes dos nossos apartamentos são bem boas."

"Não perca esses vizinhos", aconselhou Martin. "Vizinhos que não incomodam valem milhões. Você deve dinheiro pra alguém?"

Demorei um segundo para entender. "O quê?... Não desse jeito. Quer dizer, eu e meus amigos, quando a gente sai à noite, às vezes um empresta umas vintes pratas pro outro, sabe? Mas eu nunca devi dinheiro *dinheiro* pra ninguém."

"Um homem sábio", comentou Martin, com um sorrisinho irônico. "Sabe de uma coisa, você ficaria surpreso com o quanto isso é raro. Eu diria que pelo menos em metade dos casos de roubo que a gente vê... metade?"

"Mais", disse o cara do terno extravagante.

"Provavelmente mais. O sujeito devia dinheiro pra alguém. E mesmo que isso não tenha nada a ver com o acontecido, a gente precisa convencer o cara a contar. As pessoas não se dão conta de que a gente não vem pra foder com as vítimas; se você gosta de cheirar coca e atrasou o pagamento do seu traficante, esse problema não é nosso, só estamos interessados em fechar nosso caso. E quando o sujeito finalmente conta, temos que procurar o cara que emprestou e eliminar da lista de suspeitos. E isso é uma perda de tempo que poderíamos estar usando pra pegar os caras de verdade. Eu sempre fico feliz quando a gente não precisa passar por essa lenga-lenga. Não tem nada assim aqui, certo?"

"Não. Sendo sincero."

O cara do terno extravagante anotou a informação. "Como vai a vida amorosa?", perguntou Martin.

"Bem. Eu tenho uma namorada, estamos juntos há três anos..."

De alguma forma, eu soube que aquilo não era novidade para eles mesmo antes de Martin falar: "Nós conversamos com Melissa. Um amor de garota. Algum problema aí?".

Melissa não havia mencionado detetives.

"Não", falei. "Meu Deus, não. Somos muito felizes."

"Algum ex ciumento de um lado ou de outro? Alguém que terminou de coração partido quando vocês dois ficaram juntos?"

"Não. O último ex dela, eles se separaram porque ele tava, ele..." Eu queria a palavra *emigrou*. "Ele foi pra Austrália, acho? Não foi um rompimento ruim nem nada. E Melissa e eu só nos conhecemos meses depois. E não vejo nenhuma das minhas ex, mas também não tivemos rompimentos ruins." Eu estava achando tudo aquilo meio perturbador. Sempre havia considerado o mundo basicamente um lugar seguro desde que eu não fizesse nenhuma burrice, como me viciar em heroína ou me mudar para Bagdá. Aqueles caras falavam como se eu tivesse saltitado alegremente por um campo minado em que bastava terminar com a namorada ou cortar a grama e, bum, você já era.

"E desde que vocês dois ficaram juntos? Alguém de olho em você? Alguém que você precisou dispensar?"

"Não." Houve uma artista alguns meses antes, uma mulher de estilo hippie que era bem bonita, de Galway, que ficava procurando motivos para discutir a campanha de publicidade da exposição pessoalmente; eu gostei da atenção, óbvio, mas, quando ela começou a tocar demais no meu braço, passei tudo para e-mails, e ela entendeu a mensagem na mesma hora. "Quer dizer, as pessoas flertam às vezes. Nada sério."

"Quem flerta?"

Eu que não ia jogar aqueles caras em cima da artista, ainda mais por estar claro que ela não tinha nada a ver com aquilo — o fator constrangimento teria sido colossal. "Ah, umas garotas aleatórias. Em festas, sei lá. Em lojas. Ninguém específico."

Martin deixou as coisas no ar durante alguns segundos, mas tomei minha água e olhei para ele. Meus olhos nem sempre funcionavam direito; de vez em quando, uma parte da cabeça de Martin desaparecia, ou havia dois dele, até eu conseguir piscar com força suficiente para recobrar o foco. Senti uma pequena onda patética de gratidão por aqueles homens ocuparem minha atenção, por não darem espaço para o pavor tomar conta.

"Faz sentido", Martin acabou dizendo. "Você já seguiu em frente com alguma delas?"

"O quê?"

"Já traiu Melissa?" E, antes que eu pudesse responder: "Escuta, cara, a gente não tá aqui pra te meter em confusão. Seja lá o que você conte, se pudermos, vamos guardar entre nós, com certeza. Mas qualquer coisa que possa ter irritado alguém, nós precisamos saber".

"Eu entendo", falei. "Mas não traí Melissa. Nunca."

"Um bom homem." Martin assentiu para mim. "Ela é pra casar. E é doida por você."

"Eu sou doido por ela."

"Aah...", comentou o cara do terno extravagante, coçando a cabeça com a caneta e abrindo um sorriso para mim. "O amor jovem."

"Tem mais alguém doido por ela?", perguntou Martin. "Alguém que anda atrás dela e de quem você não gosta?"

Eu estava tão acostumado a dizer não para todas as perguntas que estava prestes a dizer de novo, automaticamente, quando lembrei. "Na verdade, tem. Antes do Natal? Teve um cara, ele foi até a loja dela e começou a conversar, depois ficou voltando e não foi embora por um tempo. Ficou tentando levar Melissa pra tomar um drinque. Mesmo depois que ela disse não. Ela ficou bem..." *In*-alguma coisa, infeliz, não... "Ela não gostou. O nome dele era Niall qualquer coisa, ele trabalha com finanças no..."

Martin estava assentindo. "Melissa nos contou sobre ele. Já demos uma olhada no cara, não se preocupe. Já que estamos aqui, demos um sustinho nele, sabe?" O detetive piscou para mim. "É bom pra ele, mesmo que não seja nosso sujeito. Você teve algum desentendimento com ele? Deu algum aviso?"

"Não um desentendimento exatamente. Mas, sim, depois de algumas vezes disso, eu falei pra Melissa me mandar uma mensagem quando ele aparecesse. E aí fui lá correndo do trabalho e mandei ele sumir."

"Como ele reagiu?"

"Não ficou feliz. Não teve confusão, não gritamos nem nos empurramos ou... mas ele ficou muito mal-humorado com nós dois. Ainda assim, foi embora. E não voltou." Eu não tinha nenhuma vontade de jogar os guardas em cima de Niall qualquer coisa. Ele era um punheteiro ridículo de cara inchada que me disse que, se Melissa quisesse se livrar dele de verdade, já teria feito isso, e que, portanto, o fato de ele estar ali significava que ela queria que estivesse. Eu teria rido, pois o sujeito não era perigoso, estava na cara que era só pose, não fosse o semblante pálido e tenso de Melissa, a rigidez assombrada na voz dela quando me contou sobre ele. A sensação intensa de protegê-la foi tão forte que eu nem ligava se ela estivesse exagerando; fiquei decepcionado de não ter precisado dar um soco no babaquinha.

"Parece que você resolveu. Muito bom da sua parte." Martin se acomodou de maneira mais confortável, um tornozelo apoiado no outro joelho. "Você disse que foi do trabalho até lá pra mandar o cara embora. Você trabalha em uma galeria de arte, certo?"

"Isso mesmo. Eu faço a parte de RP." A menção à galeria fez meu estômago dar um nó. Se eles haviam conversado com Melissa, talvez tivessem conversado com Richard. Será que eu devia falar logo, antes que os detetives jogassem alguma coisa em cima de mim? Mas não achava que Richard fosse me meter em confusão, e eu estava confuso demais para ter certeza sobre o que exatamente tinha feito; sabia que Tiernan e eu tínhamos feito merda e acabado com Gouger sendo expulso, mas...

"Já levou alguma obra de arte pra casa?"

"Não. Nunca."

"Algum motivo pra acharem que você levou? Alguém leva pra fora da galeria? Pra mostrar pra um comprador, talvez?"

"Não funciona assim. Se um comprador conseguir uma visitação particular, é no escritório. A gente não tem seguro pra andar com obras de arte por aí."

"Ah", disse Martin. "O pessoal do seguro. Claro. Metem o nariz em tudo. Nunca pensei nisso. Alguém no trabalho com quem você não se dê bem?"

"Não. Não é um lugar assim. Todo mundo se dá bem." Ou se dava, pelo menos, mas...

"E em casa? Você tem alguma coisa de valor que alguém pudesse querer?"

"Hum..." A enxurrada de perguntas estava começando a me deixar desorientado; ele ficava mudando de assunto e eu estava precisando usar toda minha concentração para acompanhar. "Acho que o meu relógio... eu tenho um relógio de ouro antigo que era do meu avô, ele colecionava, sabe? E não fiquei com o mais bacana porque um dos meus primos é mais velho que eu, o Leon. Ele não parece, mas tem..." Eu havia me perdido. Demorei um tempo agonizante, enquanto os detetives me olhavam com um interesse educado, para lembrar do que estava falando. "Certo. É. Acho que o meu talvez valha umas mil pratas."

"São lindos esses relógios antigos", disse Martin. "Eu não gosto de coisa moderna, desses trambolhos Rolex. Não tem classe. Você usa pra sair? Alguém teria visto você usando?"

"Sim, eu uso. Não sempre, em geral eu olho a hora no celular, sabe? Mas, se houver uma inauguração ou uma, uma reunião ou... aí sim."

"Você tava usando naquela noite?"

"Não. Quer dizer..." O encontro com Richard, um momento mais sério. "Sim, acho que tava usando naquele dia. Mas aí, provavelmente, quando fui pra cama, devia estar na minha mesa de cabeceira... Eles levaram?"

Martin balançou a cabeça. "Não tenho certeza. Vou ser sincero, não me lembro de ter visto um relógio de ouro, mas isso não quer dizer que não estivesse lá." A ideia daqueles caras remexendo meu apartamento gerou um embrulho no meu estômago, além de um outro bem mais frio e mais urgente: eu tinha aquele haxixe e, *merda*, não havia um pouco de cocaína que sobrou daquela festa de dia de São Patrício? Mas, se eles estivessem planejando pegar no meu pé por causa daquilo, já teriam mencionado...

"E o seu carro?", perguntou Martin.

"Ah", falei. Meu carro nem havia passado pela minha cabeça. "É. É um BMW cupê. Tem alguns anos, mas ainda deve valer... Eles levaram?"

"Levaram, sim", disse Martin. "Sinto muito. Estamos de olho nele, mas ainda não deu em nada."

"O seguro vai resolver, não se preocupe", disse o cara do terno extravagante, de um jeito consolador. "Vamos te dar uma cópia do relatório."

"Onde tava a chave?", quis saber Martin.

"Na sala. No, no..." A palavra sumiu de novo. "... no aparador."

O detetive soprou ar pela boca. "Visível pela janela, cara. Você deixava a cortina aberta?"

"Quase sempre. Sim."

Martin fez uma careta. "Você vai tomar mais cuidado a partir de agora, né? A cortina tava aberta na noite de sexta?"

"Eu não..." Chegar em casa, ir para a cama, tudo o que acontecera entre uma coisa e outra, tudo era uma lacuna, um buraco negro tão grande que eu nem queria chegar perto. "Eu não lembro."

"Você saiu de carro naquele dia?"

Demorei um momento, mas: "Não. Deixei em casa". Eu tinha decidido que, fosse lá o que acontecesse com Richard, eu ia precisar de umas cervejas.

"No estacionamento em frente ao prédio."

"É."

"Você dirige na maior parte dos dias?"

"Não. No geral, vou andando pro trabalho quando o tempo tá bom, pra me poupar do estresse de estacionar na cidade, sabe? Mas, quando tá chovendo ou se eu saio atrasado, aí sim, vou de carro. E também quando vou pra algum lugar no fim de semana. Acho que uns dois dias por semana? Três?"

"Quando foi a última vez que você saiu com ele?"

"Acho que..." Eu sabia que tinha ficado alguns dias em casa antes daquela noite, só não conseguia me lembrar direito de quanto tempo. "No começo daquela semana? Segunda?"

Martin ergueu uma sobrancelha para verificar: *Tem certeza?*

"Segunda?"

"Talvez. Não lembro. Talvez tenha sido no fim de semana." Eu entendia aonde ele estava indo com aquilo. O estacionamento era aberto para a rua, sem portão. Martin achava que alguém havia notado meu carro, visto quando entrei nele, observado as janelas até identificar meu apartamento e depois entrado para procurar a chave. Apesar dos elementos sinistros — eu deitado com satisfação no sofá comendo batatinha e vendo televisão, os olhos no vão escuro entre as cortinas —, gostei dessa teoria bem mais do que da minha sobre Gouger. Roubar um carro não era uma coisa pessoal, e havia uma chance muito pequena de o ladrão voltar.

"Mais alguma coisa de valor?", perguntou Martin.

"Meu laptop. Meu Xbox. Acho que só isso. Eles...?"

"Sim", disse o cara do terno extravagante. "A televisão também. Essas são coisas comuns, coisas fáceis de vender por uma graninha baixa. Nós guardamos os números seriais em arquivo se você tiver, mas..."

"O que a gente tá tentando entender", interrompeu Martin, "é por que você."

Os dois me olharam, ambos com a cabeça inclinada e um meio-sorriso cheio de expectativa.

"Não sei", falei. "Porque eu moro no térreo, talvez. E meu alarme não tava ligado."

"Pode ser", concordou Martin. "Crime de oportunidade. Isso acontece mesmo. Mas tem muitos outros térreos por lá. Muitas pessoas não ligam o alarme. A essa altura, a gente tem que se perguntar: será que tem algum outro motivo pra terem te escolhido?"

"Não que eu consiga imaginar." E, como eles mantiveram os olhares comedidos e esperançosos, acrescentei: "Eu não fiz *nada*. Não estou envolvido em *crimes* nem coisa do tipo".

"Tem certeza? Porque, se estivesse, essa seria a hora de falar. Antes que a gente descubra de alguma outra forma."

"*Não tô.*" Aquilo estava começando a me deixar nervoso: o que eles achavam que eu havia feito? Traficado drogas? Vendido pornografia infantil na *dark web*? "Podem perguntar pra qualquer pessoa. Podem me investigar o quanto quiserem. Eu não fiz *nada*."

"Tudo bem", disse Martin de forma agradável, acomodando-se na cadeira com um braço passado pelo encosto. "Nós temos que perguntar."

"Eu sei. Entendo."

"A gente não estaria fazendo nosso trabalho se não perguntasse. Não é pessoal."

"Eu sei. Eu não... Eu só tô falando."

"Perfeito. É só isso que a gente quer."

O cara do terno extravagante virou uma página. Martin arqueou as costas (a cadeira de plástico vagabunda gemeu sob o peso dele) e ajeitou a cintura da calça com os polegares. "Meu Deus", disse ele. "Preciso parar com as frituras. A patroa vive falando isso. Agora, Toby, conta pra gente sobre a noite de sexta. Começa com a hora que você saiu do trabalho."

"As coisas estão meio picotadas", respondo, incerto. O que era um eufemismo. As lembranças que consegui recuperar haviam retornado em vislumbres e sustos ao longo dos meses; naquele momento, dependendo de onde eu estava no ciclo de analgésicos, às vezes ficava convencido de que estava na faculdade, que tinha bebido demais no Baile Trinity e batido a cabeça ao cair da estátua de Edmund Burke em frente ao Front Arch.

"Me dá o máximo que puder. Quanto mais, melhor. Mesmo que não pareça relevante. Quer que eu pegue mais água antes de você começar? Um pouco de suco?"

Contei para eles o que lembrava, que naquele ponto eram basicamente alguns momentos do bar e da caminhada para casa, aquela imagem única dos dois caras me olhando do outro lado da sala e mais uns dois momentos ruins de quando eu estava no chão. Martin ouvia com as mãos unidas sobre a barriga, assentindo e interrompendo de vez em quando para fazer uma pergunta: eu podia descrever qualquer pessoa que tinha estado no bar? Qualquer pessoa que eu tivesse visto no caminho para casa? Havia sentido que alguém estava me seguindo? Conseguia me lembrar de girar a chave na porta do prédio, havia alguém por perto? Atrás dele, a televisão piscava com infindáveis imagens luminosas e trêmulas, crianças de desenho animado esticando os braços em uma coreografia de dança, apresentadores alegres com olhos e bocas arreganhados, garotinhas segurando bonecas cujos sorrisos brilhantes e ensaiados eram iguais aos delas. O cara do terno extravagante balançou a caneta, fez um rabisco e voltou a escrever.

Quando chegamos na parte central da noite, as perguntas ficaram mais detalhadas e mais insistentes. Eu era capaz de descrever o cara com as mãos esticadas para pegar a televisão? Altura, porte, cor da pele, roupas? Alguma tatuagem ou marca? E o cara segurando meu laptop? Eles tinham dito alguma coisa? Algum nome? Apelido? Como eram os sotaques? Havia algo de incomum nas vozes, um ceceio, um gaguejo? Eram agudas ou graves?

Contei o que pude. O cara perto da televisão devia ser da mesma altura que eu, então tipo um metro e oitenta?, magro, branco, com acne; talvez uns vinte e poucos anos, pelo que consegui avaliar; um conjunto de moletom escuro, um boné; sem tatuagens ou marcas que eu tivesse visto. O que estava segurando meu laptop era alguns centímetros mais baixo, eu achava, um pouco mais corpulento; branco; algo na forma com que ele se portava me fez pensar que talvez fosse mais velho, com mais de 25 anos, talvez; um conjunto de moletom escuro e boné; sem tatuagens ou marcas. Não, eu não consegui ver qual era a cor do cabelo, os bonés escondiam. Não, eu não consegui ver se eles tinham barba ou bigode, o casaco cobria a parte inferior do rosto. Não, eu não me lembrava dos homens terem dito nomes. Os dois tinham sotaque de Dublin, não havia nada de distinto nas vozes que eu pudesse me lembrar. Não, eu não tinha cem por cento de certeza (Martin voltava a cada pergunta duas ou três vezes, elaborando de forma um pouco diferente a cada nova tentativa; depois de um tempo, eu não sabia mais o que eu realmente lembrava e o que estava conjecturando apenas para dar uma resposta); mais de cinquenta; oitenta? Setenta por cento?

Eu estava começando a perder o controle da conversa. Falar sobre aquela noite estava me afetando, mais em um nível físico do que emocional: um tremor sombrio e implacável em meu estômago, um aperto crescente na garganta, minha mão ou meu joelho pulando feito uma pulga. E minha medicação analgésica estava começando a perder o efeito. As cores da televisão estavam ficando mais duras; as vozes dos detetives e a minha arranhavam a parte interna do meu crânio. Com uma urgência fraca e doentia que aumentava a cada segundo, eu queria que aquilo acabasse.

Martin deve ter reparado. "Certo", disse ele, se empertigando na cadeira e lançando um olhar para o cara do terno extravagante. "Por hoje tá bom. Tem bastante coisa pra gente começar. Você foi ótimo, Toby."

"E você preocupado de não saber o suficiente para ser útil", disse o cara do terno extravagante enquanto fechava o caderno e o enfiava no bolso do paletó. "A gente vê muito sujeito que não levou porrada na cabeça e que não consegue oferecer tanto. Parabéns pra você."

"Certo", falei. Minha cabeça estava tremeluzindo; eu só queria aguentar até aqueles dois saírem do quarto. "Que bom."

Martin se levantou e arqueou o corpo, a mão nas costas. "Meu Deeeus, essa cadeira. Se eu ficasse mais tempo nela teria de ir pra cama do quarto ao lado. O médico disse que você vai sair em algum momento da semana que vem, né?" Era a primeira vez que eu ouvia aquilo. "Você vai poder dar uma olhada no seu apartamento e nos dizer se falta mais alguma coisa, se tem alguma coisa lá que não devia estar. Beleza?"

"Claro. Sem problemas."

"Ótimo. Se acontecer alguma coisa antes disso, vamos te atualizando." Ele me ofereceu a mão. "Obrigado, Toby. Sabemos que isso não pode ter sido fácil pra você."

"Tudo bem." A mão dele era enorme, engoliu a minha, e, apesar de o aperto não ter sido esmagador, gerou uma dor que subiu pelo meu braço. Eu ainda estava sorrindo e assentindo feito um idiota, tentando calibrar o sorriso para uma simpatia educada e seguro de que estava pendendo para um esgar sombrio ou uma careta louca, quando percebi que eles tinham ido embora.

Sean e Dec tinham enviado mensagens algumas vezes para perguntar quando podiam me visitar, mas eu não queria vê-los, ou, mais precisamente, não queria que eles me vissem. Porém, após a conversa com os detetives, as coisas pareceram um pouco diferentes; a teoria envolvendo ladrões de carro arrancou pelo menos uma camada de medo — o terror irracional de que os homens ainda estivessem me olhando a partir de uma escuridão nebulosa, fixamente, ávidos, esperando que eu saísse do hospital para que pudessem aproveitar a próxima chance. Se Martin e o outro sujeitinho lá estivessem certos (e eles eram detetives, profissionais experientes, Martin parecia fazer aquilo desde antes de eu nascer; eles saberiam, não saberiam?), eu só precisava comprar a droga de um Hyundai e manter as cortinas fechadas, e isso dava para fazer. A confusão toda parecia um nó pequeno e sólido, mais claro e mais gerenciável; até a parte física parecia que talvez, só talvez, pudesse ser temporária. Mandei mensagem para Sean e Dec na manhã seguinte e falei para eles virem.

Eles vieram direto do trabalho, de terno e gravata, o que me deixou muito feliz de ter pedido à enfermeira para soltar meu soro, assim consegui tirar a terrível camisola do hospital e (trancado no banheiro, fervendo de raiva impotente, mordendo o lábio até sentir gosto de sangue quando minha perna esquerda se recusou a obedecer) lutar para vestir uma calça de moletom e uma camiseta que minha mãe tinha levado. Eles bateram com delicadeza na porta e praticamente entraram na ponta dos pés, preparados para permanecerem firmes e neutros perante quase qualquer coisa... "Meu Deus", falei, em um tom alegre e sarcástico, "não é um enterro. Entrem."

Os dois relaxaram. "Bom te ver, cara", disse Dec, abrindo um sorriso. Ele foi até minha cama e me deu um aperto de mão demorado com as duas mãos. "Muito bom."

"É bom te ver também", falei, retribuindo o aperto e o sorriso. Era mesmo bom vê-los, bom, mas estranho; parecia já fazer muito tempo, como se eu devesse estar perguntando o que eles andavam fazendo da vida agora.

"É, é ótimo te ver", disse Sean, apertando minha mão e dando um tapinha cuidadoso no meu ombro. "Como você tá indo?"

"Nada mal. Fiquei bem dolorido por alguns dias..." A voz arrastada e úmida fez com que eu me encolhesse, mas meu queixo ainda estava machucado e inchado, é claro que eles botariam a culpa nisso. "... mas tá passando. Senta aí."

Sean puxou a cadeira de visitantes, e Dec se sentou — com cuidado, verificando se estava atrapalhando o soro —, na beira da minha cama. "Amei o cabelo", disse ele, apontando para a minha cabeça. Àquela altura, eu já estava tomando banho e me barbeando (embora tudo levasse muito tempo e eu às vezes tivesse de me sentar no chão do chuveiro por um tempo quando vinha uma vertigem), e a energia de filme de zumbi tinha passado um pouco, mas eu ainda não tinha feito nada no cabelo. "Você podia entrar em todas as boates da moda com essa aparência aí."

"Devia raspar uma sobrancelha pra combinar", disse Sean. "Ia começar uma moda hipster."

"Tô pensando em fazer um..." Encontrei a palavra bem na hora. "... um moicano. Será que Melissa ia gostar?"

"Acho que Melissa vai gostar de qualquer coisa que você fizer agora. Manda ver no moicano."

Dec estava ajeitando distraidamente meu cobertor e me observando. "Você parece bem, cara", disse ele. "Quer dizer, não bem *bem*, tipo, eu não te aconselharia a entrar no Ironman nem nada. Mas a gente ficou com medo de você estar fodido."

"Meu Deus", disse Sean. "Você é um cara de muito tato, sabia?"

"Ah, ele sabe o que a gente quer dizer." Depois, falou para mim: "A gente não sabia como você tava, entende? Melissa ficava dizendo que você tava ótimo...". E aquilo foi bom de ouvir. "Mas é a Melissa; ela é sempre otimista com tudo. E isso é maravilhoso, não me entenda mal, mas... ficamos preocupados. Mas é bom ver que você tá legal."

"Eu tô legal", falei. E estava mesmo naquela hora, ou o mais perto disso possível: tinha planejado com cuidado minha dose do botão de Pavlov de analgésicos e esperado por mais de uma hora depois do bipe, com uma dor de tremer a coluna aumentando na cabeça, só para ter certeza de que estaria no ponto perfeito do ciclo quando eles chegassem. "Tenho que ajeitar um dente, mas, fora isso, só preciso descansar mais um tempo."

"Meu Deus", disse Dec, examinando o dente com uma careta. "Filhos da mãe."

"A polícia pegou os caras?", perguntou Sean.

"Não. Eles acham que os bandidos tavam atrás do meu carro e estão de olho nisso. Mas vou esperar sentado."

"Espero que eles caiam de uma ponte", disse Dec.

"Porra", falou Sean. "Você pode comprar outro carro. Só pega leve e melhora. Falando nisso..." Ele ergueu um saco de papel grande e cheio, que entregou para mim. "Toma."

Dentro, havia uma pilha de revistas (*Empire*, a *New Scientist*, *Commando*), um livro de Bill Bryson, um livro de sudoku, um livro de palavras cruzadas, um kit de aeromodelo e uns seis pacotes de batata frita chique com uma variedade de sabores surreais. "Ei, valeu, caras", falei, emocionado. "Isso é ótimo." Eu não teria conseguido fazer um sudoku nem montar um aeromodelo da mesma forma que não conseguiria pilotar um caça, mas o fato de meus amigos acharem que eu conseguia fez com que eu me sentisse bem.

"Não é nada", respondeu Sean, olhando para a cadeira de um jeito perplexo enquanto tentava ficar à vontade. "É pra te manter ocupado."

"Achamos que, se você tivesse mesmo bem, estaria morrendo de tédio", disse Dec.

"Eu tô morrendo de tédio. Alguma novidade?"

"Ah, sim, temos novidades", disse Sean, esquecendo a cadeira. "Adivinha o que ele fez?" Ele apontou com o polegar para Dec, cuja expressão era uma bela mistura de tímido, defensivo e satisfeito consigo mesmo.

"Você tá grávido."

"Ha ha."

"Pior", disse Sean em um tom sombrio.

"Ah, meu Deus", falei, a ficha caindo. "Você não fez isso."

"Fez, porra."

"Jenna?"

Dec tinha os braços cruzados e o queixo projetado para a frente, e seu rosto adquiriu um tom lindo de rosa. "Eu tô feliz. Isso não tá bom pra você?"

"Cara", falei. "Você também levou porrada na cabeça? Lembra o que aconteceu da última vez?"

Sean virou as palmas das mãos para cima: *Exatamente.* Dec e Jenna haviam ficado juntos por menos de um ano e terminaram umas seis vezes nesse tempo. A última vez havia envolvido um festival dramático de proporções épicas: incluindo uma aparição de Jenna no trabalho de Dec por quatro dias seguidos para suplicar, entre soluços, que os dois tentassem de novo; cortar as letras "FODA-SE" numa camiseta que ele tinha deixado na casa dela e enviar os restos pelo correio; e disparar textões furiosos e incoerentes para todos os amigos do Facebook dele, inclusive os pais.

"Isso foi *ano passado*. Ela tava passando por muita coisa. Mas já resolveu a cabeça."

"Ele vai acordar qualquer manhã dessas com o próprio pau na boca", comentou Sean.

"Isso seria sorte", falei. "Ele vai é acordar com outra coisa, um teste de gravidez positivo na cara."

"Eu pareço burro? Eu uso camisinha. Não que seja da sua..."

"Ela também não é burra. Basta um alfinete e pronto, quem é o papai agora?" Eu estava amando aquilo, cada segundo. Pela primeira vez desde aquela noite, eu me sentia quase normal, uma pessoa de verdade. Eu não tinha me dado conta do quanto meu corpo inteiro estava rígido de tensão até uma parte dela passar, e a dissipação foi tão maravilhosa que eu me sentia capaz de rir, chorar ou beijar aqueles dois.

"Fodam-se", disse Dec, apontando um dedo do meio para cada um de nós. "Vocês dois. Eu tô feliz. Se tudo der merda, aí vocês vão poder dizer *Eu avisei...*"

"Nós vamos dizer", eu e Sean falamos juntos.

"Fiquem à vontade. Até lá, se não tiverem nada de bom pra dizer, não digam nada. E você...", apontou para mim, "você precisa ser mais legal ainda comigo. Quer saber por quê?"

"Não sai mudando de assunto", disse Sean.

"Você, cala a boca. Olha", disse Dec para mim, inclinando o corpo, de olho na porta e com um sorrisinho surgindo. "Que remédios você tá tomando?"

"Por quê? Quer também?" Virei o soro na direção dele de forma convidativa.

"Ah, quero demais. Dá um golinho aqui."

Ele fingiu que ia pegar; eu bati na mão dele. "Vai se foder. Eu que não vou dividir."

"Falando sério. O que tem aí?"

"Analgésicos. Dos bons. Por quê?"

"Viu?", disse Sean para Dec. "Eu falei."

"Ele não disse que *tipo* de analgésico. Pode ser..."

"Do que vocês estão falando?", perguntei.

Dec enfiou a mão no bolso interno do casaco e, de olho na porta outra vez, tirou de lá uma garrafinha prateada. "A gente trouxe outro presente."

"*Ele* trouxe outro presente", disse Sean. "Já *eu* falei que ele era um idiota do caralho. Se misturar essa coisa com medicamentos fortes, você pode até morrer."

"O que tem aí?", perguntei a Dec.

"Macallan's, é isso o que tem aqui. Dezesseis anos. Com a força do barril. Só o melhor pra você, meu filho."

"Parece coisa boa", falei, esticando a mão.

Assim que chegou perto de atravessar o limite, claro, Dec pareceu em dúvida. "Tem certeza?"

"Meu Deus, cara, foi você que comprou. Ou você veio só me provocar?"

"Eu sei, é. Mas você não quer pesquisar os remédios no Google primeiro pra ver se...?"

"Você por acaso é minha mãe? Passa pra cá."

Dec lançou um olhar de dúvida para o saco de soro, como se fosse um cachorro traiçoeiro que pudesse pular na minha garganta caso fosse incomodado, mas me passou a garrafa. "Ele tá certo", disse Sean. "Sempre tem uma primeira vez. Pesquisa as interações medicamentosas no Google."

Abri a garrafa e inspirei fundo. O uísque preencheu meu nariz, um aroma de passas e noz-moscada misturado a noitadas inconsequentes e risadas incontroláveis, idiotices e conversas longas, sinceras e sem rumo, tudo que enfiasse um dedo do meio na cara daquele lugar horroroso e da última semana horrorosa. "Aí sim", falei. "Dec, cara, você é um gênio." Inclinei a cabeça para trás e tomei um gole grande. Queimou lindamente, generosamente, até lá embaixo. "Rá!", falei, balançando a cabeça.

Os dois me olhavam como se eu pudesse entrar em combustão espontânea ou cair morto a qualquer momento. "Meu Deus", falei, e comecei a rir. "Deviam ver a cara de vocês. Eu tô bem. Aqui..." Ofereci a garrafa para eles. "Seus covardes."

Surpreendentemente, foi Sean quem, depois de um momento, soltou uma gargalhada e pegou a garrafinha. "Tudo bem", disse ele, erguendo o frasco na minha direção. "Um brinde a viver perigosamente. Um pouco menos perigosamente daqui por diante, certo?"

"O que você disser", falei, ainda sorrindo, enquanto ele bebia. O álcool havia batido no meu organismo, e fosse o que estivesse fazendo lá dentro, a sensação era ótima.

Sean soprou ar como se estivesse subindo de um mergulho. "Meu Deus! Que lindo. Se ele acabar morrendo, eu diria que valeu a pena."

"Eu falei", disse Dec, pegando a garrafinha. "Um brinde a viver perigosamente." Depois que bebeu, ele abriu um sorriso significativo. "Ahhh. *Chapeau* pra mim, se é que posso dizer isso." Mas, quando estiquei a mão, ele não me devolveu a garrafinha. "Guarda o resto, tá? Pro caso de você precisar de um pouco de ânimo mais tarde. Esse lugar deixa qualquer um de bode."

"Eu não tô de bode. Eu fico deitado o dia inteiro com mulheres de roupa de enfermeira trazendo café na cama. Você ficaria de bode?"

"Mesmo assim. Não falta muito. Aguenta firme. Vai dar tudo certo..." Ele começou a esconder as coisas na prateleira do armário ao lado da cama.

"Ah, meu Deus, assim não. Me dá aqui." Tomei a garrafinha da mão dele e comecei a procurar no armário algo em que enrolá-la. "A enfermeira encarregada, sei lá como se diz, ela é doida. Eu tinha um ventilador, sabe? Ela tirou porque disse que *espalharia germes*. Se ela me pegar com isso, ela vai... sei lá, me botar de castigo ou..."

O armário ficava do lado direito da minha cama, e, para alcançá-lo com mais facilidade, eu tinha passado a garrafinha para a mão esquerda. Senti o frasco escorregando, apertei com força e observei com impotência enquanto o objeto deslizava entre meus dedos como se estes fossem feitos de água, quicava no corredor e caía no chão. A tampa estava frouxa; um pouco de uísque se espalhou no piso verde-vômito.

Houve um instante de silêncio paralisado: Sean e Dec de olhos arregalados e incertos, e eu sem conseguir respirar. Mas Sean se inclinou para o lado, pegou a garrafinha, apertou a tampa e a devolveu para mim. "Aqui", disse ele.

"Valeu." Consegui enrolar a garrafinha em um saco plástico e enfiei tudo no armário ao lado da cama, com o ombro virado para que os rapazes não vissem o quanto eu estava tremendo.

"Machucaram a sua mão?", perguntou Dec com tranquilidade. Sean encontrou um guardanapo de papel na mesa de rodinhas, jogou-o no chão e começou a limpar o líquido com o pé.

"Aham. Com um chute ou algo assim." Meu coração batia loucamente. "Tá tudo bem. Os médicos disseram que tem um certo dano nos nervos, no meu pulso, sabe? Mas não é nada demais. Uns meses de fisioterapia e vou estar bem." Os médicos não haviam dito nada do tipo. O neurologista, um coroa flácido e pesado com a palidez úmida de alguém que tivesse ficado preso em um porão durante anos, tinha se recusado de forma gritante e arrogante a me dizer qualquer coisa em relação a *se* ou *quando* ou *com que* extensão eu poderia esperar melhorar. Aparentemente, aquilo dependia de muitos fatores que, obviamente, ele não tinha intenção de listar para mim. Em vez disso, me interrompendo a cada vez que eu gaguejava ou arrastava a voz, os olhos distantes como se eu estivesse além da atenção dele, o neurologista tinha desenhado cortes úteis da minha cabeça com e sem o hematoma, informando que minhas deficiências residuais ("isso quer dizer os problemas que ainda não passaram") eram "realmente pequenos" e que eu deveria me considerar um cara de sorte. Depois me disse para fazer fisioterapia como um bom menino e foi embora enquanto eu ainda tentava arrumar uma forma de falar para ele que aquilo era da minha conta, sim. Eu ainda ficava tonto de raiva só de pensar naquele cara.

Sean assentiu, enrolou o guardanapo molhado e procurou a lixeira. Depois de um momento, Dec disse: "Pelo menos não é a sua mão da punheta". A explosão de gargalhadas que nós três demos foi alta demais e demorada demais.

Quando eles foram embora, estávamos terminando um saco de batatas e rindo com facilidade de novo; Sean e eu estávamos aconselhando Dec a tirar vantagem do fato de que já estava em um hospital para avaliar quais doenças Jenna podia ter passado para ele, e Dec estava ameaçando me dedurar para a enfermeira-chefe por beber caso eu não calasse a boca; do lado de fora, tudo teria parecido bem, perfeitamente bem, três grandes amigos batendo papo e se divertindo. Mas, um tempo depois, quando peguei a garrafinha (ficar bêbado parecia uma ideia excelente, e fosse lá o que a mistura de álcool e remédios acabasse fazendo comigo, por mim tudo bem), ela pareceu ridícula, a silhueta arrogante e prateada deslocada por completo entre toda a funcionalidade intransigente e as cores institucionais do hospital. Parecia piada, um deboche da minha cara por pensar (*estúpido, patético*) que bastaria alguns goles de bebida e, tá-dá! Tudo voltaria ao normal. O fedor do uísque deixou meu estômago embrulhado, e eu guardei a garrafinha.

Alguns dias depois, me deram alta. Haviam colocado um removedor de grampos na minha cabeça, deixando uma cicatriz comprida e vermelha cercada de pontos vermelhos onde os grampos ficavam, e desconectado meu soro com analgésico; fiquei um pouco nervoso com aquilo, mas os comprimidos que me deram estavam funcionando bem, e minhas costelas e meu cóccix pareciam bem melhores mesmo — até a dor de cabeça parecia menos constante. Recebi a visita de um fisioterapeuta, que me passou vários exercícios que esqueci logo em seguida e um cartão com um horário marcado em uma clínica em algum lugar que eu perdi logo em seguida. Também tinha recebido a visita de uma assistente social, terapeuta ou algo assim, uma mulher magrela de óculos enormes e sorriso meloso que me deu um monte de folhetos falando sobre "Lesões Cerebrais e Você" (com capas muito simples mostrando pessoinhas monocromáticas em vetor, diagramas de uma pessoinha colocando coisas em seu Arquivo da Memória e tirando de volta, explicações de por que eu deveria comer muitas hortaliças coloridas, *"No começo eu não queria cochilar depois do almoço, mas as sonecas ajudam muito. Eu ainda me canso, mas me sinto bem melhor" — James, de Cork*, e muitos planejamentos úteis: *Coisas importantes para fazer hoje; Coisas que deram certo hoje*) e sugeriu que, caso sentisse raiva, eu deveria pendurar uma toalha em um varal e bater nela com uma vara.

Também recebi outra visita do neurologista de merda, o que foi divertido. Todas as minhas perguntas (Quando eu posso voltar ao trabalho? Quando posso tomar umas geladas? Transar? Ir à academia?) foram completamente ignoradas ou recebidas com a mesma resposta casual e irritante — "Quando você se sentir pronto" —, o que, claro, era exatamente o que eu estava perguntando: quando eu me sentiria pronto? A exceção foi o *Quando eu posso dirigir?*, que nem tinha passado pela minha cabeça perguntar: o neurologista (com o queixo cheio de papadas apontado para baixo, as sobrancelhas erguidas de forma proibitiva acima dos óculos, quase balançando o dedo na minha cara) informou que eu não tinha permissão nenhuma de me sentar ao volante de um carro por motivo de possíveis convulsões. Após seis meses, caso as convulsões não tivessem acontecido, eu poderia procurá-lo para um check-up e pedir com educação *se seria possível por favor ter minha habilitação de volta*. Eu andava me esforçando para não pensar na possibilidade de convulsões, mas, naquele momento, toda a força cerebral que me restava seguia concentrada no quanto eu queria chutar a bunda do neurologista, então passei a conversa inteira sem cair em um poço fundo de pavor (*Coisas que deram certo hoje!*).

Minha mãe vinha me pegar em uma hora, e eu estava vagando inutilmente pelo quarto, tentando decidir o que fazer com o acúmulo de coisas que ocupava todas as superfícies. Achava que não queria nada daquilo (de onde tinha vindo um coelho azul de pelúcia?), mas talvez uma parte da comida parecesse mais apetitosa quando eu estivesse em casa e não tivesse vontade de ir ao mercado, e, sem dúvida, eu leria alguns dos livros e revistas em algum momento, e as flores da minha mãe estavam em vasos que ela talvez quisesse de volta... Duas semanas antes, eu teria jogado tudo no lixo com alegria, dito para a minha mãe que não tinha ideia de onde estavam os vasos e comprado peças novas para ela.

Eu estava olhando para o coelho de pelúcia em minhas mãos sem saber o que fazer (Melissa teria mesmo levado aquela coisa? Será que ela esperava que eu o guardasse?) quando houve uma batidinha na porta e o detetive Martin colocou a cabeça pela fresta.

"Oi", disse ele. "Gerry Martin. Lembra de mim?"

"Ah", falei, aproveitando com gratidão a oportunidade de esquecer o coelho. "Claro. Encontrou os caras?"

"Meu Deus, homem, dá um tempo pra gente. Essas coisas não acontecem da noite pro dia." Ele olhou a mesa de rodinhas. "É Monster Munch pra caramba que você tem aí."

"Eu sei. A minha mãe..."

"Ah, as mamães...", disse Martin com indulgência. "Não dá pra convencer. Posso pegar um saquinho? Tem tanto aí que dá pra alimentar um exército."

"Claro. Pode escolher."

Ele pegou um pacote sabor rosbife e o abriu. "Obrigado. Tô morrendo de fome." Com a boca cheia, acrescentou: "A gente soube que iam te liberar, por isso viemos te dar uma carona. Bannon tá lá embaixo com o carro".

"Mas...", falei após um segundo de perplexidade. "Minha mãe vem me buscar."

"A gente liga pra ela, claro. Pra explicar a mudança de planos. Quanto tempo até você ficar pronto? Uns minutos?"

"Mas...", falei de novo. Eu não conseguia encontrar uma forma educada de perguntar, *Mas por quê?*

Martin entendeu. "Nós já te falamos: precisamos que você dê uma olhada na sua casa, veja o que tá faltando, se tem alguma coisa que não é sua e que eles podem ter deixado. Lembra?"

"Ah", falei. Eu lembrava, sim, mas supus que eles tinham dito para um dia ou dois depois de eu voltar para casa. "Agora?"

"Isso mesmo. Agora é quando você vai reparar em qualquer coisa fora do lugar. E você vai querer botar a casa em ordem, e só vai poder fazer isso depois que der aquela olhada." *Em ordem...* Nem tinha passado pela minha cabeça o estado em que meu apartamento poderia estar. Móveis virados, tapete sujo de sangue seco, moscas zumbindo... "Melhor fazer agora e voltar ao normal. Fica mais fácil." Ele jogou mais alguns salgadinhos na boca.

"Certo", falei. A ideia de entrar naquilo com Martin e o cara do terno extravagante prestando atenção logo atrás de mim era ruim, mas era bem melhor do que ter minha mãe junto, com aqueles olhos enormes de pena, apertando meu braço. Além do mais, eu tinha quase certeza de que ela estava planejando passar o trajeto inteiro de carro tentando me convencer outra vez a morar com ela por um tempo. "Tudo bem."

"Ótimo. Aqui..." Martin pegou a bolsa que minha mãe havia levado e a colocou na cama. "Você vai querer os livros, e aquele vaso ali parece ter custado uma nota. O resto pode ir pro lixo, certo?"

Entrar no meu apartamento foi pior do que eu esperava. Não estava o cenário de filme de terror que eu imaginava: na sala, os móveis estavam perfeitamente arrumados, os tapetes e o sofá haviam sido limpos (embora eu ainda conseguisse ver sombras de manchas de sangue e respingos em uma área chocantemente grande), todas as superfícies estavam imaculadas e brilhantes, sem sequer uma poeirinha em lugar algum; as gavetas do meu aparador estavam amontoadas em um canto, ao lado de pilhas cuidadosamente alinhadas contendo papéis, cabos e CDs que estavam dentro delas; havia até um vaso grande de flores roxas e brancas na mesa. Sol e sombras de folhas se espalhavam por toda parte.

Era o ar que estava errado. Sem perceber, eu tinha entrado ali procurando o cheiro suave e familiar de casa: torrada, café, minha loção pós-barba, o manjericão que minha mãe havia me dado, o cheiro de algodão fresco das velas que Melissa acendia às vezes. Tudo aquilo tinha sumido, evaporado; no lugar, havia o cheiro pesado das flores e uma camada intensa de produtos químicos por baixo, e eu tinha certeza de que, no fundo de tudo, também captei o odor suado e leitoso do cara que tinha corrido para cima de mim. O local não estava com cheiro de abandonado; estava com um cheiro intenso e febril de ocupado por alguém que não era eu e que não me queria por perto. Era como esticar a mão para o seu cachorro e ele recuar com os pelos eriçados.

"Leve o tempo que precisar", disse Martin atrás de mim. "Sabemos que é difícil pra você. Precisa se sentar?"

"Não. Obrigado. Eu tô legal." Apoiei a perna esquerda com mais força; se ela cedesse debaixo de mim agora, eu arrancaria aquela porra de uma vez...

"Sua namorada deve ter feito uma limpeza", disse o cara do terno extravagante. "A gente não deixou o lugar em boas condições. Tinha pó de digital por toda parte."

"Eles usaram luvas", falei em um tom mecânico. Eu tinha acabado de perceber que metade das gavetas estava quebrada, com pedaços de madeira para fora e as laterais soltas.

"Claro", disse Martin, "mas a gente não sabia disso. E, de qualquer modo, eles podiam ter tirado em algum momento, tipo quando você tava apagado. Melhor ter certeza, né?" Ele se acomodou de forma confortável, encostado em uma parede da sala, as mãos nos bolsos. "Dá uma olhada, me diz se percebe estar faltando alguma coisa. No seu tempo."

"A televisão", falei. Eu estava esperando aquilo, mas o espaço grande e vazio na parede parecia impossível, como se minha televisão fosse aparecer no lugar se eu piscasse com força. "E o Xbox. E meu laptop, a não ser que alguém tenha guardado... devia estar na mesa de centro..."

"Nenhum laptop", disse Martin. "Tinha alguma coisa nele que alguém pudesse querer?"

"Não. Quer dizer, os números dos meus cartões de crédito estão lá em algum lugar, mas eles podiam ter pegado a minha..." A parte de cima do aparador estava vazia. "Merda. A minha carteira. Devia estar ali, eu guardava ali..."

"Sumiu", disse o cara do terno extravagante. Ele estava com o caderninho na mão de novo, a caneta preparada. "Sinto muito. A gente cancelou o cartão e botou um aviso pra sermos notificados caso alguém tentasse usar, mas até agora nada."

"Ah", falei. "Obrigado."

"Mais alguma coisa?", perguntou Martin.

Meu olhar continuava sendo atraído para as sombras de sangue no tapete. A lembrança me pegou como um choque elétrico: minha respiração sufocada, dor, cortinas verdes, aquela mão enluvada se aproximando... "O castiçal", falei. Fiquei feliz de ouvir que minha voz soou normal, até mesmo calma. "Eu tinha um castiçal. Era de metal preto, desse tamanho assim, com formato de um corrimão retorcido com uma, uma, uma coisa tipo uma pétala em cima..." Não tive coragem de dizer a eles que havia saído com o castiçal do quarto, um herói preparado para dar uma surra nos bandidos. "Estava ali, no chão."

"Tá com a gente", disse Martin. "Levamos pra perícia. Achamos que foi com isso que bateram em você." Ele apontou para a têmpora. "Vamos devolver quando o Departamento Técnico terminar de examinar."

A cicatriz na minha cabeça coçou de repente, de um jeito horrível. "Certo", falei. "Obrigado."

"Mais alguma coisa? Algo que tá aqui e não devia estar?"

Olhei em volta. Meus livros estavam todos errados na estante; eu não queria perguntar se havia sido os ladrões que derrubaram ou os detetives fazendo a busca. "Acho que não. Não que eu tenha percebido."

"Aquelas gavetas ali", disse Martin, apontando. "Eles reviraram muito todas elas. Quando chegamos aqui, os papéis e tudo mais estavam espalhados pra todo lado." Outra lembrança fugaz, eu rastejando pelos destroços, que deslizavam embaixo de mim. "Alguma ideia do que eles podiam estar querendo?"

A gaveta de cima era onde estavam meu haxixe e o resto de cocaína. Aparentemente, os ladrões tiveram a consideração de levar os dois, a não ser que Martin estivesse blefando para ver se eu mentiria para ele; aquele rosto afável e neutro estava me observando, e eu não conseguia ler nada nele. "Não", falei, penteando o que tinha sobrado de cabelo em mim. "Quer dizer, não que eu me lembre. Em geral eram coisas que não tinham pra onde ir. Papéis, os discos de restauração do meu laptop, nem sei o que mais tinha lá..."

"Dá uma olhada mesmo assim", sugeriu Martin, só que não era realmente uma sugestão. "Talvez alguma coisa provoque uma lembrança."

Nada provocou lembrança. Comida de peixe de quando eu tinha um aquário anos antes, uma camiseta que eu pretendia devolver para a loja, mas tinha esquecido, e por que eu teria um CD do Radiohead? Alguém teria me emprestado, alguém estaria reclamando por eu não ter devolvido? Eu achava que havia uma câmera digital antiga ali, mas não tinha certeza e não consegui me lembrar quando Martin perguntou que fotos havia nela — férias em Mikonos antes da faculdade com os amigos, talvez, festas antigas, Natais em família? O sol estava transformando a sala em um terrário, e o cheiro químico estava me dando dor de cabeça, mas eu não queria sugerir abrir a porta do pátio se os detetives não estavam reclamando; a fechadura lá era nova e brilhante, não cobria totalmente a madeira clara lascada onde antes ficava a antiga, e eu não tinha a chave. Mudei de ideia sobre aqueles caras serem companhia melhor que a minha mãe. Pelo menos eu poderia ter dito para ela ir embora.

Eles me levaram por todo o apartamento de forma metódica, implacável, um aposento atrás do outro, uma gaveta atrás da outra. Minhas roupas também estavam guardadas errado. O relógio do meu avô tinha mesmo sumido: dei uma descrição para os detetives, e eles prometeram olhar as casas de penhores, antiquários e outros lugares que oferecessem dinheiro por ouro. Meus preservativos também tinham sumido, mas todos nós achamos que havia uma chance bem menor de descobrir onde estavam, não que eu os quisesse de volta — se fosse para impedir que aqueles caras se reproduzissem, eu estava mais que feliz em fazer uma doação. E todos rimos disso. Minha cabeça estava me matando.

"Certo", disse Martin, por fim, lançando um olhar para o cara de terno extravagante que o fez fechar o caderninho. "Vamos deixar você se acomodar. Obrigado por fazer isso, Toby. Nós agradecemos."

"Vocês...", falei. Estávamos no banheiro: impecável, os frascos todos enfileirados, o cômodo pequeno demais para nós três. "Vocês têm alguma ideia? De quem eles eram?"

Martin coçou a orelha e fez uma careta. "Não. Tô me sentindo meio culpado por isso, pra ser sincero com você. Normalmente, a essa altura, a gente já teria uma ideia de quem procurar: esse cara sempre entra usando o mesmo método, aquele outro esvazia a geladeira no chão e caga na cama, o outro tem uma tatuagem que bate com a descrição da vítima... Não tô dizendo que a gente sempre consegue prender o sujeito pelo que fez, mas em geral já teríamos quase certeza de quem ele é. Dessa vez..." Ele deu de ombros. "Nada tá soando familiar."

"Eles talvez fossem novos na atividade", disse o cara do terno extravagante, meio como quem pede desculpas, enquanto guardava a caneta. "Isso explicaria por que perderam a cabeça tão fácil. Novatos."

"Pode ser", disse Martin. "E você, Toby? Pensou em alguma coisa desde que conversamos?"

Naquele momento, minha cabeça estava lúcida o suficiente para eu não desconfiar mais de Gouger estar por trás da invasão, mas eu estava na dúvida em relação a Tiernan. Tinha ouvido muitas das reclamações dele (sobre donos idiotas e covardes de galeria que eram incapazes de apoiar um artista enquanto outra pessoa não tivesse dado o selo de aprovação; artistas mulheres maliciosas que usavam a astúcia e os peitos para conseguir espaço em galerias e na imprensa no lugar de homens bem mais talentosos; críticos desmiolados seguidores da moda que não reconheceriam uma arte inovadora nem se ela se apresentasse pessoalmente) para saber que Tiernan era do tipo que botava em outras pessoas a culpa dos próprios problemas; que ficava mal-humorado e obcecado e que tinha supostamente encontrado muitos sujeitos de reputação duvidosa com experiência em roubos durante suas viagens para a exposição. Eu ainda não pretendia contar à polícia a história toda, principalmente porque eu só tinha uma vaga desconfiança, mas queria ter prestado mais atenção aos jovens de Tiernan quando ele os levou à galeria. "Não", falei com facilidade. "Já repassei tudo. Nem sei quantas vezes, mas não consegui pensar em nada de novo."

Martin ficou parado me olhando de forma simpática, balançando o aro da toalha de mão com o dedo. "Nada?"

Não entendi o que aquilo queria dizer, se ele estava só torcendo para despertar minha memória ou se estava indicando saber que eu escondia alguma coisa. De repente, os dois detetives pareceram enormes no espaço pequeno e apertado, e eu me senti encurralado na banheira, sem saída. "Não. Nada", falei.

Após um momento, Martin assentiu. "Certo", disse ele com alegria. "Você tem nossos cartões. Né?"

"Acho que sim…" Eu tinha uma vaga lembrança deles me entregando cartõezinhos naquela primeira vez no hospital. Olhei em volta pelo banheiro, como se os cartões pudessem ter se teletransportado para a minha pia.

"Aqui", disse Martin, tirando do bolso e me entregando um cartão branco do tipo grande e claro, com um emblema chique da polícia. "Avise caso lembre alguma coisa. Tá bem?"

"Certo. Pode deixar."

"Ótimo. Vamos manter contato. Agora, relaxa; come alguma coisa boa, toma umas latinhas, deixa a arrumação pra depois." Em seguida, ele chamou o cara do terno extravagante: "Vamos?".

* * *

    Minha mãe chegou praticamente assim que os detetives foram embora, claro, com sacolas de compras inexplicáveis (o básico, pão e leite e não sei mais o que, misturados com coisas como um objeto nodoso bege que ela me informou ser gengibre, "porque sim"). Ela não ficou muito tempo e não fez nenhuma proposta para arrumar um carpinteiro e consertar as gavetas do aparador e nem nada. Minha mãe estava se adaptando, de forma gradual e cuidadosa, àquele novo mundo minado onde o filho estava preso, e eu não sabia se ficava grato ou a odiava por parecer achar que aquilo era permanente. Ela conseguiu não perguntar se eu ficaria bem sozinho; por outro lado, quando me abraçou na porta, consegui não me encolher.
    Depois do trabalho, Melissa foi até lá, carregando um saco cheiroso de comida tailandesa. Ela sentiu um prazer tão irrepreensível e emocionante por eu estar em casa que girava pela sala, posicionava talheres como se mal conseguisse manter os pés no chão, ligava o aparelho de som em uma estação de rádio cheia de grupos femininos dos anos 1960 e jogava beijos para mim sempre que cruzava meu caminho. Dessa forma, não pude deixar de ficar um pouco mais alegre. Eu não sentia fome desde aquela noite, mas meu prato picante de carne estava gostoso, e Melissa contou toda a saga de como tinha passado a semana anterior convencendo minha mãe a não adotar um cachorro para mim (meus pais amavam Melissa; felizmente, não eram do tipo que pegava no pé por causa de casamento ou netos, mas eu percebia que pensavam no assunto): "Ela tava determinada, Toby, disse que você nunca pôde ter um cachorro quando era pequeno por causa das alergias do seu pai, mas que seria *perfeito* agora, seria uma segurança a mais *e ainda por cima* te animaria. Seu pai ficou dizendo 'Lily, não vai dar certo, a imobiliária...', mas ela só ficou falando 'Ah, Edmund, quem liga pra isso, eu convenço eles!'. E, Toby...", Melissa começou a deixar escapar risadinhas. "O único problema que ela enxergava, o *único*... Ela achava que você não ia passar aspirador e a casa ia ficar cheia de pelos. Aí, ela..." Melissa estava rindo mais, e acabei dando risada também, apesar de minhas costelas doerem. "Ela decidiu comprar um daqueles poodles gigantes. Porque eles não soltam pelo. Ela ia deixar o bicho aqui esperando você, disse que seria a surpresa perfeita de volta ao lar..." A imagem de entrar no apartamento com os detetives e dar de cara com um poodle em toda sua resplandescência de pompons nos fez rir tanto que levei um susto ao perceber que estava tremendo. O dia tinha sido longo.

Mas, com o passar da noite, fui ficando irritado. Melissa, sem os sapatos, acomodada junto a mim no sofá, sonolenta — obviamente, tinha suposto que passaria a noite comigo. Para mim, aquilo era impensável, totalmente fora de questão. Eu não conseguia nem deixar minha mente tocar no que teria acontecido caso Melissa estivesse presente naquela noite, uma vez que eu teria sido incapaz de protegê-la. Comecei a me espreguiçar, bocejar e soltar indiretas de que seria esquisito dormir de novo na minha cama e que eu poderia ficar agitado demais, então, como precisava acordar cedo... Melissa entendeu depressa, sem ressentimentos; sim, também estava ficando com sono, era melhor ir agora, antes que cochilasse ali. "Em breve", falei, passando o dedo pela nuca de Melissa quando ela se curvou para calçar o sapato.

"Sim", disse ela, e se virou rápido para me dar um beijo intenso. "*Em breve.*"

Chamei um táxi para ela pelo celular para poder olhar o ícone do carrinho indo na direção da casa dela, prendendo o ar a cada vez que o veículo parava ou entrava em um lugar estranho. E ali estava eu: sozinho, enfim, naquele apartamento que se parecia tanto com o meu, mas que, de uma forma meio insidiosa, não era nem um pouco parecido com o meu, com minha bolsa largada junto à porta feito um viajante e sem ideia do que deveria fazer na noite, no dia seguinte ou no outro.

* * *

Os meses seguintes foram ruins. É difícil dizer se foi a pior época da minha vida, considerando tudo o que veio depois, mas definitivamente foi o pior dentre tudo que eu já tinha vivido até aquele momento, sem dúvida. Eu estava um poço de inquietação, mas não queria sair de dia; ainda estava com uma aparência subnutrida e estranha, ainda estava mancando e, embora meu cabelo estivesse crescendo e eu tivesse raspado o resto para ficar tudo igual, a cicatriz de Frankenstein ainda se destacava. Eu tinha planos de fazer longas caminhadas tarde da noite, andar pelas sombras de Ballsbridge de um jeito meio Fantasma da Ópera, mas acabou que também não consegui fazer nada disso. Eu voltava para casa a pé a qualquer hora da madrugada desde que era adolescente e nunca tinha sequer pensado em sentir medo; cauteloso, claro, quando via um drogado por perto ou um grupo de bêbados procurando confusão, mas nunca havia sentido esse miasma grosso de medo inespecífico poluindo o ar, corrompendo tudo em uma ameaça. Toda sombra podia esconder um agressor, todo transeunte podia estar esperando o momento certo de atacar, todo motorista podia estar a um instante de passar por cima do meu corpo... Como eu podia saber e o que faria? Cheguei a uns trinta metros do portão até que a adrenalina percorresse meu corpo como uma corrente elétrica. Comecei a respirar ofegante, dei meia-volta e corri para o apartamento o mais rápido possível, porque, apesar de não contar como um lugar seguro, pelo menos ali existiam limites gerenciáveis nos quais eu conseguia ficar de olho. Não tentei de novo. Em vez disso, ficava andando de um lado para o outro na sala, por horas sem fim, os ombros contraídos, as mãos enfiadas fundo nos bolsos do roupão. Ainda sinto o ritmo terrível, o passo andado e o arrastado, o passo andado e o arrastado, cada passo fazendo tudo voltar, mas eu não conseguia impedir; às vezes, eu acreditava que, enquanto estivesse acordado e me movendo, ninguém entraria, eu não teria uma convulsão... pelo menos nada pioraria. Às vezes, ficava andando até a luz cinzenta entrar pelas bordas das cortinas e os pássaros lá fora começarem a cantar.

Quando me obrigava a ir para a cama, eu tinha (previsivelmente) dificuldade para dormir. Enquanto estava no hospital, meus pais foram atenciosos e mandaram instalar um alarme monitorado no apartamento, com botão do pânico e tudo (eu conseguia imaginar minha mãe olhando os danos, os dedos apertados sobre a boca, procurando uma forma de voltar no tempo e impedir que acontecesse), e, embora eu entendesse a reação e o alarme provavelmente fosse uma boa ideia, uma parte de mim desejava que meus pais não tivessem feito aquilo. O botão do pânico era uma coisa retangular do tamanho de uma caixa de fósforos em um tom médico de vermelho, e ficava perto da minha cama, só que mais baixo, fora do alcance. Eu passava horas paralisado no colchão, prendendo o ar e me esforçando para ouvir o que viria em seguida depois de um clique ou arranhão que tivesse... ouvido? Imaginado? Prestes a explodir em gritos roucos e esbarrões? Eu devia mergulhar para o botão agora e correr o risco de um alarme falso e de não ser levado a sério quando o perigo fosse real ou devia esperar mais dez minutos torturantes, só mais dez, mais dez, correndo o risco de demorar demais e me debater freneticamente para cobrir aqueles centímetros impossíveis enquanto era atacado por golpes? O botão desenvolveu vida própria, inchado de simbolismo, uma única chance de salvação pulsando em vermelho no canto, e, se eu o tocasse cedo demais ou deixasse para tarde demais, seria meu fim. Desenvolvi o hábito de dormir equilibrado precariamente na beira da cama, com o braço caído de forma que meus dedos ficassem o mais perto possível do botão do pânico. Uma ou duas vezes, caí e acordei no chão, gritando e me debatendo.

Recebia muitas mensagens dos meus amigos, dos meus primos, dos meus contatos de trabalho. *Ei, cara, como você tá, churrasco na minha casa no sábado, você topa?... Oi, não quero incomodar, mas talvez seja bom você atender quando minha mãe ligar, senão ela vai dizer pros seus pais que você tá inconsciente no chão* — Susanna, com um emoji de carinha revirando os olhos em seguida. Memes e gifs e debochesde internet de Leon, supostamente para me fazer rir. *Oi, Toby, é Irina, eu soube o que aconteceu e espero que você esteja bem agora e que a gente possa te ver em breve...* A maioria eu não respondi, e, gradualmente, as mensagens foram ficando mais esparsas, o que me deixou irracionalmente aborrecido e com pena de mim mesmo. Richard ligou; como não atendi, ele deixou uma mensagem dizendo (com constrangimento, delicadeza, de forma realmente calorosa) que tudo no trabalho estava ótimo, que a exposição estava indo muito bem, que um colecionador grande tinha comprado a montagem do sofá de Chantelle e que eu não devia me preocupar com nada, só me concentrar em melhorar e voltar ao trabalho quando me sentisse pronto. Mensagens de texto de Sean, de Dec, *Podemos visitar? Que tal amanhã? No fim de semana?* Eu não queria vê-los. Não achava ter nada com que contribuir em uma conversa e não conseguia suportar a ideia de eles deixando uma nuvem de pena inarticulada, esperando estar longe da porta para falar: *Meu Deus. Ele... É, isso mesmo. Pobre coitado.*

Fisicamente, eu estava melhorando, ao menos até certo ponto. Meu rosto tinha voltado ao normal (exceto pelo dente lascado, que eu sabia que teria de consertar em algum momento), e minhas costelas e meu cóccix tinham cicatrizado direito, embora eu ainda sentisse uma pontada ou outra. Eu não havia tido convulsões até onde sabia, o que era bom, embora o neurologista tivesse me informado, com arrogância, que elas podiam começar meses ou até um ou dois anos depois da lesão. Às vezes, eu ficava quatro ou cinco horas sem analgésicos até a dor de cabeça voltar; eu gostava bem mais da vida com os comprimidos, que borravam as extremidades até as coisas ficarem quase suportáveis, mas estava pegando leve com eles para caso (eu nem queria pensar muito nessa possibilidade) os médicos se recusassem a renovar a receita quando os comprimidos acabassem.

A parte mental era outra história. Eu tinha uma boa e variada seleção dos sintomas nos livretos da assistente social: meu Arquivo da Memória parecia lindamente fodido (eu parava de repente no meio do banho tentando lembrar se já tinha lavado o cabelo ou não, ou no meio de uma conversa com Melissa, procurando a palavra *instante*), vivia exausto como James de Cork e minha capacidade de organização estava destruída ao ponto de que fazer café da manhã tivesse se tornado um desafio enorme e incrivelmente frustrante. Em termos práticos, tudo aquilo era menos problema do que poderia ter sido, acho, considerando que eu nem estava tentando fazer nada complexo como trabalhar ou socializar, mas isso não fazia com que eu me sentisse melhor.

De modo geral, estar em casa era pior do que estar no hospital. Pelo menos, naquele limbo esquisito e deslocado, meus sintomas não pareciam fora de lugar, enquanto ali, no mundo real, meus sintomas eram errados de forma gritante e repulsiva, eram obscenidades que jamais deveriam ter a permissão de existir: um homem adulto parado de boca aberta na cozinha, tentando lembrar *dã, como se faz ovo frito*, no celular com a operadora de cartão de crédito tentando lembrar a data de nascimento, um idiota babão, defeituoso, um show de bizarrices, nojento... E, de novo naquele vórtice ávido, só que aprofundado, a coisa estava se espalhando: não só mais medo, como também uma fúria e um asco pulsantes, uma profundeza e largura de perda que eu jamais havia imaginado. Algumas poucas semanas antes, eu era um cara normal, só um cara que vestia o casaco de manhã, cantarolava The Coronas com uma fatia de torrada entre os dentes e decidia onde levar a namorada para jantar; naquele momento, cada segundo era parte de uma maré inexorável me levando para cada vez mais longe daquele cara que eu tinha todo o direito de ser e que tinha sumido de vez, esquecido do outro lado daquela vidraça inquebrável. Apesar de no hospital ter conseguido dizer para mim mesmo que as coisas ficariam melhores quando eu fosse para casa, agora que isso não estava sendo verdade, eu não conseguia encontrar nenhum motivo para achar que qualquer coisa pudesse melhorar.

Não era só de mim mesmo que sentia raiva, claro. Minha mente criava fantasias épicas e elaboradas onde eu encontrava os dois ladrões (reconhecia uma voz na rua, um par de olhos em um bar, ficava calmo e com um autocontrole impressionante enquanto os seguia durante seus trabalhos sórdidos) e os destruía de jeitos tarantinescos constrangedores demais para serem contados. Eu vivia esses cenários sem parar, amplificando e refinando as imagens cada vez mais, até saber cada passo e cada virada deles bem melhor do que conhecia os detalhes do evento real. Mas, mesmo na ocasião, eu sabia exatamente como aquelas fantasias eram débeis e patéticas (como um otário asmático e cheio de espinhas preso no quarto fantasiando furiosamente debaixo da coleção de posteres de anime com pouca roupa sobre dar chutes de kung-fu nos valentões da escola na semana seguinte), e, no fim, a raiva sempre se virava contra mim mesmo: mutilado, inútil, física e mentalmente incapaz de uma ida ao Tesco, muito menos de uma vingança de herói de filme de ação — uma piada do caralho.

Recebia constantes ligações da minha mãe, que, desde que Melissa a havia convencido de que eu não precisava de um poodle, tinha voltado a sugerir, com persistência irritante, que eu precisava mesmo era de umas semanas na casa dela. "Você ficaria surpreso com o bem que pode te fazer estar em um ambiente diferente... A gente promete ficar fora do seu caminho, você nem vai perceber que estamos aqui..." E, quando deixei claro que nada na face da Terra me faria voltar para casa, ela tentou: "Já sei! E a Casa da Hera? Tio Hugo adoraria receber você, lá é tão tranquilo... Experimenta um fim de semana, se você não gostar, pode voltar pro seu apartamento...". Descartei a ideia com mais raiva do que precisava. Eu não conseguia nem pensar em estar na Casa da Hera, não daquele jeito. A Casa da Hera, um pique-esconde no crepúsculo entre as mariposas e os vidoeiros-brancos, piqueniques com morangos silvestres e Natais cheios de pães de mel, festas adolescentes intermináveis com todo mundo deitado na grama olhando as estrelas... Tudo aquilo era inalcançável no momento; aquela noite era uma espada flamejante barrando a passagem. A Casa da Hera era o único lugar que, mais do que qualquer outro, eu não suportaria enxergar daquela margem distante.

Refeições prontas não identificáveis endureciam até virar gosma caroçuda na minha mesa de centro. Poeira se acumulava nas estantes, migalhas nas bancadas da cozinha... Eu tinha mandado uma mensagem de texto para a faxineira dizendo que não precisaria mais dela, em parte porque eu sabia que a barulheira me daria dor de cabeça, mas, sobretudo, porque eu veementemente não queria ninguém (além de Melissa) no meu apartamento. Até as sombras de pássaros deslizando pelo piso da sala me faziam pular.

Melissa era um problema, na verdade, e dos grandes. Amava quando ela vinha me visitar, ela era a única pessoa que eu realmente queria ver, mas a ideia de tê-la passando a noite ainda me gerava uma onda de pânico que eu mal conseguia esconder. Eu podia ir para a casa dela, até tentei uma vez, mas lá havia Megan, aquela horrível colega de apartamento, nos rodeando com seus lábios finos e toda empertigada, esperando Melissa sair da sala para poder fazer comentários desagradáveis sobre a vez em que ela foi sequestrada e acabou ficando traumatizada e sobre como era bem mais sensível do que a maioria das pessoas, ainda que tivesse conseguido *superar* em umas duas *semanas*, sabe? Só porque estava muito *determinada* a conseguir? E é claro que uma pessoa especial feito Melissa merecia alguém que fizesse esse *esforço*? Dei minhas desculpas (dor de cabeça) e fui embora quando percebi que estava quase dando um soco na cara de Megan. Eu nunca fui um cara explosivo na vida, sempre tinha sido do tipo tranquilo, mas, naquele momento, as menores e mais ridículas coisas me jogavam de repente em uma fúria incontrolável capaz de tirar meu fôlego. Uma vez, não consegui fazer uma frigideira caber na bagunça que era meu armário de cozinha; fiquei batendo com ela na bancada um monte de vezes, com uma concentração metódica e absoluta, até a frigideira ficar amassada, o cabo rachar e a coisa toda sair voando em várias direções. Outro dia, quando minha escova de dentes caiu da minha mão pela terceira vez, bati meu punho esquerdo idiota e inútil pra caralho na parede de novo e de novo, tentando transformar aquela porcaria numa maçaroca que precisassem cortar fora, mas — ironicamente — meus músculos não tinham força suficiente para causar nenhum dano real; acabei apenas com um hematoma roxo grande que deixou minha mão ainda mais inútil por uns dias e que precisei lembrar de esconder de Melissa.

    Eu sabia que a Megan horrível estava certa, claro. Eu sabia que Melissa, com a doçura e paciência infalíveis e naturais dela — sem nunca reclamar, sempre com um abraço alegre e um beijo caprichado —, era mais do que qualquer um podia esperar nas circunstâncias, e bem mais do que eu merecia. Eu também sabia que nem mesmo o otimismo de Melissa seria eterno, que, mais cedo ou mais tarde, ela perceberia que eu não ia acordar magicamente certa manhã como meu antigo eu alegre. E aí como ia ser? Eu entendia que a única coisa decente a se fazer seria terminar ali mesmo, poupá-la de todo o tempo, energia e esperança desperdiçados, poupar nós dois do momento terrível e destruidor em que tudo finalmente ficasse claro; deixar que seguisse em frente livre da crença de que havia me abandonado, quando é claro que isso não seria verdade, nem um pouco: fora eu a abandoná-la. Mas não consegui. Melissa era a única pessoa que parecia acreditar, tomar como certo, que eu era o mesmo Toby que ela sempre conheceu; um pouco maltratado e ferido, claro, necessitando de mais carinho e histórias engraçadas e receber meu café no sofá, mas não mudado de alguma forma essencial. Apesar de saber que era besteira, eu não conseguia abrir mão disso.

Eu tinha ciência de que estava com um problemão ali, mas não parecia existir saída. No coração sombrio do horror, havia a certeza de que aquilo era inescapável. A coisa que eu não conseguia suportar não eram os ladrões nem golpes na cabeça, não era nada que eu pudesse vencer, da qual pudesse fugir ou contra a qual pudesse preparar minhas defesas; a coisa era eu mesmo, o que eu tinha me tornado.

Então, quando digo que tive sorte de ter a Casa da Hera, não quero dizer isso de uma forma abstrata e fantasiosa, *Aaah, que sorte de ter um lugar tão lindo e adorável na minha vida!* Para o bem ou para o mal, a Casa da Hera me salvou de formas mais concretas. Se eu não tivesse voltado lá naquele verão, ainda estaria andando pelo meu apartamento a noite inteira, ficando mais magro e mais pálido e mais tenso a cada mês, tendo longas conversas murmuradas comigo mesmo e nunca atendendo o telefone; teria sido isso ou — o que me parecia uma ideia cada vez melhor com o passar das semanas — eu estaria morto.

Susanna me ligou em uma noite qualquer no meio de agosto, em que a luz do dia parecia cada vez mais duradoura e cheiro de churrasco e gritos alegres de brincadeiras infantis entravam mesmo com as janelas fechadas. O recado de voz que ela deixou — "Me liga. Agora." — despertou curiosidade suficiente em mim para realmente ligar. Considerando o baixo nível de perturbação da minha prima nos meses anteriores, eu tinha quase certeza de que ela não queria me pressionar a voltar para a casa dos meus pais ou saber se eu estava me alimentando.

"Como você tá?", perguntou ela.

"Bem", falei. Eu estava com o celular a alguns centímetros da boca, torcendo para minha fala arrastada não ser percebida. "Ainda dolorido em alguns lugares, mas vou sobreviver."

"Foi o que a sua mãe disse. Eu não tinha certeza, você sabe como ela sempre coloca as coisas de forma positiva. Mas não queria te incomodar."

A onda de gratidão por minha mãe me pegou desprevenido; ela havia conseguido, havia me dado cobertura como eu tinha pedido, não tinha espalhado a extensão total do meu desastre para que nossos familiares agarrassem e esmiuçassem. "Não, ela tá certa. Foi ruim por um tempo, mas podia ter sido bem pior. Eu tive sorte."

"Ah, que bom pra você", disse Susanna. "Espero que peguem os filhos da mãe."

"É, eu também."

"Escuta", disse ela, mudando o tom. "Tenho más notícias. Hugo tá morrendo."

"O quê?", falei, depois de um segundo de branco total. "Tipo *agora*?"

"Não, não agora *agora*. Mas esse ano, provavelmente. Ninguém queria te contar ainda pra não te deixar nervoso, sei lá. E..." Uma risada que não consegui interpretar. "Então, eu tô contando."

"Espera", falei, me levantando do sofá com dificuldade. A onda eletrizante de raiva pelo resto da minha família havia me distraído; eu me obriguei a deixar aquilo para depois. "Espera aí. Morrendo de quê?"

"Tumor no cérebro. Umas semanas atrás ele tava com dificuldade pra andar e foi ao médico. Alguns exames depois: câncer."

"Meu Deus." Girei em círculo e passei a mão livre pelo cabelo. Não conseguia entender aquilo, não conseguia ter certeza de que Susanna tinha mesmo falado o que eu achava que tinha ou... "O que estão fazendo em relação a isso? Já fizeram cirurgia?"

"Não vão fazer. Disseram que o tumor já tá muito entranhado no cérebro; tem tentáculos pra todo lado, basicamente." A voz de Susanna era firme e clara. Mesmo quando criança, ela sempre havia sido a mais difícil de entender durante crises. Tentei visualizá-la: encostada em uma das paredes velhas de tijolos da Casa da Hera, o sol marcando os ângulos pálidos de seu rosto até beirar a transparência, com hera batendo no cabelo louro-avermelhado. Um aroma de jasmim, o zumbido das abelhas. "E dizem que quimioterapia não faria muita diferença, então não faz sentido estragar a qualidade de vida dele nos últimos meses. Vão fazer radioterapia. Pode conceder a ele um mês ou dois a mais. Ou não. Tô providenciando uma segunda opinião, mas, por enquanto, a história é essa."

"Onde ele tá? Em que hospital?" Meu quarto, o cheiro poluente ali dentro, a batida suave e paciente da persiana em uma brisa nada óbvia...

"Ele tá em casa. Quiseram internar 'pro caso de desdobramentos imprevisíveis', mas você pode imaginar como isso foi." Eu ri, uma risada sobressaltada e dolorosa. Conseguia ver o movimento exato das sobrancelhas peludas de Hugo descendo, ouvir a firmeza moderada e inflexível com a qual ele recusaria a sugestão: *Bem, até onde eu sei, o principal desdobramento imprevisível com que vocês estão preocupados é eu cair morto, e acho que posso fazer isso de forma bem mais confortável em casa. Prometo não te processar caso esteja enganado.* A não ser que...

"Como ele está? Quer dizer..."

"Tipo, fora o fato de que ele vai morrer?" Aquela risadinha de novo. "Ele tá legal. Não consegue andar muito bem e tá usando uma bengala, mas não tem dor nem nada. Disseram que isso talvez venha depois, ou não. E a mente dele tá ótima. Ao menos por enquanto."

Há pouco tempo tinha me perguntado por que minhas tias haviam parado de deixar mensagens de voz, por que as mensagens de texto dos meus primos tinham diminuído. Eu tinha achado, com uma dor quente e ardida, que era porque estavam de saco cheio de não receber resposta e tinham decidido não se darem mais ao trabalho. Foi um choque, acompanhado de um pouco de vergonha e um pouco de ultraje, perceber que aquilo não tinha nada a ver comigo.

"Então", disse Susanna. "Se você quiser ver o Hugo, tipo com ele ainda em condição de ter conversas, talvez queira passar um tempo com ele." Como não respondi, ela argumentou: "Alguém precisa estar lá. Ele não pode ficar morando sozinho. Leon vem assim que resolver as coisas no trabalho, e eu vou o mais rápido que puder, mas não posso largar as crianças com o Tom e me mudar pra lá".

"Ah", falei. Leon estava morando em Berlim e não vinha muito para casa. Estava caindo a ficha de que aquilo era mesmo sério. "Seus pais não podem, ou talvez meus pais ou...?"

"Todos têm que trabalhar. Pelo que os médicos disseram, pode dar merda a qualquer momento; ele pode cair ou ter uma convulsão. Ele precisa de alguém lá 24 horas por dia."

Eu que não ia contar para Susanna que a mesma coisa podia acontecer comigo. A ideia de Hugo e eu tendo convulsões sincronizadas gerou uma bola de riso que subiu pela minha garganta; por um segundo, fiquei morrendo de medo de explodir em risadinhas lunáticas.

"Não seria um cuidado de acompanhante de verdade. Se ele precisar disso mais pra frente, a gente pode contratar alguém. Por enquanto, é só estar lá. Sua mãe disse que você tava tirando uns meses de folga do trabalho..."

"Tudo bem", falei. "Vou tentar aparecer."

"Se você não estiver legal é só me dizer e..."

"Eu tô ótimo. Mas isso não quer dizer que posso simplesmente largar tudo e *me mudar*."

Silêncio da parte de Susanna.

"Eu falei que vou tentar."

"Ótimo", disse Susanna, "faz isso. Tchau." E desligou. Fiquei parado no meio da sala durante muito tempo, o telefone no ar, com partículas de poeira passando pelo sol, enquanto crianças gritavam em algum lugar, de empolgação ou terror.

Como Susanna havia percebido, eu não tinha a menor intenção de ir a lugar nenhum. Mesmo deixando de lado o que eu sentia pela Casa da Hera, o mero ato de tomar a decisão parecia bem além das minhas habilidades, quanto mais ir até lá (Como eu chegaria? Como diabos faria a mala?), e mais ainda cuidar de um homem moribundo, sendo que eu não conseguia nem cuidar de mim mesmo, fora a perspectiva assustadora de ter que passar não sei quanto tempo lidando com a família aparecendo para visitar... Normalmente, eu me dava bem com todo mundo, no passado, eu já estaria jogando as coisas na bolsa, mas agora... Só de pensar em Susanna e nos outros me vendo daquele jeito, eu já queria fechar os olhos.

E, claro, por baixo de tudo aquilo: era Hugo, o tio Hugo, morrendo. Eu não sabia se conseguiria lidar com a situação, não naquele momento. Ele havia estado presente durante toda a minha infância, uma constante tão fixa e óbvia quanto a própria Casa da Hera; mesmo quando meus avós estavam vivos ele havia morado lá, o filho solteirão levando uma existência pacífica em paralelo à deles, gradualmente, e sem agitação, tomando o lugar de cuidador enquanto eles envelheciam e, depois, quando eles morreram, de volta aos ritmos habituais e satisfatórios. Hugo andando de meias com um livro aberto na mão, espiando e xingando ("Ora, pelos quintos dos infernos e uma caneca de sangue") o assado de domingo que nunca na minha infância ficou como era esperado, acabando com as briguinhas entre primos usando meia dúzia de palavras bruscas (Por que ele não fez a mesma coisa com os médicos? Por que não os informou com aquele tom moderado, que não abria espaço para argumentos, que era óbvio que o tumor não era incurável? Por que não cortou aquela baboseira pela raiz?). O mundo já era bem instável e incoerente; com Hugo se desintegrando, poderia se desfazer em um milhão de pedaços.

Eu entendia que vê-lo era minha responsabilidade, mas não conseguia pensar em como faria isso. O único jeito possível de atravessar a situação, considerando os recursos mínimos de que eu dispunha, parecia ser enfiar a cabeça ainda mais fundo na minha caverna, fechar tudo da melhor maneira possível, tomar um monte de analgésicos e me recusar a pensar na coisa toda enquanto não acabasse.

Eu estava ali parado com o celular na mão quando a campainha me fez saltar para o lado: era Melissa, com uma caixa enorme de pizza e uma história engraçada sobre o italiano do restaurante ter sofrido de forma genuína com a ideia de botar abacaxi na metade dela. E, como não consegui encontrar um jeito de contar a Melissa o que tinha acabado de acontecer, eu ri, guardei o celular e comi a pizza.

Mas meu apetite havia sumido de novo, e, depois de uma fatia, desisti e contei tudo para ela. Eu esperava choque, abraços, compaixão... *Ah, Toby, você não precisava disso, você tá bem?* Mas Melissa me surpreendeu dizendo na mesma hora: "Quando você vai?".

Ela parecia pronta para dar um pulo e começar a fazer minha mala. "Não sei", falei, dando de ombros e focando na pizza. "Talvez em algumas semanas. Depende de como eu estiver."

Eu tinha certeza de que aquele seria o fim da conversa, mas, com o canto do olho, vi Melissa sentada bem ereta, as pernas cruzadas (nós estávamos no sofá), a pizza esquecida, uma das mãos unida em concha à outra como uma súplica. Ela disse: "Você devia ir, de verdade. Agora mesmo".

"Sei disso." Eu quase consegui manter a irritação longe da voz. "Se eu puder ir, eu vou. Assim que der."

"Não. Escuta." Aquela urgência quase descontrolada me fez olhar para ela. "Naquela noite, quando a sua mãe me ligou..." Uma inspiração rápida. "Eram cinco da manhã. Eu me vesti e entrei num táxi. Ninguém sabia o que tava acontecendo. Ninguém sabia se você ia..."

Os olhos dela estavam brilhantes demais, e no entanto, quando estiquei as mãos para ela, Melissa as empurrou para longe. "Espera. Eu preciso terminar isso, e se você me abraçar, eu vou... Eu tava no táxi e tava gritando para o motorista ir mais rápido, gritando mesmo com ele. Tive sorte de o rapaz ser tão gentil, ele podia ter me largado na rua, mas só dirigiu mais rápido. Tudo escuro e ninguém à vista, e a gente tava indo tão rápido que o vento rugia nas janelas... E eu só conseguia pensar que não seria capaz de suportar caso chegasse tarde demais. Caso você acordasse e me quisesse ali e eu não estivesse, e aí...Foi puro egoísmo, eu sabia que você provavelmente nem entenderia se eu estava ali ou não. Eu só não conseguia suportar a ideia de passar o resto da vida sabendo que eu não estava do seu lado quando você precisou de mim."

Quando Melissa piscou, uma lágrima escorreu em seu rosto. Estiquei a mão e a limpei com o polegar. "Shh. Tá tudo bem. Eu tô aqui."

Dessa vez, ela pegou minha mão e a segurou com força. "Eu sei. Mas se você não for visitar seu tio, Toby, vai ser assim. Você tá muito abalado agora, pode ser que a ficha só caia quando você estiver se sentindo melhor, mas aí já pode ser tarde demais." Apertando minha mão com mais força quando me preparei para falar alguma coisa, ela insistiu: "Sei que você não consegue nem pensar em como as coisas vão ser quando estiver tudo bem de novo. Acredite, eu entendo isso. Mas eu consigo. E não quero que você fique sentindo isso pelo resto da vida".

Atingiu meu coração testemunhar a fé absurda que tinha em mim, em um futuro em que eu estivesse bem de novo. Tive de segurar as lágrimas também; teria sido ótimo, nós dois sentados no sofá chorando em cima da pizza como duas garotinhas adolescentes vendo *Titanic* em uma festa do pijama.

"Mesmo que você ache que tô falando besteira, você pode confiar em mim nisso? Por favor?"

Mais por mim do que por ela, eu não podia dizer a Melissa que aquele futuro mágico não se materializaria. E, diante dessa certeza, uma coisa cresceu em mim, uma onda confusa e inconsequente de desafio e destruição: que se foda, estava tudo destruído mesmo, o que eu estava tentando salvar? Por que não arriscar tudo, acelerar a moto na direção da ponte em chamas, fazer aquela confusão maldita desmoronar por completo? Pelo menos seria uma decisão minha dessa vez; e pelo menos deixaria Melissa feliz, e Hugo...

Do nada, antes que eu soubesse o que estava pensando, falei: "Vem comigo".

A surpresa fez Melissa parar de chorar; ela me encarou, os lábios abertos, a mão afrouxando na minha. "O quê? Você quer dizer... fazer uma visita?"

"Por alguns dias. Talvez uma semana. Hugo não vai se importar. Você se saiu muito bem naquela coisa do meu aniversário."

"Toby, não sei..."

"Por que não? Sempre teve gente entrando e saindo daquela casa. Uma vez, Dec brigou com os pais e ficou lá quase o verão inteiro."

"Sim, mas agora? Acha que seu tio vai querer qualquer pessoa que não seja da família por perto?"

"É tão grande, ele nem vai notar que você tá lá. Aposto que Leon vai levar o namorado, o... Deus, nem consigo lembrar o nome do cara. Se ele não é um problema, você também não é."

"Mas..." Minha onda de energia eufórica a tinha afetado; Melissa estava quase rindo, sem fôlego, limpando os olhos com os pulsos. "E o trabalho?"

Estava ficando claro para mim que talvez não tivesse sido uma coisa tão doida de se dizer, afinal. Talvez, com Melissa ali, meu pequeno amuleto brilhante, eu conseguisse aguentar a Casa da Hera, e talvez... "Tem um ônibus direto pra cidade. Só aumentaria uns dez minutos em cada perna. Nem isso." Quando a vi hesitando, disse: "Vamos lá. Vai ser como férias. Só que com um clima de merda. E câncer no cérebro".

Eu já sabia que ela iria dizer sim: para me manter daquele jeito, animado com alguma coisa, até fazendo piada, ela teria dito sim para quase qualquer coisa. "Quer dizer, eu acho que... se você tiver certeza de que seu tio não vai..."

"Ele vai ficar feliz da vida. Juro."

Com uma gargalhada misturada ao choro, ela cedeu. "Tudo bem. Mas ano que vem a gente vai pra Croácia."

"Claro", falei, e uma parte de mim quase falou sério. "Por que não?" E, antes que eu percebesse, Melissa estava cantando sozinha enquanto recolhia o resto da pizza, eu estava pegando o número do telefone de Hugo e, de repente, eu ia voltar para a Casa da Hera.

Três

O trajeto até a Casa da Hera naquela tarde de domingo pareceu uma viagem de ácido. Havia meses que eu não entrava em um carro ou ia para qualquer lugar fora do meu apartamento, e a torrente repentina de velocidade, cores e imagens foi bem mais do que eu era capaz de lidar. Padrões ficavam aparecendo em toda parte, frenéticos e pulsantes, linhas pontilhadas pulavam da estrada, fileiras estroboscópicas de ferrovias passavam a jato, as grades das janelas e dos prédios se replicavam loucamente no ar; as cores eram lúridas demais e tinham uma luminosidade eletrônica que fazia minha cabeça doer e os carros pareciam rápidos demais; passavam voando com um ruído feroz e um deslocamento de ar que fazia com que me encolhesse todas as vezes. Nós estávamos em um táxi — o carro de Melissa estava em outro lugar ou sendo consertado, não sei, ela havia explicado, mas havia sido complicada demais para permanecer na minha cabeça por mais do que pouco tempo —, e o motorista estava com o rádio ligado alto em um programa de entrevistas com uma mulher que parecia à beira de um ataque de nervos por estar presa em um quarto de hotel com os três filhos, ao mesmo tempo que o apresentador tentava fazê-la chorar mais o taxista gritava um comentário revoltado por cima.

"Você tá bem?", perguntou Melissa baixinho, esticando a mão e apertando a minha.

"Tô", falei, apertando a mão dela e torcendo para Melissa não notar o suor frio. "Tô ótimo." E era meio verdade, ao menos em algum nível. Assim que a onda inicial de entrega completa havia passado, eu tinha começado a me perguntar em que porra havia me metido, mas, por sorte, tinha conseguido uma consulta recente com meu médico de família e pedido a renovação dos analgésicos e uma receita generosa de Xanax... Algo que o médico não teve problema nenhum em prescrever após dar uma olhada no prontuário do hospital e eu contar a história detalhada dos meus problemas de sono. Eu não tinha intenção nenhuma de tomar remédios para dormir enquanto estivesse no meu apartamento, mas tomei o primeiro antes de entrarmos no táxi, para estar bem e aéreo quando chegássemos à Casa da Hera. Estava fazendo efeito: ao mesmo tempo que a ideia de ir até lá ainda partia meu coração, eu vi que não me importava muito, o que foi uma mudança revigorante.

"Espera", disse Melissa de repente, inclinando-se para a frente. "A entrada não fica por aqui?"

"Merda", falei, me sentando ereto. "Aquela ali, aquela à esquerda..."

Nós tínhamos passado direto. O taxista precisou fazer a volta, soltando muitos suspiros e grunhidos. "Meu Deus", disse ele, abaixando a cabeça para olhar pela estrada. "Eu nem sabia que existia isso aqui." Ele pareceu irritado, como se a rua tivesse insultado o conhecimento profissional dele.

"Lá no final", falei. A estrada de Hugo tem esse efeito; dá a impressão de estar lá só em quintas-feiras alternadas ou para pessoas com um talismã misterioso no bolso, invisível pelo resto do tempo e imediatamente esquecida quando você sai de lá. É mais por causa das proporções, eu acho; a estrada em si é estreita demais para a casa georgiana alta com terraço, de tijolos cinza e com a linha dupla de carvalhos e castanheiras enormes, o que torna fácil não notar a construção do lado de fora e dá à parte interna um microclima próprio, escuro e fresco, carregado de um silêncio rico e inabalável que é um choque após o fervor dos barulhos da cidade. Até onde sei, tinha sido habitada exclusivamente por casais velhos e mulheres de cinquenta e tantos anos com cachorros desgrenhados desde que nasci, o que parecia demograficamente improvável, mas eu nunca tinha visto uma criança sequer ali além de mim e dos meus primos e, depois, dos filhos da Susanna. As únicas festas adolescentes foram as nossas.

"Aqui", falei, e o táxi parou na frente da Casa da Hera. Eu me enrolei para pagar depressa, antes que Melissa pudesse tirar as bagagens do porta-malas. Consegui tirá-las não sei como (o cotovelo esquerdo passado pela alça, a mão direita puxando furiosamente), o táxi deu a volta e saiu em disparada pela estrada, e nós ficamos no asfalto em frente à Casa da Hera, ao lado das nossas malas, como turistas perdidos ou viajantes regressando ao lar.

O nome oficial da casa é Número 17; um de nós — Susanna, eu acho — chamava de Casa da Hera quando éramos pequenos por causa da vegetação densa de trepadeiras que praticamente cobria os quatro andares, por isso o nome acabou pegando. Meus bisavós (de famílias anglo-irlandesas prósperas, cheias de advogados e médicos) a tinham comprado nos anos 1920, mas, quando eu nasci, já pertencia aos meus avós. Eles criaram os quatro filhos ali, ainda que os três mais novos tenham saído de lá, se casado e tido filhos. Mesmo assim, a casa continuou representando uma central para a família: almoços de domingo, comemorações de aniversário, Natais, festas que não se encaixavam nas nossas casas ou jardins de subúrbio. Quando Leon, Susanna e eu tínhamos 7 ou 8 anos, nossos pais nos deixavam na Casa da Hera durante longos períodos nas férias para que nós três pudéssemos aprontar, juntos e à vontade, sob a negligência benigna dos nossos avós e de Hugo, enquanto os adultos viajavam pela Hungria em trailers ou passeavam pelo Mediterrâneo no barco de alguém.

Foram épocas maravilhosas, idílicas. Nós acordávamos quando tínhamos vontade, fazíamos nosso café da manhã de pão com geleia e mandávamos na casa, do amanhecer até a hora de dormir, atendendo de vez em quando à chamada para comer antes de sairmos correndo de novo. Em um quarto extra do último andar, construímos um forte que começou com alguns pedaços descartados de madeira compensada e depois, ao longo dos meses, cresceu até virar uma estrutura de vários níveis onde passávamos infinitas tardes tomando posse e a equipando com olhos mágicos, alçapões e um dispositivo que derrubava um balde de lixo na cabeça do inimigo. (Havia uma senha, qual era mesmo? *Incunábulo, vestiário, homúnculo,* algo assim, uma palavra esotérica qualquer que Susanna tinha aprendido Deus sabe onde e escolhido pela mística mofada e com cheiro de incenso, não por ela saber o que significava. Fico mais incomodado do que deveria com o fato de tê-la esquecido. Às vezes, quando não consigo dormir, tento ocupar a noite lendo páginas e mais páginas de dicionários online, na esperança de que alguma coisa me ajude a lembrar. Acho que eu podia ligar para Susanna e perguntar, mas prefiro não parecer o cara maluco mais do que o necessário.) Nós criamos uma teia de polias no jardim para poder enviar coisas entre as árvores e janelas; cavamos um poço e o enchemos de água e usamos para nadar, mesmo quando ele se degenerou até virar um lamaçal e tivemos que lavar uns aos outros com a mangueira antes de entrar na casa. Quando ficamos mais velhos, quando éramos adolescentes, depois que meus avós morreram, nós nos deitávamos na grama depois do jantar, tomando bebidas ilícitas, conversando e rindo enquanto as corujas piavam no céu cada vez mais escuro e Hugo se movia para lá e para cá por detrás das janelas iluminadas. Muitas vezes, havia mais pessoas lá com a gente. O que falei para Melissa era verdade: Sean, Dec e o resto dos meus amigos sempre apareciam por lá, assim como os amigos dos outros, às vezes para passar a tarde, às vezes para festas, de vez em quando por semanas inteiras. Na época, eu não dava o devido valor à situação e a encarava como uma feliz quase necessidade da vida, uma coisa que todos deveriam ter, e que pena que meus amigos não tinham, mas pelo menos eles podiam compartilhar da minha. Só agora, tarde demais, não consigo deixar de me perguntar se as coisas eram mesmo simples assim.

A hera ainda estava lá, vigorosa e brilhante pelo verão, mas a casa parecia mais dilapidada do que na época dos meus avós; nada dramático, mas havia áreas enferrujadas nos corrimãos de ferro, onde a tinta preta tinha descascado, o vidro acima da porta estava empoeirado e os arbustos de lavanda no pedacinho de jardim precisavam ser podados. "Lá vamos nós", falei, erguendo nossas malas.

Havia alguém parado na soleira da porta aberta. Primeiro, nem percebi que era uma pessoa; por estar destituída de substância pelo sol forte que passava pelas folhas, um movimento de camiseta branca, uma cabeleira dourada desgrenhada, rosto pálido e manchas escuras e densas embaixo dos olhos, havia algo de ilusório nela, como se minha mente a tivesse conjurado a partir de áreas de luz e sombra. Tive a impressão de que pudesse se desfazer e sumir a qualquer momento. Um cheiro forte e espectral de lavanda veio me receber.

Cheguei mais perto e percebi que era Susanna, segurando um regador e me olhando, sem se mover. Fui mais devagar; eu havia descoberto que, se me concentrasse e andasse sem pressa, dava para disfarçar a coisa na perna como se fosse o caminhar indolente de alguém descolado demais para se importar. Mesmo com o Xanax, a sensação dos olhos dela sobre mim me fez contrair a mandíbula. Precisei me segurar para não ajeitar o cabelo por cima da cicatriz.

"Puta merda", disse Susanna quando chegamos ao pé da escada. "Você veio."

"Como eu falei que viria."

"Bom. Mais ou menos." Um canto de sua boca larga subiu em um sorriso que não consegui interpretar. "Como você tá?"

"Bem. Sem reclamações."

"Você tá magro demais. Cuidado com a minha mãe. Ela fez um bolo de limão com semente de papoula e não tem medo de usar." Quando eu gemi, ela acrescentou: "Relaxa. Vou falar que você tem alergia". E, para Melissa: "É bom te ver".

"Você também", disse Melissa. "Susanna, não tem mesmo problema eu estar aqui? Toby diz que tem certeza de que não tem problema, mas..."

"Ele tá certo, tá tudo bem. Mais do que bem. Obrigada por vir." Ela virou o regador na lavanda mais próxima e se voltou para a casa. "Entrem."

Arrastei nossas malas pela escada, trincando os dentes, e as deixei depois da porta, e assim, do nada, antes que me desse conta do que estava acontecendo, eu estava dentro da Casa da Hera. Melissa e eu seguimos Susanna pelo ladrilho gasto e familiar do saguão, com a brisa soprando de todos os lados, porque todas as janelas deviam estar abertas, e descemos a escadinha em direção à cozinha.

Vozes nos receberam: a declamação empática de tio Oliver, uma criança gritando de raiva, a gargalhada alta e grave da minha tia Miriam. "Ah, Jesus", falei. Não sei por que, mas aquilo nem tinha passado pela minha cabeça. "Porra. Almoço de domingo."

Susanna, à frente, não ouviu ou escolheu ignorar o que falei, mas Melissa virou o rosto para mim. "O quê?"

"Aos domingos, todo mundo vem almoçar aqui. Eu não pensei... não venho já faz muito tempo, e com Hugo doente, eu não achei... *Merda*. Desculpa."

Melissa apertou minha mão por um segundo. "Tudo bem. Eu gosto da sua família."

Eu sabia que, como eu, ela também não havia desejado nada daquilo, mas, antes que eu pudesse responder, nós estávamos na grande cozinha de piso de pedra, e o aposento me atingiu como uma mangueira de apagar incêndio na cara. O burburinho de vozes, a luz do sol entrando pelas portas de vidro abertas, o cheiro de ensopado de carne chegando até o fundo da minha garganta e me deixando em um estado entre faminto e nauseado, movimentos vindos de todas as direções... Eu sabia que só podia haver umas dez pessoas ali, no máximo, além de mim e Melissa, mas, após meses de quase solidão, aquilo parecia o público de um jogo de futebol ou uma rave — gente demais, o que eu estava pensando? Meu pai, tio Oliver e tio Phil falavam ao mesmo tempo e apontavam com os copos uns para os outros, Leon se inclinava sobre a mesa da cozinha, apoiado nos cotovelos, jogando algum jogo de bater na mão com um dos filhos de Susanna, tia Louisa desviava das pessoas, carregando pratos...

Depois dos escombros empilhados e da poeira do meu apartamento, o lugar parecia limpo de um jeito não natural e colorido, como um palco recém-construído em preparação para aquele momento. Pensei em pegar Melissa e sair dali na mesma hora, antes que alguém notasse que tínhamos chegado...

Um grito de "Toby!", e minha mãe saiu do meio dos corpos amontoados, a expressão feliz, segurando minha mão e a de Melissa, falando como uma metralhadora (eu não consegui entender uma palavra) e pronto: nós estávamos presos, tarde demais para fugir correndo. Alguém pôs um copo na minha mão, e tomei um gole grande, era uma mimosa com *prosecco*. Eu gostaria de algo bem mais forte, mas aquilo provavelmente seria má ideia com o Xanax, e, pelo menos, era birita. Miriam jogou os braços em volta de mim em meio a uma nuvem de óleos essenciais e cabelo pintado de hena, me parabenizando pela exposição ("Oliver e eu *queremos* ir, agora que Leon voltou pra casa podemos ir nós todos, uma excursão familiar — Hugo também pode ir, um pouco de ar faria bem pra ele — O que aconteceu com aquele garoto que vivia aparecendo na sua página do Facebook? Grunger?") e por estar vivo, o que, aparentemente, era indicador da minha resistência excepcional a energias negativas. Tom, marido de Susanna, balançou minha mão como se estivéssemos em uma reunião religiosa e abriu um sorrisão sincero cheio de empatia e encorajamento, dizendo um monte de coisas boas que me fizeram torcer para Susanna estar trepando com o melhor amigo dele. Oliver deu um tapa nas minhas costas que me fez enxergar tudo dobrado, "Ah, o guerreiro ferido! Mas eu diria que você bateu tanto quanto apanhou, não é verdade? Eu diria que tem dois ladrões por aí questionando suas escolhas de carreira...". E assim por diante, tudo pontuado por risadas que sacudiam a barriga, até que Phil deve ter notado minha expressão cada vez mais distante, porque interrompeu com uma pergunta sobre a crise de moradia, sobre a qual eu não tinha opinião mesmo antes de levar a porrada na cabeça, mas que, pelo menos, distraiu Oliver. Minha mãe, por sua vez, nos regalou com a saga de uma briga no departamento bizantino que culminou em um professor de estudos medievais correndo atrás do outro pelo corredor, batendo no colega com uma pilha de documentos ("Na frente dos alunos! Estava no YouTube em dez minutos!"). Ela conta histórias bem, mas minha mente ficava divagando, saindo pela tangente (Havia um desenho infantil preso na geladeira e eu não conseguia entender o que era, dinossauro ou dragão? Leon já tinha aquele topete grisalho da última vez que o vi? Estava ridículo, ele parecia um personagem de *Meu Querido Pônei*, será que eu teria me esquecido disso? Como eu ia levar minha mala e a de Melissa pela escada?), por isso, quando a minha mãe terminou a história, eu não conseguia lembrar como tinha começado. Eu ria sempre que Melissa ria e falava o mínimo possível; minha fala arrastada havia melhorado um pouco, mas não muito: se não fosse supercuidadoso, eu ainda parecia uma pessoa com deficiência. O Xanax ajudava, mas não me impedia de desejar sair daquele aposento, para qualquer lugar onde não encontrasse os olhos da minha mãe se desviando para mim com frequência e Leon me cutucando nas costas cada vez que gesticulava; ele só me impedia de imaginar qualquer forma viável de fazer isso.

"Tô muito feliz por você ter vindo", disse meu pai, de repente no meu ombro. As mangas da camisa dele estavam dobradas e o cabelo desgrenhado em tufos; ele parecia estar ali havia um bom tempo. "Hugo tá ansioso pra te ver."

"Ah", falei. "Certo." Chegar àquele ponto tinha exigido tanta concentração da minha parte que eu havia praticamente esquecido por que estava ali. "Como ele tá se sentindo?"

"Ele tá bem. Fez a primeira sessão de radioterapia na quarta e ficou um pouco cansado, mas, fora isso, tá normal." A voz do meu pai era equilibrada, mas a dor ao fundo me fez olhar para ele com mais atenção. Ele parecia mais magro e mais inchado ao mesmo tempo, com leves bolsas embaixo dos olhos e uma papada que eu não me lembrava de existir antes, os ossos aparecendo sob a pele flácida dos antebraços. Tive um impacto repentino de terror profundo e premonitório — nunca havia me passado pela cabeça que meu pai ficaria velho, assim como minha mãe, e um dia eu estaria na cozinha deles esperando que um dos dois morresse. "Você devia ir lá dar um oi."

"Certo", falei, e virei minha mimosa. Melissa tinha sido sequestrada por tia Miriam. "Acho que eu devia", e segui pelo amontoado de corpos, me encolhendo a cada toque, na direção de Hugo.

Eu estava com medo de vê-lo, muito medo, na verdade — não por frescura, só porque eu não fazia ideia de como aquilo poderia afetar minha cabeça, e eu não me sentia capaz de lidar com mais surpresas. Hugo era o mais alto dos quatro irmãos, tinha mais de um metro e oitenta, era dono de um corpo de ombros largos e forte como um fazendeiro, e ostentava uma cabeleira desgrenhada e um rosto com feições confusas, como se o escultor tivesse dado um formato geral para a argila e deixado os detalhes para depois. Eu havia tido pesadelos em que o via magro, de olhos vidrados, encolhido em uma cadeira com os dedos longos e agitados puxando os fios do cobertor... Mas ali estava ele, junto ao fogão velho, mexendo uma panela esmaltada azul lascada, as sobrancelhas baixas e os lábios repuxados em concentração. Ele se parecia tanto com ele mesmo que me senti bobo por ter ficado tão nervoso.

"Hugo", falei.

"Toby", disse ele, virando para mim e abrindo um sorriso. "Que coisa boa!"

Eu me preparei para o tapa dele em meu ombro, mas o gesto não disparou a onda selvagem de repulsa que qualquer contato físico que não fosse o de Melissa disparava em mim. A mão dele parecia quente, pesada e singela, como a pata de um animal ou uma garrafa de água quente.

"É bom te ver", falei.

"Bom, não fiz isso pra te trazer pra cá, mas é um efeito colateral agradável. Isso parece pronto?"

Olhei para a panela. Uma coisa cremosa cor de âmbar com um cheiro saído da minha infância, recendendo a caramelo e baunilha: a famosa calda de sorvete da vovó. "Acho que precisa de mais uns minutos."

"Também acho." Ele voltou a mexer. "Louisa fica insistindo que eu não devia me dar ao trabalho, mas as crianças amam... E como você tá? Você andou vivendo suas aventuras." Ele inclinou a cabeça para examinar minha cicatriz; como fiquei tenso, Hugo voltou a olhar para o fogão na mesma hora. "Temos feridas de guerra combinando", disse ele. "Se bem que, por sorte, a sua faz parte de uma história bem diferente da minha. Dói?"

"Hoje dói menos", falei. Até Hugo mencionar, eu não havia reparado na área raspada ou na linha vermelha e alta na lateral da cabeça dele, no meio do cabelo grisalho comprido demais.

"Que bom. Você é jovem, vai cicatrizar bem. E você se recuperou?"

Aquele olhar afiado de íris cinzentas. Nenhum de nós conseguia fazer com que nada passasse por aquele olhar. Um almoço de domingo, aquele olhar percorrendo os primos e parando em mim aos 16 anos, disfarçando com habilidade uma ressaca: *Hum*. E, mais tarde, no meu ouvido, com um sorrisinho: *Um pouco menos na próxima vez, eu acho, Toby*. "Praticamente", falei. "Como você tá?"

"Desorientado", disse Hugo. "Mais do que qualquer coisa. O que me parece bobagem; afinal, eu tenho 67 anos, já sei faz anos que uma coisa assim podia surgir em mim a qualquer momento. Mas virar fato consumado e iminente é estranho de um jeito que não consigo expressar." Ele levantou a colher e inspecionou o fio comprido de calda que se esticava nela. "A terapeuta do hospital... pobre mulher, que trabalho... ela conversou muito sobre negação, mas não acho que seja isso. Estou ciente de que estou morrendo. É que tudo parece alterado de formas fundamentais, tudo, desde tomar café da manhã até minha própria casa. É muito perturbador."

"Susanna comentou sobre radioterapia", falei, "não foi? Isso não tem como resolver as coisas?"

"Só se fosse junto a uma cirurgia, e provavelmente nem assim. Mas o médico diz que essa não é uma possibilidade. Susanna tá revirando a internet, pesquisando os maiores especialistas pra termos uma segunda opinião, mas acho que não posso me dar ao luxo de botar muita fé nisso." Ele apontou para a garrafa de baunilha na bancada próxima de mim. "Você pode me passar isso? Acho que com uma gotinha a mais ficaria bom."

Entreguei a garrafinha para ele. Apoiada na bancada ao lado estava a bengala antiga com cabeça de prata do meu avô, bem à mão.

"Ah", disse Hugo, notando a direção dos meus olhos. "Sim, bem. Não consigo mais subir e descer as escadas sem ela. Até andar é meio problemático de vez em quando. Chega de caminhadas pelas montanhas pra mim, infelizmente. Parece uma coisa estranha de se ficar incomodado, considerando as circunstâncias, mas, de certa forma, são as coisas triviais as que mais incomodam."

"Sinto muito", falei. "De verdade."

"Eu sei. Eu agradeço. Você pode guardar isso de volta no armário?"

Nós ficamos ali por um tempo, observando o movimento rítmico da colher na panela. Uma brisa suave, carregada do cheiro de terra e grama, entrou pelas portas de vidro; atrás de nós, a voz de Leon subiu em uma frase de efeito de piada e todos caíram no riso. As rugas e bolsas no rosto de Hugo faziam com que ele tivesse uma dezena de expressões familiares e, ao mesmo tempo, deixavam-no ilegível.

Eu sentia que devia fazer uma pergunta crucial a ele; que Hugo tinha um segredo que seria capaz de mudar tudo, iluminando aqueles últimos meses terríveis — e os seguintes — em uma luz inimaginável que os tornaria não apenas suportáveis, mas também inofensivos. Isso se ao menos eu soubesse o que perguntar. Por um momento surpreendente e vertiginoso, que passou quase na mesma hora em que surgiu, eu me vi à beira das lágrimas.

"Pronto", disse Hugo, tirando a panela do fogo. "Acho que tá bom. A gente devia deixar esfriar um pouco, mas..." Ele se virou para o cômodo cheio de pessoas: "Quem quer sorvete?".

* * *

A tarde toda foi muito estranha. Havia uma qualidade festiva bizarra nela — talvez fosse apenas a sobreposição de todas aquelas comemorações lembradas, talvez o fato de que tantos de nós não viam uns aos outros havia meses ou anos. Tigelas com estampa de rosa amarela para todo lado, talheres especiais com as iniciais de algum ancestral esquecido gravados nos cabos arranhados, os brincos de esmeralda que vovó usava em ocasiões especiais balançando e cintilando nas orelhas de tia Louisa; ondas de risadas e o tilintar de taças contra taças, *Saúde! Saúde!*

Mas, apesar da familiaridade, havia algo de errado com tudo aquilo. As pessoas estavam fazendo as coisas erradas: os brincos em Louisa; Tom em vez de Hugo espalhando taças de sorvete, enquanto meu tio — uma camada cinzenta de cansaço cobrindo subitamente seu rosto — se sentava à mesa da cozinha, assentindo para o que Tom estava falando; duas criancinhas louras que não eram nós, correndo pelo meio das pernas das pessoas, fazendo barulho de avião e tomando coisas das mãos uma da outra; Susanna as sossegando com um olhar exatamente igual ao que Louisa fazia para nós; e lá estava eu com outra mimosa na mão, assentindo enquanto meu tio Phil falava sobre a ética dos descontos de imposto de renda corporativos. A sensação era de estar em um daqueles filmes de terror em que entidades indescritíveis assumem os corpos dos personagens secundários, mas não tão bem assim, por isso nosso herói percebe os escorregões e tropeços enquanto o enredo se desenrola bem debaixo do nariz dele... No começo, aquilo só me pareceu perturbador, mas, com o passar da tarde (o sorvete com calda de caramelo, o café, licores... Eu não queria nada daquilo, mas não parava de vir), a coisa toda foi gerando uma agitação horrível e crescente dentro de mim. Louisa chegando perto de mim com o olhar determinado e um pedaço gigantesco de bolo de limão com semente de papoula, Susanna a interceptando com um "Mãe! Toby é alérgico!", cheio de espanto, Melissa dizendo, de forma galante, que bolo de limão com semente de papoula era o favorito dela, Oliver assoando o nariz numa cacofonia em um lenço enorme e olhando de cara feia para as rosas... Todas aquelas pessoas eram totalmente alienígenas, gente que deveria ser próxima e querida, haviam se tornado coleções de membros agitados e cores e rostos risonhos que não somavam nada — e, certamente, nada tinham a ver comigo. Cada cutucada em meu cotovelo ou movimento no canto do meu olho me fazia pular como um cavalo assustado, e os picos e quedas constantes de adrenalina eram exaustivos. Eu sentia aquele vórtice se abrindo na base do cérebro, a tensão começando a crescer como uma tempestade na coluna. Eu não tinha ideia de como conseguiria passar pelo resto do dia.

De alguma forma, os pratos foram retirados, enxaguados e colocados na lava-louça, mas ninguém pretendia ir embora; fomos todos para a sala, e alguém fez uma nova rodada de mimosas. Todo mundo estava bebendo meio rápido demais. Leon estava reencenando um enfrentamento espetacular entre uma drag queen e um punk que ele jurava ter visto em uma casa noturna em Berlim, o que fez minha mãe, Tom e Louisa terem ataques de riso, *Leon, ela não fez isso! Ah, Deus, para, minha barriga tá doendo...* Tive um vislumbre do meu pai passando os dedos dobrados nos olhos e parecendo exausto, mas, no momento seguinte, Miriam se virou para ele, e meu pai voltou a demonstrar animação, sorrindo para ela enquanto dizia alguma coisa que a fez rir e dar um tapinha no braço dele. Phil estava apoiado em Susanna, falando rápido demais e gesticulando com tanta energia que se balançava para frente e para trás de leve com o impulso. A sala de teto alto misturava todas as vozes, e a coisa toda tinha uma sensação precária e desgovernada, como estar encolhido em um porão na época da Blitz de Belfast durante a Segunda Guerra com bombas zunindo acima, a hilaridade frágil feito uma camada de gelo e à beira de sair deslizando fora de controle — esse é o espírito, mais rápido e mais alto e mais rápido até que bum! Já era!

Eu não aguentava mais. Olhei ao redor em busca de Melissa, mas ela estava acomodada em um dos sofás com Hugo, absorta em uma conversa; não conseguiríamos sair discretamente. Voltei para a cozinha, enchi um copo de água fria e fui para o terraço.

Depois da barulheira e das cores lá dentro, o jardim tinha uma imobilidade que era quase sagrada. O que eu sempre esqueço sobre a Casa da Hera, o que me surpreende de novo todas as vezes, é a luz. É diferente de qualquer outro lugar, granulada como a luz esbranquiçada de um filme caseiro antigo de verão, como se emanasse da cena em si em vez de entrar por uma fonte externa. À minha frente, a grama se prolongava, densa e sem corte, com ambrosia alta e colorida repleta de papoulas e centáureas. Debaixo das árvores, as manchas de sombra eram puras e profundas como buracos na terra. O calor cintilava por cima.

Vozes claras como piados de pássaros me fizeram pular. Havia crianças brincando no fundo do jardim: uma fazia movimentos malucos em um balanço de corda, sumindo e aparecendo no arco que ia da sombra para a luz e de volta outra vez; e a segunda se esticava na grama alta com os braços para cima, exibindo algo. Membros finos e bronzeados em movimento incessante, cabelo louro-branco brilhando. Apesar de saber que eram os filhos de Susanna, por um segundo fugaz acreditei serem dois de nós, Leon e Susanna, eu e Susanna? Uma das crianças gritou, incisiva e imperiosa, mas não entendi se era comigo. Segurei o copo junto à têmpora e as ignorei.

O jardim tinha a mesma aparência de leve descuido da frente da casa, mas aquilo não era novidade. Para um jardim urbano, é um troço enorme, com mais de trinta metros de comprimento. Ao longo das paredes laterais ficam os carvalhos, bétulas-brancas e olmos, por trás do caminho dos fundos junto à parte oposta de uma escola ou fábrica antiga, algo assim — adaptada para ser um prédio descolado durante o Tigre celta —, com cinco ou seis andares de altura; essa altura toda dá ao local uma sensação secreta e naufragada. Vovó era a jardineira; na época dela, o jardim era cuidado de forma artística e com delicadeza até parecer algo saído de um conto de fadas, revelando astutamente seus prazeres, um a um, conforme você os conquistava — "Olha atrás dessa árvore, açafrão!", "E ali, escondido debaixo do arbusto de alecrim, morangos silvestres, só pra você!" Ela morreu quando eu tinha 13 anos, menos de um ano depois do meu avô, e, desde então, Hugo afrouxou muito as rédeas ("Não é só preguiça", disse ele uma vez, sorrindo pela janela da cozinha para a baderna de verão no jardim; "Eu prefiro que fique meio selvagem. Não tô falando dos dentes-de-leão, esses são uns valentões, mas eu gosto de ter um vislumbre das cores reais"). Gradualmente, as plantas se espalharam e emaranharam, gavinhas longas de hera e jasmim saindo da parede da casa, um tumulto de folhas verdes nas árvores sem poda e brotos aparecendo no meio da grama alta; o jardim tinha perdido o ar encantado e assumido um aspecto diferente, remoto e senhor de si, arqueológico. De modo geral, eu achava que gostava mais de como era antes, mas, naquele dia, fiquei grato pela versão nova; eu não estava com humor para um charme fantasioso.

A criança menor tinha me visto. Ela ficou parada por um tempo, me examinando no meio da cenoura-selvagem, balançando alguns caules para frente e para trás com uma persistência distraída. Depois, se aproximou.

"Oi", falei.

A criança — demorei um segundo para recordar o nome dela: Sallie — me encarou com olhos azuis felinos e opacos. Eu não conseguia lembrar a idade dela; 4, talvez? "Tem bonecas nos meus sapatos", disse ela.

"Ah", falei. Eu não tinha ideia do que aquilo significava. "Que legal."

"Olha." Ela se apoiou com uma das mãos no vaso grande de gerânios e virou a sola de um tênis, depois o outro. Uma boneca de três centímetros, envolta em uma bolha grossa de plástico transparente, me olhou estupefata a partir de cada sola.

"Ah", falei. "Que legal."

"Não sei como tirar", disse Sallie. Por um momento, fiquei com medo de ela estar esperando que eu fizesse alguma coisa em relação a isso, mas aí o irmão dela — Zach, era esse o nome — a seguiu e parou ao lado da caçula. Ele era uma cabeça mais alto, mas, fora isso, eram muito parecidos, com os mesmos cachos pálidos, pele da cor de ovos vermelhos e olhos azuis que não piscavam. Juntos, eles pareciam uma coisa saída de um filme de terror.

"Você vai morar aqui?", perguntou ele.

"Vou. Por umas semanas."

"Por quê?"

Eu não tinha ideia do que Susanna havia contado a eles sobre Hugo. Tive uma visão minha dizendo a coisa errada e os dois explodindo em gritos agudos de trauma. "Porque sim", falei. E, como eles continuavam me olhando, acrescentei: "Eu vim visitar Hugo".

Zach estava segurando um graveto; ele o brandiu no ar, produzindo um som baixo e horrível de chiado. "Adultos não deviam morar com o *tio*. Eles moram *sozinhos*."

"Eu não *moro* com ele. Estou de *visita*." Sempre tive a impressão de que Zach era um merdinha. Em certo Natal, Susanna teve de tirá-lo da mesa de jantar por cuspir no peru da irmã simplesmente por parecer mais bonito que o dele.

"Minha mãe disse que você sofreu uma pancada na cabeça. Você tem necessidades especiais agora?"

"Não", falei. "Você tem?"

Ele me lançou um olhar prolongado que pode ter significado qualquer coisa, embora provavelmente nada de bom. "Vem", disse ele para Sallie, batendo na perna dela com o graveto, e saiu correndo pela grama com a irmã logo atrás.

Minha perna estava começando a tremer, tempo demais em pé. Eu me sentei nos degraus do terraço. O pedaço de grama perto do canteiro de camomila onde Leon, Susanna e eu tínhamos armado uma barraca e acampado por uma semana no verão, rindo, comendo biscoitos e botando medo uns no outros com histórias de terror a noite inteira, ficando de olhos pesados e reclamando o dia todo, cheirando a camomila onde tínhamos rolado pelas plantas. Ali estava a árvore onde, na escuridão vertiginosa da festa do décimo quarto aniversário de Leon, dei meu primeiro beijo de verdade, em uma garota loura meio doce chamada Charlotte, sentindo um gosto ilícito de sidra na língua e a maciez de seus seios encostados em mim, ouvindo gritos e berros dos rapazes em algum lugar *Vai, Toby, lenda!* e o ruído infinito e suave da brisa nas folhas acima. Aquele terraço onde tínhamos nos deitado da primeira vez que fumamos haxixe, as estrelas quicando em padrões codificados e agitados no céu e o cheiro de jasmim forte como a música no ar, e eu, com solenidade absoluta, convencendo Leon de que Susanna tinha virado uma fadinha e que eu a tinha presa nas mãos em concha, enquanto ele tentava espiar entre meus dedos *Ei, linda, fala comigo, você tá bem aí dentro?* Ao mesmo tempo que Susanna estava bem ao lado. Havia mais alguém lá, Dec, Sean?, alguém ao meu lado e tremendo de tanto rir no escuro, mas quem? Buracos em minha memória, pontos cegos cintilando horrivelmente como uma aura de enxaqueca. Todos aqueles eventos marcantes, perto o suficiente para tocar e quilômetros fora de alcance. Agora, um marmanjo crescido como eu... Teria tanta coragem de dormir naquela barraca quanto de voar.

"Ah, meu Deus", disse Leon atrás de mim, batendo a porta do terraço com um movimento do pulso. "Que *pesadelo*."

"O quê?", perguntei. A batida me fizera pular como um gato sobressaltado, mas Leon não pareceu notar; ele estava tirando um maço de Marlboro do bolso da calça jeans, preta e desfiada em lugares estranhos, e tão apertada que ele teve dificuldade em pegar os cigarros. Ele também estava usando uma camiseta da Patti Smith e botas do tamanho da própria cabeça.

"A coisa toda. Tipo uma *reunião* linda de família onde vamos ser todos jogados em uma caça ao tesouro a qualquer momento. É grotesco. Mas acho que é coisa do Hugo, né, mantenha a calma e siga em frente..." Ele curvou a cabeça para o isqueiro. "E tipo, claro, meu respeito, ele tem coragem e tudo, mas mesmo assim. Meu Deus." Jogando o topete para trás ao se empertigar. "Isso é vodca?"

"Só água."

"Merda. Deixei meu drinque no parapeito da janela e agora minha mãe tá lá. Se eu voltar pra buscar, ela vai começar a me perguntar sobre algum evento cultural *incrível* que ela leu a respeito estar acontecendo em Berlim e se eu fui e o que achei. E, sinceramente, não aguento." Ele respirou fundo, sedento.

Leon e Susanna eram os que mais povoavam minha mente nos últimos dias. Quando eu era criança, as tias e tios — não Hugo, ele era diferente, mas Oliver e Miriam, Phil e Louisa — eram basicamente uma nuvem amorfa de adultos que, de vez em quando, nos dava comida e que, em geral, precisava ser evitada para o caso de tentarem nos impedir de fazer alguma coisa. Mesmo depois de crescer, nunca dei atenção a eles a ponto de colocá-los em foco. Mas Leon e Susanna, eles foram, para todos os efeitos e propósitos, meu irmão e minha irmã; nós nos conhecíamos com a mesma intimidade completa e óbvia com que conhecemos nossas próprias mãos. Uma partezinha rudimentar de mim nutria esperanças irracionais de que ficar perto deles pudesse trazer de volta magicamente todos os meus fragmentos pulverizados, de que, com eles, eu não pudesse ser nada além de mim mesmo. O restante de mim estava com medo de encontrá-los, sentia um terror intenso e terrível de que eles fossem dar uma olhada e enxergar todos os meus disfarces patéticos, perceber cada mínimo detalhe dos danos.

"Aqui", falei, esticando a mão. Eu ainda estava vibrando de adrenalina. "Me dá um desses."

Leon me olhou com uma sobrancelha arqueada. "Desde quando?"

Dei de ombros. "De vez em quando." Na verdade, eu quase não tinha fumado cigarros a vida toda até um mês ou dois antes, mas eu não ia dizer aquilo para o caso de Leon interpretar a informação como um salto dramático rumo à minha autodestruição, o que não era o caso. A coisa da lesão na cabeça tinha feito algo estranho com meu olfato; eu ficava captando cheiros improváveis (fedor de desinfetante no meu macarrão instantâneo, um cheiro súbito da colônia do meu pai quando fechava a cortina na hora de dormir), e, como os avisos horríveis sobre fumar sempre ecoavam ameaças dizendo que o cigarro destruía o olfato, achei que valia a pena tentar. Até aquele momento, tinha conseguido esconder de Melissa, mas eu estava me sentindo seguro; não havia muita chance de ela largar Hugo e vir me procurar.

Leon me passou um cigarro e o isqueiro. De nós três, ele era quem mais tinha mudado. Quando éramos crianças, ele era vibrante e levado, vivia em movimento, mas, por volta da época em que chegamos ao ensino médio, aquilo mudou. Nós éramos de turmas diferentes, mas eu sabia que Leon tinha sofrido certo preconceito — sendo tão pequeno, magro, gentil e com feições delicadas suspeitas, isso foi inevitável. Eu fazia o que podia, mas, sempre que tinha um vislumbre dele nos corredores, ele estava correndo, de cabeça baixa, encolhido e retraído. Ele ainda era uns centímetros mais baixo que eu e ainda tinha aquela aparência élfica, o cabelo escuro desgrenhado caindo sobre um olho — embora agora estivesse claro que o cabelo desgrenhado era trabalho de uma hora e uma tonelada de cera de cabelo —, mas eu tinha dificuldade para sobrepor qualquer uma daquelas lembranças ao cara magro encostado na parede, balançando um pé e com um jeito descolado a ponto de dar a entender que a vida inteira das outras pessoas era um exercício de perda de diversão.

"Obrigado", falei, passando o isqueiro de volta.

Leon tinha relaxado o suficiente para me olhar direito — precisei me segurar para não virar de costas. "Desculpa por não ter te ligado mais", disse ele abruptamente. "Quando você se machucou."

"Tá tudo bem. Você mandou mensagem."

"É que a sua mãe disse que você precisava de paz e sossego e não podia ser incomodado, então..." Um movimento de um ombro só. "Mas mesmo assim. Eu devia ter ligado. Ou ido lá."

"Meu Deus, não. Não tinha necessidade disso." Eu não sabia dizer se minha voz estava casual o suficiente ou casual demais... "É só que... eu queria relaxar e ir devagar. Ver porcaria na televisão de pijama durante o dia, sabe? Eu não teria sido uma boa companhia."

"Mesmo assim", disse Leon. "Desculpa."

"Mas você tá aqui agora", falei. Eu não queria discutir mais sobre aquilo. "Vai ficar aqui?"

"*Porra*, não. Tô na casa dos meus pais. Que Deus me ajude." Ele enfiou o isqueiro no bolso. "Eu preferia ficar aqui, só que, assim que eu me mudasse, bum, eu viraria o cuidador designado e nunca poderia ir embora porque aí seria culpa minha se Hugo desmoronasse e morresse sozinho, e não, muito obrigado. Eu amo Hugo, quero passar tempo com ele enquanto posso e tô feliz em ajudar por algumas semanas, mas não dou conta de assumir nenhum compromisso longo. Eu tenho um emprego..." Leon trabalhava para uma gravadora indie da moda, uma que eu não conseguia lembrar o nome. "Tenho um relacionamento, tenho uma *vida*. E adoraria continuar tendo."

Não gostei daquilo — eu também não tinha intenção de me tornar o cuidador designado —, mas Leon sempre foi dramático, e parecia que alguém estava contando demais com ele. "Pressão?", perguntei.

Ele revirou os olhos para o céu. "Não quero nem começar. Minha mãe *e* meu pai. Eles estão em cima de mim como dois *interrogadores* todo santo dia. Primeiro, minha mãe ligava pra falar sobre o pobre Hugo passando os últimos dias sozinho e que era pra trazer os violinos, depois meu pai ligava com um discurso pomposo sobre como Hugo sempre tinha sido bom comigo e como faria sentido devolver um pouco daquele carinho, e aí ela me ligava pra contar que eles têm fé *total* de que eu consigo *lidar com as coisas* só por *um tempinho*, e depois disso eu não sei quem dizia o que porque eu parava de atender o telefone. Espero que eles desistam de encher o saco agora que pelo menos tô na cidade, mas não sei, eles talvez aumentem a pressão e torçam pra que, se me enlouquecerem o bastante, eu me mude pra cá na esperança de ficar longe deles. Mas eu não vou."

Ele estava um pouco bêbado, mas não o suficiente para a maioria das pessoas perceber. "Vou ficar aqui", falei.

Leon virou o rosto para mim, as sobrancelhas lá no alto. "*Você?*"

A incredulidade — como se eu fosse um chimpanzé encarregado de um lançamento de foguete — me fez trincar os dentes. "É. Eu. Algum problema?"

Após um momento, Leon encostou a cabeça de volta na parede e começou a rir, olhando para o céu. "Ah. Meu Deus", disse ele. "Que coisa linda. Mal posso *esperar* pra ver isso."

"Qual é a graça?"

"Nosso Toby, o anjo da misericórdia, se sacrificando pra cuidar dos necessitados..."

"Por duas *semanas*. Também não tô planejando ser o cuidador designado." E, quando aquilo transformou a risada de Leon em um ronco seco e perceptivo, perguntei: "O quê?".

"Surpresa."

"Por que você tá me enchendo o saco? Você acabou de dizer que não vem morar aqui nem por..."

"Porque quando eu entrasse, jamais sairia. Já você vai sair desfilando, não vai, assim que ficar de saco cheio...?"

O cigarro, a bebida e toda a tarde febril estavam me deixando enjoado; eu não estava com humor para aquilo. "Não é culpa minha você não ter os, os..." Eu estava procurando pela palavra *cojones*. "Colhões pra enfrentar seus pais..."

"... e nós todos sabemos que não vai demorar. Eu te dou uma semana. Dez dias no máximo."

O desdém na voz dele, como se eu fosse um príncipe mimado que nunca tinha lidado com nada pior do que uma ressaca... Se ele soubesse, o sr. Descolado com as pulseiras de couro de significado falso e a vida livre de quem passava a noite em boates, se ele tivesse alguma noção... "De que porra você tá falando? Você não acha que eu consigo?"

Eu estava ao menos semideliberadamente pedindo confusão. Leon sempre ficava na defensiva com facilidade; a irritação na minha voz era o jeito perfeito de fazê-lo reagir da pior maneira, principalmente quando Leon já estava tenso. Não que eu quisesse provocar uma briga no terraço — apesar de conseguir pensar em formas piores de passar o tempo; parecia que alguém lá dentro tinha começado a cantar —, mas eu queria, com uma intensidade cruel e autoflageladora, que Leon perdesse a calma e me dissesse exatamente o que achava daquela nova versão de mim.

Ele ergueu o cigarro e deu uma tragada longa. "Você não tá exatamente na sua melhor forma agora", disse ele no meio de um fluxo de fumaça soprado para o lado. "Tá?"

A onda de raiva foi quase gostosa. "O quê? Eu tô *ótimo*."

Um olhar por baixo das pálpebras. "Se você diz."

"Que porra isso quer dizer?"

Eu não sabia bem o quanto estava perto de dar um soco nele, mas Leon não parecia preocupado. Um canto da boca se curvou para cima. "Ah, *por favor*. Quantas palavras você disse hoje? Doze? O quanto comeu lá dentro, duas garfadas?"

Eu ri, um ruído sobressaltado que ecoou pelas paredes altas. Eu estava esperando algo sobre meu jeito de andar, minha incapacidade de seguir o fio de uma conversa, as pausas agonizantes enquanto eu procurava as palavras: um golpe hábil e implacável direto na jugular que me deixaria ensanguentado e tonto. Em vez disso, eu havia recebido uma cutucada por não conversar direito e não comer meus legumes, o que me deixou praticamente eufórico de alívio.

"O dia tá um saco", falei, ainda rindo. "Como você mesmo comentou. Não consigo fazer o esforço de fingir que tá tudo ótimo. Se você consegue, vai em frente. Vou ficar olhando."

"Esse é o Toby que eu conheço e amo", disse Leon. Havia uma tensão na voz dele; ele não gostava de ser motivo de riso. "Aquele que deixa o trabalho sujo pra todo mundo."

"Eu não tô te obrigando a fazer nada, cara. Só tô cuidando da minha vida. Não tem nada de errado nisso." As palavras saíram tão naturalmente, tão da forma que o antigo eu teria dito, e o movimento rápido do queixo de Leon para cima deixou tão claro que eu o estava afetando, que não consegui parar de rir.

"Que baboseira", disse ele, ríspido. "*Cara*. Você já viu seus olhos? Você conseguir passar despercebido por eles..." Um movimento de cabeça na direção da casa. "... não quer dizer que você esteja fazendo um trabalho excelente em disfarçar. Você tá doidão de alguma coisa."

Aquilo me fez rir tanto que saiu fumaça pelo meu nariz. Eu me curvei, tossindo. "E você tá *histérico*", disse Leon com amargura, se afastando de mim. "Seja lá o que você anda usando..."

"Heroína, cara. Toda a garotada descolada usa. Você devia..."

"Sabe o que seria ótimo? Se você calasse a boca. Termina seu cigarro, o *meu* cigarro, entra e me deixa em paz."

"Ah, vocês estão aqui", disse Susanna, saindo discretamente pela porta dos fundos com um olhar rápido de cautela por cima do ombro. "Seu pai tá cantando 'Raglan Road', Leon. Eu falei que ia procurar vocês, porque obviamente não iam querer perder isso. Mas acho que pode demorar. Qual é a graça?"

"Toby tá com uns parafusos a menos", disse Leon, apagando o cigarro com força usando o calcanhar. "Os poucos que restavam."

"Meu Deus", falei, recuperando o fôlego. Meu coração estava saltitando. "Isso valeu a tarde de merda todinha."

"Obrigada mesmo", disse Susanna. "Você também tá sendo ótima companhia.

"A companhia tá..." Eu estava procurando *brilhante*, não consegui encontrar. "... linda. Deslumbrante. Mas você precisa admitir que, se pudesse escolher como passar o dia, isso aqui ficaria logo abaixo de fazer canal no dente."

"Me diz que trouxe birita", falou Leon para Susanna. "Não consigo voltar lá se não tiver bebido mais um pouco."

"Eu achei que você tinha bebida. Espera." Ela virou para a abertura da porta. "Parece tranquilo. Vou entrar. Se eu for capturada, vocês vêm me buscar, né? Tô falando sério." Susanna sumiu na cozinha.

"Me desculpa por aquilo", falei. Eu estava me sentindo melhor em relação a Leon, e não só porque ele achava que a única coisa errada comigo era ter usado alucinógenos. Nós não éramos próximos havia muito tempo, desde que saímos da escola — novos amigos, vidas sociais se ampliando... Além do mais, ele tinha saído do armário e garantido que todos notassem ao passar pela fase exagerada. Como drogas e boates estereotipadas que não eram muito minha praia, e nós nunca tínhamos recuperado as coisas depois disso —, mas havia algo de muito animador na descoberta de que eu ainda conseguia provocá-lo quase sem esforço. "É que por um segundo parecia que você achava que eu tava pirando, sei lá. Foi lindo."

Leon acendeu outro cigarro sem me oferecer um.

"São só os analgésicos. Eu ainda tenho umas dores de cabeça por causa da concussão. Não é nada demais. Eu só não tava com vontade de ter que aguentar o dia de hoje e uma dor de cabeça ao mesmo tempo."

"Que seja."

"Mais alguém notou?"

Ele fez um som de *pff*. "Que nada. Mesmo que alguém tivesse notado, só achariam que você ainda tá abalado. Minha mãe diz que você precisa de aulas de ioga pra centralizar de volta sua energia."

Aquilo arrancou uma gargalhada de mim, e, depois de um momento, ele abriu um meio-sorriso relutante. "Maravilha", falei. "Vou pedir recomendações pra ela."

"Só toma cuidado", disse Leon, olhando na direção de Susanna e baixando a voz. A tensão tinha sumido. "Eu tive um amigo que... bom, sei lá. Eu só tô dizendo que, seja o que for que você tá tomando, não é porque você recebe do médico que é inofensivo feito balinha. Não fica arrogante."

"Quem, eu? Nunca."

Leon retorceu a boca, mas, antes que pudesse dizer qualquer coisa, Susanna voltou pela porta segurando uma garrafa de vinho. "Ponto pra mim", disse ela. "A gente vai precisar de suprimentos, sem dúvida. Seu pai está cantando 'Spancil Hill' agora, Leon."

"Ah, meu Deus."

"Não consegui tirar Melissa de lá", Susanna me disse. "Sua mãe tá com o braço em volta dela."

"Eu devia entrar", falei, sem me mexer.

"Ela parece estar bem."

"Ela tá bem. Melissa fica bem em qualquer lugar. Essa não é a questão."

"Você não vai acreditar nisso", disse Leon para Susanna. E, virando o queixo para apontar para mim, declarou: "Ele vai ficar aqui".

Susanna se sentou ao meu lado no degrau, tirou um saca-rolha do bolso de trás e segurou a garrafa entre os joelhos. "Eu sei. Eu que pedi."

Leon ergueu as sobrancelhas. "Você não me contou isso."

"Não achei que ele fosse aceitar. Mas..." Um sorrisinho para mim enquanto ela lutava com a rolha. "... parece que eu o subestimei."

"É tão fácil fazer isso", disse Leon para o jardim.

A rolha saiu com um estalo. Susanna tomou um gole com tanto prazer que me sobressaltou — parte do meu cérebro ainda pensava nela como uma menina de 8 anos — e passou a garrafa para mim. "Ignora ele", disse ela. "Leon teve um dia de merda."

"Nós todos", falei. O vinho era tinto, pesado e com gosto de fim de verão, e percebi antes que batesse na língua o quanto era forte. "Como você tá?"

"Como era de se esperar", disse Susanna, virando a cabeça para cima e massageando a nuca. Parecia bem menos mudada que Leon. O cabelo estava ondulado na altura do queixo em vez de preso nas duas tranças grossas da infância, ou comprido e sem-graça como na adolescência, e a simplicidade ossuda de sempre tinha se acomodado de forma impressionante em uma aura serena de permanência, na implicação de que estaria igual dali a vinte ou cinquenta anos; mas ter tido bebês havia suavizado a angularidade das pernas compridas um pouquinho, ela estava usando uma calça jeans desbotada e quase nenhuma maquiagem e ainda se sentava da mesma forma de quando era criança, de pernas cruzadas e sem timidez. "Parece que Tom tá se transformando no rei da massagem nas costas. E você?"

"Tô bem."

"Sinceramente?"

"Bom, eu não recebi nenhuma massagem do Tom. Mas, fora isso, tô legal." Percebi o olhar sardônico de Leon e o ignorei.

"Seja lá o que isso signifique agora", disse Susanna, esticando a mão para o cigarro de Leon. Alguém, supostamente uma das crianças, havia desenhado um inseto na mão dela com caneta roxa. "Me dá um trago disso."

"Pode fumar um inteiro. Toma..."

"Eu não quero um inteiro. Não quero as crianças me vendo fumar."

Ela também estava meio bêbada; agora que tinha parado para pensar, percebi que eu também estava. "Me dá um", falei para Leon. "Eu divido com a Su." As crianças estavam no final do jardim, cutucando alguma coisa na grama com gravetos, e não pareciam estar interessadas em nós, mas eu sempre fui meio protetor com Susanna, apesar de ela ser só três meses mais nova do que eu. Lembro de ter uns 5 anos de idade e a levantar, passando os braços em volta de seu peito com um esforço enorme, e correr freneticamente para longe da vespa que voava em torno dela. Acendi o cigarro, dei uma tragada e o passei para Susanna.

"Meu pai não tá bem", disse ela em meio à fumaça. "A gente tava lá outro dia e eu o peguei chorando. De soluçar."

"Meu Deus", falei.

"É." Ela me olhou de lado. "Ele tem um presente pra você. Pra compensar ter perdido sua festa de aniversário. Acho que pode ser alguma herança familiar horrorosa. Se for uma merda, seja gentil com ele."

"Claro."

"Porque eu acho que ele não aguentaria nem mais uma... Zach!", gritou Susanna na direção do gramado, onde Zach estava subindo em um olmo grande. "Desce dessa árvore! Quantas vezes já falei?"

"A gente subia nessas árvores o tempo todo", observei. Zach estava escalando ainda mais alto, ignorando-a completamente.

"Isso mesmo, e você caiu daquela mesma árvore e quebrou o tornozelo, ficou de gesso por... *Zach!* Desce agora. Eu vou ter que ir até aí?"

Zach desceu do galho, inclinou a cabeça para trás de forma exagerada a fim de mostrar para a mãe como ela era idiota e correu pelo gramado para perturbar Sallie.

"Ele é terrível às vezes", disse Susanna. "E os pais de Tom não ajudam. Deixam que ele faça tudo e, quando veem que estamos mandando ele se comportar, ficam 'Ah, deixa ele em paz, meninos são assim mesmo!', e vocês sabem como Hugo é, 'Deixa eles correrem soltos, eles vão ficar bem no final', o que era ótimo quando era com a gente, mas não é tão divertido do outro lado."

Eu não comentei que aquela parte do problema pelo menos acabaria se resolvendo em breve. Não estava interessado em discutir os problemas de Zach. "Eu nem consigo lembrar a última vez que vi seu pai", falei.

Percebi quase na mesma hora, pelo silêncio surpreso, que eu havia dito alguma merda. Procurei freneticamente na memória o que eu estava deixando passar; só conseguia me lembrar de ter ligado para tio Phil durante a adolescência, na vez em que fiquei bêbado e perdi a carteira em uma boate e Hugo não estava atendendo o telefone, da expressão torta dele no carro quando me aconselhou a ficar bem quietinho no caminho até minha casa, mas, obviamente, eu devia tê-lo visto depois disso...

"Mas eles estavam aqui no Natal", disse Susanna. "Lembra? Eles deram aquela adaga para Zach, e aí ele esfaqueou o sofá?"

"Ah", falei. A forma intensa e atenta com que ela estava me olhando, como se a ficha estivesse caindo, fez meu estômago se contrair. "Dã. Acho que minha mente tava em outra coisa no Natal, eu tava cheio de trabalho, sabe? E todos os Natais se misturam, principalmente porque aconteceu muita coisa..." Leon riu com deboche, alto o suficiente para ser óbvio. A facada no sofá não parecia o tipo de coisa que se perderia facilmente.

"Você", disse Susanna com segurança, "tá bêbado."

"Tô", falei. "Tô mesmo." Eu estava tão grato a ela pela revelação, tão abalado pelo mundo infinitamente gentil e inocente de Susanna onde nada pior do que algumas mimosas poderiam ser o problema com a cabeça de alguém, que eu podia ter chorado.

"Me dá isso", disse Leon, esticando a mão para a garrafa. "Você já tomou muito." O arco da sobrancelha dele me dizia *Considerando as outras coisas.*

"Tomei, sim. E tô planejando tomar bem mais."

"Melissa é uma garota de sorte. Ela também vai ficar?"

Dei de ombros. Meu coração estava disparado: mais cedo ou mais tarde eu ia fazer merda, ia dizer ou fazer alguma coisa tão idiota que nenhuma ingenuidade conseguiria disfarçar. Eu não devia ter vindo... "Por alguns dias, sim."

"Não quer te perder de vista?"

"O que eu posso dizer, cara? Ela gosta da minha companhia. Seu namorado não veio, né?"

"Carsten tem emprego. Ele não pode sair quando dá na telha."

"Aah. Ele parece importante."

"Eu queria que isso acabasse", disse Leon de repente, com raiva. "Sei que é horrível, mas queria. O que a gente *faz*? Finge que não tá acontecendo? Tinha que ter um *manual*."

"Aposto que tem em algumas culturas", disse Susanna, tirando a garrafa dele. "Rituais para quando alguém tá morrendo. Cantos. Danças. Queimar ervas."

"Bom, eu queria morar lá. Cala a boca", ele disse para mim quando revirei os olhos. "Queria sim. O que a gente faz *depois* que alguém morre já tá mapeado, temos velórios e enterros e coroas e a missa de sétimo dia. Mas a parte em que se fica esperando a pessoa morrer é *pelo menos* tão ruim quanto, e não tem porra nenhuma que ensine como fazer isso."

"Falando em quando acabar...", disse Susanna. "Alguém sabe o que acontece com a casa depois?"

Houve um silêncio curto e intrincado. Leon puxou um caule de jasmim da parede e o enrolou entre os dedos, sem olhar para nós.

"Pode ser que não chegue a tanto", disse Susanna. "Vamos pedir uma segunda opinião. Mas e *se*."

"Meu Deus", falei. "Não é meio cedo pra estar repartindo as coisas dele?"

Os dois ignoraram aquilo. Leon falou: "O testamento de vovô e vovó dizia que Hugo vinha morar aqui".

"E depois?"

"Você quer dizer", perguntou Leon, "se vai ser vendida?"

"É."

"Não se minha opinião contar."

"Bom, *obviamente*", disse Susanna com um toque de exasperação. "O que tô perguntando é se alguém sabe se a gente dá palpite. Se ficar pros nossos pais e eles quiserem vender e dividir o dinheiro..."

Outro silêncio, dessa vez mais longo. Aquela questão toda nunca havia me ocorrido, e eu não tinha ideia do que achava dela. Parecia que

Susanna e Leon não estavam apenas determinados a ficar com a casa, mas também supunham que eu pensava da mesma forma, embora eu não tivesse ideia do que achavam podíamos fazer com a casa. Alugar? Dividir, todos nós juntos em uma comunidade grande e feliz, revezando para cozinhar lentilha e fazer *tie-dye* com tecido de cânhamo orgânico? Alguns meses antes, eu teria sido a favor de vender; qualquer fração da casa seria um grande passo na direção da minha futura propriedade georgiana branca com vista para a baía. Mas, naquele momento, a fantasia toda parecia uma piada humilhante, fazendo eu me sentir como uma daquelas pessoas iludidas falando de superestrelato no *The X Factor*. Ficou pior por causa da sensação paranoica de que os outros dois estavam pensando coisas que eu não sabia, com sinais invisíveis passando na frente da minha cara feito insetos; eu me sentia um intruso indesejado, como se Leon e Susanna fossem ficar mais felizes se eu inventasse uma desculpa qualquer e entrasse, ou, melhor ainda, se levasse minhas malas até outro táxi e voltasse direto para o meu apartamento.

"Você não pode perguntar pro seu pai qual é a história?", Leon questionou Susanna. Ele havia tirado o isqueiro do bolso e estava acendendo a chama no caule do jasmim, apagando-a com um sopro sempre que o fogo pegava.

"Por que você não pergunta pro seu?"

"Porque você é mais próxima do seu."

"A gente morar no mesmo país não significa que a gente seja próximo."

"Quer dizer que você o *vê*. O que torna bem mais fácil soltar casualmente a pergunta em uma conversa, 'Aliás, pai, por acaso você sabe...'"

"Ei? Você tá *bem aqui*. Tá *morando* com o seu pai."

Leon soprou o jasmim com força. "Isso significa que já tenho coisa demais pra aguentar agora, muito obrigado, sem..."

"E eu não?"

"Por que você não pergunta?", disse Leon para mim. "Você só tá sentado aí, supondo que um de nós dois vai..."

Eu estava achando aquela briguinha estranhamente reconfortante, na verdade, tanto pela familiaridade quanto pela implicação de que eu não era a *persona non grata* ali, que talvez todos só estivessem estressados e deslocados. "Eu tô morando com Hugo", observei. "Não posso perguntar pra ele, 'Ei, Hugo, eu tava pensando, quando você bater as botas...'"

"Você pode perguntar pro seu pai."

"Foi você que tocou no assunto. Se quer tanto saber..."

"Você não quer?"

"Claro que não quer", disse Susanna. "Dã."

"Qual o problema?", perguntei. "Nós vamos descobrir quando ele morrer, que diferença faz...?"

"*Se* ele morrer..."

"*Tá booom*", respondeu Leon rispidamente. "Eu pergunto."

Nós dois nos viramos para encará-lo. Ele deu de ombros, encostado na parede. "Vou perguntar pro meu pai."

"Tudo bem", disse Susanna após um momento. "Faz isso."

Ele largou o jasmim no terraço e amassou com o calcanhar. "Eu vou."

"Maravilha", disse Susanna. "A gente pode parar de brigar. Eu já tenho que ouvir brigas o dia todo; não quero *ser protagonista* também. Oliver ainda tá cantando?"

Inclinei o ouvido para a porta. "Tá. 'She Moved Through the Fair'."

"Meu Deus", disse Leon, passando a mão pelo rosto. "Devolve a garrafa."

Susanna soltou o ar, precariamente, à beira das risadas ou das lágrimas. "*Last night she came to me*", cantarolou ela baixinho, "*my dead love came in...*"

A voz de Oliver, erodida a uma finura de véu pela distância, caiu sobre a dela como um eco. *My dead love came in...* Chegando até a grama, entre as cenouras selvagens e folhas.

"Ah, perfeito", disse Leon, e virou a garrafa nos lábios. "Vamos ver o quanto a gente consegue ficar mórbido."

Susanna cantarolou alguns compassos de uma melodia que não consegui identificar até Leon soltar uma gargalhada e cantar junto, em um tenor que era surpreendentemente grave vindo de alguém tão pequeno. "*Isn't it grand, boys, to be bloody well dead? Let's not have a sniffle...*"

Comecei a rir. "*Let's have a bloody good cry*", cantou Susanna, e nós todos terminamos juntos com estilo, os cigarros e a garrafa erguidos bem no alto: "*And always remember the longer you live, the sooner you'll bloody well die!*".

Um som atrás de nós, na cozinha: uma porta de armário se abrindo e fechando. Após um segundo horrorizado, nós três caímos na gargalhada ao mesmo tempo, como se tivéssemos sido pegos no flagra. Leon estava curvado para a frente, Susanna tinha engasgado com vinho e estava tossindo, batendo no próprio peito; eu sentia lágrimas escorrendo pelo rosto. As gargalhadas pareciam tão incontroláveis e apavorantes quanto vômito. "Ah, Deus", disse Leon, ofegante. "*Look at the coffin, with golden handles...*"

"Cala essa *boca*, *meu Deus*, se for Hugo..."

"Uau", disse Tom, aparecendo na porta. "Então a festa de verdade é aqui."

Demos uma olhada nele e caímos na gargalhada outra vez. "O quê?", perguntou ele, perdido. Como nenhum de nós respondeu: "Vocês fumaram alguma coisa?".

A pergunta era de brincadeira, mas um pouco de subtom sério ficou evidente, de modo que Leon se empertigou e olhou para ele com olhos arregalados e paranoicos, a mão no coração. "Ah, meu Deus. Dá pra perceber?"

Tom piscou para ele. Tom tem altura mediana, corpo padrão, cabelo louro-médio e é meio bonito e extremamente fofo, o que provoca uma vontade irresistível de contá-lo sobre a existência de coalas carnívoros e monóxido de di-hidrogênio. "Hum", disse ele. "O quê...? O que foi?"

"Foi só um pouco de bingo", disse Leon, usando uma gíria para cocaína. "Já experimentou?"

"Bingo?"

"Ah, você devia", falei. "Aposto que bingo seria a maior emoção da sua vida."

Tom, preocupado, com as sobrancelhas contraídas para baixo, estava olhando de um para o outro e depois para Susanna, que tinha chegado ao ponto de só conseguir balançar a mão com impotência na direção dele. "Eu não..."

"É perfeitamente legal", disse Leon com segurança.

"Bom...", falei.

"Bom. Mais ou menos."

"Quer um trago?" Ofereci meu cigarro a Tom.

"Hã, não, obrigado. Su", disse Tom, massageando a nuca. "Quer dizer, as crianças. Se elas..."

Aquilo fez Susanna cair na gargalhada de novo.

"Ah, elas estão ótimas", disse Leon. "Estão a *quilômetros* daqui." Ele indicou as crianças.

"Se elas notarem qualquer coisa", falei, "a gente conversa com elas. Passa os fatos. No mundo de hoje, quanto antes se educar os filhos sobre bingo, melhor, né?"

"Creio que sim. Quer dizer, eu não acho que..."

Eu nunca tinha entendido Tom. Quando Susanna o conheceu, no nosso primeiro ano de faculdade, todos ficaram felizes. Ela havia tido uma espécie de crise adolescente complicada no ano anterior e tinha entrado primeiro em modo emo — o cabelo opaco, usando macacões enormes, sem vida social e muita música sobre espíritos apaixonados demais sendo esmagados por esse mundo cruel e insensível —, depois deu uma volta de cento e oitenta graus e virou uma criança louca, com roupas estilo *Alice no País das Maravilhas*, que frequentava boates em locais secretos, desaparecia por semanas, exceto por algumas mensagens vagas cheias de risadas vindas do trailer de alguém na Cornualha, e nunca entregava trabalhos de escola. Para mim, tudo parecia coisa típica de adolescente, mas os pais dela ficaram tão preocupados que tia Louisa vivia me pressionando, perguntando se eu achava que Susanna se cortava (como eu ia saber?) e se eu achava que ela estava usando drogas (com certeza, mas eu também), e eu sabia que eles tinham tentado algumas vezes fazer com que Susanna fosse a um terapeuta. Tom — robusto, pacífico, agradável, comum de todas as formas — pareceu o antídoto perfeito; quando ficou com ele, Susanna se acomodou e, quase da noite para o dia, voltou a ser a pessoa bem-comportada e nada problemática de sempre. Nunca me dei ao trabalho de desenvolver um relacionamento com ele, pois supus que ela seguiria em frente depois que a levasse de volta ao normal, por isso fiquei totalmente estupefato quando, antes mesmo de terminar a faculdade, eles decidiram se casar. Em dois anos, tiveram dois filhos, e boa parte da conversa do casal revolvia em torno de como ensinar as crianças a usarem o banheiro, que escolas escolher, e várias outras coisas que me deixavam com vontade de fazer uma vasectomia e cheirar um monte de coca. Basicamente, embora Tom parecesse um cara legal, eu não entendia o que ele ainda estava fazendo em nossas vidas.

"Vocês", disse Susanna, finalmente recuperando o fôlego. "Parem de sacanear o Tom. Eu gosto dele."

"A gente também gosta dele", falei. "Não é, Leon?"

"A gente aaaaama", disse Leon, oferecendo a Tom umas piscadelas lascivas.

"Seus sacaninhas", disse Tom, vermelho e sorrindo.

"A gente só tá brincando", falei.

"Brinca com outra pessoa", disse Susanna. "Me Deus, eu precisava disso."

"Mamãe!" Sallie correu pela grama e parou de repente na frente de Susanna. "Tem bonecas nos meus sapatos e eu não consigo tirar e Zach disse que elas vão morrer se ficarem aqui!"

"Me mostra", disse Susanna. Ela pegou Sallie no colo, tirou habilmente um sapato, removeu a palmilha e colocou a boneca na mão da menina.

"Uau", disse Sallie, de olhos arregalados. "Que legal."

Susanna fez o mesmo com o outro sapato. Depois, colocou-os de volta nos pés de Sallie e tirou a criança do colo. "Pronto", disse ela, "pode ir." E deu um tapinha na traseira de Sallie. A menina saiu saltitando pelo jardim, uma boneca em cada mão erguida, gritando: "Zach! Olha! Elas saíram! Ha-ha!".

"Isso vai fazer o Zach calar a boca", disse Susanna. "Bem-feito."

"Meu amor", disse Leon, curvando-se para passar um cotovelo pelo pescoço de Susanna e dar um beijo na bochecha dela. "Eu senti saudade." E, por cima da cabeça de Susanna, para mim: "Pode ser que eu tenha sentido saudade de você também".

Finalmente — não podia ter sido depois das nove da noite, mas pareceu bem mais tarde —, a festa, ou o que quer que fosse aquilo, acabou. Acho que minha mãe teve a ideia nostálgica de que nós cinco nos acomodaríamos na sala para uma conversinha noturna ("Uma saideira cairia bem... Hugo, o que aconteceu com aquela garrafa velha daquela coisa que a gente trouxe pra você da Sicília?" Ou então, "Melissa, você quer...?"), mas meu pai — com olheiras, mexendo na abotoadura — pôs um fim àquilo: precisava ir para a cama, disse, de forma gentil e definitiva, acrescentando que a família era a melhor coisa do mundo, mas também a mais cansativa, e se o resto de nós tivesse bom senso, faria o mesmo. Hugo, comigo e Melissa logo atrás, acenou do alto da escada quando os outros entraram nos carros e saíram dirigindo, as conversas, risadas e batidas de porta se dissolvendo no céu escuro. Fiquei feliz pela luz mais fraca; o dia havia me exaurido a ponto de minha perna estar tremendo de forma quase incontrolável, e, quando acenei, minha mão se sacudiu feito espaguete.

Em determinado momento, em que eu não estava olhando, alguém — um dos meus pais, supostamente — havia levado nossas malas para o andar de cima, o que teria me enfurecido caso minha cabeça não estivesse cheia demais e girando demais para ter espaço para mais coisa, ou então se o efeito do Xanax tivesse terminado de passar. Mas, em vez disso, me deixei levar pela onda de prazer de mostrar a Melissa meu antigo quarto de férias, que tinha sido o quarto do meu pai quando ele era criança e ainda estava mais ou menos do jeito que eu o havia deixado da última vez que tinha ficado ali, no verão antes da faculdade — "Toby! Você desenhou isso? Eu não sabia que você desenhava... Ah, a lareira é linda, os azulejos de flor... Isso era seu? Não acredito que você gostava de Nickelback?!... Amo te imaginar como uma criança de 5 anos olhando por essa janela ... Ah, meu Deus, essa é sua camisa de rúgbi da escola?".

Pelos olhos dela, o quarto perdia a sensação secreta e dissecada de uma exposição pouco vista — anos demais de sol desbotando faixas das cortinas estáticas, de pernas de móveis deixando marcas em pontos fixos do chão — e assumia um encanto tímido e agridoce. Enquanto olhava em volta, Melissa tirava coisas das nossas malas — ela havia feito a minha de forma tão discreta que eu nem percebera o que estava acontecendo — e me encarava, pedindo permissão para botar as coisas no lugar, *Aqui? Aqui?*, de forma que, quando veio descansar, o quarto estava renovado, cheio de vida e todo nosso, com a escova de cabelo dela e meu pente lado a lado sobre a cômoda antiga, nossas roupas penduradas no guarda-roupa com adesivos de carros de desenho animado raspados das portas. "Pronto", disse ela com um olhar rápido para mim, meio satisfeita, meio ansiosa. "Tá tudo certo?"

"Tá ótimo", falei. Eu estava encostado na parede, observando-a, tanto porque eu gostava quanto porque estava cansado demais para me mexer. "A gente pode ir pra cama agora?"

Melissa suspirou, satisfeita. "Com certeza. Hora de dormir."

"E então", falei, enquanto ela tirava o vestido pela cabeça, um vestido vintage maravilhoso, azul-claro e rodado, que se deslocou pelo piso de carvalho polido e pelos tapetes persas puídos da casa como se tivesse sido feito para ela. "Como foi seu dia?"

Melissa se virou para mim, o vestido nas mãos, e fiquei sobressaltado com o brilho de felicidade em seu rosto. Melissa sempre havia romantizado minha família — ela não tinha muita vida familiar; a mãe bebia, e não de um jeito extravagante, mas com dedicação real, e boa parte da infância dela tinha sido feita de isolamento e controle de danos. Para ela, o caos alegre da minha família e da Casa da Hera parecia uma coisa saída de um conto de fadas; ela costumava me pedir histórias sobre ambos e ouvia hipnotizada, com os dedos fechados nos meus. "Foi lindo. Eles são *tão legais*, Toby, é tão difícil pra vocês todos, mas eles me fizeram sentir tão em casa, como se estivessem felizes de verdade por eu estar aqui... Sabia que a sua tia Miriam foi na loja ano passado? Ela comprou um conjunto daqueles pratos com cervos pintados. E não se deu conta de que era eu!"

A luz amarela do meu abajurzinho na mesa de cabeceira brilhava aveludada na bochecha de Melissa, na linha do ombro exposto, na curva suave da cintura até o quadril. O cabelo dela era uma bruma dourada.

— Vem cá — falei, esticando a mão para ela.

Melissa deixou o vestido cair no chão e me beijou com força e alegria. "E você?", perguntou ela, se afastando para me olhar. "Teve um bom dia?"

"Claro", falei. "E essa é a melhor parte de todas." Deslizei a mão pelas costas dela e a puxei para perto.

"Toby!"

"O quê?"

"Seu *tio*!"

"A gente não faz barulho."

"Mas ele tá logo atrás daquela..."

"Nenhum barulhinho. Como se a gente tivesse caçando coelhinhos." E deu certo: ela riu, e seu corpo relaxou junto ao meu.

Eu já tinha recebido garotas naquele quarto, e, por algum motivo, foi para a primeira delas que meu pensamento se voltou: uma lourinha sem fôlego chamada Jeanette. Nós tínhamos 15 anos, e eu tinha inventado para Hugo uma história sobre um projeto de história que, em retrospecto, era óbvio que não tinha acreditado nem por um segundo — e apesar de Jeanette e eu não termos feito sexo, nem chegado perto, a sensação era a mesma, as risadas eufóricas abafadas no pescoço um do outro, a sensação arrebatadora de se aventurar em algo arriscado e maravilhoso, os apertos frenéticos na cabeceira a cada ruído da cama, *Shh! Shh você!* Não era a primeira vez que Melissa e eu fazíamos sexo desde aquela noite, mas foi a primeira vez que o sexo pareceu uma coisa real e não uma compulsão tensa, infeliz e confusa. Depois, fiquei deitado de costas com o cabelo de Melissa espalhado em meu peito, ouvindo a respiração suave e satisfeita dela e olhando para as rachaduras familiares no teto, e me sobressaltei pensando que aquilo talvez fosse mesmo uma boa ideia.

Quatro

Acordamos cedo; meu quarto na Casa da Hera, bem acima do jardim, deixava entrar bem mais luz do que o do meu apartamento. Melissa tinha que trabalhar. Eu me levantei com ela, fiz nosso café da manhã — Hugo ainda estava dormindo, ou ao menos esperava que estivesse só adormecido — e andei com Melissa até o ponto de ônibus. Depois, fiz mais café para mim e levei a caneca até o terraço.

O tempo havia mudado durante a noite; o céu estava cinzento e o ar estava frio, parado e saturado, pronto para chover. O jardim, debaixo da grande linha de árvores, parecia abandonado há séculos. Os vasos grandes de gerânios no terraço ardiam em um vermelho louco e frenético em comparação a tudo.

Sentei no degrau de cima e peguei meus cigarros (os que eu tinha conseguido lembrar sozinho de pegar e esconder no bolso da jaqueta para Melissa não encontrar). Havia muito tempo que eu não fazia nada assim, ficar sentado sozinho, e a sensação era estranha, exposta e arriscada de um jeito incipiente que me deixava tenso. Fumei um cigarro com o café e enterrei a guimba no vaso de gerânio.

Eu não estava com vontade de fazer muita coisa; nada, aliás. Havia dormido bem pela primeira vez em meses; teoricamente, eu devia estar muito mais tenso na Casa da Hera, já que lá nem alarme tinha, mas, de alguma forma, era quase impossível imaginar qualquer pessoa arrombando a casa — caso conseguissem encontrá-la. Porém, em vez de me deixar pilhado, o sono tinha deixado minha mente borrada e enevoada, incapaz de entender as coisas direito. Depois de dez minutos eu já estava agitado demais para ficar sentado. Sentia um ritmo terrível começando a pulsar em minha cabeça — pisa e arrasta, pisa e arrasta, para lá e para cá, no meu doce e antigo quarto de férias até Melissa voltar para casa.

Entrei. Hugo estava mesmo vivo, ao que parecia: em algum momento, havia emergido, e eu o ouvia no escritório batucando nas teclas do computador e, de vez em quando, dizendo "Hum" com severidade. Passei pela porta nas pontas dos pés e fui para o antigo quarto dos meus avós.

A colcha de retalhos ainda estava na cama, um pote grande de conchinhas recolhidas em viagens antigas ainda repousava em cima da lareira, o quarto ainda mantinha os guarda-roupas vazios e um cheiro suave de alfazema e poeira. A chuva havia começado em batidas leves e suaves, as sombras na vidraça pontilhando o parapeito e as tábuas do piso. Fiquei lá durante muito tempo, vendo as gotas se mesclarem e escorrerem pelo vidro, escolhendo duas e apostando corrida até lá embaixo, assim como eu fazia quando era criança.

No quarto do andar mais alto, onde tínhamos construído nosso forte, havia vários móveis antigos cobertos por lençóis. Aqui e ali, um braço entalhado ou um pé em forma de garra aparecendo, festões dramáticos feitos de teia nas quinas mais altas. No antigo quarto de Susanna, a cama estava feita e havia vários objetos — um coelho de pelúcia caído no chão, uma máscara do Homem-Aranha e um emaranhado de roupas coloridas na cômoda — que diziam que ela revisitava a antiga tradição familiar de deixar os filhos com Hugo por uma noite de vez em quando. O quarto de Leon estava vazio, exceto pela cama sem lençol e uma pilha do que parecia ser uma cortina dobrada no canto. A viagem toda não me parecia mais uma boa ideia. Meu fantasma estava em toda parte, risadas abafadas no forte, inclinado sobre o corrimão para chamar Leon, passando a mão pela blusa de Jeanette, ágil e promissor e invulnerável, sem a menor noção da bigorna que esperava para cair na cabeça dele e o transformar em bagaço. Do lado de fora, o jardim estava exuberante e silencioso sob a chuva, as folhas pendendo com o peso das gotas, a grama alta curvada como redes e tudo luminoso, em um verde sem sombras.

Eu estava parado na escada havia um tempo, olhando um quadro na parede (aquarela do fim do século XIX, um piquenique à beira do lago, não consegui ler a assinatura, mas esperava que algum ancestral o tivesse pintado e não que alguém tivesse pagado por ele), quando a porta do escritório de Hugo se abriu.

"Ah", disse ele, olhando de forma benigna para mim por cima dos óculos, aparentemente nada surpreso por me encontrar parado ali. "Oi."

"Oi", falei.

"Eu já ia fazer o almoço. Já tá meio tarde, né, eu me deixei levar... Você vai almoçar comigo? Ou já comeu?"

"Tudo bem", respondi. "Quer dizer, não, eu não comi. Vou comer com você."

Eu estava chegando para o lado a fim de deixá-lo passar na frente quando me dei conta de tudo: a bengala na mão, a respiração preparatória ao olhar para o longo lance de escadas. "Eu faço o almoço", falei. Eu estava na Casa da Hera para ajudar Hugo. Que trabalho de merda eu estava fazendo. Consegui até ouvir a risada de desdém de Leon: *Eu sabia.* "E aí eu trago pra cá."

Um vislumbre de contrariedade apareceu no rosto de Hugo, mas, depois de um momento, ele assentiu. "Acho que é uma boa ideia. Tem um pouco da caçarola de ontem na geladeira, na travessa azul. Eu ia botar no forno por alguns minutos. Obrigado."

Eu não estava planejando fazer nada mais ambicioso do que pão e queijo para o almoço (fazer café da manhã para Melissa e para mim havia sido uma aventura: ela não estava a fim de remexer na cozinha de Hugo, e eu passei tipo uma hora parado no meio do aposento, paralisado pela pergunta de o que pegar primeiro. O pão? A manteiga? As canecas? Os pratos? Ligar a cafeteira? E isso foi antes de chegar à questão de tentar lembrar onde cada coisa ficava), mas consegui esquentar a caçarola e encontrar uma bandeja para colocar pratos e talheres e dois copos de água, e consegui levar a coisa toda equilibrada até o escritório de Hugo com o braço direito dobrado de um jeito estranho. Passou pela minha cabeça, como uma onda de algo entre surpresa e esperança, que a fadiga constante podia não ser um sinal do quanto meu cérebro estava fodido; podia ser só porque tudo precisava de dez vezes mais esforço do que o normal.

O escritório não tinha mudado desde que eu era criança. Hugo era genealogista, uma profissão que eu imaginava não pagar muito bem, mas, com o estilo de vida que ele tinha, sem hipoteca, sem aluguel, sem família, sem hábitos caros, acho que nem precisava de tanta grana. O escritório dele tinha uma escrivaninha georgiana, uma enorme poltrona surrada de couro, piso de tábuas escuras de carvalho, pilhas exuberantes de papel equilibradas em superfícies nada práticas; havia estantes embutidas por toda parte, lotadas de volumes grossos com capa de couro e ornamentos em dourado — *Thom's Irish Almanac and Official Directory, Pettigrew and Oulton's Dublin Almanac* —, além de badulaques estranhos, um relógio de mesa francês pintado com desenhos de folhas e libélulas, o canto de uma placa romana antiga com algumas letras espalhadas, um coelhinho encolhido entalhado em madeira de oliveira. Leon, Susanna e eu havíamos passado bastante tempo ali quando crianças. Hugo nos deixava ganhar uns trocados ajudando-o com as pesquisas, deitados de bruços no tapete puído, passando os dedos por fileiras de tipologia antiga ou alguma caligrafia linda e quase ilegível. Susanna, que tinha aprendido caligrafia na escola, recebia um adicional lucrativo desenhando árvores genealógicas celtas emolduráveis para americanos. Sempre gostei do escritório. As fileiras de livros o envolviam em uma camada extra de silêncio, e os objetos estranhos davam a ela uma qualidade de encantamento inferior e pernicioso; esperava-se que um rato simpático colocasse a cabeça para fora de um buraco naquele rodapé, ou que o relógio zumbisse e girasse os ponteiros para trás e batesse no número treze. Lembrava-me um pouco a sala de Richard na galeria. Na verdade, e a ideia só me ocorreu naquele momento, Richard me lembrava um pouco Hugo, de modo geral. Eu me perguntei de repente se foi por isso que fiquei tão encantado naquela primeira entrevista, por isso que aceitei o emprego, se foi por isso — uma sensação vertiginosa de coisas espiralando ao meu redor e se acomodando em padrões que eu não tinha chance de acompanhar — se foi por isso que tudo tinha acontecido como aconteceu.

"Ah", disse Hugo, erguendo o rosto da mesa com um sorriso. "Que ótimo. Aqui..." Ele botou o laptop de lado para que eu pudesse colocar o prato na mesa. Na tela: a imagem escaneada de um formulário amarelado, *1883, casamento oficializado na igreja paroquial em...*

"Você tá trabalhando", falei, indicando o computador.

Hugo olhou para o laptop como se levemente surpreso pela existência dele. "Bom, sim", disse ele. "Eu tô. Pensei em embarcar em uma viagem louca pela selva sul-americana ou pelo menos pelas ilhas gregas, mas no fim das contas decidi que existe um motivo pra eu já não ter feito todas essas coisas. Isso aqui é bem mais adequado pra mim, quer eu queira admitir ou não. Além do mais..." O sorriso largo iluminou o rosto todo. "Tenho um mistério bem interessante em andamento e não quero ir a lugar nenhum sem saber como vai se resolver."

Eu me sentei na poltrona e puxei a mesinha lateral para apoiar meu prato. "Qual é a história?"

"Ah", disse ele, se encostando na cadeira. "Alguns meses atrás, uma mulher chamada Amelia Wozniak fez contato comigo da Filadélfia, procurando ajuda pra encontrar suas raízes irlandesas. Me pareceu meio improvável..." Ele riu enquanto limpava os óculos em uma ponta desfiada do suéter. "Mas só até eu descobrir que o nome de solteira dela era O'Hagan. Ela havia feito uma parte do trabalho e elaborado uma árvore genealógica bem abrangente até os anos 1840, a maior parte dela concentrada em Tipperary. Mas aí tudo ficou meio estranho." Ele colocou os óculos de lado e comeu uma garfada boa de caçarola. "Hum. Isso fica ainda melhor de um dia pro outro, você não acha? Bom, ela enviou o DNA pra um daqueles bancos de dados gigantes, e apareceram vários primos em Clare que, de acordo com a pesquisa dela, não deviam ser seus parentes. McNamara, e ela não tinha encontrado esse nome em lugar nenhum. Ela me ligou por isso."

"E?" Quando criança, eu nunca tinha me interessado pelos "mistérios" de Hugo. Leon e Susanna gostavam, mas eu não entendia a fascinação: as respostas não mudariam nada, nunca havia um trono, fortuna ou outra coisa em jogo, que diferença fazia? Eu me envolvia só pelo companheirismo e, obviamente, pelo dinheiro.

"Bom, ainda não sei. Uma possibilidade é um evento de paternidade desconhecida: em algum momento, uma mulher pulou a cerca ou foi estuprada e, com ou sem o conhecimento do marido, criou o filho como sendo dele."

"Meu Deus", falei. "Que lindo."

"Outra possibilidade..." Ele estava marcando cada uma nos dedos, balançando-os para mim. "... é uma segunda família. Acontecia muito antigamente, sabe, com tanta emigração. Um homem vai pros Estados Unidos procurar trabalho, planejando buscar a esposa e os filhos assim que tiver conseguido juntar o dinheiro da passagem; mas isso é mais fácil de falar do que fazer, e, quando ele cai em si, anos se passaram, ele está solitário, não sabe mais como são os filhos... É tão fácil se apaixonar por alguém num novo mundo, e é tão mais fácil não mencionar a outra vida no velho continente... E aí, antes que se dê conta, você tem um esqueleto no armário da família, escondido por séculos, talvez, até uma nova tecnologia aparecer."

Eu estava tentando prestar atenção, mas minha mente tinha começado a divagar. Hugo estava certo, a caçarola estava boa, cheia de ervas e pedaços grandes de carne, batata e cenoura. Os pés dele se esticaram dentro dos chinelos marrons e gastos de lã, seriam os mesmos de antigamente? Uma fileira de elefantes de madeira escura marchava na cornija, do maior até o menor, eu não me lembrava deles...

"E tem a possibilidade de existir uma criança dada ou sequestrada. Ah, não pelo homem malvado na van", ele disse ao ver minha expressão sobressaltada. "Mas a Irlanda, até umas duas gerações atrás, não era um bom lugar pra ser mãe solteira. Muitas acabavam naqueles lares terríveis pra mulheres caídas em desgraça, as Irmãs Madalenas, você sabe. Havia uma pressão enorme pra abrir mão do bebê, pra não estragar a vida com a mancha do próprio pecado. Muitas vezes, as Irmãs nem se davam a esse trabalho, elas simplesmente abduziam a criança: diziam pra mãe que o bebê tinha morrido e depois o vendiam pra um casal americano rico. Possivelmente, mantinham a mãe presa pelo resto da vida, trabalhando na lavanderia pra expiar o pecado."

"Vou apostar na esposa de alguém que pulou a cerca com o vizinho", falei. As freiras vilãs teriam sido melhores para um filme de televisão, mas pareciam uma forçada de barra. "Acho que é mais provável."

Hugo não sorriu para mim; apenas me olhou por muito tempo, pensativo. "Talvez", disse ele, voltando a atenção para a comida. "Eu também gostaria de pensar que sim. É bem menos incômodo. Mas até eu saber, entende, vou ter que perseguir todas as possibilidades."

Ele comeu com a apreciação detalhada e metódica de um trabalhador, inclinado para a frente sobre o prato. "Eu não sou especialista em DNA", disse ele entre as garfadas, "mas sei analisar resultados direitinho, ou pelo menos melhor do que alguém como a sra. Wozniak, que nunca fez isso antes. Ela nasceu em 1945, e a percentagem de DNA compatível coloca a conexão dos McNamara duas ou três gerações antes. Estamos falando sobre uma ocasião entre, digamos, 1850 e 1910. Seria mais fácil se eu tivesse os registros do censo, mas..." Um movimento de ombros, exasperado e familiar. Uma combinação entre lógica de governo, falta de papel na Primeira Guerra Mundial e fogo havia destruído praticamente todos os registros do censo irlandês do século XIX; eu já tinha ouvido Hugo reclamando disso várias vezes. "Não posso simplesmente verificar se um dos ancestrais estava no censo com uma esposa e três filhos antes de emigrar, se alguém sumiu do endereço residencial e apareceu em uma lavanderia Madalena ou se o vizinho era um McNamara. Então tô me aproximando pelos lados. Através de registros de paróquia, no geral, mas também olhando listas de passageiros de navios de emigrantes..."

Eu estava me perdendo na conversa — possibilidades demais e desvios demais, as palavras tinham parado de fazer muito sentido —, mas o curso da voz de Hugo era tranquilo como um rio. O abajur de piso, ligado por causa da luz fraca sob a chuva, dava à sala um brilho dourado e santificado. A chuva batia na vidraça, os encadernados gastos nas bordas. Galhos com titica de passarinho na grade da lareirazinha de ferro. Eu comi e assenti.

"Você gostaria de me dar uma mãozinha?", pediu Hugo de repente.

Ele havia se empertigado e estava me olhando com esperança. "Bem", falei, surpreso, "hã, eu não sei como poderia ser útil. Não é mesmo o meu..."

"Não é nada complicado. Só as mesmas coisas que você e seus primos faziam pra me ajudar: olhar registros e procurar os nomes certos. Sei que não é muito interessante, mas tem lá seus momentos. Lembra aquele canadense simpático cuja bisavó acabou fugindo com o professor de música e a prataria da família?"

Eu estava tentando pensar em uma boa desculpa — não conseguia ler um artigo de jornal sem esquecer o que estava acontecendo já na metade, quais eram as chances de eu conseguir acompanhar meia dúzia de nomes enquanto decifrava uma página atrás de outra de caligrafia vitoriana? — foi então que me dei conta, dã!, com uma pontada de vergonha: Hugo não estava tentando manter o pobre infeliz ocupado por caridade. Ele queria saber a resposta para o mistério da sra. Wozniak e não tinha muito tempo para descobrir. "Ah", falei. "Sim, claro. Sem dúvida. Seria ótimo."

"Ah, que maravilha", disse ele com alegria, empurrando o prato vazio para o lado. "Faz muito tempo que não tenho companhia assim. Quer mais alguma coisa pra comer ou vamos começar?"

Nós recolhemos os pratos ("Ah, só coloca ali no canto por enquanto, depois a gente leva lá pra baixo"; — cheguei a me perguntar se Hugo havia reparado que eu arrastava a perna e queria me poupar da escada, mas o rosto dele estava virado para longe enquanto ele arrumava a bandeja, portanto não consegui encontrar a resposta), e ele colocou a impressora para cuspir uma pilha de listas de passageiros de navios enquanto me arrumava na poltrona com a mesinha de apoio e uma conta de telefone de um ano antes para eu não pular nenhuma linha. "Olhe todos os nomes, por favor, não só os que estão marcados como irlandeses. Nunca se sabe, pode haver erro ou alguém pode ter arrumado um jeito de se passar por inglês; ser irlandês não era vantagem naquela época..." Quando escrevi os nomes que estava procurando e botei o papel ao lado da pilha, ele não comentou nada. "Ah", disse Hugo, virando a cadeira para a mesa e puxando o laptop para mais perto com um suspiro de satisfação. E aí, exatamente como fazia quando éramos crianças, um sopro do passado esquecido, ele comentou: "Boa caçada".

Foi muito tranquilo. No meu estado distraído, minha mente não conseguia se agarrar aos meus problemas nem aos de Hugo, nem a nada além das linhas de tipologia aparecendo como mágica debaixo da borda em movimento da conta de telefone: *sr. Robt Harding, 22, H, nobre, Inglaterra; srta. S.L. Sullivan, 25, M, solteirona, Irlanda; sr. Thos Donahue, 36, H, fazendeiro, Irlanda...* O ritmo, depois que o encontrei, foi hipnótico: três linhas da lista, os olhos se movendo para a direita para me lembrar os nomes que queria, outra vez para a esquerda rumo à lista por mais três linhas, tique taque tique taque, firme e sólido como um pêndulo. Quando cheguei à classe mais barata do navio, os passageiros perdiam os títulos e as ocupações mudavam: *Sarah Dempsey, 22, M criada, Irlanda; George Jennings, 30, H, estivador, Escócia; Patk Costello, 28, H, ferrageiro, Irlanda...* Eu poderia ter ficado ali o dia todo, a semana toda, embalado pelos termos velhos e singulares — *cavalariço, tingidor, peleteiro* —, ouvindo apenas parcialmente a chuva e os cliques do teclado de Hugo. Foi um choque quando ouvi o tá-tá-tá da aldrava lá embaixo e — levantando a cabeça aos poucos por causa do pescoço dolorido, piscando para a sala que reaparecia — percebi lentamente que a luz havia mudado; que devia ser Melissa à porta; que eu tinha passado horas daquele jeito, sem que a minha concentração, minha cabeça ou meus olhos dessem merda; que, pela primeira vez em muito tempo, eu estava morrendo de fome.

Em algum momento da noite anterior — enquanto eu estava no terraço com meus primos? —, ao que parecia, Melissa e Hugo ficaram amigos. Eles já se conheciam da minha festa de aniversário da família em janeiro e gostaram um do outro de primeira, mas agora, de repente, pareciam relaxados como velhos amigos, trocando piadas internas — Melissa pegando um saco de batata doce de uma sacola de compras lotada para mostrar a Hugo, "Viu só? Eu *falei*!" e Hugo jogando a cabeça desgrenhada para trás em uma risada alta; ele apoiando a mão brevemente no ombro de Melissa ao passar por ela, da mesma forma que fazia comigo.
"Eu gosto do Hugo", disse Melissa mais tarde, encostada na janela do meu quarto para olhar o jardim. A luz do cômodo estava apagada; ela era apenas uma silhueta na frente do brilho suave e sem cor do lado de fora. "Muito."
"Eu sei", respondi. Fui ficar ao lado dela. A chuva ainda estava caindo, uma batida regular trabalhando no escuro. "Eu também."
Melissa tirou uma das mãos da vidraça e esticou para mim, a palma virada para cima. Segurei a mão dela e ficamos assim por muito tempo, vendo a luz da janela de Hugo iluminar um retângulo inclinado de grama pálida e mato bem abaixo, a chuva fina caindo sem parar pelo raio de luz e sumindo na escuridão.

A partir daí, caímos facilmente em uma rotina. Hugo estava com o café da manhã pronto sempre que Melissa e eu nos levantávamos — "Eu queria que ele não tivesse esse trabalho todo", eu dizia enquanto nos vestíamos com cheiro de linguiça frita subindo pela escada; "será que eu deveria...?", mas Melissa balançava a cabeça: "Não, Toby. Deixa ele". Depois de levar Melissa até o ponto de ônibus, Hugo e eu fazíamos algumas coisas — caminhar pelo jardim, lavar a louça, a roupa, tomar banho (eu ficava na escada enquanto ele tomava o dele, perto o suficiente para poder ouvir o barulho caso caísse; às vezes, eu me pergunto se ele fazia o mesmo por mim). Às vezes, um de nós acabava cochilando no sofá ou, se estivesse sol, na rede. Em algum momento, íamos para o escritório e começávamos a pesquisar.

A luz do sol derretendo no piso de madeira, o cheiro de fumaça do bule azul lascado, passarinhos discutindo na hera do lado de fora da janela aberta. Nos nossos intervalos, Hugo me contava histórias longas e absortas sobre a época em que ele e os irmãos eram pequenos (ao que parece, meu pai tinha fugido de casa uma vez, apesar de só ter ido até o barracão do jardim, para onde os outros três levaram suprimentos de comida, sacos de dormir e quadrinhos até ele ficar entediado e voltar para casa) ou, em outros humores, falava sobre o trabalho. "A questão", disse ele uma vez — virando-se da mesa lotada, inclinando a cabeça para trás a fim de massagear o pescoço com a mão grande —, "é que é um trabalho diferente agora. Nem tô falando das coisas de computador, da digitalização; tô falando do tom. As pessoas faziam contato comigo por curiosidade, queriam saber a história da família, iam até onde conseguiam sozinhas e ficavam ávidas por mais. Eu era tipo um padrinho mágico que colocava presentes inesperados no colo delas: *'Olha, aqui tem uma cópia da carta que seu avô escreveu pra irmã durante a Primeira Guerra Mundial! Olha, aqui tem a certidão de nascimento da sua bisavó! Uma foto da antiga fazenda da família!'*".

Ele serviu o chá e me ofereceu uma caneca. "Mas agora, com análise de DNA, é mais complicado. As pessoas me procuram porque a análise não foi como elas esperavam. 'Mas eu deveria ser cem por cento judeu asquenaze, por que aqui diz doze por cento irlandês? Por que meus primos de terceiro grau estão aparecendo como de segundo grau?' Elas ficam perturbadas e com medo, e o que querem de mim não são mais os presentes lindos; vai bem mais fundo. Elas têm medo de não serem quem sempre acharam que eram e querem que eu dê garantias. E nós dois sabemos que pode não ser assim. Eu não sou mais o padrinho mágico; agora, sou um árbitro sombrio, cutucando nos lugares secretos pra decidir os destinos das pessoas. E não fico confortável com esse papel."

"Não é tão ruim", falei. Eu não queria minimizar o que ele fazia, principalmente agora, mas tudo aquilo parecia exagero, um toque de melodrama que eu não tinha visto em Hugo antes e que me deixou incomodado. Qualquer anomalia em Hugo me deixava incomodado: era só um detalhe em que eu nunca havia reparado ou era o primeiro passo descendo a ladeira de um pesadelo? "Elas continuam sendo as mesmas pessoas, não importa o que você descubra."

Aquele olhar prolongado, pensativo e interessado, por cima dos óculos. "Não te incomodaria? Se você descobrisse amanhã que foi adotado, digamos, ou que sua avó era, na verdade, filha de um homem desconhecido?"

"Bem", falei. O chá estava forte a ponto de repuxar na boca — eu tinha perdido a conta nas colheradas de folhas —, mas Hugo não pareceu ter notado e eu não ia falar nada. "Ser adotado me incomodaria, claro. Muito. Mas se a mãe da vovó tivesse transado por aí... ah, eu não a conheci; não tenho nenhum respeito por ela pra perder. E não faz diferença pra mim. Então, não, eu não ligaria."

Hugo sorriu. "Ah, que bom", disse ele, pegando um biscoito, "você não tem nada com que se preocupar. Bastaria uma olhada no seu perfil pra qualquer um ver que você é um Hennessy."

Quando Melissa chegava, nós guardávamos o trabalho e a ajudávamos a fazer o jantar — eram jantares exuberantes e experimentais cheios de ingredientes que eu não sabia pronunciar, menos ainda o que fazer com eles (galanga? tefe?). Melissa estava feliz; dava para ver no brilho livre do rosto quando ela me olhava, no pulinho quando ia do fogão para a bancada. Apesar de me surpreender, eu ficava feliz: sabia que ela não deveria estar lá, que não deveria estar lidando com nada daquilo, mas eu precisava dela, e aquele brilho me deixava ignorar a sensação crescente de que eu deveria tirá-la de lá. Após o jantar, Hugo acendia a lareira na sala — "Eu sei que a noite não tá fria", disse ele com simplicidade na primeira vez, "mas eu amo a lareira acesa e não posso me dar ao luxo de esperar o inverno." — e nós jogávamos dados ou Monopoly entre as poltronas vermelhas estampadas e desbotadas, os entalhes italianos antigos e os tapetes persas puídos, os mesmos da minha vida toda, até Hugo se cansar e nós três irmos para a cama. Mencionávamos a doença de Hugo apenas de forma incidental: planejando os compromissos dele, entregando sua bengala. O que tinha acontecido comigo nunca foi sequer citado.

Pequenos rituais. Pentear o cabelo de Melissa perto da janela do quarto, o sol da manhã transformando os fios em pura luz entre as minhas mãos. As pilhas arrumadas de folhas de papel nas mesas, eu e Hugo acertando as beiradas antes de começarmos o trabalho do dia. O debate sobre qual CD colocar enquanto preparávamos o jantar, *De jeito nenhum, a gente ouviu seu troço do bistrô francês ontem à noite, é minha vez!* Ao olhar para trás, fico impressionado com a rapidez com que esses rituais tomaram forma, como pareciam sólidos, tranquilos e imutáveis depois de poucos dias; como foi rápida a percepção de que estávamos lá havia anos e que ficaríamos lá, nós todos, por muitos outros.

É difícil dar uma descrição clara do meu estado mental durante aquelas semanas; mais difícil ainda imaginar como ele poderia ter se desenvolvido se as coisas não tivessem acontecido como aconteceram. Não era que eu estivesse ficando melhor, não exatamente. De certa forma e até certo ponto, eu estava — as falhas estranhas da visão haviam diminuído muito, assim como os pulos por causa de sombras, e, apesar de eu não conseguir suportar ter fé naquilo, achava que minha pálpebra caída estava melhorando —, mas não estava nem perto de me sentir como meu antigo eu de novo, nem mesmo de me sentir um ser humano. Era mais a questão de que isso não parecia mais importar tanto, ao menos não de forma imediata. Todos os dias incluíam muitas coisas que deviam me atirar em espirais malucas — canecas caíam entre meus dedos e se estilhaçavam no chão, palavras esquecidas me deixavam balbuciando —, mas eu não ficava mais em frangalhos, andando trêmulo pelo quarto e remoendo fantasias de vingança; apesar de sentir que um ataque de raiva era a única resposta inevitável, eu também tinha a sensação de que dava para esperar até uma outra vez. Acho que era parecido com ser atacado por um animal selvagem e conseguir se arrastar até um local seguro e fechar o portão: eu ainda ouvia o animal andando e fungando lá fora, sabia que ele não tinha intenção de ir embora e que, mais cedo ou mais tarde, eu teria que sair de novo, mas, ao menos naquele momento, eu podia ficar abrigado.

O resto da família ia e vinha. Aos domingos havia o almoço, e, durante a semana, Oliver, Louisa ou Susanna levavam Hugo a consultas médicas e sessões de radioterapia e fisioterapia; minha mãe e Miriam levavam um monte de sacolas de compras; meu pai, de mangas dobradas, aspirava os tapetes e esfregava o banheiro. Phil jogava partidas infinitas de damas com Hugo (e levou para mim o presente de aniversário atrasado sobre o qual Susanna havia avisado: um troço dourado indescritível que ele informou ser o suporte de relógio de bolso do meu trisavô e com o qual eu não tinha a menor ideia do que fazer). Leon levava alguma comida da moda para almoçar e ficava durante a tarde, fazendo Hugo rir com histórias sobre a época em que ele e Carsten acabaram com uma banda de ska-punk a caminho do sucesso passando uma semana na sala deles. Os amigos de Hugo também iam, mais do que eu esperaria: velhos empoeirados e corteses que podiam ser antiquários, faz-tudo ou professores universitários, mulheres sorridentes com passos confiantes e roupas surpreendentemente elegantes.

Eu sempre os deixava à vontade na sala, mas ouvia as vozes passando pelo piso, absortas e sobrepostas, pontuadas por explosões de gargalhadas reais.

Mas eu gostava mais quando éramos só nós três, eu, Melissa e Hugo. Meu pai e meus tios estavam tão infelizes que a infelicidade deles invadia a casa como um animal desenfreado, desmanchando todos os equilíbrios delicados que Hugo, Melissa e eu havíamos construído. Minhas tias estavam tensas, perdendo peso, virando a cabeça de um lado a outro sem parar enquanto tentavam ver se todo mundo estava bem. Louisa ficava rearrumando coisas, e, com o estresse, Miriam estava virando uma paródia de si mesma, fazendo reiki escondido em Hugo pelas costas quando ele estava sentado à mesa da cozinha, comendo damascos e distraído, com Leon curvado mordendo o dedo em uma mímica extravagante e desagradável e Melissa e eu encolhidos sobre o fogão para esconder as risadinhas.

Eu estava me dando melhor com a minha mãe. Descobrir que ela havia me dado cobertura com a família mudou alguma coisa entre nós; aquela vontade terrível de arrumar briga com ela havia passado. Tinha sensibilidade demais para tentar fazer alguma coisa de útil dentro da casa, então ia para o jardim, cortava folhas mortas, tirava ervas daninhas e preparava tudo para o outono. Eu não entendia o motivo — Hugo não ligava se o jardim ficasse descuidado —, mas às vezes ia com ela mesmo assim. Eu não tenho jeito pra jardineiro; o que fazia era ir atrás dela com um saco, pegando as coisas, mas minha mãe é uma pessoa sociável e parecia gostar da companhia. Ela achava que eu estava melhor, ou então estava fazendo um esforço sobre-humano para demonstrar isso, porque havia parado de tentar me levar para casa ou comprar poodles de proteção e apoio emocional. Em geral, falávamos sobre livros, sobre seus alunos e sobre o jardim.

"Estamos chegando lá", disse ela uma tarde. Nós estávamos cavando os dentes-de-leão que haviam ficado altos e fortes entre os canteiros. Ainda estava quente como no verão, mas a luz estava começando a mudar, ficando alongada, baixa e dourada na direção do outono. Na cozinha, Melissa e Hugo começavam o jantar; era a vez de Melissa escolher a música, e a versão das Puppini Sisters para "Heart of Glass" estava tocando alegremente através das portas abertas. "Não vai ficar como era na época dos seus avós, mas vai ficar bom."

"Tá bonito", falei.

Minha mãe se sentou sobre os calcanhares e tirou o cabelo do rosto com um braço. "Entendo que Hugo não liga tanto pra como vai ficar, sabe", disse ela. "Mas não tem nada pra eu fazer, então tô fazendo o que posso."

"Ele vai ficar feliz", comentei. "Ele odeia dentes-de-leão."

"E eu tenho a sensação de que devo a este lugar. Apesar de não ser a minha casa ancestral." Ela inclinou a cabeça para trás a fim de olhar a casa, protegendo os olhos da luz. "Significou muito pra mim você ter passado férias aqui."

"Valeu mesmo", falei.

Ela fez uma careta. "Não só porque eu queria você longe pra gente poder passear na Sicília e ficar bêbado de grappa duvidosa. Mas isso também."

"Eu sabia. E você nos dizia que iam a museus."

Minha mãe riu, mas só por um momento. "A gente tinha preocupações por você ser filho único, entende", disse ela, "seu pai e eu. Nós teríamos adorado mais duas crianças, mas foi assim. Seu pai ficava triste de você perder tudo que ele teve com os irmãos, mas eu..."

Ela se curvou para os dentes-de-leão de novo, arrancou uma raiz com cuidado do chão e a jogou na sacola. "Eu tinha medo de você passar tempo demais sendo o centro do mundo", disse ela. "Não que você fosse egoísta, você sempre foi generoso, mas tinha alguma coisa... Eu achava que seria bom pra você ter Susanna e Leon como irmãos, ao menos por parte do tempo." Com um olhar rápido e questionador para mim, ela acrescentou: "Se é que isso faz algum sentido".

"Não muito", falei, sorrindo. "Mas isso talvez seja pedir demais."

Ela franziu o nariz para mim. "Criança desrespeitosa. Tá me chamando de doida?"

Mechas de cabelo claro caindo do rabo de cavalo, uma mancha de terra na bochecha: ela parecia jovem, parecia a mãe risonha e intrépida que eu adorava quando criança, cujo olhar azul e direto era um tiro certeiro no meu coração. *Me desculpa*, tive vontade de dizer, não pela provocação, mas por tudo, por ter sido um babaca nos meses anteriores e pelo medo que ela deve ter sentido ao ver o único filho sendo um desastre tão espetacular. Mas só falei: "Ei, se a carapuça serviu". E ela balançou o ancinho de forma ameaçadora na minha direção, e nós ficamos lá fora juntos, arrancando ervas daninhas, até minha perna começar a tremer, eu mal conseguir esconder a exaustão e Melissa chamar da porta da cozinha para avisar que o jantar estava pronto.

Meus primos eram outra história. Nós conseguíamos resgatar momentos da antiga proximidade, mas, na maior parte do tempo, apenas irritávamos uns aos outros. Eles estavam diferentes do que eu me lembrava, e não de um jeito bom. Eu sabia que havia muito tempo que a gente não ficava junto, que as pessoas mudam e se afastam e tal, mas gostava bem mais deles antes.

Leon sempre foi imprevisível, e demorei um tempo para perceber que havia mais do que aquilo acontecendo: os humores dele não estavam só voláteis, estavam complexos e codificados de uma forma elaborada e deliberada. Eu o segui até o terraço para fumar certa tarde — àquela altura, eu já tinha certeza de que Melissa e Hugo sabiam que eu havia começado a fumar, mas, considerando todo o resto que estava acontecendo, achei improvável que eles fizessem uma intervenção. Leon havia trazido embalagens de papel com um macarrão apimentado e complicado e tinha passado o almoço inteiro tentando convencer Melissa, de quem ele gostava, a se mudar para Berlim. "Todas aquelas coisas da sua loja, os alemães iam ficar loucos por elas, eles amam tudo que é irlandês. Cala a boca, Toby, Melissa e eu estamos conversando aqui. E, ah, meu Deus, os homens alemães. Eles têm uns dois metros de altura e não passam a vida no bar, eles *fazem* coisas, festas e caminhadas, e vão a museus e... Me diz de novo, o que você vê nesse sujeito grandão desengonçado?"

Mas quando fui para o terraço, ele estava sentado nos degraus, um fio fino de fumaça subindo da mão, sem se mover. Era fim de tarde; a sombra do prédio estava começando a cobrir o jardim, cortando-o em uma metade luminosa e outra escura, com borboletas pequenas e pálidas aparecendo e sumindo feito um truque de mágica, voando para lá e para cá. "Ei", falei, acendendo meu cigarro e me sentando ao lado de Leon. "Para de tentar fazer a minha namorada me largar."

Leon não se virou. Os ombros encolhidos me sobressaltaram; todo o charme efervescente havia escorregado feito um lençol empoeirado, deixando-o apenas como uma forma densa e escura nos degraus. "Ele tá piorando, sabia?", disse ele.

Levei um segundo para entender o que Leon queria dizer. "Não tá, não", falei. Eu já estava começando a desejar ter ficado lá dentro.

Leon nem me olhou. "Tá. Hoje, quando eu entrei, ele disse 'Minha nossa, quanto tempo!'... com um sorrisão."

Leon havia passado a tarde inteira na Casa da Hera dois dias antes. "Ele tava brincando", falei.

"Não tava."

Houve um silêncio. "Você vai ficar pro jantar?", perguntei. "Acho que vamos fazer ravióli com..."

"E a porra da perna dele", disse Leon. Você viu o Hugo descendo pra cozinha? Três degraus e a perna dele tava tremendo que nem geleia. Achei que ele não ia conseguir."

"Ele fez radioterapia ontem. Ficou cansado. Amanhã ele vai estar mais forte."

"Não vai."

"Olha", falei. Eu queria muito que Leon calasse a boca, mas o conhecia bem o suficiente para deixar o comentário de fora. "Eu tô com ele o tempo todo. Viu? Eu conheço os, os... os padrões. Depois da radioterapia, ele fica pior por um ou dois dias, depois melhora."

"Mais algumas semanas e ele não vai conseguir fazer as coisas sozinho. O que vai acontecer quando você for pra casa? Alguém planejou alguma coisa? Um cuidador, um lar ou...?"

"Eu não sei quando vou pra casa", falei. "Talvez eu fique mais um tempo."

Aquilo fez Leon se virar para me olhar, inclinado para trás como se eu fosse uma criatura bizarra que tinha aparecido de repente no campo de visão dele. "Sério? Por quanto tempo?"

Dei de ombros. "Vou vendo com o tempo." Nos dias anteriores, eu andava me perguntando, sem nenhum objetivo específico, mas de forma persistente, por quanto tempo Melissa toparia ficar na Casa da Hera. Eu tinha dúvidas de por quanto tempo eu conseguiria convencer a família de que a única coisa errada comigo era uma taça a mais de vinho ou uma preferência por analgésicos, e o pensamento de algum deles se dar conta do quanto eu estava fodido fazia eu me encolher como alguém que estivesse enfiando um dedo em uma ferida aberta; de certa forma, eu achava que tinha de sair dali logo, enquanto ainda estava com vantagem. Por outro lado, voltar para o meu apartamento, para o botão do pânico e os horrores noturnos era impensável. "Não tô com pressa."

"E o trabalho? Você não vai voltar?"

"Já voltei. Tô fazendo as coisas daqui." Eu não fazia contato com Richard havia meses; eu não tinha ideia nem se ainda possuía emprego. "Eles sabem a história. Aceitaram que eu trabalhe de casa por um tempo."

"Ah", disse Leon, as sobrancelhas ainda no alto. "Sorte sua. E o que vai acontecer quando a situação for mais do que você aguenta? Não..." Ele levantou a mão quando fiz menção de dizer alguma coisa. "Eu não tô sendo chato. Você tem sido ótimo, eu agradeço mais do que consigo descrever e peço desculpas do fundo do coração por ter dito que você não conseguia. Beleza? Mas você tá disposto a, sei lá, levantar Hugo da banheira? Limpar a bunda dele? Dar a medicação pra dor a cada quatro horas, noite e dia?"

"Ah, puta que pariu", falei. Minha voz estava mais alta, percebi, mas não consegui parar. "Nada disso *aconteceu*, Leon. Posso me preocupar quando acontecer? *Se* acontecer? Por você, tudo bem assim?"

"Não tá, não. Porque, quando for demais pra você, é preciso ter um plano pronto pra ser colocado em ação. Você não pode simplesmente ir embora e deixar Hugo se virando sozinho até..."

"Então faz a porra de um plano. Eu não ligo para qual for. Só *me deixa de fora*."

Eu esperava que Leon arrancasse minha cabeça, mas ele me lançou um olhar insondável e se voltou para o cigarro. As sombras tinham andado mais pelo jardim, e as borboletas tinham sumido, o que, para mim, naquele humor, pareceu gratuita e mesquinhamente simbólico. Terminei meu cigarro o mais rápido que pude e o esmaguei debaixo do sapato.

"Eu perguntei pro meu pai", disse Leon de repente. "Sobre o que acontece com esse lugar."

"E?"

"Eu tinha entendido errado. Não é só pra Hugo morar; a vovó e o vovô deixaram a casa pra ele. O filho mais velho." Ele apagou o cigarro no degrau. "A pergunta é o que diz o testamento de Hugo. Se é que ele tem um."

Ele estava me olhando de lado. "Ah, não", falei. "Eu não vou perguntar pra ele."

"Você ficou falando que passava o tempo todo com ele, que conhece Hugo tão bem..."

"E você ficou falando que tem vida em Berlim e que era um horror ter que voltar pra cá. Que diferença faz se...?"

"Você *quer* que a casa seja vendida?"

"Não", falei de forma rápida e definitiva, sobressaltando a mim mesmo. Depois das semanas anteriores, perder a Casa da Hera era inimaginável. "Meu Deus, não."

"Hugo também não ia querer. Você sabe que não. Mas meu pai diz que Phil e Louisa estão doidos pra isso: dariam pra Su e Tom uma grana pra educação das crianças, pra uma casa melhor, essas coisas. Susanna não quer, mas vai tentar dizer isso pra eles. E Phil é o segundo mais velho. Hugo pode facilmente deixar pra ele e, bum, já era. Se você conversar com Hugo, pode explicar isso. Pode cuidar pra que ele deixe a casa com alguém que vá ficar com ela."

"Tudo bem", falei após um momento. "Tudo bem. Vou falar com ele."

Leon voltou a observar o jardim, os braços passados em volta dos joelhos como uma criança. "Faz isso logo", disse ele.

Enterrei a guimba do meu cigarro no vaso de gerânios e entrei, dando de cara com Hugo e Melissa erguendo o rosto para mim e sorrindo depois de admirarem o álbum de fotos antigas que ele tinha pegado para mostrar a ela. Mas era tarde demais: minha cabeça estava latejando loucamente, e não tinha como eu enfrentar uma noite de ravióli, dados e conversinha vendo Leon observar cada movimento de Hugo. Falei alguma coisa sobre uma dor de cabeça, subi a escada, tomei um Xanax com dois analgésicos — que Leon fosse para a puta que pariu — e me deitei na cama com o travesseiro em cima da cabeça.

Susanna também havia ficado bem mais na defensiva. Ela havia sido uma criança doce, sincera, rata de livros e um tanto peculiar — às vezes ao ponto da falta de noção. Eu tinha passado boa parte dos nossos anos de adolescência explicando para ela por que era preciso fazer um esforço com roupas e cabelo e tudo mais, a não ser que Susanna quisesse que pegassem no pé dela — com um senso de humor ferino e inesperado. Apesar das várias mudanças pelas quais ela havia passado, uma parte de mim ainda esperava aquela criança, e foi uma surpresa desagradável ver que não era aquilo que eu havia encontrado.

"Eu fiz contato com o cara", disse ela certa tarde na cozinha. Susanna tinha acabado de levar Hugo para a sessão de radioterapia; ele havia voltado exausto e trêmulo, e nós o ajudamos a ir para a cama e estávamos fazendo chá e passando manteiga em uns pãezinhos para levar para ele. "O da segunda opinião. Ele tá na Suíça, mas é *o* cara pra esse tipo de câncer, no mundo todo. Liguei pra ele, e ele disse que dá uma olhada no prontuário do Hugo."

"Eu achava que uns três médicos já tinham examinado ele", falei. "No hospital."

Susanna abriu a geladeira e procurou a manteiga. "Sim. Mais um não vai fazer mal."

"Quarta opinião, então. Por que você quer uma quarta opinião?"

"Pro caso de os três primeiros serem uns merdas."

Eu estava junto à pia, enchendo a chaleira; só conseguia ver as costas dela. "Quantos você planeja chamar? Vai ficar procurando médicos até um deles dizer o que você quer ouvir?"

"Só esse." Um olhar bem rápido na minha direção quando ela se virou para a bancada. "Por que você não gostou da ideia?"

O que eu não havia gostado era da implicação de que os médicos de Hugo pudessem ter deixado passar alguma coisa. Levantava a possibilidade horrível de que os meus podiam ter feito o mesmo, deixando algo sem fazer que poderia ter me levado como mágica de volta ao normal caso eles tivessem se dado ao trabalho... "Eu só não quero que Hugo se encha de esperanças por nada."

"É melhor do que ele desistir sem precisar."

"O que você acha que vai acontecer? O tal suíço vai voltar e dizer 'Ei, surpresa, ele não tem câncer no fim das contas?'"

"Não. Mas ele talvez volte e diga 'Ei, a gente pode sim tentar cirurgia e quimioterapia.'"

"Se houvesse chance disso, acho que pelo menos um dos três primeiros médicos teria mencionado."

"São todos amigos. Eles não vão contradizer uns aos outros. Se o primeiro diz que não tem nada a fazer..."

"Eu fiquei no mesmo hospital", falei, "e meus médicos eram *ótimos*. Fizeram tudo que podia ser feito. Tudo."

"Que bom. Fico feliz. Sei que fizeram."

Eu tinha acabado de separar os saquinhos de chá antes de pegar o bule, e não conseguia saber o que fazer com eles enquanto procurava. Também não estava com humor para aquele tom frio e seco. Eu sabia que deveria estar encorajando Susanna, ou que pelo menos deveria preferir todas essas coisas de não deixar pedra sobre pedra em vez do baixo astral de Leon, mas o que eu queria mesmo era que todos eles se fodessem e nos deixassem em paz. "Mas então por que você tá procurando uma quarta opinião?"

"Porque", disse Susanna, passando manteiga em meio pão com um movimento forte e preciso, "Hugo não é você. Ele tem 67 anos e obviamente não é um figurão rico e poderoso. Ele não tem nem plano de saúde, sabia? Ele vai a médicos do sistema público. E, temos que admitir, ele é tão vago e tão desleixado que, se a gente não estivesse prestando muita atenção, dava pra achar que ele era um velhote maluco. Pelo menos ele é homem, é branco e tem sotaque chique, o que conta a seu favor, mas, mesmo assim: não é porque fizeram tudo por você que vão usar os mesmos recursos com um velho metade senil que vai acabar morrendo em breve de qualquer jeito."

A onda de raiva me pegou de surpresa. "Bom, isso é *baboseira*", falei após um momento em que eu nem conseguia articular as palavras. "Puta que pariu, Su. Você acha mesmo que estão deixando deliberadamente Hugo morrer só porque ele é velho e excêntrico e não é milionário? Eles são *médicos*. Não sei que tipo de merda de guerreiro da justiça social você anda lendo, mas o *trabalho* deles é fazer as pessoas *melhorarem*, se eles puderem. E às vezes eles não podem. Isso não quer dizer que sejam vilões malvados esfregando as mãos e procurando maneiras de foder com a vida das pessoas."

Susanna tirou o bule de um armário, arrancou os saquinhos da minha mão e os atirou lá dentro. "Lembra quando a vovó ficou doente?", perguntou ela. "Dores horríveis no estômago por semanas, toda inchada? Ela foi ao médico de família três vezes, foi ao pronto-socorro duas vezes e todos disseram a mesma coisa: constipação, vai pra casa e toma um laxante, boa menina. Por mais que ela dissesse que não era."

"Eles cometem erros. São humanos." Eu não me lembrava de nada daquilo. Eu tinha 13 anos, estava com a cabeça cheia de garotas e amigos e rúgbi e bandas e a escola; fazia visitas à vovó pelo menos duas vezes por semana desde que adoeceu, usando meu dinheiro para comprar o chocolate com frutas e nozes favorito dela enquanto ela conseguia comer e suas frésias amarelas favoritas quando não conseguia mais, mas não prestei muita atenção a todas as outras coisas.

"Basicamente", disse Susanna, "deram uma olhada na vovó e decidiram que ela era apenas uma velha maluca querendo atenção. Mesmo que a pessoa só precisasse de dez segundos ouvindo pra saber que ela não era assim. Sabe o que foi preciso até eles se darem ao trabalho de investigar câncer estomacal? Meu pai finalmente entrar junto e dar uma prensa no médico dela. *Aí* ele a mandou fazer exames. E então já era tarde demais pra fazer qualquer coisa de útil."

"Talvez fosse tarde demais de qualquer jeito. Você não tem como saber."

"É, talvez. Ou talvez não. Essa não é a *questão*. Sai." Ela se inclinou na minha frente, pegou o bule e serviu o chá de um jeito tão grosseiro que algumas gotas caíram na bancada. "A questão é que, se os seus médicos te examinaram todinho, ótimo. Mas nem todo mundo vive no mesmo mundo que você."

"Ah, pelo amor de *Deus*", falei. "Escuta o que você tá dizendo. Não é como se eles tivessem um, um..." Eu sabia exatamente o que queria dizer, só não conseguia encontrar as palavras para enfiar na cabeça de Susanna, por isso mordi com força o lábio por dentro. "Eles não têm um cartão secreto de *pontuação* onde tiram pontos por você ter sotaque de pobre ou mais de 65 anos e aí você só ganha o tratamento que seus pontos conseguem comprar. Isso é ridículo. Você vai ter que confiar que eles estão fazendo o melhor possível."

Susanna estava com a bandeja pronta. Ela começou a arrumar em volta: migalhas recolhidas na mão e jogadas no lixo, leite e manteiga guardados na geladeira, a porta fechada, movimentos ágeis e econômicos com uma certa rispidez.

"Ter Zach não foi divertido", disse ela. A voz estava firme, mas havia um tom tenso e controlado por baixo. "O médico fez umas coisas comigo... vou te poupar dos detalhes, mas basicamente havia algumas opções e eu não concordei com a que ele queria. E eu disse não. E ele me disse exatamente assim: 'Se você tentar bancar a turrona comigo, vou pegar um mandado judicial e mandar a polícia até a sua casa pra te trazer pra cá'."

"Ele tava tentando te provocar", falei depois de um momento sobressaltado.

"Ele falou sério. Me contou sobre as vezes que fez o mesmo com outras mulheres, em detalhes, pra fazer com que eu soubesse que ele não tava de brincadeira."

"Meu Deus", exclamei. Eu queria saber que porra Tom estava fazendo enquanto falavam com a esposa dele daquele jeito. Presumi que ele devia estar assentindo de forma inofensiva e ponderando sobre qual suporte-canguru ridículo ia usar com a criança. "Você prestou queixa?"

Susanna se virou, a faca de manteiga na mão, e me olhou com incredulidade. "De quê?"

"Ele não pode fazer isso."

"Claro que pode. Quando se está grávida, a pessoa não tem o direito de opinar sobre a própria saúde. Ele podia fazer o que quisesse comigo, quer eu concordasse ou não, e seria perfeitamente legal. Você não sabia disso?"

"Bom", falei. "Olha, em teoria, ele pode. Mas, na prática, duvido que funcione assim..."

"Funciona *exatamente* assim. Eu sei. Eu tava lá."

Eu não queria brigar por causa daquilo e sentia que estávamos fugindo um pouco do assunto, considerando que era improvável que Hugo estivesse grávido. "Esse médico era um merda", falei. "Sinto muito que você tenha passado por isso. E entendo por que você fica cabreira com médicos. Mas você ter encontrado um ruim não quer dizer que..."

"Puta que me *pariu*", disse Susanna. Ela jogou a faca de manteiga na pia com um estrondo, pegou a bandeja de chá e saiu.

Normalmente, eu teria lidado com aquela conversa de um jeito bem melhor. Afinal, Susanna não tinha se transformado em uma pessoa completamente diferente; ela sempre teve o hábito de vociferar contra injustiças, reais e imaginárias, e eu nunca tinha feito nada além de revirar os olhos achando graça e deixar para lá. A mesma coisa com Leon: ele sempre havia sido marrento e mal-humorado, e eu sabia que era melhor não deixar aquilo me afetar. Normalmente, eu teria saído e deixado Leon falando sozinho para que o mau humor dele não me contagiasse. Agora, pelo visto, pequenas variações das baboseiras de sempre tinham o poder de me derrubar.

É tentador botar a culpa do estresse no fato de Hugo estar morrendo ou nos traumas, tanto neurológicos quanto emocionais, daquela noite, mas, se eu quiser ser sincero, acho que foi algo bem mais mundano e patético do que isso. A verdade, acho, é que eu tinha inveja de Leon e Susanna. A sensação era tão pouco familiar que levei um tempo para reconhecê-la; eu tinha passado a vida seguro de que, no mínimo, seria o contrário. Coisas sociais sempre tinham sido fáceis para mim — não que eu fosse um líder carismático nem nada, mas eu sempre me tornava parte da galera descolada sem precisar fazer esforço e era convidado para tudo; eu me garantia a ponto de Dec ter sido aceito no meu grupo apesar do sotaque, dos óculos e das habilidades atrozes no rúgbi, só por ser meu amigo. Leon tinha passado a época de escola como o tipo de garoto cuja cueca vivia sendo puxada, e, embora Susanna (na nossa escola irmã, logo ao lado) não tenha sido rejeitada, ela e as amigas eram um bando de meninas estilo Lisa Simpson, ignoradas de um modo geral, que faziam coisas como vender velas caseiras a fim de arrecadar dinheiro para pessoas em situação de rua ou para o Tibete. Logo, se os dois eram incluídos em qualquer coisa remotamente descolada, era por minha causa. Mesmo depois que crescemos, Leon largou a faculdade após um ano e viajou pelo mundo fazendo uma coisinha aqui e outra ali na Austrália, vivendo em um assentamento em Viena, e nunca permaneceu em um emprego ou com um namorado por mais do que um ou dois anos; enquanto Susanna tinha virado mãe e dona de casa, passando a maior parte do tempo fazendo purê de vagem ou coisa do tipo. Eu, por outro lado, tinha seguido o caminho certo para uma carreira legal e uma vida praticamente perfeita. Não era que eu os visse com desprezo, isso nunca — eu os amava, queria que tivessem todas as coisas boas do mundo —, era só que eu estava ciente, no fundo da consciência, de que, se eles fossem comparar a vida deles com a minha, a minha ficaria por cima.

Mas agora: eles subiam a escada da frente dois degraus por vez, equilibravam várias conversas sem hesitar; Leon contava histórias indecentes sobre noitadas com bandas das quais eu realmente já tinha ouvido falar, e Susanna havia acabado de tirar a poeira do diploma, entrado em um programa de mestrado de prestígio sobre políticas sociais, e estava vibrando de empolgação; e aí havia eu. Eu estava funcionando direitinho, mais ou menos, dentro do meu novo mundo simplificado em miniatura, mas sabia perfeitamente bem que não havia chance de aguentar um único dia no meu antigo emprego ou na minha antiga vida. Eu tinha inveja deles, uma inveja intensa e vergonhosa, e aquilo parecia ir contra a ordem natural das coisas. Impossibilitava que eu visse os defeitos e pontos fracos deles com a velha tolerância calorosa e divertida. Coisas que alguns meses antes teriam me feito sorrir e balançar a cabeça, agora me faziam trincar os dentes a ponto de mal conseguir segurar um rugido. Era sempre um alívio quando iam embora e Melissa, Hugo e eu podíamos voltar para nosso mundo gentil e crepuscular de páginas virando e jogos de cartas e chocolate quente na hora de dormir, acordos tácitos e acomodações delicadas; de — e só percebo agora, na verdade, a coisa rara e inexprimivelmente preciosa que era — gentileza mútua, séria, carinhosa e cuidadosa.

Mas Leon estava certo: Hugo estava piorando. Foi bem sutil e, na maior parte do tempo, quase dava para se convencer de que não estava acontecendo. Um dobrar súbito da perna, eu ou Melissa segurando Hugo pelo cotovelo, *Ops! Cuidado com o tapete!*, mas estava acontecendo cada vez com mais frequência e nem sempre havia um tapete no qual botar a culpa. Às vezes seu olhar atordoado e desequilibrado deslizava pela sala quando erguia a cabeça do trabalho — *O quê...? Que horas são?* — e seus olhos pousavam em mim com uma ausência tão grande de reconhecimento que eu desejava sair pela porta mas, em vez disso, dizia *Ei, tio Hugo, já são quase três da tarde, quer que eu faça o chá?*, e ele me olhava sem entender, o entendimento voltando aos poucos no semblante, e finalmente dando um sorriso, *Sim, acho que merecemos, né?* O ocasional surto de irritabilidade que beirava a raiva, do nada — *Não, eu não quero mais legumes, sou perfeitamente capaz de me servir, não me apresse!* O puxão em um canto da boca, sutil o suficiente para parecer uma expressão irônica e depreciativa, só que não sumia.

Uma noite, ele caiu. Nós estávamos no meio da preparação do jantar, empanadas (ainda consigo sentir o cheiro intenso e gorduroso de chouriço e cebola no fundo da garganta). Tínhamos colocado valsas de Chopin para tocar, Hugo havia subido para ir ao banheiro e Melissa e eu estávamos enrolando massa na bancada e debatendo sobre o tamanho dos discos quando ouvimos um arrastar, um baque horrível, um estrondo, um estalo; e, em seguida, silêncio.

Saímos voando da cozinha chamando o nome de Hugo antes mesmo da minha mente ter tempo de entender o que eu tinha escutado. Ele estava meio estatelado na escada, branco e de olhos arregalados, segurando o corrimão com uma das mãos. A bengala estava bem abaixo, e havia algo de horrível no ângulo como estava caída, algo que indicava um terremoto, uma invasão, uma situação em que todos tivessem fugido...

Melissa chegou nele primeiro, se ajoelhou nos degraus ao lado, as mãos nos braços de Hugo para segurá-lo. "Não, fica parado. Não se mexe ainda. Me conta o que aconteceu."

A voz dela saiu brusca e firme como a de uma enfermeira. Hugo estava respirando rápido pelo nariz. "Hugo", falei, alcançando-os, tentando me espremer ao lado dele. "Você tá bem? Alguma coisa...?"

"Shh", disse Melissa. "Hugo. Olha pra mim. Respira fundo e me conta o que aconteceu."

"Não foi nada. Minha bengala escorregou." As mãos dele tremiam violentamente, e os óculos estavam tortos no meio do nariz. "Foi burrice. Eu achei que tinha pegado o jeito, fui descuidado..."

"Você bateu a cabeça?"

"Não."

"Tem certeza?"

"Tenho. Eu tô bem, de verdade, eu..."

"O que você bateu?"

"As costas, é claro. Eu desci alguns degraus quicando, não sei bem quantos... E meu cotovelo, isso é o pior... Ai." Ele tentou mover o cotovelo e fez uma careta de dor.

"Mais algum lugar?"

"Acho que não."

"Um médico", falei, finalmente pensando em uma contribuição à causa. "Temos que chamar um médico, ou uma ambulância, nós..."

"Espera", disse Melissa. Com habilidade e segurança, ela passou as mãos por Hugo, *Vira a cabeça, dobra o cotovelo, isso dói? E isso?*, o rosto dela estava atento e diferente, as feições de uma estranha; as mãos deixaram marcas de farinha como poeira antiga na calça de veludo marrom, no suéter deformado. Na cozinha, Chopin ainda estava tocando a "Valsa do Minuto", um frenesi demente de trinados e sequências acelerando e acelerando que eu queria desesperadamente fazer parar. A respiração de Hugo, rápida e difícil, estava disparando um alarme frenético na base do meu cérebro. Precisei de toda a minha força de vontade para continuar ali.

"Tudo bem", disse Melissa no final, sentada nos calcanhares. "Tenho quase certeza de que não aconteceu nada sério. Seu cotovelo não tá quebrado, senão você não conseguiria mover assim. Quer ir para o pronto-socorro? Ou que a gente chame o médico pra vir dar uma olhada?"

"Não", disse Hugo. Ele se endireitou com dificuldade. Segurei a mão dele, bem maior que a minha e tão mais ossuda, a pele escorregando. Ele havia perdido peso e eu nem tinha notado. "Sinceramente, eu tô bem. Só meio abalado. A última coisa de que preciso é de mais médicos. Só quero me deitar um pouco."

"Eu acho que você devia ser examinado", falei. "Só por garantia..."

Ele apertou a mão na minha. Com um toque de irritação que era quase raiva, comentou: "Eu sou adulto, Toby. Se eu não quiser ver um médico, não vou. Agora, me ajuda a levantar e pega minha bengala".

Ele estava tremendo demais para a bengala. Nós o levamos para cima e o botamos na cama, cada um de um lado com os ombros debaixo do braço dele, Chopin tocando loucamente no fundo, nós três emaranhados em uma criatura grande e desajeitada se movendo com cuidado infinito. *Para cima! Tudo bem, para cima de novo!* Depois de se acomodar, Melissa e eu levamos uma xícara de chá e começamos a fazer canja enlatada com torrada para o jantar. Ninguém mais queria empanada.

"Ele não se machucou, sabe", disse Melissa na cozinha. "E pode ter sido só o que ele disse: a bengala escorregou."

Mas não tinha sido a causa e eu não queria falar sobre aquilo. Estava bem abalado; meu coração seguia disparado, meu corpo não acreditava que a emergência havia passado. "Como você sabia? Como sabia examinar ele todo?"

Ela mexeu a sopa na panela, botou uma gota no dedo para experimentar. "Fiz um curso um tempão atrás. Minha mãe sofre quedas às vezes."

"Meu Deus", falei. Passei os braços em volta dela por trás e beijei o topo de sua cabeça.

Ela tirou minha mão da cintura, beijou-a por um segundo e a deixou de lado para pegar um tempero. Resquícios daquele distanciamento calmo ainda a envolviam, e eu queria que aquilo sumisse; queria levá-la para a cama e tirar as roupas dela, espantar a coisa toda como se fosse névoa. "Não, tá tudo bem. Você ficaria surpreso com a quantidade de vezes que isso já foi útil."

"Mesmo assim", falei. Eu já tinha escutado o suficiente ao longo dos anos para saber que jamais conseguiria conhecer a mãe de Melissa sem desejar dar um soco na cara dela, mas essa era a primeira vez que eu reconhecia a ironia sombria da coisa: depois de toda a infância de Melissa ser sugada pelo cuidado com a mãe, ela finalmente tinha se afastado e arrumado um cara que faria diferente e cuidaria dela, mas, de repente, olha só, havia voltado ao modo cuidadora, só que agora estava presa cuidando de duas pessoas em vez de uma. "Não foi com isso que você se comprometeu."

Ela se virou para me olhar, o pote de tempero na mão. "Não foi com isso o quê?"

"Ser cuidadora de Hugo."

"Eu só examinei ele."

"Você tá fazendo muito mais do que isso."

Melissa deu de ombros. "Não me importo. E não tô falando por falar; sinceramente, eu não me incomodo. Hugo é maravilhoso."

"Eu sei. Mas era pra ser só por uns dias." Nós estávamos na Casa da Hera havia três semanas. Melissa tinha feito algumas viagens até a casa dela e a minha a fim de pegar mais roupas, mas o assunto de voltar para casa sequer chegou a surgir. "Talvez você devesse ir pra casa."

Ela se encostou na bancada, os olhos analisando meu rosto, a sopa esquecida. "Você quer que eu vá?"

"Não é isso", falei. "Amo você aqui. É só que..." Dizer aquilo para ela parecia uma espécie de compromisso, um que eu não sabia se estava preparado para assumir, mas era tarde demais. "Andei pensando, e talvez eu fique por mais um tempo."

O rosto de Melissa se iluminou. "Ah, eu tava com *esperança* de que você ficasse. Eu não queria pedir... Sei que outra pessoa poderia assumir a casa, mas Hugo ama ter você aqui, Toby. É muito importante pra ele. Tô tão feliz... E é *claro* que eu vou ficar. Eu quero."

"Agora é uma coisa", falei. "Mas depois vai piorar. E não quero você passando por isso."

"Enquanto você estiver aqui, eu fico. Ops..." Ela se virou para a sopa, que tinha começado a fazer barulho e formar espuma de um jeito ameaçador, e apagou o fogo. "Tá pronto. Já fez a torrada?"

"Não é só o Hugo", falei, com uma dificuldade incrível; as palavras doíam ao sair. "Você cuidou muito de mim nos últimos tempos."

Aquilo a fez sorrir para mim por cima do ombro. "Eu *gosto* de cuidar de você."

"Eu não gosto que você precise cuidar. Odeio. Principalmente por causa da história da sua mãe."

"Não é a mesma coisa", disse Melissa na mesma hora, virando-se do fogão, e havia uma inflexibilidade absoluta de ferro na voz dela que eu nunca tinha ouvido antes. "Você não fez isso com você mesmo. Tanto quanto Hugo não fez. É completamente diferente."

"Mas no fim dá no mesmo. Não era isso que você devia estar fazendo. Quando a gente tiver 80 anos, tudo bem, mas agora... você devia sair pra dançar. Ir a festivais. Fazer piqueniques. Férias no sol. Todas as coisas que a gente..." Minha voz tremeu. Eu havia tido essa conversa na minha cabeça mil vezes, mas nunca havia juntado forças para falar em voz alta, e estava sendo tão difícil quanto achei que seria. "Não é isso que eu quero pra você."

"Bom, se eu pudesse escolher qualquer coisa no mundo, também não seria isso que eu ia querer pra você", disse Melissa com naturalidade. "Mas é o que a gente tem."

"Acredite, também não é isso que eu quero pra mim. Meu Deus, é a última coisa..." Minha voz idiota falhou de novo. "Mas eu não tenho escolha. Você tem."

"Claro que tenho. E eu quero estar aqui."

Toda aquela compostura imperturbável não era o que eu estava acostumado a ver em Melissa — eu a tinha abraçado enquanto ela surtava com Niall, o semiperseguidor patético, caramba, e sempre que ela explodia em lágrimas por causa das crianças refugiadas no noticiário ou por filhotes passando fome no Facebook —, o que era meio desconcertante. Quando tive essa conversa na minha cabeça, era eu o sujeito firme que a reconfortava.

"Quero que você seja feliz", falei. "E não tem como isso acontecer com você aqui. Enquanto você estiver..." Tive que respirar fundo para falar aquela parte. "... enquanto você estiver comigo. Eu devia tornar sua vida melhor. Não pior. E eu acho, acho mesmo, que eu fazia isso antes. Mas agora..."

"*É claro* que você deixa minha vida melhor. Seu bobo." Ela esticou a mão para tocar minha bochecha e a deixou ali, pequena e quente. "E estar aqui também. Não é só por causa de Hugo que eu estou feliz em ficar, sabe. Estar aqui é..." Uma risada, suspirada e rápida. "Tem sido tão bom pra você, Toby. Você tá melhorando. Talvez ainda não perceba, mas eu reparo. E essa é a coisa mais feliz que podia me acontecer."

Na minha cabeça, aquela conversa sempre terminava com um adeus, com Melissa indo embora chorando em direção ao sol como Orfeu, me deixando sozinho para me dissolver na escuridão crescente. Mas aquilo não parecia estar a caminho de acontecer. A mudança fez com que me sentisse estranho, de cabeça leve e murcho ao mesmo tempo, procurando onde me apoiar. Não consegui encontrar um jeito de explicar para Melissa todas as coisas que ela tinha entendido errado. "Não", falei, apertando a mão dela contra minha bochecha. "Escuta. Você não..."

"Shh." Ela ficou na ponta dos pés para me beijar, um beijo de verdade, as mãos segurando minha nuca para me puxar para mais perto. "Agora", disse ela, sorrindo quando se afastou. "A gente precisa dar comida pro Hugo senão ele vai desmaiar de fome, e *aí* você vai ter motivo pra se preocupar. Faz a torrada."

Na manhã seguinte, Hugo parecia bem; mais forte do que estava em dias, na verdade, cantarolando enquanto andava pela sala, procurando um livro que queria reler e que tinha certeza de ter visto uns dois anos antes. Fui para os fundos do jardim — adquiri o hábito de vagar até ali para fumar meus cigarros, assim, todo mundo podia fingir que eu não fumava — e me deitei na grama sob uma das árvores. Do lado de fora da minha sombra, o sol estava ofuscante; moedas douradas de luz se espalhavam pelo meu corpo, gafanhotos ziguezagueavam para todo o lado, papoulas amarelas balançavam.

Eu estava com vontade de falar com Dec ou, melhor ainda, Sean. Eu não havia falado com nenhum dos dois desde aquela visita ao hospital; eles continuavam mandando mensagens de texto, e eu até tinha conseguido responder uma ou duas vezes, mas as coisas não haviam passado disso. Eu estava começando a perceber que sentia falta dos dois patetas. Quando terminei meu cigarro, deitei de bruços e peguei o celular.

Sean atendeu quase na mesma hora, e havia uma urgência no "Alô?" dele que me sobressaltou. "Cara", falei. "Como vão as coisas?"

"Puta merda", disse Sean, e foi só com o tom de alívio feliz na voz dele que entendi: quando meu número apareceu, ele tinha se cagado de medo de eu estar ligando para me despedir, de serem meus pais ligando para dar a notícia... Passou pela minha cabeça que eu tinha sido um babaca com Sean e Dec. "O homem em pessoa. O que tá rolando?"

"Não muita coisa. E você?"

"Ótimo. Meu Deus, cara, eu não falo com você já faz... Como você tá?"

"Bem. Tô na casa do meu tio Hugo. Ele tá doente."

"Ele tá legal?"

"Não. É câncer no cérebro. Tem só alguns meses."

"Ah, merda." Sean pareceu chateado de verdade; ele sempre gostou muito de Hugo. "Cara, sinto muito saber disso. Como ele tá?"

"Tá bem, levando tudo em consideração. Ele tá em casa. Um pouco fraco, mas nada de muito ruim até agora."

"Diz pra ele que eu perguntei como ele tava. Ele é um cara bom, o Hugo. Sempre foi legal com a gente."

"Você devia vir aqui", falei. Eu não sabia que iria dizer aquilo até ouvir as palavras. "Ele vai adorar te ver."

"Tem certeza?"

"Total. Vem."

"Eu vou. Audrey e eu vamos pra Galway no fim de semana, mas vou aí na semana que vem. Levo Dec?"

"Sim, claro. Vou ligar pra ele. Como ele tá? Jenna já deu uma facada nele?"

"Puta merda." Sean soprou ar. "Umas seis semanas atrás, sabe? Eles estavam juntos havia, sei lá, uns cinco minutos? Enfim, ela decidiu que eles tinham que morar juntos. Falei pro Dec que era loucura, e ele concordou. Mas isso foi até Jenna dar um chilique aos berros dizendo que ele só tá usando ela pra sexo, e aí, de algum jeito, no fim da conversa, Dec decidiu que precisava provar que Jenna tava errada e foi morar com ela."

"Ah, meu Deus. A gente nunca mais vai ver o cara. Ela não vai deixar ele sair pela porta."

"Espera. A história ainda melhora. Eles vão procurar apartamento juntos, certo? Escolhem um bem bonitinho em Smithfield, fazem o depósito e pagam o primeiro mês de aluguel, uns mil e pouco. Dec avisa que vai sair do apartamento dele. E uma semana depois..."

"Ah, não."

"É. Ela diz que só tava *punindo Dec* por *brincar com os sentimentos dela* e que não tinha a menor intenção de morar com ele, na verdade, tava era dando o fora nele. Tchau."

"Merda", falei. "Como ele tá?"

"Não muito bem. Ando tentando sair com ele pra tomar umas geladas, mas ele diz que não quer ser incomodado. Liga pra ele. Ele vai topar por você."

Liguei para Dec, mas ele não atendeu. Deixei uma mensagem de voz: "*Ei, seu idiota do caralho. Me diz que não tá no meio de uma trepada fazendo as pazes. Tô na casa do meu tio Hugo. Sean disse que vai passar aqui semana que vem. Você devia vir também. Me liga*".

Gosto de imaginar que, se as coisas tivessem sido diferentes, Melissa e eu teríamos ficado por muito mais tempo, pelo menos enquanto Hugo estivesse vivo, talvez mais. Sean e Dec teriam feito aquela visita (Hugo piscando e sorrindo, *Minha nossa, vocês dois estão tão crescidos, vou ter que parar de pensar em vocês como adolescentes desgrenhados com uma disposição danada pra aprontar... Se bem que posso apostar que vocês ainda são assim...*) e ficado para um churrasco longo e divertido, todos nós deitados na grama, enchendo o saco de Dec sobre quando, no quinto ano, Maddie, uma amiga da Susanna, Maddie, passou a noite inteira dando em cima dele e ele nem reparou. A serenidade com que Hugo estava encarando a morte teria me elevado a um estado de iluminação em que eu teria percebido que o que tinha acontecido comigo era não só algo possível de se sobreviver, mas de se superar, apenas um grão de areia no oceano da minha vida. Meus primos e eu teríamos ajudado uns aos outros a enfrentar os momentos difíceis — humor depreciativo, braços em volta dos ombros, conversas longas e bêbadas pela madrugada — e saído de tudo aquilo mais tristes, mas bem mais próximos, nosso velho laço de infância refeito e intenso outra vez. Melissa teria me convencido a fazer fisioterapia. Em determinado ponto, eu teria comprado um anel e me apoiado em um joelho no meio das flores, e nós teríamos corrido para a casa de mãos dadas para dar a notícia a Hugo, uma promessa estrelada na escuridão crescente, a linha continuando, a vida irreprimível seguindo em frente. E, no fim, eu teria contratado um corretor para vender o apartamento sem nem botar os pés lá de novo e seguiria para aquela casa branca georgiana na baía. Claro que não foi assim, nem de perto; mas, às vezes, quando preciso muito descansar, gosto de pensar que poderia ter acontecido.

No fim das contas, tudo durou menos de quatros semanas. Na manhã de sexta, eu estava no jardim de novo, fumando debaixo das árvores. O outono vinha começando, folhas amarelas de bétula caíam no meu colo, frutos do sabugueiro arroxeavam e passarinhos voavam até lá para dar bicadas experimentais neles, sob um tom fresco e limpo de azul no céu. Alguém usava um cortador de grama longe o bastante para ser apenas um zumbido confortável.

    Quando a silhueta chamou minha atenção, quase dei um pulo de susto: era um volume assimétrico e borrado no meio da luz inclinada, vindo na minha direção lenta e inexoravelmente como um mensageiro na grama sem corte. Levei um segundo para me dar conta de que era Hugo, apoiado na bengala. Apaguei o cigarro e joguei terra por cima.

    "Posso me juntar a você?", perguntou ele ao me alcançar. Parecia meio sem fôlego.

"Claro", falei. Meu coração ainda estava disparado, e eu não tinha certeza do que estava acontecendo. Hugo nunca vinha até mim no jardim; me pegar fumando teria violado um dos pactos tácitos que mantinham nosso equilíbrio delicado funcionando. "Senta aí."

Ele se sentou na grama, meio desajeitado, mordendo o lábio e se apoiando com a bengala — um movimento intenso de cabeça quando estiquei a mão para oferecer ajuda —, e se acomodou encostado em um carvalho, as pernas na frente do corpo. "Me dá um cigarro", disse ele.

Após um segundo de surpresa, peguei o maço, entreguei um cigarro para ele e acendi o isqueiro. Hugo inspirou fundo, os olhos fechados. "Ahhh", disse ele, com um longo suspiro. "Minha nossa, senti tanta falta disso."

"Você fumava?"

"Ah, Deus, sim. E do pesado: Woodbines, um maço por dia. Parei vinte anos atrás — em parte porque vocês começaram a ficar aqui e não me pareceu um bom exemplo a dar, mas mais pela minha saúde. O que acabou sendo a decisão errada, né?" Eu não sabia se o meio-sorriso retorcido de Hugo era de amargura ou apenas a lateral da boca repuxada. "Eu podia ter passado esses vinte anos fumando feito louco na maior alegria e não teria feito nenhuma diferença."

Mais um pacto violado: nós nunca falávamos sobre o fato de ele estar morrendo. Eu não tinha ideia do que responder. Aquela conversa estava parecendo ruim, ameaçadora de formas que eu não conseguia definir. Acendi um cigarro novo para mim, e ficamos ali, vendo helicópteros de sicômoros girando no ar.

"Susanna ligou", Hugo acabou dizendo. "O tal especialista da Suíça deu uma olhada no meu prontuário. Ele concorda com os meus médicos: não há nada mais a ser feito."

"Ah, merda", falei, me encolhendo. "Merda."

"É."

"Eu sinto muito."

"Eu acreditei que não tava cheio de esperanças", disse Hugo. Ele não estava me olhando; estava vendo a fumaça do cigarro espiralar no sol. "Acreditei mesmo."

Senti vontade de dar um murro em Susanna. Vaca insensível, tão apaixonada pela posição arrogante, pela baboseira de vítima injustiçada dos médicos malvados, que tinha escolhido fazer Hugo passar por aquilo quando qualquer pessoa com meio cérebro teria percebido que não fazia o menor sentido. "Foi uma babaquice da Susanna", falei. "Uma babaquice idiota do caralho."

"Não, ela tava certa. A princípio. O especialista disse que, em cerca de três quartos dos casos que ele vê vindos daqui, ele discorda dos médicos originais e recomenda cirurgia — na maioria das vezes não é cura, o câncer acaba voltando, mas dá alguns anos a mais pras pessoas... Só que eu tô na parte errada da estatística. Tem algo a ver com a posição do tumor."

"Sinto muito", falei de novo.

"Eu sei." Hugo deu uma última tragada no cigarro e o apagou na terra. Os cachos densos de seu cabelo se moveram quando ele se curvou, deixando à mostra os pontos calvos na lateral da cabeça por onde as ondas de radioterapia haviam entrado ou saído. Uma mancha de sombras de folhas e luz do sol girou em sua camisa puída fina. "Você pode me dar outro desses?"

Entreguei outro cigarro para ele. "Eu devia experimentar tudo", disse Hugo. "Anfetamina, LSD, tudo. Heroína. Não tinha muita coisa quando eu era jovem. Fumei haxixe algumas vezes, não curti muito... Será que Leon sabe onde arrumar LSD?"

"Duvido", falei. A ideia de ser babá de Hugo durante uma viagem de ácido era perturbadora. "Ele provavelmente não conhece ninguém em Dublin."

"Claro que não. E eu provavelmente não ia experimentar. Me ignora, Toby. Tô falando coisas sem sentido."

"A gente gostaria de ficar aqui", falei. "Melissa e eu. Enquanto... enquanto formos úteis. Se você nos quiser."

"Como eu devo responder a isso?" Houve uma explosão súbita de amargura na voz de Hugo, a cabeça dele inclinada para trás. "Eu sei, eu devia estar agradecendo de joelhos... sim, devia, Toby, porque a ideia de definhar pelo resto da minha vida no inferno de um hospital... E claro que eu vou dizer sim, nós dois sabemos disso, e claro que fico mais grato do que consigo expressar, mas eu gostaria de ter *escolha*. De te convidar pra ficar porque eu gosto de vocês dois aqui em vez de ser porque preciso desesperadamente. Eu gostaria..." A voz dele se ergueu, a base da mão batendo com força em uma raiz de árvore. "... de ter *participação* em alguma coisa disso."

"Desculpa", falei depois de um momento. "Eu não pretendia... forçar a barra. Nem nada. Eu só pensei..."

"Sei que não pretendia. Não é disso que tô falando. Mesmo." Hugo passou a mão pelo rosto. A onda de energia havia passado tão subitamente quanto tinha chegado, deixando-o apoiado contra a árvore. "Eu só tô de saco cheio de estar à mercê dessa coisa. Da doença tomar todas as decisões por mim. Tá consumindo minha autonomia além do meu cérebro, me consumindo da própria existência de todas as formas, e eu não gosto. Eu queria..."

Esperei, mas ele não terminou a frase. Hugo respirou fundo e se empertigou. "Vou adorar que vocês fiquem", disse ele, de forma clara e formal. Ele estava olhando para o jardim, não para mim. "Você e Melissa. Com a condição de vocês prometerem se sentir à vontade pra mudar de ideia. A qualquer momento."

"Tudo bem", falei. "É justo."

"Que bom. Obrigado." Ele procurou uma área de terra e apagou o cigarro ali. "Preciso te pedir outro favor. Eu gostaria de ser cremado e quero que minhas cinzas sejam espalhadas aqui no jardim. Você pode cuidar pra que isso seja feito?"

"Você devia ter um, um...", falei. A conversa estava ficando mais e mais insuportável, como uma forma bem calibrada de tortura que subia um grau preciso a cada vez que eu conseguia recuperar o fôlego. Eu me perguntei, feito um idiota, se podia alegar ter ouvido o telefone tocando lá dentro, se podia fingir ter pegado no sono ali mesmo, no meio da frase, qualquer coisa para fazer aquilo parar. "Você devia ter um testamento. Por garantia. Caso alguém crie caso, sabe, ou queira fazer algo diferente..."

"Testamento." Hugo soltou uma risada sombria. "Eu devia fazer, não devia? Eu digo pra mim mesmo todos os dias: *Essa semana, preciso resolver essa semana, vou pedir a Ed ou Phil que recomendem um bom advogado...* E aí eu olho pra cara deles e penso, *Não posso fazer isso com esses dois, não hoje, vou esperar um dia em que eles estejam melhores...* E, quando dou por mim, mais uma semana se passou. Parece que aquela terapeuta no hospital tava certa o tempo todo, né? Negação. Uma parte de mim ainda devia estar com esperanças."

Até aquele momento, eu havia me esquecido de perguntar a Hugo o que aconteceria com a casa. Foi a conversa sobre o testamento que me fez lembrar. "A casa", falei. "Se você for fazer um... quer dizer, se você quiser ficar... ficar aqui." Fiz um gesto desajeitado na direção do jardim. "Então a casa deveria ficar com a família. Certo?"

Ele virou a cabeça e me encarou, um olhar longo e atento por baixo das sobrancelhas peludas. "Você quer que fique?", perguntou.

"Quero", falei. "Quero mesmo."

"Humpf." As sobrancelhas tremeram. "Não sabia que você era tão apegado à casa."

"Nem eu. Quer dizer, talvez eu não fosse, sei lá. Mas é que... agora. Por estar de volta aqui." Eu não tinha ideia de como me explicar. "Odiaria não ter mais a casa."

Hugo ainda me olhava; estava começando a me deixar tenso. "E os seus primos? O que eles acham?"

"É, eles também. Eles gostariam de ficar com a casa. Quer dizer, ninguém tá querendo ficar com a casa pra si, não é isso, de jeito nenhum..." O rosto levemente franzido, eu não tinha ideia do que ele estava pensando. "É que é a casa da família, sabe? E eles estão com medo de Phil querer vender, não que ele não goste da casa, mas..."

"Certo", disse Hugo abruptamente, me interrompendo no meio da falação. "Eu vou resolver."

"Obrigado. Obrigado."

Hugo tirou os óculos e os limpou na barra da camisa. Os olhos, observando sem piscar o jardim ensolarado, pareciam cegos. "Se você não se importar, gostaria de ter uns minutos sozinho."

"Ah. Certo." Por um instante, fiquei por ali, enrolando. Ele estaria bravo comigo? Eu tinha feito merda, tinha cometido alguma ofensa por falar sobre a morte dele como fato consumado? Hugo conseguiria se levantar sem a minha ajuda? Mas ele me ignorou completamente, e, no fim das contas, eu desisti e entrei.

Ele ficou lá fora por bem mais de uma hora, apenas sentado, tão imóvel que os passarinhos saltitando na grama chegaram pertinho (eu estava escondido na cozinha para ficar de olho nele da janela). Mas quando Hugo entrou, estava brusco e meio distante, impaciente para começar a trabalhar — ele tinha feito uma triangulação incompreensível de DNA e descoberto alguma coisa sobre a sra. Wozniak, mais primos ou primos de primos em Tipperary; algo que tinha me explicado no dia anterior, mas não guardei. Não houve menção à conversa lá fora, e uma parte de mim se perguntou com uma sensação horrível se ele tinha esquecido a coisa toda.

Mas, na manhã seguinte, no café da manhã, Hugo anunciou alegremente que Leon e a família de Susanna iriam até lá de tarde. "Vamos fazer bolo de maçã com nozes. Não é o favorito das crianças, eu sei, mas é o meu, e acho que de vez em quando eu não devia sentir vergonha de usar a situação pra que as coisas sejam do jeito que eu quero.

E..." Um sorrisinho para mim. "Bolo de maçã com nozes é bem menos problemático que LSD, né?"

E assim foi: sábado à tarde, chá e bolo na sala. O cheiro quente de maçã e canela espalhado pela casa, o céu cinzento do lado de fora. Tom explicando com seriedade como finalmente tinha conseguido conquistar o aluno mais apático da turma de história do quinto ano, uma coisa improvável relacionada à *Guerra dos Tronos*, mas que parecia deixá-lo feliz; Susanna e Melissa conversando sobre uma banda nova da qual as duas gostavam; Leon revirando os olhos e se oferecendo para fazer uma playlist de música *de verdade*; Hugo pegando no pé de todos nós por não apreciarmos os Beatles. Parecia uma tarde aconchegante em família, mas aquilo não fazia parte da rotina, e nós sabíamos; eu sentia todo mundo se questionando e esperando, olhares disfarçados cheios de pontos de interrogação trocados a cada hora. Eu os ignorei. Ainda tinha a sensação horrível de que havia feito merda naquela conversa com Hugo, de uma forma nebulosa, mas importante, e de que tudo estava se preparando para dar errado.

Os filhos de Susanna não estavam ajudando. A atenção deles durava o mesmo que a fatia de bolo, e, quando Tom e Leon recolheram os pratos, Zach estava zumbindo pela sala feito uma vespa, cutucando coisas com o dedão do pé, jogando pedacinhos de papel nas pessoas e esbarrando no meu cotovelo cada vez que passava. "Tio Hugo!", disse ele. O garoto estava se balançando no encosto da cadeira de Hugo pelas axilas, como um chimpanzé. "Posso pegar o conjunto de demolição?"

"Zach", falou Susanna rispidamente do sofá, onde ela e Melissa estavam olhando e admirando um vídeo de celular da banda favorita delas. "Sai da cadeira do Hugo."

Zach fez um som violento de vômito e caiu no chão com repulsa, quase esbarrando em Sallie, que estava deitada de bruços empurrando um brinquedo pelo tapete e falando sozinha. "Tio *Hugo*", disse Zach, ainda mais alto. "Posso...?"

Hugo se virou com dificuldade e esticou a mão para colocá-la na cabeça do garoto. "Agora não. Preciso conversar com seus pais e com todo mundo aqui. Você e Sallie vão lá pra fora."

"Mas..."

Hugo se inclinou, fez sinal até Zach ficar de joelhos e sussurrou alguma coisa no ouvido dele. O rosto de Zach se abriu em um sorriso largo. "Ah, *sim!*" disse ele. "Vem, Sal." E saiu correndo na direção do quintal com Sallie logo atrás.

"O que foi que você disse pra ele?", perguntou Susanna com uma certa desconfiança.

"Falei que tem um tesouro escondido no jardim e que, se eles conseguirem encontrar, vão poder ficar com ele. Teoricamente, nem é mentira; deve ter todo tipo de coisa lá fora, coisas perdidas ao longo dos anos. Eles vão ficar bem." Hugo se acomodou com cuidado na poltrona. "Eu preciso mesmo falar com vocês. Susanna, pode trazer Leon e Tom pra cá por um momento?"

Susanna se foi, lançando um olhar intenso e ilegível na minha direção pelo caminho. Nós nos acomodamos com a obediência de estudantes, Melissa e eu em um sofá, Leon e Susanna no outro, Tom na poltrona em frente à de Hugo, com as mãos nos joelhos e uma expressão de leve preocupação generalizada espalhada pelo rosto, como a de um cachorro São Bernardo. Uma brisa fresca e o som de Zach gritando ordens entraram pela porta aberta da cozinha.

"Toby comentou comigo", disse Hugo, "que precisamos esclarecer o que vai acontecer com essa casa depois que eu morrer."

"Ah. Eu não..." Melissa se levantou. "Vou ficar de olho em Zach e Sallie", disse ela para Susanna.

"Não", falou Hugo na mesma hora e com firmeza, esticando a mão para segurar o braço dela. "Fica, minha querida. Preciso que você esteja aqui. Você também é parte disso." Com um sorrisinho irônico, acrescentou: "Quer você goste ou não". Melissa hesitou por um momento, insegura, mas ele abriu um sorriso e fez um movimento de cabeça suave e tranquilizador, e ela se sentou outra vez.

"Bom", disse Hugo. "Agora. Toby me disse que ele e vocês dois..." Indicou Susanna e Leon. "... acham que a casa deveria ficar com a família. É isso mesmo?"

Os dois empertigaram as costas. "Eu acho", disse Susanna.

"Com certeza", disse Leon.

"E vocês estão com medo de Phil e Louisa venderem o lugar se a casa ficasse pra eles."

"Eles venderiam", disse Susanna. "Com todo aquele papo de dar *vantagens* pras crianças."

Hugo arqueou uma sobrancelha. "Você não quer vantagens?"

"Nós estamos bem. A gente não vai pro olho da rua sem esse dinheiro. As crianças não precisam de férias caras, nem de aulas de vela, nem de uma casa enorme com sala de cinema. Eu nem *quero* que elas tenham essas bostas. Mas meus pais não escutam."

Hugo olhou para Tom, que assentiu. "Seus pais", disse ele para Leon. "O que acham disso tudo?"

Leon deu de ombros. "Meu pai não é muito fã da ideia de a casa ser vendida. Mas você sabe como ele é. Se Phil aumentar a pressão..."

"Oliver vai acabar cedendo", disse Hugo. "Sim. E o seu, Toby?"

"Não faço ideia", falei. Aquela coisa toda tinha um toque irreal, parecia uma cena de drama de televisão, cuidadosamente ensaiada, o clã reunido na sala de estar para ouvir os desejos de morte do patriarca. "Meu pai ama essa casa, mas... eu não conversei com ele sobre isso."

"Ed é sentimental", disse Hugo. "Lá no fundo." Ele mudou as pernas de posição com cuidado, colocando a perna fraca no lugar com a mão. "A questão é a seguinte. Se a casa ficar na família, o que vocês planejam fazer com ela? Algum de vocês quer morar aqui?"

Nós todos nos olhamos. Tive uma visão perturbadora minha dali a quarenta anos, andando pela Casa da Hera com uma xícara de chá lapsang souchong e uma calça de veludo com os joelhos dobrados.

"Bom, eu moro em Berlim", disse Leon. "Não tô dizendo que é pra sempre nem nada, mas..."

"A gente, talvez", falou Susanna, que estava tendo uma troca complicada de olhares particulares com Tom. "Teríamos que conversar."

"O imposto de herança seria bem pesado", observou Hugo. "Você conseguiria pagar?"

Aquilo tudo estava ficando mais e mais surreal, o tom calmo e eficiente de Hugo sentado na poltrona, discutindo uma época dali a poucos meses em que ele não existiria mais, todos nós acompanhando a conversa como se ela fosse perfeitamente sã... O ar estava com um gosto denso e azedo, subterrâneo. Eu queria sair dali.

"A gente podia vender nossa casa", disse Susanna. "Deve ser suficiente."

"Hum", falou Hugo. "A única coisa é que não me parece muito justo com os garotos. Não tenho mais nada pra deixar pra eles, nada que chegue nem perto do valor da casa."

"Eu não me importo", disse Leon. Ele estava recostado no canto do sofá, descolado e tranquilo, mas os dedos batucavam um ritmo tenso e rápido na coxa; ele estava tão incomodado quanto eu. "Su pode pagar minha parte quando ganhar na loteria. Ou não. Tanto faz."

"Toby?"

"Não sei", falei. Havia fatores demais em conflito, minha cabeça parecia um computador velho emperrado com programas demais rodando. "Eu não... eu nunca pensei nisso."

"A gente podia...", disse Tom, com hesitação. Por um momento selvagem, tive vontade de dar um soco nas fuças dele — por que ele estava metendo o nariz naquela conversa? "Só se os rapazes estiverem de acordo. A casa podia ser dos três, e a gente podia morar aqui e pagar dois terços de aluguel pra vocês."

"*Se* a gente quiser morar aqui", disse Susanna com um olhar rápido de alerta para o marido, meio de lado. "Eu ainda não sei."

"Bom, sim. Se. E, obviamente, nós teríamos que resolver toda a..."

No jardim, Zach gritou. Ele e Sallie viviam berrando quase que o tempo todo, mas aquilo foi diferente: foi um grito rouco e intenso de puro pavor.

Antes que eu conseguisse registrar o que tinha ouvido, Susanna estava de pé, correndo para fora da sala. Tom foi logo atrás. "Que porra...?", disse Leon, e ele e Melissa também saíram.

Zach e Sallie estavam parados nos fundos do jardim. Os dois estavam rígidos, os braços esticados de choque, e os dois estavam gritando, a nota aguda, estridente e nada humana de Sallie subindo acima dos berros irregulares de Zach. Meus pés batiam no chão, a respiração soava alta nos ouvidos. Ondas de pássaros levantavam voo das árvores. E, na grama verde brilhante na frente de Zach e Sallie, um objeto marrom e amarelo que, embora eu nunca tivesse visto de verdade na vida, entendi, sem a necessidade de um único pensamento, tratar-se de um crânio humano.

Na minha memória, o tempo parou. Tudo ficou imóvel, inerte acima da Terra que girava lentamente, suspensa em um silêncio amplo que não terminava, de forma que tive tempo para observar cada detalhe: o cabelo louro-avermelhado de Susanna parado no meio do movimento em frente ao céu cinzento, a boca de Zach escancarada, o corpo inclinado de Leon parando. Fui lembrado estranhamente do momento em que acendi a luz da sala da minha casa e os dois ladrões se viraram para me olhar. Uma piscada, um olhar para o lado e, quando você olha de novo, tudo está diferente: as árvores e o muro do jardim e as pessoas, todas pareciam elas mesmas, mas eram feitas de um material novo e estranho; o mundo parecia o mesmo, mas, de alguma forma, eu estava parado em um lugar totalmente diferente.

Cinco

Susanna pegou Sallie no colo, segurou Zach pelo braço no mesmo movimento e levou os dois de volta pelo jardim, destilando um monte de baboseiras firmes e tranquilizadoras pelo caminho. Sallie ainda estava gritando, o som ressoando junto aos passos de Susanna; Zach passara a berrar loucamente, puxando o braço de Susanna para voltar até nós. Quando a porta da cozinha bateu depois da entrada deles, o silêncio se espalhou pelo jardim com a densidade de cinzas vulcânicas.

O crânio estava de lado na grama, entre o canteiro de camomila e a sombra do olmo. Um dos buracos dos olhos estava fechado com terra escura e raízes pálidas e enroladas; a mandíbula aberta em um uivo torto e impossível. Tufos de algo marrom e sujo, cabelo ou musgo, se agarravam ao osso.

Nós quatro ficamos parados em semicírculo, como se estivéssemos reunidos para uma cerimônia incompreensível de iniciação, esperando um sinal que nos dissesse como começar. Em volta de nossos pés, a grama longa e molhada, parecia curvada sob o peso da chuva matinal.

"Isso aí", falei, "parece humano."

"É falso", disse Tom. "Uma coisa de Halloween..."

Melissa opinou: "Não acho que seja falso". Passei o braço em volta de seus ombros. Ela levantou a mão para segurar a minha, mas de um jeito distraído; o foco dela estava no objeto.

"Nossos vizinhos montaram um esqueleto", disse Tom. "Ano passado. Parecia bem real."

"Não acho que seja falso."

Nenhum de nós tentou chegar mais perto.

"Como um crânio falso viria parar aqui?", perguntei.

"Adolescentes fazendo merda", disse Tom. "Jogando por cima do muro ou por uma janela. Como um crânio de verdade viria parar aqui?"

"Pode ser velho", disse Melissa. "Com centenas de anos, até milhares. E Zach e Sallie o desenterraram. Ou talvez uma raposa."

"É falso pra caralho", disse Leon. A voz dele estava aguda, tensa e zangada; a coisa tinha provocado um medo louco nele. "E não é engraçado. Alguém podia ter tido um ataque cardíaco. Joguem no lixo antes que Hugo veja. Peguem uma pá no barracão. Eu que não vou encostar nisso aí."

Tom deu três passos rápidos para a frente, se apoiou em um joelho junto ao crânio e se inclinou para perto. Empertigou-se rápido, inspirando intensamente.

"Olha", disse ele, "eu acho que é de verdade."

"Puta que *pariu*", disse Leon, movendo a cabeça subitamente para cima. "Não tem como, literalmente, não é possível que..."

"Dá uma olhada."

Leon nem se mexeu. Tom deu um passo para trás e limpou as mãos na calça como se tivesse tocado no crânio.

A corrida pelo jardim tinha deixado minha cicatriz latejando, feito um martelinho pontudo desviando minha vista a cada golpe. Achei que o melhor que podíamos fazer era ficar perfeitamente imóveis, todos nós, esperando até algo descer e carregar aquilo de volta para o outro mundo caótico que o havia jogado aos nossos pés; a impressão que tinha era que se algum de nós movesse um dedo ou respirasse, a chance se perderia e uma sequência de eventos, horrenda e inevitável, seria posta em movimento.

"Me deixem ver", disse Hugo baixinho atrás da gente. Pulamos de susto.

Ele passou por nós, a bengala esmagando ritmadamente a grama, e se inclinou para olhar. "Ah", disse ele. "Sim. Zach estava certo."

"Hugo", falei. Ele parecia uma salvação, a única pessoa no mundo que saberia como desfazer aquilo para podermos entrar e conversar mais um pouco sobre a casa. "O que a gente faz?"

Ele virou a cabeça para me olhar por cima do ombro, empurrando os óculos com um nó do dedo. "Nós chamamos a polícia, claro", disse ele delicadamente. "Vou fazer isso em um momento. Eu só queria ver."

"Mas", disse Leon, e aí parou. Os olhos de Hugo pousaram nele por um momento, suaves e sem expressão, antes dele se curvar de novo para o crânio.

* * *

Eu estava esperando detetives, mas vieram guardas uniformizados: dois caras grandes, de pescoços grossos e rostos vazios, da minha idade, tão parecidos que podiam passar por irmãos, ambos com sotaque de Midlands, coletes amarelos fosforescentes, e o tipo de educação meticulosa que todos entendem que é condicional. Eles chegaram rápido, mas, depois de chegarem, não pareceram empolgados com a situação. "Pode ser um crânio de animal", disse o maior, seguindo a mim e Melissa pelo corredor. "Ou restos antigos, talvez. Arqueológicos, sabe?"

"Mas vocês fizeram a coisa certa chamando a gente", disse o outro. "É melhor prevenir do que remediar."

Hugo, Leon e Tom ainda estavam no jardim, bem afastados. "Agora", disse o cara maior, assentindo para eles, "vamos dar uma olhada". Ele e o amigo se agacharam ao lado do crânio, as calças se esticando nas coxas grossas. Eu vi o momento em que seus olhares se encontraram.

O maior pegou uma caneta do bolso e inseriu no buraco de olho vazio, virando o crânio com cuidado para um lado e para o outro, examinando cada ângulo. Depois, usou a caneta para empurrar a grama alta da área da mandíbula e se inclinou a fim de inspecionar os dentes. Leon estava roendo furiosamente a unha do polegar.

Quando o policial ergueu o rosto, suas feições estavam ainda mais vazias. "Onde isso foi encontrado?", perguntou ele.

"Meu sobrinho-neto encontrou", falou Hugo. De todos nós, ele era quem estava mais calmo. Melissa mantinha os braços em volta da cintura, Leon estava praticamente se sacudindo de tanta tensão e até Tom estava branco e com aparência atordoada, o cabelo em pé como se ele tivesse passado a mão pelos fios. "Em uma árvore oca, ele diz. Suponho que tenha sido essa aqui, mas não tenho certeza."

Todos nós olhamos para o olmo. Era uma das maiores árvores do jardim, a melhor para subir: um tronco cinza-amarronzado enorme e deformado, de mais ou menos um metro e meio de largura, com caroços que eram apoios perfeitos para mãos e pés até um ponto onde, dois metros e meio acima, se abria em galhos grossos e carregados de folhas verdes enormes. Era a mesma árvore de onde pulei e quebrei o tornozelo quando criança; com um susto terrível, me dei conta de que aquela coisa devia ter estado lá aquele tempo todo, que eu podia ter ficado a centímetros dela.

O policial maior olhou para o companheiro, que se empertigou e, com agilidade surpreendente, subiu no tronco. Ele apoiou os pés e se pendurou em um galho com uma das mãos enquanto puxava uma lanterna fina em formato de caneta do bolso. Apontou para a abertura do tronco, para lá e para cá, espiando, a boca aberta. Finalmente, ele voltou para a grama com um grunhido e deu um aceno breve para o policial maior.

"Onde está seu sobrinho-neto agora?", perguntou o policial maior.

"Dentro de casa", respondeu Hugo, "com a mãe e a irmã. A irmã estava com ele quando o menino encontrou o crânio."

"Certo", disse o policial. Ele se levantou e guardou a caneta. Seu rosto, inclinado para o céu, estava distante; com um pequeno choque, percebi que o sujeito estava empolgado. "Vamos dar uma palavrinha rápida com eles. Vocês podem todos me seguir, por favor?" E, para o companheiro, disse: "Avisa os detetives e a delegacia".

O companheiro assentiu. Quando entramos na casa, olhei por cima do ombro uma última vez: o policial, de pés afastados e impassível, mexendo no celular; o olmo, enorme e exuberante com a intensidade verde do verão; e, no chão entre eles, a forma marrom e pequena, quase impossível de se ver entre as margaridas e a grama alta.

Susanna estava no sofá, com um braço em volta de cada filho. Estava ainda mais pálida do que o habitual, mas parecia composta, e as crianças haviam parado de gritar. Elas olharam para o policial com expressões opacas através da segurança dos braços de Susanna.

"Desculpe incomodar", disse o policial. "Eu gostaria de dar uma palavrinha com esse rapazinho, se ele achar que consegue."

"Ele está bem", disse Susanna. "Não está?"

"Claro que está", disse o policial, gentil. "Ele é um garoto crescido. Qual é seu nome, meu filho?"

Zach saiu de debaixo do braço de Susanna e olhou para o policial com cautela. "Zach", disse ele.

"E quantos anos você tem?"

"Seis."

O policial pegou um caderno e se agachou meio desajeitado junto à mesa de centro, o mais perto de Zach que conseguia chegar. "Você não é incrível por ter encontrado aquela coisa lá? Aquela árvore é bem grande pra um carinha do seu tamanho subir."

Zach revirou os olhos de maneira não muito óbvia.

"Você pode me contar o que aconteceu?"

Mas Zach parecia ter decidido que não gostava daquele cara. Ele deu de ombros e enfiou o dedo do pé no tapete, observando o pano embolar.

"Qual foi a primeira coisa que você fez quando saiu pro jardim? Foi direto pra árvore? Ou tava fazendo outra coisa primeiro?"

Um movimento de ombros.

"Você tava brincando de alguma coisa? Imitando o Tarzan?"

Uma revirada de olhos.

"Zach", disse Susanna com firmeza. "Conta pro guarda o que aconteceu."

Zach desenhou uma linha no tapete com o dedão e a examinou.

"*Zach*", disse Tom.

"Tudo bem", falou o policial com tranquilidade, apesar de não parecer satisfeito. "Se preferir, você pode conversar com os detetives quando eles chegarem aqui." A palavra *detetives* gerou uma agitação pela sala; ouvi alguém prender a respiração e não identifiquei de onde tinha vindo. "E essa mocinha aqui? Pode me contar o que aconteceu?"

Zach olhou para Sallie com maldade. O queixo dela começou a tremer, e ela escondeu o rosto na barriga de Susanna.

"Certo", disse o policial, aceitando a derrota e se empertigando. "Vamos deixar isso pra depois; eles ficaram meio abalados, claro, quem não ficaria. Foi você quem eles procuraram, senhora...?"

"Hennessy. Susanna Hennessy." Susanna tinha uma das mãos na nuca de Sallie e a outra no ombro de Zach, apertando tanto que o garoto se remexeu. "O resto de nós estava aqui dentro. Ouvimos os dois gritarem e corremos pro jardim."

"E aquilo lá fora? Quando vocês saíram, já estava onde está agora? Na grama, perto da árvore?"

"Sim."

"Alguém tocou nele? Fora seu filho?"

"Sal", Susanna falou delicadamente. "Você tocou nele?" Sallie fez que não com a cabeça enfiada na blusa de Susanna.

"Mais alguém?"

Nós todos fizemos que não.

O policial anotou alguma coisa no caderninho. "E vocês são os moradores daqui?", perguntou para Susanna.

"Eu sou", disse Hugo. Ele tinha se movido lenta e cuidadosamente ao nosso redor e se sentado na poltrona. "Esses três são minha sobrinha e meus sobrinhos, Tom é marido da minha sobrinha e Melissa é namorada de Toby. Os dois estão aqui comigo agora, mas normalmente sou só eu."

"Qual o seu nome, senhor?"

"Hugo Hennessy."

"E há quanto tempo o senhor mora aqui?"

"Minha vida toda, com um período aqui e outro ali em que fiquei longe. A casa era dos meus pais e dos meus avós."

"Então a propriedade está na família desde quando?"

Hugo pensou enquanto esfregava distraidamente os pontos carecas da radioterapia. "1925, eu acho. Talvez 1926."

"Aham", disse o policial, examinando o que havia escrito. "O senhor teria alguma ideia de quanto tempo aquela árvore tem? O senhor a plantou?"

"Minha nossa, não. Já era velha quando eu era criança. É um olmo; eles vivem séculos."

"E aquele negócio lá? Alguma ideia de quem pode ser?"

Hugo fez que não. "Nem consigo imaginar."

O policial olhou para o restante de nós. "Mais alguém? Alguma ideia?"

Negamos com a cabeça.

"Certo", disse o policial. Ele fechou o caderno e o guardou no bolso. "Agora, preciso avisar, a gente talvez tenha que ficar um tempinho por aqui."

"Quanto tempo?", perguntou Susanna, ríspida.

"Não dá pra saber nesse momento. Vamos manter vocês informados. E vamos tentar minimizar o incômodo. Tem outra entrada pro jardim sem ser essa por dentro da casa? Pra não precisarmos ficar entrando e saindo por aqui?"

"Tem uma porta no muro dos fundos do jardim", disse Hugo, "que leva à viela. Não sei bem onde está a chave..."

"No armário da cozinha", falou Leon. "Eu vi na semana passada, deixa que eu pego..." e saiu tão depressa quanto uma sombra.

"Ótimo", disse o policial. Ele olhou ao redor e parou em Tom. "Senhor...?"

"Farrell. Thomas Farrell."

"Sr. Farrell, vou pedir que você faça uma lista de nomes e contatos de todo mundo aqui. Também vamos precisar de uma lista de quem morou nessa casa até quando vocês se lembrarem, com as datas... não precisa ser nada exato por enquanto, só 'vovó Hennessy morou aqui desde, digamos, 1950 até morrer em 2000', esse tipo de coisa. Pode fazer isso?"

"Tranquilo", disse Tom imediatamente. Mesmo no meio de tudo aquilo, senti uma fagulha de ultraje; era verdade que Hugo não estava muito bem, que Leon parecia fugido de uma banda de tributo aos Sex Pistols e que Susanna estava coberta de crianças, mas eu estava bem ali, era da família, enquanto Tom não era; então por que caralhos aquele cara estava me ignorando?

Leon voltou com a chave. "Aqui", disse ele, oferecendo-a ao policial. "Não sei se vai funcionar, ninguém usa aquela porta e pode ser que tenha..."

"Muito obrigado", disse o policial, guardando-a no bolso. "Vou pedir que vocês todos fiquem nessa sala por um tempo. Se precisarem usar o banheiro ou a cozinha, óbvio, não é problema, mas o jardim está proibido até que vocês sejam avisados. Os detetives vão procurar vocês daqui a pouco, assim que chegarem. Podem esperar aqui? Alguém tem algum compromisso, precisa ir pra algum lugar?"

Ninguém tinha. "Isso é ótimo", disse o policial. "Agradecemos a cooperação de vocês." E aí ele foi embora e fechou a porta da sala com firmeza demais ao passar. Seus passos pesados soaram na escada para a cozinha.

"Bem", disse Hugo. "Ele foi meio..., não foi? Meio desajeitado; inexperiente, é essa a palavra que eu quero? Eu tava esperando alguém mais... sei lá, polido. Acho que li livros de detetive demais. Vocês acham que ele sabe o que tá fazendo?"

Leon disse: "Tem aquela fita em volta do jardim todo. Aquela azul e branca. Que diz 'cena de crime, não entre'".

Ninguém falou nada. Depois de um momento, Melissa se sentou no outro sofá e pegou o baralho na mesa de centro. "Acho que vamos ficar aqui por um tempo", disse ela. "Alguém quer jogar?"

Demorou muito para os detetives chegarem. Peguei papel e caneta no escritório de Hugo, e Tom fez as listas — "Quando foi mesmo que seu avô morreu, Su? Hugo, você lembra em que ano voltou a morar aqui? A gente conta também os verões em que vocês ficaram na casa?" — blá--blá-blá, como se fosse um puxa-saco horrível querendo fazer o melhor projeto da escola. Melissa, Hugo e eu jogamos baralho sem parar, e muito mal; Leon entrou no jogo algumas vezes, mas não conseguia ficar parado nem por uma rodada e já voltava para as janelas, encostado na parede e olhando furtivamente para a estrada como um detetive particular espiando de uma esquina. Susanna ficou jogando no celular com Sallie, uma corrente baixa e ininterrupta de blips, música eletrônica e risadinhas agudas de desenho animado. Zach estava tão energizado de adrenalina que havia surtado: ficava circulando pela sala como um maníaco, subindo nos móveis, fazendo uma variedade furiosa de ruídos de estalos, batidas e sugadas que estavam me deixando louco. Eu estava morrendo de vontade de esticar o pé e fazê-lo cair.

Por algum motivo, parecia impossível dizer uma única palavra sobre o crânio. Era como se existissem mil perguntas que eu quisesse fazer e ângulos que quisesse discutir, mas eu não conseguia identificar nenhum, portanto, quanto mais eu deixava aquilo de lado, mais indizível tudo parecia e mais a situação fazia lembrar um sonho, como se estivéssemos naquela sala desde sempre e pudéssemos sair. "Toby", disse Leon. "Você dá as cartas. Vai."

A campainha tocou. Ficamos paralisados nos olhando, mas, antes que algum de nós pudesse fazer algo sensato, ouvimos botas no corredor e a porta da frente sendo aberta. Vozes masculinas trocavam comentários breves e nada emocionais, escutamos o chiado de um rádio, uma confusão de passos voltando pelo corredor, a porta da cozinha batendo.

"Tô com *fome*", disse Sallie, não alto, mas pela quinta vez, no mínimo.

"Você acabou de comer bolo", disse Susanna sem olhar para a menina. No jardim, vozes bruscas estavam falando umas com as outras, distantes demais para captarmos as palavras.

"Mas eu tô com *fome*."

"Tudo bem", disse Susanna. Ela remexeu na bolsa e pegou um saquinho laranja de plástico com um bico. "Aqui."

"Eu quero um!", exigiu Zach, se levantando do chão, onde estava batendo os pés na grade da lareira e tentando fazer beatbox.

"Você odeia isso."

"Eu *quero um*."

"Você vai comer?"

"E os estudantes de medicina?", disse Tom de repente, ficando animado. Ele estava parado junto à porta da sala, segurando suas listas preciosas, esperando a grande chance de entregá-las ao professor.

"O quê?", disse Leon, olhando para Tom com uma expressão fulminante sem se dar ao trabalho de virar a cabeça. Ele estava sentado de lado em uma poltrona, com os joelhos por cima do braço, balançando um pé em um ritmo rápido e insistente para o qual eu estava tentando não olhar.

"O..." Tom gesticulou com as listas na direção do jardim. "Aquilo. Sabe o prédio do outro lado da viela? Tem um monte de estudantes, né? E estudantes de medicina têm um senso de humor esquisito. E se alguns estudantes roubaram um crânio e brincaram com ele por um tempo pra assustar os amigos, mas depois não souberam como se livrar da coisa? Eles podem ter jogado na árvore." Tom olhou em volta com triunfo.

"Eles teriam que ter uma mira e tanto", disse Leon com azedume. "Pra fazer passar por todos os galhos e todas as folhas e direto pra um buraco que deveria estar, o que, a uns bons metros de distância. Um estudante de medicina que também é jogador de basquete de excelência: isso deve facilitar mesmo."

"Talvez não estivessem mirando na árvore. Talvez estivessem tentando jogar no jardim pra assustar as pessoas e erraram."

"E passou por todos os galhos. E todas as folhas. E entrou por um buraco que deve estar a..."

"Eu não quero isso", disse Sallie. Ela estava segurando o pacotinho na frente do corpo e parecia à beira das lágrimas.

"Você ama isso", disse Susanna. "Come."

"Tem cobrelho."

"O que é cobrelho?"

"Tem aqui dentro."

"Não tem não. Tem cenoura e maçã e alguma outra coisa, mandioquinha, acho."

"Eu não *gosto* de cobrelho."

"Tudo bem", disse Susanna, tirando o saquinho da mão dela. "Vou pegar outro." Ela foi para a cozinha.

"Eu só tô dizendo", falou Tom, "que não é necessariamente nada sinistro. Pode ser só..."

"Um hipogrifo pode ter deixado cair", disse Leon. "A caminho da Floresta Proibida."

"*Isso sim* seria sinistro", disse Tom, mirando no humor. "A Floresta Proibida no fundo do quintal." Ninguém riu.

Minha cabeça ainda estava latejando, de um jeito leve, mas persistente, e minha visão estava embaçada; eu não sabia o que tinha na mão, setes e noves, oitos e dez, todas as cartas pareciam iguais. "Oh", disse Melissa, baixando as cartas em leque. "Bati." Ela sorriu para mim e me deu um aceno breve e tranquilizador. Tentei sorrir de volta.

Susanna voltou com o que parecia a mesmíssima embalagem laranja. "Toma", disse ela. "Peguei um sem cobrelho." Sallie agarrou o saquinho, foi para um canto do sofá e começou a sugar febrilmente pelo bico.

"O quintal tá lotado", disse Susanna para o restante de nós, baixinho, olhando para Zach e Sallie a fim de ter certeza de que eles não estavam ouvindo. "Homens de macacão preto, capuz e *máscaras*, como num filme de ficção-científica em que um vírus escapou de um laboratório. Tirando fotos. Montando uma coisa, um troço tipo um coreto de lona. Com folhas de plástico no chão. Perto do canteiro de morangos."

"Meu Deus do céu", disse Leon. Ele jogou as cartas na mesa, saiu da poltrona e começou a andar pela sala. "Isso é escroto. Que porra a gente deve fazer? Montar acampamento aqui até eles terminarem seja lá que porra estão aprontando lá fora?"

Tom estava fazendo caretas frenéticas de aviso e movendo a cabeça para o lado na direção de Zach e Sallie. "Ah, *puta que me pariu*", disse Leon.

"Para com isso", disse Susanna. "E relaxa. Isso não é o fim do mundo."

"Não me manda relaxar. De todas as coisas idiotas pra se dizer..."

"Vai fumar."

"Eu *não posso* ir fumar. Tem *polícia* por todo o..."

"Eca", disse Zach, colocando o saquinho laranja na mão de Susanna.

"Não vai me dizer que o seu também tem cobrelho."

"Não existe cobrelho. Só é nojento."

"Eu *perguntei* se você ia comer. Você disse que..."

"Se eu comer, vou *vomitar*."

"Ah, pelo amor de Deus..."

Houve uma batidinha na porta, e um homem colocou a cabeça para dentro da sala. "Boa tarde", disse ele. "Sou Mike Rafferty; detetive Mike Rafferty. Peço desculpas pelo incômodo."

Conseguimos todos dizer alguma asneira educada. Leon havia parado de andar de um lado para o outro; Melissa mantinha a mão parada no ar, as cartas em leque.

"Eu agradeço", disse Rafferty. "Sei que não era assim que vocês planejavam passar a tarde de sábado. Vamos encerrar tudo aqui o mais rápido possível."

Ele devia ter uns quarenta e poucos anos; era alto, com um pouco mais de um metro e oitenta, um corpo magro e firme que conseguia parecer forte e ágil ao mesmo tempo, como se fosse faixa preta em alguma arte marcial obscura que não éramos descolados o suficiente para conhecer. Tinha cabelo escuro cacheado e um rosto comprido, fino e ossudo, entalhado com linhas fundas de sorriso. Usava um bonito terno cinza e discreto.

"Eu só preciso fazer algumas perguntas, se não tiver problema. Tudo bem pra todo mundo? Alguém tá abalado demais agora e prefere esperar até mais tarde?"

Ao que tudo indicava, agora estava bom para todo mundo. Leon se encostou na moldura da janela, as mãos enfiadas nos bolsos; Susanna assumiu a posição no sofá outra vez, um braço em volta de Sallie, murmurando alguma coisa no ouvido da menina. Melissa botou as cartas em uma pilha.

"Ótimo", disse Rafferty. "Vocês vão ajudar muito. Posso me sentar aqui?" Ele virou a poltrona de Leon para ter uma boa vista de todos nós e se sentou.

A presença dele estava me fazendo mal. Na superfície, não se parecia em nada com Martin ou o cara do terno extravagante, mas ainda havia alguma coisa, algo na economia de movimentos e no tom simpático e fácil que não deixava opção de recusa e não revelava absolutamente nada, que trouxe tudo de volta: o ar poluído do hospital penetrando em todos os poros, minha cabeça atordoada de dor e com uma névoa fina como pó de obra, os rostos vazios e agradáveis me observando, esperando. Minhas mãos estavam tremendo. Eu as prendi entre os joelhos.

"Como devem ter percebido por conta da agitação", disse Rafferty, "o que tem lá no quintal de vocês é mesmo um crânio humano. Até agora, não sabemos muito mais do que isso. Foram as crianças que encontraram o crânio?"

"Meu filho", disse Susanna, "e minha filha." Sallie estava grudada nela, o saquinho pendurado com firmeza na boca. Zach estava atrás do sofá, encarando o detetive.

Rafferty assentiu e os examinou. "Qual deles tem mais chance de conseguir me contar como aconteceu? Com crianças dessa idade, algumas são ótimas testemunhas, melhores do que os adultos: são boas observadoras, fazem relatos bons e claros dos eventos, não enrolam. Tem outras que ficam tão ocupadas sendo fofas, tímidas ou teimosas que mal conseguem formar uma frase e, quando conseguem, o que sai é pura tolice. Qual de vocês dois...?"

"Eu", disse Zach em voz alta, pulando o encosto do sofá e quase dando um chute na cara de Susanna. "Fui eu que encontrei."

Rafferty olhou para ele longamente. "Isso não é como explicar pra professora por que Jimmy bateu no Johnny no parquinho. É coisa séria. Você acha que consegue me dar um relato claro?"

"Claro que consigo. Eu não sou *burro*."

"Certo", disse Rafferty, pegando um caderno e uma caneta. Suas mãos pareciam erradas para um detetive, longas e musculosas, com cicatrizes e calos pesados, como se ele passasse muito tempo velejando em tempo ruim. "Vamos ouvir."

Zach se sentou de pernas cruzadas no sofá e respirou fundo. "Certo", disse ele. "O tio Hugo mandou a gente ir pro jardim procurar um tesouro. Fomos olhar no canteiro de morangos, mas, dã, a gente entra lá o tempo todo, se tivesse algum tesouro a gente já tinha encontrado, né? E aí eu fui olhar no buraco da árvore."

Rafferty estava assentindo junto, sério e atento. "É o olmo grande? O que fica ao lado de onde você deixou o crânio?"

"É."

"Você já tinha subido nessa árvore antes?"

"A gente não tem permissão."

"E por que hoje?"

"Os adultos tavam tendo uma conversa séria. Aí..." Zach sorriu para Susanna, que amarrou a cara para o filho.

Rafferty deixou um cantinho de sorriso aparecer. "Aí você sabia que não ia ser visto."

"É."

"E?"

"E eu enfiei o braço no buraco..."

"Espera", disse Rafferty, erguendo a caneta. "Se você nunca tinha subido naquela árvore, como sabia que tinha um buraco? Não dá pra ver o buraco do chão."

Zach deu de ombros. "Eu tentei subir naquela árvore um monte de vezes antes, só que minha mãe e tio Hugo sempre gritavam que era pra eu descer. Duas vezes, cheguei alto e consegui ver o buraco. E uma vez eu vi um esquilo sair de dentro."

"Você já tinha notado alguma coisa lá dentro? Fora o esquilo?"

"Não."

"Já tinha colocado a mão lá dentro? Ou uma vareta, qualquer outra coisa?"

"Não."

"Por que hoje?"

"Porque eu tava procurando um *tesouro*."

"Faz sentido", disse Rafferty. "Então você enfiou o braço no buraco..."

"É. E primeiro só tinha folhas e gosma e umas coisas molhadas, tipo com cabelo..." Zach arregalou os olhos quando se deu conta.

"Devia ser musgo", disse Rafferty com tranquilidade. "E depois?"

"E aí tinha uma coisa grande e lisa. Era estranha. E tinha um buraco, e eu enfiei os dedos no buraco e puxei, e primeiro achei que era uma casca de ovo grande, tipo ovo de avestruz, sabe? E tinha cheiro de terra. E eu ia jogar no muro pra quebrar. Só que aí eu virei o troço e tinha *dentes*." Zach tremeu da cabeça aos pés, um espasmo incontrolável. Susanna esticou a mão na direção do ombro dele, mas parou. "Dentes de verdade."

"Sim", disse Rafferty. "Tem mesmo. O que você fez depois?"

"Eu soltei. Na grama. Não pra tentar quebrar; eu só queria ficar longe. E gritei, desci da árvore e caí na última parte, mas não me machuquei. E Sallie começou a gritar e aí a mamãe veio com todo mundo."

Ele estava curvado para a frente, as mãos enfiadas atrás dos joelhos dobrados, os olhos tentando fugir da lembrança. Por um segundo, até senti pena do filho da puta mirim.

"Muito bem", disse Rafferty, assentindo para Zach. "Você tava certo: é uma boa testemunha. Em algum momento vou mandar digitar e vou precisar que você assine o papel, mas, por enquanto, era exatamente disso que eu precisava. Obrigado."

Zach respirou fundo e relaxou um pouco. Rafferty tinha uma voz boa, grave e calorosa com um toque do sotaque de Galway, como um ilhéu bronco em um filme velho que provavelmente acabaria a história como par romântico de Maureen O'Hara. Eu estava disposto a apostar que davam mais mole para aquele cara do que ele era capaz de dar conta. Para Sallie: "Vamos ver você tentar. Consegue se lembrar do que aconteceu?".

Sallie estava bem agarrada a Susanna, vendo a coisa toda com olhos solenes e ilegíveis por cima do saquinho laranja. Ela o tirou da boca e assentiu.

"Vamos lá."

"Eu tava procurando o tesouro, e o Zach tava lá em cima da árvore e jogou uma coisa na grama. E ele tava gritando. E era uma caveira, e eu gritei também porque fiquei com medo de ser um fantasma."

"E aí?"

"Aí todo mundo saiu e a mamãe levou a gente pra dentro."

"Muito bem", disse Rafferty, sorrindo para ela.

"É um fantasma?"

"Dã", disse Zach baixinho. "Não existem fantasmas." Ele parecia ter se recuperado.

"Não", disse Rafferty gentilmente. "Temos uma máquina especial que diz exatamente o que uma coisa é, e a gente examinou cada pedacinho daquele crânio. Não tem fantasma ali assim como não tem aqui." Ele tocou no caderninho. "É só um pedaço de osso."

Sallie assentiu.

"Quer ver se aqui tem fantasma?" Ele balançou o caderninho para ela.

Aquilo gerou um movimento de cabeça e sorriso enviesado. "Ufa", disse Rafferty. "Eu deixei minha máquina lá fora. Quando foi a última vez que alguém subiu naquela árvore? Um jardineiro, talvez? Alguém aparando os galhos?"

"Não tem jardineiro", disse Hugo. "Não mantenho o local em boas condições... bom, você mesmo viu. O pouco que quero que seja feito eu mesmo faço. E não podo as árvores."

"A gente subia", falei, enunciando as palavras com cuidado para minimizar a fala arrastada. Eu sentia que precisava participar da conversa. "Eu, Susanna e Leon", enumerei, apontando, "quando a gente era criança."

Rafferty se virou para me olhar. "Quando foi a última vez que vocês subiram lá?"

"Eu quebrei o tornozelo pulando de lá. Quando tinha 9 anos. Depois disso, nossos pais não deixavam mais a gente subir."

"Hum", disse Rafferty. Seus olhos, fundos e de um tom estranho de castanho, quase dourados, pousaram em mim, pensativos. Aquela expressão, praticada e avaliadora, opaca e tão familiar, fez minha coluna se contrair. De repente, fiquei intensamente ciente da minha pálpebra caída. "Vocês subiram de novo?"

"Eu não..." Uma leve lembrança, passar as pernas por um galho na semiescuridão, uma lata de cerveja, alguém rindo, mas tudo parecia tão deslocado e irreal que eu não conseguia acessar a memória. "Não tenho certeza."

"Subimos, sim", disse Susanna. "Quando nossos pais não estavam. Hugo..." Um sorriso rápido entre eles. "Hugo sempre deixava a gente se safar de bem mais coisas."

"Não é que a gente subisse todos os dias", disse Leon. "Nem toda semana. Mas de vez em quando, sim."

"Quando foi a última vez?"

Susanna e Leon se olharam. "Meu Deus, eu não lembro", disse Leon. "Alguma festa quando a gente era adolescente, talvez?"

"Aquela vez em que Declan tava cantando 'Wonderwall' e jogaram uma lata nele. A gente não tava lá em cima, todo mundo?"

"Era aquela árvore?"

"Só podia ser. Nós três e Dec, e não tinha uma garota também, não lembro o nome dela, de quem ele gostava? A gente não teria cabido em outra árvore."

"Que Declan?", perguntou Rafferty.

"Declan McGinty", falei. "Ele é amigo meu."

Rafferty assentiu e anotou o nome. Eu achava que sentia o cheiro dele, um odor apurado de natureza, tipo pinho. "Alguma ideia de que ano foi isso?"

"Acho que foi no verão depois que a gente terminou a escola", disse Susanna. "Dez anos atrás. Mas não tenho certeza." Leon deu de ombros.

"Alguém já explorou o buraco no meio?"

Susanna, Leon e eu nos olhamos. "Não", disse Susanna. "Claro que eu dei umas espiadas algumas vezes enquanto subia lá, mas parecia podre, cheio de folhas mortas e molhadas. Eu que não ia remexer."

"Acho que eu enfiei um graveto lá uma vez", disse Leon. "Quando a gente era criança, com uns 8 anos. Só pra ver o quanto o buraco era fundo. Não senti nada tipo... nada."

"E o quanto era fundo?"

"Ah, Deus, não lembro. Bem fundo."

Rafferty me olhou. "Eu não...", falei. Minha memória estava tremeluzindo; eu estava cem por cento ciente de que parecia um idiota. "Acho que não. Talvez."

"E você, sr. Hennessy?" Ele estava falando com Hugo. "O senhor subiu naquela árvore quando era criança?"

"Céus, claro", disse Hugo. "Nós quatro, meus irmãos e eu, subíamos lá o tempo todo. Acho que a gente talvez até tenha escondido coisas naquele buraco, mas não posso afirmar com certeza. Meus irmãos talvez tenham lembranças melhores do que eu."

"Vamos falar com eles, então", disse Rafferty. "Algum de vocês têm ideia de quem pode ser? Agora que tiveram tempo pra pensar?"

"Eu achei...", disse Tom, hesitante. "Eu pensei nos alunos de medicina. No prédio que fica na viela. Podem ter tirado um crânio da faculdade pra se divertir e jogado aqui embaixo."

Rafferty assentiu, parecendo pensar seriamente naquilo. "Vamos verificar isso. Alguma outra ideia? Alguém em quem vocês consigam pensar que desapareceu na região? Ou um convidado da casa que foi embora sem se despedir, um prestador de serviço que não voltou pra terminar um trabalho? Não precisa ser recente. A árvore é velha."

"Tinha um homem em situação de rua", disse Hugo subitamente. "Isso tem tempo, ah, uns vinte e cinco anos, talvez mais. Ele dormia na viela de vez em quando. Batia na porta, minha mãe dava uns sanduíches pra ele, enchia a garrafa térmica de sopa, e ele montava acampamento. Em algum momento, ele parou de vir. Não achamos nada demais na época, ele não era visitante regular, mas..."

"Você consegue descrever esse homem?"

"Tinha uns cinquenta e poucos anos, eu diria... se bem que é difícil saber, né, com pessoas que tiveram uma vida sofrida. Estatura mediana, talvez um metro e setenta e cinco? Cabelo grisalho. Sotaque de Midlands. Acho que o nome era Bernard. Ele vivia bêbado, mas não era agressivo ou desagradável, nada do tipo."

"Ele entrava no jardim?"

"Não que eu saiba. Mas o muro dos fundos não é intransponível. É alto, mas, se alguém realmente quisesse pular, acho que daria um jeito."

"Bernard", falou Rafferty, escrevendo. "Vamos dar uma olhada nisso. Alguma outra possibilidade?"

Nós todos balançamos a cabeça. "Certo", disse Rafferty. Ele fechou o caderno e o enfiou no bolso. "Lamento ser portador de más notícias, mas aquela árvore vai precisar ser derrubada."

"Por quê?", perguntou Leon, ríspido.

Rafferty transferiu o olhar para ele e permaneceu assim por um longo momento, pensativo. "Tem outras coisas em que estamos interessados naquele buraco."

"Mais ossos?", perguntou Zach, de olhos arregalados. "Um esqueleto inteiro?"

"Só vamos saber quando chegarmos lá dentro. Tentei encontrar um jeito de não cortar a árvore, mas não tem como. A gente precisa documentar tudo, registrar cada passo; não podemos simplesmente tirar o que tem lá dentro aos pouquinhos." Ele viu as expressões em nossos rostos. "Sei que parece que estamos destruindo um legado da família, mas não temos alternativa. Tem um cirurgião de árvores a caminho."

"Perdido por cem, perdido por mil...", disse Hugo, meio que para si mesmo. E, para Rafferty: "Tudo bem. Faça o que precisar fazer".

"Você consegue saber de onde veio?", perguntou Leon. Ele ainda estava encostado na moldura da janela, parecendo relaxado, mas algo na linha dos ombros me dizia que cada célula dele estava praticamente em curto-circuito de tensão. "O crânio?"

"Não é a minha área", disse Rafferty. "Mas estamos com a patologista do estado e estamos trazendo um arqueólogo forense. Eles vão poder contar mais."

"Tipo o que aconteceu com ele? Quer dizer, foi um... a pessoa estava...? Como...?"

"Ah", disse Rafferty, abrindo para Leon um sorriso surpreendentemente encantador que estreitou tanto os olhos do detetive que os dois quase sumiram. "Essa é a pergunta de um milhão de euros."

"A gente precisa ficar aqui?", perguntou Susanna.

Rafferty pareceu surpreso. "Meu Deus, não. Podem ir pra onde quiserem... fora o quintal, claro. Alguém tava fazendo uma lista de nomes e números de telefone? Pro caso de eu precisar fazer contato com algum de vocês de novo?"

Tom pegou as listas, e Rafferty ficou adequadamente impressionado. "Muito obrigado pelo tempo de vocês", disse ele para todos nós, dobrando as listas com cuidado e se levantando. "Sei que é uma situação ruim e que foi um grande choque, e agradeço por vocês ajudarem a gente no meio disso tudo. Se quiserem conversar com alguém, posso colocar vocês em contato com o pessoal do Apoio às Vítimas, e eles podem encontrar alguém que..."

Nenhum de nós sentia necessidade de assistência profissional para extravasar nossos sentimentos sobre encontrar um crânio no quintal. "Aqui", disse Rafferty, colocando uma pilha de cartões de visita na mesa de centro. "Se mudarem de ideia, se pensarem em alguma coisa ou quiserem fazer alguma pergunta, me liguem."

Com a mão na porta, ele se virou, lembrando-se de algo. "Aquela chave, a da porta do quintal. Tem outras cópias que a gente possa pegar? Um vizinho teria, ou seus irmãos, talvez?"

"Tinha uma outra aqui", disse Hugo. Ele estava começando a parecer cansado. "Desapareceu em algum momento."

"Alguma ideia de quando?"

"Anos atrás. Eu não tenho nem como identificar quando."

"Tudo bem", disse Rafferty. "Se a gente precisar de outras, vamos mandar fazer cópias. Eu aviso." E foi embora, fechando a porta da sala delicadamente ao passar.

"Bem", disse Hugo, respirando fundo após um momento de silêncio. "Isso vai ser interessante."

"Eu falei", disse Leon. Ele estava mordendo a unha do polegar de novo, e suas narinas se dilatavam a cada respiração. "Eu *falei* que a gente devia jogar no lixo e esquecer a questão toda."

"Não se pode fazer isso", disse Tom. "Pode ter uma família por aí querendo saber..."

"Pensei que você achava que tinham sido os estudantes de medicina."

"O detetive é legal", disse Melissa. "Ele era como você esperava, Hugo?"

"Definitivamente." Hugo sorriu para ela. "E bem mais inspirador de confiança do que os outros. Tenho certeza de que ele vai resolver tudo rapidinho. Enquanto isso..." Hugo olhou em volta. "Que tal vocês três avisarem seus pais sobre o que aconteceu?"

Leon, Susanna e eu, por um acordo tácito e sincero, não tínhamos ligado para os nossos pais, mas percebi com uma sensação de desânimo que Hugo estava certo — não dava para manter aquilo contido dentro de casa para sempre. "Ah, Deus", disse Susanna. "Eles vão querer vir pra cá."

"Eu tô *morrendo de fome*", disse Zach.

"Jesus", disse Leon com uma voz perplexa que, de repente, pareceu muito jovem. "Tem gente lá fora *filmando*."

Todos correram para as janelas. Realmente, havia uma morena de sobretudo coral elegante parada de costas para os nossos degraus de entrada, falando em um microfone. Na calçada do outro lado da rua, um cara magrelo de parca estava curvado sobre uma câmera apontada para ela. Um vento agitado tinha começado e estava sacudindo as árvores em uma coreografia verde.

"Ei!", gritou Zach, batendo com a palma da mão na vidraça. "Se manda!"

Susanna segurou o pulso dele, mas era tarde demais: o câmera falou alguma coisa e a morena se virou para nos olhar, o cabelo voando na cara. "Pra trás", disse Leon rispidamente. Susanna esticou a mão e fechou a persiana, com estrondos altos reverberando pelas salas vazias da casa.

Por volta daquela hora, Zach e Sallie haviam entrado em modo choramingo máximo porque estavam morrendo de fome. A pentelhação levou todos para a cozinha, onde Hugo e Melissa remexeram na geladeira e discutiram alternativas até se decidirem por macarrão com molho de cogumelos. Susanna estava no telefone com Louisa, tentando convencê-la de não vir para a Casa da Hera ("*Não*, mãe, ele tá bem, o que você faria que a gente já não tá fazendo?... Porque tem *repórteres* lá fora, e eu não quero que eles te perturbem e interroguem... Bom, vê no noticiário hoje e você vai saber tanto quanto a gente. Ninguém conta nada... Não, mãe, eu não tenho ideia de quem...") e segurando Sallie longe da lata de biscoitos com a mão livre. Tom estava tagarelando sobre um filme infantil que eles haviam visto, tentando puxar Zach para a conversa; Zach, batucando com as mãos na bancada e mantendo um olhar calculista na lata de biscoitos, não caiu na armadilha.

Leon e eu estávamos perto das portas de vidro, olhando o quintal. O policial uniformizado grande estava no terraço com as mãos unidas nas costas, com expressão oficial e supostamente protegendo a cena do crime, mas estava nos ignorando, por isso nós o ignoramos também. Perto do olmo, Rafferty estava conversando com outro cara de terno e com um sujeito corpulento de macacão surrado que, a julgar pelos gestos, era o cirurgião de árvores. O crânio tinha sumido. Havia uma escada ao lado da árvore e uma pessoa de macacão branco com capuz em cima dos galhos, inclinada para o lado em um ângulo precário a fim de apontar a câmera para o buraco. A porta no muro dos fundos estava aberta (eu não a via aberta havia anos) para a viela: era possível ver o muro de pedra do prédio seguinte, o outro policial uniformizado fazendo a mesma pose, e o vislumbre de uma van branca. Pessoas iam e vinham entre a viela, a árvore e o coreto de lona branca, com o teto pontudo festivo, que tinha se materializado ao lado do canteiro de morangos. Luvas azuis de látex, uma caixa preta de plástico duro que parecia uma caixa de ferramentas aberta na grama, céu cinzento. Um sopro de vento na fita de cena de crime e na lona.

"Toda aquela conversa sobre a chave da porta do quintal", disse Susanna com a voz baixa ao meu lado. "Não era porque precisavam de mais cópias. Era ele querendo saber se mais alguém podia entrar no jardim ou se era só a gente."

"Tinha outra", disse Leon. "Eu lembro."

"Eu também", falei. "Não ficava em um gancho do lado da porta?"

Susanna olhou para trás de nós, para Zach e Sallie, que Melissa e Hugo haviam conseguido convencer a ajudar a cortar os cogumelos; Zach estava fazendo barulhos de caratê enquanto batia com a faca, e Sallie estava rindo. "Alguém pegou, em algum verão. Não foi o Dec quando ficou aqui?"

"Dec não precisava entrar escondido pelos fundos. Ele entrava pela frente. E aquela sua amiga, a loura esquisitinha que ficava aparecendo no meio da noite? Aquela que se cortava?"

"Faye não era *esquisitinha*. Ela tava passando por umas coisas. E não tinha chave. Ela me mandava mensagem e eu abria pra ela."

"O que acontece?", disse Leon. Ele estava observando uma mulher pequena e atarracada com cabelo grisalho e coturnos sair da tenda e se juntar à conferência embaixo da árvore (Patologista do estado? Arqueóloga forense? Eu tinha apenas uma leve ideia de como aquelas pessoas deviam ser e do que faziam). "O que acontece se encontrarem provas de que a pessoa foi morta? O que vão fazer?"

"Dizendo por experiência", falei, "vão aparecer algumas vezes quando a gente menos quiser encontrar com eles, vão fazer uma porrada de perguntas insinuando que é culpa nossa alguém ter jogado um crânio na nossa árvore e depois vão desaparecer e nos deixar limpando a sujeira."

O tom ressentido da minha voz me assustou. Eu não tinha me dado conta até aquele momento do quanto tinha detestado intensamente receber Rafferty e os colegas dele ali. Também assustou Leon e Susanna; eles viraram os rostos depressa para mim em um silêncio inseguro. Minhas mãos estavam tremendo de novo. Eu as enfiei nos bolsos e continuei olhando para o quintal.

"Bom", disse Leon após um momento, "não sei vocês, mas eu não vejo problema se eles desaparecerem. Quanto antes, melhor."

"Pelo menos estão sendo educados com a coisa toda", disse Susanna. "Se a gente fosse desempregado e morasse em conjuntos habitacionais..."

"Eles estão lá fora faz séculos", disse Melissa lá da pia, as mãos cheias de alface. "A gente devia perguntar se eles querem chá."

"Não", nós três dissemos ao mesmo tempo.

"Que se fodam", disse Leon.

"Eles devem ter trazido garrafas térmicas", falei. "Ou alguma outra coisa."

"Talvez a gente devesse oferecer macarrão", sugeriu Tom.

"*Não.*"

"Um dos lados ruins de ser jovem", disse Hugo para todos nós, aparentemente por nada, "é que você se preocupa demais. De verdade. Vai ficar tudo bem." Ele colocou a mão nos cachos de Sallie e sorriu. "Coisas piores acontecem no mar, como dizem. Agora, onde vamos comer?"

Nós comemos na sala de jantar; a ideia de uma refeição com vista teatral para a cena do crime, como Leon definiu, estava bem acima do limite de esquisitice de todo mundo. A mesa velha e brilhante de mogno quase nunca era usada, fora para os jantares de Natal, e eu precisei limpar uma camada de pó. Susanna tinha fechado as janelas que davam para o quintal, e a luz estava acesa, deixando a sala em um tom manchado e confuso de amarelo. Ninguém falou muito; até Zach estava amuado, mexendo no macarrão e empurrando os cogumelos de lado sem reclamar. Sallie estava bocejando.

"É melhor a gente ir embora depois disso", disse Susanna, olhando para Tom. "Vocês vão ficar bem?"

"Vamos ficar ótimos", disse Hugo. "E tenho certeza de que eles vão levantar acampamento até amanhã. É com você que eu tô preocupado, na hora de ir embora. Aquela repórter ainda tá lá fora?"

"Duvido", disse Tom. Ele abriu a porta para a sala, foi até a janela e posicionou um olho pela abertura da persiana. "Sumiu", disse ele ao voltar para a mesa.

"Por enquanto", falou Leon de modo sombrio.

Em algum lugar, um som começou: um rosnado animalesco baixo e horrível que foi aumentando depressa até vibrar no ar, tornando impossível saber de onde vinha. Uma a uma, nossas cabeças se levantaram; Hugo botou o garfo no prato. Demoramos um momento para reconhecer o que era: uma serra elétrica no quintal, começando a trabalhar.

* * *

Quando a luz do dia se foi, por volta das oito da noite, a polícia também foi embora. Rafferty veio nos atualizar primeiro, como tinha prometido: "O cirurgião de árvores me odeia", disse ele com pesar, tirando pedacinhos de casca de árvore da calça. "Aquele olmo tem mais de duzentos anos, ao que parece, e não existem muitos deles por aí. A grafiose matou a maioria. Quando pedi que ele derrubasse uma árvore perfeitamente saudável, achei que o homem fosse embora. E não o culpo."

"Acabou?", perguntou Hugo.

"Ah, Deus, não. Temos que ir devagar: documentar tudo, como falei. Mas devemos ter terminado até amanhã à noite. Vamos deixar um policial de plantão aqui durante a madrugada." Ao ver nossas caras de incompreensão, Rafferty acrescentou: "Não é que a gente ache que vocês estejam em perigo, nada do tipo. Só estamos cumprindo protocolo: temos que poder dizer que ficamos de olho na árvore o tempo todo. Ele vai ficar no quintal, não vai atrapalhar nadinha".

A ideia de um daqueles caras andando pelo quintal enquanto a gente dormia me fez trincar os dentes; eu estava olhando o relógio de forma cada vez mais obsessiva, talvez às seis da noite eles nos deixassem em paz, talvez às sete, não era possível que não fossem embora às oito... mas, obviamente, nós não tínhamos poder de decisão. "Ele precisa de alguma coisa?", perguntou Melissa.

"Não, ele vai ficar bem. Muito obrigado." Rafferty largou as lascas de madeira no bolso do paletó e assentiu dando um sorriso encantador, já se virando para a porta. "Vejo vocês de manhã."

Hugo quase nunca ligava a televisão, mas nós vimos o noticiário das nove horas naquela noite. A história estava bem colocada, atrás das incompreensíveis maquinações da União Europeia e de questões políticas da Irlanda do Norte, mas antes dos esportes: a morena de casaco coral fazendo uma voz séria na frente da nossa escada, restos humanos encontrados em um quintal de Dublin, a Gardaí, força policial nacional civil, presente no local; uma imagem da nossa entrada, desolada e maltratada com o vento sacudindo amontoados de folhas secas no pé do muro, uma figura branca saindo da van branca, a fita de cena de crime na frente do portão do quintal; o pedido de que qualquer um com informações fizesse contato com a Gardaí.

"Pronto", disse Hugo quando o âncora passou a falar de futebol. "Tudo é muito interessante. Nunca achei que eu teria lugar na fila do gargarejo pra ver uma investigação criminal. Tem uma quantidade enorme de gente envolvida, não tem?" Ele se ajeitou no sofá, junta a junta, e pegou a bengala. Parecia bem menos perturbado pela coisa toda do que o restante de nós, o que eu achei que fazia certo sentido. "Mas, se forem recomeçar de manhã, vou precisar dormir um pouco."

"Eu também", falei, desligando a televisão. Melissa e eu tínhamos começado a nos recolher na mesma hora que Hugo; a gente não deixava mais que ele subisse e descesse as escadas sozinho se pudéssemos evitar, e gostávamos de estar por perto enquanto ele se trocava para dormir. Mas, embora tudo fosse uma desculpa conveniente, não pude deixar de perceber que eu também estava mais exausto do que ficava havia semanas.

No patamar do lado de fora dos quartos, ficamos parados por um momento, nos olhando no brilho fraco da lâmpada pendurada com cúpula de vitral, como se houvesse algo importante que precisasse ser dito e todos estivéssemos esperando a outra pessoa saber o que era. Havia passado pela minha cabeça àquela altura que faria sentido perguntar a Hugo se ele tinha ideia de quem podia ser o crânio, mas parecia não existir maneira de fazer isso.

"Boa noite", disse ele, sorrindo para nós. "Durmam bem." Por um segundo, tive a impressão maluca de que ele estava pensando em nos abraçar, mas Hugo se virou, entrou no quarto e fechou a porta.

"Ele parece estar reagindo bem a tudo isso", falei para Melissa, no nosso quarto, enquanto guardávamos a pilha de roupas limpas que eu havia levado para cima e deixado sobre a cama naquela manhã. Parecia ter acontecido semanas antes.

Ela assentiu e enrolou minhas meias em bolinhas. "Eu acho que está. Tá tirando a cabeça dele da doença."

"E você? Tá legal? Não foi mesmo *isso* que você veio fazer aqui."

Ela pensou na questão, as mãos se movendo com agilidade, os olhos no chão. "Eu não sei bem como estou", disse ela no final. "Acho que depende muito se tem mais ossos na árvore ou não."

"Amor", falei. Parei de enfiar camisetas numa gaveta e passei os braços em volta dela por trás a fim de puxá-la para mais perto. "Eu sei que é sinistro. Mas, seja lá o que esteja lá fora, eles vão tirar amanhã. Você devia ter ido dormir na sua casa."

Melissa fez que não, um movimento rápido e decisivo. "Não é isso. São só ossos. Acho que não acredito em fantasmas, e, mesmo que eles existam por aí, acho que os ossos não fazem a menor diferença. Eu só gostaria de saber. Um crânio pode ter ido parar lá de várias formas. Mas um esqueleto inteiro…"

"Rafferty disse que a árvore tem mais de duzentos anos. Mesmo que exista um esqueleto lá dentro, é vitoriano, sei lá."

"E você acha que seria a polícia fazendo isso tudo? Não seriam arqueólogos?"

"Talvez não dê pra saber assim de cara. Devem precisar fazer alguns exames. E têm um arqueólogo. Rafferty disse que tinham."

"Você deve estar certo." Ela se encostou no meu peito, as mãos subindo para cobrir as minhas. "Eu só queria saber com o que estamos lidando. Só isso."

Beijei o topo da cabeça dela. "Eu sei. Eu também."

Melissa se inclinou para trás e examinou meu rosto, de cabeça para baixo. "E você? Tá legal com tudo isso?"

"Eu tô ótimo." E porque o rosto dela continuou virado, esperando mais, falei: "Bom, não foi o que eu planejei pro fim de semana. E, sim, eu adoraria que eles simplesmente desaparecessem. Mas não é um problema. Só é um saco".

Ao que parecia, eu tinha soado convincente, ou ao menos um pouco. "Que bom", disse Melissa, sorrindo, e esticou um braço para puxar minha cabeça e me beijar, depois voltou a enrolar as meias.

Só que ninguém dormiu bem. Repetidas vezes, eu me virava procurando uma posição confortável e via o brilho escuro dos olhos abertos de Melissa, ou era acordado de um estado semiconsciente por um gemido no piso ou pelo fechamento de uma gaveta do outro lado da parede, no quarto de Hugo. Em determinado momento, me levantei da cama, inquieto demais para ficar parado um segundo a mais que fosse, e fui para a janela.

Nuvens amarelas e escuras como na cidade, um retângulo dourado de luz na parede alta do prédio. O vento tinha diminuído e virado uma brisa que sacudia de leve a hera. Um brilho branco-azulado e sobrenatural como um fogo-fátuo abaixo de mim: um dos policiais uniformizados, não dava para saber qual, estava apoiado em um carvalho, enrolado em um casacão, fazendo alguma coisa no celular. Do outro lado do jardim, havia uma abertura nova e chocante na silhueta das árvores: a copa toda do olmo tinha sumido, só havia sobrado o tronco, com cotocos grossos de galhos se esticando obscenamente. Devia parecer algo patético, mas, em vez disso, a árvore exibia uma força nova e condensada: uma criatura enorme e malformada, musculosa e sem nome, encolhida na escuridão à espera de um sinal.

Eu remexi em uma gaveta o mais silenciosamente que consegui, procurando meu Xanax, e engoli um comprimido a seco. "Você tá bem?", perguntou Melissa com suavidade.

"Tô", falei. "Só fui ver se o Chefe Wiggum não tava mijando nos canteiros de flores." E me deitei na cama ao lado dela.

Seis

A polícia, o cirurgião de árvores e o resto do grupo acabaram voltando para o quintal domingo cedinho, comendo donuts, bebendo algo que estava em garrafas térmicas ("Viu?", falei para Melissa junto à janela do nosso quarto, "Garrafas térmicas.") e estreitando os olhos pelo chuvisco para observar o céu cinzento e pesado. Eu me perguntei o quanto a chuva teria que ser forte para mandá-los embora.

Nós nos vestimos antes do café da manhã em vez de descermos de roupão; não houve ritual fofo de pentear o cabelo, Melissa ajeitou os fios rapidamente e os prendeu em um rabo-de-cavalo. Na cozinha, Hugo estava parado diante das portas de vidro, também vestido, mas de chinelo, de costas para nós e com uma caneca fumegante nas mãos. "É impressionante como eles trabalham rápido", disse ele. "Aquela árvore vai ter sido derrubada antes do almoço. Duzentos anos e *puf*. Não sei se é apavorante ou impressionante."

"Quanto mais rápido derrubarem", observou Melissa, tentando ser positiva, "mais rápido eles vão embora."

"Claro, é verdade... Tem mingau no fogão, além de café."

Melissa serviu nosso café. Coloquei o mingau em cumbucas e joguei um punhado de mirtilos por cima. Estava tendo dificuldade para sair do efeito do Xanax, com uma névoa viscosa pesando em minha mente e meus membros, por isso, ver a polícia andando pelo quintal como um bando de cachorros selvagens pelo canto do olho era mais do que eu seria capaz de suportar. Queria sair dali o mais rápido possível.

"Hugo", falei. "Quer mingau?"

Hugo não tinha se virado da porta. "Eu passei um tempo pesquisando sobre olmos ontem à noite", disse ele, entre goles de café. "Nunca tinha pensado muito sobre essa árvore, mas me pareceu inadequado não saber nada sobre ela agora. Vocês sabiam que os gregos acreditavam que tinha um olmo no portão do Mundo Inferior?"

"Não", falei. A mulher de coturnos colocou a cabeça para fora da tenda e disse alguma coisa, e os policiais desapareceram lá dentro, entrando um a um como palhaços em um vagão de circo. "Eu não sabia."

"Eles acreditavam. Surgiu quando Orfeu parou pra tocar um lamento depois de não conseguir salvar Eurídice. 'No meio', disse Virgílio, 'um olmo, sombrio e amplo, abria os galhos antigos: o assento, dizem os homens, em que falsos Sonhos se agarram, pendurados embaixo de cada folha.'"

Melissa tremeu, um movimento pequeno e violento que a fez apertar as canecas de café. "Lindo", falei. "Me sinto melhor por esse aí estar sendo cortado."

"Ao que parece, 'a decocção da casca da raiz fomentada amolece tumores duros'", informou-nos Hugo. "De acordo com *Complete Herbal*, de Culpeper. Acho que eu deveria tentar, considerando que vou ter muita casca de raiz à mão, mas não sei bem como fazer decocção ou fomentação, menos ainda como colocaria a casca dentro da cabeça para fazer o amolecimento. O olmo também 'curava sarna e lepra com muita eficiência'. Se você um dia precisar." Eu me perguntei se podia dar as costas a ele e voltar para a cama.

O cirurgião de árvores ligou a motosserra. "Minha nossa", disse Hugo, fazendo uma careta. "Acho que isso é um sinal para sairmos."

Achei que fosse óbvio que o almoço de família daquele domingo devesse ser cancelado, mas, por volta do meio-dia, as pessoas começaram a chegar, meus pais (minha mãe puxando um vaso com uma muda de árvore do tamanho dela: "Carvalho-americano, dizem que cresce rápido e aí não vai ficar um buraco horrível por muito tempo, e, no outono, as folhas ficam maravilhosas..."), Phil e Louisa (com sacolas de comida Marks & Spencer), Leon, Miriam e Oliver (com um buquê enorme e desorganizado) e, graças a Deus, Susanna aparentemente havia decidido deixar o pessoal dela em casa. Eu não sabia se eles estavam ali porque achavam estar oferecendo apoio emocional, porque precisavam ver o que estava acontecendo, ou se era apenas reflexo pavloviano: "Domingo, casa do Hugo, vamos!". A campainha parecia não parar de tocar, com todo mundo indo para as portas de vidro a fim de assistir à carnificina — galhos enormes espalhados na grama, serragem voando, figuras de branco subindo e descendo escadas — e passando pela mesma rodada de exclamações e perguntas inevitáveis, "Ah, não, olha a árvore!!", "Encontraram mais alguma coisa lá dentro?", "Eles são tão sinistros, né, com aqueles trajes?", "Já sabem quem é?".

Por fim, todos satisfizeram a curiosidade, ou talvez as explosões de ruído da serra elétrica tenham sido demais para eles, e pudemos seguir para a sala. Obviamente, era esperado que providenciássemos o almoço, mas eu que não ia preparar um assado ou seja lá o que fosse naquela cozinha, e Hugo e Melissa claramente sentiam o mesmo. Reviramos as sacolas e colocamos baguetes, queijo, presunto, tomate e o que mais havia na mesa de jantar, junto de todos os pratos e garfos limpos que encontramos.

A sala estava com uma vibração trêmula e inquieta. Nenhum de nós tinha ideia do que deveria estar pensando, sentindo ou dizendo em uma situação como aquela, e todos tinham aproveitado, com um misto confuso de alívio e vergonha, a oportunidade para se concentrar em algo que não fosse Hugo. Todo mundo tinha uma teoria. Miriam estava contando para minha mãe, a cento e cinquenta quilômetros por minuto, sobre os rituais das fronteiras celtas e sacrifícios humanos, embora não estivesse claro como ela achava que os celtas teriam colocado um crânio em uma árvore de duzentos anos; minha mãe estava rebatendo com algo sobre a relação complicada que os vitorianos tinham com justiceiros. Leon, sem comer, pilhado ao ponto de eu me perguntar se ele tinha arrumado um pouco de anfetamina, estava contando para Louisa uma história floreada sobre um jogador de *hurling* que havia vendido a alma para o diabo através de uma cerimônia improvável em troca da habilidade de um campeão ("Não, eu *juro*, eu ouvi isso *anos* atrás, só que ninguém sabia onde o crânio tinha ido parar..."), enquanto Louisa olhava para Leon de um jeito cansado e decidia se devia chamar a atenção dele. Mesmo meu pai, que até onde eu sabia não tinha formulado mais de duas frases desde a notícia da doença de Hugo, estava explicando para Melissa a distância que uma raposa conseguia arrastar um objeto pesado.

Eu não estava envolvido naquilo como eles. Não era capaz de ver os detetives como uma distração intrigante, e o fato de que os outros tivessem esse luxo fazia com que eu me sentisse cada vez mais deslocado. Phil e Louisa tinham levado um queijo camembert, que estava deixando a sala toda fedendo. Meu apetite havia sumido de novo.

"Claramente", disse Oliver, apontando o garfo dos tomates para mim, "*claramente* deve ser anterior a 1926. Seus avós eram jardineiros ávidos, sabe, plantavam e podavam e faziam tudo o ano todo, e sua bisavó também. Sem querer ser grosseiro, mas se tivesse um corpo no quintal na época deles, *se decompondo*, eles não teriam deixado passar batido. Mas a dona anterior era uma mulher idosa que esteve entrevada na cama por anos. Quando meus avós compraram a casa, o quintal tava num estado terrível, com espinheiros e urtigas pra todo lado. Minha avó dizia que, quando vieram ver a casa, ela perdeu a melhor meia-calça de bolinhas que tinha, rá! Um exército inteiro podia ter apodrecido ali e ninguém teria reparado. Entende?"

"A gente nem sabe se tinha um corpo inteiro", observou Phil do outro lado da mesa, pegando o camembert. "Ou se foi na árvore que ele se decompôs. Até onde sabemos, alguém queria se livrar de um crânio..."

"E onde foi parar o resto? Se você encontra um crânio por aí, você chama a polícia, os meganhas, os porcos, fosse lá o nome que se dava aos milicos na época. Exatamente como Hugo fez. O único motivo pra *se livrar dele* é quando se tem um corpo que não era pra ter. E o que tava acontecendo pouco antes de 1926? Quem poderia acabar tendo um cadáver?"

Eu estava perdendo o fluxo de tudo aquilo: assim como o mistério da genealogia de Hugo, com afluentes demais de possibilidade e inferência, eu não conseguia assimilar a coisa inteira de uma vez. A sala lotada não estava ajudando, corpos e movimento para todo lado, rugidos imprevisíveis da serra elétrica me fazendo pular a cada instante. Melissa me encarou por cima do ombro do meu pai e me deu um sorrisinho encorajador. Consegui sorrir de volta.

"A Guerra Civil", disse Oliver com triunfo. "Guerrilha; execuções sumárias. Alguém foi pego delatando e sumiu em meio ao caos generalizado. Eu apostaria meu dinheiro: o corpo é de 1922. Alguém quer anotar a aposta? Toby?"

Meu celular vibrou no bolso. Dec. "Desculpa", falei para meus tios, "eu tenho que atender." E fugi para a cozinha.

Hugo, com o quadril encostado na bancada, estava tirando um pão de ló da embalagem. No quintal, havia lascas de madeira para todo lado, a polícia estava reunida na porta da tenda e o olmo agora era um cotoco.

"Alô", falei ao telefone.

"Oi", disse Dec. Ouvir a voz dele me fez sorrir. "Quanto tempo."

"Eu sei. Como você tá? Sean me contou sobre Jenna."

"Ah, bom. Não tô maravilhoso, mas vou sobreviver. E, sim, antes que você fale, eu sei que vocês avisaram, porra."

"Avisamos mesmo. Mas fica feliz por ainda estar com todos os órgãos. Você já acordou em uma banheira cheia de gelo?"

"Vai se foder. Como você tá?"

"Bem. Relaxando na maior parte do tempo. Richard me deixou tirar um tempinho de folga e eu tô por aqui."

"Sean me contou sobre Hugo. Eu sinto muito, cara."

"Eu sei." Fui para longe de Hugo, que estava cortando lentamente o bolo, a faca na mão de um jeito estranho que me deixou tenso. "Obrigado."

"Como ele tá?"

Fiz um ruído evasivo.

"Diz que eu mandei um abraço."

"Pode deixar."

"Vem cá", disse Dec em um tom diferente. "Era a casa do Hugo na televisão?"

"Era."

"Meu Deus. Eu achei que fosse mesmo, mas... Que porra foi aquela?"

"Sabe aquele olmo antigo? O grandão, perto do fim do quintal? O filho da Susanna encontrou um crânio dentro. Em um buraco no tronco."

"Meu Deus!"

"É. Bom, é provável que seja velho. Disseram que a árvore tem uns duzentos anos. O crânio pode ter ido parar lá dentro em qualquer momento. Mas estão cortando a árvore. Tem polícia pra todo lado."

"Porra", disse Dec. "Estão enchendo o saco?"

"Até que não. Eles foram legais. Fizeram um monte de perguntas, mas a gente não sabe de nada e estão nos deixando em paz. É um saco, mas paciência. Acho que eles têm que fazer o trabalho deles."

"Escuta só, eu e o Sean íamos aí essa semana. Você ainda quer que a gente vá? Ou não precisa de mais gente aparecendo?"

Na verdade, eu queria muito vê-los, mas sabia que não tinha capacidade mental para lidar com eles e com um quintal cheio de policiais; eu acabaria gaguejando, perdendo o fio da conversa, fazendo papel de idiota. Senti uma pontada nova de irritação com Rafferty e seus companheiros. "Talvez seja melhor esperar a polícia ir embora. Com sorte, eles vão embora logo; eu te aviso e a gente planeja, pode ser?"

"Tudo bem. Eu não tô fazendo mais nada mesmo. Sean tá sendo ótimo, ele e Audrey sempre me convidam pra jantar e tudo, mas ver os dois juntos, felizes e cheios de amor, sabe como é? Me deixa..."

Houve uma batidinha na porta de vidro: Rafferty, tirando um par de luvas de látex. "Tenho que ir", falei para Dec. "Eu te aviso sobre essa semana." Desliguei e fui até a porta.

"Boa tarde", disse Rafferty, sorrindo para nós e limpando as mãos uma na outra. "A árvore já era. Vamos nos livrar da madeira pra vocês; o cirurgião de árvores vai levar."

"Vocês encontraram alguma coisa?", perguntou Hugo, educado como um dono de loja — *Encontrou algo de que precisa?*

"Foi útil, sim." Ele limpou os pés com cuidado no capacho e entrou. "Antes que eu me esqueça: encontramos seu morador de rua, o que ficava na viela, sabe? Eu perguntei por aí, encontrei uns caras que trabalhavam nessa área. Um deles se lembrava do homem. Bernard Gildea. Eu adoraria poder contar que ele botou a vida nos eixos e viveu feliz pra sempre, mas ele acabou sendo levado pra uma clínica. Cirrose. Morreu em 1994."

"Ah, não", disse Hugo. Ele aparentava estar genuinamente perturbado. "Bernard parecia um sujeito decente por baixo da bebida. Com bagagem de leitura. Às vezes ele perguntava se eu tinha um livro sobrando, e eu arrumava algum pra dar a ele. Ele gostava de não-ficção, coisas da Primeira Guerra Mundial. Sempre me pareceu alguém que, se uma ou duas viradas na vida tivessem sido diferentes…"

"Lamento ser o portador de más notícias", disse Rafferty. "E, infelizmente, tenho mais uma. O quintal vai ter que ir."

"Ir?", disse Hugo depois de um momento. "O que quer dizer?"

"Vamos ter que cavar. Não o resto das árvores, e vamos tentar botar de volta as plantas que a gente puder quanto terminar, mas não somos jardineiros. Talvez o senhor precise pedir compensação…"

Eu falei, bem mais alto do que pretendia: "*Por quê?*".

"Porque não sabemos o que vamos encontrar lá", explicou Rafferty, muito sensato. Ele ainda estava falando com Hugo. "Provavelmente, e serei honesto com o senhor, não vamos encontrar nada de relevante, e você vai ficar nos xingando por destruir seu lindo quintal sem motivo. Mas veja pela nossa perspectiva. Havia restos humanos naquela árvore. Nós não temos como saber se existem outros restos humanos em algum outro lugar do quintal, ou talvez uma arma do crime. Provavelmente não, mas não posso conduzir uma investigação com base no 'provavelmente não'. Não posso voltar pro meu chefe com um 'provavelmente não'. Preciso ter certeza."

"Aquela máquina de radar", falei. A ideia do quintal destruído, com terra revirada como se fosse um local bombardeado, emaranhados de raízes projetados para o céu… "Que os arqueólogos usam naqueles programas. Aquela que…" Fiz mímica de varrer. "Usa isso. Se encontrar alguma coisa, você vai e cava. Se não encontrar, pode deixar o quintal em paz."

Rafferty voltou os olhos para mim. Eram dourados como os de um falcão e com a mesma implacabilidade impessoal e imparcial, uma criatura fazendo simplesmente o que tinha de fazer. Percebi que morria de medo dele. "Radar de penetração no solo", disse o detetive. "Nós usamos isso, sim. Mas só quando estamos fazendo a varredura de uma área ampla, como um campo ou uma colina, procurando algo grande, digamos que um cemitério ou um esconderijo de armas. Aqui, a gente não sabe o que tá procurando; pode ser algo deste tamaninho." Aproximou o polegar e o indicador um do outro mantendo uma distância de dois centímetros. "Se a gente vier com o georradar, vai ter que cavar a cada vez que encontrar uma pedra ou um rato morto. Vai acabar dando no mesmo, só que vai demorar mais."

"Então, não", falei. "De jeito nenhum. Nós não fizemos nada de *errado*. Vocês não podem chegar aqui e, e *destruir* a casa inteira..."

Hugo se sentou pesadamente à mesa.

"É injusto pra caramba com vocês, realmente", disse Rafferty com delicadeza, e minha voz virou um ruído patético. "Eu vejo o tempo todo nesse trabalho: pessoas que não fizeram nada de errado, que só estavam no lugar errado na hora errada, e de repente a gente aparece e estraga o dia... ou o jardim. E você tá certo, não é bonito. A questão é que não temos escolha. Tem uma pessoa morta aqui. Precisamos descobrir o que aconteceu."

"Encontra outro jeito de fazer isso. Não é nossa culpa ele estar morto, ou ela, ou..."

"Posso conseguir um mandado se você preferir", disse Rafferty, ainda com a voz moderada, "mas isso só vai acontecer amanhã, e vou precisar deixar alguém aqui até lá. Só vai prolongar as coisas. Se vocês derem permissão pra gente começar agora, podemos tentar estar longe daqui em uns dois dias."

"Eu gostaria muito", disse Hugo, me interrompendo — eu não sabia bem o que havia começado a dizer —, "se vocês pudessem esperar uma hora ou duas antes de começar a trabalhar. O resto da família veio almoçar e ninguém vai ficar feliz com essa ideia, não mais do que eu e Toby. Seria mais simples pra todo mundo se vocês esperassem até eles irem embora."

Rafferty voltou o olhar para ele. "Eu posso fazer isso", disse o detetive. "A gente tem que ir almoçar mesmo. Que tal às três e meia? As pessoas já teriam ido embora?"

"Posso cuidar pra que tenham." Hugo pegou a bengala e apoiou a outra mão na mesa para se erguer. Havia olheiras escuras em seu rosto. "Toby, você pode carregar o prato do bolo, por favor?"

* * *

Às três da tarde, Hugo anunciou que estava ficando cansado. Pareceram horas até que todos entendessem o recado — "Vou ajudar com a louça", "Não, eu quero...", "Tem certeza de que vai ficar bem com *eles* por aí...?". "Sinceramente, Louisa", disse Hugo por fim, com um toque de exasperação, "o que você acha que a polícia vai fazer, começar a quebrar cabeças? E o quanto você acha que poderia ajudar se fosse esse o caso?" Mas, no final, toda a comida foi embalada com plástico filme e organizada com cuidado na geladeira, e Hugo, Melissa e eu recebemos instruções legais sobre como agir caso a polícia fizesse isso ou aquilo, e todos saíram pela porta, ainda falando, e nos deixaram sozinhos.

Nós três ficamos parados diante das portas de vidro e vimos a polícia trabalhar. Eles começaram no muro dos fundos. Eram cinco, Rafferty, dois homens uniformizados, uma mulher uniformizada e alguém de macacão, todos com jaquetas enceradas, galochas e pás. Mesmo pelo vidro e de longe, eu achava que conseguia ouvir o barulho das pás na terra. Em um tempo chocantemente curto, o canteiro de morangos virou um amontoado revolto, os arbustos de cenouras selvagens e campânulas jogados de lado, raízes pálidas erguidas, e havia uma faixa larga de terra escura revirada nos fundos do quintal. A polícia ficava indo para lá e para cá ao longo da faixa, parando para pegar algo e examinar, conferir e largar de volta, sem pressa. Acima deles, as nuvens estavam densas e cinzentas, sem se mover.

"Por isso", disse Hugo, "eu não esperava." Ele estava apoiando um ombro na moldura da porta em um ângulo que fazia com que parecesse relaxado, até arrogante, mas eu via sua perna ruim tremendo. "Mas devia."

Uma cabeça apareceu por cima do muro dos fundos; depois, uma mão segurando um celular, balançando de leve enquanto o cara tentava manter o equilíbrio no que quer que estivesse apoiado. "O que é aquilo?", falei.

"Repórter', disse Hugo em um tom sombrio. "Tinham uns dois lá fora hoje de manhã, antes de vocês descerem. Um deles tentou entrevistar a sra. O'Loughlin da casa ao lado quando ela tava saindo, mas ela não quis saber."

Meu primeiro pensamento foi correr até lá e mandar o cara se foder, mas a polícia estava no caminho, e os policiais seguiam ignorando o repórter por completo. O cara conseguiu deixar o braço firme para tirar umas fotos e desceu. Depois de um momento, outra cabeça apareceu, junto de um braço e um celular.

"Eles estão se revezando pra apoiar um no outro", disse Melissa, se afastando da janela.

"São uns *ratos*", disse Hugo, com raiva de verdade. "Pela entrada da frente é uma coisa; aqui é particular. A polícia não pode se livrar deles? Eles vão simplesmente ficar ali?"

O segundo cara tirou fotos e desapareceu. Nós esperamos, mas, ao que parecia, era só aquilo mesmo. A nuvem tinha baixado e a luz estava mudando, ficando fraca e arroxeada, inquieta.

A polícia terminou de revirar aquela faixa de terra e começou a cavar uma nova. Eles demoraram um tempo para arrancar a roseira maior, mas acabaram conseguindo. Depois de um tempo, Rafferty veio correndo e nos perguntou, de forma agradável e sem sentir necessidade de oferecer um motivo, se podíamos ir para outro lugar.

Choveu durante toda a segunda-feira, uma chuva vertical densa e intransigente. Eu havia tomado outro Xanax na noite anterior e tido sonhos bizarros — o homem uniformizado e grandão que ficara de plantão durante a noite tinha entrado no meu quarto com Melissa e estava sentado na cadeira do canto jogando no celular, o rosto inchado e doente na luz branca-azulada; eu ficava acordando e procurando por ele, caindo de novo em um cochilo-sonho perturbado onde Melissa e eu desistíamos e íamos para o quarto extra, mas encontrávamos o policial nos esperando lá, encostado em nosso antigo forte, o celular na mão.

Andei com Melissa até o ponto de ônibus, nossas cabeças curvadas contra a chuva, sem conversar. Perambulei sem objetivo pela casa com Hugo e enchi a máquina de lavar louça enquanto, ao fundo, os policiais (protegidos pelas jaquetas enceradas, com filetes escorrendo pelas mangas e pelo contorno dos capuzes) enfiavam pás na terra e puxavam emaranhados de margaridas com uma resistência sombria. A secadora estava quebrada, o que não era um problema quando nós podíamos pendurar a roupa lavada no varal, só que agora o varal tinha sido retirado e jazia em aros tristes em um gancho no muro do quintal, a ponta caindo na lama abaixo. Hugo tinha apenas um varal de chão, e, quando ele ficou cheio, colocamos o resto das roupas nos encostos das cadeiras e nos aquecedores, o que deu à sala de jantar um ar oprimido de cortiço. Demorou para conseguirmos ajeitar tudo e ir para o escritório dele começar a trabalhar.

Eu estava vendo o censo de 1901 no laptop de Hugo; um sujeito australiano não conseguia encontrar a bisavó que devia ter morado perto da Fishamble Street, e eu estava olhando os formulários originais para ver se era um problema de transcrição. À mesa, Hugo virava as páginas em um ritmo lento, com pausas longas; eu não conseguia saber se ele estava pensando em alguma coisa, se distraindo com os barulhos baixos de pás e as vozes esporádicas abaixo da janela (cada vez mais altas conforme os policiais iam chegando perto do jardim) ou se ele só tinha esquecido o que estava fazendo. Meus olhos estavam falhando de novo, de cansaço, Xanax ou alguma outra coisa, e as palavras no papel ficavam se multiplicando. Nenhum de nós dois estava fazendo muito.

Por volta da hora do almoço, houve uma batida na porta: Leon, com sanduíches italianos chiques de um lugar na cidade. Tive certeza de que ele iria surtar quando visse o jardim — quase metade destruído, a tenda de lona cercada por um mar de lama —, mas ele só balançou a cabeça, a mandíbula contraída, e jogou os sanduíches na bancada da cozinha com mais força do que o necessário. "Puta que pariu", disse ele. "Isso tá fugindo do controle."

Peguei três pratos e os passei para ele. "Jura?"

"A gente devia mandar eles se foderem."

"Eu mandei. Eles disseram que arranjariam um mandado." Eu não estava com saco para Leon me perturbando. "O que você teria feito?"

"Ah, relaxa. Eu teria feito exatamente o mesmo. Claro." Um sorriso rápido, encantador. "Como Hugo tá diante disso tudo?"

Eu me perguntei se Leon tinha vindo cutucar Hugo sobre o testamento; o crânio tinha tirado a história da casa da nossa cabeça e ninguém havia tocado no assunto. "Bem. Puto da vida."

"O que eu gostaria de saber..." Leon tirou um sanduíche do saco de papel. "É o que ele acha que é isso tudo."

Um olhar de lado para mim. "Não sei", falei, pegando copos de água. "Aquele cara sem teto sobre quem Hugo falou, a polícia o encontrou. Não era ele."

"E? Hugo tem alguma outra ideia?"

"A gente não conversou sobre isso."

"Você não perguntou?"

"Não. Por que eu perguntaria?"

Leon deu de ombros. "É Hugo que mora aqui há um tempão. Se alguém tem uma ideia sobre isso, deve ser ele."

"Deve ter sido até antes de Hugo nascer. Seu pai acha que foi algum informante da Guerra Civil."

Leon revirou os olhos. "Claro que acha. Ele tá torcendo pra ser uma descoberta importante e pra gente ir parar em livros por mudar a narrativa da história irlandesa, blá-blá-blá." Outro olhar de lado enquanto arrumava os pratos em uma bandeja. Os sanduíches deviam ser maravilhosos, mas eu não sentia fome desde que a polícia tinha aparecido, e achei os sanduíches nojentos, tantas dobras de carne vermelha-escura e pedaços de queijo claro e suado. "E você? Qual sua teoria?"

A verdade era que eu não tinha teoria, nem mesmo um projeto de teoria. Aquilo estava me incomodando, e muito, na verdade: todo mundo possuía sagas inteiras, parecia que a culpa era de um defeito gritante no meu cérebro por não conseguir pensar em nada. Eu havia tentado, mas, a cada vez que pensava no crânio, minha mente encalhava na realidade plana, impressionante e inabalável dele; não parecia haver forma de pensar além ou ao redor. O que me lembrava, com uma contração profunda e doentia no estômago, das poucas lembranças que eu tinha de logo depois do ataque: imagens desconectadas, desprovidas de contexto e significado, únicas, amplas, impensáveis. "Eu não faço ideia", falei. "Nem ninguém faz. A gente não sabe o que encontraram lá fora, quanto mais saber como foi parar lá."

"Bom, óbvio que não sabemos. Eu só tô falando de ideias. Possibilidades."

"Eu não tenho ideias", falei, pondo os copos na bandeja com força demais, "porque eu não ligo pro que aconteceu. Só quero que esses caras..." Um movimento de queixo na direção dos policiais molhados lá fora. "... vão se foder e não perturbem os últimos meses de Hugo. É só isso que me importa. Tá bem?" Aquilo fez Leon calar a boca, como eu sabia que faria.

Eu esperava que ele ficasse fazendo perguntas a Hugo enquanto comíamos os sanduíches, mas talvez o que eu disse tenha surtido efeito. Em vez disso, Leon comentou com alegria sobre lembranças da nossa infância na Casa da Hera; depois que terminamos de comer, ele pegou metade da pilha de papéis de Hugo e se deitou de bruços no tapete, batendo os calcanhares como uma criança e de vez em quando balançando uma folha para chamar nossa atenção ("Ah, meu Deus, escutem isso, esse cara se chamava 'Aloysius Bunda', aposto que a escola foi um inferno pra ele..."). Quando terminei de preparar café, na metade da tarde, ouvi as vozes deles na escada, mas, quando abri a porta, os dois estavam pacificamente absortos no trabalho, Leon chupando a ponta da caneta com um som assobiado e contemplativo.

* * *

Na terça de manhã, o quintal estava quase completamente obliterado, uma área ampla de lama revirada com uma última faixa de grama e papoulas balançando por cima como uma piada de mau gosto. Parecia um campo de batalha antigo, Primeira Guerra Mundial, com pilhas de terra e buracos tortos, uma chuva fria e fina caindo; irrecuperável, nada a ser feito exceto deixá-lo em paz no silêncio e esperar que a grama e as papoulas crescessem de volta e cobrissem tudo.

Rafferty não estava lá, o que só tornava tudo pior, como se aqueles caras fossem ficar ali para sempre e não houvesse necessidade de o detetive ficar por perto. Nós fizemos café e torrada e saímos da cozinha o mais rápido possível; quando voltei da caminhada com Melissa até o ponto de ônibus, Hugo e eu fomos direto para o trabalho, com a porta do escritório fechada e as cortinas também. A iluminação de lá não era muito forte, o que só ampliou a sensação da época da guerra, de blecaute, nós dois encolhidos e com os dedos frios, pulando de susto a cada som vindo de fora.

Em algum momento, por volta das onze, quando eu estava começando a massagear o pescoço dolorido e me perguntar se aguentaria enfrentar a cozinha para fazer café, houve uma batida na porta do escritório, e Rafferty colocou a cabeça lá dentro.

"Desculpe interromper", disse ele. "Toby, posso dar uma palavrinha rápida?"

Ele estava usando outro terno muito bonito, mas parecia meio desgrenhado, o cabelo bagunçado e uma mancha escura pela mandíbula. Por algum motivo, a barba por fazer me incomodou; era indicação de que o detetive tinha passado a noite acordado, fazendo coisas que ele não ia me contar. "Tudo bem", falei.

"Obrigado. Vamos pra sala lá embaixo? Pra não incomodar o trabalho do seu tio?"

Hugo assentiu vagamente — eu não sabia se ele tinha entendido o que estava acontecendo — e se virou para a mesa. Anotei onde eu estava no censo e fui atrás de Rafferty.

"O que vocês fazem?", perguntou ele com camaradagem enquanto descíamos a escada. Ele estava indo na frente, e fiquei feliz porque significava que ele não me veria descer a escada segurando o corrimão, o pé arrastado. "Você e seu tio?"

"Ele é genealogista. Sabe o que é, aquele que faz as árvores genealógicas das pessoas? Eu só tô ajudando enquanto fico aqui. Eu trabalho com RP."

"É um escritório ótimo aquele que ele tem lá", disse Rafferty, abrindo a porta da sala para mim. "Tipo uma coisa de Sherlock Holmes. A gente devia ter deixado seu tio dar uma boa olhada no crânio pra ele nos dizer se vinha de um soldador destro com problemas no casamento e dono de um labrador."

Havia outro homem na sala, acomodado confortavelmente na poltrona de Hugo. "Ah", falei, parando.

"Esse é o detetive Kerr", explicou Rafferty. "Meu parceiro." Kerr assentiu para mim. Ele era baixo e corpulento, tinha ombros largos, um rosto flácido de buldogue, cabelo cortado à máquina que não escondia o ponto calvo no alto e um terno que sugeria que ele fazia compras no mesmo lugar que Rafferty. "Sente-se."

Ele já estava indo para a outra poltrona, o que me deixou com o sofá, os joelhos na altura do queixo, olhando para eles. Kerr ou alguma outra pessoa havia aberto as persianas, que estávamos deixando fechadas caso mais repórteres aparecessem; não apareceram, ao menos não naquela ocasião, mas o pedacinho de rua que dava para ver pelo canto do olho me deixou tenso. Tentei ignorar.

"Vocês têm sido muito pacientes com isso tudo", disse Rafferty. "Todos vocês. Sabemos que é um saco; entendemos isso. A gente não faria vocês passarem por isso se não fosse necessário."

"Eu sei", falei.

"Então..." Ele se acomodou na poltrona. "Vou te contar o que andamos fazendo nos últimos dias. Você merece saber, não é?"

Fiz alguns ruídos sem sentido.

"Primeiro de tudo: acabamos com o quintal. Aposto que você fica feliz em saber."

Feliz não era exatamente a palavra. "Ótimo."

"Você quer que a gente tente colocar algumas das plantas de volta onde estavam? Ou prefere fazer do seu jeito?"

"A gente resolve", falei. Eu só queria aqueles caras longe. "Obrigado."

"Tudo bem." Ele se inclinou para a frente, as pernas afastadas, as mãos unidas entre os joelhos, indo direto ao ponto, e foi nessa hora que senti o primeiro alerta distante de cautela. "A questão é a seguinte. Tinha mesmo um esqueleto humano completo no seu quintal. Você já deve ter concluído isso, né?"

"Acho que sim", falei. Eu não tinha certeza do que havia concluído. A ideia de um esqueleto inteiro, que devia ter me deixado arrepiado e tenso, parecia completamente impossível, descolada demais da realidade para minha mente processar.

"Não se preocupe, não está mais aqui. Está com a patologista."

"Onde estava?"

"A maioria estava na árvore. Ficou faltando uma das mãos, e isso nos pareceu interessante, mas depois encontramos a mão enterrada embaixo de um arbusto... então não reviramos o quintal à toa, se serve de consolo. Um dos uniformizados", disse Rafferty, sem conseguir segurar um sorriso, "botou na cabeça que era algo satanista, a Mão da Glória, sabe?" Kerr riu. "Ele é novo. A patologista encontrou marcas de dentes na mão e acha que um rato a levou pra lá pra comer."

"Scanlon não acha", disse Kerr de lado, para Rafferty. "Agora ele acha que eram satanistas *canibais*."

"Meu Deus do céu", falou Rafferty, o dedo na boca meio que escondendo o sorriso. "Pobre coitado. Quando ele se der conta de como é o próprio trabalho, vai ficar arrasado. Então..." Brusco de novo. "A primeira coisa que a gente precisava descobrir era de quem era o esqueleto. A patologista disse que era um homem branco, com idade entre 16 e 22 na ocasião da morte. Dá pra restringir bem nas pessoas jovens: eles olham os dentes, as pontas dos ossos longos. Era um sujeito grande, com algo entre um metro e oitenta e um metro e noventa, e devia ser fisicamente ativo. Tem alguma coisa a ver com os locais em que os ligamentos se prendem aos ossos; é impressionante o que eles conseguem descobrir. Ela disse que ele quebrou a clavícula em algum momento, mas que estava cicatrizada, não tinha a ver com a morte."

Ele me olhou esperançoso, como se eu pudesse contribuir com alguma informação. Mas eu não podia. Eu estava começando a me incomodar pelo fato de aqueles caras estarem falando comigo sozinho. Por quê? Por que não todos ao mesmo tempo, como da última vez? Claro que nem todos estavam ali, mas Hugo estava no andar de cima, não havia motivo para ele não participar da conversa, a não ser que...

"E", disse Rafferty, "ele tinha trabalho moderno nos dentes. Feito em algum momento dos últimos quinze anos."

Outra pausa. Eu estava quase completamente convencido de que minha mãe estava certa e de que algum vitoriano havia matado o sócio ladrão ou o vilão de bigode que tinha seduzido a filha dele. Eu não estava gostando do rumo que o assunto estava tomando.

"Isso facilitou muito o nosso trabalho. Temos uma base de dados de pessoas desaparecidas; fomos até ela e procuramos por homens brancos, altos e jovens, que sumiram da área de Dublin quinze anos atrás ou menos. Isso reduziu o número pra cinco. Depois disso, só precisamos comparar os registros odontológicos. Acabei de pegar o resultado."

Ele puxou o celular, deslizou a tela, e clicou: tranquilo, sem pressa, o cotovelo apoiado no braço da poltrona. "Aqui", disse ele, se inclinando por cima da mesa de centro para me entregar o aparelho. "Esse cara é familiar?"

O sujeito da foto estava com uma camisa de rúgbi e sorrindo, o braço em volta de alguém que tinha sido cortado da imagem. Devia ter uns 18 anos, tinha ombros largos e era bonito, com cabelo claro cacheado e postura arrogante, e, sim, eu o reconheci na mesma hora, mas só podia ter acontecido algum engano...

"É Dominic Ganly", falei. "Mas aquele não é ele. O cara da árvore. Não é ele."

"Como você conhece o rapaz da foto?"

De súbito, fiquei ciente por completo de Kerr me observando, um caderno materializado na mão e a caneta pronta. "Da escola. Ele era da minha turma. Mas..."

"Vocês eram amigos?"

"Não exatamente. Quer dizer..." Eu não estava conseguindo pensar, nada fazia sentido, eles tinham errado. "A gente se dava bem, andava com o mesmo, o mesmo grupo, mas não éramos amigos *amigos*, sabe? A gente não fazia nada só nós dois nem..."

"Por quanto tempo você o conheceu?"

"Espera", falei. "Espera."

Dois rostos brandos e interessados virados para mim.

"Dominic *morreu*. Quer dizer, não assim, não no nosso... Ele se matou no verão depois que terminamos a escola. Pulou de Howth Head."

"Como você sabe?", perguntou Rafferty.

"Foi o que todo mundo disse", falei, depois de um silêncio perplexo. Eu sabia que tinha havido algo com o telefone dele, mensagens de texto, algo assim, mas eu não conseguia me lembrar dos detalhes...

"Parece que todo mundo se enganou", disse Rafferty. "O corpo dele não foi encontrado; a suposição sobre Howth Head foi baseada nas informações que se tinha na época. Os registros odontológicos dele são perfeitamente compatíveis com o cara da árvore. E seu amigo Dominic quebrou a clavícula durante uma partida de rúgbi quando tinha 15 anos." Eu me lembrei daquilo de repente, Dom no fundo da sala com o braço em uma tipoia. "E os raios-X disso também são compatíveis. Estamos fazendo um exame de DNA só pra ter certeza, mas é ele."

"Então o que diabos...?" Mas eu tinha certeza de ter ido ao enterro de Dominic, certeza absoluta: o coral da escola cantou, houve fungadas nos bancos, uma mãe loura aguada grotesca sofrendo com o cabo de guerra entre chorar e uma quantidade industrial de botox; uma camisa de rúgbi aberta com cuidado no mogno caro do caixão. "O que aconteceu com ele? Por que ele foi, por que, como ele foi parar na nossa *árvore*?"

"É o que adoraríamos saber", disse Rafferty. "Alguma ideia?"

"Não. Eu não tenho a... É *loucura*." Passei as mãos pela cabeça, tentando espairecer. "Vocês... Vocês acham que alguém *matou* o Dominic?"

"Pode ser", disse Rafferty com naturalidade. "Não sabemos a causa da morte; só podemos dizer que a cabeça dele não tava afundada, você mesmo deve ter notado isso. Ele pode ter entrado na árvore sozinho, de alguma forma. Ou não. Estamos com a mente aberta agora; só descobrindo mais sobre ele, vendo se entendemos melhor. Você andava com ele, né?"

"Andava. Às vezes. Mais ou menos." Nós éramos um grupo de uns dez ou doze caras que andavam juntos, basicamente porque éramos da mesma turma e éramos todos populares, descolados ou como quer que você queira chamar. Eu ficava em uma extremidade do grupo, Dominic na outra; nós andávamos juntos de um jeito meio automático e não por escolha ativa, mas eu não tinha como elaborar essas palavras para explicar. Meu cérebro estava gaguejando sem freios, um computador em um ciclo de congelar e reiniciar e congelar: crânio na grama, com terra e raízes no buraco do olho, Dominic bocejando na carteira com a cabeça curvada sobre o celular, crânio na grama...

"Como ele era?"

"Não sei. Um cara normal."

"Ele era inteligente? Burro?"

"Não exatamente. Quer dizer, nenhuma das duas coisas. Não era muito bom na escola, mas não por ser burro, sabe? Ele só não tinha saco." Crânio, terra, bocejo, eu estava sentado debaixo daquela árvore alguns dias antes...

"Um cara legal? Saudável?"

"Sim. Definitivamente. Ele... Dominic era um cara legal."

"Ele se dava bem com as pessoas?"

Kerr estava anotando tudo, e eu não fazia ideia do motivo. O que eu tinha dito que valia a pena ser anotado? "Sim. Se dava bem."

"Ele era popular? Ou só inofensivo?"

"Popular. Acho que ele era bem confiante, sabe? Extro, extro...". *Extrovertido*, eu queria dizer, mas não conseguia encontrar a palavra... "Sempre rindo, ou, sabe, em movimento, tipo indo pra uma festa, sei lá. E era bom no rúgbi, isso sempre ajuda, mas não era só isso..." O ritmo daquilo estava me afetando, implacável, cada resposta ouvida e transformada imediatamente em uma nova pergunta; era como estar de volta ao hospital, preso na cama, a cabeça latejando e Martin e o cara do terno extravagante perguntando sem parar...

"Consegue pensar em alguém que não se dava bem com ele?"

Eu tinha uma vaga memória de Dominic tirando sarro de Leon, mas muita gente tirava sarro de Leon na época, e, considerando as circunstâncias, achei que não devia comentar sobre aquilo. "Não."

"E as garotas? Ele fazia sucesso?"

"Ah, sim. Elas se jogavam nele. Era meio que uma, uma coisa? Tipo uma piada? A garota de quem a gente estivesse a fim, era Dom que pegava primeiro."

"Todos nós conhecemos um cara assim", disse Rafferty, sorrindo. "Filho da mãe. Ele irritava alguém por causa disso? Roubou a namorada de alguém?"

"Não mesmo. Como eu falei, ele era um cara legal. Não teria dado em cima da namorada de ninguém... tipo um código entre amigos, sabe? E o resto, o jeito como as garotas ficavam doidas por ele... como eu disse, era uma espécie de piada constante. Ninguém se chateava."

"É fácil pra você falar, cara, se não foi você quem saiu perdendo. Dominic já pegou alguma garota por quem você tava a fim?"

"Provavelmente. Eu não lembro." Era verdade. Eu tinha ficado a fim de todas as garotas bonitas ou gostosas ou as duas coisas naquela época; havia uma boa chance de Dominic ter ficado com pelo menos algumas, mas eu me saía bem, então não me incomodava.

"Ele era do tipo que ficava e depois pulava fora? Ou tinha namorada?"

"Não quando ele... Não naquele verão. Acho que ele talvez tivesse saído com alguém durante um tempo, tipo um ano antes, sabe? Talvez uma garota de St. Therese, a nossa escola-irmã? Mas não era, tipo, não era uma coisa séria."

"Quando terminou?"

Entendi onde o detetive queria chegar, mas... "Não. Séculos antes de ele... E eu acho que Dominic que terminou com ela. De qualquer forma, ele não ficou arrasado nem nada. Não foi esse o motivo..." Parei. Eu estava ficando confuso.

"Sobre isso", disse Rafferty. "Quando você soube que ele se matou. Fez sentido pra você? Ou ficou surpreso?"

"Eu não..." Meu quarto lá em cima, eu rolando com um grunhido para pegar o telefone insistente, a voz de Dec: *Você soube? Sobre Dominic?* "Sim, eu fiquei chocado. Ele não me parecia o tipo. Mas todo mundo sabia que ele não tinha conseguido o que queria pra faculdade, né? Ele queria fazer administração, eu acho, mas não teve pontuação suficiente. E ficou bem chateado. Ele tava meio estranho naquele verão."

"Deprimido?"

"Não. Mais tipo zangado em boa parte do tempo. Como se tivesse descontando na gente, em quem tinha conseguido entrar no que queria."

"Zangado", repetiu Rafferty, pensativo. "Isso causou algum problema?"

"Tipo o quê?"

"Dominic se meteu em brigas? Irritou alguém?"

"Não exatamente. Em geral ele ficou chato, pegava no pé das pessoas por nada, sabe? Mas ninguém se chateou com ele. A gente entendeu."

"Isso é bem compreensivo", disse Rafferty. "Pra um bando de meninos adolescentes."

Eu meio que dei de ombros. A verdade era que eu, pelo menos, não tinha pensado muito em Dominic naquele verão, exceto por um momento aqui e outro ali de pena misturada com arrogância. Minha mente estava na faculdade, na liberdade, uma semana em Mykonos com Sean e Dec; os humores de Dominic (prender Darragh O'Rourke contra a parede e gritar na cara dele por causa de um comentário inofensivo e depois sair andando quando o restante de nós os separou) estavam lá embaixo na minha lista de prioridades.

"Pensando nisso agora, você acha que ele podia estar pior do que você imaginava? Os adolescentes nem sempre conseguem identificar os sinais de que alguém tá com problemas sérios. Estão todos meio pirados de qualquer forma; mesmo quando alguém tá desmoronando, eles só acham que é só mais um na fila do pão."

"Acho que é possível", falei depois de um momento. "Ele com certeza..." Eu não conseguia encontrar o jeito certo de descrever, a energia pura, intensa e imprevisível que tinha feito com que eu começasse a evitar Dominic naquele verão. "Ele tava estranho."

"Vamos dizer assim. Se algum dos seus amigos de agora começasse a agir feito Dominic agiu naquele verão, você ficaria preocupado?"

"Acho que sim. É. Ficaria."

"Certo", disse Rafferty. Ele estava inclinado para a frente, as mãos unidas entre os joelhos, me encarando como se eu estivesse fazendo uma contribuição valiosa à investigação. "Quando foi que ele começou a agir de um jeito estranho? Mais ou menos."

"Eu não..." Havia anos que eu não pensava naquilo. "Eu não poderia jurar. Não mesmo." Rafferty assentiu de forma compreensiva. "Mas acho que começou perto das provas orais do Leaving Cert, então... em abril? E aí ficou bem pior em junho, com as provas escritas. Ele sabia que tinha se fodido. A maioria de nós... a gente tava estressado com o nosso desempenho, menos alguns nerds que sabiam que tinham tirado uma pontuação de um milhão. Um dia a gente falava 'Ah, acho que fui bem', e no dia seguinte pensava 'Ah, merda, mas e se...?'. Mas Dominic só falava 'Eu me fodi'. Só isso. E tava fazendo mal pra cabeça dele. Quando o resultado saiu em agosto, e, sim, ele tinha ido mal como achava, ele ficou pior."

"Por que ele foi tão mal? Você disse que ele não era burro."

"Ele não era. Só não tinha estudado. Ele..." Era difícil explicar. "Os pais do Dominic eram ricos. Eles meio que mimavam o filho, sabe? Ele sempre tinha tudo, um celular legal e férias legais e roupas de marca e, antes do fim do último ano, já tinham comprado uma BMW pra ele, sabe?" Uma lembrança vaga e súbita de ressentimento, meu pai tinha rido na minha cara, *Melhor você começar a economizar...* "Acho que nunca tinha passado de verdade pela cabeça do Dominic que ele talvez não fosse ter algo que quisesse. Inclusive o curso que quisesse. Por isso ele nem estudou. Quando ele se deu conta, era tarde demais."

"Ele usava drogas?" E, com uma certa ironia, quando hesitei, o detetive acrescentou: "Toby. Tem dez anos. Mesmo que eu quisesse dar um esculacho nas pessoas por causa de haxixe ou umas balinhas, e eu não tô, tudo isso já prescreveu faz tempo. E eu não te avisei, mas: qualquer coisa que você diga não seria admissível como prova. Eu só preciso entender o que tava acontecendo na vida do Dominic".

"Sim", falei após um momento. "Ele usava drogas às vezes."

"Que tipos?"

"Eu sei que ele fumava haxixe e usava ecstasy. E cocaína às vezes." Dominic gostava de cocaína, e muito. Não era tão comum na escola, mas, quando havia alguma, na maioria das vezes era dele, e Dominic não tinha problema em compartilhar com o dono da festa: uma batida no meu ombro durante uma festa, *Vem cá, Henno, preciso dar uma palavrinha*, nós dois indo para o fundo do quintal, rindo e falando palavrão enquanto nossos pés afundavam na lama, carreiras feitas em uma mesinha enferrujada de jardim. "Podia ter outras coisas, não sei. Eu só vi isso. E ele não era viciado nem nada. Só... quando tava rolando."

"Basicamente um adolescente experimentando", disse Rafferty, assentindo. Kerr estava escrevendo. "Algum problema nessa área, você sabe? Um traficante pra quem ele ficou devendo, alguém que cobrou caro demais, algo assim?"

"Não que eu saiba. Mas acho que eu provavelmente não saberia mesmo."

"Certo. Vocês não eram amigos *amigos*." Ele deixou aquilo no ar por um momento, e fiquei vagamente incomodado. "Dominic vinha aqui nessa casa?"

"Vinha", falei. Aquilo soava como algo que eu não devia admitir, mas parecia não haver alternativa. "Eu e meus primos, quando a gente ficava aqui durante as férias, sabe? E fazíamos festas? Não eram raves loucas nem nada, Hugo tava sempre aqui, mas ele ficava no andar de cima. A gente recebia uns amigos, botava música, ficava batendo papo e às vezes dançava um pouco..."

"E bebia", disse Rafferty, sorrindo. "E outras coisas. Sejamos honestos aqui."

"Sim. Às vezes. Essas festas não eram um antro de drogas e orgias nem nada, mas... Isso não foi quando a gente tinha *12* anos, tô falando de 16, 17, 18 anos, sabe? Em geral, algumas latas, ou alguém trazia uma garrafa de vodca ou... acho que algumas pessoas traziam haxixe ou outra coisa..."

Eu sabia que estava gaguejando e balbuciando, dava para ver o rosto de Kerr adquirindo uma expressão sutil de compreensão muito solidária, como se estivesse ficando claro para ele que eu era um tanto infeliz. Eu queria segurá-lo pela gola e gritar na cara dele, botar naquela cabeça dura que aquela história não tinha nada a ver comigo, que era só por causa de dois vagabundos babacas e inúteis e que ele devia estar olhando para eles com aquela cara, não para mim. Tudo dentro da minha cabeça estava ricocheteando.

Em algum ponto da conversa, embora eu não consiga identificar onde exatamente, houve um momento em que tudo aquilo ficou real. Até então, tinha sido basicamente um pé no saco — horrível, claro, obviamente, e grotesco; em teoria, o pobre cara (ou garota, sei lá) não tinha planejado que seu crânio fosse tirado de uma árvore, e só Deus sabia que tipo de história trágica havia acontecido ali, mas teria sido bom para caralho se ele tivesse escolhido outra árvore; mas, tirando o sentido geográfico, não tinha nada a ver com a gente. Mesmo na primeira metade daquela conversa, eu mantinha essa sensação, mesmo quando Rafferty disse que o esqueleto não era velho, mesmo quando me mostrou a foto — *Dominic, meu Deus do céu, por essa eu não esperava, como foi que ele foi parar ali?* — tinha levado um tempo para cair a ficha de que não éramos mais espectadores; nós estávamos, de alguma forma, dentro daquilo.

"E o Dominic vinha a essas festas?", perguntou Rafferty.

"Vinha. Nem sempre, mas acho que na maioria."

"Em quantas?"

Eu não fazia ideia. "Talvez a gente tenha feito umas três ou quatro festas naquele verão e ele tenha vindo a duas ou três? E a mesma coisa no verão anterior, e no outro. Mas eu não... quer dizer, eu meio que tô chutando, sabe?"

"Faz sentido. Já tem muito tempo. A gente não espera que a memória de ninguém seja perfeita. Só entrega o que você tiver. Se não lembrar, tudo bem, é só dizer." Rafferty sorriu para mim, relaxado, tranquilizador. "Quem o convidava pras festas? Você? Ou ele era mais próximo de algum dos seus primos?"

"Acho que eu. Eu mandava uma mensagem de grupo pra todo mundo."

"Ele vinha aqui sem ser durante as festas? Tipo, vinha sozinho? Ou com uns amigos seus?"

"Eu não..." O que surgiu na minha mente foi Leon, Susanna e eu no terraço na primeira vez que fumamos maconha, nós três rindo como loucos, e eu tive quase certeza de que havia outra risada no escuro, tinha sido a risada contagiante de Dominic, não tinha? "Acho que sim. Não consigo lembrar nenhuma ocasião específica, mas acho que ele vinha de vez em quando."

"Você se lembra da última vez em que ele veio aqui?"

Dominic deitado de costas, apoiando os cotovelos na grama, sorrindo para Susanna, era Susanna? Dominic urrando de tanto rir na cozinha sobre os cacos e a sujeira de uma garrafa de cerveja derrubada. "Não sei", falei. "Desculpe."

"E a última vez que você o viu?"

"Não faço ideia. Acho que não foi tão perto de ele desaparecer, porque eu me lembraria disso." Talvez. "Quer dizer, parece o tipo de coisa que eu contaria pras pessoas depois, né? 'Ah, meu Deus, eu tava com ele outro dia desse e ele parecia bem'? E não me lembro de ter feito isso. Então..."

"Faz sentido", disse Rafferty, o que foi gentil da parte dele. "A última vez que Dominic foi visto, vamos ver..." Ele pegou o caderno e virou umas páginas. "... foi em 12 de setembro. Era uma segunda-feira. Ele tava trabalhando em um emprego de verão de meio período em um clube de golfe; terminou lá umas cinco da tarde, chegou em casa às seis e jantou com a família. Todos foram pra a cama por volta das onze e meia. Em algum momento durante a noite, Dominic saiu escondido e nunca mais voltou." Um olhar para mim, e ele disse: "Alguma ideia do que você tava fazendo nesse dia? Se tava ao menos no país?".

"Eu tava aqui. Eu, Susanna e Leon, a gente ficava aqui a maior parte do verão. Mas eu não..."

Kerr se mexeu, e a cadeira soltou um rangido. "Por quê?", perguntou ele.

Eu o encarei sem entender. "Por que o quê?"

Pacientemente, ele explicou: "Vocês ficavam aqui no verão. Por quê?"

"A gente sempre ficava." E, como ele continuou me olhando, eu disse: "Nossos pais viajavam juntos".

"Mas vocês tinham 18 anos naquele verão. Não teriam preferido ficar sozinhos na casa dos seus pais? Sem ninguém tomando conta, sem seu tio de olho em vocês. Só festa."

"Sim, não, eu poderia. Mas..." Como eu podia explicar? "A gente gostava daqui. E era mais divertido com os três juntos. Nós todos estávamos solteiros naquele verão, a gente não queria ficar brincando de casinha com uma namorada ou namorado. A gente só queria ficar junto."

"Me parece que as festas iam muito bem mesmo com o tio por perto", disse Rafferty para Kerr, sorrindo. "Não é verdade, Toby?"

"É." Consegui abrir um sorriso fraco. "Mas não tenho ideia se a gente tava aqui bem nesse dia. Nós todos tínhamos empregos de verão e devíamos estar trabalhando, eu acho."

"A não ser que estivessem de ressaca, né? Já passei por isso. Onde vocês trabalhavam?"

"Eu tava..." Levei um segundo para organizar os verões na minha cabeça. "Eu estava na, na sala de correspondência do banco onde meu tio Oliver trabalha. Susanna era voluntária em uma, uma dessas ONGS, não lembro qual. E Leon tava trabalhando em uma loja de discos na cidade."

"Que horas você terminava lá?"

"Acho que eu terminava às cinco. E aí devia vir pra cá jantar, é o que a gente costumava... Talvez a gente saísse depois, ou as pessoas vinham até aqui, mas, se era segunda-feira, provavelmente não... Mas eu não lembro."

"Tudo bem. Vamos perguntar por aí pra ver se alguém tinha um diário. Vamos ver as redes sociais; a da época era o MySpace, né? Vamos ver se alguém postou sobre o dia." Rafferty se empertigou, as mãos nos braços da poltrona: encerrando a conversa. "Como a pessoa morta tinha ligações com essa casa", disse ele, "vamos precisar fazer uma busca."

A bola de fogo de fúria tirou meu ar. "Mas", falei, e parei.

"Esse é um dos motivos por que eu queria falar com você sozinho", disse Rafferty, aparentemente sem notar. "Seu tio. Espero não estar me metendo demais, mas ele tá bem?"

"Não", falei. "Ele tá morrendo. Câncer no cérebro. Ele tem uns poucos meses, talvez."

Se eu esperava que aquilo o fizesse desistir, eu me enganei. Rafferty fez uma careta. "Lamento por isso. Fico feliz de ter falado com você primeiro; talvez você possa me ajudar a elaborar um plano pra facilitar ao máximo pra ele. Vamos fazer o possível pra trabalhar rápido, mas, sendo realista, vai ocupar o dia todo. Tem algum lugar pra onde vocês dois possam ir e passar o dia? Algum lugar onde seu tio vá ficar à vontade?"

"Não", falei. Eu não tinha ideia se Hugo ligaria de passar o dia fora, mas eu me importava, por ele e por mim, com um desespero que não fez sentido, mas eu não estava nem aí. "Ele precisa ficar aqui. Ele mal consegue andar. E fica confuso."

"A questão é a seguinte", explicou Rafferty, de forma muito sensata, "a gente não tem alternativa além de revistar a casa. Isso precisa ser feito. Temos um mandado e tudo. E você deve entender que não dá pra ter vocês dois em cima da gente."

Nós nos encaramos por cima da mesa de centro. A parte terrível era que eu sabia, com certeza total e absoluta, que, poucos meses antes, eu teria conseguido levar aqueles dois no papo: moleza, sem dificuldade para mim, com um sorriso encantador e uma solução perfeita que deixaria todo mundo feliz. O péssimo estado em que eu estava não teria conseguido convencer uma criança de 5 anos mesmo se eu tivesse conseguido pensar em uma solução, e eu não conseguia: a única coisa em que conseguia pensar era no plano "Ocupar a Casa da Hera", dizer para aqueles caras que eles teriam de me algemar e me arrastar para fora, e, mesmo tirando o fator desagradável, eu tinha a sensação de que os detetives fariam aquilo alegremente caso precisassem.

"Vamos fazer assim", disse Rafferty, cedendo. "Vamos dividir a diferença. Você e seu tio saem por, digamos, uma hora?"

Ele olhou para Kerr. "Uma hora e meia, talvez", disse Kerr. O caderno dele tinha sumido.

"Uma hora e meia. Vão almoçar, fazer compras. Enquanto vocês estiverem fora, a gente revista o escritório e a cozinha. Quando vocês voltarem, podem ficar nesses dois aposentos, fazer seu trabalho, preparar uma xícara de chá se quiserem, e nós não vamos atrapalhar uns aos outros. Que tal?"

"Tudo bem", falei depois de um tempo. "Eu acho."

"Ótimo", disse Rafferty com alegria. "Então tá resolvido."

Quando eu me levantei, ele também se levantou. Primeiro, não entendi por quê. Só quando o detetive me seguiu escada acima até o escritório de Hugo foi que compreendi e me dei conta: *Como a pessoa morta tinha ligações com essa casa, vamos precisar fazer uma busca. Temos um mandado e tudo*; mas, alguns minutos antes, ele tinha feito parecer que havia acabado de descobrir quem era o morto.

Eu não devia dirigir, mas Hugo claramente não tinha condições, e eu que não ia deixar ele andando pelas ruas até Rafferty e os amigos terminarem o que tinham de fazer. O carro dele era um Peugeot 1994 comprido e branco, com pontos de ferrugem e fita adesiva por toda parte, mas era bom de dirigir depois que peguei o jeito. A parte difícil eram os arredores na rua principal: velocidade e luzes coloridas e coisas se movendo em todo lugar; foi como ser arrancado das profundezas de água verde parada e cair no meio de um monte de coisas ao mesmo tempo. Eu esperava estar dirigindo direito; eu realmente não aguentaria mais policiais naquela hora.

Eu queria muito um cigarro. Eu ainda não estava fumando por tempo suficiente para ter um vício sério, mas com a situação — policiais à esquerda, jornalistas à direita e eu ali, no meio, com minha postura de não fumante —, eu não fumava um cigarro desde a noite anterior, e o dia já tinha sido horrível. Saí da via principal e dobrei esquinas até encontrar uma rua sem saída cheia de árvores espigadas e chalezinhos de idosos. "A gente pode ficar parado aqui um minutinho?", falei, desligando a ignição e já pegando meus cigarros. "Preciso demais de um desses."

"Eu quase dei um soco nele", disse Hugo, me deixando perplexo. Ele tinha ouvido a notícia e o plano em silêncio, só com um movimento de cabeça e uma anotação cuidadosa nos papéis antes de botá-los de lado, sem dizer nada no caminho pela porta ou no trajeto. "Aquele tal Rafferty. Eu sei que não é culpa dele, que precisa ser feito, mas mesmo assim. Só de pensar nele e nos homens dele mexendo e xeretando minha casa… não que eu tenha nada a esconder, mas essa não é a questão, é a *nossa casa*… Naquele segundo em que ele falou, eu quase…" Um movimento repentino de subir e girar os ombros: por um momento fugaz, percebi o tamanho dele, a largura das costas, o alcance dos braços. "Uma parte de mim ainda queria que eu tivesse feito isso."

"Eu tentei impedir", falei, apesar de não saber se contava como verdade. "Que eles revistassem a casa. Ou pelo menos que tirassem a gente de lá."

Hugo suspirou. "Eu sei. Tudo bem. Acho que é bom pra nós dois sair um pouco de casa." Ele encostou a cabeça no banco e passou a mão pelo rosto de forma brusca, os olhos bem fechados. "Não consegui descobrir o que o detetive tava pensando, nem de leve. Ele é bem difícil de interpretar, não é? Acho que é o trabalho dele mesmo. O que ele te perguntou?"

"Só sobre o Dominic. Como ele era. Quanto tempo passava na casa."

"Ele me perguntou a mesma coisa." Rafferty tinha falado com Hugo no escritório enquanto Kerr conversava trivialidades agradáveis comigo na sala (genealogia, o que levou ao tio-avô de Kerr, que havia tido algum envolvimento com a Revolta da Páscoa) para disfarçar o fato de que ele estava tomando conta de mim. Demorou tanto que fiquei agitado de uma forma violenta e irracional — que diabos eles estavam conversando lá em cima enquanto Kerr, aparentemente alheio, falava sem parar? "Mas eu quase nem me lembro dele, desse garoto Dominic. Deus sabe que tô tentando. Não sei se ele não deixou nenhuma impressão em mim ou se a minha memória... Acho que foi meio frustrante pro detetive."

"Problema dele", falei. O cigarro estava melhorando meu humor, mas eu ainda não me sentia gentil em relação a Rafferty.

"A foto despertou uma lembrança, mas não muito mais que isso. Eu me lembro de alguém da sua turma ter cometido suicídio no verão em que vocês terminaram a escola, mas não achei que fosse alguém próximo."

"Ele não era. Só andava com o mesmo grupo que eu, só isso."

"Como ele era?"

"Era um cara legal, basicamente. Meio que festeiro. Não ia muito lá em casa, eu acho. Deve ser por isso que você não se lembra dele."

"Coitado", disse Hugo. "Queria muito saber a história de como ele foi parar naquela árvore. Não tô sendo macabro, ou não acho que esteja; mas lá estava ele, e aqui estou eu, com a morte dele atravessando a minha. Pode parecer infantil, mas sinto que tenho o direito de saber o que aconteceu."

"Bom", falei. "Se a polícia fizer o trabalho dela, nós todos vamos saber logo, logo."

Uma retorcida irônica da boca. "Não necessariamente logo pra mim."

"Você tem tempo", falei, ridículo. "Os médicos não... quer dizer, eles não deram um *prazo*. Você não tá piorando, nem..." Não consegui continuar.

Hugo não me olhou. O cabelo dele tinha crescido: estava batendo nos ombros, cachos densos e meio desgrenhados, grisalhos. As mãos estavam no colo, mãos capazes, enormes e quadradas, frouxas como luvas de borracha.

"Eu sinto, sabe?", disse ele. "Comecei a sentir semana passada. Meu corpo se afastando de tudo isso. Concentrando a energia em fazer outra coisa, um novo processo. Uma coisa que eu não entendo e não tenho ideia de como lidar, mas que meu corpo sabe e tá fazendo. No começo, falei pra mim mesmo que era psicológico, por ter ouvido que o especialista suíço da Susanna não podia fazer nada, mas não é."

Não havia resposta que eu pudesse oferecer. Queria esticar a mão e segurar o braço dele, segurá-lo fisicamente, mas sabia que eu não estava firme o bastante para fazer diferença.

Depois de um momento, Hugo respirou fundo. "Bom, é isso. Me dá um desses, fazendo o favor?"

Segurei o isqueiro para ele. "Por outro lado", disse ele com um tom diferente, arqueando uma sobrancelha para mim enquanto se curvava para a chama, "é bom ver você na trajetória oposta. Mesmo nessas poucas semanas, houve muita mudança."

"É", falei. Eu havia terminado meu cigarro. Joguei a guimba pela janela. "Mais ou menos."

"Não?"

"Acho que sim. Mas..." Eu não sabia o que ia falar até ouvir as palavras, o dia estava louco, eu ainda tinha aquela sensação estranha de estar em um simulador, tudo colorido demais e pairando no ar. "Mesmo que as coisas melhorem, tipo a minha perna, sei lá, e daí? Porque essa não é a questão. A questão é que, mesmo que eu acabe correndo uma *maratona*, não sou mais a mesma pessoa. *Essa* é a questão."

Hugo pensou sobre aquilo por um tempo. "Devo dizer..." Ele soprou fumaça pela janela com cuidado. "... que você me parece você mesmo."

"Bom", falei. Aquilo era legal, no sentido de que significava que eu estava me saindo bem em fingir, mas, considerando a condição de Hugo, era difícil botar muito peso no que ele dizia. "Que bom."

"Não, eu sei que você tá fazendo um esforço. Eu vejo isso... não, não que outras pessoas fossem notar, é só porque eu tô morando com você e te conheço a vida toda. Mas não foi isso que eu quis dizer." Ele precisou de duas tentativas para botar o cigarro fora da janela e bater as cinzas. "Fundamentalmente, por baixo de tudo, você ainda parece ser o Toby. Maltratado e ferido, claro, mas essencialmente a mesma pessoa."

Como não falei nada, ele perguntou: "Você se sente mesmo tão diferente?"

"Sim. Meu Deus, sim, sinto. Mas nem é isso." Eu nunca havia botado aquela coisa em palavras, e só de tentar as minhas mãos estavam tremendo; eu mal conseguia respirar. "Não é o jeito real com que eu mudei.

Eu provavelmente poderia lidar com isso... quer dizer, é uma merda, eu odeio, mas poderia... Mas é o *fato*. Eu nunca pensei muito sobre a minha... a minha personalidade, mas, quando pensava, tomava como certo que era *minha*, sabe? Que era eu? E agora parece que eu posso acordar de manhã sendo, sendo, sendo um *trekkie*, sendo gay, um gênio da matemática, ou um daqueles caras que gritam com garotas na rua pra elas mostrarem o peito, sabe? E eu não teria como saber que ia acontecer. Ou fazer alguma coisa. Só... bam. Tá aí. Se vira."

Parei de falar. Minha adrenalina estava no teto; todos os meus músculos estavam tremendo.

Hugo assentiu. Nós dois ficamos sentados ali sem conversar durante um tempo. Quando ele se mexeu, eu me perguntei por um segundo horrível se ele ia passar o braço em volta de mim ou coisa do tipo, mas ele só jogou o cigarro pela janela e se curvou para uma bolsa de pano que estava no chão entre seus pés. Eu havia percebido vagamente que ele tinha entrado na cozinha (com Rafferty atrás, muito discreto) e voltado com a bolsa quando estávamos saindo, mas não tinha prestado muita atenção. "Aqui", disse ele, pegando um pacotinho embrulhado em papel-filme. "Você precisa comer, sabe."

Era o resto de bolo do almoço de domingo. Ele tinha trazido até uma faca. Abriu o papel-filme no colo e cortou o bolo em dois pedaços iguais. "Pronto", disse ele, me entregando uma das metades em um guardanapo de papel.

Comemos em silêncio. O bolo era pão de ló com geleia e estava delicioso de uma forma impressionante e quase humilhante, uma onda infantil de açúcar e conforto. Ainda estava chovendo, o vento soprando jorros pequenos e erráticos no para-brisa. Uma mulher passou com uma criancinha de capa de chuva amarela, a criança pulando em poças, a mulher lançando um olhar desconfiado para nós por baixo do capuz do casaco acolchoado.

"Agora", disse Hugo, varrendo migalhas e açúcar de confeiteiro do suéter para a mão. "Você quer ligar pros seus primos e avisar?"

"*Merda*", falei. Aquilo nem tinha passado pela minha cabeça, mas, claro, Rafferty iria interrogá-los assim que terminasse de foder com a Casa da Hera. "Sim. Melhor eu fazer isso agora."

"Aqui", disse Hugo, enrolando o papel-filme e os guardanapos e me entregando tudo. "Pode procurar uma lixeira enquanto estiver cuidando disso. Não esquece as guimbas de cigarro. Acho que vou fechar os olhos um momentinho. A gente ainda tem um tempinho, né, até poder voltar pra casa?"

Ele ligou o rádio na Lyric FM, algo tranquilo, um quarteto de cordas, e encostou a cabeça de novo no banco. Saí do carro, levantei a gola do casaco para me proteger da chuva e fui procurar uma lixeira enquanto ligava para Susanna.

Ela atendeu depressa. "O que foi?"

"Tinha um esqueleto inteiro. Na árvore. E a polícia descobriu quem é. Lembra do Dominic Ganly?"

Silêncio.

"Su?" Eu não me lembrava da Susanna ser próxima de Dom, ela não era o tipo dele, mas, considerando o efeito que ele tinha nas garotas... "Você tá bem?"

"Tô. Eu só não esperava que fosse alguém que a gente conhecia." Ao fundo, uma cacofonia horrível de alguém batendo nas teclas de um piano. "Zach! *Para!* Eles sabem o que aconteceu com ele?"

"Não. Ainda não, pelo menos. Dizem que pode ter sido..." A palavra pareceu irreal, uma pontada intensa de enxaqueca cortando tudo perigosamente. "Ele pode ter sido assassinado."

Susanna perguntou com rispidez: "Pode ter sido? Ou foi?"

"Pode ter sido. Eles ainda não sabem. Nem do que ele morreu."

Um segundo de silêncio. "Então acham que ele pode ter entrado lá sozinho."

"É o que o Rafferty diz. Mas parece loucura, como...?"

"De muitos jeitos", disse Susanna. Zach ainda estava atacando o piano, mas baixo agora, distante; ela o tinha deixado para trás. "Talvez ele estivesse em cima da árvore, escorregou e quebrou o pescoço caindo no buraco. Talvez estivesse drogado de alguma coisa e pensou em descer lá pra procurar um tesouro de anos, depois não conseguiu sair e, sei lá, sufocou. Se engasgou com vômito."

"Os detetives perguntaram isso. Se ele usava drogas."

"Pronto. O que você disse?"

Virei o ombro para a chuva, tentando não molhar o celular. "Falei que sim. Eu que não ia mentir. Eles teriam descoberto mesmo."

"Certo", disse Susanna. Havia um tom ausente em sua voz; ela estava raciocinando. "Ou talvez ele tenha mesmo se matado."

"Por que ele se mataria na nossa árvore? E como?"

"Overdose, talvez. E eu não tenho ideia do motivo. Eu nem conhecia ele direito. Isso não é problema nosso. Os detetives que descubram."

"É, esse é outro motivo pra eu estar ligando. Eles me entrevistaram, me interrogaram, sei lá como se diz. E Hugo também. Agora estão revistando a casa. Expulsaram a gente de lá."

Aquilo chamou a atenção de Susanna. "Revistando a *casa*? Por quê?"

"Como eu vou saber?" Eu enfim tinha encontrado uma lixeira; enfiei o lixo dentro. "Porque Dominic 'tinha ligações' com a casa, eles disseram. Eu só tô avisando: quando terminarem, é provável que apareçam aí na sua casa."

"Aqueles babacas *expulsaram* vocês? Onde você tá? E Hugo?"

"Só por uma hora e meia. A gente tá matando tempo no carro. Hugo tá cochilando. Tá tudo bem."

Um segundo para Susanna decidir se devia ficar realmente irritada ou se poupar. No fim, ela quis saber: "O que te perguntaram?"

"Sobre Dominic, basicamente. Como ele era, o quanto a gente se conhecia. Se ele tava deprimido naquele verão. O quanto ele ia lá em casa. Coisas assim."

Susanna ficou em silêncio de novo. Eu praticamente ouvia a mente dela trabalhando.

"Eles não foram pentelhos nem nada. Foi tudo bem. Só achei que você ia querer saber antes de eles baterem na sua porta."

"Eu quero, sim. Obrigada, Toby. Sério." Uma inspiração. Depois, bruscamente, ela desconversou: "Escuta. Eu te aviso quando eles vierem aqui. Aí a gente retoma."

Não entendi bem de que ela estava falando: retomar o quê? O que ela achava que a gente podia fazer em relação àquilo? "Tá. Tudo bem."

"Tenho que ir. A gente se vê mais tarde ou amanhã. Enquanto isso, lembra: eles podem mentir pra você. E eles não são seus amigos."

Eu queria perguntar por que exatamente ela achava que o conhecimento que tinha da polícia era maior que o meu, mas... "Su. Espera."

"O quê?"

"Na primeira vez que nós três fumamos maconha. No terraço. Lembra?"

"Você falou pro Leon que eu tinha virado uma fada. Ele surtou."

"Isso. Dominic tava lá também?"

"Não. Por que estaria?"

"Eu não consegui lembrar quem era. Achei que podia ser ele."

"Não tinha mais ninguém lá", disse Susanna. Havia um tom na voz dela que não consegui interpretar: perplexidade, curiosidade, o quê? "Era só a gente."

Não era, eu quase falei, mas o nó intenso em meu estômago me impediu. "Certo", respondi. "Acho que a erva era mais forte do que eu pensava."

"Acho que pode ter sido skunk puro ou algo do tipo. Até *eu* comecei a acreditar que tinha virado uma fada. Eu tava ficando preocupada em como eu ia me transformar de volta, só que aí pensei que você devia ter um plano e não me deixaria daquele jeito."

"Meu Deus, claro que não." Aquilo me fez sorrir. "Eu tava com o antídoto pronto."

"Viu só? A gente se fala depois. Tchau."

O celular de Leon só dava ocupado. Eu tinha andado tanto procurando a lixeira que demorei um tempo para encontrar onde estava o carro — ruelas indistinguíveis, molhadas e sujas, jardinzinhos vazios, tive uma imagem mental horrível de ter que ligar para Hugo a fim de perguntar onde ele estava —, mas, quando finalmente encontrei o carro, ele ainda mantinha a cabeça apoiada no banco, os olhos fechados. Parecia estar dormindo. Eu me encostei no muro do jardim de alguém e acendi outro cigarro antes de tentar ligar de novo para Leon. Dessa vez, o telefone tocou até cair na caixa postal.

Eram uma e meia da tarde. Achei que a polícia já devia ter terminado o que estava fazendo no escritório e, mesmo que não tivesse, o problema era deles. Joguei o cigarro em uma poça e fui para o carro.

Rafferty nos recebeu na porta como um anfitrião — "Entrem, chegaram na hora certa, estamos terminando o escritório, podem subir!" —, nos levando pelo corredor, passando por uma silhueta de uniforme agachada, remexendo no amontoado da mesa de centro, pela escada e para o escritório, "Pronto, a gente vai contando tudo!" E sumiu com um clique firme da porta ao fechá-la.

O escritório parecia fora de ordem de um jeito sutil e indefinível, os elefantes de madeira arrumados demais na cornija, a organização das lombadas dos livros toda errada na estante, tudo um centímetro fora do lugar. Fiquei com vontade de sair pela porta. "Bem", disse Hugo após um momento, piscando para a pilha de papel que havia deixado. "Onde estávamos?"

Fui olhando os PDFs do censo feito um robô: escolhia uma rua, escolhia um número de casa, clicava no formulário original do censo, lia os nomes, apertava o botão de voltar e ia para a casa seguinte. Eu não tinha ideia do que estava vendo. Passos para lá e para cá logo acima, no meu quarto; o barulho de uma gaveta sendo fechada. Por algum motivo, a ficha de o que *revistar a casa* significava só caiu naquela hora, e a ideia de Rafferty mexendo nas calcinhas da Melissa gerou uma fúria impotente que quase me deixou estupefato; fiquei olhando para a tela do laptop, sem enxergar e ofegante.

Barulho de móveis sendo arrastados, vozes abafadas pelas paredes, pés subindo e descendo a escada. Não parava. Eu sabia que devia estar com fome e Hugo também, mas nenhum de nós falou em fazer o almoço.

Em determinado momento, depois do que pareceram dias, Rafferty bateu na porta. "Desculpem, uma perguntinha", disse ele. O detetive estava segurando sacos grandes de papel marrom com aberturas em plástico transparentes nas laterais. "De quem é isso?"

Ele espalhou os sacos no tapete para que pudéssemos dar uma olhada. "Acho que isso é meu", disse Hugo, apontando para o que parecia uma jaqueta cáqui pesada, com bolsos grandes, gasta e suja de terra. "Não vejo tem uns bons anos. Onde tava?"

"O senhor lembra quando comprou?"

"Nossa... uns vinte anos atrás, acho. Eu usava pra cuidar do jardim quando meus pais estavam vivos e a gente levava jardinagem a sério."

"Quando viu pela última vez?"

"Não faço ideia", disse Hugo com tranquilidade. "Muito tempo atrás. Você precisa dela?"

"Nós vamos ter que levar isso tudo, sim." Rafferty ficou nos olhando para ver o que achávamos daquilo. A barba por fazer estava mais escura, o que dava a ele um visual impressionante de renegado. Como nenhum de nós falou nada, ele disse: "Vamos te dar um recibo. Mais alguma coisa que vocês reconhecem?"

"Isso aí era meu", falei, apontando para minha antiga camisa de rúgbi. "Da época da escola. E isso..." Um moletom vermelho. "... também pode ter sido meu, não tenho certeza. E acho que isso..." Um par de sapatos volumosos de sola grossa, imundos. "... talvez fosse do Leon? E isso aí era meio que de todo mundo." Um saco de dormir azul cheio de teias de aranha. "Pra quando a gente dormia no jardim na época de criança e depois pra quando os amigos dormiam aqui. Isso aí eu não sei." Um cachecol marrom de lã, sujo e cheio de bolinhas. "Não me lembro de ter visto."

"Nem eu", disse Hugo, se segurando na escrivaninha a fim de poder se inclinar e olhar mais de perto. "Pode ter sido do Leon, eu acho. Ou de um dos amigos de vocês. Os adolescentes largam as coisas em qualquer lugar, né?"

"Vamos perguntar por aí", disse Rafferty. "A boa notícia é que terminamos. O pessoal tá arrumando as coisas e vamos deixar vocês em paz. Obrigado pela paciência de vocês nos últimos..."

Lá embaixo, a porta bateu, e a voz da Melissa, fresca como o verão, soou. "Oi, cheguei! Nossa, que chuva..." Houve um silêncio sobressaltado.

"É a Melissa", falei, me levantando. "É melhor eu..." Mas, enquanto eu descia até ela e tentava explicar o que estava acontecendo, a polícia veio pela escada com os sacos de provas e câmeras e todo o resto, e Rafferty e Kerr apertaram nossas mãos na porta e fizeram novos ruídos sem sentido sobre o quanto agradeciam pela nossa cooperação, a porta se fechou depois que eles saíram e pronto, ficamos enfim os três sozinhos no vazio súbito de pé-direito alto da casa.

Fomos para o terraço enfrentar o estrago. A chuva tinha parado, só restava uma névoa no ar e os ocasionais pingos das folhas nas árvores. A última faixa de grama e papoulas tinha sumido: o quintal era lama, não havia sobrado nada além das linhas de árvores junto aos muros laterais, no que parecia uma resistência final predestinada ao fracasso, quebrada pela cratera irregular — chocantemente larga e profunda — onde antes ficava o olmo. Os arbustos arrancados estavam enfileirados por consideração junto ao muro dos fundos, para o caso de termos planos para eles. Em um canto do terraço, havia uma pilha organizada de coisas que, ao que parecia, a polícia tinha encontrado pelo caminho: cacos de porcelana antiga com desenhos em azul e branco, uma Barbie suja de terra, uma pá de praia de plástico, uma mão francesa cheia de rococós e ferrugem. O cheiro de terra remexida era sufocante, quase intenso demais para respirar. Nos sulcos, havia pequenos movimentos por todo lado: minhocas se enrolando, besouros correndo, formigas andando. A uma distância segura de nós, dois melros e um pintarroxo saltavam e bicavam.

"Vamos replantar os arbustos amanhã", disse Melissa. "E posso chamar o centro de jardinagem pra pedir que eles venham colocar grama, relva, seja lá o que..."

"Não", disse Hugo com delicadeza. "Deixa."

"Toby e eu vamos cuidar de tudo, você não precisa..."

Ele esticou o braço e pousou a mão na cabeça de Melissa com leveza. "Shh. Já teve gente demais indo e vindo por aqui."

Após um momento, ela respirou fundo e assentiu. "A gente vai cuidar dos arbustos. E arrumar umas plantas novas."

"Obrigado, minha querida. Seria maravilhoso."

Ficamos ali por muito tempo enquanto os pássaros e os insetos cuidavam da vida e as gotas de chuva que restaram pingavam das árvores. O ar estava leve e frio e a luz estava ficando cinzenta, mas nenhum de nós encontrou motivos para sair dali.

Sete

Na metade da manhã seguinte, Leon apareceu, e Susanna chegou não muito tempo depois. Hugo tinha ido cochilar, e eu estava andando pela casa catando bibelôs e colocando tudo no lugar, sem conseguir me concentrar no trabalho nem nada, então fiquei aliviado de vê-los, mas a sensação não durou. Rafferty e Kerr tinham visitado Susanna naquela manhã e Leon na noite anterior; os dois estavam tensos, cada um do seu jeito, e, por algum motivo que eu não entendia, Leon estava de mau humor com Susanna. "Eu te liguei", ela falou para ele, jogando o casaco no encosto de uma cadeira da cozinha. "Umas cinco vezes. Eu ia te dar carona até aqui."

Leon estava tirando a louça da máquina, batendo os pratos na bancada com uma força desnecessária, e não ergueu o rosto. "Eu vim de ônibus."

"Achei que você queria falar comigo."

"*Queria. Ontem* à noite. Pra eu poder te contar o que a polícia me perguntou."

"Sallie teve um pesadelo. Eu tava cuidando disso. E não precisava saber o que te perguntaram. Não teria feito diferença."

"Teria feito diferença pra mim. Eu *queria falar* com você."

"A gente pode falar agora", disse Susanna tranquilamente. "Mas lá fora. Eu quero fumar. Esse café ainda tá quente?"

"Tá", falei, passando uma xícara do armário para ela, já que eu estava guardando a louça. "Meu Deus, Leon, não faz barulho. Você vai acordar o Hugo."

"Não vou, não. Ele tá a quilômetros de distância." Mas diminuiu a barulheira. "O que o Tom acha disso tudo?", perguntou para Susanna. "Ele tá se divertindo?"

Susanna serviu café do bule no fogão e foi pegar leite na geladeira. "Pra ele, tá tudo bem."

"Ele deve estar surtando naquela cabecinha. Deve ser a coisa mais assustadora que já aconteceu com ele, né? Exceto pela vez em que ele pirou, andou um ponto a mais no ônibus sem pagar, o inspetor descobriu e Tom quase cagou nas calças..."

"Você", disse Susanna rispidamente, sem se virar da geladeira, "não faz a menor ideia sobre o Tom. Precisaria de muito mais do que isso pra ele surtar. Diferente de certas pessoas."

"*Aaaa...*", disse Leon no silêncio gelado que veio em seguida.

"Como que tá o Carsten?", perguntei. Seja lá o que fosse aquilo, eu não estava a fim de aguentar. Com as noites ruins e o Xanax, eu me sentia exausto, uma exaustão densa e pesada que pensei ter deixado em meu apartamento; minha cabeça doía de um jeito chatinho, mas não valia a pena tomar um analgésico por isso.

Leon fez uma careta. "Ele fica querendo vir pra cá. Eu sigo negando porque não quero ele perto dessa confusão. Ele ficaria todo superprotetor e mal-humorado com a polícia." Um olhar debochado por baixo dos cílios semicerrados para Susanna, que tinha pouca chance de sofrer de superproteção marital, por isso o ignorou. "Nunca ficamos tanto tempo sem nos ver. Não desde o dia em que nos conhecemos. Tô odiando."

"Você pode ir pra casa, sabia?", observou Susanna. "Quando quiser."

"Não posso. Não agora. Vai parecer que eu tô fugindo por ter alguma coisa a esconder."

"Vai parecer que você tá indo pra casa. Pro seu namorado e pro seu emprego. Como você faria de qualquer jeito."

"Não, obrigado."

"Então tá." Susanna pegou um maço de Marlboro Lights no fundo da bolsa. "Venham."

A chuva ainda não tinha voltado a cair, mas por pouco. Ao nos ver, um gato cinzento e magro, que estava observando um melro no meio da lama, saiu correndo e subiu no muro. "Que zona", disse Susanna. Ela havia levado um pano de prato velho para o lado de fora; jogou-o no chão do terraço e o mexeu com o pé, secando o que restava da chuva. "A gente precisa replantar aquilo ali antes que morra."

"Melissa e eu vamos fazer isso quando ela chegar em casa", falei.

"Como a Melissa tá com tudo isso?"

"Tá legal. Ainda bem que não estão no pé dela."

"Bem", disse Susanna. Ela jogou o pano na direção da porta e se sentou no degrau de cima, chegando para o lado a fim de abrir espaço para mim. "Mais ou menos."

"Ah, Deus", disse Leon, caindo sentado do outro lado da prima. Os eventos da semana o tinham atingido bem na aparência: o topete caía no rosto como uma mecha infantil negligenciada, e ele estava usando um suéter cinza deformado que não combinava com a calça jeans moderna e apertada. "Eu odeio a polícia. Não gostava antes mesmo de ser preso, e agora, eu juro por Deus, só de olhar pra eles..."

"Você foi *preso*?", falei. "Por quê?"

"Nada. Foi anos atrás. Em Amsterdã."

"Eu não sabia que *dava* pra alguém ser preso em Amsterdã. O que você fez?"

"Eu não fiz nada. Foi uma besteira. Eu briguei com... Quer saber, não importa, tudo se resolveu em poucas horas. A questão é que um baseado grosso caía bem agora."

"Toma", falei, jogando meu maço de cigarros para ele. "É o melhor que posso fazer." Eu até que estava gostando daquilo depois de todas as cutucadas de Leon sobre eu não saber lidar com situações difíceis; não que eu tivesse lidado com os detetives feito um campeão, nada do tipo, mas pelo menos eu não estava quase desmaiando e praticamente exigindo cheirar sais. "Só respira. Você vai ficar bem."

"Não seja condescendente comigo, porra. Eu não tô com humor pra isso." Mas ele pegou um cigarro e curvou a cabeça para o isqueiro. A mão de Leon estava tremendo.

"Eles foram malvados com você?"

"Vai se foder."

"Não, sério. Foram? Eles me trataram direitinho." Um pouco demais, na verdade, e a ideia da solidariedade lenta de Kerr ainda me embrulhava o estômago, mas aquilo não era da conta de Leon.

"Não, eles não foram *malvados*. Não precisam ser. Eles são *detetives*. São assustadores de qualquer jeito."

"Eles tiveram muita consideração comigo", disse Susanna. "Me ligaram antes e tudo pra ver que horas as crianças estariam fora do caminho. O que te perguntaram?"

Leon jogou o maço de cigarro de volta para mim. "Como Dominic era. Como eu me dava com ele. Como todo mundo se dava com ele. O quanto ele vinha aqui. Coisas assim."

"Pra mim também. O que você respondeu?"

Leon deu de ombros. "Falei que ele vinha de vez em quando, que era um típico fanático por rúgbi, barulhento e rico, mas que eu não me lembrava direito porque eu tava cagando pra ele. Ele era amigo do Toby, não meu."

"Ele não era meu *amigo*", falei.

"Bom, não era meu. A gente só conhecia o cara através de você."

"Dominic Ganly não era do tipo que andava com gente feito Leon e eu", comentou Susanna. "Por Deus, não."

"Ele não era meu *amigo*, porra. Era um cara que eu conhecia. Por que todo mundo fica...?"

"Foi isso que você disse pra polícia?"

"Foi. Basicamente."

Um movimento de cabeça em aprovação. "Esperto."

O quê? "Não é esperteza. É *verdade*."

"Eu só vou ficar repetindo que não me lembro de nada, nunca", disse Leon. Ele estava fumando o cigarro depressa, com tragadas curtas e intensas. "Não ligo; eles não podem provar que eu lembro. Quanto menos a gente der pra eles, melhor. Estão querendo botar a culpa em alguém, e eu prefiro que não seja em mim, muito obrigado."

"Que porra você anda assistindo?", eu quis saber. O café e o cigarro estavam ajudando a amenizar minha dor de cabeça, meu cansaço e meu sentimento geral de inquietação irritante e silenciosa, mas não muito. "'Botar a culpa em alguém', como assim? Eles nem sabem o que aconteceu com Dominic."

"No noticiário, disseram que estão 'tratando a morte como suspeita'. E que 'qualquer um que tenha informações deve entrar em contato com a polícia'."

"É suspeito", disse Susanna. Ela não parecia preocupada: estava sentada de pernas cruzadas e parecendo confortável, as mãos em volta da xícara de café, o rosto virado para o céu como se fosse um lindo dia. "Ele tava dentro de uma maldita *árvore*. Não quer dizer que tenha sido assassinado. Só significa que querem descobrir como ele foi parar ali."

"Me disseram que acham que ele foi assassinado", disse Leon.

"Claro que disseram. Eles queriam ver o que você ia fazer. Você surtou?"

"*Não*, eu não *surtei*. Eu perguntei por que eles achavam isso."

"O que responderam?"

"Nada. Claro. Só me perguntaram se eu sabia de algum motivo pra alguém querer matar o Dominic."

"E?"

"E eu disse que não. *Obviamente*."

"Sério?", perguntou Susanna, com uma leve surpresa. "Eu falei que ele tava irritando as pessoas naquele verão. Que ele era um cara legal, mas tinha alguma coisa acontecendo com ele. O que pode funcionar pra qualquer um dos lados... pode ser um motivo pra alguém cometer assassinato ou um motivo pra ele se matar, mas isso é problema do Rafferty, não meu."

"Eu falei a mesma coisa", comentei.

Leon ergueu as mãos. "Ah, *ótimo*, agora eles vão achar que eu tava mentindo..."

"Não vão, não", disse Susanna. "Eles não são burros. As pessoas se lembram de coisas diferentes; os detetives sabem disso. Eles perguntaram se você se lembrava da noite em que ele desapareceu?"

"Ah, sim", disse Leon. "Eu falei que não, *hã-hã*, nada. Eles ficaram insistindo, ficaram me olhando com uma cara preocupada como se aquilo fosse muito suspeito: *Tem certeza, vamos lá, você deve se lembrar de alguma coisa, pensa bem...* Quem que lembra de uma noite qualquer dez anos atrás? Se eu lembrasse, *aí sim* seria suspeito."

"Eu respondi que lembrava", disse Susanna serenamente, pegando um cigarro. "Lembro porque não foi uma noite qualquer, foi a noite em que Dominic sumiu. Depois disso, todo mundo ficou falando sobre o que tava fazendo na hora: *Ah, meu Deus, eu tava sentada na cama mandando mensagens pra minha amiga e o coitadinho do Dominic tava por aí, solitário, se eu tivesse ligado pra ele talvez* blábláblá... Nós quatro estávamos aqui. Jantamos e vimos televisão, aí Hugo foi pra cama e nós três ficamos acordados conversando por um tempo, depois fomos dormir por volta da meia-noite."

"Espera", falei. Eu tinha acabado de conseguir identificar uma coisa que andava me incomodando. "Por que acharam que ele se matou naquela época? E agora não acham mais? Se havia bons motivos naquela época, por que acham que...?"

"Ele mandou mensagem de texto pra todo mundo, lembra?", disse Susanna. "Na noite em que desapareceu; tarde, tipo três ou quatro da madrugada. Só dizendo 'Desculpa'. Você deve ter recebido. Até eu recebi, e nem sei por que Dominic tinha meu número e eu o dele, talvez de quando ele fazia aula comigo pra prova oral de francês? Eu lembro porque a mensagem me acordou e eu não tinha ideia do que ele tava falando, achei que tinha mandado mensagem pra pessoa errada e voltei a dormir."

Eu tinha uma lembrança indistinta daquilo, ou pelo menos achava que tinha, não que valesse muito, considerando que eu também me lembrava do enterro de Dominic. "Acho que eu recebi também", falei.

"Foi um bafafá danado", comentou Leon. "Quem recebeu a mensagem e quem não recebeu. Acho que metade das pessoas que disseram que receberam tavam mentindo pra poder fingir que eram melhores amigas do Dominic. Lorcan Mullan? Por favor. Não tem como Dominic Ganly sequer saber que Lorcan *existia*, menos ainda ter o número dele."

"Ah, Deus", disse Susanna. "E todo mundo alegando que assim que viu a mensagem simplesmente *soube*, que tinham tido uma *premonição*! Isabelle Carney tava jurando pra quem quisesse ouvir que tinha visto Dominic no pé da cama dela, *cintilando*. Gosto de pensar que até Dominic teria gosto melhor e não desperdiçaria seu grande momento de aparição com uma idiota tipo Isabelle Carney." Ela virou a xícara de café para beber o finalzinho. "Supostamente, agora a polícia acha que, se alguém matou Dominic, essa pessoa mandou a mensagem pra fazer todo mundo pensar que foi suicídio. E deu certo."

"Mas toda aquela coisa de Howth Head", falei. "Todo mundo achou isso. De onde veio?"

"Rastrearam o celular dele até lá", disse Susanna. "Foi de lá que a mensagem foi enviada, ou onde o celular foi localizado pela última vez por uma torre, sei lá. Todo mundo supôs."

"O que *significa*", disse Leon, "que agora a polícia acha que ele foi assassinado, porque, se ele tivesse se matado na nossa árvore, e só Deus sabe por que ele faria isso, como o telefone dele teria ido parar em Howth Head?"

A voz dele estava começando a se elevar de novo. "Relaxa", disse Susanna. "De muitos jeitos. Ele ia pular de Howth Head, mas não conseguiu seguir em frente, jogou o celular fora, veio pra cá e fez alguma coisa na árvore..."

"Por que aqui?"

Ela deu de ombros. "Porque aqui tem mais privacidade do que na casa dele, talvez. Como eu vou saber? Ou então ele nunca foi até Howth, só se matou aqui, teve uma overdose, sei lá, e alguém surtou e fez a coisa do telefone pra não ter conexão com a morte..."

"Ah, que ótimo. Mesmo que achem isso, o que não vão achar, porque eles são da *polícia*, não é trabalho deles imaginar explicações inocentes, mas *se*. Vão achar que deve ter sido a gente. Considerando que era o *nosso quintal*."

"Não vão, não. Se Dominic conseguiu entrar no quintal, ele pode ter trazido outra pessoa. Que pode ter visto a overdose dele ou a hora em que ele caiu na árvore, sei lá, e aí surtou. Ou que pode ter assassinado Dominic, se você quiser seguir por esse caminho."

Leon passou as mãos pelo rosto. "Puta merda", disse ele.

"Como ele *entrou* no quintal?", eu quis saber. "Porque o muro, lembra quando Jason O'Halloran e aquele cara de Blackrock brigaram na festa de Halloween? E Sean expulsou os dois? Jason tentou pular o muro pra voltar, mas não conseguiu. E ele era grande. Maior que Dominic."

"Bom, Dominic pode ter encontrado uma caixa ou algo pra subir, ou ter trazido alguma coisa. Mas..." Susanna tragou o cigarro. O perfil dela, virado para o céu, estava limpo e calmo como o de uma santa de gesso. "Eu aposto que não foi isso. Lembra que a polícia tava procurando a chave extra da porta do quintal? E Hugo disse que tinha uma pendurada atrás da porta, uma que sumiu? Desapareceu em algum momento daquele verão. Tipo um mês ou dois antes de Dominic morrer."

"Por que você não disse isso pra polícia quando perguntaram?", falei. "Ou pra gente?"

"Eu não lembrei na hora. Depois que fui embora é que pensei nisso. Sabe o que você disse sobre a Faye? A minha 'amiga loura esquisitinha que se cortava'?" Uma erguida de sobrancelha de lado para mim. "Foi o que me fez lembrar. No começo daquele verão, eu botava Faye pra dentro de casa escondida pelo quintal. Eu achava que, quanto menos Hugo soubesse, melhor, ele não precisava dos pais horríveis dela pegando no pé, e além do mais eu tinha dezoito anos, e, quanto menos os adultos soubessem, melhor. Mas, no fim do verão, eu tive que deixar Faye entrar pela frente, porque a chave tinha sumido e eu não queria perguntar pro Hugo onde ele guardava a reserva."

"Você contou isso pra polícia hoje?", perguntou Leon.

"Claro." Susanna apagou o cigarro no degrau e guardou a guimba no maço. "Eu não soube dar uma data exata, óbvio, mas eles ficaram bem interessados mesmo assim. Quem sabe; talvez Dominic tivesse fazendo planos."

"Ah, Deus", disse Leon, curvando-se para a frente como se estivesse com dor de barriga. "Eu quero tanto um baseado. Nenhum de vocês tem?"

"Não", disse Susanna. "E nem você se for esperto. Rafferty e os parceiros dele vão perguntar por aí sobre nós quatro. Devem até estar de olho na gente."

"E daí?", eu quis saber. "Você fica falando que eles não têm motivo pra achar que a gente fez nada..."

"E não têm. Então melhor não dar motivo pra eles. Principalmente você."

"O quê? Por que eu?"

"Porque era você que conhecia o Dominic. Se eles botarem na cabeça que ele veio aqui encontrar alguém, quem você acha que vão investigar?" E, quando eu revirei os olhos para o céu, ela disse: "Sei que você fica todo 'Ah, a polícia é nossa amiga, se vocês não fizeram nada de errado então não têm com o que se preocupar'. Mas, só por enquanto, talvez seja uma boa ideia fingir que isso não é necessariamente verdade. Só seja chato por um tempo."

"Pra você tá tudo bem", disse Leon com mau humor. "Alguns de nós têm mais coisa na vida do que crianças e pesadelos e..."

"E tem mais", disse Susanna. "Não digam nada ao telefone que vocês não queiram que a polícia escute. Nossos telefones podem estar grampeados."

"Ah, pelo amor de *Deus*", falei.

"Espera aí", disse Leon, virando a cabeça. "Foi *por isso* que você não quis falar comigo ontem à noite? E tá *me* dizendo pra deixar de paranoia?"

"Provavelmente não é o caso. Mas é melhor prevenir do que remediar." Percebi, com um pequeno choque, que, em algum nível, Susanna estava se divertindo. Na escola, ela sempre havia sido a inteligente, a que gabaritava todas as provas sem esforço enquanto eu seguia alegremente com minha sequência de Bs e Leon não parecia se importar com nada, aquela para quem os professores ficavam prevendo coisas grandiosas. Eu nunca tinha pensado muito sobre aquilo, exceto para dar meus parabéns com alegria sempre que ela fazia algo impressionante e levantar uma sobrancelha mental quando abandonou os grandes planos de doutorado para levar uma vida de fraldas e ranho; mas me ocorreu, de súbito, que aquela inteligência feroz de Susanna devia ansiar por um desafio havia anos.

"Merda", disse Leon, de repente, sussurrando e com os olhos arregalados. "E a casa? Eles podem ter plantado qualquer coisa enquanto procuravam..."

Fiz um ruído debochado. Susana balançou a cabeça. "Não. Ao que parece, é muito mais fácil obter um mandado pra grampear o telefone de alguém do que pra grampear a casa de alguém. Eles precisam de algo forte sobre a gente, o que é claro que eles não têm."

"Como você sabe dessas coisas?", perguntei.

"O milagre da internet."

"Vocês se lembram do mês passado?", Leon disse, pressionando os dedos nos olhos como se estivessem doendo. "Eu tinha acabado de chegar na cidade e todo mundo veio almoçar, e a gente tava sentado aqui surtando por causa do Hugo? E a gente achando que tinha problemas."

"A gente não tem problemas", disse Susanna. "Não mais do que naquele dia, pelo menos."

Leon escondeu o rosto nas mãos e começou a rir. Havia uma histeria em suas gargalhadas.

"Ah, se controla. E daí que os detetives falaram com você? Não foi o fim do mundo. E eles foram embora."

"Eles vão voltar."

"Pode ser. E, a menos que você diga alguma burrice enorme, eles vão embora outra vez."

Leon passou as mãos no rosto. Ele havia parado de rir. "Quero ir pra casa", disse ele. "Me dá uma carona."

"Daqui a pouco, tudo bem." Susanna se levantou e limpou o traseiro da calça jeans. "Andem. Vamos replantar essas coisas."

"Eles vão voltar", dissera Leon; só que não voltaram, e eu não sabia o que pensar sobre aquilo. Eu estava sempre esperando, preparado e prestando atenção se ouvia uma batida na porta, e acabou ficando impossível mergulhar de volta em nosso mundo submarino verde e suave. Havia algo errado nos sons da casa: muito altos, secos e estridentes, como se as janelas estivessem mais finas e cada canto de pássaro, rajada de vento ou barulho dos vizinhos estivesse lá dentro com a gente, me fazendo pular — eu tinha voltado a me encolher como um cavalo selvagem ao ouvir sons inesperados. Durante alguns dias ruins, tive certeza de que minha audição estava ficando estranha, até que percebi: a acústica do quintal havia mudado, o vento e os sons passavam sem controle pelo espaço onde o olmo ficava, pela extensão plana de lama.

Eles não voltaram, mas não pareciam ter ido embora. Nós continuávamos encontrando seus rastros por toda parte, panelas empilhadas do jeito errado nos armários da cozinha, roupas mal dobradas, garrafas trocadas no armário do banheiro. Era como ter um intruso escondido na casa, um goblin atrás do rodapé ou um invasor de olhos fundos agachado no sótão, esgueirando-se a fim de passear pela casa, comendo nossa comida e se lavando em nosso banheiro enquanto dormíamos.

Três dias, quatro, cinco: nada de Rafferty na porta, nada de telefonema, nada no noticiário. Os repórteres seguiram em frente; a enxurrada de mensagens no grupo de ex-alunos do Facebook (*Meu Deus, qual é a dessa história lá, eu pensei que ele tinha pulado de Howth Head??... Pessoal, só pra vocês saberem, dois detetives vieram falar comigo, não sei o que tá acontecendo, mas eles perguntaram um monte de coisas sobre Dom... Descansa em paz, amigo, nunca vou esquecer aquela terceira tentativa contra Clongowes, bons tempos... Qual é a história do quintal onde ele foi encontrado, de quem é a casa?*) morreu ou passou a ser offline. "Pode ser que o rastro tenha esfriado," disse Leon, esperançoso. "Ou seja lá como eles chamem. Eles colocaram em banho-maria."

"Você quer dizer que abandonaram a investigação toda", falei. "Algo tipo 'Tá difícil demais, então vamos trabalhar em algo que a gente possa resolver e mostrar serviço pro chefe'?"

"Ou", disse Susanna, abrindo um buquê enorme de ranúnculos carmesim esfarrapados — nós estávamos na cozinha; Hugo estava cochilando —, "isso é o que eles querem que as pessoas pensem."

"Ah, meu Deus, você é um raiozinho de sol do caralho", disse Leon, ríspido. "Sabia disso?"

"Só tô falando. Pode me ignorar se quiser." Ela espalhou as flores na bancada. "Quem trouxe isso?"

"Uma mulher de chapéu vermelho", falei. "Julia alguma coisa."

"Juliana Dunne? Alta, com cabelo escuro cacheado? Acho que ela e Hugo tiveram uma coisinha por um tempo quando a gente era criança."

"Não tiveram", disse Leon. Ele estava sentado na bancada, comendo de uma tigela de nozes e batendo o calcanhar na porta do armário. Eu queria mandar que ele parasse, mas, com aquele clima, ele só teria ficado pior.

"Ah, tiveram. Eles tiveram uma briga horrível uma vez, quando a gente tinha uns 14 anos. Bom, Hugo não exatamente brigou porque ele é o Hugo, mas ele ergueu a voz, e essa Juliana tava gritando, e aí ela saiu pisando duro e bateu a porta. Isso é briga de casal." Para mim, ela perguntou: "Lembra disso?"

"Não", falei. A coisa toda parecia improvável. Tive um momento paranoico em que imaginei se Susanna estaria inventando aquilo para foder com a minha cabeça.

Ela revirou os olhos e cortou os cabos das flores. "Ah, você. Juro que na semana *seguinte* você já teria esquecido que aconteceu. É típico: qualquer coisa com a qual você se sinta mal some da sua cabeça. A gente tava no quarto do Leon e eles tavam no saguão. E a gente engatinhou lado a lado até o patamar pra ouvir, lembra? E aí Juliana bateu a porta e a gente ficou prendendo o ar, esperando Hugo ir embora, mas ele olhou pra cima e falou supergrosseiro: 'Espero que vocês três tenham tido a diversão do dia', e aí voltou pra a cozinha e também bateu a porta. E ficamos com tanta vergonha que continuamos lá em cima pelo resto da noite e nosso jantar foi uma barra de chocolate Mars que Leon tinha guardado em algum lugar. Vocês não se lembram mesmo disso?"

"Não", disse Leon secamente, remexendo na tigela de nozes.

"Talvez", falei. Parecia meio familiar quanto mais eu seguia pensando: a poeira do patamar fazendo meu nariz coçar, a respiração rápida de Susanna perto do meu ouvido; nós três, depois, sentados no chão do quarto de Leon, encarando uns aos outros cheios de culpa... "Acho que sim. Mais ou menos."

"Ah", disse Susanna. Ela me olhou com uma avaliação ferina inesperada que me lembrou, de um jeito desagradável, do detetive Martin. Mas, antes que eu pudesse dizer qualquer coisa, ela se virou e bateu nos dedos de Leon com uma flor. "Para de fazer isso, outras pessoas também gostam de castanhas, e é nojento." E eles começaram a discutir de novo.

Susanna estava ali porque tinha levado Hugo à radioterapia — a última sessão dele, o que acabou parecendo um choque de traição, os médicos se despedindo sem emoção nenhuma e dando as costas enquanto a areia movediça o puxava para baixo; de acordo com Susanna, os médicos haviam tentado forçar cuidados hospitalares, mas Hugo tinha recusado na hora. Eu não sabia bem o que Leon estava fazendo ali. Ele aparecia bem mais vezes agora, surgindo com sushi na hora que Hugo e Melissa estavam preparando o jantar, circulando pelo escritório durante metade da manhã, mexendo nos badulaques de Hugo, se sentando no chão e procurando em listas de nomes por uns cinco minutos antes de pular como um suricato puxando conversa, *Ah, meu Deus, minha mãe contou que quer aprender a tocar violino, vai ser horrendo, aposto que os vizinhos dela vão processar, vou ter que voltar pra Berlim e nem ligar pro que a polícia vai achar disso... Toby, sabe aquele meu amigo Liam da escola? Bom, eu encontrei com ele ontem, e acontece que ele tá editando uma revista nova que seria perfeita pra um artigo sobre a loja da Melissa...* Havia uma aura febril e maníaca em tudo aquilo que me fazia questionar se Leon estava usando alguma droga, embora um estimulante me parecesse uma escolha estranha considerando as circunstâncias. "Ele tá passando por um momento difícil", disse Hugo quando a aldrava bateu de novo e eu fiz um comentário exasperado sobre ignorá-lo até ele ir embora. "Ele já é um cara tenso, e com isso agora... Ele vai ficar bem no final. Só tenha paciência."

Foi mais ou menos o que Susanna disse, só que com termos menos reconfortantes. Ela e eu estávamos na cozinha, arrumando tudo depois do almoço de domingo, que estava adquirindo uma energia cada vez mais lunática; ninguém havia conseguido elaborar novas teorias para substituir o informante da Guerra Civil e o sacrifício celta, ou pelo menos não teorias das quais gostassem o bastante para compartilhar, por isso todo mundo estava botando muita energia em fingir que a coisa toda nunca tinha acontecido. Para ter certeza de que não existiria um segundo sequer de silêncio traiçoeiro, meu pai e todos os tios ficavam revirando laboriosamente lembranças de fugas da infância, e todo mundo ria demais. Leon parecia saído de um hospício; o motivo de eu fazer a arrumação era por não suportar mais ficar na mesma sala com ele. "Eu achava que você tinha dito pro Leon não usar drogas por um tempo", falei depois que outro grito frenético soou na sala.

"Ele não tá usando." Susanna estava guardando as sobras, com um olho em Zach e Sallie, que estavam cavando uma trincheira no campo de batalha lá nos fundos, felizes da vida.

"Então qual é a desculpa dele?" Eu estava arrumando a geladeira para abrir espaço. Havia muitas sobras. Apenas Oliver tinha comido bem.

"Ele só tá tenso. E você não tá ajudando. Para de implicar com ele."

"Eu não tô fazendo nada."

"Para com isso. Você revira os olhos cada vez que ele abre a boca..."

Empurrei um cheddar vencido para o fundo de uma prateleira. "Ele parece aquela doidinha do *Friends*. Tá me dando dor de cabeça."

"Escuta", disse Susanna, botando as batatas em uma tigela menor. "Você precisa ser mais cuidadoso com o Leon. Ele já tá morrendo de medo da polícia. Você ficar fazendo comentários ferinos tipo 'Espero que você segure sua onda melhor perto do Rafferty' não ajuda."

Eu achava que ninguém tinha ouvido aquilo. "Eu tava brincando, caramba."

"Não acho que ele esteja com humor pra brincadeira."

"Bom, aí é problema dele."

Aquilo a fez erguer a sobrancelha, mas ela respondeu com tranquilidade: "Claro. Mas quando Leon fica estressado demais... lembra aquela vez, quando a gente tinha uns nove anos e ele quebrou aquele barômetro velho esquisito que o meu pai tinha na escrivaninha? E você ficava implicando com ele, *Meu Deus, você tá ferrado, o tio Phil ama aquela coisa, ele vai ficar com muuuita raiva...* Lembra disso?"

Eu não tinha certeza. "Você faz com que eu pareça um merdinha. Eu não era ruim assim."

"Não, não um merdinha. Você só tava de brincadeira; nunca se preocupava em se meter em confusão, sempre se safava de qualquer uma mesmo, e acho que não chegava a entender como aquela situação deixava o Leon preocupado. Quando meu pai chegou em casa, Leon tava em pânico, bastou uma olhada no meu pai e ele gritou: 'O Toby comeu as balinhas da gaveta da escrivaninha!'. Você não lembra mesmo?"

Eu achava que sim, mais ou menos, talvez. A boca aberta de Leon e as mãos tentando inutilmente juntar as partes quebradas, Susanna catando cacos de vidro no tapete, eu respirando nuvens de bala de menta extraforte enquanto olhava... só que eu tinha ido procurar a cola, eu tinha tentado ajudar, não? "Mais ou menos", falei. "O que aconteceu no final?"

"Você se safou daquela vez também." Um olhar de esguelha por cima do ombro. "Claro. O adorável sorriso acanhado e 'Ah, eu tava fingindo que era o senhor, tio Phil, eu ia me sentar na sua escrivaninha e escrever uma declaração dizendo que era contra a lei minha professora passar dever de casa, mas sei que o senhor sempre precisa comer muitas balinhas quando escreve uma declaração...'. E o meu pai riu e claro que não conseguiu te dar bronca. Mas preciso admitir que você o deixou com um humor tão bom que ele não chegou a ficar muito irritado por causa do barômetro. Deu tudo certo no final."

"Onde você quer chegar?" Outro ruído estridente vindo da sala, meu Deus... "Você acha que o Leon... se eu irritar o Leon, ele vai o quê? Jogar a *polícia* em cima de mim?"

Susanna deu de ombros e cortou com habilidade o plástico filme. "Bom, não de propósito. Mas ele não tá pensando direito. Se você deixar ele com medo e puto, quem sabe o que o Leon pode acabar falando. É bom você ter isso em mente e dar sossego pra ele. Porque talvez você não consiga se safar na conversa."

"Ah, corta essa." Eu ri; ela não reagiu. "Ele não faria isso. A gente não tá falando de crianças pegando balas; é coisa séria. Leon sabe disso."

Susanna se virou, uma tigela em cada mão, e me encarou ao passar na direção da geladeira. Ela disse: "Sabe, Leon nem sempre gosta tanto de você."

O quê? "Bom", falei após um momento. "Isso também não é problema meu."

Susanna ergueu a sobrancelha, mas, antes que pudesse responder qualquer coisa, Tom enfiou a cabeça pela porta. "Oi", disse ele com alegria. "Volta pra cá, seu pai tava contando pra gente sobre..." E aí ele olhou para além de nós, para o quintal. "Ah, meu Deus. Su. Olha aquilo."

Zach estava se levantando de uma queda ou mergulho na trincheira. Ele estava sorrindo e coberto da cabeça aos pés de lama. Sallie não estava muito melhor. Ela puxou uma mecha de cabelo enlameado do rosto e o examinou com interesse. "Mamãe!", gritou ela. "A gente tá sujo!"

"Puta merda", disse Susanna. "É impressionante."

"Como você vai levar eles pra casa? O carro vai ficar..."

"Banho", disse Susanna. "Tem umas roupas lá em cima. A gente vai ter que carregar os dois, senão eles vão sujar tudo... Meninos! Chega de sujeira por hoje!"

Zach e Sallie fizeram o previsível em termos de reclamação e súplicas, até que, finalmente, Su e Tom os pegaram com os braços esticados e os levaram na direção da escada, Sallie rindo e fazendo marcas de lama nas bochechas da mãe enquanto Susanna ria e tentava desviar, Zach me olhando com uma expressão vazia por cima do ombro de Tom e esticando a mão para deixar uma bela marca de dedos na manga da minha camiseta branca. "*Isso* parece divertido", disse Leon, passando por eles e entrando na cozinha. "Só que não. Merda, eu perdi a arrumação?"

"Perdeu."

"Ops." As pontas dos dedos na boca redonda. Ele estava meio bêbado. "Eu pretendia ajudar, juro. Mas seu pai é um filho da puta muito engraçado. Acha que a gente fazia as coisas pelas costas dos nossos pais? A gente era um bando de *amadores*. Teve uma vez, sabe, que eles vestiram o cachorro do vizinho de..."

"Sim, já ouvi essa." Meu pai odiava aquela história, eu não lembrava o motivo. Se ele estava contando, era porque estava desesperado. "E todas as outras."

"Nossa", disse Leon, sacudindo o gelo no copo e me olhando de um jeito que, por baixo daquele brilho bêbado, pareceu surpreendentemente direto. "Quem pisou no seu calo?"

"Não tô no clima."

"Susanna tava falando coisas?" E, como não respondi, ele comentou: "Porque eu sou doido por ela, mas, meu Deus, quando ela quer, ela sabe ser a *maior* chata..."

"Não", falei, e passei por ele e voltei para a sala a fim de procurar Melissa e ver se ela tinha alguma ideia de como fazer aquela gente toda ir embora.

* * *

O almoço de domingo, as horas no escritório de Hugo, as noites na frente do fogo: para alguém de passagem, Hugo, Melissa e eu parecíamos ter caído sem esforço nenhum em nossa antiga rotina. Hugo havia até dado um passo no mistério McNamara da sra. Wozniak: ele tinha encontrado o novo grupo de primos, sendo que um deles por acaso possuía um monte de diários ilegíveis do século XIX de algum ancestral, que passamos horas tentando decifrar, contendo basicamente um monte de reclamações sobre a qualidade do ensopado e a sogra do sujeito. "Ah", disse Hugo com satisfação, puxando a cadeira para a pilha de pequenos volumes velhos: páginas amareladas, tinta desbotada, capa de couro marrom gasta nas bordas. "Eu fico tão mais à vontade com as coisas do jeito antigo. Centimorgans e megabases são ótimos, mas o software corta tantas irrelevâncias, e eu *gosto* das irrelevâncias. Me dá um documento velho aos pedaços que precisa de horas com um pente fino e eu sou um homem feliz."

Mas não era a mesma coisa. Hugo estava piorando: não era o declínio final, ainda não, mas estava chegando tão perto que a silhueta estava começando a se consolidar, nós víamos o contorno de como seria quando aquilo finalmente saísse das sombras. Melissa e eu estávamos cozinhando cada vez mais; Hugo não conseguia ficar de pé por mais do que alguns minutos, não conseguia segurar a faca com força suficiente para cortar qualquer coisa mais dura que manteiga, e nós nos vimos planejando tacitamente refeições (*stir-fry* e risoto) que não o forçariam a se sentar à mesa e ter que ficar cortando coisas todo desajeitado. Quando Phil visitava, eles não jogavam mais damas, e eu demorei mais do que deveria para entender por quê. Havia momentos em que eu ficava ciente de que os ritmos silenciosos de movimento do lado de Hugo no escritório tinham parado, e, quando eu olhava, via-o encarando o nada, as mãos inertes na mesa. Uma vez, fiquei observando por uns quinze minutos; quando não aguentei mais e falei "Hugo?", precisei repetir três vezes para ele finalmente se virar — infinitamente devagar, como alguém drogado até a alma — e me encarar com o mesmo olhar desprovido de curiosidade e afetação que teria dado para uma cadeira ou uma caneca. Finalmente, algo mudou nos olhos dele, Hugo piscou e disse: "Sim? Encontrou alguma coisa?", eu respondi qualquer besteira e ele foi voltando gradualmente ao normal. Havia manhãs em que ele descia com as mesmas roupas que havia usado no dia anterior, amassadas como se tivesse dormido com elas. Quando certa noite sugeri, com hesitação, que podia ajudá-lo a se trocar, ele respondeu com rispidez: "Você acha que eu sou idiota?". E o olhar que lançou para mim, um disparo de pura repulsa explícita, me chocou tanto que gaguejei uma incoerência qualquer e enfiei a cara no livro. O silêncio excruciante se prolongou pelo que pareceu uma eternidade, até eu ouvir os passos dele saindo da sala e subindo as escadas. Fiquei meio com medo de descer na manhã seguinte, mas ele se virou do fogão e sorriu como se nada tivesse acontecido.

Não era só Hugo. Perto dele, Melissa costumava ser o serzinho feliz de sempre (e mesmo agora ele nunca era ríspido com ela, a voz era sempre gentil, a ponto de eu acabar ficando com um ciúme absurdo); mas, quando a minha família chegava, ela ficava calada, sorrindo em um canto com olhos atentos. Mesmo que fôssemos só nós dois, havia uma penumbra sutil de recolhimento nela. Eu sabia que algo a estava incomodando e tentei fazer Melissa falar algumas vezes, talvez não com tanto empenho quanto deveria: eu não estava na minha melhor forma para negociações emocionais complexas. Eu ainda tomava Xanax todas as noites, e agora de vez em quando também de dia, o que, àquela altura, tornava difícil ter certeza se minha série de merdas recorrentes — névoa mental, sentir cheiro de desinfetante e sangue em momentos improváveis, várias outras coisas previsíveis e chatas demais para mencionar — eram causa ou efeito, embora obviamente eu tivesse dificuldade de seguir uma visão otimista. Hugo e Melissa fingiam não notar. Nós três nos deslocávamos com cuidado uns ao redor dos outros, como se houvesse algo escondido em algum lugar da casa (uma mina terrestre, um colete suicida) que, com um passo em falso, explodiria e nos deixaria em pedacinhos.

Apesar de saber que não fazia sentido, eu culpava os detetives. Eles haviam aparecido como um furacão, nos interrogado como se fôssemos criminosos, nos jogado na rua. Todo aquele estresse tinha fodido a minha cabeça e devia ter dado um empurrão em Hugo rumo ao declínio; eles foram embora e nos deixaram com várias perguntas perturbadoras que não tinham intenção nenhuma de responder; no fim das contas, nós estávamos bem antes de eles chegarem, e agora não estávamos mais. Eles tinham feito alguma coisa que ainda não estava clara com a nossa base, e agora a estrutura inteira estava rachando e se retorcendo em volta da gente — e só nos restava nos preparar e esperar.

* * *

Uma semana, dez dias... e nada. E aí, uma noite — uma noite fria e com vento, tempo de Halloween, folhas voando e batendo nas vidraças, nuvens tênues passando na frente de uma lua delgada —, houve uma batida na porta. Eu estava na sala, na frente do fogo, lendo um livro antigo de Gerald Durell que havia encontrado em uma estante e descoberto que conseguia acompanhar porque não tinha um enredo muito complicado. Melissa estava em uma feira; Hugo tinha ido para a cama logo depois do jantar. Botei o livro de lado e fui até a porta antes que a pessoa batendo o acordasse.

Uma torrente de vento entrou e seguiu pelo corredor, derrubando alguma coisa da mesa da cozinha com um estrondo. O detetive Martin estava à porta, encolhido e bufando, os ombros curvados.

"Meeeu Deus", disse ele, o rosto se iluminando ao me ver. "O homem em pessoa. Você é um cara difícil de encontrar, Toby, sabia disso?"

"Ah", falei. Eu tinha demorado um momento para reconhecê-lo. "Desculpa. Aqui é a casa do meu tio, ele tá doente. Eu tô aqui pra..."

"Ah, sim, eu sei essa parte. Tô falando da estrada. Passei metade da noite rodando em círculos procurando a casa... e meu carro tá na oficina. Tô congelado até a cueca."

"Quer entrar?"

"Ah, ótimo", disse Martin com sinceridade, passando por mim, o frio emanando dele. "Eu tava torcendo pra você dizer isso. Só por alguns minutos, pra descongelar um pouco antes de eu voltar a sair. Aqui, né?"

Ele já estava na metade da sala.

"Quer beber alguma coisa?", perguntei.

Eu estava prestes a oferecer chá ou café, mas ele falou com alegria, tirando o casaco, indicando meu copo de uísque na mesa de centro: "Eu me junto a você, claro, se você ainda tiver mais um pouco aí. Preciso encontrar um lado positivo pra estar sem carro."

Fui para a cozinha e peguei outro copo. Minha mente estava girando — *Eu sei essa parte*? Como ele sabia essa parte? E o que estava fazendo ali, afinal? "Que lugar gostoso", disse Martin quando voltei; ele tinha se acomodado na poltrona mais próxima do fogo e olhava ao redor com apreciação. "Minha patroa gosta de tudo brilhando, sabe como é? Muita coisa cromada, muitas cores fortes, tudo arrumadinho. É ótimo, não me entenda mal, mas eu, se eu fosse solteiro..." Ele bateu no braço da poltrona velha adamascada. "Eu estaria vivendo assim. Ou o mais perto que conseguisse com o meu salário."

Eu ri de forma automática e passei o copo para ele. Ele o ergueu. "Saúde."

"Saúde." Fui me sentar na beira do sofá e peguei meu copo.

Martin virou um gole grande e soprou ar. "Ahhh. Que uísque ótimo esse. Seu tio é um homem de bom gosto." Ele tinha ganhado um pouco de peso desde a primavera, e o cabelo estava mais curto. Corado do frio, com as pernas esticadas na direção do fogo, ele parecia em casa, um burguês próspero relaxando após um dia duro de trabalho. Eu esperava com fervor que Hugo não escolhesse aquele momento para acordar e descer as escadas. "Como você tá?"

"Bem. Tirei um tempo pra cuidar do meu tio."

"Gentileza do seu chefe te dar uma licença. Ele é um bom homem. Gosta de você."

"Não é por muito tempo", falei feito um idiota.

Ele assentiu. "Lamento ouvir isso. Como tá seu tio?"

"Tão bem quanto poderia estar, eu acho. Ele tá..." As mãos inertes, o vazio antes que algo por trás dos olhos dele voltasse e me encontrasse. A palavra que eu queria era *diminuindo*, mas não consegui encontrá-la e não a teria usado, de qualquer modo. "Ele tá cansado."

Martin assentiu com solidariedade. "Meu avô foi do mesmo jeito. É difícil só olhar e esperar. É uma droga. A única coisa que eu posso te dizer é que ele nunca sentiu dor. Só foi ficando mais fraco, até que uma manhã caiu e..." Um estalo leve de dedos. "... foi assim. Eu sei que não é muito consolo, cara. Mas, em comparação ao que a gente temia... Podia ter sido bem pior."

"Obrigado", falei. "A gente tá levando um dia de cada vez."

"É o que dá pra fazer. Vem cá, antes que eu esqueça..." Tateando dentro do casaco, pendurado casualmente no braço da poltrona. "Eu vim por causa disso." Ele tirou um saco plástico retorcido e se inclinou para a frente com um grunhido ao entregá-lo para mim.

Dentro estava o castiçal de ferro de Melissa. Era mais pesado do que eu lembrava, mais frio e menos fácil de segurar, como se feito de uma substância diferente e desconhecida. Eu quase perguntei se ele tinha certeza de que era o certo.

"Desculpe a demora", disse Martin, se ajeitando na poltrona e tomando outro gole de uísque. "O departamento técnico tá sempre lotado, e uma coisa assim onde ninguém morreu, não tem suspeitos no radar, não costuma ter prioridade."

"Certo", falei. "Eles...? Quer dizer, eu posso perguntar? Encontraram alguma coisa nisso?"

"Pode perguntar; claro, se não for da sua conta, de quem é? Não tinha digitais; você tava certo sobre as luvas. Tinha muito sangue e um pouco de pele e cabelo, mas tudo seu. Não se preocupe, mandei o departamento lavar bem." Senti uma pulsação intensa na cicatriz. Eu me segurei para não levar a mão até ela.

"Obrigado", falei.

"Quero deixar você tranquilo aqui, cara. Isso não quer dizer que a gente tá desistindo. Nada do tipo. Pra mim, não importa o tempo que leve, sempre resolvo meus casos. Chegam novas pistas o tempo todo. E os caras nem eram gênios do crime." Ele abriu um sorriso grande e confiante. "Não se preocupe. A gente vai pegar eles."

"Sim", falei. "Que bom."

"Você tá bem? Eu não quis abrir a Caixa de Pandora."

Ele estava me observando por cima do copo, parecendo casual, mas percebi seu brilho alerta. "Estou ótimo", falei. Coloquei o castiçal no saco e o deixei no chão ao meu lado. "Obrigado de novo."

"Eu não sabia se devia trazer de volta agora ou esperar um tempo. Você já teve umas semanas bem difíceis." E, quando ergui o rosto depressa, ele explicou: "Com o..." Ele inclinou a cabeça na direção do quintal.

"Ah", falei. "É." Fazia sentido que Martin soubesse sobre Dominic; encaixava com minha vaga ideia em relação a detetives, gritando relatos picantes sobre o dia uns para os outros por cima de mesas cheias de canecas de café e papelada ilegível.

"A última coisa de que você precisava, eu diria. Um choque desses."

"Tem sido estranho mesmo."

Martin apontou para mim como se eu tivesse dito algo inteligente. "Não brinca, Toby. *Estranho* é a palavra. Em o quê? Cinco meses? Você é roubado, é quase morto e um esqueleto aparece no seu quintal? Quais as chances?"

"O roubo e quase ser morto foram parte da mesma coisa", falei com mais rispidez do que pretendia. "Não duas coisas separadas. E o esqueleto não tava no meu quintal."

Para minha surpresa, Martin se encostou na cadeira e riu. "Você tá bem melhor do que antes", disse ele. "Não tá?"

Por algum motivo, senti que não devia admitir aquilo. Maldita Susanna com suas insinuações sombrias sobre O Homem estar contra nós; eu tinha revirado os olhos, mas acho que devo ter absorvido uma parte. "Eu tô legal", falei.

"Que bom, que bom", ele disse com empolgação, batendo no braço da cadeira, "fico feliz da vida. Mas, mesmo assim: você entende o que tô dizendo, né, Toby? Se você morasse num conjunto habitacional, isso seria comum: roubo, agressão, cadáver, tudo isso seria banal. Pra um jovem decente feito você, que nunca tinha ido parar na polícia antes exceto pelas multas por excesso de velocidade..." Por que ele teria se informado sobre minhas multas por excesso de velocidade? Tinha acontecido anos atrás, mas eu senti culpa, me senti flagrado. "... aí é outra coisa. Pode ser uma coincidência enorme, claro. Mas tenho que me perguntar: e se não for?"

Após um momento em que fiquei olhando para Martin sem ideia de como responder, ele acrescentou: "Foi você quem disse, Toby. Você acertou na mosca. É estranho."

"Espera", falei. Havia uma sensação esquisita na minha cabeça, tipo o zumbido vertiginoso de percorrer um túnel rápido demais, perto demais das paredes... "Você acha... Espera. Você acha que alguém, alguém matou Dominic e..."

"É o que o pessoal tá pensando agora. Nada definitivo ainda, isso pode mudar, mas é o que estão investigando agora."

"... e aí a, a... a pessoa veio atrás de mim?"

Martin girou o uísque e me observou.

"Mas. Quer dizer, *por quê?* Dez anos depois? E por que fariam isso, pra começar, por que iam querer...?"

"Ainda não sabemos por que Dominic foi morto", observou Martin com sensatez. "Se é que ele foi morto. Quando descobrirmos, talvez a gente tenha uma ideia melhor do que iam ou não querer fazer. Alguma ideia sobre isso?"

"Não. Os outros caras, os outros detetives, eles já me perguntaram sobre Dominic. Contei tudo de que consigo me lembrar." A sensação intensa estava aumentando. Tomei um gole grande de uísque, torcendo para deixar minha mente mais clara. Não ajudou.

"Havia algo em que vocês dois estivessem envolvidos que pudesse ter chateado alguém?"

"Tipo o quê?"

Um movimento de ombros. "Pegar no pé do otário da turma, talvez. Todo mundo já fez isso, claro: só pegar no pé, sem fazer mal. Mas esse tipo de gente guarda ressentimento, fica obsessivo..."

"Não era assim. Eu não fazia bullying."

"Dominic fazia?"

"Um pouco. Às vezes. Não mais do que vários outros caras."

"Hum." Martin pensou naquilo, reposicionando as pernas em um ângulo melhor na direção do fogo. "E drogas?"

"Tipo o quê?"

"Tipo uma compra que deu ruim, digamos. Ou alguém que se meteu com coisa pesada, teve uma viagem ruim ou overdose e botou a culpa em vocês dois."

"Não", falei. "Eu nunca vendi nada. E nunca houve..." Não me parecia uma conversa que eu quisesse ter com um detetive. "Nada do tipo."

"Certo." Martin ergueu o copo e estreitou os olhos para o fogo através da bebida. "A outra possibilidade", disse ele, "é vingança."

"Vingança?", falei após um segundo de total perplexidade. "Pelo quê?"

"Rafferty ouviu falar que você teve uns problemas com Dominic Ganly."

"O quê? Não tive, não." Quando ele ergueu uma sobrancelha cética, acrescentei: "Quem disse que eu tive?"

"Os rapazes andam ouvindo por aí", respondeu Martin com um movimento vago da mão. "Vem pipocando nas entrevistas aqui e ali. Uma daquelas coisas que todo mundo ouviu alguém falar, mas ninguém sabe bem onde começou."

"Eu *nunca* tive problemas com Dominic. Não éramos melhores amigos nem nada, mas a gente se dava *bem*."

"Certo", disse Martin. "Mas o fato é que, se o pessoal da Homicídios ouviu isso, seja ou não verdade, alguma outra pessoa pode ter ouvido. E acreditado."

"E..." Eu não estava acompanhando, aquele surgimento de novas informações estava engarrafando meu cérebro. "E o quê? Alguém achou que era culpa minha Dominic ter se matado? E veio atrás de mim?"

"É possível. Ou não achou que ele tivesse se matado."

"Acharam que eu o *matei*?"

Martin deu de ombros, me olhando.

"Que *loucura*." E, depois de um longo momento em que o detetive não disse nada e eu não consegui pensar em uma única palavra para dizer, respondi: "Não. O sotaque dos caras que me bateram. Eles eram marginais. Dominic não conhecia ninguém assim. Definitivamente não era alguém que seria próximo o bastante pra querer *vingança*. De jeito nenhum."

"Ele conhecia gente que poderia ter contratado alguém."

"Mas isso é loucura", repeti. "Dez anos depois? Por que tão de repente, como saberiam que...?"

Martin suspirou. "Pode ser que eu esteja nisso há tempo demais", disse ele. "Já vi acontecer com outras pessoas: anos demais procurando a ligação e elas começam a ver conexões em toda parte. Tinha um cara, sabe? Tava convencido de que um homicídio em Sallynoggin tinha conexão com uma briga de bar em Carlow. Teria apostado a própria casa até. Centenas de horas entrevistando os pobres filhos da puta de Carlow, verificando álibis, digitais, pegando mandados pra DNA, essas coisas. Só porque os dois casos tinham bonés da Budweiser que foram encontrados por perto. O apelido dele ainda é 'Bud'."

Não consegui sorrir em resposta. "Eu sou um...?" A palavra pareceu ao mesmo tempo ridícula e explosiva demais para dizer, um botão vermelho enorme de desenho animado que a um só toque poderia detonar a casa toda. "Acham que eu *fiz* isso? Os outros detetives?"

Ele ergueu o olhar do fogo, perplexo. "Você quer saber se é um suspeito?"

"Acho que sim. Eu sou?"

"Claro que é. Se alguém matou Ganly, foi alguém que tinha acesso ao quintal. Só umas poucas pessoas tinham acesso dentro da janela de tempo. Todas são suspeitas."

"Mas", falei. Meu coração estava batendo de um jeito horrível, me sacudindo todo; eu tinha certeza de que Martin ouviria na minha voz. Eu sabia daquilo tudo em algum lugar no fundo da minha mente, obviamente sabia, mas ouvir em voz alta daquela maneira... "Mas eu não fiz *nada*."

Ele assentiu.

"Eles acham que eu fiz?"

"Não tenho ideia. Pra ser sincero com você, acho que eles não avançaram muito. Só estão jogando teorias por aí e vendo o que cola; ainda não escolheram uma."

"*Você* acha que eu fiz?"

"Não pensei nisso", disse Martin com alegria. "Não é meu caso; eu não sou pago pra ter teorias sobre os casos das outras pessoas. Só ligo se tiver alguma coisa a ver com meu caso de roubo e agressão." E, como não parei de olhar para ele, Martin acrescentou: "Vamos lá, cara. Se eu achasse que você era assassino, eu estaria aqui tomando seu uísque e batendo papo?"

"Sei lá."

Ele me encarou. Irritado, com um tom de beligerância. "Espera aí. Eu saio na chuva na minha noite de folga pra te fazer um *favor*..." Ele apontou para o castiçal dentro do saco, que eu já tinha esquecido completamente. "... e você tá me acusando de sacanear contigo?"

"Não", falei. "De verdade. Me desculpa."

Eu não tinha certeza de por que estava pedindo desculpas, mas depois de outro momento me olhando, Martin cedeu. Com mais gentileza, ele disse: "Dois favores, na verdade. Aquilo ali..." O castiçal. "... eu poderia ter enviado pelo correio. Mas acho você um sujeito decente, e você já passou uns perrengues nos últimos tempos. Achei que você precisava de uma motivação fora dos registros, sabe? Se você não tinha nenhum problema com Ganly, você precisa pensar direitinho sobre o motivo de alguém andar por aí dizendo que tinha."

"Eu não sei por quê. Eu nem sei *quem* faria..."

Mas o detetive estava puxando a manga para olhar o relógio, se levantando da cadeira. "Meu Deus, tá mais tarde do que eu pensava. Tenho que ir antes que a patroa decida que fugi com uma garota mais nova... ah, não, só tô brincando, ela sabe que não sou desses. Ela vai pensar que eu fugi pra um lugar com sol, Lanzarote ou algum outro. Eu não aguento esse tempo, é ruim pra minha cabeça..." Ele me olhou enquanto vestia o casaco. "O que foi?"

"Eu não entendo. Nada. Do que tá acontecendo."

Martin parou de tatear os bolsos e me encarou. "Se você não teve nada a ver com isso", disse ele (*se?*), "então pelo menos alguém da sua família ou um dos seus amigos teve. E estão tentando te jogar na merda. E, se eu fosse você, estaria dedicando todo o meu tempo pra descobrir quem e por quê. Começando agora mesmo."

Depois que Martin foi embora, passei uma hora andando em círculos pela sala — não do meu costumeiro jeito arrastado, mas uma caminhada rápida e brusca, e eu queria poder fumar dentro de casa. Hugo ainda não tinha descido, e eu estava rezando para ele ficar dormindo e para a feira de negócios de Melissa demorar muito tempo. Eu precisava pensar.

Era de se esperar que a parte em que eu virava suspeito de homicídio estivesse no topo da minha lista, mas aquilo não me pareceu a coisa mais importante, não depois que o susto inicial havia passado. Afinal, Martin tinha razão, qualquer um que tivesse acesso à árvore deveria estar na lista de suspeitos, e eu duvidava que fosse acusado de homicídio só porque alguém contou para alguém que outro alguém disse que eu tinha problemas não especificados com Dominic. Mas, gradualmente. o resto do que Martin tinha dito estava decantando, e, quanto mais eu pensava, mais parecia óbvio, inescapável e vibrante, com uma verdade tão vital que repuxava como um grande ímã: o que tinha acontecido com Dominic estava, tinha de estar, conectado com aquela noite.

O que eu não conseguia entender era como. Eu ainda não conseguia pensar em nenhuma forma pela qual a tal vingança equivocada ou os mesmos caras voltando para me pegar fizessem sentido — afinal, eu estava apagado no chão; se tinham ido me matar, poderiam ter feito isso com facilidade (meus pés se afastaram do castiçal, uma forma estranha dentro do saco plástico). Mas parecia óbvio que havia alguém por aí — supostamente a mesma pessoa tentando me jogar na merda — que sabia exatamente qual era essa conexão. E, como Martin dissera, a lista não era tão longa. Os amigos que podiam ter acesso à chave extra do jardim em algum lugar daquele verão... queria poder reduzir a lista. Meus primos. Hugo.

Nenhum deles parecia remotamente plausível, tanto como assassinos quanto como artistas maquiavélicos da incriminação. Ainda assim... ainda assim. Estava ficando cada vez mais claro (e Martin devia saber o tempo todo) que a velha história sobre os ladrões estarem atrás do meu carro não fazia sentido. Eu havia passado o dia todo fora do apartamento e metade da noite também, meu carro e a chave estavam bem ali; se eles estavam observando meu apartamento, por que teriam esperado até eu chegar em casa?

Aquelas gavetas ali, eles reviraram muito todas elas. A câmera velha que eu tinha comprado nos meus 18 anos tinha sumido. Fotos de festas antigas.

Eles estavam procurando algo que tivesse a ver com a morte de Dominic. O carro, a televisão, o Xbox, tudo aquilo tinha sido jogo de espelhos — olha, só um roubo comum, nada demais! Esperaram até eu estar em casa para que, se não conseguissem encontrar o que queriam, pudessem arrancar a informação de mim... eu não queria pensar como. Só que eu tinha acordado e partido para cima e tudo tinha dado errado.

Normalmente, a gente já teria uma ideia de quem procurar. Dessa vez, nada tá soando familiar. Tô me sentindo meio culpado por isso, pra ser sincero com você... Martin sabia desde o começo. Não sobre Dominic, obviamente, mas sabia que meu caso não havia sido um roubo comum; aqueles homens tinham vindo até mim não por coincidência, mas através de um planejamento cuidadoso.

Devia parecer bem mais horrível assim: estar na mira, ser perseguido, caçado. Mas não parecia. Se eles tinham vindo atrás de mim especificamente, por algo que eu fiz ou algo que eu tinha, então eu não era apenas uma vítima, nem um objeto atropelado por estar ao acaso no meio do caminho: eu era real, uma pessoa. Eu tinha sido o fator crucial no coração da coisa toda, e não uma irrelevância sem sentido a ser ignorada, jogada de lado. E, se eu era uma pessoa dentro de tudo aquilo, então eu podia fazer alguma coisa.

Minha mente estava trabalhando com mais clareza do que em meses, uma clareza cristalina que tirava meu fôlego como o ar de uma nevasca. Eu tinha esquecido como era pensar daquele jeito.

Eu não podia procurar os ladrões e obrigá-los a confessar a história, a despeito das minhas fantasias fodonas envolvendo Liam Neeson. Mas a outra ponta do fio, a ponta que ficava em algum lugar da Casa da Hera: essa eu podia encontrar, talvez, e seguir.

Independente do clima, eu precisava de um cigarro. Botei o casaco e fui até o terraço. O vento rugia alto nas árvores, a luz da cozinha lançava sombras distorcidas nos vales e depressões de lama. As folhas sacudiam, a chuva brilhava nos ladrilhos do terraço. Meu coração estava batendo na garganta, e, por algum motivo, eu me vi sorrindo.

"O que é isso?", perguntou Melissa, indicando o saco plástico, mais tarde, depois de chegar com o rosto frio e molhada e logo após tê-la acomodado no sofá com cobertores e chocolate quente. Eu estava ouvindo as histórias da feira e remexendo na sacola de amostras que Melissa tinha levado para casa.

"Ah", falei, erguendo os olhos do que parecia ser uma camisinha minúscula feita de lã. "É o seu castiçal. O que a polícia levou. Aquele detetive, o Martin, veio devolver."

"Por quê?", perguntou Melissa rispidamente.

"Já acabaram de examinar. A perícia."

"E por que ele veio em pessoa? Por que não enviou pelo correio?"

Eu não queria contar nada para ela, não naquele momento, não enquanto não tivesse algo sólido. "Acho que ele tava pela região."

"Sobre o que ele queria conversar?"

Ela estava sentada ereta, o chocolate quente esquecido. "Ele não queria", falei, voltando a olhar a sacola. "Só deixou o castiçal e foi embora. Isso aqui é uma camisinha pra duendes?"

Melissa riu e relaxou. "É um dedoche, seu bobo! Olha, tem rosto, quando foi que você viu uma camisinha com...?"

"Eu já vi coisas mais estranhas. Aposto que dá pra comprar..."

"É de *lã*!"

Com uma pontada de pânico, vi os dois copos de uísque vazios que eu obviamente tinha esquecido de retirar, mas Melissa não reparou ou supôs que Hugo e eu tínhamos tomado uma saideira juntos. "Duendes safados, então", falei. "Que tipo de feira era essa, afinal?"

"Ah, do tipo louca. Gente pendurada em lustres de vidro soprado."

Ela ficou feliz porque eu estava brincando, e só nessa hora percebi o quanto aquele primeiro encontro com Rafferty e Kerr havia me paralisado, o quanto eu tinha voltado para um espaço escuro e ecoante. "Enchendo banheiras de hidromassagem com champanhe orgânico de mirtilo e flor de sabugueiro", falei. "Eu sabia."

"Nós somos uns doidos."

"Graças a Deus por isso", falei, me inclinando para beijá-la, "senão você não me aguentaria." Senti o sorriso de Melissa em minha boca.

Nós voltamos a xeretar as amostras para que eu pudesse debochar das esquisitas, e, depois de alguns minutos, Hugo desceu a escada de roupão, passando os dedos nos olhos. Fizemos para ele um chocolate quente, e Melissa tirou um pacote de biscoitos de aveia sustentável da bolsa. Nenhum de nós dois mencionou a visita de Martin. Na manhã seguinte, ao abrir a lixeira para jogar uma coisa fora, vi o castiçal, meio para fora da lata em que tinha sido enfiado, o saco plástico apertado em volta como um garrote.

Andei com Melissa quando ela foi trabalhar, fiquei por perto enquanto Hugo tomava banho, coloquei-o no escritório e falei que ia dar uma volta no quintal para espairecer. Ele abriu um sorriso vago e acenou, virando-se para a mesa. Eu não tinha certeza se ele havia registrado o que eu tinha dito, nem quem eu era.

O vento tinha diminuído, deixando pilhas de folhas junto aos muros. Os arbustos replantados e as coisas que Melissa havia comprado na loja de jardinagem pareciam desgrenhados e deslocados; alguns estavam começando a murchar. A muda de árvore da minha mãe estava inclinada em um ângulo desanimado no canto, ainda no vaso — até o momento, ninguém tinha reunido coragem de plantá-la naquela cratera escancarada. Eu não havia tomado meu Xanax na noite anterior, e tudo parecia irregular e discordante, cada galho delineado selvagemente contra o céu cinzento, a brisa gerando ruídos mecânicos no meio das folhas mortas. Botei um carvalho grande entre mim e a janela do escritório de Hugo e peguei o celular.

Eu não tinha muita esperança de ainda ter o número de Faye, a amiga loura, amante de navalha, de Susanna— eu tinha flertado com ela por um tempo naquele verão em que vivia aparecendo na Casa da Hera, até fiquei com ela algumas vezes, mas recuei com cuidado assim que percebi a maluquice —, mas ali estava o contato dela, de alguma forma, transferido por todos os celulares que eu havia possuído nos dez anos anteriores. Eu me encostei no tronco e liguei. Me sentia como um adolescente apaixonado, as mãos suadas, o coração disparado nas minhas costas junto à casca áspera, rezando para ela não ter mudado de número.

"Alô."

"Faye?" Me mostrei caloroso, mas desconfiado, uma medida certa de prazer sem ansiedade: "É Toby. Toby Hennessy. Primo da Susanna. Não sei se você se lembra de mim..."

"Claro que lembro. Toby. Uau. Oi." Simpática, mas distante. Eu não sabia se meu nome tinha aparecido no celular dela ou se já havia sido deletado bem antes.

"Faz um tempo. Como você tá?"

"Bem, é. Tá tudo ótimo. E você?"

Ela parecia bem mais centrada do que eu me lembrava. Ao fundo, um telefone tocando, a voz brusca de um homem falando coisas de escritório: ela estava trabalhando. "Eu tô legal também." E, no silêncio neutro que veio em seguida, acrescentei: "Só tô ligando porque... bom, tenho certeza de que você sabe sobre as coisas que andam acontecendo na casa do meu tio Hugo."

"Sei, sim. Eu vi algumas coisas na televisão. E dois detetives vieram falar comigo sobre isso."

Não Susanna; as duas tinham perdido o contato, então, o que me dava mais margem de manobra. "Comigo também. Foi por isso que eu liguei. Eles mencionaram que iam falar com você, e são uns homens bem intimidantes. Não gostei da ideia de te incomodarem. Eu só queria saber se você tá bem."

Aquilo derreteu um pouco a voz de Faye. "Ah, sim. Foi tudo bem."

"Tem certeza?"

"Tenho. Eles não me intimidaram nada. Talvez porque naquela época passei a maior parte de setembro na França com meus pais, então eu não tinha como saber o que aconteceu. Eles só queriam confirmar se eu tinha passado umas noites na casa do seu tio, lembra disso? Eu não tava me dando bem com meus pais, e aí quando a gente brigava eu saía pela janela e aparecia lá."

"Ah, sim. Eu lembro." Acrescentando um toque de carinho divertido na voz. "E a gente ficava acordado metade da noite conversando e chegava atrasado no trabalho de manhã. Valia a pena."

Ela riu um pouco. "É. Bom. Os detetives, acho que eles estão interessados na chave da porta do quintal, né? A que desapareceu naquele verão? Eles queriam saber como Susanna me deixava entrar; quando eu tive que começar a entrar pela frente."

"Também me perguntaram isso. Eu não faço ideia. Fico me sentindo um idiota. Você lembra?"

"Mais ou menos. Eu sei que a chave sumiu em uma festa, porque Susanna tentou me deixar entrar no dia seguinte e não conseguiu e surtou. Eu falei 'Deixa pra lá, algum idiota deve ter pegado pra rir da sua cara', mas ela ficou toda preocupada. 'Agora a gente vai ter que trocar as fechaduras, só que Hugo não vai trocar nunca e a pessoa que pegou vai poder entrar quando bem entender…'. Mas não tenho ideia de qual festa foi, então não sei se ajudei."

"Mais do que eu, pelo menos", falei com um sorriso pesaroso. Eu não conseguia acreditar no quanto minha voz estava leve, tranquila; eu parecia um investigador particular frio e descolado. "Acho que foi uma total perda de tempo da parte deles. Não é de surpreender que tenham se irritado comigo. Fico feliz de terem sido legais com você."

"Ah, não! Você tá bem? E Susanna?"

Faye sempre havia sido fofa; doida, mas fofa, com pouca chance de perguntar sobre os seus problemas, mas profundamente preocupada com eles se você a lembrasse da existência de tais coisas. "Mais ou menos", falei. "Quer dizer, é meio doido mesmo pensar que Dominic esteve lá esse tempo todo. E a gente adoraria saber por que ele veio parar logo aqui."

"Aquele quintal é lindo. Um lugar bem tranquilo. Eu entendo essa parte."

Sem hesitação, sem incerteza: ela ainda tomava como certo que tinha sido suicídio. Os detetives não haviam mencionado nada para ela sobre assassinato. Tinham guardado aquilo para nós, o que não era muito tranquilizador. "Meu Deus, mesmo assim", falei. "Coitado do Dominic. Fosse lá o que andava se passando na cabeça dele, eu queria que ele tivesse encontrado um jeito melhor de resolver. Ele era um cara legal." E esperei.

Uma pausa curta. "Você acha?"

Eu me perguntei se Dominic tinha ficado com Faye e dado um fora nela — Faye era bonita de um jeito frágil e trêmulo, com olhos azuis grandes que mal conseguiam sustentar uma encarada por muito tempo antes de ela abaixar a cabeça com um movimento delicado que eu achava muito sexy. Ou… "Bom, sim. Quer dizer, ele não era nenhum santo, mas não me lembro de ter tido problemas com ele."

"Não, eu sei que vocês eram amigos. Mas eu pensei…"

"O quê?"

"Deixa pra lá. Tem tanto tempo, eu devo estar confundindo."

O quê? "Olha", falei, mais baixo, um pouco inseguro, um pouco vulnerável. "Acho que eu devia te contar uma coisa. Eu sofri um acidente uns meses atrás; bati a cabeça forte. Desde então, a minha memória não... quer dizer, tem coisas que eu devia lembrar, mas não lembro."

"Ah, Deus." A voz de Faye tinha mudado, ganhado um tom chocado e compassivo. Ela estava na palma da minha mão. "Sinto muito. Você tá bem?"

"Basicamente, sim. Os médicos dizem que tudo vai se resolver, mas, até lá, é meio assustador, sabe? É que... se eu tiver esquecendo alguma coisa, me ajuda. Porque eu não... Esse não é o tipo de situação em que a pessoa queira estar no escuro. E eu tô bem perdido aqui."

Incluí naquilo todo o apelo trôpego e sincero que consegui, e deu certo. "Eu tinha a impressão de que Dominic era meio babaca com os seus primos. Só isso. E supus que você não gostava. Mas não sei os detalhes, talvez você..."

"Babaca com os meus primos? Tipo como?" E, como ela não respondeu, insisti: "Faye, eu preciso muito de ajuda. Não quero fazer besteira com Susanna e Leon... os detetives não importam. Por favor."

"Eu não lembro os detalhes. Sinceramente, tinha muita coisa acontecendo comigo naquele ano."

Suavizei a voz, um toque de dor ao falar: "Eu sei que tinha. Eu queria ter ajudado mais. Queria mesmo, mas não sabia como e fiquei sem ação. Garotos adolescentes são muito idiotas."

"Ah, não, você era legal. Eu só tô falando que eu devia ter prestado mais atenção nos problemas da Susanna, principalmente porque ela era tão gentil, me deixava ir pra casa do seu tio toda hora. A gente não era melhor amiga nem nada, era só que a casa de vocês ficava mais perto e o seu tio não se metia do jeito que os pais fazem... Mas eu tava tão enrolada com os meus problemas, sabe? Eu só tenho uma lembrança vaga do Dominic pegando no pé dos dois. Eu achava que ele tinha batido no Leon, sei lá. E que Susanna tinha ficado chateada. Mas, como eu falei, posso estar enganada..." A voz masculina ao fundo, fazendo alguma pergunta. "Toby, eu tenho que ir. Me liga se tiver mais alguma coisa que eu possa saber. Tá bem?"

Por baixo de toda a nova compostura, alegria e o que mais houvesse, ela ainda era a mesma Faye. Ela estava sendo sincera, mas, em meia hora, teria me esquecido, o que estava tudo bem por mim.

"Pode deixar", falei. "Muito obrigado, Faye. Você foi incrível, como sempre. E parece estar bem. É bom saber."

"Estou, sim. Obrigada. E espero que você melhore logo."

Minhas mãos estavam tremendo tanto que precisei tentar três vezes até conseguir enfiar o celular no bolso da calça jeans. Eu nunca havia feito nada do tipo. O detetive ardiloso executando uma empreitada solitária nunca havia sido meu estilo; sempre gostei de ir atrás do que os outros faziam, de participar do que me parecesse interessante e deixar o resto de lado. Era bem estranho fazer aquilo, mas eu não estava preparado para o quanto me sairia bem, nem para o quanto me sentiria bem. E o que tornava a situação ainda mais obscura e confusa era o quanto de mim aquilo tinha trazido de volta: minha antiga tranquilidade, meu antigo charme, minha antiga persuasão, só que transformados, de jeitos fundamentais, flashes estranhos e distorcidos refletidos em um espelho escuro.

Eu poderia ter engolido um Xanax, mas precisava estar com a cabeça clara. Acendi um cigarro e traguei fundo. Um melro parou de bicar a lama e virou um olho preciso e implacável para mim; soprei um fluxo longo de fumaça na direção dele, e o pássaro saiu voando em uma agitação de asas, seguindo para o muro.

Eu sabia que tínhamos dado uma festa no começo de julho naquele verão, depois que os exames de conclusão do ensino médio acabaram, nossos pais foram viajar e nós três ficamos na casa de Hugo. Teve a festa de aniversário do Leon, que deve ter sido na terceira semana de agosto; e outra ocorreu em algum momento de setembro, um grito final antes de todos irem para a faculdade no começo de outubro. Essa última já era tarde demais se Faye havia passado o mês de setembro na França. A primeira, cedo demais; tínhamos acabado de chegar na casa, e ela não teria tido tempo de começar a frequentar. Só restava o aniversário de Leon.

Leon não tinha muitos amigos para convidar, mas eu tinha certeza de que uma boa quantidade dos meus amigos e dos de Susanna tinha ido, e provavelmente algumas pessoas que não contavam como nossos amigos — todo mundo sabia que as festas da Casa da Hera eram boas. Sean e Dec devem ter ido também, assim como qualquer outro dos rapazes que estivesse por perto, além do grupinho de Susanna e provavelmente algumas das garotas mais descoladas da escola dela que quisessem pegar um jogador de rúgbi. E Dominic, eu tinha certeza de que ele estava lá, o que quer que isso significasse: Dom rindo, um brilho de luar e cocaína nos olhos dele, Leon em um mata-leão, lutando inutilmente debaixo do braço de Dominic, o cheiro de jasmim e uma cantoria feliz e barulhenta por todo lado na escuridão, *Ele é um bom companheiro!*

E essa era outra coisa. O que Faye havia dito sobre Dominic ser babaca com Leon e Susanna: poderia ser disso que Martin estava falando? Faye dizendo para Rafferty que eu teria ficado feliz, Rafferty traduzindo aquilo como significando que eu tinha uma questão para acertar com Dominic? Parecia meio forçado, mas era o mais perto que eu tinha de algo que fizesse sentido.

E: supondo que Faye não tivesse imaginado nem interpretado errado a coisa toda, o que exatamente estava acontecendo entre Dominic e meus primos? Eu não conseguia me lembrar dele prestando muita atenção em Susanna — Dom não gostava do tipo nerd: já tinha soltado algumas piadas sujas e feito comentários machistas para poder rir da reação de feminista ultrajada de Susanna, mas não tinha sido a única pessoa a fazer isso. Eu até me lembrava de Dominic pegar no pé de Leon de vez em quando, mas, novamente, era coisa de rotina, o tipo de coisa que Leon aguentava de um monte de gente desde que tínhamos uns 12 anos: piadas de bicha, ceceio e viradas de pulso; quando eu estava por perto, eu mandava os caras pararem, mas não parecia nada demais na época. Porém, considerando o estado de Dominic naquele verão, quem sabe? Será que ele podia ter radicalizado um pouco? Se bem que Leon teria me contado, eu não teria deixado passar nem esquecido...

Eu é que não ia perguntar a Susanna ou Leon sobre aquela história. A visita de Martin havia mudado sutilmente o que eu pensava deles, sobre nossas posições naquele tabuleiro de xadrez surreal em que tínhamos ido parar; apesar de eu saber que devia ser isso o que Martin estava querendo, não dava para evitar. Liguei então para Sean e perguntei quando seria bom para ele vir me visitar com Dec.

Eles vieram na noite seguinte, o que me emocionou mais do que eu seria capaz de expressar mesmo se quisesse. Passei a mensagem pegando no pé de Sean por ter ganhado alguns quilinhos e cutucando Dec por causa da Jenna... "Cara, existem o que, meio milhão de mulheres em Dublin? Uma delas deve ser solteira e sã, mas, não..."

"E ter o sarrafo lá embaixo", observou Sean.

"Tem isso."

"O que vocês estão dizendo?", perguntou Dec, magoado. "Eu tô empregado e tenho a cabeça cheia de cabelo. Isso é mais do que muita gente."

"Você é um chato irritante", falei. "Eu não te aguentaria."

"Eu não sou um... Melissa. Seja sincera. Eu sou um chato irritante?"
"Você é um amor."
"Viu?"
"O que mais ela ia dizer? Ela é uma pessoa legal, você tá bem aí na frente dela..."
A mesa da cozinha onde tínhamos passado tantas noites da adolescência, agora cheia de tigelas estampadas coloridas (macarrão, salada, parmesão) e de pratos e taças de vinho pela metade, flores laranja espalhadas e castiçais de prata manchados. Hugo estava rindo, o queixo apoiado nos dedos entrelaçados, a luz das velas tremeluzindo nos óculos dele, "Eles sempre foram assim...", ao lado da Melissa, que também estava rindo, toda ensolarada com um vestido amarelo. Entrelacei os dedos com os dela na mesa e apertei sua mão.
"Pelo menos eu não sou gordo", disse Dec para Sean.
Sean esticou a barriga e deu um tapinha carinhoso. "É tudo músculo."
"Meu Deus do céu, cara," falei. "Melhor você cuidar disso, senão você não vai caber no vestido de noiva."
"Ele não vai caber nas *fotos* do casamento..."
Eles haviam levado presentes para Hugo, da mesma forma que tinham levado presentes para mim no hospital: chocolates chiques, livros, DVDs, Armagnac — até eu tinha esquecido que ele gostava de Armagnac, mas Dec puxou uma longa história sobre quando tínhamos 15 anos e remexemos no armário de bebidas de Hugo e praticamente nos matamos de gole em gole, ninguém disposto a ser aquele que recuaria. "Toby parecia que ia explodir, todo vermelho, com lágrimas saindo... Chamei ele de *cagão*, desculpa o linguajar, e fui com tudo, né? Quando dei por mim, a sala tava girando mesmo. Eu achei que tava tendo uma hemorragia cerebral — e eu sei que você sabia, Hugo, nós três estávamos de olhos arregalados, mas você foi bacana, você nunca comentou nada..."
"Bem", disse Hugo, sorrindo, inclinando-se para o lado a fim de tirar a garrafa da embalagem de presente, "agora você pode tomar todo o Armagnac que quiser, e desfrutar do jeito certo. Toby, você pode buscar uns copos?"
Sean e Dec se levantaram comigo para tirar a mesa. "O quintal tá destruído", falei, indicando as portas enquanto passava. "A gente tá tentando colocar as coisas de volta, mas acho que podemos estar piorando as coisas."
"Vai crescer de novo", disse Sean. "Um monte de sementes de grama, umas sementes de flores silvestres..."

Não havíamos mencionado Dominic a noite toda. Sean e Dec ficaram longe do assunto: perguntaram a Hugo sobre como ele estava se sentindo e como ia o tratamento, contaram histórias engraçadas sobre o trabalho, Sean tinha fotos no celular da festa de noivado dele e Audrey ("Ah, meu Deus, olha pra ela, toda crescida, ainda a vejo como um fiapinho de gente de aparelho..."). Fiquei mordendo a língua com força, me contorcendo de impaciência até o momento certo, não aguentava mais esperar: até onde eu sabia, Sean e Dec planejavam ir embora logo após o Armagnac. "Aquele buraco ali," falei. "Aquela foi a árvore onde... Aquele olmo grande, lembram?"

Dec fez uma pausa segurando um punhado de pratos para olhar o lado de fora. "Mais ou menos. Os detetives me perguntaram sobre isso. Alguém disse pra eles que eu tinha subido lá em uma festa, sabe? Cantando 'Wonderwall'?"

"Provavelmente, Susanna," falei.

"Agradeça a ela por mim. Eu me lembro de estar em cima de uma árvore cantando, tudo bem... Meu Deus, eu devia estar caindo de bêbado... mas eu não sou arborista, sabe? Podia ter sido um olmo, um carvalho ou uma maldita árvore Natal e daria no mesmo pra mim."

"Acho que deve ter sido no aniversário do Leon," comentei. Eu não tinha ideia se aquilo era verdade ou não. "Os detetives falaram muito sobre isso. Eles queriam saber quem tava na festa".

"Acho que nunca tomei Armagnac", disse Melissa, inclinando-se para Hugo a fim de examinar a garrafa. "Como é?"

"Vou te contar como é", disse Sean por cima do ombro, parado na frente da pia. "É como uma mulher linda, entende? Uma daquelas deslumbrantes? Faixa preta de karatê. Se você a tratar bem, ela vai fazer você se sentir o rei do mundo. Mas se você não der o devido respeito, ela vai te pisar, te chutar e te maltratar. Ainda consigo sentir a ressaca."

Hugo estava rindo. "Se você tomou conhaque", disse ele a Melissa, "é um pouco parecido, só que mais rico; mais terroso. É forte, sim, se você tiver quinze anos e for beber direto da garrafa, mas esse aqui é maravilhoso; suave como manteiga. Esses meninos não fazem as coisas pela metade."

Eles não queriam falar sobre Dominic. "Eu não tive a menor utilidade pros detetives", falei. "Fiquei com a sensação de que eles acharam que eu tava brincando, mas, na verdade, o problema é que eu não faço a menor ideia sobre a festa porque a minha memória tá totalmente fodida." Na quietude repentina, eu balancei os ombros de forma irônica, mantendo os olhos nos copos que eu estava colocando na frente de Hugo para não ter que ver o rosto de ninguém. Meu estômago ficou embrulhado só de tocar naquele assunto, era humilhante, repugnante e perigoso, mas, agora que eu finalmente havia encontrado um lado positivo para aquela minha merda toda, eu tinha a intenção de sugar até a última gota. "É. Acho que eu devia ter contado pra eles, mas..."

E, realmente, depois de um segundo de silêncio: "Foi a festa em que a amiga da Audrey, Nessa, passou metade da noite chorando no banheiro", disse Sean tranquilamente. Ele estava passando uma água nos pratos antes de colocar na máquina. "Porque ela tinha ficado com Jason O'Halloran uns dias antes e ele tava dando um gelo nela. Não foi uma das grandes, não tinha muita gente aqui. Acho que foi alguns dias depois do resultado do Leaving Cert *e das propostas de faculdade, todo mundo tava festejando. Estávamos nós três e seus primos, e Audrey trouxe Nessa e Lara..."

"Leon chamou aqueles três amigos emo", disse Dec, sorrindo. "Ficaram sentados num canto jogando *Dungeons and Dragons* ou sei lá o quê. E algumas amigas da Susanna vieram: a lourinha e a bocuda do cabelão?"

"Alguns dos caras também", disse Sean. "Dominic veio, sim. E Jason, obviamente. E lembro que Bren tava zangado porque Nessa seguia ocupando o banheiro... e se Bren tava aqui, eu diria que Rocky e Mal tavam também..."

Melissa havia ficado calada, um pé encolhido embaixo do corpo, os olhos escuros na luz fraca movendo-se de um lado para o outro entre nós. "Isso realmente desperta uma lembrança", falei. "Nessa se trancando no banheiro. E a gente não fez bolo de haxixe pro Leon?"

"Fez", disse Sean, o rosto iluminado de prazer como se dissesse, "Olha, a gente está ajudando, Toby está melhorando bem diante dos nossos olhos!" "Ficou uma merda, nem parecia bolo, mas funcionou. Um dos amigos emo dele comeu quatro pedaços e não conseguia parar de rir do ladrilho da cozinha."

Hugo ainda estava mexendo na garrafa, tentando tirar a rolha, mas os dedos ficavam escorregando. Melissa esticou a mão, e ele entregou a garrafa para ela com um sorrisinho tenso.

---

* O Leaving Certificate Examination, também conhecido como Leaving Cert ou Leaving, é o exame final do sistema de ensino secundário irlandês e o exame de matrícula universitária na Irlanda. [NE]

"Espera aí", disse Dec. "Por que a polícia tá perguntando sobre essa festa? Foi séculos antes do Dominic desaparecer."

"Alguma coisa a ver com a chave da porta do muro do quintal, eu acho", falei. "Sumiu na festa; eles querem saber quem pode ter pegado."

"Me perguntaram sobre a chave. Se eu sabia onde ficava. Eles sabiam que eu vinha aqui de vez em quando no verão anterior. Você contou?"

"Não", falei. "Mas não ficava escondida nem nada, a chave; só ficava num gancho do lado da porta. Qualquer pessoa que passasse lá veria."

"Eu lembro dela", disse Sean. "Em um chaveiro grande com um cachorro preto. De metal."

"Essa mesmo. Eu tava ficando louco tentando lembrar se vi alguém com a chave naquela festa, mas..." Dei de ombros. "Pois é."

Dec e Sean se olharam. "Eu não vi", disse Sean. "Se tivesse visto alguém mexendo, teria impedido."

"Eu também não vi", disse Dec. "Não foi nessa festa que a gente nem conseguiu ir até o fim do quintal? Porque tava cheio de lama? Hugo, você tava colocando alguma coisa, umas pedras..."

Hugo olhou para a frente como se Dec tivesse dado um susto nele, mas respondeu na mesma hora: "O jardim de pedras, deve ter sido. Tenho certeza de que foi naquele verão. Você me ajudou, lembra?" Eu me lembrava vagamente daquilo, de levar pedras sob o sol feliz do verão, com músicas da moda tocando pelas janelas abertas, Hugo inclinando a cabeça, *Talvez um pouco mais pra direita, o que você acha...?* "Ficou bem bonito no final."

"Isso mesmo", disse Dec. "Bren tentou ir até lá, tropeçou em um buraco e ficou com a calça jeans linda e cara dele toda suja, e depois disso nós todos ficamos nessa parte aqui. Foi por isso que Bren ficou puto com a Nessa ocupando o banheiro: ele queria tirar a calça e dar uma lavada."

"Ele acabou fazendo isso aqui, lembra?", disse Sean, sorrindo. "Balançando a calça assim..." Uma girada de stripper, uma rebolada de quadril. "... e as garotas todas gritaram, e Rocky e Mal tiraram a calça da mão dele e jogaram em uma árvore."

"Minha nossa", disse Hugo, sorrindo. "Eu perdi toda a agitação. Eu tinha um estoque enorme de plugues de ouvido industriais naquela época. Obrigado, minha querida..." Essa última parte para Melissa, que tinha servido o Armagnac e estava distribuindo os copos.

"Então a polícia acha o quê?", perguntou Dec. "Que Dominic roubou a chave e voltou aqui pra se matar? Ou que alguém roubou e trouxe ele aqui?"

"Não tenho a menor ideia do que eles estão pensando", falei. "Acho que nem eles sabem."

"Pelo menos", observou Sean, se sentando e secando a água das mãos, "se eles estão perguntando sobre a chave, acham que foi alguém de fora. Não estão pensando que um de vocês deixou Dominic entrar e matou o cara. Isso é bom."

Aquilo não tinha me ocorrido, e, embora eu gostasse da ideia, tive dificuldade em acreditar que as coisas fossem tão simples. "Eu não acho que alguém tenha matado ele", falei. "Era Dominic Ganly, caramba. Por que alguém ia querer fazer isso?"

A pergunta foi para Dec; ele sempre amava ter algo para contradizer. Ele caiu na hora. "Sério? Olha..." Ele puxou a cadeira para mais perto da mesa, energizado pela perspectiva de uma discussão. "Tudo bem, é inacreditável pensar que a gente conhece uma pessoa que pode ter sido assassinada. Mas, considerando que conhecemos, certo? Considerando que, vamos admitir, aparentemente a gente conhece uma, você tá mesmo surpreso de ter sido Dom?"

"Você não?"

"Sendo totalmente honesto", disse Dec, "não. Ninguém quer falar mal dos mortos nem nada. Mas isso tem tanto tempo que acho que já podemos falar, né? Dominic era meio babaca."

"Para com isso. Nós todos éramos meio babacas. A gente tinha 18 anos."

Dec estava sacudindo a cabeça vigorosamente, tirando o cabelo do rosto. "Não, não, não. Não do mesmo jeito."

"Dec tá certo", disse Sean. "Pela primeira vez. Dominic era um escroto."

"Ele pegava no meu pé por causa do meu sotaque todo santo dia. Fingia que não me entendia."

"Todo mundo pegava no pé de todo mundo", falei. "E ninguém te entende mesmo."

"Não era engraçado, cara. Não naquela época. No primeiro ano inteiro eu morria de medo de abrir a boca com Dominic por perto porque eu sabia que ele ia fazer todo mundo rir de mim. No fim das contas, Sean mandou ele se foder..." Dec ergueu o copo para Sean, que assentiu e ergueu o dele. "... e ficou melhor depois disso, mas mesmo assim. Lembra aquela vez no terceiro ano, quando umas coisas foram roubadas no vestiário? Dominic espalhou que tinha sido eu porque eu era pobre, né, dizendo que todo mundo sabe como pobre é, que eu devia estar vendendo as coisas pra comprar drogas... As pessoas *acreditaram* nele. Teve gente que parou de me chamar pras festas, sem querer correr o risco de me ver indo embora com o Xbox da casa dentro do suéter."

"Meu Deus", falei. Aquilo não se encaixava nadinha com a lembrança que eu tinha do Dominic. Ele não era um santo nem nada, mas esse tipo de maldade com dedicação... "Tem certeza de que foi ele que espalhou isso?"

"Tenho, sim. Eu chamei a atenção dele. Dominic riu na minha cara e perguntou o que eu ia fazer. O que, obviamente..." Dec estava sorrindo, mas não com muito humor. "... com ele tendo o dobro do meu tamanho, era nada."

Tive vontade de perguntar de novo, se ele tinha certeza, foram tantos anos antes, talvez Dec tivesse se confundido — sempre considerei óbvio que Dominic era apenas um cara normal e legal, mas, quando eu parava para pensar, não sabia bem por quê. Algumas semanas antes, eu teria dito sem pestanejar que conhecia bem Dominic; agora, pensar nele era como pensar em um estranho, uma pessoa na frente de quem me sentei por anos em um trem para o trabalho sem nunca ter uma conversa de verdade. "Meu Deus", repeti. "Eu não sabia."

"Ah, pois é. Eu não queria que você soubesse. A coisa toda foi bem humilhante, sabe? Sem vocês sentirem a necessidade de se envolver e me salvar."

"Eu também não fazia ideia" disse Sean baixinho ao meu lado. "Achei que tinha parado depois que mandei ele se foder. Ninguém teria falado uma coisa dessa pra gente."

"Não tô contando isso pra reclamar do Dominic", disse Dec. "Eu não fiquei traumatizado pra sempre nem nada. Não tô chorando no Armagnac, que é ótimo, aliás, Hugo, e finalmente tenho vergonha da forma como tratei o seu no passado..." Hugo assentiu. Ele estava bebericando e nos observando em silêncio; havia algo nele e Melissa, a imobilidade, os olhos correndo na sombra, que dava aos dois um tipo estranho de semelhança. "Tô contando porque não era só comigo. Tinha gente, *muita* gente com quem Dominic fez coisa pior. E não tô dizendo que alguma dessas pessoas cometeu assassinato, eu nem acho que alguém matou o cara; acho que o Leaving Cert foi a primeira vez na vida em que Dom não conseguiu comprar ou conseguir na marra o que queria, e aí ele não aguentou. Só tô dizendo que a ideia de alguém *querer* matar o Dominic não é tão absurda assim."

"Da forma como eu me lembro", falei, "sempre me dei bem com ele. A única coisa é..." Não precisei fingir a inspiração antes de continuar falando, aquilo não era fácil. "... que eu posso não lembrar. E tenho a sensação, meio que pensando em relação a tudo que tá acontecendo, que eu preciso saber."

"Eu não me lembro de você ter problemas com ele", disse Sean, se esticando para encher os copos. "Eu também não tinha. Não tô dizendo que gostava dele, mas ele nunca fez nada pra mim pessoalmente."

"Eu achava..." falei. "Não sei se tô imaginando ou... Ele pegava no pé do Leon?"

"Ah, sim", disse Dec. "Dominic era um babaca com Leon; bem pior do que comigo. Acho que deu umas boas porradas nele algumas vezes."

Hugo se mexeu, fez uma careta e disfarçou levando o copo à boca. "Você se lembra de alguma coisa assim?", perguntou.

"Não", respondi, um pouco mais alto do que deveria — não que houvesse acusação na voz dele, Hugo tinha falado de forma perfeitamente neutra, mas, mesmo assim, a ideia de que eu teria ficado de braços cruzados enquanto Leon levava porrada... "A única coisa que eu vi foi provocação, as coisas de sempre, nada tipo..."

"Eu posso estar enganado", disse Dec. "Não vi nada com meus próprios olhos. Só tô falando dos boatos, entende?"

"E Susanna?", perguntei. "Dom nunca implicou com ela, né?"

Dec deu de ombros. "Não me lembro dele implicar com as garotas. E ele nem via Susanna tanto assim."

"Eu acho que ele deu em cima dela em algum momento", disse Sean, "mas ela cortou rapidinho. Susanna é esperta."

"Eu acho", disse Hugo, "que tá na hora de eu ir pra cama. Não", ele interrompeu, delicadamente, mas com firmeza, a mão forte em meu ombro quando me mexi para ir atrás dele, minha boca se abrindo com alguma desculpa relacionada ao banheiro. "Não hoje." E, quando Sean e Dec se levantaram, Hugo acrescentou: "Não, não, eu não tô expulsando vocês. Fiquem e conversem com Melissa e Toby; eles precisam de companhia, ficam enfurnados aqui com um velho frágil feito eu." Ele deu um abraço rápido de lado nos dois e sorriu para cada um. "Muito obrigado por terem vindo. Foi uma noite maravilhosa e muito importante pra mim. Boa noite. Voltem pra casa em segurança."

Nós ouvimos em silêncio as batidas e movimentos lentos de Hugo subindo a escada — "Espera", falei, levantando a mão quando Dec começou a falar — e os outros movimentos conforme ele se preparava para dormir: um rangido no piso quando ele atravessou o patamar até o banheiro, batidas abafadas de passos no quarto e enfim o gemido das molas da cama, tudo tão baixo que eu nem teria ouvido se não soubesse exatamente o que era para ouvir. "Tudo bem", falei por fim. "Acho que ele tá legal."

"A gente cansou ele?", perguntou Dec, que estava sentado ereto, alerta, os olhos revezando entre mim e Melissa, tentando entender se deveria se preocupar. "Foi por isso que subiu cedo?"

"Ele costuma ir dormir a essa hora", disse Melissa. "A gente fica alerta só por garantia."

"Vocês não fizeram mal nenhum pra ele", falei. "Hugo ficou feliz da vida de ter vocês aqui."

"A gente vai voltar", disse Sean. "Em breve."

Eu não tinha me dado conta, não de verdade, antes de ver Hugo através dos olhos deles: o andar sofrido, a curvatura sobre a bengala, as bochechas afundadas embaixo das maçãs do rosto e o nariz mais destacado. "É", falei. "Seria bom."

"Os médicos disseram alguma coisa?", perguntou Dec. "Tipo quanto tempo acham que ele tem?"

"Alguns meses, provavelmente. No verão tavam dizendo de quatro a seis, então até o fim do ano; mas ele reagiu muito bem à radioterapia, então talvez um pouco mais. Mas sem garantias. Insistiram bastante nisso. Ele pode ir até a primavera ou pode ter um derrame amanhã."

"Meu Deus", disse Dec baixinho.

"É."

"A gente vai voltar", disse Sean outra vez.

"Vem cá", disse Dec para mim, mais baixo, se inclinando para a frente e observando o teto como se Hugo pudesse ouvir. "Eu não quis falar antes porque Hugo tava parecendo meio incomodado, mas Dominic foi muito babaca com Leon. Foi bem ruim. Ele dizia pras pessoas que Leon tinha AIDS pra que ninguém chegasse perto dele. E teve uma vez, sabe? Dom e dois outros caras foram atrás do Leon no vestiário, enfiaram a cueca na boca dele pra ele ficar quieto e tentaram enfiar uma coisa no cu dele — ouvi falar que era uma garrafa de Coca, e aí iam obrigar Leon a beber. Eu não sei até onde chegaram, mas..." E, ao ver a expressão no meu rosto, Dec perguntou: "Você não se lembra de nada disso mesmo?"

"Não", falei, e era verdade. Aquilo não tinha nada em comum não só com o Dominic de quem eu me lembrava, mas com o mundo inteiro de que eu me lembrava; parecia uma coisa saída de uma escola totalmente diferente da minha, ou talvez de um filme inglês de internato cheio de terror com uma mensagem forte sobre o coração sombrio da humanidade. "Você tem certeza de que ouviu a história certa? Cara, isso é uma coisa muito séria e doida. Eu nunca vi nada assim na escola. Nada que chegasse a *quilômetros* disso. E eu amo Leon, mas ele exagera pra caramba."

Dec estava me olhando com uma expressão nova no rosto, ou mais como uma falta de expressão, tão completa que era quase uma rejeição. "A escola não era o paraíso, cara. Não era só brincadeira e todo mundo rindo junto. Às vezes, era pesado."

"Ah, cara. Não era assim. Eu tava lá. Minha memória pode estar fodida, mas não tanto." Olhei involuntariamente para Melissa — eu não costumava falar palavrão perto dela, mas Melissa estava modelando um pedaço de cera de vela com os olhos baixos e não os ergueu.

"Não tô dizendo que é a sua memória. Não tô nem dizendo que você tá errado. A escola nunca foi assim pra você. Isso não quer dizer que tenha sido igual pra todo mundo."

"Eu não sou totalmente alienado. Não sou *burro*. Se essas merdas estivessem acontecendo ao meu redor..."

"Ao seu *redor*, não na sua cara. Você não é um babaca, você é um cara legal, e ninguém tentaria meter você nisso. Também não teriam feito com você; você não é do tipo com quem os caras implicam. Mas um cara como Leon..."

"Leon é dramático pra caralho. Ele pega uma coisinha de nada e faz parecer que é o *apocalipse*. Eu vi ele fazendo isso minha vida *inteira*. Eu já fiquei de *castigo* porque ele..."

"Eu não soube a história da Coca pelo Leon", disse Dec. "Ouvi de Eoghan McArdle. Ele tava lá, mas teve medo de fazer alguma coisa pra não fazerem o mesmo com ele, então fugiu. Disse que saiu de lá e chamou um professor — pode ser que tenha chamado, não sei. Eoghan não era dramático. Nem um pouco. E ele tava bem abalado. Foi por isso que me contou: ele sabia que eu era seu amigo e achou que eu talvez soubesse o que tinha acontecido no final."

Não consegui dizer nada. Em parte por raiva, de Dominic e, absurdamente, de Dec — eu gostava da escola, lembrava com carinho e um sorriso interior de todas as coisas das quais nos safamos, e agora parecia que a escola da qual eu tanto gostava não existia. Mas descartar aquilo era bem mais empolgante, porque tudo estava começando a fazer um pouquinho de sentido.

"Eu tentei sondar com você", disse Dec. "Delicadamente, sabe como é? Eu achava que Leon talvez tivesse te contado. Mas você pareceu não fazer a mínima ideia. Então achei que Leon talvez tivesse a mesma sensação que eu e não quisesse que ninguém soubesse — vamos ser sinceros, não é o tipo de história que alguém vai querer contar, né? Por isso fiquei calado. Achei que cabia a Leon decidir."

"Ele devia ter me contado", falei. Meu coração estava batendo forte e rápido na garganta. "Eu teria feito alguma coisa."

"Escuta", disse Dec, curvando-se sobre a mesa para me encarar, apontando o copo para mim como forma de ênfase. "Eu não tô acusando Leon de nada. Entendeu? Todo mundo aqui sabe que ele não fez nada pro Dominic. Ele é um cara legal, o Leon. E, vamos admitir, mesmo que ele quisesse, seria tipo um chihuahua tentando enfrentar o King Kong."

"Eu sei."

"Eu só tô contando porque acho uma boa ideia você estar ciente dessas coisas todas. Né? Se os detetives voltarem fazendo mais perguntas."

"Meu Deus, sim. Obrigado, cara." Eu sabia que a minha voz estava estranha, tensa e sem fôlego, mas tudo bem, havia motivos lógicos para aquilo. "Você não contou pra eles, né?"

"Porra, não."

"Que bom. Como você falou, Leon não ia... Então não tem motivo nenhum pra botar a polícia no rastro errado."

Dec estava assentindo. "É."

Leon. Leon desesperado para não deixar a casa ser vendida: um novo dono talvez decidisse cortar as árvores e, surpresa! Leon querendo jogar o crânio fora e esquecer tudo, Leon como um gato sobre tijolos quentes em relação aos detetives. Leon, depois de tanto bufar e reclamar sobre ter que voltar para o trabalho e para o namorado, ainda conosco semanas depois: não dava para ir embora com aquilo tudo ainda no ar. Leon com excelentes motivos para querer Dominic morto. E Leon, que teria lembrado que tirei fotos com aquela câmera na festa de aniversário dele, que poderia ter motivos para se preocupar com o que havia lá...

Sean, Dec e Melissa estavam me olhando com expressões idênticas de preocupação, e notei como meu rosto devia estar parecendo. "Eu devia ter percebido."

"Como?", disse Sean. "Dominic não fazia nada daquilo quando você tava perto. Você não era médium. Eu também não sabia."

Melissa colocou a mão sobre a minha na mesa. "Ou talvez Leon tenha falado com você", disse ela baixinho, "e você fez Dominic deixar seu primo em paz. Talvez você só não lembre."

"É", falei com uma risadinha abafada. Eu duvidava seriamente. Leon fazendo comentários sarcásticos sobre como a minha vida era fácil. Leon, que teria visto a coisa envolvendo Dominic como um motivo perfeitamente válido para guardar ressentimento de mim, para empurrar a polícia em minha direção — era eu quem as pessoas ouviam, eu quem deveria ter feito alguma coisa, deveria tê-lo defendido; para uma pessoa como Leon, não faria diferença que eu não fizesse ideia do que estava acontecendo. "Verdade. É um cenário otimista."

"A memória vai voltar", disse Sean. "Dá tempo pra ela. Você parece já estar bem melhor."

"Eu tô."

"Tá mesmo", disse Melissa quando Sean a encarou.

"Aquela cabeça dura serviu pra alguma coisa", comentou Dec.

"Naquela noite", falei, e precisei respirar fundo, "na noite em que aconteceu. Ela basicamente foi arrancada da minha cabeça, sabe? Muita coisa voltou, mas ainda faltam várias partes. Tá me deixando louco."

"Igual a quando eu tive a concussão", disse Sean com tranquilidade. "A partida com Gonzaga, lembra? Aquele pilar deles do tamanho de um alce; derrubei o cara e apaguei, lembra? Joguei o resto da partida e não me lembro de nada dela."

"Você", disse Dec, apontando para mim com o dedo, "você passou aquela noite enchendo meu saco por causa do meu cabelo. Porque você é um chato. Esse seu namorado, sabe?" Essa última parte para Melissa. "Esse seu namorado me vê admirando uma bela mulher na mesa do lado. E isso não devia ser problema, né, considerando que eu tava solteiro na ocasião? Mas ele começa a me acusar a plenos pulmões de ter feito implante no cabelo..."

Aos poucos — para Melissa, como se eles estivessem contando a história para ela, para fazê-la rir —, os dois reconstruíram a noite para mim (ou pelo menos a maior parte; eles pularam delicadamente a parte em que a moça estava me olhando e o detalhe do problema no trabalho). Enquanto falavam, minha memória tremeu e ganhou vida — com agitação, quase de brincadeira, preenchendo uma série vívida de imagens aqui e apenas uma pincelada ali, indo para longe, deixando para trás áreas provocativas de sombra e escuridão. Sean apontando para Dec, "... pra onde ir de férias, e Toby e eu a favor da Tailândia, mas esse sujeitinho do contra aqui, sabe? Ele tem que ser diferente, fica falando de Fiji...", e um vislumbre meu balançando o celular para Dec, *Olha, olha isso, esse cara disse que as praias de Fiji são cheias de cachorros selvagens, você quer ser comido?* Eu ri com Melissa, mas cada cena me percorria feito um choque elétrico.

Só que — percebei com um desânimo lento enquanto Dec e Sean iam desfiando aquela noite — não havia nada ali. Eu estava esperando o fragmento vital que juntaria todas as peças; mas, em vez disso, estava ouvindo a noitada de um grupo de rapazes, sem nada demais exceto pelo filtro barato da visão do passado que dava a tudo um prenúncio sombrio. Pior: eu estava tão concentrado naquela esperança que tinha me esquecido de considerar como me afetaria ouvir sobre aquela noite. Parecia que eles estavam falando de outra pessoa, uma pessoa de quem eu tinha sido íntimo muito tempo antes; um irmão favorito, talvez, arrogante, risonho e inocente a ponto de partir o coração, à vontade com o mundo inteiro e com seu lugar nele, e agora perdido. A vontade de tê-lo de volta era como uma força física sugando minhas entranhas, me deixando vazio.

O que me salvou foi, estranhamente, o fato de que eu tinha sido o causador daquilo tudo. A sensação de vórtice foi tão forte e horrenda quanto antes, mas, pela primeira vez, não me atingiu do nada; eu a estava usando, montado nela, pelos meus próprios motivos. A revelação sobre Leon talvez não fosse o suficiente, mas era alguma coisa, um começo, e eu mesmo a tinha obtido. Eu estava conduzindo a noite, e a sensação foi boa. Havia muito tempo que eu não me sentia capaz de conduzir qualquer coisa mais complexa do que um micro-ondas.

"Aí a gente colocou Dec num táxi", disse Sean. "Antes que ele começasse a dizer que nos amava."

"Nos seus sonhos. Eu vou fazer isso no seu casamento, que tal? Pra que seus sogros possam ver você chorando que nem um grande..."

"Quem disse que você vai ser convidado?"

"Nós somos seus padrinhos, bobalhão. Quer que eu participe por Skype?"

"Quero, sim, vai ser ótimo..."

"Vocês foram pra Tailândia no fim das contas?", perguntei. "Ou pra Fiji?"

"Não", disse Dec. "Esse manteiga derretida..." Um aceno de cabeça na direção de Sean. "... quis te esperar. Eu tava topando deixar você e suas desgraças pra trás, mas..."

"Ele disse que tava sem grana", disse Sean. "O que quer dizer que ele também queria te esperar, mas não teve coragem de dizer. A gente vai ano que vem."

"Se Audrey te deixar sair de casa", disse Dec.

"Ela vai ficar feliz da vida de ver o Sean pelas costas até lá", falei. "Provavelmente vai empurrar o cara porta afora." Eu tinha bebido uma boa quantidade de álcool somando o vinho e o Armagnac. Aquilo e a luz das velas envolvia os dois em um brilho dourado e profundo, como heróis lendários, atemporais e inabaláveis. Eu queria esticar os braços por cima da mesa e segurar as mãos deles, sentir o calor e a solidez dos meus amigos. "Saúde, pessoal", falei, erguendo minha taça. "Obrigado. Por tudo."

"Ah, Jesus", disse Dec com repulsa. "Não começa você também."

"Foi bom ver os dois", disse Melissa depois de Sean e Dec terem saído enquanto estávamos arrumando tudo. Era tarde, as velas tinham queimado até virarem cotocos de estalagmite, a estação de rádio de músicas antigas estava bem baixa para podermos ouvir Hugo caso ele chamasse. Um vento agitado sacudia o quintal. "Não foi?"

"Hã?" Eu estava botando a louça na máquina e cantarolando junto da música — eu deveria estar caindo de sono por causa da bebida e do cansaço, mas tinha a sensação de estar acelerando. Metade da minha mente estava trabalhando em como trazer Leon para a Casa da Hera e o que dizer para ele quando meu primo chegasse. Se Leon estivesse por trás daquilo tudo, parte de mim ficaria até impressionada: eu não chutaria que ele tinha a motivação organizacional para elaborar algo tão complicado. A parte que eu não conseguia entender era o horário da invasão. Se ele queria a câmera, por que não dizer aos amigos bandidos para irem durante o dia, quando eu estaria no trabalho e eles poderiam procurar em paz? A não ser que a parte noturna tivesse sido uma motivação própria deles, pela facilidade de sair com uma televisão de tela grande no meio da noite... ou mesmo se Leon quisesse que eu os encontrasse, quisesse que eu ficasse abalado ou até que levasse a surra: uma coisa meio cruel de justiça poética, *veja se acha bom*... "Ah. Sim. Foi ótimo."

"Sean tá tão animado com o casamento, né? Ele ficou tentando agir de um jeito blasé, mas é fofo. E Dec tá num estado melhor do que achei que estaria depois da Jenna." Melissa tinha se esforçado para ser amiga de Jenna, mas até ela tinha limites.

"Ele tá bem melhor sem ela. Ele sabe disso, lá no fundo."

Melissa puxou migalhas da toalha para a mão. "E você se divertiu?"

Era a segunda vez que ela perguntava. "Ah, sim", falei com alegria. E, quando vi o olhar rápido de Melissa, quis saber: "Por que, não pareceu?"

"Ah, sim! Quase o tempo todo. Só... aquelas coisas sobre o Dominic. E Leon."

"Bom", falei com uma careta: sofrida, mas não chateada, tudo em perspectiva. "É. Foi uma coisa ruim. Mas tem muito tempo. E acho que vocês estavam certos: eu fiz tudo que podia. Não vou me torturar por isso."

"Que bom." Um sorriso breve, mas ainda havia uma ruguinha de preocupação entre as sobrancelhas de Melissa. Depois de um momento catando uma bolinha de cera de vela na mesa, ela comentou: "Você fez muitas perguntas pra Sean e Dec."

Eu estava enfileirando copos na lava-louça, num ritmo rápido e regular, até minha mão parecendo estar mais forte. "Ah, foi? Acho que sim."

"Por quê?"

"Achei que eles pudessem se lembrar do Dominic bem melhor do que eu. Ao que tudo indica, eu tava certo."

"Sim, mas que importância tem? Por que você quer saber sobre ele?"

"Eu gostaria de ter alguma noção do que tá acontecendo", falei, e pensei ter dito aquilo de forma bem racional. "Considerando que acabamos no meio disso tudo."

O olhar de Melissa se encontrou depressa com o meu. "Você acha que eles sabem alguma coisa sobre o que aconteceu? Sean e Dec?"

"Bom, não assim." Eu ri; ela não. "Mas, sim, eles talvez saibam de alguma coisa sem perceber que significa outra coisa. Provavelmente não, mas, poxa, vale a pena perguntar, né?"

"Os detetives estão fazendo isso."

"Claro. Mas eles talvez não contem pra gente o que descobrirem, ou talvez não descubram rápido o suficiente. Hugo quer saber; ele diz que acha que tem o direito. Dá pra entender."

Ela jogou o punhado de migalhas no cesto do lixo sem me olhar. "Acho que dá."

"E tem coisas que eu posso descobrir e os detetives não."

Um momento de silêncio. E: "Então você vai continuar perguntando. Tentando descobrir o que aconteceu."

Dei de ombros. "Eu ainda não pensei sobre isso."

Melissa tirou a toalha da mesa em um movimento rápido e se virou para me encarar. Ela disse secamente: "Eu queria que você não fizesse isso."

"O quê?" Eu não esperava aquilo. No mínimo, teria esperado que ela me encorajasse e desse apoio, qualquer coisa que Hugo quisesse, qualquer coisa que me deixasse animado e interessado... "Por que não?"

"Dominic talvez tenha sido *assassinado*. Não é brincadeira. Os detetives são profissionais. É o trabalho deles. Deixa com eles."

"Meu bem, não é Agatha Christie. Eu não vou levar uma facada na biblioteca com um abridor de cartas por chegar perto demais da verdade."

Ela não sorriu. "Não é isso que me preocupa."

"O que é então?"

"Você não sabe o que pode descobrir."

"Bom, esse é o objetivo." Como ela não sorriu, perguntei: "Tipo o quê?"

"Não sei. Mas independente do que seja, será que vai te deixar feliz? Toby..." As mãos dela apertaram a toalha de mesa. "Você tá melhorando tanto. Eu sei como tem sido difícil, mas é verdade e é maravilhoso. E agora isso... isso não parece uma coisa que vai levar a qualquer lugar bom. Mesmo hoje, te chateou, deu pra perceber... O que vem por aí não vai ser fácil com Hugo." E, falando por cima, me interrompendo quando comecei a falar: "E tudo bem... não, não tá tudo bem, mas *aconteceu*, a gente pode viver com isso. Aconteça o que acontecer. Mas se meter *deliberadamente* em uma coisa que você sabe que vai te machucar, fazer isso *você mesmo*... não é a mesma coisa, Toby. Não tá tudo bem. Eu queria mesmo que você deixasse pra lá."

Olhei para Melissa, parada ali, toda frágil e sincera no meio da cozinha bagunçada do meu tio, segurando a toalha de mesa velha e puída dele, com chamas de velas pequenininhas refletidas e oscilando nas portas de vidro escuras atrás dela. No meu pensamento, eu só conseguia me ver levando para ela as respostas daquilo tudo, empaladas na minha lança e carregadas bem alto, para serem colocadas aos pés dela em triunfo. A imagem percorreu meu sangue como uma bala, como outro belo e caprichado gole daquele Armagnac. Todos aqueles meses de paciência, de lealdade, de generosidade impressionante, dedicada e completamente desmerecida: aquele era o único jeito no mundo pelo qual eu poderia... não pagar a ela, nada faria isso, mas justificar.

"Amor", falei, deixando o resto dos pratos e indo até ela. "Tá tudo bem. Eu juro."

"Por favor."

"Eu não vou quebrar a cabeça por isso. Só tô interessado. E adoraria conseguir umas respostas pro Hugo. Eu sei que provavelmente não vou descobrir nada, mas e daí, sabe?"

Melissa pareceu apenas parcialmente convencida e nada mais. O rádio estava tocando 'Little Green Apples', a voz de Dean Martin transformando as palavras felizes em algo lamentoso e nostálgico, uma música para uma longa estrada escura longe de casa; de repente, eu a queria mais perto. "Vem cá", falei, tirando a toalha das mãos dela e a jogando de volta na mesa. "Dança comigo."

Depois de um momento, Melissa respirou fundo, e seu corpo relaxou contra o meu. Fechei os braços em torno dela, e nós nos balançamos em círculos lentos. A chama das velas tremeluzindo e se apagando uma a uma, o vento se movendo pelas copas invisíveis das árvores, criando um som incessante de mar, balançando a porta.

Nós podíamos nos casar no quintal, um bom paisagista o ajeitaria em uma semana. Eu sabia, por causa de Sean, que era preciso dar entrada nos papéis com alguns meses de antecedência para se casar. Mas Hugo aguentaria, eu sabia que aguentaria, tendo aquilo como motivação, ou será que havia algum tipo de exceção para emergências? Minha mãe choraria durante toda a cerimônia, meu pai sorriria pela primeira vez em meses; Sean e Dec pegariam no meu pé com a maior satisfação, Zach encontraria um jeito de destruir o bolo, Carsten acabaria sendo um tipinho estilo tio Funéreo com dois metros e meio de altura que fazia pronunciamentos sombrios num sotaque incompreensível; Miriam faria uma cerimônia baseada nos chacras para garantir um casamento longo e feliz, e nós todos dançaríamos até o amanhecer. Poderíamos convidar os detetives, a esposa do Martin teria a chance de reprovar a decoração e Rafferty parecia o tipo que desapareceria mais cedo com a prima exótica de segundo grau de alguém... Melissa suspirou em meu ombro. Escondi o rosto no cabelo dela.

Oito

E aí, finalmente, os detetives voltaram. Chegaram na manhã seguinte, quando eu estava brigando com os aquecedores — o frio do outono havia surgido com força total, e Hugo estava sofrendo com a temperatura. Era preciso tirar o ar de dentro de todos os aquecedores, mas claro que ninguém sabia onde a chave ficava guardada, então, naquele momento, eu estava lutando com uma chave inglesa, munido de umas toalhas velhas e coberto de poeira e WD-40. Rafferty e Kerr, parados à porta, engomadinhos e barbeados, impecáveis e prontos para enfrentar o mundo.

"Bom dia", disse Kerr, alegre. "Achou que a gente tinha te abandonado, né? Sentiu nossa falta?"

"Ele só tá brincando", disse Rafferty. "Ninguém sente nossa falta. A gente tá acostumado; nem dói mais."

"Ah", falei depois de uma pausa idiota. "Entrem. Meu tio tá lá em cima trabalhando, eu só vou..."

"Ah, não", disse Rafferty, limpando os pés no capacho. "Pode deixar ele lá. A gente só precisa de uns minutinhos, com certeza; vamos embora antes que você perceba. Podemos ir pra cozinha?"

Eu ofereci chá ou café, peguei copos de água para os dois, lavei a poeira das mãos e me sentei à mesa na frente deles enquanto Kerr pegava o caderno e Rafferty olhava o quintal (folhas mortas para todo lado, uma luz do sol fraca e fria cintilando nos pedaços de plástico trazidos pelo vento) e conversava amenidades, comentando como o lugar parecia ótimo com as plantas novas. Ver aqueles dois me atingiu com o encolhimento de corpo inteiro de sempre, mas dessa vez não me senti paralisado. Se eles haviam voltado, só podia ser porque tinham algo novo, e, se eu estivesse com sorte e fizesse as coisas direitinho, eles iriam me contar essas novas informações.

"Só pra confirmar", disse Rafferty quando estávamos todos acomodados. "Levamos isso com a gente na outra semana, lembra? Você disse que era seu?"

Ele mexeu no celular e mostrou a tela para mim: uma foto do moletom vermelho velho, aberto em uma superfície branca ao lado do saco de papel. Alguém tinha prendido uma etiqueta nele, o que me pareceu ao mesmo tempo sinistro e ridículo.

"Pode ter sido", falei. "Quer dizer, eu tinha um moletom vermelho, mas não sei se era exatamente..."

"Seus dois primos disseram que você tinha um assim."

"Acho que sim. Mas muita gente tinha moletom vermelho. Não tenho certeza se esse era..."

"Espera aí", disse Rafferty, pegando o celular de volta. "Isso talvez ajude." Ele mudou a tela de novo e me ofereceu o celular.

Era eu, sentado entre as margaridas com as costas apoiadas em um tronco e uma lata de alguma coisa na mão, sorrindo para a câmera. Eu estava tão jovem, magro, o cabelo leve, o rosto tão aberto, que tive de fechar os olhos por um segundo. Eu queria gritar para aquele cara fugir, para ir até bem longe o mais rápido possível, antes que eu o alcançasse e fosse tarde demais.

"É você", disse Rafferty. "Não é?"

"É. Onde você...?"

"Mais ou menos quando, você diria?"

"É o quintal daqui, no verão. Talvez tenha sido no verão depois que terminamos a escola. Onde você conseguiu...?"

"Isso bate com a data impressa. Tá vendo o que você tá vestindo?"

Calça jeans e camiseta branca debaixo de um moletom vermelho com zíper aberto. "Tô."

"Você diria que é o mesmo moletom que nós levamos?"

"Não sei. Pode ser."

"Os bolsos têm o mesmo formato", observou Rafferty, inclinando o corpo para passar de uma foto para outra. "Os punhos têm a mesma largura. Tem a mesma aba de couro no zíper. O mesmo logo redondo e pequeno no lado esquerdo do peito. A mesma costura na base do capuz, tá vendo por dentro? Branca com listra preta?"

"Certo", falei. "É. Parece o mesmo."

"Mas não exatamente", disse Kerr. "Procura a diferença."

Eu já sabia que não ia descobrir sobre o que eles estavam falando. Os detetives esperaram pacientemente enquanto eu passava de uma foto para a outra, me achando mais burro a cada segundo.

"Não tenho ideia", falei finalmente, devolvendo o celular para Rafferty.

"Não?" Ele manteve o aparelho na mão e o virou com habilidade, como o baralho de um conjurador. "Não tem problema. É uma coisinha de nada. Eu diria que podemos seguir em frente e confirmar que o moletom é seu, né?"

"Acho que sim", acabei falando. "Provavelmente."

Kerr anotou aquilo.

"Não é pegadinha, cara", disse Rafferty, achando graça. "A gente não vai te prender por posse de um moletom controlado. Seus primos agiram do mesmo jeito: 'não sei, pode ser dele, pode não ser, tem tantos moletons por aí, vocês já viram quantos desse modelo foram vendidos na Irlanda...' Eles são meio superprotetores com você, não são?"

Aquela não era a palavra que eu teria usado, ao menos não naquela semana. "Acho que sim", respondi.

Ele apontou para mim. "Não fica falando isso como se não fosse nada demais. É uma coisa maravilhosa de se ter. Amigos são ótimos, mas, quando a coisa tá feia, é o sangue que conta. Olha só pra você, claro, vindo morar aqui pra cuidar do seu tio quando ele precisa. É isso que vale: ficar ao lado da família."

"Eu me esforço", comentei, de um jeito idiota.

Rafferty assentiu com aprovação. "É o que os seus primos dizem. É muito importante pra eles você estar aqui, sabia? Mas eles não estão surpresos: dizem que você sempre foi protetor com eles também."

Aquilo me pareceu improvável, ao menos vindo de Leon, embora... quem podia saber o que ele tinha em mente? "Acho que sim. Eu tento."

"Bom homem." Com um estalar de dedos, Rafferty pareceu lembrar alguma coisa. "Falando em cuidar do seu tio, eu queria te dizer: seria bom repensar a segurança daqui, né?"

"O quê? Por quê?" Um momento de terror animal, as insinuações de Martin sobre vingança, a porta do meu pátio quebrada e aberta...

"Ah, não, não achamos que alguém planeja vir atrás de você." Kerr riu com deboche. "Mas encontramos um monte de outras coisas naquela árvore, junto dos restos. Muitas bolotas, avelãs... eu diria que você tem alguns esquilos putos da vida lá fora tentando entender o que aconteceu com o estoque deles. Uns seis soldadinhos de chumbo velhos, eram seus quando criança?"

"Não. Acho que não." A adrenalina estava diminuindo e me deixando meio enjoado.

"Meu Deus", disse Rafferty, sorrindo. "Tô entregando a idade. Deviam ser do seu pai, então, ou de um dos seus tios; eles se lembram de guardar coisas lá quando eram crianças. Os soldados tavam todos juntos com um tecido em volta, que devia ser um saco de pano antes de apodrecer; um dos quatro filhos escondendo seus brinquedos favoritos dos irmãos, ao que parece. Vou ter que descobrir pra quem devolver. Tem umas bolas de gude também. E isso. Você sabe o que é?"

O celular de novo. A mesma superfície branca; uma chave comprida de metal, coberta de pedaços de terra e presa a um chaveiro junto de uma silhueta preta e metálica em formato de pastor alemão.

"É a chave da porta do quintal", falei. "Ou parece, pelo menos. A que sumiu naquele verão. Estava dentro da árvore?"

"Estava, sim", disse Rafferty. "E encaixa na porta do quintal. É isso que eu tô te dizendo: seu tio deveria ter trocado aquela fechadura quando a chave sumiu. Se ele não se deu ao trabalho, quem sabe quantas outras chaves de outras portas estão espalhadas por aí? A última coisa de que ele precisa agora é um roubo."

"Certo", falei. "Tudo bem. Vou cuidar disso."

"Boa ideia. Não que eu esteja reclamando; tornou nossa vida bem mais fácil poder verificar essa chave na fechadura. Mas sabe qual é a parte interessante?" Ele se inclinou para a frente, apoiando os cotovelos na mesa, envolvido no assunto. "A parte interessante é onde a chave estava. As roupas do Dominic se transformaram em farrapos, coisa do tempo, umidade, atividade de animais e insetos, só sobraram os trapos. A chave tava perto da lateral da perna dele, mas não dá pra saber se tava no bolso da calça jeans e caiu quando o tecido apodreceu ou se nunca teve lá. Isso faz diferença, percebe?"

Os dois estavam me observando: curiosos, avaliadores, esperando para ver se eu conseguia compreender. Kerr sustentava um sorrisinho na cara. "Claro que percebo", falei, alto demais: eles ergueram as sobrancelhas. Sufoquei a bolha de raiva e disse, enunciando da forma mais clara que consegui: "Se a chave tava separada do Dominic na árvore, então outra pessoa tava lá quando ele morreu, a não ser que ele tenha deixado a chave cair sem querer quando subiu na árvore por algum motivo e entrou nela pra pegar. Mas, se tava no bolso do Dominic, a indicação é que ele entrou no quintal e na árvore sozinho."

"Muito bem", disse Rafferty, sorrindo.

"Ah", disse Kerr. "Você chegou lá mais rápido do que nosso colega Scanlan, aquele que achava que os assassinos eram satanistas canibais, lembra? Expliquei três vezes pra ele e mesmo assim ele não entendeu."

Você acha que alguém matou Dominic, eu tinha dito para Martin; e ele havia respondido: *É o que o pessoal tá pensando agora*. "Então", falei, "ele pode ter entrado lá sozinho?"

Rafferty deu de ombros, um canto da boca curvado para baixo com ironia. "Só olhando pelos restos, pode ser qualquer uma das duas coisas. Havia muita sujeira lá dentro com ele, mas isso pode ser alguém tentando esconder o crime ou podem ser dez anos de folhas e outras coisas que caíram lá dentro. Não dá pra saber se ele entrou morto ou vivo; ele não tava morto por tempo suficiente pro *rigor mortis* ter começado, senão teria sido impossível alguém enfiar o Dominic naquele buraco, mas isso é o máximo que os patologistas conseguem dizer. Não há lesões não cicatrizadas no esqueleto: ele não morreu de pauladas e, se levou um tiro ou uma facada, não chegou ao osso. Overdose de drogas é uma possibilidade, principalmente porque você contou pra gente que ele experimentava — não se preocupe, você não foi o único, muitos dos outros amigos dele disseram o mesmo." Rafferty ergueu uma das mãos, tranquilizadora ou pacificadora, embora eu não tivesse aberto a boca. "E ele tava em uma posição estranha lá embaixo. As pernas dobradas pra cima, os braços pra frente, as vértebras do pescoço curvadas como se ele tivesse de cabeça baixa — até onde deu pra ver, pelo menos: havia umas partes que tinham escorregado, mas a maioria tava no lugar. Pode ter sido asfixia posicional: alguém se coloca em uma posição em que não consegue respirar direito, talvez por ele estar indo atrás da chave, como você falou, ou talvez tivesse chapado de alguma coisa. Ele não consegue sair e sufoca. Era um espaço apertado, principalmente para um sujeito grande."

O detetive deixou um silêncio no ar, esperando que eu dissesse alguma coisa ou que as imagens me abalassem. "Meu Deus", falei, solícito.

"Ou", disse Rafferty, "ele pode ter morrido sozinho, mas teve ajuda pra entrar na árvore. Digamos que tenha sido overdose. Seja lá quem estivesse com ele, ou talvez nem fosse o caso, talvez a pessoa só tenha encontrado o Dominic quando já era tarde demais, e entrado em pânico. Teve medo de ser preso por drogas, de levar a culpa pela morte do cara. E fez uma idiotice, porque estamos falando de adolescentes, e, vamos admitir, um monte de merda idiota é o que adolescentes em pânico fazem, e aí escondem o corpo e torcem pra que tudo passe batido."

"Imbecis", disse Kerr. Ele estava desenhando o que parecia um brasão de condado no caderno. "É crime esconder um corpo. Mas já deve ter prescrito anos atrás, e é um crime bem menor do que homicídio."

"Se você tiver qualquer razão pra achar que foi assim", disse Rafferty olhando para mim, um brilho dourado surpreendente, "um motivo que seja, mesmo que fraco, você precisa me contar agora. Hoje. Porque agora todo mundo tá de mente aberta pro que aconteceu aqui, sabe? Se alguém se apresentar e explicar que o que temos é uma overdose e um ou dois garotos assustados, a gente tá pronto pra seguir esse caminho. Mas se isso ficar se arrastando e meu pessoal botar na cabeça que foi homicídio? Aí vai ser bem mais difícil convencer de que não foi."

Rafferty falou aquilo de um jeito tão tranquilo e racional, todos nós do mesmo lado resolvendo o problema juntos, que quase desejei poder dar a ele o que o detetive queria. "Eu não sei", falei. "Não tenho ideia."

"Tem certeza? Porque agora não é hora de brincar."

"Eu não tô brincando. Não sei mesmo."

Rafferty deixou as coisas em suspenso por um minuto para o caso de eu mudar de ideia. Como não mudei, ele deu um suspiro de lamento. "Tudo bem. Então, como falei, a gente não tem nada que diga se foi acidente, suicídio ou homicídio. Só que também encontramos isso. Perto do braço direito do Dominic." Ele mexeu no celular de novo e o colocou na mesa à minha frente.

Fundo branco, um esquadro com ângulo reto no canto. No meio, havia um rabisco preto, longo e complicado. Levei um momento para entender do que se tratava: uma espécie de corda, amarrada com um nó formando laços em cada ponta.

"O que é isso?", perguntei.

Ele deu de ombros. "Não dá pra ter certeza. Alguma ideia?"

A primeira coisa que surgiu na minha cabeça foram nossas criações de infância, engenhocas complicadas para enviar bilhetes e coisas, horas gastas subindo, discutindo e testando, e uma vez um galho quebrou e uma torta de maçã totalmente ilícita caiu na cabeça de Susanna... "A gente pendurava cordas por todo o quintal", falei, "quando era criança. Tipo pra passar coisas entre as janelas, as árvores e a nossa barraca, sabe? Então pode ser... quem sabe caiu no buraco?"

Kerr fez um ruído baixo que podia ter sido uma risadinha, mas, quando olhei, ele estava desenhando. "Pode ter sido", disse Rafferty com educação. "Só que, se isso entrou lá anos antes do Dominic, era de se esperar que tivesse embaixo dele. Não ao lado do braço. Né?"

"Talvez. Eu acho."

"Eu esperaria isso, pelo menos. Alguma outra ideia?"

"Talvez..." Eu não queria dizer, mas não havia saída, aqueles laços... "Parece maluquice, mas... algemas? Tipo alguém ter usado isso aí pra amarrar o Dominic? Ou ele tava planejando amarrar outra pessoa?"

"Nada mal", disse Rafferty pensativo, esfregando uma orelha e inclinando a cabeça para examinar a foto. "Mas tem uns sessenta centímetros de corda entre os laços. Isso não vai prender ninguém muito bem.

A não ser que..." Ele ergueu a cabeça, eureca, o dedo apontando para mim, *Percebeu?*

"Será que passou em volta da cintura?", falei. "Ou em volta de uma árvore, sei lá?"

Rafferty suspirou pesarosamente, desanimado. "Era o que eu tava pensando um segundinho atrás. Mas agora que olhei de novo... Tá vendo esses nós? Pra algemas, você ia querer nós ajustáveis, certo? Pra que, se ele lutasse, as algemas ficassem mais apertadas. Mas esses aí são nós de caçador. Muito seguros, não deslizam, não se desfazem nem em cordas escorregadias, não afrouxam se ficarem livres, não diminuem o ponto de ruptura da corda. Alguém queria que essa corda aguentasse bem, mas não queria que os nós ficassem apertados."

"Uma loucura o tipo de coisa que se aprende nesse trabalho", disse Kerr, se inclinando para olhar também. "Eu nunca tinha ouvido falar de nós de caçador."

"Você precisa passar mais tempo em um barco", disse Rafferty para ele, sorrindo. "Eu sabia fazer um nó desses desde os 8 anos. Você já velejou, Toby?"

"Um pouco. Meu tio Phil e minha tia Louisa têm um barco; a gente passeava com eles quando era criança, mas eu nunca me envolvi..." Eu não estava gostando daquilo. "O que é esse troço?"

"Nenhum outro palpite?"

"Não. Tô sem ideias."

"Como falei, é cedo demais pra ter certeza. Mas, pessoalmente", disse Rafferty, esticando a mão com delicadeza a fim de posicionar o celular em paralelo à beira da mesa, "pessoalmente, eu acho que é um garrote caseiro."

Eu o encarei.

"Cada laço passa em uma palma da mão." Ele ergueu as mãos, fechando-as em punhos. "Você cruza os braços assim. E aí..." Do nada, rápido feito um leopardo, ele pulou de lado atrás de Kerr, passou um comprimento imaginário de corda pela cabeça do colega e afastou os punhos. Kerr segurou a garganta, deixou o queixo pender, esbugalhou os olhos. A coisa toda foi tão brutal e impressionante que empurrei a cadeira para longe da mesa e quase caí de lado antes de me controlar.

"Aí, se você conseguir derrubar o sujeito pra trás", disse Rafferty para mim, por cima da cabeça do Kerr, os punhos ainda fechados, os braços rígidos, "melhor ainda. Um chute na parte de trás do joelho ou só um puxão bom..." Ele imitou os movimentos, com Kerr acompanhando. "... e ele cai, o queixo se dobra sobre a corda, o peso do corpo todo acrescentado à pressão. E aí, do nada..."

Kerr deixou a cabeça pender, a língua para fora. "Fim", disse Rafferty. Ele abriu as mãos e relaxou na cadeira. "Rápido, silencioso e eficiente. A vítima não pode nem gritar pedindo ajuda."

"E sem sangue", disse Kerr, esticando a mão para alcançar o copo de água, "não com uma corda grossa assim. Um fio cortaria a garganta dele, e você ficaria com uma sujeira danada pra limpar, mas aquela corda vai só bloquear o fluxo de ar pros pulmões. Pode levar um minuto a mais, mas dá menos trabalho no fim das contas."

"A melhor parte", disse Rafferty, "é que você não precisa ser maior nem mais forte do que a vítima. Ele pode ser um cavalo, mas, se você conseguir pular nele e tiver força razoável no tronco, ele se fodeu."

Os dois sorriram para mim por cima da mesa. "Juro por Deus", disse Rafferty, "eu fico impressionado que as pessoas não usem garrote umas com as outras o tempo todo. É moleza."

"Mas", falei. Meus batimentos pareciam um pica-pau, martelando alto na garganta. "Você não tem certeza de que aquilo..." Indiquei a foto. "... tem alguma relação com... com Dominic. Pode ser de quando a gente era criança. Pode ter ficado preso em, em uma coisa dentro do buraco e..."

Rafferty pensou naquilo, virou o celular entre os dedos e franziu a testa. "Você acha mais provável?"

"Bom. Tem que ser mais provável do que um... um *garrote*. Todas as coisas que você falou agora há pouco, eu não tinha a menor ideia de nada daquilo. A maioria das pessoas não teria. Como alguém pensaria em algo assim?"

"Verdade", disse Rafferty, assentindo. "Tem razão. Mas tem um problema na teoria de ser parte das suas brincadeiras de criança." Ele mexeu no celular de novo, dedos longos, movimentos fáceis e econômicos. "Tá vendo isso?"

Eu encostado no tronco da árvore, sorrindo com alegria. Rafferty bateu na tela. "Tem um cordão no seu moletom. Preto, tipo cordão de paraquedas. Mas aqui..."

Ele mudou a tela. O moletom que eles tinham levado, aberto na mesa branca. "Reparou em alguma coisa?"

Ele esperou até eu falar. "Não tem cordão."

"Não tem. E..." Ele mudou a tela outra vez: o fragmento de corda. "... é um cordão preto. O comprimento é consistente com o cordão de um moletom comum."

Fez-se silêncio. Alguma coisa havia acontecido com o ar da cozinha: parecia magnetizado, carregado, vibrando como o zumbido de um micro-ondas. Demorei alguns segundos para entender: eu tinha passado de ser um suspeito para ser *o* suspeito.

Rafferty e Kerr estavam me olhando com expressões pacíficas e cheias de expectativa, sem urgência, como se pudessem esperar o dia inteiro para ouvir as coisas fascinantes que eu tinha a oferecer.

Perguntei: "Preciso continuar conversando com vocês sobre isso?"

"Claro que não", disse Rafferty, surpreso. "Você não é obrigado a dizer nada a não ser que queira, mas qualquer coisa que diga vai ser anotada e pode ser usada como prova. Você pode mandar a gente embora a hora que quiser. Mas por que faria isso?"

Se vocês se sentirem incomodados com o que esses caras estão perguntando, disse meu pai para todos nós, disse Phil várias vezes, *se parecer que existe alguma chance de desconfiarem de vocês por alguma coisa, se eles fizerem algum alerta, parem de falar na mesma hora e liguem pra um de nós*. Mas, se houvesse qualquer coisa que aqueles caras pudessem me dar, qualquer uma que fosse, eu precisava.

"Porque sim", falei. "Parece que você tá dizendo que eu... que você acha que eu matei o Dominic. E eu não matei. Eu nunca toquei nele."

Balançando a cabeça, o detetive se justificou: "Não tô dizendo que você matou. Tô dizendo que o cordão do seu moletom foi usado pra matá-lo. Dá pra entender por que precisamos ouvir o que você acha disso."

Eu me sentia meio tonto e irreal, como se minha cadeira e o piso debaixo dos meus pés tivessem se desmaterializado e eu estivesse me balançando naquele ar vibrante. "Mas", falei. "Mas é só *suposição*. Você não sabe se aquele cordão era do meu moletom. Você não sabe se usaram como... como garrote. Não sabe se alguém usou no Dominic. E, mesmo que alguém tenha feito isso, não quer dizer que fui eu. Porque *não fui eu*."

"Verdade", disse Rafferty, assentindo. "Todos pontos justos. Nós não sabemos nada ao certo, não nesse estágio. Mas, pra sorte de todo mundo, a maioria dessas coisas a gente consegue provar de alguma forma. Pode levar um pouco de tempo, mas..."

"Eu cobrei do laboratório", disse Kerr de lado para Rafferty em um tom baixo e calculado. "Falaram que provavelmente essa semana."

"Ah, ótimo", disse Rafferty. "Não vai ser tanto tempo então. Pelo jeito que as coisas são, sabe? Se aquele cordão foi enrolado no pescoço do Dominic, o corpo vai ter deixado células epiteliais por todo o comprimento central. Ou seja, DNA. Vai estar degradado, obviamente, depois de ficar em uma árvore úmida por dez anos, mas nossos técnicos são de primeira; eles vão conseguir, mesmo que demore um pouco mais. E se alguém tava puxando as pontas, a mesma coisa: vai haver células epiteliais em tudo."

"Espera", falei. Eu queria apenas um segundo em que pudesse pensar sem os olhos deles cravados em mim. Eu queria uma pausa para fumar. "Espera. Se aquele cordão era do meu moletom, *se*, então as minhas... as minhas células epiteliais estariam nele de qualquer jeito. Nas pontas. Bem onde ficam os laços."

"E", disse Rafferty, me ignorando, "rastreamos os fabricantes do moletom. Vão nos passar as especificações do cordão que usaram nesse modelo, pra podermos ver se são consistentes com o que temos. Se não forem, isso não vai querer dizer muita coisa — talvez tenham produzido uma leva diferente ou talvez o cordão tenha sido substituído em algum momento —, mas, se forem compatíveis, vai ser interessante."

"Esse moletom não era... eu não guardava minhas coisas *trancadas*. Ficava tudo por aí. Mesmo que... que esse seja o cordão, qualquer pessoa poderia ter pegado. Em uma festa, em qualquer lugar. *Dominic* poderia ter pegado."

"E garroteado a si mesmo?", perguntou Kerr com um sorriso. "Acho que isso não existe, cara."

"A gente ouviu de fontes múltiplas", disse Rafferty, "que Dominic era um babaca com seu primo Leon. Leon mesmo nos contou. Ele não queria, ficou enrolando um pouco... o que é interessante; como dissemos antes, vocês são muito protetores uns com os outros, né? Mas ele deixou escapar no final."

Claro que deixou. Tentei manter os olhos longe de Rafferty e encontrar objetos familiares que pudessem tornar aquilo real. O bule esmaltado vermelho e lascado no parapeito da janela, o pano de prato quadriculado, pendurado torto na porta do forno. Calêndulas laranja bagunçadas em uma caneca rachada.

"Ele não era um cara legal, esse Dominic, era? As histórias que as pessoas contaram... Eu achei que já tinha visto bullying na escola, mas, cara, algumas das coisas aqui me deram arrepios." Apertando os olhos com preocupação, esfregando a mandíbula, Rafferty prosseguiu: "Por que você não contou isso pra gente da última vez? Você disse que Dominic era 'um cara legal'. Que se dava bem com todo mundo."

"Eu não sabia. Sobre as coisas ruins. Eu sabia que às vezes ele pegava no pé do Leon, mas achei que eram coisas pequenas."

"Metade da sua *escola* contou sobre isso. Você era a pessoa mais próxima de Leon e tá me dizendo que não sabia de nada?"

"Leon não me contou. Ninguém me contou. Eu não leio mentes."

Rafferty ergueu uma sobrancelha irônica para mim: *Para com isso.*

"Você se sente péssimo com isso?", perguntou Kerr. "Eu me sentiria."

"O que eu poderia...?" Aquele zumbido no ar, pressionando meus ouvidos. Kerr tirando alguma coisa do dente com o dedo, olhos duros e curiosos em cima de mim. "O que eu devia ter feito?"

"Bom, fazer parar", disse Rafferty com sensatez. "Eu não diria que você é o tipo de cara que fica só olhando seu primo aguentar essas merdas. Não tô certo?"

"Provavelmente. Se eu soubesse. Mas não sabia."

Eles deixaram aquela declaração no ar por um momento. Kerr examinou o que tinha encontrado no dente. Rafferty equilibrou a lateral do celular com cuidado sobre a mesa.

"Eu apostaria", disse ele, quase distraído, toda a atenção no equilíbrio delicado do celular, "eu apostaria dinheiro que você só queria dar um susto no Dominic. Você não me parece um assassino, não mesmo, e eu já conheci muitos. Você só tava planejando dar um susto nele, nada sério, só um aviso: *Não se meta com meu primo de novo.* E isso precisava ser feito, e não tem uma pessoa decente no mundo que pensaria mal de você por isso." Olhando para mim, com os olhos dourados e selvagens, iluminados por um raio de sol, o detetive insistiu: "É sério, cara. Eu não falei por falar antes quando disse que ficar do lado da família é a coisa mais importante do mundo. Se metade das merdas que ouvimos sobre Dominic forem verdade, você tinha que fazer parar. Não tinha escolha."

Trepadeiras de jasmim balançando do lado de fora da janela, para lá e para cá. Uma aquarela torta na parede, andorinhas em um mergulho vertiginoso. Raios de sol batendo feito loucos na mesa.

"O problema dos garrotes é que as pessoas subestimam a coisa. Pesquisam na internet, e cada página sobre eles tem um milhão de avisos: não tente isso numa pessoa real, o pescoço é frágil e se danifica facilmente, mesmo se você achar que tá só treinando ou brincando, você pode matar alguém." Ele tirou o dedo do celular, que tombou com um ruído. "Mas os garotos adolescentes, eles não dão muita atenção pra avisos. Eles são invencíveis. *Ah, eu sei o que tô fazendo, vai ser ótimo...* E eles não conhecem a própria força. Puxam com vontade demais, por um segundo extra, e, de repente, já é tarde."

Encarei o detetive. Não pude evitar; todas as outras coisas na cozinha haviam se dissolvido em uma mancha sarapintada e quente.

"Se foi isso que aconteceu", disse Rafferty, delicado, "temos que saber agora. Antes dos resultados de DNA chegarem. Se a gente passar à frente disso agora, posso ser discreto: procurar o promotor, explicar a história toda, voltar com uma acusação de homicídio involuntário ou até agressão. Mas quando a gente tiver o DNA, tá fora das minhas mãos. Todo mundo vai chegar com armas em punho: o promotor, meu chefe, os superiores, todo mundo. Não vão minimizar um caso óbvio de homicídio."

Nada daquilo estava entrando na minha cabeça; minha mente estava paralisada, apresentando espasmos completos e violentos como se fosse um músculo. Eu falei, minha voz parecendo pertencer a outra pessoa: "Quero que vocês vão embora agora."

Houve um longo silêncio enquanto os dois me olhavam. Minhas mãos estavam tremendo. Rafferty suspirou, um som longo e lamentoso, e empurrou a cadeira para trás.

"Você que sabe", disse ele, enfiando o celular no bolso. Eu esperava uma discussão, e o fato de não haver uma me apavorou ainda mais. "Eu tentei, pelo menos. E você ainda tem meu cartão, né? Se mudar de ideia, me liga na mesma hora."

"Quer nos dar uma amostra do seu DNA?", perguntou Kerr, fechando o caderno com um movimento elaborado da mão.

"Não", falei. "Só se vocês tiverem um... um mandado, sei lá..."

"Não precisa", disse Kerr, sorrindo para mim. "O pessoal pegou uma amostra em abril, quando você foi assaltado. Por questão de eliminação. A gente pode usar essa, sem problema. Eu só queria ver o que você ia responder."

Ele levou dois dedos à têmpora em uma saudação e caminhou na direção da porta, assobiando.

"Me liga", disse Rafferty baixinho. "A qualquer hora do dia ou da noite, eu não me incomodo. Mas liga. Tá bem? Quando essa porta se fechar, é pra sempre."

"Vamos lá, cara", chamou Kerr do corredor. "Temos lugares pra ir, pessoas pra visitar."

"Dia ou noite", disse Rafferty. Ele assentiu e foi atrás de Kerr.

Esperei até ouvir a porta da frente se fechando; fui para o corredor na ponta dos pés por algum motivo, para ter certeza de que haviam de fato ido embora. Mesmo depois de ouvir o carro dos detetives se afastando — rápido demais para a rua —, permaneci ali, as mãos encostadas na tinta branca e rachada da porta, com correntes frias entrando pelas arestas e tocando meu pescoço e tornozelos. Eu havia ficado tão animado com a ideia de eles me revelarem algo novo; só conseguia pensar, "cuidado com o que deseja".

Agora que os detetives tinham ido embora e eu conseguia pensar outra vez, me dei conta de que Rafferty estava falando baboseiras. Caso óbvio de homicídio meu ovo. Ele estava me ignorando porque eu estava certo: mesmo que todos os resultados de DNA e comparações de cordão de moletom voltassem positivos, qualquer uma de cerca de doze pessoas poderia ter garroteado Dominic com aquele cordão. O quase-que-motivo indefinido que ele jogou para cima de mim, Dominic ter feito bullying com Leon, apontava bem mais para Leon do que diretamente para mim. Leon era um garotinho magrelo quando adolescente, mas isso não importava. *A melhor parte é que você não precisa ser maior nem mais forte do que a vítima. Ele pode ser um cavalo, mas, se você conseguir pular nele...*

A parte terrível era que Rafferty devia saber daquilo tudo também; mesmo assim, teve certeza, certeza a ponto de tentar me forçar a uma confissão, certeza de que não tinha sido Leon, de que não tinha sido nenhuma daquelas doze pessoas, de que tinha sido *eu*. E eu entendia, com uma sensação selvagem e dolorosa no fundo do peito, exatamente o porquê. Eu, seis meses antes, de visão límpida e voz clara, sentado ereto e inteligente, respondendo a todas as perguntas de imediato, na lata e com confiança total, sem pensar: todas as minhas células carregando uma credibilidade natural e absoluta; me acusar de homicídio teria sido ridículo. Eu, agora, a fala arrastada, dizendo coisas sem sentido, os olhos esbugalhados e o pé arrastando, pulando e tremendo a cada palavra dos detetives: defeituoso, pouco confiável, sem qualquer credibilidade, autoridade ou peso, culpado para cacete.

Com uma onda de fúria que tirou meu fôlego, eu me perguntei se aquele havia sido o plano de Leon o tempo todo: me deixar danificado, babando na minha papinha ou apitando nas máquinas; me transformar em uma coisa que poderia receber toda a culpa de forma fácil e natural quando chegasse a hora.

Quase tinha dado certo. Dois meses antes, se Rafferty tivesse batido no meu ombro e me chamado pelo nome, eu teria ido sem resistir: por que não? O que havia para salvar? Declarar-me culpado, abandonar minha vida e todo o caos: quase teria sido um alívio. Mas agora as coisas tinham mudado. Eu sentia minha sorte virando, aumentando, uma batida grave e lenta nas entranhas da casa. Eu talvez não tivesse clareza sobre o que estava acontecendo ali, mas sabia com certeza de uma coisa: nem fodendo que eu ia ficar parado esperando ser jogado na prisão.

Eu ainda não conseguia acreditar que Leon estava planejando levar as coisas tão longe, mas era o que parecia. Aquela foto minha usando convenientemente o mesmo moletom que tinha fornecido o garrote: aquilo tinha vindo de algum lugar perto de casa. E era uma imagem boa e clara, não aquela mancha pixelada de um celular velho. Nenhum de nós tinha smartphone na época da escola, e os outros não tinham câmera digital. Mas eu sim. No meu décimo oitavo aniversário, em janeiro do nosso último ano de escola, minha mãe passou a mão na minha cabeça e sorriu: *Agora, quando eu e seu pai estivermos viajando no verão, você pode mandar fotos bonitas pra gente, promete?* E claro que a câmera tinha quicado pela casa inteira de Hugo, com todo mundo tirando foto do que por acaso chamasse a atenção, e algumas vezes eu me lembrei de carregar algumas imagens, apagar as fotos inevitáveis da bunda peluda de alguém e enviar as melhores para a minha mãe. Em algum momento pelo caminho, comprei um smartphone, e a câmera ficou meio esquecida até ir parar na gaveta do meu apartamento e continuar por lá até alguém decidir que precisava muito dela.

O que Leon estava negligenciando era que eu o conhecia muito, muito bem e sabia como ele funcionava. Leon não conseguia ficar de bico calado, não o tempo todo: se havia alguma coisa na cabeça dele, ele não falava diretamente, mas ficava mencionando pelas beiradas, voltando para cutucar de novo e de novo, assim como tinha feito com o testamento de Hugo. Se eu desse chances suficientes, ele me daria dicas.

Uma das grandes perguntas, claro, era onde Susanna se encaixava naquilo tudo. Era difícil imaginá-la envolvida. Havia sido uma criança bem-comportada, do tipo que entregava todos os trabalhos no prazo com notas de rodapé e nunca respondia aos professores, com chances bem maiores de contar a um adulto responsável sobre bullying do que se decidir a fazer um garrote. E, embora tivesse a motivação organizacional para planejar praticamente qualquer coisa, ela não tinha nem mesmo a desculpa patética de meia-tigela de Leon para guardar ressentimento contra mim; eu não acreditava que ela teria armado para mim todas aquelas várias formas de pesadelo só por prazer. Mas, igualmente, era difícil imaginá-la sendo tão alheia quanto eu. Em algum momento, ela teria visto alguma coisa, suposto alguma coisa.

Ela era bem mais na defensiva do que Leon, bem mais difícil de ler, enganar ou tapear, mas eu a conhecia e sabia qual era seu ponto fraco: ela gostava muito de ser a inteligente. Se ela soubesse sobre aquilo e eu não, Susanna teria dificuldade para resistir à chance de esfregar na minha cara.

E eu tinha uma vantagem sobre os dois: meus primos achavam que eu estava fodido... o que era verdade, mas não na extensão que eles imaginavam, não mais. Todas as gaguejadas e lapsos de memória que me enfureciam tanto estavam prestes a ser úteis. Era bem mais tentador soltar uma migalhinha de informação para alguém que não lembraria, que mal conseguiria articular caso lembrasse, que jamais seria levado a sério se falasse.

"Isso foi a porta?", perguntou Hugo na escada atrás de mim — eu estava tão concentrado que não ouvi o arrastar e as batidas de bengala da aproximação dele. "Melissa já chegou?"

Hugo estava de roupão, uma coisa quadriculada e velha por cima da calça e do suéter. "Ah", falei. "Não. Ainda tá cedo."

Ele piscou para a luz atravessando o vidro acima da porta, o sol frio e pálido. "Ah. Então tá. Quem era?"

"Os detetives."

Em um tom diferente, me olhando, ele disse: "Ah." E, quando não falei nada, perguntou: "O que eles queriam?"

Eu quase contei. De tantas formas, parecia a coisa natural a se fazer, e toda a minha infância cresceu em mim como um uivo de saudade, insistindo para que eu me jogasse aos pés dele: *Hugo, me ajuda, eles acham que eu matei Dominic, o que eu faço?* Mas aquela era a última coisa de que ele precisava; além disso — os punhos ossudos aparecendo pelas mangas do roupão, o peito afundado, as mãos grandes fechadas na bengala e no corrimão da escada —, ele era frágil, estava se esvaindo e havia muito pouco dele sobrando para fazer o milagre que eu desejava. E, talvez, mais que tudo, eu sabia bem que o que Hugo queria fazer seria provavelmente o oposto do que eu queria.

"Eles acham que mataram o Dominic", falei.

Após uma pausa, ele comentou: "Bem. Isso não é tão inesperado."

"Com um garrote. Eles acham."

Aquilo o fez erguer as sobrancelhas. "Céus. Não imagino que eles vejam isso com frequência." E, depois de um momento, ele quis saber: "Disseram de quem desconfiam?"

"Acho que eles não têm ninguém em mente."

"Eles tornam tudo tão *difícil*", disse Hugo, um vislumbre de frustração, a cabeça jogada para trás. "Tão esquisita toda essa baboseira de mistério, feito crianças fazendo um joguinho em que você é forçado a participar..." Outra corrente de vento entrou pelas laterais da porta, e ele tremeu. "E esse *tempo*. Não é nem outubro ainda, eu devia poder sentir meus pés dentro do meu próprio escritório, não?"

"Vou terminar de arrumar os aquecedores agora", falei. "Isso vai ajudar."

"Acho que vai." Ele apoiou o quadril no corrimão com uma careta, deixando o braço livre para amarrar mais o roupão. "A gente não devia estar começando o jantar? Melissa não chegou?"

"Daqui a pouco é hora do almoço", falei com cuidado após um segundo. "Vou levar alguma coisa lá pra cima quando terminar com os aquecedores, tá bem?"

"É", disse Hugo com irritação depois de uma pausa confusa, "acho que é bom mesmo." Ele conseguiu se virar aos poucos, subir a escada, voltar para o escritório e bater a porta.

Quando me acalmei o suficiente para levar o almoço, ele parecia bem outra vez, ao menos pela régua que estávamos usando àquela altura. Ele comeu o sanduíche tostado e me mostrou algumas páginas que tinha decifrado do diário chato do parente da sra. Wozniak (a cozinheira tinha queimado o rosbife, um garoto tinha gritado uma grosseria para ele na rua, as crianças agora eram tão deficientes em treinamento moral). O estranho — fiquei observando Hugo da minha mesa enquanto ele olhava com determinação a página seguinte do diário — era que, embora a doença o fizesse definhar com uma agressividade brutal, ele não parecia menor. Ele tinha perdido muito peso, as roupas pendiam nas articulações, mas aquilo só enfatizava o tamanho do corpo dele. Ele era como um daqueles esqueletos gigantes de alce ou urso, de uma época pré-histórica inimaginável, dominando amplas galerias de museu, sozinho e imperscrutável.

Hugo se animou um pouco quando Melissa chegou em casa; fez provocações sobre os ingredientes que tinha comprado para o jantar ("Paella, céus, você parece uma agente de viagens para as papilas gustativas") e apreciou a história sobre a velha excêntrica e feliz que tinha aparecido na loja com uma braçada de lenços manufaturados nada vendáveis de seda em *tie-dye* e insistido em dar um de presente para Melissa. O lenço era enorme, roxo e dourado, e Hugo o enrolou nos ombros e ficou rindo à mesa da cozinha como um mágico em uma brincadeira de criança. Mais e mais, era Melissa quem despertava o melhor dele.

E Hugo sabia disso. "Eu tava querendo te contar", disse ele para ela — do nada, em um jogo de buraco naquela noite, um amontoado de cartas e canecas variadas e biscoitos na mesa de centro, o fogo crepitando alegremente, "como tô feliz de ter você aqui. Sei o sacrifício que deve estar sendo e acho que não tem um jeito adequado de eu colocar em palavras o que significa pra mim. Mas queria dizer mesmo assim."

"Eu não sabia se devia vir no começo", respondeu Melissa. Ela estava encolhida no sofá com os pés no meu colo; eu os mantinha aquecidos com a mão livre. "Aparecer na sua porta no meio disso tudo. E ir ficando. Eu me perguntei dezenas de vezes se devia sair do caminho. Mas..." Ela virou a palma da mão para a sala, um gesto pequeno como se libertasse alguma coisa: *Aqui estamos.*

"Fico contente de você estar aqui", disse Hugo. "Me fez muito feliz: você e a chance de ver Toby ser adulto e estar em um relacionamento. É como os fins de semana em que eu recebia Zach e Sallie: uma progressão tão linda de todas as férias em que Toby, Susanna e Leon vinham pra cá. O episódio seguinte, a vida indo em frente. Acho que é exagero, mas tenho a sensação de que a vida me deu um vislumbre de como poderia ter sido ter meus próprios filhos."

O tom de despedida daquilo tudo estava me deixando tenso; eu queria mudar de assunto. "Por que você não teve?", perguntei. Susanna, Leon e eu já tínhamos especulado algumas vezes ao longo dos anos. Eu achava que Hugo tinha uma boa noção de que não devia ferrar sua existência serena e ordenada com um bando de pestinhas barulhentos; Susanna achava que ele tinha um relacionamento longo, misterioso e meio distante com uma mulher que morava fora e que só vinha a Dublin a cada dois meses; Leon, inevitavelmente, achava que ele era gay e que, quando o país tinha amadurecido o suficiente para ele sair do armário, Hugo tinha achado que era tarde demais. Sinceramente, qualquer uma dessas alternativas teria feito sentido.

Hugo considerou aquilo e rearrumou as cartas na mão. Ele estava com um cobertor sobre os joelhos, como um velho, apesar do fogo e do fato de eu ter conseguido fazer os aquecedores funcionarem. "Se for pra falar a verdade", disse ele, "é difícil identificar. Uma parte foi o clichê mais velho do mundo: eu tava noivo, ela terminou, eu voltei pra casa a fim de lamber minhas feridas e jurei que não queria mais saber de mulheres. Seria fácil botar a culpa de tudo nesse episódio, não seria?" Olhando para nós, um sorriso fugaz. "Mas isso acontece com muita gente, e a maioria supera em um ano ou dois. Eu também superei, na verdade — não tô carregando um fardo todos esses anos —, mas, naquela época, seus avós tavam ficando velhos, a artrite do seu avô tava piorando, eles precisavam de alguém pra cuidar deles; e eu tava lá, sem outras responsabilidades, enquanto todo mundo tinha se mudado e arrumado esposas e filhos... Acho que a verdade é que nunca fui um homem de ação." Aquele sorriso fugaz de novo, a sobrancelha erguida. "Mais um homem de inércia. Não balance o barco; tudo vai ficar bem no final se você deixar... E a cada ano, claro, foi ficando mais difícil fazer mudanças. Mesmo depois que seus avós morreram, quando eu podia ter feito qualquer coisa que quisesse, viajado pelo mundo, me casado, começado uma família, não tinha nada que eu desejasse tanto assim pra dar esse salto."

Ele pegou uma carta, olhou, botou de volta. "A questão, eu acho", disse ele, "é que a gente se acostuma a ser só a gente. É preciso uma agitação danada pra quebrar essa casca e forçar a pessoa a descobrir o que mais pode estar por baixo." E, olhando para a frente, sorrindo e empurrando os óculos no nariz, Hugo comentou: "E com tanta filosofia, já esqueci de quem era a vez. Eu acabei de colocar...?"

A voz dele parou. Quando a pausa durou tempo demais, ergui o rosto das minhas cartas. Ele estava encarando a porta, os olhos arregalados, com tanta convicção que eu me virei para ver se havia alguma coisa ou alguém ali: nada.

Quando me virei de volta, Hugo ainda estava olhando. Ele lambeu os lábios repetidamente. "Hugo", falei, alto demais. "Você tá bem?"

Um braço se esticou, rígido, os dedos formando uma garra grotesca.

Pulei do sofá, as cartas se espalhando para todos os lados, as canecas caindo quando passei pela mesa de centro. Melissa e eu chegamos em Hugo na mesma hora, ficamos de joelho ao lado dele. Fiquei com medo de tocá-lo para não piorar. Ele estava piscando e piscando; aquele braço distorcido fazia movimentos grandiosos e sem sentido na frente dele, tão rígidos e determinados que pareciam quase propositais.

Foi assim: repentino, num momento ajeitando os óculos e considerando o rei de espadas, e, no seguinte, longe. Após meses de medo, tensão e dúvida, ali estava, rápido e simples. "Ambulância", falei, embora eu soubesse que não chegariam a tempo. Meu coração parecia enorme no peito. "Liga. Rápido."

"É uma convulsão", disse Melissa calmamente. Ela estava olhando o rosto de Hugo, a mão leve e firme no ombro dele. "Ele não precisa de ambulância. Hugo, você tá tendo uma convulsão. Tá tudo bem. Vai passar em um minuto."

Não dava para saber se ele a tinha escutado. Movendo a mão, piscando. Um filete de baba escorrendo pelo canto da boca.

Demorei alguns segundos para perceber que ele não estava morrendo na nossa frente. "Mas", falei. Uma parte distante de mim lembrou a aula do neurologista de merda, palavras pequenas e um olhar desdenhoso de diretor de escola. "Temos que chamar uma ambulância mesmo assim. Pra uma primeira convulsão."

"Não é a primeira. Ele já teve algumas." Diante do meu olhar perplexo, ela explicou: "Aquelas horas em que ele ficava olhando pro nada e não te ouvia por um minuto, sabe? Achei que você soubesse."

"Não", falei.

"Eu disse pra ele contar aos médicos. Não sei se contou." Ela estava fazendo carinho no ombro do Hugo, um ritmo lento e regular. "Tá tudo bem", disse ela, baixinho. "Tá tudo bem. Tudo bem."

Gradualmente, o movimento foi ficando mais solto e mais vago, até que o braço dele caiu no colo, tremeu algumas vezes e ficou inerte. Ele parou de lamber os lábios. Fechou os olhos, e a cabeça pendeu para o lado, como se Hugo tivesse simplesmente cochilado na cadeira depois do jantar.

Um estalo alegre da lenha soltou faíscas. Poças marrons de chá se estavam espalhadas pela mesa de centro, pingando no tapete. Eu estava com a cabeça avoada, os batimentos enlouquecidos.

"Hugo", disse Melissa delicadamente. "Você consegue me olhar?"

As pálpebras dele tremeram. Os olhos se abriram: embaçados e sonolentos, mas ele a estava vendo.

"Você teve uma convulsão. Já acabou. Você sabe onde está?"

Ele assentiu.

"Onde?"

A boca se moveu como se Hugo estivesse mastigando, e, por um segundo horrível, achei que estava começando de novo, mas ele falou, a voz rouca e arrastada: "Sala".

"Certo. Como você tá se sentindo?"

O rosto dele estava branco e suado; até as mãos pareciam pálidas demais. "Não sei. Cansado."

"Tudo bem. Só fica quieto um pouco, até se sentir melhor."

"Quer água?", perguntei, finalmente pensando em algo útil que eu pudesse fazer.

"Não sei."

Corri até a cozinha mesmo assim e enchi um copo com água da torneira, as mãos tremendo e a água espirrando para todo lado. Meu rosto na janela escura acima da pia estava idiota e atordoado, com a boca aberta e os olhos arregalados.

Quando voltei para a sala, Hugo parecia melhor: a cabeça erguida, um pouco de cor retornando ao rosto. Melissa tinha arrumado um guardanapo de papel e estava limpando a trilha de baba no queixo dele. "Ah", disse Hugo, e pegou o copo com a mão boa. "Obrigado."

"Você se lembra do que aconteceu?", perguntei.

"Não exatamente. Só... que tudo ficou estranho de repente. Diferente. Assustador. E só isso." Com um toque de medo que ele não conseguia esconder, perguntou: "O que eu fiz?"

"Não muita coisa", falei de pronto. "Encarou um pouco, moveu um pouco o braço de um jeito estranho. Nada de se debater tipo nos filmes, nada assim."

"Você já teve alguma assim?", perguntou Melissa.

"Acho que sim. Uma vez." Hugo tomou outro gole de água e limpou o canto da boca onde um pouco tinha escorrido. "Duas semanas atrás. Na cama."

"Você devia ter chamado a gente", falei.

"Eu não percebi. O que tinha acontecido. E o que vocês poderiam ter feito?"

"Ainda assim", disse Melissa. "Se acontecer de novo, chama a gente. Por favor."

"Tudo bem, minha querida." Ele cobriu a mão dela com a dele por um momento. "Eu prometo."

"Você contou pro médico?"

"Contei. Ele me deu coisas. Remédios. Mas me avisou que podiam não funcionar." Ele lutou para ficar mais ereto na poltrona. "E falou sobre a clínica de novo. Eu disse que não, claro. De jeito nenhum."

"Quer ir pra cama?", perguntei. Hugo parecia praticamente ele mesmo, de uma forma quase bizarra, mas eu não conseguia nos ver voltando a jogar baralho; mesmo que ele quisesse, eu não conseguiria.

"O que eu gostaria", disse Hugo, "é de ficar aqui um pouco. Com vocês dois. Se não tiver problema."

Melissa pegou um pano e limpou o chá derramado; eu recolhi as cartas, limpei o chá que estava nelas com um papel toalha molhado e as empilhei para uma outra hora. Em seguida, voltamos para nossos lugares no sofá, Melissa encolhida junto a mim, meu braço a segurando bem perto, os dedos dela entrelaçados nos meus.

Não conversamos. Melissa encarou o fogo, a luz lançando brilhos quentes na curva suave de sua bochecha. Hugo ficou mexendo distraído no cobertor sobre as pernas, com o polegar, como se este fosse um bichinho. De vez em quando, erguia o rosto e sorria para nós, tranquilizador: *Vejam, eu tô bem.* Ficamos ali por muito tempo enquanto a chuva batia silenciosamente nas janelas, uma mariposa girava sem muito entusiasmo em torno do abajur de piso e o fogo ardia até virar pedras preciosas de cinzas.

Acho que eu não tinha prestado muita atenção ao humor de Melissa naquela noite. Eu havia registrado vagamente que ela estava calada, mesmo antes da convulsão de Hugo, mas já tinha problemas demais na cabeça; ela era a única coisa abençoada do meu mundo que não parecia exigir vigilância. Por isso, me pegou completamente de surpresa quando, depois que tínhamos colocado Hugo em segurança lá em cima e rastreado os sons familiares dele fazendo as coisas até ir para a cama e eu estava tirando o suéter em nosso quarto, ela disse: "Os detetives vieram falar comigo. Na loja."

"*Quê?*" Fiquei tão surpreso que larguei o suéter. "Que detetives? Tipo Martin e... e..." Eu não conseguia me lembrar do nome do cara de terno extravagante. "Ou os daqui? Rafferty e o outro carinha, Kerr?"

"Rafferty e Kerr." Melissa estava de costas para mim, pendurando o casaco. O reflexo dela — cabelo claro, vestido níveo, braços finos e alvos — ondulou como um fantasma na janela. "Eu não esperava que eles quisessem falar comigo, porque eu nem conhecia vocês na época... Não sei como eles souberam onde eu trabalho. Eles me fizeram colocar a placa de fechado na porta da loja. A mulher dos lenços apareceu quando eles tavam lá e não quis ir embora, ficou sacudindo a maçaneta; eu queria ir até ela e dizer que abriria em alguns minutos, mas o detetive Kerr não deixou. Ele ficou dizendo: 'Não, deixa, ela vai desistir em um minuto', mas ela ficou lá um tempão, encostou o rosto no vidro pra olhar pra dentro..."

Temos lugares pra ir, pessoas pra visitar. "O que eles queriam?"

"Eles me mostraram umas fotos."

Eu seria capaz de chutar Rafferty nos dentes. "Ah, é? De quê?"

"Um moletom que encontraram aqui. E você mais novo, usando esse mesmo moletom. E o cordão do moletom." A voz de Melissa estava clara e controlada. Ela olhava para o casaco, ajeitando as costuras do ombro, não para mim. "Encontraram dentro da árvore. Eles acham que foi..."

"Eu sei, é. Eles me mostraram as mesmas fotos."

Aquilo a fez virar a cabeça. "Quando?"

"Hoje de manhã."

"Você não ia me contar."

"Eu não ia desperdiçar seu tempo com esse tipo de besteira. Por que foram te mostrar as fotos? O que eles queriam?"

"Queriam saber se você tinha falado sobre Dominic Ganly comigo. E se eu já tinha visto você fazer algo daquele tipo, aquela coisa com o cordão. Se você faz nós daquele tipo. E..." Os olhos no casaco enquanto ela o pendurava no armário, sem mudanças na voz firme, apenas um tremor de leve nos cílios. "... se eu já tinha visto você sendo violento. Eu disse que não, óbvio. Nunca."

Ironicamente, eu estava me esforçando muito para não dar um soco na parede, enfiar o pé na porta do armário ou algo igualmente dramático e sem sentido. Peguei o suéter do chão e o dobrei com cuidado.

"Eles sabiam sobre aquele homem do ano passado. O que não me deixava em paz até você aparecer. Queriam saber exatamente o que você fez: se você tinha tocado nele quando tava mandando o cara embora, se tinha ameaçado dar uma surra. Eu disse que não, mas eles ficaram insistindo: 'você não tá falando sério, qualquer homem normal ficaria com raiva, ele precisaria passar a mensagem com clareza, seu namorado não teve mesmo coragem de fazer isso...?' Eu queria mandar os dois embora, mas fiquei com medo de parecer que eu tava escondendo alguma coisa. Eles são muito... Eles tornam bem difícil discordar deles, né? Eles ficavam dizendo não, não, não e tentando manter a calma, mas no fim desistiram. Ou pelo menos foram embora."

"Bem", falei com bastante calma quando consegui falar de novo. "Parece que você colocou os dois no lugar. Se eles aparecerem de novo, manda embora. Ou me liga e aí eu mando."

"Toby." Finalmente, um tremor na voz. Melissa se virou para me olhar. "Eles acham que você matou o Dominic."

Eu ri, apesar de conseguir ouvir a tensão no som. "Não acham, não. Eles não têm motivo pra achar. Não têm nem *meio* motivo. Eles só têm um cordão de moletom que qualquer pessoa poderia ter pegado. Eles só estão tentando pressionar alguém pra confessar e assim poderem encerrar o caso. Foi por isso que te intimidaram: pra botar pressão em mim. Não por acharem que você sabe de alguma coisa ou por acharem de verdade que eu fui *violento*..." Minha voz estava se elevando. Respirei fundo.

Melissa disse: "Acham sim, Toby. Talvez não achassem que eu soubesse de alguma coisa. Mas eles acham que você matou o Dominic."

O rosto dela, pálido, atento e remoto como o fantasma no vidro. Eu me dei conta, como se levasse um tapa, de que ela talvez achasse a mesma coisa. E me perguntei o que os detetives poderiam ter dito para Melissa que ela não estava me contando.

Falei: "Eu não matei o Dominic."

"Eu sei", disse Melissa, de imediato, a voz firme. "Sei disso. Nunca achei que você tivesse feito algo assim."

Eu acreditei nela. A onda de alívio e vergonha — como eu poderia ter pensado, só por um segundo que fosse... — tirou uma parte da tensão de cima dos meus ombros. "Bem", falei. "Acho que agora dá pra entender por que eu preciso fazer alguma coisa sobre o assunto."

Ela fechou a cara. "Tipo o quê?"

"Tipo falar com as pessoas. Ver se eu consigo descobrir o que aconteceu. Pra gente não ter que aguentar mais nada dessa merda."

"Não", disse Melissa, ríspida. Eu tinha ouvido aquela inflexibilidade de ferro na voz dela somente uma vez na vida, quando ela estava falando da mãe. "A única coisa que você precisa fazer é ficar o mais longe que puder dessas coisas horríveis todas. Arruma um advogado; ele que lide com a polícia. *Não é problema seu*. Não tem nenhum motivo pra você se enrolar nisso. Deixa pra lá."

"Melissa, eles me acusaram diretamente de *homicídio*. Acho que isso torna o problema meu, sim."

"Não torna, *não*. Como você falou, os detetives não têm nenhuma prova e nunca vão conseguir. Você só precisa ignorar e, mais cedo ou mais tarde, eles vão desistir e vão embora."

"E se não forem? E se decidirem arriscar tudo e me prender e torcer pra que isso me faça falar? Não sei você, mas eu não quero ficar aqui semana após semana me perguntando se vai ser naquele dia, se vão escolher o mesmo momento em que Hugo tiver uma crise e..."

"O que vai acontecer quando eles descobrirem que você tá fazendo perguntas? Vão achar que você tá tentando descobrir quem sabe o que por estar nervoso. E vão atrás de você com mais intensidade, e isso vai desfazer todo o bem que..."

"Meu Deus, Melissa!" Eu não me dei mais ao trabalho de manter a voz baixa, que Hugo acordasse, foda-se... "Achei que você ia ficar *satisfeita*. Alguns meses atrás, eu não me importaria nadinha de ser jogado na prisão. Achei que você ia ficar *feliz da vida* de eu estar com a cabeça no lugar a ponto de querer comprar essa briga. Você prefere que eu fique parado tentando arrumar motivação pra fazer torrada?"

Aquilo a abalou, como eu sabia que aconteceria. A voz de Melissa se tornou suave, o tom autoritário sumiu. "Você tá se sentindo você mesmo, e isso é maravilhoso. E, *sim*, eu tô feliz da vida. Mas você não pode botar essa energia em outra coisa? Liga pro Richard, vê se você pode fazer algumas tarefas daqui... Ou então... você sempre disse que queria aprender a mergulhar..."

"Ou a fazer cestos de palha ou cerâmica? Eu não tenho uma *deficiência*. Não sou uma pessoa com problemas *psiquiátricos*." Vi Melissa fazendo uma careta pelo meu tom, mas continuei. Eu nunca tinha ficado com raiva dela, nem uma vez, e fiquei ainda mais furioso com Rafferty, Kerr, Leon e até, obscuramente, com Dominic — três anos de harmonia tranquila nos altos e baixos e agora aquilo. "Eu não preciso de um *hobby*. Não preciso *me ocupar*. Preciso descobrir por que eu fui *acusado de homicídio*."

"Eu não te acusei, Toby, não falei..." Eu tinha escolhido bem o ângulo: ela ficou sem fôlego e se encostou na porta do armário. "Só quero que você seja feliz."

"Eu sei. Eu também. Quero que *a gente* seja feliz. É exatamente o motivo de eu estar *fazendo* isso." A expressão de derrota no rosto de Melissa — eu daria qualquer coisa para mostrar a ela o que eu estava vendo, como aquilo podia transformar tudo... "Amor, por favor, confia em mim. Eu sou capaz de fazer isso. Não vou fazer besteira."

"Sei que não vai. Não é isso..." Ela balançou a cabeça, os olhos bem fechados. "Só não faça nada que vá piorar tudo. Por favor."

"Não vou", falei, indo até ela. "Eu não tô planejando encurralar gangsteres em vielas escuras com minha Colt calibre .45. Só vou conversar com algumas pessoas pra ver se elas dizem coisas interessantes. Só isso." Como ela não respondeu nem se encostou em mim, insisti: "Eu prometo. Tá bem?"

Melissa respirou fundo e pôs a mão em minha bochecha. "Acho que sim", disse ela. E, se afastando quando me curvei para beijá-la, pediu: "Vamos pra cama. Tô exausta."

"Claro", falei. "Eu também." E eu devia estar mesmo cansado depois do dia que tivera. Mas, bem depois que a respiração de Melissa havia desacelerado para o ritmo familiar do sono, eu ainda estava desperto. E não tremendo com ruídos aleatórios e calculando as horas desde meu último Xanax dessa vez; apenas olhando as graduações sutis de escuridão passando pelo teto, pensando e planejando.

Nove

E assim, quando Melissa saiu para o trabalho na manhã seguinte, liguei para Susanna e Leon e os convidei para jantar e beber uma coisinha — eu estava estressado com aquela merda toda, precisava espairecer, essas coisas. Nenhum de nós falou sobre garrote, moletom ou detetives, o que fortaleceu ainda mais minha desconfiança: Rafferty havia deixado claro que tinha falado com os dois sobre a porra do moletom, e fiquei com a sensação de que era uma coisa que meus primos deviam ter me contado mais ou menos na hora em que o detetive foi embora, caso estivessem do meu lado.

Mesmo ao telefone, a voz de cada um deles pareceu diferente naquele dia; apresentando um tom oscilante e quebrado que me fez lembrar das poucas vezes que experimentei ácido. Demorei um tempo para entender o que era: perigo. Sempre achei Leon e Susanna fundamentalmente inofensivos. Não de um jeito ruim — em geral, era por amor, nós podíamos nos bicar e reclamar, mas, no fundo, eu sabia que eles eram pessoas boas; além disso, falando com sinceridade, sempre tive dificuldade de levá-los a sério em qualquer assunto tão pesado quanto perigoso. Com o que eu sabia agora, cada palavra e cada respiração eram carregadas de sensações e subtextos que eu não conseguia captar. Eles podiam ser qualquer coisa; podiam ser letais, e eu nunca tinha reparado.

Mas eu estava com uma sensação boa sobre aquela noite. Ela brilhava de forma provocante na minha frente como um quarto encontro, uma entrevista final, a maior, com o prêmio aguardando do outro lado da porta, e fiquei todo empolgado e preparado para arrasar. Não era como se eu estivesse esperando que Leon desabasse e fizesse alguma confissão sinistra — apesar de que "nunca diga nunca", eu podia ter sorte, quem sabe? Mas, se Leon tivesse algum rancor contra mim, eu mal podia esperar para saber. Umas bebidas e um pouco de provocação e tinha certeza de que conseguiria levá-lo a falar; talvez, se eu jogasse as cartas certas, pudesse fazê-lo desmoronar.

A grande pergunta, claro, era o que eu faria com tudo aquilo se conseguisse alguma coisa. Era Leon, caramba. Uma das minhas primeiras lembranças consistia em nós dois sentados em uma poça naquele quintal, jogando lama na cabeça um do outro. Eu não conseguia imaginar fazer qualquer coisa que o atirasse na prisão, ainda que estivesse tentando fazer exatamente a mesma coisa comigo.

A não ser que ele estivesse de fato por trás da invasão à minha casa; então a coisa mudava de figura. Eu conseguia dar um desconto por homicídio e por tentar me incriminar, mas a ideia de Leon me meter nesse assunto de forma deliberada ou semideliberada me atingia como um choque de Taser todas as vezes. Eu sabia que devia ser um sinal terrível sobre o meu caráter, mas — subindo correndo as escadas para dizer a Hugo que meus primos vinham jantar, a boca cheia de biscoito de chocolate, uma agilidade no caminhar que quase fazia o arrastar do pé sumir —, eu não me importava.

Quando Melissa chegou em casa, eu estava com as roupas esticadas sobre a cama — calça azul de linho e uma camisa bem bonita, cor de creme com pequenas estampas azuis geométricas, porque Melissa devia ter colocado aquilo na mala por algum motivo, e havia meses que eu não me arrumava para nada e porque... por que não? Estava cantando alguma música brega do Robbie Williams a plenos pulmões, em trechos, enquanto me barbeava quando Melissa disse, "Oi", colocando a cabeça pela porta do banheiro. "Como Hugo está?"

"Bem. Nada de assustador. Ele encontrou Haskins, o cara do diário, o tatara-alguma-coisa dos primos da sra. Wozniak, sabe? Ele odeia cachorros e despediu a empregada porque ela cheirava estranho."

"Eu vi a roupa. Qual é a ocasião?"

"Tô de bom humor. Vem cá."

Ela se aproximou na ponta dos pés para me beijar ao redor da espuma de barbear. Eu a agarrei e esfreguei a bochecha cheia de espuma no nariz dela; Melissa deu um gritinho e riu — "Bobo!" —, limpando o nariz em meu peito nu. "Você vai ficar todo lindo. É melhor eu me arrumar também."

"Preciso muito cortar o cabelo", comentei, olhando no espelho. "Tô com cara de quem devia estar na porta de um bar vagabundo de Galway tentando convencer a mulherada turista de que eu sei surfar."

"Quer que eu apare as pontas? Não sei fazer corte direito, mas posso ajeitar um pouco, só pra você aguentar até ir no barbeiro."

"Você faria isso? Seria ótimo."

"Claro. Vou procurar uma tesoura."

"Ah", falei quando ela estava quase na porta. "Su e Leon vêm jantar. A gente tem comida? Ou é melhor pedir?"

Melissa se virou abruptamente, mas respondeu logo: "Vamos pedir do restaurante indiano. Hugo adora e é mais fácil pra mão dele."

"Maravilha. Tô morrendo de fome. Curry é uma ótima ideia." Inclinei a cabeça para barbear embaixo do queixo, sem virar o rosto para Melissa. "Olha só, sobre ontem à noite. Sei que parece que tô obcecado em descobrir o que aconteceu com o Dominic. Mas não é só isso."

Eu a via pelo espelho, me olhando da porta. "O que é então?"

Eu precisava tomar cuidado naquele instante. Precisava da ajuda de Melissa para fazer a noite correr suave, e sabia que ela não ia gostar muito da ideia. "É difícil explicar", falei. "Tenho a sensação de que está tudo uma bagunça... Bom, vamos admitir, as coisas estão uma bagunça já faz meses, mas eu tava em um estado ruim demais pra tomar uma atitude. Agora, não sei se é porque tô melhorando ou se é outra coisa, mas tô com a sensação de que preciso esclarecer as coisas. Dominic, sim, mas não só isso."

Melissa estava ouvindo com atenção, a unha raspando uma mancha na porta. "O que mais?"

"Todas as coisas que Sean e Dec disseram, sobre o que Dominic fazia com Leon. Você tava certa: isso tá me incomodando."

"Não foi culpa sua. Você não sabia."

"Bom. Essa é a questão. Eu realmente não me lembro de nada assim, mas, com a minha memória do jeito que tá... pois é. Quem sabe de que serve?" Abri um meio-sorriso torto pelo espelho. "Eu não acho que teria deixado Dominic espancar o Leon, mas seria bom ter certeza."

Melissa perguntou: "E isso faz diferença agora?"

Surpreso e meio magoado, expliquei: "Bom, faz. Claro que faz. Se eu deixei o Leon na mão, isso tá afetando nosso relacionamento desde aquela época, mesmo que eu tenha sido burro demais pra perceber. E sei que não o vejo muito, mas ele e a Su... eles são o mais perto que eu tenho de um irmão e uma irmã. Talvez tudo esteja bem e eu tenha sido o primo perfeito. Eu espero. Mas, se não fui, eu preciso saber, pra poder consertar." Dei outro sorriso pesaroso, erguendo o queixo para raspar junto à garganta. "É isso que as pessoas dizem sobre os homicídios, né? Que eles acabam trazendo um monte de coisa à tona e todo mundo tem que encarar."

Como ela não respondeu, insisti: "Olha. Provavelmente isso não faz sentido, mas... essa coisa de ser atacado: eu preciso que seja alguma coisa. Um novo começo. Um despertar pra resolver minha vida. Senão, é só merda... e vamos ser sinceros, até agora foi só merda. Se eu conseguir tirar alguma coisa boa disso... entende?"

E, claro, que Deus abençoasse o coração de girassol de Melissa, ela não conseguiu dar as costas para aquilo. Seu rosto se iluminou. "Sim! Faz isso. Seria maravilhoso. E diz isso pro Leon também. Ele vai entender."

"Vou dizer." Era uma boa ideia mesmo. "Mas eu preciso saber o que fiz pra ele. Se eu fiz alguma coisa. Você pode me ajudar?"

Aquilo a fez unir as sobrancelhas. "Eu? Como?"

"Você pode perguntar pro Leon e pra Susanna como eu era naquela época? É uma pergunta bem natural; é como você querendo ver as fotos velhas do Hugo. Óbvio, eles vão te dizer que eu era um cara ótimo, mas você pode insistir? Eu ajudo; só preciso que você pergunte."

"Por que você mesmo não pergunta? Como você disse, se você fez alguma coisa ruim, eles não vão querer me contar. Você pode perguntar quando eu não estiver mais lá. Eu subo pra cama cedo."

A verdade, claro, era que, se eu começasse a xeretar e fazer perguntas, Leon podia ficar alerta, e provavelmente Susanna também, dependendo das coisas. "A questão é", falei, respirando fundo e encarando Melissa pelo espelho, "que eu preferia que eles não soubessem como a minha memória tá ferrada. Sei que é besteira. Óbvio que eles têm alguma ideia de que eu não tô cem por cento, mas andei me esforçando muito pra agir ao menos de um jeito quase normal perto deles, e espero estar me saindo bem. Se eu entrar nessa de 'Ah, pessoal, eu queria saber, tem alguma chance de vocês refrescarem minha memória sobre toda a nossa adolescência?', aí tudo vai pelo ralo. E eu não... eu não suporto a ideia de eles sentirem pena de mim."

Melissa não tinha como recusar aquilo. "Eu entendo. Não acho que você esteja ferrado, Toby, de verdade, mas..." Ela viu minha careta. "Eu pergunto."

Soltei o ar com alívio. "Meu Deus, é um peso que sai da minha cabeça. Passei o dia todo dando voltas, tentando pensar em um jeito de fazer isso... Aposto que tem um, mas a minha cabeça... Se você puder, vai ser maravilhoso. E pode perguntar também sobre o Dominic? Como ele era? Se os dois não me dedurarem, eles podem dizer o suficiente sobre ele pra me dar uma ideia do que tava rolando. E isso também não vai ser esquisito: Deus é testemunha de que ele é uma parte grande das nossas vidas agora, existem mil motivos pra você querer saber um pouco sobre ele." Me ocorreu questionar, pela primeira vez, por que Melissa não havia perguntado nada sobre Dominic.

Ela disse: "Isso tem a ver com o que aconteceu com ele?"

"Não sei", falei com sinceridade, me virando para olhá-la. "Vamos ser sinceros, tem chance de existir alguma relação. Eu não consigo ver como, mas... quem sabe das coisas a essa altura? Mas não é a questão principal."

Por um momento, achei que ela pularia fora, mas Melissa assentiu. "Tudo bem. Eu posso perguntar sobre ele."

"Deixa pra depois que Hugo tiver ido pra cama. Se eles forem contar alguma coisa horrível que eu fiz, ele não precisa ouvir." E, claro, eu levaria algumas horas pra deixar Leon bêbado. Eu tinha ido à loja de bebidas naquela manhã e comprado uma quantidade impressionante de gin e tônica, e seria eu a servir as taças.

"Não, você tá certo. Eu faço isso."

"E só... lembra que tudo que você tá perguntando aconteceu dez anos atrás. Tá bem? Eu era um garoto idiota e babaca. E, lembra, Su e Leon exageram. Se eles disserem que eu fiz uma coisa muito horrível, não quer necessariamente dizer que é verdade. O que quer que apareça, você pode me dar o benefício da dúvida?"

Aquela parte eu falei do fundo do coração: afinal, havia uma chance pequena, mas não inexistente, de Leon tentar dar a entender que eu era um assassino. E isso devia ter ficado evidente, porque Melissa se aproximou de mim, colocou as mãos nos meus braços e olhou em meu rosto. "Claro que vou", disse ela, muito séria. "Sempre."

"Obrigado", falei, e a puxei para perto em um abraço de um braço só. "Muito obrigado, meu amor. Vai ficar tudo bem. Nós somos uma boa equipe, você e eu. Não somos?"

"Somos", disse Melissa. "Agora..." Uma inspiração rápida, um movimento de cabeça para si mesma. "... vou procurar a tesoura." Ela ficou na ponta dos pés, deu um beijo no meu nariz e se afastou, e voltei a me barbear e a cantar Robbie Williams com o humor ainda melhor.

Tom veio junto de Susanna, o que não encaixava bem no meu plano, mas não deixei que aquilo me preocupasse: a noite era uma criança e eu tinha quase certeza de que arrumaria um jeito de me livrar dele. Enquanto esperávamos a comida chegar, andei de um lado para o outro distribuindo gin e tônica de aperitivo (nenhum deles muito forte, ainda não, não havia pressa) e rindo das piadas de todo mundo. Meu corte de cabelo tinha ficado bom e a camisa caía bem em mim; percebi ao vesti-la que eu tinha recuperado uma parte do peso perdido; eu estava melhor do que em qualquer outro momento desde aquela noite, e estava me sentindo melhor também. Tomei o cuidado de tropeçar com uma certa frequência, sempre perto de Leon e Susanna (*Tom, quer uma bebida? Ah, verdade, você tá dirigindo, desculpa, é a terceira vez que eu pergunto, haha!... Sim, o trabalho do Hugo tá indo muito bem, passei o dia hoje vendo o... você sabe, a coisa... como se chama? Meu Deus, olha como eu tô, a cabeça de vento!*) — o bobo alegre, inofensivo, sem necessidade de ser levado a sério. Era a vez de Melissa escolher a música, e o swing de bistrô francês dela estava tocando ao fundo, a canção toda lábios escarlate e rebolado provocativo, *Ah, esse homem!* Melissa estava vestida à altura, um vestido branco com saia rodada e estampa de flores verdes. Ela ouvia com boa vontade Tom explicar uma espécie de projeto chato de diorama que havia passado para seus alunos do primeiro ano — sem chegar perto de Leon e Susanna, ainda não, controlando o tempo assim como eu. A sensação de conspiração me dava uma explosão deliciosa de travessura triunfante, nós dois em uma missão secreta; devíamos ter palavras codificadas. Olhei para ela e pisquei pelas costas de Tom, e, depois de uma fração de segundo, ela piscou de volta.

Hugo ficou sentado no meio daquilo tudo, sorrindo, tomando gin e tônica em um ângulo cuidadoso para que nada escorresse pelo canto frouxo da boca. Havia algo de ausente nele, distraído — ele ria das piadas um segundo atrasado, disse "Hum?" quando perguntei o que ele queria comer —, o que estava me deixando tenso. Tudo parecia o começo de outra convulsão, e, fora o óbvio, aquilo teria estragado meus planos para a noite.

Foi somente depois do jantar que descobri o que estava acontecendo de verdade. Todos nós estávamos falando um pouco rápido e alto demais; só reparei que Hugo estava tentando chamar nossa atenção quando — na hora que comecei com outra lembrança boba e trôpega da infância — Melissa botou a mão em meu pulso e fez um gesto na direção dele. "Ops", falei. "Desculpa."

"Tudo bem", disse Hugo, pondo molho com cuidado no prato. "Eu só quero dizer uma coisa antes que me esqueça. Vocês vão ficar aliviados em saber que tenho um plano para a casa. E já tava mais do que na hora."

Todos nós paramos de comer. "Vai ficar pra vocês todos", disse ele. "Vocês três e seus pais: partes iguais. Pode parecer que eu tô passando a bola, deixando pra vocês as grandes decisões, e provavelmente eu tô mesmo, mas foi a única maneira que encontrei de encaixar todas as mudanças que podem ocorrer na vida de vocês. Quem pode se casar ou ter filhos, ou mais filhos, ou sair do país e voltar, ou ficar apertado de dinheiro e precisar de um lugar pra morar... Eu também adoraria conseguir imaginar todas as possibilidades, mas não tenho esse talento; eu fico confuso. Alguns dias atrás, por exemplo,", ele falou para Leon, com um meio-sorriso pesaroso e sofrido, "eu tava convencido de que você tinha uma garotinha. Bebê ainda, com cabelo escuro e cacheado."

"Deus me livre", disse Leon com um tremor de horror fingido, se servindo de pão naan. Ele não estava com uma aparência boa, tinha olheiras, o suéter estava surrado de tanto ter sido lavado, e precisava urgentemente se barbear, o que dava a ele uma aparência de jovem descolado com um tom cansado e decadente; ele estava conseguindo parecer alegre, mas o esforço era visível. "Prefiro ter um chimpanzé com raiva. Sem querer ofender, Su e Tom, seus filhos são uns anjinhos, só tô dizendo."

"Eu me preocupava por saber que você não estava mais com a mãe da criança", explicou Hugo, "e tive medo de você não ter tempo pra bebê caso não tivesse um bom lugar pra ela ficar, aí achei que talvez você fosse quem mais precisasse da casa."

"Eu pagaria uma boa grana pra ver Leon com um bebê", falei. Eu não queria ouvir aquilo. "Seria tipo uma comédia de televisão meio brega em que a criança é deixada na porta errada. Aventuras doidas viriam em seguida."

"Eu tava tentando lembrar o nome da bebê", disse Hugo, recusando-se a abandonar o assunto, "pra colocar a menina no testamento, e, claro, não consegui. Aí me ocorreu que eu também não conseguia me lembrar de você ter mencionado nenhum bebê, e a partir daí consegui entender todo o resto. Mas vocês compreendem por que não acho que eu seja a melhor pessoa pra tomar decisões a longo prazo." O sorriso dele, voltado para nós, estava aberto demais; contar aquela história tinha doído. "Por isso, a casa vai pra vocês seis. Isso deve resolver o problema principal, pelo menos: só pode ser vendida se os seis concordarem. Fora isso, é com vocês."

"Obrigada", disse Susanna baixinho. "Vamos cuidar bem dela."

"Vamos mesmo", falei.

"Não vou deixar o bebê pintar as paredes com os dedos", disse Leon, "juro pela minha mãe mortinha." Hugo riu e pegou arroz, e todos voltamos a falar ao mesmo tempo.

Mas eu tinha visto alguma coisa no rosto de Leon. Depois, quando Hugo foi para a cama e o resto de nós estava arrumando as coisas, eu e Leon colocando a louça na máquina juntos, perguntei casualmente: "Você não gostou de Hugo ter deixado a casa pra nós seis?"

"A casa é dele. Ele pode fazer o que quiser com ela." Leon não ergueu o rosto. A voz soou seca e frágil; agora que Hugo tinha ido dormir, ele havia parado de fingir animação. "Só acho uma ideia péssima. É assim que começam as brigas de família."

"Ele tá se esforçando", disse Susanna enquanto passava uma água nos recipientes de comida. Ela parecia estar melhor do que Leon, renovada e descansada, com um suéter verde-claro macio que caía bem nela e o cabelo preso com fivelinhas de flor que achei que tinham algo a ver com Sallie. "A gente vai resolver."

"Vocês cinco podem resolver. Eu nem quero saber. Me mandem um papel pra assinar quando tiverem decidido o que vão fazer."

"Quê?", perguntei. "Era você quem tava surtando querendo ficar com a casa..."

"Isso foi antes de um *esqueleto* aparecer no jardim e foder com a vida da gente. Peço desculpas se isso estragou um pouco as minhas associações felizes."

Ou, mais provável, ele pensava daquele jeito na época em que um novo dono com ambições de jardinagem podia disparar a mina terrestre escondida; agora que já tinha explodido, não havia mais necessidade de cuidar do território. Como prova, não era muito, mas me dava um impulso na sensação crescente de que aquela noite era minha, todas as correntezas estavam a meu favor. "Faz sentido", falei em tom agradável.

"Não me incomoda", disse Susanna. "Não tá mais ali. O quintal tá cem por cento livre de esqueletos, com garantia da polícia. Quantos lugares podem passar pelo mesmo crivo?"

Leon enfiou outro prato na lava-louça com um ruído. "Então vem morar aqui. Que parte de 'eu não ligo' tá te confundindo?"

Eu reconhecia aquele humor, inquieto, elétrico e do contra, o humor que, quando éramos crianças, sempre acabava com nós três de castigo, tendo que esconder pedaços quebrados ou, em uma ocasião memorável, sendo pegos por um segurança e levados para uma salinha cheia de produtos de limpeza até eu conseguir convencer o cara a nos liberar, explicando com detalhes comoventes — enquanto os outros, verdade seja dita, me acompanhavam lindamente, Leon se balançando e batendo com o calcanhar na perna da cadeira enquanto Susanna fazia carinho no braço dele e murmurava para acalmá-lo — a deficiência do meu pobre priminho e como seria horrível para a mãe doente dele se o menino fosse preso. Tirar qualquer coisa de Leon com aquele humor seria como arrancar um dente. "O que você precisa", falei, "é de outro gin e tônica. Nós todos, na verdade. Pepino, limão ou os dois?"

"Pepino", disse Susanna.

"Limão", respondeu Leon na mesma hora. "Tá frio demais pra pepino."

"O que isso tem a ver? E tá quente, nem sei por que eu vesti casaco..."

"Espera aí, deixa eu ver, é junho? A gente tá num gramado cheio de margaridas? Não? Então pepino não cai bem..."

"A gente tem os dois", interrompeu Melissa com alegria. "Acho que também tem lima aí, mas talvez esteja meio passada. Todo mundo pode ter o que mais gosta."

"Tom, qual é seu voto?", perguntei.

"Ah", disse Tom. "Tô fora. Acho que vou pra casa."

"Não!", falei, fingindo uma grande decepção. "Tá cedo. Só um."

"Ah, não. Eu tô dirigindo..."

"Ah, é verdade! Você me falou! Meu Deus, a minha cabeça..."

"... e não quero deixar minha mãe com as crianças muito tempo", explicou Tom. "Zach anda meio agitado ultimamente."

Eu não o culpei por estar com pressa; "agitado", pelos padrões de Zach, devia envolver uma equipe da SWAT e um esquadrão de risco biológico. "Sei que Zach é meio irritante às vezes", disse Susanna, lendo minha expressão, "mas a gente tá trabalhando nisso. Ele só precisa botar na cabeça a ideia de que as outras pessoas também são reais, e aí vai ficar tudo bem. Ele tinha melhorado muito, mas encontrar aquele crânio deixou o Zach em parafuso. Se as outras pessoas são reais, isso quer dizer que o crânio também era uma pessoa real, e isso foi bem mais do que ele consegue entender. A cabeça dele tá um nó, e ele tá sendo um pé no saco por isso."

"Certo", falei. "Faz sentido."

"Faz mesmo", disse Tom, batendo nos bolsos e olhando em volta, como se pudesse ter deixado alguma coisa cair no chão. "É meio confuso até pra gente, né, e nós somos adultos. Ele vai ficar bem. Tenham uma ótima noite." Ele acenou vagamente, de um jeito benigno para todos nós; e, para Susanna, que inclinou o rosto para receber o beijo dele, disse: "Sem pressa. Se divirta."

"Desculpa", disse Leon para todos nós depois que Tom saiu. "Por ser reclamão."

"Tudo bem", falei. Melissa sorriu e jogou um limão para ele: "Toma", disse ela. "Pra deixar as coisas melhores."

"Eu tô um poço de estresse hoje. Recebi uma ligação escrota do meu chefe dando um ataque, querendo saber quando eu volto..."

"Sendo justa", disse Susanna, fatiando um pepino com capricho, "dá pra entender por que ele quer saber."

"Ele não precisava ser um babacão por isso." Leon se encostou na bancada e apertou os cantos dos olhos com os dedos. "Não sei por que eu deixo me afetar. Acho que vou me mudar. Tô cansado de Berlim."

"O quê?", falei, sobressaltado, virando com a garrafa de gin na mão. "E o fulaninho?"

"O nome dele é Carsten. Eu por acaso já esqueci o nome da Melissa?"

"Você provavelmente esqueceria se tivesse levado umas porradas na cabeça", falei. Estava ficando cada vez mais fácil dizer coisas assim, o que era útil, mas também me incomodava.

"Eu não esqueceria", disse Leon, sorrindo para Melissa, embora fosse necessário um esforço claro. "Ela é inesquecível. Enfim..." Ele pegou a faca da mão de Susanna e começou a cortar o limão. "Carsten vai sobreviver. Acho que ele deve estar me traindo ou pelo menos pensando em me trair."

"Ele não tá te traindo", disse Susanna, como já tinha dito várias vezes antes.

"Ele fica mencionando um ex."

"Mencionando como? Tipo 'Deus, que saudade eu tenho do Superex, que sorte que não apaguei o número dele'? Ou 'Ah, sim, eu me lembro desse filme, acho que vi com o fulaninho'?"

"Faz alguma diferença? Ele menciona o cara."

"Você tá procurando uma desculpa."

"Não tô. Eu só cansei de Berlim e não vou ficar lá por uma pessoa que não consegue nem parar de falar sobre outro homem. Que diferença faz pra você? Você nem conhece o Carsten... o que, aliás, não é culpa minha, eu já te convidei um milhão de vezes..."

"Claro que você tá procurando desculpa. É por isso que você ainda tá aqui. Tá torcendo pro trabalho ficar de saco cheio e te mandar embora."

"A gente pode parar de falar disso?", perguntou Leon abruptamente. A voz dele estava um pouco aguda demais. "Por favor?"

"Seu desejo é uma ordem", falei, dando um tapinha no ombro dele ao passar — ele se encolheu. "Hoje é dia de relaxar, lembra?"

"O que me lembra...", disse Susanna. "Aqui." Ela enfiou a mão no bolso da calça, tirou uma coisa pequena e jogou para Leon.

Ele pegou, olhou e ficou de queixo caído. "Ah-meu-Deus. Isso é sério?"

"Tudo por você, amor. Além do mais, se você continuar estressado, vai acabar me estressando também."

"Sua *linda*", disse Leon com uma admiração sincera.

"Pode enrolar. Antes que você tenha um derrame."

"Você é mesmo uma linda", falei. Aquilo era perfeito, exatamente o que eu precisava para fazer todo mundo relaxar. Eu devia ter pensado nisso, mas o fato de Susanna ter feito por mim parecia um presente caído dos céus direto nas minhas mãos. "Achei que você não quisesse se envolver em nada escuso pro caso de os detetives descobrirem."

"Não quero. Mas também não quero que Leon tenha um colapso nervoso."

"Eu até fui procurar um pouco disso", disse Leon. "Fiquei perto do banheiro numa boate horrível. Eu tinha esquecido a merda que são as boates de Dublin, é capaz de eu ter que voltar pra Berlim pra ter uma vida noturna decente. Me ofereceram várias coisas interessantes, mas ninguém tinha haxixe. Tá em falta?"

"Ao que parece, sim. Tive que passar por praticamente todo mundo que conheço pra conseguir esse aí."

"Tom sabe que você fuma?"

Susanna ergueu a sobrancelha. "Você me faz parecer uma drogada. Eu só fumo umas duas vezes por ano."

"Então ele não sabe."

"Sabe, sim. Carsten sabe que você é um pentelho?"

"Parem de se bicar", falei para eles. "Quero levar essas coisas lá pra fora e ser devidamente apresentado."

Carregamos tudo lá para fora — copos, gin, tônica, forma de gelo, limão, pepino, lima passada — e colocamos no terraço. Leon abriu um pacotinho de seda e começou a desmontar um cigarro. Melissa e eu levamos mantas e almofadas da sala — Susanna estava exagerando; a noite não parecia fria, mas estava começando a escurecer e havia uma brisa agitada e meio gélida no quintal, sem plantas para aliviá-la, sacudindo galhos e batendo nos cantos. Servi as bebidas — carregando no gin para Leon e Susanna —, e Melissa acrescentou as outras coisas. "Pronto", disse ela, colocando um copo ao lado de Leon. "Cheio de limão."

"E cheio de pepino pra mim", disse Susanna, deitando-se de costas e balançando o copo para Leon. "Porque é junho e o gramado tá cheio de margaridas."

"Shh" disse Leon, segurando um baseado de bom tamanho, caprichado. "Vamos ver o que temos aqui."

Ele acendeu, deu uma tragada e ofereceu para nós. "Ah, Pai amado", disse ele com um ruído controlado e sincero, os olhos lacrimejando. "Que coisa linda. Você..." Apontou para Susanna. "... é uma santa. E você..." Para mim. "... é um gênio. Essa noite foi uma ideia genial."

"Só achei que a gente precisava de uma noite relaxante", falei com modéstia. Eu me acomodei contra a parede da casa, as pernas esticadas, e puxei Melissa para junto do peito; ela colocou uma manta sobre nós dois. "Como Tom disse, tudo isso abala a cabeça de qualquer pessoa."

"Eles são uns arrombados", disse Leon. Ele se encostou na parede e deu outra tragada no baseado. "Os detetives. São mesmo. Eu acho que são psicopatas sádicos que arrumaram um jeito de serem pagos por isso."

"É o trabalho deles", disse Susanna, puxando uma manta sobre o corpo. "Eles precisam de pessoas com a cabeça ferrada, brigando. Não caiam nisso."

"Olha quem tá falando."

"Shh. Fuma mais aí."

"Aquela chave da porta do quintal apareceu", falei. Eu não pretendia mencionar o cordão do moletom se eles não mencionassem. "Eles contaram?"

"Ah, Deus, sim", respondeu Susanna. "Uma grande revelação dramática, ta-dá, olha o que a gente encontrou na árvore! E aí os dois se sentam na sua frente e dão aquele olhar fixo de diretor da escola: *Estamos esperando uma explicação, mocinha, e vamos ficar aqui até você dar uma.*"

"Meu Jesus Cristinho, aquele olhar", disse Leon, passando o baseado para Melissa. "Fiquei morrendo de medo de dizer alguma coisa horrível. É que nem estar na igreja quando a gente é criança e começar a se perguntar o que aconteceria caso você gritasse 'Saco escrotal!' no momento mais solene, e aí você não consegue parar de pensar na coisa e vai ficando cada vez mais apavorado de terminar fazendo exatamente aquilo, sabe? Juro por Deus, se aqueles caras continuarem me olhando daquele jeito, mais cedo ou mais tarde eu vou surtar e gritar 'Saco escrotal do Dominic Ganly!'"

"'Qual era o relacionamento entre você e o saco escrotal do Dominic Ganly?'", perguntou Susanna, no que foi uma boa imitação do jeito intenso e inabalável de Rafferty falar, vindo de Galway. O sotaque ia me irritando cada vez mais sempre que eu o ouvia. "'Você teve algum desentendimento com o saco escrotal do Dominic Ganly?'"

"Parem, vocês dois." Leon estava começando a rir. "Agora eu vou soltar algo assim, vão me prender por ser espertinho e vai ser culpa de vocês..."

"'O saco escrotal do Dominic Ganly estava se comportando de um jeito estranho naquele verão?'", perguntei. "'O saco escrotal do Dominic Ganly parecia deprimido na sua opinião?'" Leon se curvou, balançando a mão para mim e chiando de tanto rir.

Melissa também estava rindo, tossindo — ela não curtia haxixe nem mais nada, uns dois drinques eram o limite. "Você tá bem?", perguntei. Ela assentiu e passou o baseado para mim por cima do ombro, ainda sem conseguir falar.

"Opa", falei quando a primeira onda me atingiu. "Esse é dos bons."

"Eu disse." Leon suspirou, feliz. Ele estava com a cabeça encostada na parede e os olhos fechados.

"Na época, achei que tinha sido você", disse Susanna para mim. "Quem pegou a chave."

A fumaça entrou pelo meu nariz. "*Eu?*"

Ela deu de ombros. "A chave sumiu na festa de aniversário do Leon. Eu tinha esquecido, mas voltei a pensar e agora tenho certeza. Tava lá de tarde — lembra, Hugo tava cavando umas coisas pra botar no jardim de pedras e a gente tava levando o lixo pra viela? Mas, no dia seguinte, quando fui abrir pra Faye, não tava mais lá. E você e Dominic foram as únicas pessoas a ir pros fundos do quintal durante a festa. A terra lá tava uma bagunça, alguém caiu em um buraco e ficou cheio de lama, depois disso o resto do pessoal ficou desse lado aqui."

"É." Eu tinha parado de tossir. "Sei disso. Mas por que Dominic e eu iríamos até lá?"

"Vocês tavam cheirando coca... ah, para com isso, Toby, sei que eu era ingênua, mas vocês não foram sutis. Vocês foram até lá juntos e voltaram rindo, esfregando o nariz, dando mata-leão um no outro e falando um quilômetro por minuto. Lembra?"

A questão era que eu lembrava. *Vem cá, Henno, preciso dar uma palavrinha*; andando pelo quintal, Dominic xingando quando o pé afundou na lama, eu rindo da cara dele, as carreiras feitas em uma mesa de jardim velha com a ajuda da lanterna do meu celular. "Por que eu ia querer a chave?"

Susanna deu de ombros e se sentou para pegar o baseado da minha mão. "Como vou saber? Achei que talvez você tivesse se cansado da Faye — dã, claro que eu sabia que você tava ficando com ela —, e achei que talvez você não quisesse mais que eu deixasse ela entrar."

"Eu não tava nem aí se Faye entrava e saía toda noite da semana. E eu não *me cansei* dela. A gente não tava namorando. A gente só... Quer saber, deixa pra lá. Esquece." Eu não estava com vontade de ter aquela conversa na frente de Melissa.

"Ou eu achei que talvez Dominic tivesse tentado roubar a chave de zoação e que você tirou dele e perdeu... sei lá, Toby, eu não passei muito tempo analisando as possibilidades. Eu só meio que achei que tava com você."

"Bom, não tava. Jesus!"

Susanna me lançou um olhar oblíquo. "Você nem se lembra de ter cheirado coca. Como tem certeza de que não pegou a chave?"

"Porque não existe *motivo* pra eu ter feito isso."

"Hum", murmurou Susanna em meio a um fluxo de fumaça longo e pensativo. "Então acho que deve ter sido Dominic."

"Você disse isso pros detetives? Que achava que tinha sido eu? Me diz que não."

"Claro que não. Eu falei 'saco escrotal do Dominic Ganly'." Leon começou a rir outra vez.

"Su, sério. Você...?"

"*Não*, eu não falei. Eu disse que não fazia ideia. Relaxa."

Uma coisa que quase deixei passar por estar irritado com Susanna: ela tinha razão. Se eu não havia pegado a chave e mais ninguém tinha ido até os fundos do quintal, Dominic devia ser o responsável. "Por que Dominic ia querer a chave da nossa casa?", perguntei.

Susanna deu de ombros. "Sei lá. Talvez estivesse roubando coisas aleatórias por achar divertido."

O baseado estava agindo como devia; meu gin e tônica tinha um gosto novo e especial, eu sentia cada bolha explodindo na boca. "Uma vez, Dec roubou a lista de compras do sr. Galvin só por diversão", falei. "Bem da mesa dele quando fomos levar nosso dever de casa. Era tipo 'ketchup, Heineken, espuma de barbear, preservativo'. Dec tirou uma foto e configurou como protetor de tela da sala de computação."

"Foi o Dec?", exclamou Leon, impressionado. "Todo mundo disse que tinha sido Eoghan McArdle."

"Shh. Ninguém precisa saber."

"Queria ter conhecido vocês nessa época", disse Melissa, sonhadora, olhando para o quintal cada vez mais escuro, mas agarrando a abertura que eu tinha criado para ela; senti a mudança em sua atitude, o corpo se recompondo, *preparar apontar fogo*. Dei um leve aperto de encorajamento em sua mão.

"Não queria", disse Susanna. "Acredite."

"Por quê?"

"Ninguém é o melhor que pode ser aos 18 anos. Você provavelmente não ia gostar da gente."

"Não presta atenção nela", falei, abaixando a cabeça para encostar no cabelo de Melissa. "Você teria me amado." Leon fez um som baixo tão próximo do deboche que quase não daria para negar de forma plausível. "E eu teria te amado."

"Imagino que vocês fossem uns amores", disse Melissa. Leon ofereceu o baseado para ela; Melissa fez que não e o passou para mim. "Felizes e bobos juntos, fazendo piqueniques na grama e ficando acordados a noite toda conversando. Toby me conta as histórias às vezes."

Dessa vez, a risada debochada de Leon foi mais difícil de não perceber. "Não acredite em nada do que ele diz."

Era para ser uma piada, mas havia certa tensão que fez Melissa olhar para Leon, intrigada. "Mas eu amo essas histórias. Não era assim? Toby não era feliz?"

"Ah, ele era feliz, sim", respondeu Leon. "Não era do tipo cheio de angústias, o nosso Toby."

"Como ele era? Era legal?"

"Eu era um santo", falei. "Estudava 24 horas por dia e passava meu tempo livre lendo histórias de ninar para órfãos e salvando bebês-foca."

"Shh, seu bobo. Você nunca fala sério sobre isso. Tô perguntando pra eles."

"Toby era basicamente Toby", disse Susanna. "18 anos, então era mais barulhento e mais irritante, mas ele sempre foi do mesmo jeito."

"Obrigado", falei. "Eu acho."

"Ele era barulhento e irritante?", perguntou Melissa a Leon.

"Acho que somos as piores pessoas pra você perguntar", disse Susanna, ficando de bruços para alcançar o copo. "A gente se conhece muito bem; não nos enxergamos como deveríamos."

"Eu teria adorado ter primos assim." Melissa estava com a cabeça aninhada junto ao meu ombro, ouvindo tudo com o mesmo olhar leitoso e curioso que me lançava quando eu contava histórias de infância. "Os meus são legais, mas a gente não se via muito. Deve ter sido uma delícia vocês serem tão próximos."

"Bom", disse Leon. "A gente não era próximo *próximo*. Quando era criança, sim, mas depois que a gente fez 18... nem tanto."

O quê? "Claro que a gente era próximo", falei. "A gente passava as férias juntos aqui..."

"É, e durante as aulas a gente nem se via direito. E a gente não passava as férias coladinhos trocando confidências."

Eu não sabia bem o que pensar sobre aquilo. Para mim, o velho laço havia continuado por todo o ensino médio até que a faculdade chegou e cada um seguiu seu caminho — eu continuava sentindo a mesma coisa pelos dois, e supunha que eles também, por que não? Eu não sabia se Leon estava reescrevendo a história para que se encaixasse melhor com a situação na qual ele estava querendo me meter ou se eu realmente tinha perdido uma mudança sutil e crucial pelo caminho.

"Bom, a gente ainda se amava, essas coisas", disse Susanna, vendo meu semblante. "A gente só não era melhores amigos. É bem natural."

"E vocês dois?", perguntou Melissa. "Vocês eram iguais naquela época?"

"Eu era nerd", disse Susanna com alegria. "E vivia no mundo da lua. Podiam debochar de mim na minha cara ou dar em cima de mim, eu não dava a mínima. Gosto de achar que sou mais centrada agora, mas sou mesmo, né?"

"E eu era um fracassado", disse Leon secamente, batendo as cinzas.

"Não era", disse Susanna na mesma hora, com firmeza. "Você era ótimo. Inteligente, gentil, engraçado, corajoso e um monte de coisas boas."

Ela estava sorrindo para ele. O rosto de Susanna revelava um calor, um brilho evidente de algo como admiração que me sobressaltou: Leon? O que tinha de tão incrível no Leon? Ele sorriu de volta para ela, mas com ironia. "Claro que eu era", falou. "Infelizmente, ninguém reparou, só você." Para Melissa, ele explicou: "Eu era o garoto que pegavam pra enfiar a cabeça na privada e que encontrava merda na lancheira."

"Pobre Leon." Melissa esticou a mão para apertar a dele. Eu não sabia se ela estava mesmo meio bêbada ou se estava fingindo. Se estivesse, ela era surpreendentemente boa naquilo. "Que horrível."

Ele apertou a mão dela. "Eu sobrevivi."

"Toby cuidou bem de vocês?"

"Até que ele não era ruim, hein?", comentou Susanna. "Ele levava a gente nas festas boas. Me avisava quando algum cara que tava me cantando era um babaca. Basicamente, ele me mantinha com os pés no chão pra eu não fazer papel de trouxa, pelo menos não com muita frequência. Ele tinha bastante tato quanto a isso. Em geral."

"Que engraçado", disse Melissa com uma voz sonhadora. "Eu não esperava que ele fosse assim."

Enrolei uma mecha de cabelo dela em meu dedo. "O que você esperava?"

"Eu te imaginava um pouco mais desmiolado. Tão ocupado com as suas coisas que não repararia nos problemas dos outros."

"Ei!", falei, fingindo mágoa.

"Não digo isso de um jeito ruim. É só uma pessoa que vai vivendo com a cabeça tão cheia que não tem tempo de perceber... Muitos adolescentes são assim." Melissa se dirigiu aos outros: "Ele era?"

Fiquei um tanto incomodado com aquilo. Parecia que Melissa estava certa, mas eu não sabia como ela poderia ter ciência daquelas coisas: mesmo que eu tivesse sido um moleque adolescente narcisista, isso teria sido anos antes de eu a conhecer.

"Bom", disse Susanna. "Ele era meio distraído às vezes. Mas não tinha maldade nenhuma nisso. Era só coisa de adolescente. Como você falou."

Mas eu notei o olhar direto de aviso que Susanna lançou para Leon. Ele estava prestes a dizer alguma coisa, mas fechou bem a boca e se concentrou em apagar o baseado no terraço. Foi muito estranho ver os dois como inimigos, muito perturbador; era como de repente enxergar o mundo através de um filtro escuro que o distorcia, sem ter como saber qual versão era a verdadeira.

Melissa também percebeu o olhar, ou pelo menos captou alguma coisa que lhe sinalizou para ir em frente. "E Dominic Ganly? Como ele era?"

"A gente não conhecia ele muito bem", disse Susanna. "Toby via Dominic bem mais."

"Toby diz que nunca pensava nele."

"Não mesmo", falei. "Ele só tava lá. Como aquilo que você disse sobre não notar as pessoas que se vê o tempo todo. Ou talvez você esteja certa e eu fosse mesmo meio distraído." Percebi como Leon arqueou a sobrancelha — *Você acha?* —, mas ele ficou de bico calado.

"Eu fico pensando nele", disse Melissa. "No começo, eu só conseguia pensar *Coitado, coitadinho...* porque ele era praticamente uma criança, né?"

Leon se moveu de súbito, mas transformou o movimento em um gesto para pegar o pacotinho de seda. Melissa era boa naquilo. Eu não esperava que fosse, e senti uma emoção de triunfo: nós dois, em equipe, éramos invencíveis.

"Só que aí", disse ela, "Sean e Declan vieram jantar outro dia. E eles não gostavam do Dominic." Para mim, perguntou: "Gostavam?"

"Ao que parece, não", falei.

"O que eles disseram?", quis saber Susanna.

"Eles não entraram em detalhes", disse Melissa. "Acho que não queriam falar mal de um morto. Mas eles obviamente achavam que Dominic não era uma pessoa muito boa."

Leon havia começado a trabalhar em outro baseado; ele não ergueu o olhar da chama do isqueiro. "Eles estavam certos?", perguntou Melissa.

"Sean e Dec não são idiotas", disse Susanna, pegando uma fatia de pepino no copo para mordiscar. "Ou não eram na época, pelo menos; eu não vejo os dois faz um tempo. Se eles achavam Dominic mau sujeito..."

"Ah, mas...", falei, "sendo justo, era todo mundo adolescente. Tudo é preto no branco. Basta uma briga idiota, tipo, sei lá, por causa de um jogo de rúgbi, e..."

"O Dominic", disse Leon com intensidade demais, "era um babaca."

"Basicamente, sim", disse Susanna. "Pelo que eu presenciei."

"Que tipo de babaca?", quis saber Melissa.

Susanna deu de ombros. "O modelo básico. Ele era grande, bonito, popular e bom no rúgbi..."

"O que, na nossa escola", disse Leon, "significava que dava pra se safar de literalmente qualquer coisa."

"Isso. E ele se aproveitava. Fazia bullying, basicamente. Não era o único; muita gente fazia igual. Mas, mesmo no contexto, eu me lembro dele ser bem desagradável."

Esperei que Melissa continuasse insistindo — *Por que, o que ele fazia, ele já fez bullying com vocês?* —, mas ela não falou nada. Ela se sentou, tirou o cabelo do rosto e pegou o copo. "Algumas pessoas são ruins", disse ela. "Não gosto de pensar assim, mas é verdade. O melhor que você pode fazer é ficar longe delas. Se puder." Tentei chamar a atenção de Melissa, mas ela não estava me olhando.

Susanna riu um pouco, olhando para o céu: azul-escuro naquele momento, uma lua pesada acima das árvores. "Amém", disse ela.

"Tudo bem", falei, levantando a mão para chamar a atenção de todos. "Pergunta. Eu tenho uma pergunta. Qual foi a pior coisa que vocês já fizeram?"

"Ah, meu Deus, é como ter 10 anos", disse Leon. Ele estava enrolando o baseado com um cuidado enorme, curvado, o nariz quase encostando nas mãos. "Verdade ou consequência. Se eu escolher consequência, vou ter que subir em uma árvore e mostrar a bunda pros vizinhos de novo?"

"Meu Deus, eu tinha me esquecido disso", falou Susanna. Para Melissa, ela explicou: "A velha sra. Fulana de Tal da casa ao lado tava no jardim, mas não tava usando óculos e não conseguia entender o que tava vendo. Ela ficou lá, olhando pra bundona branca dele..."

Leon começou a rir. "'Princesa? Você não tá conseguindo descer? Aqui, gatinha, gatinha, gatinha...'"

"Leon riu tanto que achei que fosse cair da árvore..."

"Para com isso", falei. "O assunto é sério."

"Credo", disse Susanna, as sobrancelhas arqueadas. "O que você fez? Andou traficando armas pela galeria?"

"Nada sai desse quintal. Eu juro. Só quero saber."

"O que te levou a perguntar isso?"

"Bom, porque sim. Eu ando pensando muito. Com..." Balancei o braço frouxo na direção do jardim, da casa e do universo em geral. Eu não estava tão chapado e bêbado quanto fingia estar, mas meus braços e pernas adquiriram uma vontade própria interessante, e as janelas acesas do prédio de trás pareciam ter se soltado das paredes, tremeluzindo com alegria. "Porque, olha, pensa no Dominic. Tá? Ele devia achar que era um cara legal. E a maioria das pessoas também achava... quer dizer, eu achava, ou pelo menos tomava como certo que ele provavelmente era legal, porque a maioria das pessoas é, né? Mas o que vocês estão contando aqui e as coisas que Sean e Dec disseram... é tipo, opa... não tão legal assim." Finjo não notar o olhar sardônico de Leon. "E, por outro lado, né, tem o Hugo. Ele é uma boa pessoa. Não sei se ele sabe que é uma boa pessoa, mas nós sabemos. Não tem garantia de que, depois que ele se for, não vai aparecer gente dizendo o contrário. Mas pelo menos nós quatro vamos poder falar, isso se for preciso, claro, que ele era um bom homem. Porque ele é. Então..." Eu me perdi um pouco sobre onde queria chegar com aquilo. "Então. Vocês entendem o que eu quero dizer."

"Não exatamente", disse Susanna, enchendo os copos e me olhando com interesse.

"Bom..." Eu me encontrei de novo. "...certo. Tenho que me perguntar, né? Eu sempre me achei um cara legal. Né? Mas as merdas que eu fiz na vida, quem nunca, mas as merdas que eu fiz são tão ruins que não posso me considerar uma boa pessoa? Ou não?" Eu pisquei, olhando de um para o outro. "Vocês não pensam nessas coisas? Sério?"

"Não", disse Leon, lambendo a ponta da seda com um movimento hábil. "E nem planejo, mas obrigado mesmo assim."

"Bom", falei depois de um tempo. "Acho que tô vendo as coisas de um jeito diferente. De um outro, outro ângulo. Porque não sei se alguém já contou isso pra vocês, né, mas eu podia ter morrido na primavera. Depois daquela coisa, da invasão. Eu quase morri."

Um som baixo de Melissa, uma inspiração rápida. Não olhei para ela. "E isso fode a cabeça da gente. Sabe? Porque, sei lá, se eu tivesse morrido, eu não sei se teria contado como uma boa pessoa. Nem tô falando de céu e inferno, não... É só que importa. Pra mim. Então eu queria muito que vocês pensassem nisso. Só por uns minutinhos. Eu gostaria muito."

Susanna tinha virado a cabeça para me olhar; o movimento deixou metade do rosto dela na sombra, e eu não conseguia ler sua expressão. "Tudo bem", disse ela. "Eu brinco. Se você quiser."

"Obrigado, Su", falei, erguendo o copo para ela e dando um jeito de não derramar nada. "De coração. Você é uma, uma, uma estrela. Uma diva. Sei lá."

"Então, vamos ouvir. O que você fez?"

Respondi: "Você primeiro."

"Por quê?"

"Porque sim. Eu preciso ouvir as outras pessoas primeiro."

Susanna se deitou com os braços atrás da cabeça e olhou para o céu. A curva do pescoço dela, as dobras da manta em volta do corpo, as linhas longas das pernas esticadas, tudo embranquecido e resfriado pelo luar: ela parecia uma estátua perdida em uma praia solitária que jamais seria encontrada. "Tudo bem", disse ela. "Eu meio que talvez tenha matado uma pessoa."

Leon, no meio do processo de acender o baseado, engasgou e se virou, tossindo. "*Quê?*", falei.

"*Su...*", Leon conseguiu dizer em um chiado, com urgência.

"Não o Dominic", disse Susanna para nós dois, achando graça. "Credo. Quanto drama."

"Que *porra* você tá falando?", gemeu Leon, os olhos lacrimejando, se abanando.

"Respira."

"Eu quase tive um ataque *cardíaco*."

"Toma um gole disso aí."

"Beleza", falei. "Então quem foi que você matou? Ou talvez meio que tenha matado, sei lá?"

"Bom", disse Susanna. Ela arqueou as costas para tirar uma coisa de debaixo dela e se acomodou com mais conforto. "Lembra que eu te falei que o médico do parto do Zach foi um escroto?"

Eu me lembrava da conversa, sim, mesmo que os detalhes não tivessem ficado guardados. "Lembro."

"A ponta do iceberg. Basicamente, ele gostava de me forçar a fazer coisas que eu não queria fazer e tinha prazer em me machucar. Ele fazia coisas em todas as consultas... eu nunca tinha tido filhos, e, como era muito jovem, nenhuma das minhas amigas tinha filhos, e na época eu não fazia ideia de que aquilo não era normal. Nem passou pela minha cabeça ir embora e procurar outro médico. Mas quando eu tive a Sallie, procurei outro lugar, porque ele que se fodesse, e, dã, tive uma grande revelação, as merdas que ele fazia não eram normais porra nenhuma."

"Você nunca me contou isso", disse Leon.

"Não era conversa de cafezinho. Você não vai querer ouvir os detalhes sórdidos."

"Eu não teria me importado. É *horrível* você lidar com isso tudo sozinha..." Ele estava chapado, com os olhos esbugalhados e parecendo perturbado. "Você pelo menos contou pro Tom?"

"Não. Ele tava com muita coisa na cabeça. E eu também; eu nem pensei direito na época." Susanna sorriu para o primo. "Eu tava bem, Leon. Juro por Deus. Eu sabia que resolveria quando tivesse oportunidade."

"E?", falei, esticando a mão a fim de pegar o baseado com Leon; ele já tinha fumado muito. Lancei um olhar para Melissa, que estava supostamente obtendo bem mais do que tinha investido, mas ela continuava sentada em silêncio, de pernas cruzadas, o cobertor no colo e o copo nas duas mãos, observando Susanna.

"E eu resolvi", disse Susanna. "Quando Sallie nasceu e as coisas se acalmaram, pensei no que queria fazer. Obviamente, se aquele cara tinha feito aquelas coisas comigo, tinha feito com várias outras pessoas; ele tinha uns cinquenta anos, devia ter tido milhares de pacientes. Aí eu marquei uma consulta com um nome falso pra ele não poder ir atrás de mim depois; ele não ia lembrar meu nome real depois de três anos. Falei que tinha sido paciente dele antes e que ia fazer uma denúncia. Ele riu na minha cara; que surpresa. Mas aí eu falei que tinha encontrado umas vinte outras pacientes em um fórum de mães na internet e que nós todas faríamos a denúncia, e que oito delas tinham gravado as consultas no celular."

"Opa", falei. Eu conseguia vê-la fazendo aquilo: as costas eretas, tranquila, enumerando os pontos meticulosamente como se estivesse fazendo uma apresentação. Susanna sempre havia sido uma jogadora de pôquer sensacional. "O que ele disse?"

"Ele *surtou*. Não ficou com medo; ficou furioso. Essa foi a parte incrível: ele não fingiu, ficou com raiva de verdade. Botou o dedo na minha cara, ameaçou mandar me prender, ligar para o Conselho Tutelar e mandar tirar meus filhos. Eu falei que podia colocar as imagens na internet mais rápido do que ele conseguia completar uma ligação e perguntei o que ele planejava fazer com as outras vinte e seis mulheres; mandar prender todo mundo? E as que eu ainda não tinha encontrado, mas que se apresentariam quando soubessem? Ele me expulsou do consultório. E..." Susanna esticou a mão para pegar o baseado comigo. "... cinco dias depois, apareceu a notícia da morte dele online. Não sei se teve um ataque cardíaco, se foi outra coisa ou se ele se matou. De qualquer modo, eu diria que existe uma boa chance de eu ter tido alguma coisa a ver com isso."

"Você não tinha como saber", disse Melissa, embora Susanna não parecesse precisar de consolo. "Você não sabia se ele tinha problema de coração ou..."

"Bom..." Ela prendeu o ar, balançando a mão para nós, e soprou a fumaça na direção do quintal. "Ele era meio gordo e ficou com a cara bem vermelha algumas vezes. Mas, não, eu não sabia de nada. Achei que o melhor que podia esperar era ele largar o trabalho, e era mais provável que nem fizesse isso, mas pelo menos ele podia ficar assustado e parar de fazer aquelas merdas com as pessoas. Mas eu tinha esperança."

"Por que você não fez uma denúncia de verdade?", perguntei.

Susanna riu alto, e, para minha surpresa, Leon também. Até Melissa estava me olhando como se eu tivesse dito algo lamentavelmente idiota. "Tá falando sério?", perguntou Susanna. "Pra um comitê de amigos dele? O cara teria dito que eu era uma mulher histérica inventando coisas e pronto. Tinha uma boa chance de ele realmente conseguir me jogar em uma instituição psiquiátrica ou tirar as crianças de mim. Eu até podia ter procurado outras pessoas e convencido algumas a gravar as consultas e tudo, mas aquilo foi mais rápido e bem menos complicado."

A conversa estava sendo esclarecedora de formas que eu não tinha esperado. Ao que parecia, minha imagem de Susanna — boa menina, que segue regras, sempre ajudando alguém que esteja sofrendo bullying correndo e contando tudo para algum professor — estava no passado.

"A cara dele foi ótima", disse Susanna, ficando de bruços a fim de passar o baseado para Leon. "Quando eu falei de botar as filmagens na internet. Eu saboreei o momento."

Não consegui descobrir, em meio à confusão de álcool e haxixe, o quanto eu devia ficar horrorizado. Eu sentia que havia uma ótima chance de Susanna estar exagerando sobre a vilania do médico ou sobre o destino horrível dele, ou as duas coisas, e uma chance mínima de ela estar inventando aquilo tudo; mas, de qualquer modo, a indiferença foi ficando mais perturbadora conforme eu pensava no assunto, e, de qualquer modo, havia a questão de por que exatamente ela estava contando aquela história. O único motivo que eu enxergava era por ela querer que eu, Leon ou os dois ouvíssemos com clareza: *Se vocês se meterem comigo, eu fodo com a vida de vocês.*

"Entendi", falei. "Então, se você teve mesmo alguma coisa a ver com a morte dele, você ainda se acha uma boa pessoa?"

Susanna pensou na pergunta, o queixo nas mãos. "Talvez não", disse ela no fim. "Mas digamos que eu tivesse decidido não ter filhos e nunca tivesse precisado ir no consultório dele. Ou digamos que eu tivesse tido sorte e ido parar em um médico bom. Aí eu não teria feito isso. Mas eu continuaria sendo a mesma pessoa; o motivo de não ter feito não seria por eu ser mais virtuosa, teria sido pura sorte. Eu seria uma boa pessoa nesse caso?"

Aquilo ficava bem acima da minha condição de responder. Leon tinha feito o segundo baseado ainda mais forte do que o primeiro; uma sensação estranha de formigamento estava subindo pelos meus braços, e fiquei de repente muito ciente quanto ao meu nariz. Eu sentia que havia algo errado com o que Susanna estava dizendo, mas não conseguia identificar. "Eu não tenho ideia...", falei depois de uma longa pausa. "... do que você tá falando."

Aquilo fez Susanna começar a rir. Assim que começou, ela não conseguia parar, o que fez todo mundo dar risada. As janelas do prédio iam para lá e para cá, pêndulos retangulares e luminosos, tique-taque tique-taque, e aquilo me pareceu irresistivelmente engraçado, uma piada maravilhosa saída direto de *Alice no País das Maravilhas*. Eu me perguntei se Susanna também estava brincando, se a história dela era uma lorota enorme e se eu tinha sido bobo de cair!

"Sua vez", disse ela para Leon. "Supera isso."

Leon ergueu a mão. "Ah, *porra nenhuma*. Não vou entrar nessa brincadeira. Vocês três que se esbaldem."

"Você tem que brincar. Senão não vou te dar mais haxixe e você vai ter que voltar a andar pelas boates horríveis." Susanna esticou a perna e o cutucou com o dedo do pé. "Anda."

"Para."

"Vai. Vai. Vai." Eu também comecei a cantarolar. "Vai, vai, vai." Nossas vozes se espalhando pelo quintal revirado, Melissa rindo... "Vai, vai, vai." Eu me inclinei e comecei a cutucar o braço de Leon até ele não conseguir segurar o riso, meio com raiva, batendo na minha mão. "*Para...*" Eu o prendi em um mata-leão, e nós caímos por cima de Susanna, o cotovelo dela batendo nas minhas costelas e o cabelo de Leon entrando na minha boca e tudo isso me levou de volta para quando éramos crianças brigando, até o cheiro deles era igual... "Tá bom!", gritou Leon. "Tá bom! Saiam de cima de mim!"

Nós nos desemaranhamos, sem fôlego e rindo, Leon exagerando no gesto de se limpar. "Meu Deus, vocês são uns *selvagens*..." Minha cabeça estava girando impiedosamente; eu me deitei no terraço e olhei para as estrelas agitadas, torcendo para que se acalmassem. Considerei a possibilidade de ainda termos 16 anos, estarmos ficando chapados pela primeira vez e tudo depois ter sido apenas uma alucinação elaborada, mas aquilo pareceu pesado demais para encarar e decidi que devia ignorar a ideia. "Seu cabelo", disse Melissa, rindo, esticando as mãos, "você tá cheio de folhas, vem cá..." Rolei até ela e botei a cabeça em seu colo para que Melissa pudesse tirar as folhas.

"Tudo bem", disse Leon, procurando o maço de cigarro. Demorei um momento para me lembrar do que estávamos falando. "A vez em que a gente tinha cinco anos e eu mordi a sua cara."

"Meu Deus, eu me lembro disso", falei. "Você tirou *sangue*. Qual era o seu problema?"

"Não lembro. Mas aposto que você mereceu."

"Eu tive que começar as aulas parecendo que tinha fugido do Hannibal Lecter", comentei para Melissa.

"Tadinho do Toby." Ela fez carinho na minha bochecha. "Você contou pras outras crianças que tinha lutado com supervilões?"

"Quem me dera. Eu devo ter dito que foi a gata da vizinha."

"Essa foi a minha", disse Leon, caindo em si bem na hora em que ia acender o lado errado do cigarro. "Toby, sua vez."

"O quê? Eu não. Essa aí não conta."

"É o que tem. Aceita e pronto."

"Depois da história da Su, é isso que você tem pra dizer? Isso foi besteira. Conta uma melhor."

Ele soprou fumaça em mim. "Conta você."

"Eu só conto quando você contar."

"Eu conto", disse Melissa.

Eu me sentei para olhá-la: calma, firme, ilegível. Eu não sabia o quanto ela estava chapada. "Você não precisa", falei.

"Por que não?", perguntou Susanna.

"Porque ela nem conhece vocês direito. Não é a mesma coisa."

"Por que você não deixa ela decidir?"

"A minha mãe é alcoólatra", disse Melissa. A voz dela estava clara, quase sonhadora. "Uma vez, quando eu tinha 12 anos, ela caiu da escada e quebrou a perna. Eu tinha que estar dormindo, mas ela tava fazendo muito barulho. Ela não conseguiu se levantar. Meu pai trabalhava à noite e não tava em casa. Ela ficou me chamando pra ajudar, mas eu fingi que tava dormindo. Eu achei que, se minha mãe ficasse caída lá por um tempo, com muita dor, ela fosse ficar com medo de beber. Eu sabia que ela podia morrer engasgada, ela tava vomitando, mas deixei minha mãe lá mesmo assim. Eu ouvi os gemidos a noite toda, até meu pai chegar em casa e encontrar ela."

"Meu Deus", falei. Eu tinha ouvido trechos de algumas histórias ao longo do tempo, mas não aquela. "Amor..." Passei o braço pela cintura de Melissa e a puxei para perto.

"Já tem muito tempo. Ela ficou bem. A perna ficou boa. E ela não lembra." Para os outros, ela acrescentou: "Não deu certo. Ela ainda bebe."

"Ah, coitadinha dessa *criança*", disse Leon, os olhos arregalados, inclinando-se para apertar a mão dela. "*Claro* que isso não faz de você uma pessoa ruim."

"Amém", disse Susanna. "Se tivesse dado certo, você teria sido uma heroína."

"Eu não acho que faz", disse Melissa. "Espero que não. Foi uma coisa terrível de se fazer, mas eu só tinha 12 anos. Não acho que uma coisa, principalmente uma de quando se é criança, pode te tornar uma pessoa ruim."

"Não mesmo", falei, puxando-a para perto e beijando o topo de sua cabeça. "Você é uma das melhores pessoas que eu conheço."

Aquilo a levou a abrir um leve sorriso. "Bom, provavelmente nem tanto. Mas..." Um suspirinho enquanto ela apoiava a cabeça no meu peito. "Eu me esforço pra tornar as coisas melhores. Seja lá que diferença vá fazer." E, para Leon, ela disse: "Sua vez."

Ele não tinha como recusar depois daquilo. Fiquei novamente impressionado com Melissa. Ela devia estar se perguntando o que diabos eu estava tentando fazer, algo que, para começo de conversa, ela nem queria que eu fizesse, mas ali estava ela, se jogando na brecha de corpo e alma para me ajudar.

Após um momento, Leon disse: "Tudo bem". Ele apertou a mão de Melissa mais uma vez e voltou a se encostar na parede, o rosto na sombra. "Então. Quando eu morava em Amsterdã, eu tava saindo com um cara, Johan. Lembram dele?"

"Lembro", falei, o que não era verdade. Leon sempre tinha um namorado, e nenhum durava mais do que um ou dois anos, de modo que eu havia parado de prestar atenção.

"Lembro, sim", disse Susanna. "O que aconteceu lá? Eu achei que o relacionamento de vocês fosse sério."

"Era, sim. A gente tava falando em casar. E aí, um dia, quando Johan tava trabalhando e cuidando da vida, eu joguei todas as coisas dele no corredor do prédio em frente ao apartamento com um bilhete dizendo que tinha acabado e troquei a fechadura."

"Por quê?", perguntou Susanna. Ela estava deitada no terraço, com folhas secas no cabelo e um brilho de luar nos olhos. "O que ele fez?"

"Nada. Ele não me traiu, não bateu em mim, quase nunca ficava puto comigo. Ele era um cara incrível, era louco por mim, eu era louco por ele."

"Então por quê?"

"Porque", disse Leon, "não ia durar pra sempre mesmo. *Cala a boca*, Toby, eu não tô fazendo drama, só tô declarando o óbvio: por algum motivo, afastamento, briga, traição ou envelhecer e morrer, relacionamentos não duram pra sempre. Sem querer deprimir vocês nem nada." Um olhar irônico e frio para o restante de nós enquanto apagava o cigarro. "E isso nunca tinha me incomodado. Eu até gostava. Era tipo, se eu fizesse alguma burrice e estragasse tudo, não tinha problema. Não ia durar pra sempre mesmo. Eu não derrubei as *pirâmides*. Eu posso começar de novo em outro lugar."

Leon pegou o gin e encheu o copo, sem se incomodar em fazer o mesmo para o resto de nós. "Mas eu tava mesmo apaixonado pelo Jo. E sei que parece absurdamente adolescente, mas eu, de verdade, não conseguia lidar com aquilo tudo. Tava me estressando demais. A gente ficava aconchegado na cama ou saía pra dançar e dar risada, ou só tomava café da manhã e olhava os pombos na varanda, e, de repente, a única coisa em que eu conseguia pensar era que um dia a gente não faria mais nada daquilo junto. Não era um talvez, não tinha o que eu pudesse fazer pra impedir. Era garantido. E eu tinha vontade de gritar, sair correndo ou quebrar tudo. No fim das contas, foi isso que eu fiz. Foi a coisa do saco escrotal na igreja toda de novo, só que dessa vez eu fiz mesmo."

"O que aconteceu quando Johan chegou em casa?", perguntei. Por algum motivo, eu estava visualizando Johan como o tipo que fica eternamente no doutorado, rosto magro e benevolente e óculos pequenos com aro de metal, totalmente incapaz de lidar com qualquer coisa vinda do nada assim.

Leon encarou o copo como se não tivesse certeza se era dele. "Basicamente, o que era de se esperar. Foi horrível. Muita gritaria. Ele bateu na porta. Nós dois choramos. As pessoas dos outros apartamentos botaram a cabeça pra fora pra olhar. A velha do fim do corredor ficou gritando pra gente calar a boca, depois o cachorro horrível e escandaloso dela saiu e mordeu o tornozelo do Jo... No fim das contas, ele chamou a polícia. Não pra me meter em confusão; ele achou que eu tinha ficado doido. A polícia foi cem por cento escrota com tudo, mas, como eu não tava louco e o apartamento era meu, no fim das contas eles não puderam fazer muita coisa. Eu me mudei de lá. Não queria mais saber de Amsterdã."

Por algum motivo que não consegui identificar, eu não havia gostado daquela história. Eu me soltei de Melissa e peguei meu copo que, milagrosamente, ainda não tinha sido chutado.

"Então", disse Leon, "essa foi a pior coisa que eu já fiz. Eu parti o coração do Johan."

Deixei uma risadinha escapar. "Isso é engraçado?", perguntou Leon com rispidez, levantando a cabeça.

"Não, não, não..." Ergui a mão, meio disfarçando um arroto. "Você é ótimo, cara. Não tô rindo de você. Tô rindo de mim. Esse tempo todo eu sou parente da Madre Teresa e nem tinha reparado."

"Do que você tá falando?"

"Bom, ops..." Meu copo quase escorregou entre meus dedos; consegui segurá-lo e tomei um gole longo. "Ahh. Que gin delicioso. O que eu tava...?" Com um estalar de dedos e apontando para Leon, que me olhava de cara feia, prossegui: "Certo. A questão é, cara, sério? Eu conheço muita gente. Mas não conheço *ninguém*, tipo, nem uma pessoa sequer, que diga que a pior coisa que fez foi dar o fora em alguém. Talvez meus amigos sejam um festival de babacas, sei lá. Mas ou é isso ou você é um santo."

Com o canto do olho, tive um vislumbre de Melissa puxando uma mecha de cabelo e parecendo preocupada: meu tom a estava incomodando. Tentei lançar um olhar disfarçado pra garantir a ela que eu sabia o que estava fazendo, que eu tinha um plano, mas eu não estava em condições de conseguir fazer isso e tudo que saiu foi um olhar meio vesgo.

"Johan me amava de verdade", disse Leon. "Que Deus o ajude. E agora, onde quer que ele esteja, ele tá fadado a fazer a mesma coisa que eu por toda a vida: ficar obcecado porque, mais cedo ou mais tarde, o que ele tá fazendo vai dar ruim. Como se eu tivesse infectado ele." Com um olhar desafiador para mim, Leon retrucou: "Se o que você queria ouvir é que isso me faz uma pessoa ruim, então, sim, eu acho que provavelmente faz. Tá se sentindo melhor sobre o que você fez?"

"Não", falei. "Mas você não queria que eu estivesse, né?"

A questão era que, e eu não sabia o que fazer quanto a isso, eu acreditava nele. Não tinha acreditado em Susanna, ou não completamente, mas cada palavra de Leon soava verdadeira — aquele tipo de merda emo autoindulgente era a cara dele. E eu tinha, finalmente, com alguma dificuldade, identificado por que a história me atravessara feito gelo. Se a pior coisa que Leon já fizera tinha sido magoar o nerd do Johan, obviamente ele não havia matado Dominic. Fosse lá o que estivesse acontecendo ali, eu tinha entendido errado.

"E o que *você* fez?", perguntou Leon. "Essa ideia idiota foi sua, e agora você tá aí pegando no meu pé porque as minhas histórias não são dramáticas o suficiente... Qual é a sua?"

Também não havia sido Susanna. Não tinha como uma adolescente magrela ter puxado Dominic para dentro daquela árvore. O que significava que o motivo para meus primos estarem jogando a polícia em cima de mim — e eles estavam, eu sabia que estavam, um deles? Os dois? Não só o capuz, mas de onde mais teria vindo aquela foto, quem mais teria dito que eu tinha problemas com Dominic? —,não era para se salvarem. Seria por maldade, pura e simples? Eles podiam mesmo me odiar tanto sem que eu nunca tivesse notado? O que eu poderia ter feito contra eles para que achassem que eu merecia aquilo?

Eu estava chapado e à beira da paranoia. As janelas do prédio estavam balançando de um lado para o outro de novo, mas não parecia engraçado agora; era sinistro, como se estivessem pegando embalo para se soltarem do prédio e virem pra cima de nós. Eu sabia que, se não me controlasse, acabaria me balançando e choramingando em um canto.

"Esquece", disse Susanna com um bocejo. Ela se sentou e passou o dedo pela pálpebra. "Vamos pra casa. Toby pode fazer a confissão dele na próxima vez."

"Não", disse Leon. "Se eu tive que confessar, também quero ouvir a dele."

Melissa estava me encarando com a cabeça inclinada, questionadora e ansiosa. Foi a visão dela que me acalmou. Depois da história de Melissa, eu não podia decepcioná-la saindo de mãos vazias; era impensável. Existia algo ali, mesmo que eu tivesse me enganado sobre o que era, e eu precisava disso.

Fechei os olhos e respirei fundo algumas vezes. Quando os abri, as janelas ficaram imóveis, mais ou menos. Sorri para Melissa e assenti de leve: *Não se preocupe, amor, tá tudo indo de acordo com o plano.*

Susanna estava cutucando Leon com o pé, tentando fazê-lo se mexer. "Tô acabada. Se a gente não for, vou apagar aqui mesmo. Será que você não exagerou na hora de preparar esses baseados?"

"Bebe água, sei lá. Quero ouvir o Toby."

"Vai pra casa se quiser", eu disse a Susanna. Até gostei da ideia; seria mais fácil pressionar Leon se ela não estivesse ali. "Zach já deve ter amarrado o Tom e botado fogo nele."

"Leon. Vamos. A gente pode dividir um táxi."

"Não."

Nós dois conhecíamos aquela posição firme do queixo de Leon: ele não ia a lugar algum. Susanna revirou os olhos e se sentou de volta no terraço, mas continuou nos observando.

"Tudo bem", falei. "Vocês precisam jurar que não vão contar pra ninguém."

"Ah, pelo amor de Deus", disse Susanna. "Destruição mútua assegurada. Você acha que eu quero que as pessoas saibam sobre mim e o dr. Mengele?"

"Não, tô falando sério. Eu posso ficar seriamente encrencado."

Ela revirou os olhos para mim e ergueu o dedo mindinho. "Eu juro."

"Que seja", disse Leon. "Fala."

"Tudo bem." Respirei fundo. "Sabe na primavera passada? Quando a gente tinha uma exposição na galeria?"

Eu me enrolei e gaguejei o tempo todo, o que não exigiu muita atuação; não era uma história que eu quisesse contar a Melissa. Fiquei com um olho nela (que não estava feliz, óbvio: chateada, decepcionada? com raiva? o quê?) e o outro em Leon: encostado na parede, me olhando com cada vez mais repugnância, tomando um gole grande e ostentador de gin e tônica sempre que algum detalhe era intenso demais para ele.

"Então", falei por fim, respirando fundo de novo. "Essa é a minha."

Eu havia escolhido de propósito uma coisa relativamente inócua, uma coisa que daria a Leon todas as desculpas do mundo para pegar no meu pé, principalmente depois do jeito com que eu havia pegado no dele. E, realmente, Leon disse, curvando o lábio: "Ah. Meu Deus. Você tá tentando alegar que essa foi a pior coisa que você já fez? *Isso?*"

"Escuta", falei, esfregando o nariz, adequadamente envergonhado. "Isso podia ter estragado a exposição inteira. Aqueles garotos, aquela era a chance deles de conquistarem uma vida melhor, e eu podia ter estragado tudo. E eu..." Como é que Dec tinha falado? "... eu menosprezei os garotos, a vida deles. Fiz piada. Eu não entendia como era sério naquela época, mas agora..."

Susanna estava me olhando com uma expressão de profundo ceticismo. "Eu devia ter te contado", falei para Melissa. "Mas não queria te chatear. Eu tava esperando uma oportunidade de contar, mas aí..." Ela balançou a cabeça, um movimento breve e rápido: *Não se preocupe com isso* ou *Não vem com essa* ou *Depois a gente conversa*, eu não soube qual.

"Peraí", disse Leon, as sobrancelhas altas. "Essa é a sua grande crise moral? Você enganou umas pessoas sobre uns quadros? E pegou no *meu* pé porque a minha história não era dramática o suficiente?"

"Todo mundo termina namoros, cara. Nem todo mundo alimenta uma mentirada pra centenas de pessoas..."

"Desconhecidos. E ninguém saiu lesado."

"Bom, sim", falei, meio irritado. "Desconhecidos. Eu nunca faria nada com alguém que amo. Sei que você faria, você mesmo acabou de dizer que sim, mas..."

"Ou", disse Susanna friamente, "Leon acha que coisas feitas contra pessoas que se ama são mais sérias do que coisas feitas contra desconhecidos. E você não."

Uma parte de mim reparou que Susanna parecia bem menos chapada do que o restante de nós, e não gostei daquilo. "Não. Não, não, não." Balancei o dedo para ela. "É isso que eu tô dizendo. Eu não *faço* coisas que magoem as pessoas que eu amo. As pessoas que me amam."

Falei aquilo de um jeito bom e moralista, e, como eu sabia que faria, Leon virou a cabeça. "Ah, meu Deus. Você é *inacreditável*, sabia? Tá no seu próprio mundinho, é como falar com um *alienígena*..."

"Cara, do que você tá falando? Me dá *um* exemplo de quando eu fiz alguma coisa com alguém que..."

"Tudo bem. Vamos lá. Eu... só como *exemplo*, quando o filho da puta do Dominic Ganly começou a infernizar minha vida, eu fui te contar. Lembra disso?"

Ele estava sentado ereto, me olhando por entre o cabelo como um gato eriçado. "Do que você tá falando?", perguntei.

Leon soltou uma gargalhada irritada. "Não tô surpreso. Você também cagou pra isso na época."

"Jesus", falei, erguendo as mãos. "Su, dá mais haxixe pra ele, rápido."

"Leon", disse Susanna.

"Não. Eu não ligo se ele tá confuso ou outra coisa, mas ele tá sendo um grande..."

"Opa, opa, opa", falei. "Volta um pouco aí. Dominic pegou no seu pé?"

"*Todo mundo* pegava no meu pé. Você tava bem *ali*, você viu *muita coisa*. Às vezes se dava ao trabalho de falar 'Ei, pessoal, deixa meu primo em paz', e eles recuavam um pouco. Mas Dominic era o único que me assustava. O resto era um bando de idiotas neandertais, mas ele era sádico. Cruel. Ele se segurava perto de você, mas, quando você não tava, meu Deus... E um dia eu te contei. E você..." Um repuxar nos lábios de Leon, quase um rosnado. "... você falou 'Ah, relaxa, Dominic só tá brincando, vou dar uma *palavrinha* com ele'."

"O que tem de errado nisso?", perguntei. "Eu tava ali, disponível pra te ajudar. O que você queria de mim?"

"Eu não queria que você *desse uma palavrinha*. Queria que você pegasse Sean e que vocês dois quebrassem os dentes do Dominic e dissessem que iam arrancar a cabeça dele e enfiar no cu se ele chegasse perto de mim outra vez. Mas você disse... Deus, você foi tão *racional*, você disse 'Ah não, esse não é o melhor jeito de resolver'. Você disse que não podia ficar cuidando de mim o tempo todo e que, se você desse uma surra no Dominic, ele arrumaria um jeito de descontar em mim. Você disse que eu precisava aprender a lidar com os meus problemas *sozinho*."

E, finalmente, ali estava. O ressentimento, borbulhando na voz de Leon com tanta intensidade como se tivesse sido ontem. "Bem", falei. Meu coração estava enlouquecendo, e eu não sabia o quanto era por causa da revelação e o quanto era por causa do haxixe — burrice, eu devia ter ficado sóbrio para aquilo. "Eu tinha razão, não tinha? Qual parte disso tá errada?"

"*Tudo*. Não funciona assim, parece ótimo, mas... Você deu sua *palavrinha* com Dominic, e claro que isso só deixou ele *pior*, exatamente como eu *falei* que ia acontecer. Porque, depois disso, não foram só as coisas comuns de passagem, tipo bater a porta do armário na minha cabeça como Dominic faria com qualquer pessoa mais fraca do que ele; eu virei alvo. Ele ia me *procurar*. E sabia que podia fazer o que quisesse comigo porque a única coisa que aconteceria era uma *conversinha* na qual você sugeriria que talvez ele devesse ser legal com seu primo, se não tivesse problema, por favor e obrigado."

Ele estava respirando depressa, em movimentos curtos, as narinas dilatadas. "Meu Deus do céu", falei. "Me desculpa, cara. Mas isso foi tipo o que, quinze anos atrás? Talvez seja hora de deixar pra lá, né?"

Claro que Leon mordeu a isca. Jogando-se contra a parede, ele reclamou: "Você é *inacreditável*, porra. Meu Deus. Dominic me *torturou*. Por anos. Eu pensava em me matar o *tempo todo*. Você achou que levar uma surra fodeu com a sua cabeça... isso foi *uma noite*. Imagina o que anos fariam com você. Não sei", disse ele, erguendo a voz quando tentei interromper, "eu nunca vou saber como teria sido se você tivesse me apoiado na época. Então, então..." Ele afastou furioso o topete da testa. "Então *não* fica aí todo hipócrita pra falar que você nunca faria mal pra ninguém próximo a você."

Melissa estava puxando o cabelo com mais força, enrolando as mechas no dedo. Eu sabia que a conversa a estava deixando infeliz, e desejei que houvesse um jeito de fazer aquilo sem ela por perto, mas eu precisava aproveitar o que tinha; Melissa entenderia depois que eu levasse para ela minhas respostas brilhantes... "Mas", falei. "Jesus. Eu não *sabia* que era tão ruim assim. Puta que pariu, Leon, eu não leio mentes. Você devia ter me *contado*. Se eu soubesse que ele tava piorando, eu..."

"Você teria ficado puto", disse Susanna. "Teria feito alguma coisa."

"*Exatamente*. Mas eu não sabia."

Eu tinha me virado para ela com triunfo, mas havia uma expressão no rosto de Susanna que eu não conseguia ler, sombras indistintas, uma escuridão se misturando com a luz amarela que saía pelas portas de vidro. "Tem certeza?", perguntou ela.

"Quê? Claro que tenho."

"Porque eu achei... quer dizer, Faye disse..."

Ela parou de repente. "Faye?", falei. "O que tem Faye?"

"Nada específico. Ela só disse que você tinha ficado meio puto com Dominic naquele verão."

"Eu não..." Quando que Susanna tinha conversado com Faye? Mas que merda era aquela? "Eu não tava puto com ele." E, como ela não respondeu, perguntei: "Você contou isso pro Rafferty? Que porra, Su?"

"Não, eu não contei pra ele. Ele já sabia."

"Bom", falei depois de um momento. "Então acho que já sabemos quem foi."

Leon ergueu a cabeça. "Quê? Você quer dizer eu? Eu nunca..."

"Claro que sim. É exatamente disso que eu tô falando." Na verdade, eu estava tendo problemas para seguir minha linha de raciocínio; a coisa toda tinha uma sensação ruim, de pesadelo, de nadar chapado em meio às algas de todas aquelas discussões, algo impossível de percorrer e escapar. "Eu, né? Agora que você *finalmente* se deu ao trabalho de me contar que tinha problemas com Dominic, eu não vou sair correndo pro Rafferty. Porque eu não largo *deliberadamente* meus próprios primos na merda. Mas você, você me culpa pela sua vida inteira ou sei lá, e você acabou de *contar*, Leon, você acabou de *dizer* pra gente que não tem problema nenhum em foder com as pessoas mais próximas e queridas quando é conveniente..."

"Não é *nem um pouco* a mesma coisa. Eu *sabia* que você não ia entender, foi por isso que eu não quis te contar, eu sabia que você transformaria em..."

"Não tô me sentindo bem", disse Melissa abruptamente.

Ela estava pálida demais, o cabelo macio desgrenhado e caindo no rosto, os ombros murchos. "Amor?" Estiquei os braços para ela. "O que foi? Você vai vomitar?"

"Não. Só tô meio tonta."

"Ah, merda", disse Leon, os olhos arregalados. "Eu fiz o baseado muito forte? Você é tão pequenininha..."

"Vem cá", falei, passando o braço pela cintura dela. Melissa apertou a mão em meu pulso. "Vamos pra cama."

Ela se apoiou em mim na cozinha, a cabeça encostada no meu peito, mas, no corredor, ela se afastou de forma tão abrupta que perdi o equilíbrio. "Ops", falei, me segurando no corrimão. "Você tá bem?"

Melissa disse: "Eu não quero mais fazer isso."

"Tudo bem", falei devagar após um momento. "Eles meio que vão me contar mais se você não estiver por perto?"

"Não. Chega." Ela estava me encarando no corredor como se eu fosse perigoso, os braços em volta do peito. "Vamos pra casa."

"Quê?", falei depois de uma pausa surpresa. "A gente tá em casa."

"Não. A minha casa ou a sua."

Raios inclinados e confusos entrando pela claraboia, deixando listrado o rosto firme de Melissa, as flores geométricas do piso; padrões demais por toda parte, meus olhos não conseguiam focar. "Tipo agora? Hoje?"

"Isso, agora. Ou vem pra cama comigo e a gente vai logo de manhã. Leon pode ficar com Hugo... eu não quero deixar ele sozinho, você sabe que não, mas a gente pode vir visitar e..."

Eu estava bem pior do que tinha percebido antes de me levantar. Nada daquilo fazia sentido. "Espera", falei. "Você não tá enjoada?"

"Eu quero ir pra casa."

"Mas", falei. "Por quê? Você tá com raiva da, da coisa na galeria? Porque..."

"Não. Aquilo não foi legal, você sabe que não, mas agora não é a... Isso é terrível, Toby. Vocês três. Olha o que vocês estão fazendo uns com os outros."

"Espera", falei. "Isso é, o que, isso é porque eu não fiz o Dominic largar do pé do Leon? Você tá chateada por isso? Eu devia ter feito alguma coisa, eu entendo, mas eu era um garoto idiota, eu não percebi... Vou voltar e pedir desculpas..."

Melissa balançou a cabeça com frustração. "Não. Não é isso, você pode se desculpar alguma outra hora, mas agora... Eu *vejo* o que você tá fazendo. Eu não sou burra. Mas eles também estão fazendo alguma coisa, Toby." Um movimento forte de cabeça na direção do terraço. "Eles estão tentando fazer alguma coisa com você, e não sei o que é, mas não é bom. E a gente precisa ir pra casa."

"Não precisa, não." Eu sentia que tinha todo o direito de ficar indignado com aquilo; fora ela quem insistira em vir para a Casa da Hera, eu só tinha aceitado para fazê-la feliz, qual era o problema de Melissa? "Tá tudo bem. Eu sei o que tô fazendo."

"O quê? O que você acha que vai tirar disso tudo?"

"Você ouviu os dois lá fora." Eu ainda estava me segurando no corrimão, gesticulando para o jardim com o outro braço, — eu sabia que estava parecendo um bêbado louco me sacudindo, mas não liguei. "Eles sabem de alguma coisa. Eu vou descobrir o que é."

"*Por quê?* Quem liga pro que eles sabem? O que eles podem saber que deixaria as coisas melhores?"

Mesmo que eu estivesse sóbrio, eu não teria como colocar aquilo em palavras; estava crescendo dentro de mim, tão imenso que quase entalava na garganta. "Tô tentando resolver", falei. As palavras pareceram pequenas demais para algo tão grandioso. "Tô tentando resolver tudo."

Melissa inclinou a cabeça para trás de frustração. "Você *não vai resolver*, Toby. Você vai piorar um milhão de vezes."

Aquilo me magoou. "Acha que eu não consigo fazer isso? Acha o quê? Que eu tô fodido demais, que eu vou fazer merda e eles vão ver na hora...?"

"Não. Você tá indo muito bem: se fingindo de bêbado e burro, e eles estão caindo direitinho..."

"Então o que é? Você acha que eu não aguento? Acha que eu vou descobrir alguma coisa de que não gosto e que vou, sei lá, me desfazer em pedaços, que vou ficar correndo em círculos fazendo barulho de galinha...?"

"Eu não *sei*! Eu não sou boa em dizer as coisas, Toby, tô me esforçando, mas... Eu só sei que essa coisa toda é ruim. É uma coisa ruim. E..." Melissa também estava bêbada, balançando o corpo para a frente, as mãos pequenas e pálidas se movendo e girando como fogos de artifício na penumbra. "... e, e, quando uma coisa é toda ruim, a única coisa que você pode fazer, não você, qualquer pessoa, a única coisa é se afastar. Você não pode dizer 'Ah, tudo bem, eu vou entrar nessa e *resolver*'... Não *funciona* assim." Um brilho de lágrimas surgiu no rosto dela, mas, quando dei um passo na direção dela, Melissa levantou as mãos para me afastar. "Não, *nem vem*, eu tô tentando... Se você se enrolar com o que tá acontecendo aqui, se você mergulhar *de propósito* bem no meio, isso vai te *destruir*. E eu não vou ficar sentada aqui vendo você fazer isso a si mesmo. Não depois do tanto que você se esforçou pra melhorar, o tanto que *nós dois*... Não vou. Não vou." Ela passou a chorar abertamente, o que destroçou meu coração. "Eu vou pra casa. Vem comigo, por favor, Toby. Por favor."

"Você não pode dirigir", falei com firmeza, de um jeito ridículo, como se aquela fosse a palavra final sobre o assunto. "Você tá bêbada demais."

"A gente pode chamar um táxi. Por favor. Vamos."

Eu teria feito aquilo se pudesse, feito num piscar de olhos. Teria feito qualquer outra coisa no mundo, arrancado meu próprio braço, para fazer as lágrimas pararem de cair pelo rosto de Melissa. Mas aquela era minha única chance de sair da escuridão sufocante, de voltar a um mundo quente e luminoso; a única.

"Vai pra cama", falei. "Tô mal demais até pra ter essa conversa. A gente se fala de manhã."

"Vem comigo."

"Eu subo em dois minutos. Só preciso dizer pra Susanna e Leon que a gente vai dormir." Tranquilizador, o máximo que consegui, falei: "Vai subindo, amor. Esquenta a cama. Eu já subo. Tá bem?"

Dessa vez, Melissa deixou que eu fosse até ela, que acariciasse seu cabelo e beijasse seu rosto molhado. "Shh", falei. "Shh. Tá tudo bem." E ela uniu as mãos na minha nuca e me beijou com força. Mas, quando se afastou de mim e subiu a escada, Melissa tinha a cabeça baixa e a mão apertando a boca, e eu soube que ela ainda estava chorando.

Quase fui atrás dela. Na luz cinzenta e sinistra do corredor, o que me veio ao pensamento, por algum motivo, foi aquela ligação de tanto tempo atrás, quando cheguei tarde em casa bêbado, no meio do ferro batido dos postes de luz e do cheiro atraente das especiarias. *Vem pra cá.* Que eu poderia ter ido para a casa de Melissa na época; que teria sido a salvação, sem eu fazer a menor ideia. Por um momento vertiginoso e profundamente chapado, pensei que o tempo havia se dobrado e que aquela era a minha segunda chance; que, se eu subisse a escada, acabaria indo parar no apartamento de Melissa, com a horrível Megan franzindo os lábios e fazendo comentários maldosos sobre a minha falta de consideração enquanto eu ria e seguia para o ninho de edredons de Melissa rumo a uma longa manhã preguiçosa de sábado, com panquecas no *brunch* e uma caminhada junto ao canal.

Melissa acendeu a luz do quarto, e a claridade desceu pela escada, fazendo com que eu me encolhesse e piscasse. A porta do quarto se fechou com um clique suave, e o corredor ficou escuro de novo. Continuei ali parado por mais um minuto, encostado no pilar do corrimão e olhando para o desenho do piso, tentando fazer com que as coisas parassem de pular e latejar. Depois, voltei para Leon e Susanna.

Susanna estava deitada de costas no terraço, os braços atrás da cabeça, olhando para o céu. O luar iluminava seu rosto inteiro. "Melissa tá bem?", perguntou ela.

"Só meio abalada", falei. Contornei Susanna com cuidado e me acomodei nos degraus. "Ela vai dormir."

Leon estava encolhido com o punho apertado na boca; chapado demais para lidar com aquilo. "Ah, Deus. A gente chateou a coitada. Não foi? Toda essa briga, a gente deixou ela chateada, a gente tem que entrar e pedir desculpas..."

"Acho que ela não quer te ver agora, cara. Não depois daquilo."

"Ah, nãããão", gemeu Leon, escondendo o rosto nas mãos. "Ah, merda..."

"Você não devia ir lá em cima ficar com ela?", sugeriu Susanna. "Pro caso de Melissa passar mal, sei lá?"

"Ela não tá *tão* mal assim. Só precisa descansar." Fiquei impressionado com meu tom tranquilo, sem sinal de crise, nada tipo um cara cuja namorada estava lhe dando um chute. A verdade era que eu não acreditava que Melissa faria isso, não mesmo. As coisas que tinha passado comigo, os meses de pesadelo nos quais eu mal conseguia agir como um ser humano: não tinha como ela me dar o fora porque eu estava sendo xereta demais. Quando eu fosse para a cama, ela estaria dormindo, encolhida e ainda vestida por cima das cobertas, a mala aberta no chão com um punhado de roupas jogadas lá dentro para me mostrar que ela estava falando sério; eu a puxaria para perto e enrolaria o edredom em volta de nós dois, e, de manhã, quando as ressacas passassem, resolveríamos tudo. E, ah, Deus, se eu pudesse voltar para Melissa com algo sólido, algo para mostrar que aquilo não era sem sentido ou idiota e autodestrutivo... "E, pra ser sincero, por mim tudo bem. Porque eu acho que a gente precisa conversar, né, Leon? E acho que é melhor se Melissa não estiver por perto."

"Quê?" Leon levantou a cabeça e me encarou. "Conversar sobre o quê? Eu não disse nada pro Rafferty, eu juro, Toby, eu..."

"Não isso. Foda-se isso." Encontrei meu copo ou o copo de alguém e dei um gole grande. "Quero falar sobre a invasão no meu apartamento."

Susanna se deitou de lado e apoiou o cotovelo para me olhar. "Por quê?", perguntou.

"Bom", falei. "Aqueles dois caras, sabe? Os dois que invadiram? Eles tinham um plano. Eles esperaram, eles especif, especifi..." Eu não ia conseguir. "Eles esperaram *de propósito* até saberem que eu tava em casa. E aí eles invadiram o apartamento e pegaram um monte de coisas que, se quer saber, não pareceram nada demais na ocasião em comparação ao resto, embora agora eu esteja começando a me questionar, sabe? Mas eles também me deram uma surra violenta. Não." Ao ver um movimento de Leon. "Cala a boca, Leon. Você não tem ideia. Seja lá o que você tá imaginando, *qualquer coisa*, foi um milhão de vezes pior. Então cala a boca."

Leon se encolheu, roendo a unha do polegar e respirando rápido demais. Fez com que eu tivesse ainda mais certeza: consciência pesada, ele não conseguia nem me olhar, eu finalmente estava no caminho certo...

"O detetive que tá investigando", falei, me inclinando mais para perto, "sabe o que ele disse? Ele disse que, se fosse uma coisa aleatória, se fossem ladrões comuns querendo meu carro, sabe? Ele teria uma ideia de quem eram os caras na mesma hora. Ele conhece o tipo. Mas ele não fazia ideia. Porque... *cala a porra da boca, Leon.*" Minha voz explodiu em um rugido, prestes a acordar Melissa, Hugo, os vizinhos, eu não me importava. "Porque *era pessoal*. Não aleatório. Era algum *merdinha* com algum rancor que queria *me foder*, e, Jesus Cristo, ele teve o que queria, né? E o que eu tô tentando explicar pra vocês é que as pessoas *não guardam* rancor de mim porque eu não *faço* merda com as pessoas que gostam de mim. Mas *você sim*."

"Tô odiando isso", disse Leon, quase um choramingo. "A gente pode parar? Por favor?"

"*Você* começou. Toda aquela merda sobre eu não *cuidar* de você direito, como se a coisa toda fosse problema meu, como se você não tivesse responsabilidade de cuidar de si mesmo..." Aquilo não era o que eu tinha planejado, eu pretendia arrancar a verdade de Leon de um jeito sutil, intimidação não tinha nem passado pela minha cabeça, mas a sensação foi boa e eu não sabia se conseguiria parar mesmo que quisesse... "Pelo menos encontrei a única pessoa que guarda rancor de mim..."

"Toby", disse Susanna rispidamente. "Para."

"A única pessoa... *olha pra mim, seu merdinha*, a única pessoa que me odeia o suficiente pra mandar um par de bandidos me dar uma surra até eu quase morrer. Era pra ser, pra, pra, pra ser carma? Só porque eu não impedi Dominic de bater em você?"

"Não fui *eu*! Toby, do que você tá falando? Eu não te odeio, para com isso..."

"E agora você fica contando essas mentiras pro Rafferty..." Segurei Leon de mal jeito pelo suéter e o puxei, tentando fazer com que ele me encarasse, mas minha mão estava fraca como a de uma criança e Leon não olhou em meu rosto, apenas se encolheu mais. "Você não fodeu minha vida o suficiente da primeira vez e agora tá tentando fazer com que eu seja *preso*? O que você é, o que você tem, que *diabos* você fez comigo...?"

Eu estava prestes a bater nele. Estava recuando o punho, já sentia o êxtase de acertar Leon no meio da cara, quando Susanna segurou meu braço. Ela disse perto do meu ouvido: "Onde você estava?"

Eu me virei, pronto para gritar com Susanna, mas parei ao ver seu semblante. O cabelo dela estava caído no rosto, as presilhas soltas; os olhos estavam escuros e dilatados, desfocados.

"Quê?", falei.

"Naquela noite. Toby. Aonde você foi?"

Naquela noite. Achei que ela estivesse falando sobre a lacuna, o buraco em minha mente entre o bar e minha sala de estar. "Não sei", respondi. Minha cabeça parecia estar se balançando perigosamente no pescoço. "Eu sigo tentando e tentando me lembrar. Sumiu."

Susanna me encarou, cambaleando um pouco, segurando meu braço para se equilibrar.

"Por quê?" A paranoia estava crescendo outra vez. "Você sabe? Como você...?"

"Eu fui até o seu quarto."

Aquilo não fez nenhum sentido. "Como é?"

"Quando recebi a mensagem de texto do Dominic. Eu fiquei assustada. Não entendi o que tava acontecendo. Queria outra pessoa. Fui até o quarto do Leon, mas ele tava apagado; quando tentei acordá-lo, ele falou 'Vai se foder' e puxou o lençol por cima da cabeça. Então eu fui pro seu quarto. E você não tava lá."

"Não", falei. Eu tinha soltado Leon. Ele estava fungando em algum lugar. "O quê? Não é disso que eu tô falando."

"Fiquei sentada na cama por uma eternidade, prestando atenção pra ouvir quando você voltasse. Horas. Eu tava com medo, achava que talvez Dominic tivesse feito alguma coisa com você e que a mensagem fosse sobre isso... No fim das contas, peguei no sono. De manhã, você tava de volta."

"Mas...", falei. Os dedos dela estavam me machucando. "Você disse que ignorou a mensagem de texto. Foi o que você disse."

"Eu não queria contar pra ninguém. Não queria que parecesse... Eu não falei isso pros detetives. Mas onde você tava? Como você não lembra?"

"Isso não é...", murmurei. "Eu tava falando da noite em que *apanhei*. No meu *apartamento*. A noite com Dominic, quando Dominic... eu tava na cama."

"Não tava."

"Tava."

"Não. Eu olhei."

Encarei Susanna. Ela me encarou de volta. Em algum lugar na casa, baixo e distante o suficiente para parecer mais uma sensação do que um som, uma porta se fechou.

A coisa penetrou lentamente, gota a gota, por todas as camadas múltiplas de confusão no meu cérebro. Leon e Susanna identificando meu moletom, dizendo para Rafferty que eu tinha problemas com Dominic, dando a foto para ele: não tinha sido um plano maquiavélico para me incriminar. Se quisessem foder comigo, eles poderiam ter feito bem melhor. Eles poderiam ter dito qualquer coisa que quisessem — a história que Susanna havia acabado de contar, uma confissão inventada cheia de detalhes sinistros; eu, com a memória tão ruim, não teria como rebater. Eles colocaram Rafferty no meu rastro porque estavam com medo de que o detetive fosse atrás deles, e todos aqueles comentários sobre eu me safar de tudo, eles não tinham a menor intenção de afastar as suspeitas de mim. Eles realmente achavam que tinha sido eu.

E aquilo era ridículo, de uma insanidade absurda. Eu, o cara que parecia um labrador feliz e distraído, saltitando com alegria no meio de tudo: eu não era um assassino. Dar uma surra em Dominic, claro, se eu soubesse da história toda, seria a favor de me juntar com Sean e dar umas porradas nele. Mas um garrote: não apenas não faria isso, mas de jeito nenhum, nada em mim poderia chegar àquilo, e eles deviam saber; entre todas as pessoas, eles deviam me conhecer melhor e não achar uma coisa dessa sobre mim nem por um instante...

"Espera", falei. "Você acha que eu... o quê?"

"Eu não acho nada. Não acho, Toby. Eu só quero saber."

"Para com isso", falei baixinho, ou pelo menos imaginei que sim. "Toda essa, essa, essa dança, foda-se isso. Se vocês dois têm alguma coisa pra me dizer, se querem me acusar de alguma coisa, então falem."

"A gente não tem", disse Leon, a voz aguda e trêmula. "Sinceramente, Toby, nós dois..."

"Seu merdinha. Você já não aprontou o suficiente pra mim?"

Eu estava esticando os braços a fim de segurar Leon de novo, com ele se encolhendo para trás, quando ouvi. Um ruído no telhado: uma barulheira, algo grande nas telhas, garras? Unhas?

"Que porra é essa?" Eu havia recuado pelo terraço e estava no quintal antes mesmo de perceber. Terra macia cedendo e escorregando sob meus pés, minha voz quase um grito. "Que porra é essa?"

"O quê?" Leon veio correndo atrás de mim, abrindo os braços ao virar o tornozelo em uma pedra. "Meu Deus, o quê?"

"Aquele barulho. Tá no telhado."

"Pássaro", disse Susanna, nos alcançando e se virando para olhar. "Ou um morcego."

"Não. Olha. *Olha.*"

No pico do telhado vi algo preto, agachado ao lado da chaminé. Não tinha formato de nada, com um movimento de penas feito asas saindo da cabeça, estava mudando, se recompondo, e, pelo foco deliberado dos movimentos, eu teria jurado que era humano. Rafferty estava nos espionando, agarrado no telhado, ouvindo, em qualquer lugar e em toda parte... "Aquilo não é a porra de um pássaro, olha o tamanho..."

"Aquilo é uma *sombra*, meu Deus, Toby, se acalma..."

"E aquilo na cabeça, o que é? Que tipo de pássaro...?"

"Ah, Deus", gemeu Leon, o tom ficando mais agudo. "Ah, Deus..."

A coisa se levantou e se abriu contra o céu, mais e mais, além de qualquer limite de possibilidade. Em seguida, se jogou no ar, na nossa direção.

Leon e eu estávamos gritando, berros roucos e estrangulados. Ouvi o movimento da coisa vindo para cima de mim enquanto me abaixava e tropeçava, caindo de quatro na terra. Senti o vento levantar meu cabelo, senti seu fedor selvagem, terroso e de pinheiro, me encolhi das garras descendo com precisão perfeita e impiedosa até minha nuca...

Não sei quanto tempo levei para perceber que o vulto tinha sumido. Eu havia parado de gritar; Leon tinha se recolhido a um ofegar desesperado e engasgado. Fora isso, o quintal estava imensamente silencioso.

Eu me sentei... o que não foi fácil, eu estava tremendo. A linha do telhado estava vazia, não havia nada nas árvores. Susanna estava de joelhos ao meu lado, curvada e engasgada, e eu a segurei em pânico, procurando sangue. "Su. Olha pra mim. Você tá bem?"

"Tô ótima." Demorei um segundo para perceber que ela estava rindo.

"Que porra...?"

"Ah, meu Deus..." Leon estava agachado na terra, uma das mãos apertadas no peito. "Eu não tô conseguindo respirar..."

"Meu Deus do céu. O que era *aquilo*?"

"Aquilo", disse Susanna, ofegante, "aquilo era uma coruja-orelhuda. Seus patetas."

"Não", falei. "Não tem como. O tamanho, o..."

"Você nunca viu uma? Elas são enormes."

"Ela *veio pra cima da gente*."

"Deve ter achado que vocês eram uma ameaça. Toda aquela barulheira que você fez..."

"Leon. Aquilo não era uma coruja. Era?"

O branco dos olhos de Leon se destacando ao luar. "Meu *peito*. Acho que tô tendo um ataque do coração, pessoal, por favor, tá doendo..."

"Você tá tendo uma crise de pânico", disse Susanna, secando os olhos com os nós dos dedos e controlando as risadas. "Respira fundo devagar."

"Eu *não consigo respirar*."

"Aquilo", falei, "não era uma porra de coruja."

Susanna me encarou por mais um momento. O nó do dedo tinha deixado seu rosto sujo de lama, como se fosse pintura de guerra. Ela caiu lentamente para trás no chão, o cabelo na terra, olhando para o céu vazio. Leon parecia estar chorando.

Havia terra nos meus sapatos e nas minhas mãos; eu estava suando, tremendo e chapado demais. A paisagem noturna e feia ao meu redor não se parecia em nada com a Casa da Hera que havia feito parte da minha vida. Eu me dei conta, com um momento de puro horror, que era justamente por não ser o mesmo lugar: aquilo era falso, um paralelo escuro formado por uma névoa, uma imitação torta e letalmente plausível que Rafferty tinha criado e depois nos atraído para dentro, e, uma vez que estávamos ali, não havia a menor possibilidade de voltar. Parecia algo que eu já sabia o tempo todo, bem lá no fundo, se ao menos tivesse tido o bom senso de reconhecer. Eu quase gritei, mas sabia que Rafferty devia estar ouvindo e que dar aquela dica para ele levaria a um desastre inimaginável.

Assovios agudos de aves noturnas nas árvores. Acima de nós, na janela do meu quarto, a luz tinha se apagado.

"Que porra...?", falei. Minha voz estava rouca e cavernosa. "Tem de errado com vocês? Que porra."

Nenhum dos dois respondeu. Leon estava soluçando, sem se dar mais ao trabalho de esconder.

"Seus merdas. Querem saber? Fodam-se."

"Quero ir pra casa", disse Leon em meio às lágrimas, secando o rosto com a palma das mãos. Na luz fraca, ele estava grotesco, o cabelo repuxado em rodopios lunáticos, o rosto contorcido e manchas de terra por toda parte.

"É", disse Susanna. Ela se sentou com dificuldade, depois se levantou, as pernas bambas. "Acho que é uma boa ideia. Vamos."

Ela esticou as mãos para Leon. Ele as segurou, e, depois de uma certa movimentação, eles conseguiram deixá-lo na vertical. Os dois cambalearam juntos pela terra irregular, os braços em volta um do outro, os tornozelos de Susanna se dobrando em ângulos impossíveis. Nenhum dos dois olhou para trás, para mim.

Fiquei onde estava. Dentro da cozinha iluminada, Susanna se apoiou na bancada e mexeu no celular com uma concentração vidrada em câmera lenta; Leon, na pia, jogou água no rosto e no pescoço, encheu uma caneca e bebeu tudo. Susanna disse alguma coisa, e ele assentiu sem se virar. O ar ao meu redor estava agitado e cheio de mariposas, coisinhas flutuando na minha nuca e escalando meus braços, o frio subindo da terra pela minha roupa.

Depois de um tempo, Susanna olhou o celular e falou outra coisa: táxi. Eles tentaram pegar os casacos e os deixaram cair, e aí os penduraram no ombro e seguiram em direção ao corredor.

Meu barato estava começando a passar, mas o quintal ainda tinha aquela atmosfera alienígena terrível, ele mesmo e, em simultâneo, nada parecido. A ideia de me levantar e andar por ali, exposto, deixou minhas costas arrepiadas — quem poderia saber o que aquele lugar mantinha à espreita em seus recantos secretos? Armadilhas, heras emaranhadas, cachorros selvagens e holofotes. Mas eu estava tremendo, minha bunda estava úmida e, mesmo que aquela coisa tivesse sido só uma coruja, eu não gostava da sensação de ficar lá fora com ela. No fim das contas, fiquei de pé, lutei contra a tontura e segui pelo quintal como um ratinho nas sombras.

Demorei muito tempo para conseguir subir a escada. Cheiro de poeira, roncos suaves e regulares no quarto de Hugo, o rangido do piso fazendo meu coração ricochetear. Eu não conseguia decidir se devia acordar Melissa; por um lado, ela precisava de uma boa noite de sono, mas, por outro, eu precisava que ela ouvisse aquilo, a baboseira que havia nos levado à nossa única briga da vida toda, e eu não podia deixar para de manhã. "Amor", falei baixinho, ou o mais baixinho que consegui, no nosso quarto escuro. "Tá acordada?"

Na hora em que falei, eu soube. O ar do quarto estava gelado e estéril, sem respiração, sem o cheiro dela, sem sensação de calor corporal.

Encontrei o interruptor. A cama ainda estava feita; o guarda-roupa estava aberto, os cabides vazios pendurados.

Sentei pesadamente na cama. Meus ouvidos estavam rugindo. Encontrei o celular e liguei para Melissa: caiu na caixa-postal. Tentei de novo: mesma coisa. De novo: ela o tinha desligado.

Nunca achei que você tivesse feito algo assim, dissera ela, olhando nos meus olhos, e eu acreditara porque queria acreditar. Não era de se admirar que Melissa andasse preocupada ultimamente; não era de se admirar que ela estivesse desesperada para me tirar dali... no meio da noite, bêbado, chapado, deixar tudo para trás e fugir só com a roupa do corpo. Ela estava tentando me proteger. Ela estava com medo de que, se continuasse fazendo perguntas, eu pudesse descobrir o que eu havia feito.

De alguma forma, o que me magoou não foi o fato de Melissa acreditar que eu podia ser um assassino — ela não me conhecia na época, adolescentes são enrolados, confusos e meio desequilibrados, e, até onde ela sabia, eu podia ter sido qualquer coisa. O que me deu vontade de apoiar a cabeça nas mãos e chorar foi que eu realmente havia acreditado que Melissa sabia quem eu era, que sabia tão bem e tão verdadeiramente que conseguiria segurar minha onda enquanto nem eu mesmo me reconhecia mais, e eu tinha me enganado. Eu não era um babaca insensível, um psicopata capaz de empurrar um homicídio para o canto da mente e seguir alegre pela vida como se aquilo não existisse... E lá estava eu de novo, lá vamos nós pela estrada afora, o círculo completo: o que me dava tanta certeza do tipo de pessoa que eu era, do que eu podia ou não podia ter feito?

Melissa, Leon, Susanna, Rafferty, Kerr. Hugo, até onde me constava — no carro naquele dia. *Queria muito saber a história de como ele foi parar naquela árvore, sinto que tenho o direito de saber o que aconteceu...* Pensando agora, parecia óbvio que ele estava me convidando de um jeito cuidadoso e delicado a falar abertamente. Quem mais? Qual dos caras do grupo de alunos do Facebook? Dec, Sean? Meu próprio pai? Minha própria mãe?

Ramos de flores carmesim espalhadas em uma bancada de pedra, o brilho rítmico de uma faca sob o sol. A voz de Susanna, irônica e achando graça: *Ah, você. Qualquer coisa com a qual você se sinta mal some da sua cabeça.*

E com isso, finalmente, tudo se encaixou. Demorou uma quantidade absurda de tempo para compreender o motivo óbvio e impressionante para todas aquelas pessoas acharem que eu tinha matado Dominic: era porque eu tinha mesmo.

A casa estava sinistramente silenciosa, sem nem um rangido ou estalo da madeira se acomodando, sem um mísero ronco de Hugo. Tinha a mesma sensação horrível do quintal, um impostor monstruoso inchando em transformações incompreensíveis e impossíveis de deter, o piso de madeira molengo feito musgo debaixo dos pés e as paredes de tijolo oscilando como cortinas sob a força do que crescia por trás delas.

Naquela noite. Aonde você foi?

Tentei dizer a mim mesmo que eu me lembraria daquilo. Uma batida na cabeça podia me fazer esquecer a palavra "escorredor de macarrão" ou quando tinha visto Phil pela última vez, mas não algo assim. Eu não tinha ideia se aquilo era verdade.

Faye disse que você tinha ficado meio puto com Dominic naquele verão.

Quando Dominic morreu, nós todos tínhamos terminado a escola e estávamos prestes a partir em direções variadas para o resto da vida. Leon não teria que enfrentar outro ano da palhaçada de vestiário do Dominic; aquilo estava no passado. Por que ele teria precisado matá-lo?

Eu apostaria dinheiro que você só queria dar um susto no Dominic. Você só tava planejando dar um susto nele, nada sério.

Mas é claro, pensei (as paredes ondulando silenciosamente, pulsações escuras nas bordas da minha vista), é claro que, se aquilo tivesse acontecido, teria permeado todos os dias da minha vida dali em diante, pesadelos, lembranças, ataques de pânico sempre que eu visse um policial ou pisasse no quintal de Hugo, uma lesão na cabeça não podia reescrever tudo...

Ficamos com tanta vergonha que continuamos lá em cima pelo resto da noite, Susanna dissera. *Juro que na semana seguinte você já tinha esquecido que aconteceu.* Aquilo não teve nada a ver com danos cerebrais. Minha mente, inteira na época, intacta e ela mesma, havia feito aquilo.

Eu me senti podre, não apenas enjoado do álcool e do haxixe, mas da podridão onipresente de uma intoxicação alimentar ou infecção, úmida e aquosa, meu organismo todo se revoltando. Percebi que não estava conseguindo enxergar muita coisa e, depois de um tempo, que eu estava de quatro, a testa encostada no chão. Respirei devagar, respirações rasas, esperando para ver se eu ia vomitar ou desmaiar. Uma partezinha lúcida de mim conseguiu ficar feliz por Melissa não estar ali para me ver daquele jeito.

Meus olhos não queriam se abrir. Eu não sabia se estava pegando no sono ou desmaiando; qualquer uma das alternativas parecia uma bênção misericordiosa. Consegui tatear e cambalear até a cama, os dedos agarrando o edredom, o estômago embrulhado, antes de a escuridão vir de todos os lados e eu apagar.

Dez

Acordei porque o sol estava batendo na minha cara. Consegui abrir os olhos só um pouquinho: a luz entrava pelas laterais da cortina, estava tarde e era um lindo dia de outono. Todas as partes individuais de mim estavam em péssimo estado de jeitos diferentes. Rolei e gemi no travesseiro.

A noite anterior foi retornando aos poucos. A única coisa que eu queria no mundo era voltar a dormir, preferivelmente por semanas, meses ou para sempre, mas o movimento foi demais para mim. Cheguei ao banheiro bem a tempo.

A ânsia continuou mesmo depois de o meu estômago estar vazio. Finalmente, senti-me seguro para ficar de pé, lavar a boca e jogar água fria no rosto. Minhas mãos estavam tremendo; no espelho, eu tinha a aparência drogada e inchada de quem estivera no hospital.

Eu estava apavorado. Quando eu acreditava na minha inocência, ser suspeito de homicídio era uma coisa: aquilo não era um drama brega de Hollywood, eu não poderia parar na cadeia por um crime que não tinha cometido. Mas era totalmente diferente agora que eu podia ser culpado. Rafferty era inteligente, experiente e astuto de formas que eu não conseguia nem começar a imaginar; se eu tivesse deixado alguma prova (e como podia não ter deixado? Tinha 18 anos, era um sem noção), ele encontraria. Ele podia falar em círculos ao meu redor, pensar em círculos ao meu redor, e eu nem saberia o que tentar esconder; eu não tinha ideia do que havia acontecido, do porquê teria feito aquilo. Parecia incrível que eu pudesse ter me safado pelo tanto de tempo que eu aparentemente — possivelmente? provavelmente? — tinha.

Eu precisava desesperadamente pensar, mas minha cabeça estava latejando demais. Revirei minhas coisas atrás de analgésicos e tomei dois; cogitei tomar um Xanax em seguida, mas eu precisava da minha mente lúcida, ou o máximo que desse para ficar. Em seguida, ignorando o fato de que ainda estava usando a camisa elegante e a calça de linho da noite anterior, agora manchadas de terra e fedendo a suor e haxixe, desci a escada, dando cada passo com cautela, em busca de café.

A cozinha estava lancinante de tão iluminada; o relógio de parede dizendo que já passava do meio-dia. Hugo estava no fogão, usando roupão e chinelos, de olho na cafeteira que borbulhava alegremente. "Ah", disse ele, se virando com um sorriso. Ele estava tendo um dia bom, na verdade, estava em condições bem melhores do que as minhas. "Os mortos se levantam. Então a noite foi boa, hein?"

Eu me sentei à mesa e cobri o rosto com as mãos. Café tinha sido má ideia; o mero cheiro estava me dando vontade de vomitar de novo.

Hugo riu. "Eu fiz certo em não te acordar, então. Achei que você precisava dormir até mais tarde. Assim que ouvi sua movimentação, botei o café pra passar."

"Obrigado", falei.

"E tenho uma surpresa pra quando você estiver mais desperto. Quer comer alguma coisa? Torrada? Ovo mexido, talvez?"

"Ah, Deus."

Hugo riu outra vez. "Daqui a pouco, então." Ele espiou a cafeteira, desligou o gás e serviu um espresso grande para mim. "Pronto." Ele se aproximou, apoiado na bengala, porque meu cérebro só teve a ideia de ir até ele quando já era tarde demais. "Será que a Melissa quer? Ela ainda tá na cama? Ou foi trabalhar?"

"Ela não tá mais aqui", falei.

"Minha nossa. Tô impressionado." Ele se serviu do resto do café com cuidado, o pulso tremendo. "Que horas vocês foram pra cama?"

Pensei em não contar para ele. Hugo amava Melissa; ficaria de coração partido. Eu talvez conseguisse enrolar por um ou dois dias, pensar em motivos para ela não estar em casa à noite — inventário na loja, mãe doente. E até lá eu talvez tivesse alguma ideia sobre o que fazer em relação àquilo tudo... mas eu não tinha energia. "Não", falei. "Ela foi embora. De vez."

"O quê?" Hugo virou a cabeça depressa e me encarou. *"Por quê?"*

"É complicado."

Após um longo momento, ele botou a cafeteira de lado, acrescentou um pouco de leite na caneca e a levou até a mesa. Sentou-se à minha frente — as mãos fechadas em volta da caneca, o roupão se abrindo e mostrando o pijama de flanela abotoado errado, os olhos cinzentos, sem piscar, ampliados pelos óculos — e esperou.

Quando comecei a falar, não consegui mais me conter. Tudo saiu em uma enxurrada — minha lembrança da noite estava confusa, e trechos soltos surgiam fora de ordem conforme eu falava, mas a essência ficou bem clara. A única coisa que deixei de fora foi aquele último passo, a revelação final. Provavelmente, Hugo — tomando o café com constância, sem dizer nada — perceberia, mas eu não conseguia dizer as palavras em voz alta.

"E aí..." Eu estava tagarelando, já tinha dito tudo pelo menos duas vezes. "... foi nessa hora que eles foram pra casa, ou sei lá pra onde, logo depois disso, sabe? E eu achei que Melissa estaria lá em cima, mas... Eu tentei ligar pra ela, não tentei hoje ainda, mas não sei nem se devia... Óbvio que eu quero resolver as coisas, mas, quer dizer, não sei o que vai acontecer, mas talvez seja melhor mesmo pra ela ficar longe..."

Enfim consegui calar a boca. No silêncio imenso que se formou — enquanto olhava para meu café intocado —, caiu a ficha, tarde demais, de como havia sido uma coisa terrível e escrota eu ter jogado tudo aquilo no colo do Hugo. Ele só tinha uns dois meses, eu não podia ter encontrado um jeito de não foder aquele período com a minha confusão absurda? Eu não conseguia olhar para ele; estava com medo de vê-lo destruído, o rosto atordoado e transformado, as lágrimas escorrendo. Mantive a cabeça baixa e raspei uma mancha inexistente da mesa com a unha: madeira macia e acinzentada, o local em que um nó se curvava em volta de um ponto escuro, formando uma silhueta de fantasma de desenho animado, de boca escancarada. Tantas vezes me sentei ali, torrada e geleia, projetos de geografia, festas cheias de álcool, e agora aquilo.

"Certo", disse Hugo, pousando a caneca na mesa com uma batida. A voz dele me sobressaltou e me fez olhar para cima: tinha a antiga plenitude e autoridade que eu me lembrava de quando era criança, sólida como carvalho, a voz que sempre nos fazia parar e encerrar nossas brigas ou destruições. "Isso foi longe demais."

Não consegui dizer nada. De repente, estava vergonhosamente à beira das lágrimas.

"Não perca nem mais um segundo pensando nisso. Eu vou resolver." Hugo apoiou a palma da mão na mesa e se levantou. "Mas primeiro nós dois precisamos comer alguma coisa. Vamos comer omelete... sim, sim, você vai comer, eu sei que não quer, mas você vai me agradecer depois. Nós vamos comer em paz. E aí você vai tomar um banho e eu vou resolver essa confusão antes que ela fuja totalmente de controle."

Eu sabia que não tinha como aquilo acontecer, mas uma parte de mim não pôde deixar de acreditar nele. Alto e com o rosto sombreado pela enxurrada de claridade vinda das janelas, a mão fechada em cima da bengala, o cabelo caindo até os ombros e o roupão largo, Hugo parecia uma figura de carta de tarô, carregado de presságios. Eu continuava sem conseguir falar. Passei a base da mão nos olhos.

Hugo mancou até a geladeira e começou a pegar as coisas: ovos, manteiga, leite. "Com presunto e queijo, acho, e espinafre... Provavelmente você precisa mesmo de um café da manhã completo, mas a gente não tem ingredientes."

"Desculpa", falei. "De coração."

Ele ignorou aquilo. "Vem cá e pica isso. Eu não confio na minha mão."

Segui obedientemente até a bancada, encontrei uma faca e comecei a cortar o presunto. Os analgésicos estavam fazendo efeito; minha cabeça não latejava tanto assim, mas parecia frouxa e cheia de coisas vagando, teias e névoa e fiapos de dente-de-leão.

Hugo quebrou quatro ovos em uma cumbuca e começou a batê-los. "Agora", disse ele, a voz mais leve. "A surpresa; o que eu tava esperando pra te contar quando você estivesse um pouco mais desperto. Você não vai acreditar."

Fiz o possível para acompanhar a conversa; eu devia isso a ele, pelo menos. "Ah, é?"

"Acho que desvendei a sra. Wozniak."

O sorriso no rosto de Hugo estava largo e era real. "Você tá brincando", falei.

"Não, tenho quase certeza. Sabe Haskins, o cara do diário? Em novembro de 1887, ele começou a reclamar da esposa enchendo o saco dele com os problemas da família. Ele reclama tanto que eu nem dei muita atenção no começo, quase pulei o trecho todo, mas por sorte continuei a ler. A irmã da esposa em Clare... sim, entende por que eu apurei os ouvidos? Ela quer mandar a filha de 16 anos pra ficar com os Haskins em Tipperary por alguns meses. A principal reclamação de Haskins é que ele vai ter o gasto de alimentar a garota, mas ele também tá revoltado porque ela pode corromper os filhos dele, que têm 3, 4 e 7 anos àquela altura, o que eu acharia bem difícil de corromper. A não ser que..." Ele arqueou uma sobrancelha para mim, pondo manteiga na frigideira: *Percebeu?*

Levei um tempo para pescar alguma coisa no pântano que habitava minha mente. "Ela tava grávida?"

"Bem, é difícil ter certeza de qualquer coisa. Haskins ficou tão furioso que a caligrafia virou um garrancho com sublinhado duplo em tudo, mas, por todas as menções a vergonha, desgraça e devassidão, eu acho que era o caso. Pode passar o sal e a pimenta, por favor?"

Entreguei a ele. A serenidade de Hugo estava começando a me deixar nervoso. Eu me perguntei se ele já tinha esquecido a conversa toda; se teríamos que repetir aquilo tudo de noite, quando Melissa não voltasse para casa.

"Obrigado. E..." Hugo acrescentou sal e pimenta com toda alegria. "... você adivinha o sobrenome da sobrinha?"

"McNamara?"

"Exato. Elaine McNamara." Ele estava sorrindo, estreitando os olhos para o botão do fogão enquanto ajustava o queimador do jeito certo, mas vi a profundidade de sua satisfação. "Ela ainda não tinha aparecido em nenhuma árvore genealógica, né? Ou apareceu?"

"Não que eu lembre."

"Vamos procurar. E aí..." Colocando os ovos na frigideira, um chiado alto. "... eu perdi a paciência e comecei a passar os olhos nas páginas da frente, procurando qualquer menção a algum O'Hagan, só pra confirmar a teoria. E, de fato, algumas semanas depois do começo de 1888, a sra. Haskins sugere que os amáveis vizinhos O'Hagan talvez estejam dispostos a "esconder a vergonha de Elaine". Teria sido bem fácil, existiam muitas mentiras nas certidões de nascimento da época: os O'Hagan podiam ir ao cartório e declarar o bebê como sendo deles, sem precisar provar onde tinham conseguido a criança. Nosso amigo Haskins não curtiu muito a ideia, achava que Elaine se safaria com muita facilidade, que ela não compreenderia integralmente alguma coisa, a 'magnitude' da transgressão; ele queria enviá-la pra um lar de mães e bebês. Mas acho que podemos ter quase certeza de que a esposa dele venceu a discussão no final."

O fluxo tranquilo da voz de Hugo, o cheiro gostoso dos ovos cozinhando, o azul vibrante e frio do céu do lado de fora das portas de vidro. Pensei no meu primeiro dia de volta à casa, nós dois no escritório, chuva na vidraça e minha mente vagando entre os bibelôs enquanto ele falava.

"Foi até aí que eu cheguei", disse Hugo, "depois ouvi você se levantando. Mas, mesmo assim: foi uma boa manhã de trabalho, eu acho."

O olhar dele para mim era quase tímido. "Que incrível", falei, conseguindo abrir um sorriso largo. "Parabéns."

"Pra você também. Nós fizemos isso juntos. A gente devia tomar uma taça de alguma coisa pra comemorar. Tem prosecco, algo do tipo? Ou seria demais pra sua cabeça?"

"Não, acho ótimo. Deve ter alguma coisa por aqui."

"Agora, claro..." Hugo polvilhou queijo ralado na frigideira, um punhado generoso, coberto de presunto picado. "... tenho que pensar em como contar pra sra. Wozniak."

"Ela vai ficar feliz da vida", comentei. Encontrei uma garrafa de prosecco no armário de bebidas; não estava gelado, mas e daí? "Era o que ela queria, não era? Não é como se você tivesse encontrado um assassino na árvore genealógica dela nem nada do tipo."

Hugo lançou um olhar pensativo em minha direção por cima do ombro. "Bom", disse ele, "a não ser que eu tenha entendido tudo errado, o bebê era o avô de Amelia Wozniak, Edward O'Hagan, o que emigrou para os Estados Unidos. Ele só morreu em 1976; é bem provável que ela o tenha conhecido bem. Só que, com isso, pode ficar parecendo que ela não conhecia o avô tanto assim. Ele não era Edward O'Hagan, era Edward McNamara. Uma pessoa totalmente diferente de certa forma, se não de todo. E..." Espalhando espinafre na frigideira. "... essa nova pessoa traz muita dor junto, muita injustiça. Aquela moça de 16 anos sendo afastada da família em desgraça pra depois tirarem seu bebê, quer ela gostasse ou não, era a bisavó de Amelia. E toda essa dor e injustiça estão emaranhadas à existência dela. Sem isso, ela talvez fosse Amelia McNamara, ou talvez nem tivesse existido."

"Acho que sim", falei. Eu estava tendo dificuldade para ser solidário. Teria trocado os meus problemas ou os de Hugo pela crise existencial da sra. Wozniak em um piscar de olhos.

"Bom, quem sabe, talvez ela veja as coisas como você. Mas eu prefiro abordar com delicadeza, só por garantia." Hugo precisou tentar mais de uma vez, mas conseguiu dobrar a omelete. "De qualquer jeito, não é um problema pra hoje. Vamos ter que decifrar o resto do diário primeiro. Eu gostaria de descobrir o que aconteceu com Elaine no final e ver se conseguimos descobrir alguma coisa sobre o pai do bebê. Em algum momento, podemos perguntar à sra. Wozniak se ela tem algum descendente masculino por aí, pra fazer a comparação de Y-DNA; mas agora será que você pode começar a ver os registros da paróquia e tentar descobrir se Elaine se casou? Duvido que o marido seria o pai do bebê, ou então por que ela não se casou com ele logo de cara? É mais provável que o pai da criança não estivesse disponível de alguma forma, mas vale a pena investigar."

"Tudo bem", falei. Aparentemente, nós tínhamos que voltar à rotina de sempre e fingir que nada da noite anterior havia acontecido, embora eu não conseguisse imaginar como Hugo pensava que eu seria capaz de trabalhar de fato. Isso sem contar como ele achava que iria resolver tudo: eu estava começando a me perguntar se o plano dele era alguma ilusão gerada pela doença envolvendo o bat-sinal ou um boneco de vodu do Rafferty. Seria possível que Hugo não tivesse entendido o que estava acontecendo? Que ele achasse que os únicos problemas eram uma briguinha entre primos e um momento difícil em um relacionamento, todo mundo sob estresse e agindo de forma inconsequente, precisando apenas de um sermão firme? "Tim-tim. A nós."

"E a Elaine McNamara." Hugo pegou a taça da minha mão e chegou para o lado a fim de me deixar tirar a omelete da frigideira pesada. "Coitadinha."

Surpreendi a mim mesmo comendo metade da omelete, tão rápido que Hugo riu da minha cara. "Tem mais ovo se você ainda estiver com fome."

"Você tava certo", falei. "Eu precisava disso."

"Claro que eu estava. Talvez da próxima vez que eu falar alguma coisa..." Sorrindo para mim por cima da taça. "... você pare de reclamar e me escute." E, quando comi o último pedaço, ele acrescentou: "Agora vá buscar seus cigarros, por favor. Já que estamos nos permitindo ser decadentes."

Ficamos sentados em silêncio, fumando um cigarro e depois outro, enchendo as taças de prosecco. A cabeça de Hugo estava inclinada para trás com os olhos semicerrados, observando o teto em uma calma séria e sonhadora. Uma série de gritos baixos vindos dos gansos selvagens em algum lugar, carregando todo o gosto do outono, a primeira geada e fumaça de lenha. A mão grande de Hugo batendo as cinzas no pires lascado que estávamos usando como cinzeiro improvisado, o sol deixando a madeira velha da mesa viva com um brilho impossível e sagrado.

Fiquei muito tempo no chuveiro. A noite anterior estava entranhada em mim; por mais que eu me esfregasse, continuava sentindo o fedor de bebida, haxixe e terra do quintal. Acabei desistindo e fiquei parado com a água no máximo e na temperatura mais quente, caindo na minha cabeça.

Agora que eu estava sozinho, a ressaca tinha voltado com força, uma mistura horrível de desconforto físico e mental, um desespero que sugava tudo e uma sensação de desgraça que parecia vir não da minha mente, mas do fundo do estômago e da coluna. Melissa estava certa o tempo todo, ir atrás de respostas havia sido a coisa mais idiota que eu poderia ter feito, e agora era tarde demais.

Parte de mim ainda se agarrava à pequena chance de eu ter entendido tudo errado, torcendo para que, se eu conseguisse pensar claramente, pudesse desvendar a história real. Mas, por mais que eu tentasse, todos os caminhos me levavam ao mesmo lugar: eu com o moletom, eu, o único que podia ter a chave para deixar Dominic entrar, eu, o único por quem ele teria vindo ao ser chamado (*Ei, cara, tenho umas carreiras comigo, tô te devendo, quer passar aqui qualquer hora dessa?*), eu, fora do quarto naquela noite. E, mais claro do que aquilo tudo: quem mais poderia ter sido? Susanna e Leon achavam que tinha sido eu. Hugo? Sem chance. Não havia mais ninguém em casa. Claro que Dominic podia ter roubado a chave e levado seu próprio garrote e seu próprio assassino, mas, mesmo no meu desespero, aquilo me parecia um tanto implausível, e aí lá estava eu de novo, voltando para o mesmo ponto do pesadelo.

Eu não tinha nada com que lutar. Os únicos contra-argumentos eram que eu não me lembrava e que não era esse tipo de pessoa, mas o quanto eles valiam? No tribunal, talvez, provavelmente: *pensem bem, senhoras e senhores do júri, eu sei que o DNA do meu cliente estava no garrote, mas olhem para ele, um garoto louro tão legal de uma família boa e rica, tão bonito, nunca se meteu em confusão na vida, ele parece um assassino para vocês?* Se eu pudesse fazer alguma coisa sobre a pálpebra caída e conseguisse falar sem arrastar a voz, eu talvez até me safasse. Mas ali, sem nada além da implacável batida da água, o vapor subindo e o chiado torturado do encanamento, era diferente. O que estava ou não na minha mente, o que eu achava que eu era: não valia de nada.

Duas mãos para girar a chave na fechadura enferrujada, sussurrando *Entra, cara,* e o sorriso de Dominic em um raio de luar. O aperto do garrote na pele, sons de sufocamento, pés se debatendo inutilmente na terra. O peso impossível de um corpo que teve de ser arrastado por uma área ampla de grama, minha respiração ofegante e apavorantemente alta nos ouvidos, mãos escorregando, escuridão, frenesi, — *eu não consigo* — eu não tinha ideia de quais trechos eram lembranças e quais derivavam de um processo alucinatório e sombrio mais profundo que a imaginação, involuntário e incontrolável, fervendo com um poder e uma realidade próprios.

Todos pareciam uma violação: alienígenas, lunáticos, forçados em mim. Como eu podia estar pensando aquelas coisas, logo eu? Eu pertencia a um mundo diferente, cerveja com os amigos, discussões de Twitter conduzidas com inteligência, croissants na cama com Melissa em domingos chuvosos de preguiça. Levei um tempo para entender por que a sensação era terrivelmente familiar. Eu ainda estava no chuveiro olhando para o nada — devia estar ali já fazia meia hora, a água estava ficando gelada — quando me ocorreu: o médico de rosto ameno falando sem parar, meu primeiro dia no hospital, *neurologista convulsões terapeuta ocupacional*, como se essas coisas tivessem alguma coisa a ver comigo; a sensação lenta e horrível de quando comecei a entender que tinham, sim, que aquela era a minha vida agora.

A água acabou ficando tão fria que meus dentes começaram a bater. Eu estava me secando quando ouvi: uma batida discreta na porta de entrada; uma pausa; o murmúrio baixo de Hugo misturado com outra voz. O tom era tranquilo e agradável, não havia urgência, mas reconheci a voz na hora através das paredes e pisos, e teria reconhecido qualquer palavra mais suave que dissesse em qualquer lugar, como a voz de uma amante: Rafferty.

Minhas pernas quase cederam. Tão cedo. Eu sabia que tinha de acontecer um dia, mas estava esperando algumas semanas, meses; uma parte idiota de mim ousara ter esperanças de eu me safar. Por um segundo, pensei em fugir — Hugo os manteria falando, eu podia sair por uma janela, pular o muro dos fundos e... Mesmo antes de terminar o pensamento, eu soube como aquilo era ridículo: e depois, sumir do mapa e morar em uma caverna nas montanhas Wicklow? Eu me vesti o mais rápido que pude, abotoando a camisa com dificuldade. Pelo menos eu não estaria tremendo de cueca quando eles viessem me buscar. *Negue*, falei para mim mesmo, descendo a escada no que parecia câmera lenta, a cabeça tão oca de pavor, náusea e da estranheza de tudo aquilo, que precisei me segurar no corrimão, *negue negue negue e arrume um advogado, eles não têm como provar nada...*

Rafferty, Kerr e Hugo estavam no saguão. Eles viraram a cabeça depressa e simultaneamente para a escada, na minha direção. Os detetives estavam vestidos para o outono, com casacos longos, e Kerr estava com um chapéu que era a cara do Al Capone; Hugo — eu meio que reparei, sem conseguir entender o que significava — tinha tirado o pijama e o roupão, vestindo uma calça de tweed meio que decente e uma camisa limpa com suéter. Havia algo perturbador na forma como os três estavam posicionados, separados, colocados precisamente como peças de xadrez na geometria do piso.

"O que tá acontecendo?", perguntei.

"Toby", cumprimentou Rafferty... com alegria, completamente à vontade, como se a última vez não tivesse acontecido. "Gostei do corte de cabelo. Escuta, seu tio vai até a delegacia com a gente um pouquinho. Não se preocupe, vamos trazer ele de volta pra você são e salvo."

"O quê?", falei depois de um momento de estupefação. "Por quê?"

"Precisamos tomar um depoimento", disse Kerr.

"Mas...", falei. Eu estava confuso. Os três me olhavam como se eu tivesse invadido uma transação particular, um acordo de negócios ou uma venda de drogas, algo em que eu era irrelevante e indesejado. "Vocês podem fazer isso aqui."

"Não dessa vez", explicou Rafferty amavelmente. "Varia."

Eu não entendi; não estava gostando. "Ele tá doente", falei. "Ele tem..."

"Eu sei, sim. Vamos cuidar bem dele."

"Ele tem tido convulsões."

"É bom saber disso. Vamos ficar de olho." Para Hugo, o detetive perguntou: "O senhor precisa de alguma medicação pra isso?"

"Tá aqui comigo", disse Hugo, tocando no bolso do peito.

"Hugo", falei. "O que tá acontecendo?"

Ele tirou o cabelo da testa. Estava bem-penteado; aquilo e as roupas boas davam ao comprimento uma súbita elegância devastada, um maestro famoso que caiu em momentos difíceis. "Eu liguei pro detetive Rafferty", disse ele com delicadeza, "e expliquei que eu era responsável pela morte de Dominic Ganly."

Um segundo de silêncio absoluto. "Que merda é *essa*?", falei.

"Eu devia ter contado semanas atrás... Bem, obviamente, eu devia ter falado anos atrás. Mas seria preciso certo tipo de pessoa pra isso, né, e, ao que tudo indica, eu não sou esse tipo de pessoa; ou não era, pelo menos, até agora."

"Espera", falei. "Hugo. Que porra você tá fazendo?"

Ele me olhou por trás dos óculos, a expressão sombria, como se de uma distância imensa. "A essa altura", explicou ele, "me parece algo que não consigo mais guardar só pra mim. A convulsão outro dia, aquilo foi uma espécie de despertar."

Kerr estava inquieto, querendo ir embora. "Lembra", disse Rafferty do ponto lateral para onde havia se esgueirado, fora dos holofotes, "o senhor não é obrigado a dizer nada que não queira, mas qualquer coisa que diga vai ser registrada e pode ser usada como prova. O senhor se lembra disso, não é?"

"Eu sei", respondeu Hugo. Ele pegou o casaco no cabideiro e começou a vesti-lo, desajeitado, passando a bengala de uma mão para a outra.

"E o senhor tem certeza sobre o advogado? Porque, tô avisando agora, o senhor devia levar um pra delegacia."

"Eu tenho certeza."

"Vou ligar pro meu pai", falei alto demais. "Ele vai pra lá imediatamente. Não diga nada até..."

"Não vai, não", falou Hugo... distraído, enfiando o braço em uma manga que se recusava a ficar direita. "Tá ouvindo? Não vá incomodar seu pai, nem seus tios, nem seus primos. Me deixa fazer isso em paz."

"Ele precisa de um advogado", falei para Rafferty. "Você não pode falar com ele sem um."

O detetive virou a palma das mãos para cima. "A decisão é dele."

"Ele não pode tomar essa decisão. Ele não tá, a mente dele não tá... Ele tem ficado confuso. Esquecendo as coisas."

"Toby", disse Hugo com um toque de irritação. "Para com isso, por favor."

"Tô falando sério. Ele, ele não..." A palavra voltou à minha memória. "... ele não tá competente pra tomar esse tipo de decisão."

"A gente não determina competência", disse Kerr, movimentando o ombro e fazendo uma careta quando houve um estalo. "Isso é o tribunal que tem que resolver."

"Se as coisas chegarem a esse ponto", disse Rafferty.

"É, se. Até agora a gente só sabe que o sr. Hennessy quer contar uma coisa e que a gente precisa tomar o depoimento."

"Mas ele imaginou a *coisa toda*. Ele não *matou* ninguém. É uma, algum tipo de alucinação, é..." Hugo estava mexendo nos botões do casaco. "Hugo, *por favor*."

"Aprecio o voto de confiança", disse Hugo com algo entre divertido e irritado, "mas, sinceramente, Toby, eu sei exatamente o que tô fazendo."

"Se for uma alucinação", disse Rafferty, "você não tem com o que se preocupar. Nós vamos resolver, sem problema, vamos trazer seu tio direto pra casa."

"Ele tá *morrendo*", falei, desesperado demais para ter tato. "O médico disse que ele devia estar *internado*. Vocês não podem jogar Hugo numa cela e..."

Kerr riu de mim, uma risada alta. "Meu Deus, cara, quem falou em cela? Relaxa. A essa altura, vamos só conversar."

"Seu tio tem liberdade pra ir embora a qualquer momento", disse Rafferty. "No pior dos cenários, no *pior*, ele volta pra casa alguma hora amanhã."

"*Amanhã?*"

"Ninguém se oporia a um pedido de condicional", explicou Kerr com alegria. "Ele não oferece risco de fuga."

"Pelo amor de Deus, Toby", disse Hugo. "Tá tudo bem. Não cria caso."

"Fica relaxando em casa", disse Kerr, indo na direção da porta. "Toma uma bebidinha pra ajudar a parar de pensar nas coisas. Não adianta ficar nervoso por nada."

Hugo tirou o cachecol de um gancho e o enrolou no pescoço. "Agora", disse ele. "Vamos?"

Rafferty abriu a porta, e o vento entrou com tudo, frio e carregado de outono. Hugo sorriu para mim. "Vem cá", disse ele e, quando eu fui, botou a mão em minha nuca e me sacudiu de leve. "Não se preocupa. Trabalha naquele diário, arruma algo interessante pra mim quando eu voltar. E, pelo amor de Deus, resolva as coisas com Melissa, viu?"

"Hugo", falei, mas ele já tinha me soltado e estava saindo para o sol e para o tremor de folhas amarelas, com Rafferty e Kerr, um de cada lado.

Eu me sentei pesadamente na escada e fiquei bastante tempo por lá. Eu entendia o que Hugo estava fazendo, óbvio. Ele tinha pensado bem, feito a matemática insuportável com calma: ele estava preparado para apostar que tinha tão pouco tempo de vida que, com a condicional e o sistema legal lento, ele não iria preso. Decidira que valia passar uns poucos dias dos que lhe restavam em salas de entrevista, que valia ficar na história conhecido como o Assassino do Olmo, ou como quer que os tabloides chamassem, só para me salvar.

Nisso eu não concordava com ele, mas não consegui imaginar o que fazer. Pensei em pular em um táxi e ir atrás deles até a delegacia para meter minha confissão na mistura, mas, mesmo excluindo o terror visceral da ideia, eu não conseguia pensar na logística: eu não sabia em que delegacia eles estavam e não sabia bem como confessar uma coisa da qual não me lembrava. Parecia que a maior parte do meu processo de pensamento tinha parado de funcionar.

Não considerei nem por um segundo a possibilidade de que Hugo estivesse falando a verdade. Claro que ninguém conhece ninguém por dentro e por fora, por mais que se queira acreditar, mas eu conhecia Hugo bem o bastante para ter certeza de algumas coisas, uma delas era que ele seria incapaz de usar um garrote para enforcar ninguém. Eu tinha bem mais certeza disso sobre Hugo do que sobre mim mesmo — o que, por si só, parecia dizer tudo o que havia a ser dito.

Finalmente, no piloto automático da obediência, fui para o escritório. O volume do diário de Haskins em que Hugo estivera trabalhando estava aberto na mesa, um punhado de páginas amareladas marcadas com Post-its. A transcrição estava ao lado. Era irregular, com espaços grandes em branco por toda parte; Hugo andara pulando partes, procurando as interessantes. Eu me sentei à mesa dele e comecei a trabalhar para preencher as lacunas.

Seria um trabalho lento e frustrante em qualquer dia, mas meus olhos estavam embaçados e erráticos da ressaca e minha concentração tinha ido pro buraco; cada frase parecia levar meia hora, todas as páginas, cobertas de manchinhas de tinta, pareciam pular alegremente. *Ouvi Georgie ler o livro da escola. A leitura dele é satisfatória, mas ainda falta certa vivacidade. Demonstrei lendo uma narrativa de —???—, para grande diversão de nós dois... Um belo dia, voltei para casa após a missa com apetite, esperando jantar bem, mas...* e mais reclamações sobre a cozinheira. *Surto de sarampo na cidade, e ouvimos que o filho mais novo dos* — alguma coisa, Sullivan? — *está à beira da morte, mas* — alguma coisa, alguma coisa, alguma coisa — *esperança...*

A tarde foi passando, passando e passando, e Hugo não voltava. Em determinado ponto, com os olhos e a mente girando, liguei para Melissa — falei para mim mesmo que ela merecia saber o que havia acontecido, mas claro que eu estava com esperanças de que ela voltasse correndo para ficar ao meu lado naquela nova crise. Ela não atendeu. Não deixei recado; não me pareceu o tipo de coisa que cabia em uma mensagem de voz.

Hoje, eu esperava viajar para Limerick, mas a chuva alagou a estrada e não pude ir. Fiquei extremamente decepcionado e sem — humor? — *com minha esposa...* Eram quase seis da noite, eles já deviam ter terminado de tomar o depoimento dele, o quão extenso podia ser? Tentei o celular de Hugo, mas tocou e ele não atendeu. Revirei bolsos e gavetas até encontrar o cartão de Rafferty e — coração disparado — liguei para o número: direto na caixa-postal.

Eu havia chegado à crise de Elaine McNamara, e Haskins estava adentrando uma cólera moral. *Por um lado, podemos, como diz Caroline, ensiná-la a se tornar virtuosa, casta e* — diligente? *Mas parece uma penitência pequena para o pecado dela...* Eu folheei mais à frente: aquilo continuava por várias páginas.

O céu escurecendo lá fora, o frio da noite entrando pelo vidro. Hugo fora bem firme sobre não contar a ninguém, mas eu estava ficando louco. Susanna ainda devia estar irritada comigo, mas ela era a única pessoa que talvez tivesse alguma ideia sensata sobre o que fazer.

Ela levou alguns toques para decidir atender. "Toby." Fria, cautelosa. "Como vai a cabeça?"

"Escuta", falei. "Aconteceu uma coisa."

Quando terminei, ficamos em silêncio. Ao fundo, Sallie estava cantando, pacificamente e meio desafinada: *A dona aranha subiu pela parede...*

"Certo", Susanna acabou dizendo. "Entendi. Você falou com Leon?"

"Ainda não. Só com você."

"Que bom. Não conta pra mais ninguém. Deixa."

"Por quê?"

Barulho de água: Sallie estava no banho. "Bom. Não sei seu pai, mas o meu já tá bem estressado. Não faz sentido incomodar ainda mais quando de manhã isso tudo já pode ter acabado."

"Você acha que eles não vão notar se Hugo for *preso*?"

"Ele não foi ainda. Você tá se adiantando. Aqui, Sal, bota sabonete..."

"Ele *confessou*. Claro que vai ser..."

"As pessoas fazem confissões falsas o tempo todo. Os detetives não vão simplesmente acreditar na palavra de Hugo. Eles verificam... se a história dele bate com as provas, se ele sabe detalhes que só o assassino poderia saber. Essas coisas."

Veio a chuva forte e a derrubou... Aquela conversa toda parecia errada, não estava indo pelo caminho que eu esperaria. "Então por que você não quer que o Leon saiba? Se não é nada demais?"

"Leon não tá lidando muito bem com isso tudo. Caso você não tenha reparado. Eu não quero que ele surte."

"Quê? Ele não é uma florzinha frágil que a gente precisa *proteger* de, de, a gente não é mais *criança*..." E se eu tivesse mesmo tentado protegê-lo, como Rafferty achava, quando éramos adolescentes? Olha só no que aquilo tinha dado... "Ele é um homem adulto. Se a gente pode lidar com isso, ele também pode."

Susanna suspirou. "Olha", disse ela, mais baixo. "Não sei se você se deu conta, mas Leon acha que você matou Dominic." Uma pequena pausa para ver como eu recebia a informação. Como eu não disse nada, ela prosseguiu: "Ele acha desde o começo, na verdade. E tem uma coisa complicada acontecendo... ele tá bem puto com a ideia de você se safar."

"Bom, ele que se foda", falei em uma onda de raiva, minha voz se elevando. "Leon disse isso pra polícia? Foi por isso que pegaram no meu pé?"

"Não. E nem vai falar. Não se preocupa, eu conversei com ele, ele tá sob controle. Ele não quer que você vá preso, não de verdade. Só acha que você sempre se safa de tudo e que não é justo."

"Meu *Deus* do céu! A gente tem 6 anos, por acaso?"

"É, eu sei. É coisa besta que ficou de criança. Mas, se ele ouvir sobre isso, não sei o que vai fazer. E prefiro não descobrir a não ser que seja necessário."

"Tudo bem", falei depois de um momento. Não gostei daquilo. Eu sabia que Leon andava estressado, óbvio, mas Susanna estava falando como se ele estivesse à beira de um ataque épico de nervos e eu fosse o primeiro da fila como efeito colateral. "O que eu faço se ele aparecer aqui e quiser saber pra onde Hugo foi?"

"Ele não vai."

"Como você sabe?"

"Ele ficou bem abalado ontem à noite. Acho que não vai querer falar com você por um bom tempo."

"Ah, que ótimo." Eu também não queria falar com Leon, mas ele estar por aí com um ranço danado de mim não me parecia boa ideia. "Isso é tranquilizador pra caralho."

"Não começa surtando também. Como eu disse, Leon tá sob controle. É só não botar pilha que ele vai ficar bem."

O que aquilo queria dizer? Eu estava "sob controle" também? "Não tô surtando. Tô tentando decidir o que fazer em relação a Hugo."

"A gente não faz nada. Só espera."

"Ele saiu faz *horas*, Su. Sem advogado."

"E daí? Mesmo que acreditem nele, não quer dizer que vai ser acusado. E, mesmo que acusem, leva quanto tempo? seis meses, um ano? pra um caso ir a julgamento? Isso não é um desastre, Toby. Sei que não é divertido, mas, a longo prazo, não vai fazer diferença pra nada."

Eu finalmente tinha entendido o que havia de estranho naquela conversa: Susanna nem se dera ao trabalho de registrar o fato de que Hugo tinha, de acordo com ele mesmo, pelo menos, matado Dominic. Eu falei: "Você não acha que foi ele."

"Você acha?"

"Não."

"Então."

A dona aranha subiu pela parede... "Não é só o Leon, né?", falei. "Você também acha que fui eu."

Passou-se um momento. "Olha", disse Susanna. A voz dela estava mais clara, controlada e firme, e o canto agudo e doce de Sallie tinha se afastado; ela havia ido para longe a fim de poder botar aquilo na minha cabeça. "A única coisa que eu quero aqui é ter certeza de que todos nós vamos ficar fora da cadeia. Só isso. Eu não ligo pra mais nada. E acho que, seja lá o que Hugo tivera fazendo, é o que dá pra gente a melhor chance disso acontecer. Deixa ele." Como eu não respondi, ela quis saber: "Tá bem? Você pode fazer isso?"

"Tá. Você que sabe."

"E Melissa? Ela vai ficar bem com isso?"

"Ela tá ótima."

Ao fundo, um berro súbito: "Caiu no meu *olho*!"

"Tenho que ir", disse Susanna. "Aguenta firme aí essa noite, vamos ver o que acontece amanhã e aí a gente vê... tá tudo bem, amorzinho, toma sua toalha..." E desligou.

Primeiras estrelas na janela, os óculos de leitura de Hugo na beirada do círculo de luz do abajur, como se ele os tivesse deixado ali naquele momento. Tentei voltar para o diário, mas meus olhos e meu cérebro tinham chegado ao limite: tudo era garrancho. Eu sabia que devia comer alguma coisa, mas não estava a fim. Falei para mim mesmo que comeria com Hugo quando ele voltasse para casa; ele chegaria morrendo de fome, a gente podia pedir comida. Enquanto isso, fiquei sentado à mesa da cozinha, fumando um cigarro atrás do outro e ouvindo as corujinhas piando na escuridão lá fora.

Eu queria Melissa, tanto que seria capaz de uivar. Pensei nela no apartamento pequeno, tirando da mala vestidos que ainda tinham o cheiro da Casa da Hera, de chá, fumaça de madeira e jasmim, enquanto a horrível Megan rondava e xeretava e fazia comentários desagradáveis e satisfeitos sobre sempre ter tido certeza de que eu não valia nada. Eu a queria tanto que aquilo quase me levantava da cadeira e me obrigava a pegar um táxi até lá, bater na porta até ela me deixar entrar e envolvê-la com força nos braços; dizer para Melissa que ela estava certa, que jamais voltaríamos a discutir, que poderíamos pegar um avião no dia seguinte e decolar para algum lugar tão distante daquela confusão horrível quanto ela quisesse.

Só que não consegui. Levei aquele tempo todo para enfiar na cabeça: eu não podia ir atrás dela, não podia nem ligar para ela, nunca mais. Era quase certo que eu tinha matado uma pessoa. Mesmo que eu me safasse, mesmo que o plano de Hugo desse certo e Rafferty encerrasse o caso e fosse embora, eu era um assassino.

Melissa — o pensamento quase me destruiu — Melissa nem se importara. Só se importara em me proteger de descobrir. Se eu tivesse me disposto a ir embora daquilo, ela teria ido embora comigo com alegria, de mãos dadas.

Mas eu me importava, e muito. Melissa, ensolarada e machucada e corajosa, dedicada incansavelmente a melhorar as coisas: eu era algo que não cabia na vida dela. Ela merecia o cara que nós dois achávamos que eu era; na verdade, ela merecia alguém melhor do que aquele cara, mas eu podia ter sido ele; eu estava a caminho, já estava fazendo planos. Mesmo depois daquela noite, deve ter existido um fragmento pequenininho meu que acreditava ser possível me recuperar. Mas aquilo era diferente. Eu não conseguia ver um jeito de melhorar, um jeito de passar por aquela situação. Eu estava exausto demais e de ressaca e destruído demais para tentar.

Meu celular tocou, e eu o peguei, as mãos desajeitadas e estabanadas, como alguém em uma série de comédia. Mensagem de voz.

"Toby, oi. Rafferty aqui." O sinal na Casa da Hera era ruim, mas eu estava disposto a apostar que ele tinha ligado deliberadamente para a caixa-postal. "Desculpa não ter atendido antes. Escuta, ainda estamos resolvendo algumas coisas e Hugo vai passar a noite aqui. Não se preocupe: a gente pediu pizza, ele tomou os remédios, tá ótimo. Só achei que você devia saber pra não esperar acordado. Até amanhã." Clique.

Liguei para o celular de Hugo: caixa-postal. "Hugo, sou eu. Só tô querendo saber se você tá bem. Olha, se mudar de ideia, se quiser que eu vá te buscar ou se quiser um advogado, me liga ou me manda mensagem, a qualquer hora…" Ele podia fazer isso, será que deixavam? Ele estava com o celular ou teriam tirado dele? "… e eu resolvo. Tá bem? Fora isso, só… se cuida. Por favor. Vou tentar de novo de manhã. Tchau."

Fiquei sentado com o celular em cima da mesa na minha frente por muito tempo, para o caso de Hugo ligar de volta, o que ele não fez. Tentei Rafferty, com a ideia vaga de exigir falar com Hugo, mas claro que o detetive não atendeu.

Estava ficando tarde. Percebi que era a primeira vez que eu passava uma noite sozinho desde o meu apartamento. Eu estava tão cansado que mal conseguia me mexer, mas não gostei da ideia de ir para a cama: dormindo, despido, longe de todos os prováveis locais de entrada a ponto de só ouvir um invasor quando já fosse tarde demais. Por isso, peguei o edredom no meu quarto e me deitei no sofá, com o abajur de chão aceso. Eu não estava esperando conseguir dormir — estava pulando a cada estalo do piso e gorgolejo do aquecedor —, mas, em algum momento da noite, devo ter cochilado.

* * *

Havia um telefone tocando em algum lugar, mas não fui capaz de sair do sono direito. Era um daqueles telefones pretos e velhos de parede com o receptor pesado e decorado, imerso em um brilho indistinto de luz dourada, mas eu não conseguia lembrar onde ele ficava, no patamar, talvez? No quarto de Hugo? Meu corpo não estava funcionando direito, eu não conseguia chegar até lá. Ficou tocando, e percebi que aquilo devia estar errado, que devia ser meu celular... Meus olhos não funcionavam ainda, eu só conseguia ver uma névoa densa de partículas cinzentas, mas tateei atrás do celular e atendi sem enxergar. "Alô?"

"Toby", disse uma voz intensa e calorosa que, por um momento, pareceu quase reconfortante, uma linha vital em meio à confusão. "Aqui é o detetive Mike Rafferty. Escuta: seu tio passou mal. Ele tá em uma ambulância a caminho do St. Ciaran's Hospital."

"O quê?", falei depois de um momento. Consegui me sentar, tonto, me balançando. "O que houve?"

"A gente ainda não sabe. Quem é o parente mais próximo?"

"Quê? Ele não tem, quer dizer..."

"Ele é o irmão mais velho, certo? Quem é o próximo? Seu pai?"

"Phil. Meu tio Phil." Gradualmente, minha visão foi clareando, mas a sala estava errada, instável e perigosa: poltronas tortas em ângulos sutis, o tapete emaranhado, uma escuridão cinzenta que podia ser alvorecer, crepúsculo ou tempestade.

"Você pode me dar o número dele? Agora, imediatamente?"

"Hugo morreu?"

"Ele tava vivo cinco minutos atrás. Os paramédicos estavam estabilizando. Tô indo atrás deles até o hospital." Pela primeira vez, percebi que havia ruído de fundo, um motor, Rafferty estava falando comigo pelo viva-voz enquanto dirigia. "Devemos chegar no hospital em dez minutos caso você queira encontrar a gente lá. Me dá o número primeiro."

"Tudo bem", falei. "Tô indo." Mas ele já tinha desligado.

Meu celular dizia que eram 6:45 da manhã. De algum jeito, mandei o número de Phil para Rafferty por mensagem, chamei um táxi e encontrei meu casaco e meus sapatos — atordoado, o coração disparado, sem saber se aquilo estava mesmo acontecendo ou se eu ainda estava preso em um sonho. O ar molhado e frio, os postes de luz ainda acesos. O táxi sacudindo de um lado para o outro. O fedor denso de baunilha do aromatizador de ar, o retrovisor cheio de medalhas milagrosas, fotos amareladas de santos e terços pendurados. O motorista era um sujeito velho, magrelo e corcunda que não disse uma palavra depois que entrei, e eu queria me inclinar para a frente e dizer a ele que tinha havido uma mudança de planos e que eu precisava ir para Donegal, Kerry, e que era para ele continuar dirigindo de modo que eu nunca precisasse sair.

O primeiro passo dentro do hospital me atingiu como uma onda de maremoto. Estava tudo lá, o ruído incessante e o calor implacável, mas, mais que tudo, aquele cheiro: desinfetante pesado encobrindo poluição, centenas de corpos, doenças e terrores espremidos em um espaço pequeno demais. O local parecia uma arma elaborada com capricho para arrancar toda a sua humanidade, esvaziar a pessoa até ela virar uma casca que faria qualquer coisa que mandassem pela parca chance de um dia sair para o mundo dos vivos outra vez. Eu quase me virei e saí correndo.

Consegui de algum jeito explicar a história para a mulher com reboco na cara na recepção, mas esqueci as instruções dela assim que me virei. Acabei perdido em um labirinto de corredores e escadarias, quilômetros de pisos azuis emborrachados, pessoas de uniforme passando correndo sem nem me olhar, alas lotadas de camas de metal, cortinas azul-claras e rostos cinzentos abatidos, coisas apitando e alguém gemendo e um cara de muletas se arrastando com um olhar terrível de mil metros de distância que eu conhecia bem demais. Eu tinha perdido a noção de qual andar era aquele e estava lutando contra uma onda de pânico — sem saída, preso ali para sempre — quando dobrei uma esquina e vi uma figura escura e magra na extremidade do corredor, de costas para mim, as mãos enfiadas nos bolsos do sobretudo. Mesmo na luz branca e intensa, eu soube que era Rafferty.

Naquele lugar, ele pareceu a salvação. Manquei até o detetive o mais rápido que pude, e ele se virou.

"Toby", disse ele. Rafferty estava barbeado, arrumado e alerta, cheirando a uma daquelas loções pós-barba perfumadas; o hospital não parecia tê-lo afetado. "Eu tava te esperando."

"Cadê ele?"

Rafferty indicou a porta dupla. Ao lado, havia um interfone com uma placa grande em cima que dizia "OS SINOS", o que fez uma explosão de risadas histéricas ameaçar subir pela minha garganta. Consegui segurar. "Estão colocando ele na cama. Disseram que a gente pode entrar depois que ele estiver acomodado."

"O que houve?"

"Ainda não sei direito. Deixei seu tio por volta das dez e meia de ontem. Ele tava cansado, queria dar uma dormida, mas tava bem; brincando, até, dizendo que, se fosse pra ter um último fim de semana longe de casa, ele preferia ter ido pra Praga. Eu mandei que dessem uma olhada nele a cada meia hora, pra ver se ele precisava de alguma coisa, se queria um médico." Do meu ponto de vista, Rafferty devia estar falando ao menos um pouco na defensiva — Hugo estivera aos cuidados dele, e olha o que tinha acontecido, mas ele não estava assim; frio como gelo, era como se estivesse contando os eventos da noite para outro detetive. "De acordo com o oficial em serviço, ele foi dormir entre onze e onze e meia. Sem reclamar, sem dor, sem se sentir enjoado, não queria nada. A última verificação foi às seis: ele tava dormindo, respirando bem. Eu cheguei às seis e vinte. Ele tava inconsciente no chão. Chamamos a ambulância na mesma hora. Contei sobre o câncer e as convulsões."

Eu não conseguia enxergar nada através da porta dupla, do corredor vazio, do branco, azul e cromo. "O que eles disseram? Os médicos?"

"Não muito. Seu tio foi examinado no PS e levado pra uma tomografia computadorizada; quando saíram, disseram que vinham pra cá, pra UTI. Eu não sou da família, não podem me dizer muita coisa. Mas falaram..." Rafferty se moveu para chamar minha atenção; eu não conseguia parar de mexer a cabeça, tentando entender o local, todas as perspectivas pareciam erradas... "Toby. Em geral, quando alguém que tá sob custódia é levado pro hospital, a gente deixa um policial do lado o tempo todo. Pro caso de a pessoa tentar fugir, atacar alguém ou falar alguma coisa que precisamos ouvir. Com o seu tio, o médico disse que não havia necessidade disso, que eu podia esperar aqui fora.

"Mas", falei. Rafferty estava tentando me contar alguma coisa, mas eu não sabia se estava entendendo direito. "Se foi uma, uma outra convulsão, tem remédios pra isso. Eles podem fazer coisas..."

A porta chiou atrás de mim, e eu me virei. Era um sujeito corpulento de cabelo branco e uniforme verde, tirando luvas de látex. "O senhor está com Hugo Hennessy?", perguntou ele.

"Tô", falei. "Sou sobrinho dele. O que houve? Ele, ele tá bem?"

O médico esperou que eu fosse até ele. Devia ter uns 60 anos, com ombros largos, ainda que flácidos da idade, e se movendo como um boxeador, com aquele mesmo controle absoluto e arrogante do espaço, como se todas as outras pessoas estivessem ali apenas porque ele permitira. Os olhos do médico me percorreram — pálpebra caída, perna ruim —, fazendo uma avaliação casual que me deixou tenso.

"O senhor sabe sobre o tumor cerebral do seu tio", disse ele. "Certo?"

"Certo. Ele foi diagnosticado faz uns dois... eu acho que em agosto..."

"Ele teve uma hemorragia cerebral. É bem comum: o tumor corrompe o tecido, provoca uma erosão e acaba causando sangramento alguma hora. O sangue cria pressão no cérebro. Foi isso que fez seu tio perder a consciência."

"Ele..." Eu estava prestes a perguntar, *Ele já tá acordado?* ou possivelmente *Ele tá morto?*, mas o médico continuou falando como se eu não existisse.

"Ele está estável. Uma hemorragia assim pode deixar a pressão arterial instável, e a dele estava nas alturas quando chegamos, por isso demos uma medicação pra manter sob controle. Agora vamos só ficar monitorando pra ver como ele fica. Esperamos que ele acorde em breve. Tudo depende da extensão dos danos."

Eu me dei conta de quem aquele cara me lembrava: o neurologista titica de passarinho, de quando fiquei no hospital, que ignorava minhas perguntas desesperadas como se tudo relacionado a mim fosse desimportante demais para ser registrado. "Ele vai...?" *Vai ficar bem* era errado, óbvio que Hugo não ia ficar bem, mas eu não sabia de que outra forma...

"Vamos ter que esperar pra ver", disse o médico. Ele digitou um código em um teclado ao lado da porta, dedos grossos e curtos. "Pode entrar pra visitar seu tio agora. Segundo quarto à esquerda." Ele segurou a porta para mim — e para Rafferty, que tinha ficado para trás e me deixou entrar na frente — antes de assentir e sair andando pelo corredor.

Um cheiro intenso de álcool gel e morte, uma garota chorando em algum lugar. O quarto de Hugo era pequeno e quente demais. Ele estava deitado de costas; os olhos estavam abertos de leve, e, por um momento, tive uma explosão de esperança, mas aí vi como ele estava imóvel. A pele acinzentada e frouxa no rosto, deixando as feições destacadas demais. Fios e tubos saíam dele, finos, flexíveis e horríveis: um tubo saindo da boca aberta, outro do braço ossudo, um segundo de debaixo do lençol, fios surgindo da gola da camisola. Máquinas para todo lado, apitando, ziguezagues coloridos em um monitor, números piscando. Tudo era horrível, mas me agarrei aos aparatos mesmo assim — não estariam se dando àquele trabalho todo se não achassem que Hugo tinha chance, eles não fariam isso, fariam?

Uma enfermeira indiana, suave e bonita, o cabelo brilhoso preso em um coque, estava escrevendo alguma coisa em um prontuário. "Pode falar com ele", disse ela, assentindo de forma encorajadora na direção de Hugo. "Talvez ele consiga ouvir."

Puxei uma cadeira de plástico marrom para perto da cama e me sentei. "Hugo", falei. Na extremidade do meu campo de visão, Rafferty se moveu para a outra cadeira em um canto discreto e se sentou, preparando-se para ficar por um tempo. "Sou eu. Toby."

Nada; nem um tremor de pálpebras, nem um movimento de lábios. As máquinas continuaram apitando sem mudança.

"Você tá no hospital. Teve uma hemorragia cerebral."

Nada. Eu não o sentia ali. "Você vai ficar bem", falei, ridículo.

"Volto daqui a pouco", disse a enfermeira com gentileza para nós três, pendurando o prontuário no pé da cama. "Se precisar de mim antes disso, pode apertar esse botão. Tá bem?"

"Tá bem", falei. "Obrigado." E ela saiu, quase sem emitir ruído no chão emborrachado, a porta aberta deixando entrar um som suave de choro por um momento antes de se fechar com um rangido baixo.

Hugo odiaria aquele lugar, tudo nele. Talvez estivesse ficando deliberadamente em coma para não ter que lidar com aquilo, eu não o culparia. "Hugo", falei. "Quanto antes você acordar, mais cedo você pode ir pra casa. Tá bem?"

Por um momento, achei que sua boca havia se contraído enquanto ele tentava dizer alguma coisa em volta do tubo, mas passou e eu não tinha mais certeza de que não tinha sido minha imaginação.

Havia cem coisas que eu queria contar para ele, perguntar a ele. Talvez alguma alcançasse Hugo bem fundo em meio à escuridão, ao bater de asas e aos fios de teia de aranha. Eu também estivera naquele lugar não fazia muito tempo; se alguém fosse capaz de encontrar o caminho por aquele labirinto em movimento até Hugo e trazê-lo de volta, teria que ser eu.

Mas havia Rafferty, uma sombra angulosa preenchendo minha visão periférica, deixando tudo indizível. "O que ele contou?", perguntei quando não pude mais ignorá-lo. "Na delegacia?"

Rafferty balançou a cabeça. "Não posso falar disso, cara. Desculpa."

Aqueles olhos dourados em mim, sem revelar nada. Eu não conseguia captar se o detetive sabia que Hugo havia mentido para ele e por qual motivo, nem o que ele podia fazer sobre isso: me prender, me levar para interrogatório, *Fale e a gente te deixa voltar para o seu tio.* Pensei em dizer na cara, simples assim, como se fôssemos apenas duas pessoas juntas no quarto: *Olha, nós dois conhecemos a história. Me deixa ficar aqui até isso acabar, de uma forma ou de outra, e aí eu faço o que você quiser. Combinado?*

Eu não podia confiar em mim mesmo para fazer aquilo dar certo. Então me virei para Hugo. Sua mão grande estava inerte no lençol ao meu lado, e coloquei a minha por cima — parecia o certo a se fazer. A mão dele estava fria, meio ossuda e borrachuda ao mesmo tempo; não parecia carne humana, e a minha teve vontade de se afastar da dele, mas me obriguei a ficar parado porque talvez ele conseguisse sentir as coisas lá dentro, talvez eu tivesse seguido a mão da minha mãe ou do meu pai de volta para a luz do dia, quem sabe? Continuei imóvel, encarando o rosto de Hugo, ouvindo os infinitos apitos regulares e sentindo o cheiro amadeirado de Rafferty a cada respiração, tentando não me mover para que nada acontecesse.

Não tenho uma noção clara de quanto tempo ficamos no hospital. Eu me lembro de trechos e momentos, mas não da ordem em que aconteceram; havia algo errado com o jeito como o tempo funcionava ali, algo que tinha saído do lugar e que fazia os eventos não se unirem em sequência nenhuma, apenas girando e girando, desconectados, no enorme abismo iluminado de branco que zumbia.

Meu pai estava lá, a gola da camisa enrolada, a mão segurando meu ombro com tanta força que doía. Eu me lembrei de quando estava no hospital, da criatura bronzeada de membros longos que andava nas sombras em volta dos pés do meu pai; quase perguntei se ele a tinha trazido daquela vez, mas por sorte me dei conta de que aquilo provavelmente não tinha sido real. A enfermeira anotou coisas no prontuário, ajeitou botões, trocou sacos. *Eu dei uma lida no diário de Haskins*, falei para ele, *enquanto você tava fora. Encontrei uma coisa que ele não odeia, dá pra acreditar? Ele ama ler pro filho. Mas não consigo entender o que ele tava lendo; você vai ter que dar uma olhada quando chegar em casa, colei um Post-it na página...* O rosto de Hugo não mudou. Phil estava chorando em silêncio, secando os olhos com os nós dos dedos sem parar.

Dois visitantes por leito, infelizmente, disse uma outra enfermeira, e às vezes eu ficava em uma área de espera, com fileiras de cadeiras pretas de plástico e uma máquina de lanches zumbindo no canto, uma mulher atarracada de meia-idade de mãos dadas com uma adolescente loura, as duas encarando o espaço. Minha mãe curvada para beijar minha cabeça, e, como não me encolhi para longe, ela me abraçando com força, cheiro de grama cortada e ar frio, uma respiração funda antes de ela me soltar.

Minha família me entupindo de perguntas, *Por que ele tava, o que ele, mas não, não, não é loucura, claro que ele não, mas que diabos?* — imaginei a cara deles se eu contasse a verdade: *Olha, a essa altura vocês já devem saber que parece que fui eu o tempo todo, tudo minha culpa, foi mal, pessoal...* Por um segundo horrível, achei que ou faria aquilo mesmo ou desmaiaria, eu não sabia bem qual. Afundei em uma cadeira e apoiei a cabeça nas mãos, o que acabou sendo um bom gesto: eles recuaram e me deixaram em paz. Leon andou pelas beiradas da área de espera, roendo a unha do polegar, sem me olhar.

Hugo, eu pretendia te perguntar, sabe o que encontraram na árvore, eles te contaram? Chegando mais perto, aquilo foi um tremor de mão? *Soldadinhos de chumbo. Eram seus?* E meu pai rindo, uma risada sobressaltada e alta demais no ar seco: *Eram meus! Oliver era um pestinha, sempre que um de nós tinha um brinquedo favorito ele ficava fascinado e tentava roubar, a gente vivia escondendo as coisas dele... Eu devo ter esquecido onde coloquei!* E depois o silêncio, enquanto esperávamos Hugo sorrir e nos contar todas as coisas que ele havia escondido de Oliver e onde procurar.

Você devia ir pra casa dormir um pouco, alguém me disse, mas aquilo parecia complicado demais; então eu cochilava em cadeiras de plástico, acordava com olhos apáticos e o pescoço doendo. Susanna estava mandando mensagens de texto, os polegares voando. Havia uma enfermeira que era a imagem da morena bonita que tinha me olhado no bar naquela noite, de uniforme em vez de vestido vermelho colado, o rosto sem maquiagem, mas eu juraria que era ela; seus olhos passaram por mim, e eu não soube dizer se ela me reconheceu, fiquei com vontade de segurar o braço dela e perguntar, mas ela sempre estava longe.

Uma das máquinas de Hugo começou a tocar um alarme, um apito alto e urgente. Procurei o botão com o coração em disparada, meu pai gritando ao meu lado, mas, antes que eu o encontrasse, uma enfermeira entrou — casual e animada como uma garçonete, ela não devia estar correndo? — e desligou o alarme. *Vamos só aumentar isso aqui um pouco*, e mexeu em um botão, chegou para trás a fim de ver as linhas coloridas incompreensíveis na tela e, com um sorrisinho tranquilizador, falou para nós: *Pronto. Melhor assim.*

A luz nas janelas ia e vinha em cintilações intermitentes e não naturais, luminosas em um momento e escuras logo em seguida. *Hugo, você tem que me dizer o que falar pra sra. Wozniak, lembra? Como contar pra ela. Eu devo, quer dizer, o que eu devo...?*

E sempre Rafferty, silencioso no canto, esperando. Rafferty, ainda de sobretudo, como se o calor não o afetasse, as dobras bagunçadas deixando seu corpo com sombras profundas em ângulos estranhos. Uma vez, Oliver estava dando bronca nele, a barriga estufada e o dedo apontado, *acusações ridículas, a decência de dar privacidade à família, pelo amor de Deus*. Rafferty assentiu, compreensivo, solidário, em total acordo, mas aí Oliver foi embora e ele ainda estava ali, a cabeça encostada na parede, à vontade.

Hugo. Aperta a minha mão, faz alguma coisa.

Em algum lugar, uma mulher idosa cantou 'Roses of Picardy' baixinho em um tremor rouco. O alarme disparou outra vez, uma enfermeira diferente entrou. *O que foi?*, perguntou Phil, indicando as máquinas com a mão rígida de tensão, *o que tá acontecendo?* A enfermeira fez ajustes misteriosos e anotações. *Só estamos tendo um pouco de dificuldade pra manter a pressão arterial dele sob controle. O médico vai falar com vocês quando passar aqui.*

Só que, na hora em que ela se virou para sair, outro alarme começou a tocar freneticamente e de repente as coisas mudaram, a enfermeira se virou para a cama de Hugo com a boca aberta, Rafferty se sentou ereto. *Pra fora*, disse a enfermeira com rispidez, apertando um botão, *todos pra fora agora*. Nós fomos para o corredor, e Rafferty estava com uma mão nas minhas costas e a outra nas de Phil, nos guiando depressa para a área de espera — eu estava tropeçando, minha perna tinha ficado dormente. Quando ele abriu a porta, uma voz soou atrás de nós, igual na televisão: *Para trás!*

Na área de espera, toda a minha família se levantando ao mesmo tempo, os rostos pálidos, *O que, o que, o que aconteceu?* Phil explicando com uma voz fraca enquanto Rafferty desaparecia em um canto. Eu não conseguia olhar para eles. A mulher atarracada e a adolescente tinham sumido, e agora havia um cara velho com olhos caídos e vermelhos e um terno tão surrado que brilhava nos joelhos e ele nem levantou os olhos do copo de chá de isopor em que estava mexendo.

Por muito tempo, não aconteceu nada. Meu pai, Phil e Oliver estavam lado a lado, um grupo unido, pálidos e de alguma forma parecidos pela primeira vez. Eu queria ir até meu pai, mas não podia, não sabendo o que eu tinha feito. Queria que minha mãe estivesse ali. Leon estava encostado na parede com os olhos fechados, mordendo ferozmente a unha. Havia sangue nela.

Quando o médico de cabelo branco finalmente saiu, nós pulamos e ficamos em volta dele, a uma distância respeitável e mantendo a boca fechada até ele se dignar a falar, como bons suplicantes. "O sr. Hennessy tá estável", disse ele — a voz regular e controlada, calculada a fim de deixar a mensagem clara para todos nós antes de emitir as palavras.

"Mas, infelizmente, a notícia não é boa. A gente tinha esperança de que a hemorragia passasse, mas, em vez de melhorar, ele está piorando. Está precisando de cada vez mais ajuda."

"Por quê?", perguntou meu pai, calmo e concentrado, a voz de advogado falando. "O que está acontecendo exatamente?"

"O dano cerebral da hemorragia está deixando a pressão arterial instável. Estamos dando medicamentos a ele pra isso, mas já precisamos aumentar a dosagem várias vezes, e um dos efeitos colaterais é arritmia cardíaca. Foi o que aconteceu lá dentro. Tiramos seu irmão desse estado agora, mas, se ele tiver episódios múltiplos, não vai haver nada que a gente possa fazer."

"Por que vocês não drenaram o sangue?", perguntou Susanna com tanta rispidez que dei um pulo. "Da hemorragia?"

O médico mal olhou para ela. "Estamos fazendo tudo que é apropriado."

"O procedimento padrão é drenar o sangue imediatamente pra aliviar a pressão no cérebro. Por que vocês...?"

"Pro Doutor Google, talvez." Um meio-sorriso, só que animalesco e com os dentes à mostra, um aviso. "Mas, quando seu tio chegou, o prognóstico dele não era bom. A gente não sabia quanto tempo ele tinha passado caído até ser encontrado; pode ter sido até uns vinte minutos. Conseguimos fazer seu tio respirar de novo, mas não dá pra saber quanto dano aconteceu antes. E isso sem contar a condição terminal preexistente. Mesmo que a hemorragia passe, tem uma probabilidade alta de ele ficar em estado vegetativo permanente."

Susanna disse: "Ele é velho, já tá morrendo mesmo e veio da custódia da polícia, então não valia o trabalho e os recursos de uma cirurgia."

Os olhos do médico se afastaram dela como se Susanna o entediasse. "A senhora vai ter que aceitar que tudo que fizemos foi seguindo as diretrizes de boas práticas", ele disse, o que me pareceu estranho, como se eu já tivesse ouvido aquilo antes; por um segundo, a voz do médico até pareceu diferente, derrapando. Mas aí ele virou o ombro para Susanna e falou com a voz de sempre para meu pai, Oliver e, sobretudo, Phil: "Nós precisamos decidir o que fazer da próxima vez que o coração dele entrar em arritmia. Damos o choque de novo? Fazemos RCP? Ou deixamos acontecer?"

"'Da próxima vez'", disse meu pai. "O senhor acha que vai acontecer de novo."

"Não dá pra ter certeza. Mas quase definitivamente, sim."

"E o senhor não acha que existe chance de ele acordar. Se vocês continuarem estabilizando o coração dele, pra dar tempo da hemorragia se resolver."

"Não com qualidade de vida. Todo mundo já ouviu histórias sobre pessoas saindo do coma depois de dez anos, mas isso não vai acontecer aqui."

Silêncio. Leon parecia prestes a vomitar.

"Deixa", disse Phil. Meu pai assentiu, um leve movimento de cabeça. Susanna respirou fundo e soltou o ar.

"Vamos manter seu irmão confortável", disse o médico, quase com gentileza. "Podem entrar pra visitar agora."

Nós entramos e saímos, dois a dois. Eu sabia que era para dizer adeus ou qualquer mensagem final, mas não havia nada que eu conseguisse encontrar para dizer que não fosse idiota, perigosa — Rafferty, agora com a barba por fazer e olheiras, de volta à cadeira — ou ambos. *Hugo*, falei no fim, no ouvido dele. Ele estava com um cheiro mofado e hospitalar, nada parecido com o cheiro habitual dele. *É Toby. Obrigado por tudo. E me desculpa.* Havia algo seco nos cantos dos lábios dele; Susanna conseguiu um lenço umedecido na bolsa e o limpou com delicadeza, contando uma história longa, falando baixo e perto demais para eu conseguir escutar.

Todo mundo telefonava, enviava mensagens de texto. Oliver andava pela área de espera com o celular em um ouvido e o dedo no outro, falando rápido e com rispidez. Tom tagarelava sem parar sobre arrumar uma pessoa que cuidasse das crianças para quem quisesse ouvir, o que era ninguém. Minha mãe, Louisa; Miriam com lágrimas descendo pelo rosto e procurando alguém para dar um abraço enquanto o resto de nós virava o rosto.

E estávamos todos ali, esperando. Abaixo da janela, o trânsito parado na chuva: raios de luz brilhando no asfalto molhado, pedestres andando apressados, guarda-chuvas voando loucamente.

"Eles podem estar errados", disse Leon ao meu lado. "Médicos cometem erros o tempo todo."

Ele estava com a aparência péssima, enrugado e pálido, com uma camada de oleosidade no rosto. "Do que você tá falando?", perguntei.

"Ele pode acordar. Eu não gosto daquele médico, do bullying que ele fez com os nossos pais pra..."

"Mesmo que Hugo acorde, ele vai continuar tendo câncer. A gente vai ter que fazer isso tudo de novo algumas semanas depois. E ele não vai acordar."

"Não consigo pensar", disse Leon. "Eu ando tenso pra caralho faz tanto tempo que o meu cérebro não..." Ele tirou o cabelo da cara com as costas do pulso. "Escuta. Sobre a outra noite."

"Eu fui babaca com você", falei. "Desculpa."

"Tudo bem. É provável que eu tenha sido um babaca com você ultimamente."

"Não importa."

Ele olhou para trás e baixou a voz. "Acho que era isso que ela queria, sabe? Ela ficava me dizendo pra relaxar, tipo 'Pra que o pânico? Não dá nem pra provar que ele foi assassinado', mas aí mudava e dizia 'Fica de boca calada perto do Toby, não dá pra confiar nele...'"

"Susanna?"

"'Ele não ficou do seu lado quando Dominic te sacaneava e agora ele tá todo fodido e a gente não sabe o que ele pode fazer, cuidado perto dele...' Ela fez isso com você também? Sobre mim?"

"Basicamente", falei. Eu não conseguia nem sentir raiva. Fosse lá o que Susanna pretendesse, ela havia acertado sobre mim: eu estava me debatendo freneticamente em busca de maneiras para jogar a coisa toda nas costas dela e de Leon. Era bom que ao menos uma pessoa tivesse uma noção clara do que estava acontecendo ali.

"'Confia em mim, eu sei o que tô fazendo...' Olha no que deu." Leon desenhou ziguezagues na condensação no vidro. "Pelo menos já deve ter acabado. Não deve?"

"O quê?"

"Se Hugo confessou. É o fim da história. Não vão ficar nos intimidando."

"Provavelmente não", falei. Eu não tinha ideia — se Hugo fora convincente a ponto de enganar Rafferty, do que Rafferty podia fazer caso não tivesse ou do que eu faria de qualquer modo. Eu sabia que precisava pensar em algum tipo de plano, e rápido, mas — naquele lugar, com todos os neurônios restantes ocupados ouvindo o alarme — eu não teria conseguido fazer aquilo da mesma forma que não teria conseguido bater asas e sair voando.

Leon levantou os dedos cruzados das duas mãos. "Deus, espero que sim. Não aguento muito mais *desse cara*." Um movimento rápido da cabeça de Leon para trás, na direção de OS SINOS e do quarto de Hugo. "Eu não acredito que ele ainda tá aqui. A gente lá com Hugo se despedindo e ele fica sentado ouvindo cada..." A voz dele falhou. "Eu preciso muito fumar. Quer sair pra fumar?"

"Não", falei. O hospital parecia ter deixado meu corpo em uma espécie de estado suspenso antinatural; eu não quisera nada para comer nem beber desde que havia chegado, menos ainda um cigarro.

"Eu devia ter comprado um vape", disse Leon, "ou um daqueles adesivos ou... Me liga se acontecer alguma coisa." Ele saiu voando pela porta, já pegando os cigarros. Fiquei olhando pela janela. Um ciclista havia começado a gritar com um cara de terno em um Range Rover; o cara de terno estava fora do carro, e eles gesticulavam um para o outro em movimentos amplos. Um outro ciclista estava prestes a atropelar os dois.

Uma parte cada vez maior e vergonhosa de mim estava gritando para que aquilo acabasse. Meu pai encostado em uma parede com o rosto branco e tenso, olhando para o nada, a mão contraída na da minha mãe: eu não sabia quanto tempo mais ele aguentaria. Eu não sabia quanto tempo mais nenhum de nós aguentaria, na verdade. Todos os meus circuitos estavam tão sobrecarregados de vontade reprimida de lutar ou fugir que eu estava praticamente travado em um espasmo. Minha perna tremia, e eu queria mudar o peso para a outra, mas era como se o pensamento não chegasse aos meus músculos e nada acontecesse.

Chuva na janela. Enfermeiras indo e vindo, uniformes com um código de cor incompreensível, uma batida brusca de sapatos no chão. O calor havia secado meus olhos até eu mal conseguir piscar.

"Melissa vem?", perguntou minha mãe. Ela estava com vários copos de café em um suporte de papelão elaborado.

"Ela voltou pra casa dela", falei. Meus lábios estavam dormentes. "Longa história."

Por um momento horrível, achei que minha mãe ia começar a falar — *Ah, não, Toby, o que aconteceu?! Vocês dois estão bem? Vocês são tão maravilhosos juntos, eu sei que vocês podem resolver seja lá o que tenha acontecido, vocês dois andam tão estressados* — ou, pior ainda, tentar me abraçar. Mas ela falou depois de uma pausa de um segundo: "Toma. Pega um desses. Não é aquele horrível da máquina. Eu fui comprar lá fora."

"Obrigado", respondi. "Daqui a pouco." Ficamos parados em silêncio, lado a lado. Susanna cantou uma cantiga de ninar bem baixinho ao celular.

Quando o alarme finalmente tocou, estávamos eu e meu pai no quarto. Eu já havia passado do ponto de conseguir pensar em palavras, mas meu pai estava inclinado para a frente com os cotovelos nos joelhos e as mãos unidas, falando em um monólogo baixo e regular, muito calmo. Não me lembro da maior parte — minha mente estava separada de tudo aquilo, eu me sentia flutuando próximo ao teto, meu corpo um saco de areia molhada de formato bizarro que não tinha nada a ver comigo —, mas alguns fragmentos entraram na minha consciência: *... deixava comer a sobremesa primeiro, sempre crumble de maçã porque o Phil detestava pudim de Natal, a gente ia se sentar debaixo da árvore e... seguimos a música lá embaixo e encontramos os dois dançando juntos, de rosto colado, eu me* *virei sem fazer barulho e... E aquele barco, lembra? O velho que deixava a gente usar o barco no verão, e a gente remava até o meio do lago e pescava? A gente nunca pegou nada porque Oliver não parava de falar, mas eu ainda me lembro da luz, da névoa na extremidade do lago e do som da água na lateral do barco...* Quando o alarme começou a tocar, quando meu pai deu um pulo como se tivesse sido eletrocutado e a cadeira de Rafferty foi empurrada para trás com força, eu demorei um momento para voltar ao corpo e entender o que estava acontecendo.

Rafferty se levantou e saiu pela porta: foi chamar os outros, mas acabou não sendo ágil o suficiente. Aconteceu tão rápido depois de tanta espera. "Hugo", disse meu pai, alto, segurando o ombro dele. "Hugo."

Mais alarmes me agredindo, tirando meu ar. "Hugo", falei, "tá me ouvindo?" Mas seu rosto cinzento não mudou, ele não se moveu, havia só as linhas no monitor rabiscando descontroladas para nos dar um vislumbre do que ocorria em segredo na escuridão dentro dele.

A enfermeira apareceu. Ela desligou os alarmes e se afastou das máquinas, as mãos unidas frouxas na frente do uniforme, em um silêncio ecoante e repentino.

Naquela hora, eu juro, apesar de saber que não pode ser verdade, eu juro que ele sorriu para mim, aquele sorriso maravilhoso carregado de amor; eu juro que ele piscou um olho bem apertado. Em seguida, todos os picos intensos e intrincados do monitor viraram linhas retas e meu pai fez um som terrível de grunhido, mas, mesmo sem isso, eu teria sabido, porque o ar ao nosso redor tinha se aberto e girado e se rearrumado, e havia uma pessoa a menos no quarto.

Onze

A casa estava gelada, de um frio sólido, onipresente e úmido como se a construção tivesse ficado vazia por meses em vez de dois dias. Tomei um banho quente até minha pele ficar vermelha e joguei tudo o que estava usando na máquina de lavar com água quente, mas não consegui tirar o fedor de hospital do nariz. Tudo tinha aquele cheiro: a água da torneira da cozinha, meu xampu, o interior do meu guarda-roupa. Eu continuava ouvindo o som monótono dos monitores em algum lugar além da minha audição.

A única coisa que eu queria no mundo era dormir, mas precisava avisar Melissa. *Oi, Melissa, sei que você não quer saber de mim agora e eu entendo, mas infelizmente tenho uma notícia ruim. Hugo passou mal e foi levado pro hospital.* Percebi que eu devia ter enviado uma mensagem do hospital, pedindo para ela ir até lá; talvez a voz de Melissa tivesse chegado em Hugo. Não passou pela minha cabeça. *Mas não tinha nada que pudessem fazer. Ele morreu ontem à noite* — tinha sido à noite? De madrugada? — *e preciso agradecer a você em nome de toda a família pela incrível gentileza que dedicou a Hugo. Foi tudo pra ele. Meu tio gostava absurdamente de você.* Parecia que eu estava enviando uma mensagem para uma estranha. Eu não conseguia descobrir como falar com ela; Melissa já parecia alguém de outro mundo, alguém perdido havia anos. *Espero te ver no enterro, mas não se sinta obrigada caso prefira não ir. Com amor, Toby.*

Dormi quatorze horas direto, acordei pelo tempo de comer alguma coisa e voltei para a cama. Foi assim que passei a maior parte dos dias seguintes: dormindo o máximo possível. Não que eu tenha descansado muito. Sonhava sem parar que a pessoa que eu tinha matado não fora Dominic, mas sim Hugo: Hugo caído no chão da sala e eu ali parado com sangue até os punhos, me debatendo desesperado para lembrar por que havia feito aquilo; o crânio do Hugo se abrindo debaixo do machado em minhas mãos enquanto eu gemia *Não, não, não*. Às vezes eu era adulto, às vezes era adolescente e uma vez até criancinha; muitas vezes estava no meu apartamento e tinha feito aquilo por achar que ele era um dos ladrões. Eu acordava chorando e vagava pela casa — patamares escuros, manchas pálidas nas janelas, sem saber se era início da manhã ou fim da tarde — até o sonho passar o suficiente para eu poder voltar para a cama.

Porque aquela era a coisa à qual eu não conseguia parar de voltar, acordado ou dormindo, cutucando como se fosse um dente podre: a morte de Hugo era minha culpa, talvez não o fato de ele ter morrido, mas o jeito como aconteceu. Se não tivesse ligado para os detetives, na hora da hemorragia ele estaria em casa, na cama. Hugo teria morrido ali, com cheiros familiares e o edredom dele, com o alvorecer e os pássaros do lado de fora da janela. Mas ele havia morrido naquele hospital infernal, sendo mexido e furado como um pedaço de carne em meio ao fedor de desinfetante e mijo e da morte dos outros, tudo porque tinha decidido me proteger.

Em algum momento, minha mãe apareceu a fim de pegar roupas para Hugo usar no funeral e levar meu terno preto, que tinha ido buscar no meu apartamento. Tive a vaga impressão de uma intensa atividade acontecendo em meio ao resto da família: Phil estava encarregado das providências, Susanna estava escolhendo músicas, e tinha certeza de que Hugo gostava de Scarlatti, não era verdade? Será que eu não queria ler alguma coisa? Porque meu pai estava organizando aquela parte e ele achou que talvez eu quisesse...

"Não", falei. "Obrigado."

Estávamos no quarto de Hugo, onde eu não entrava desde o hospital. Era um bom quarto, com móveis de madeira antigos que não combinavam, uma enorme pilha oscilante de livros ao lado da cama e uma foto desbotada dos meus bisavós posando em frente à casa na parede. Tinha o cheiro dele, um cheiro leve e reconfortante de lã molhada, livros velhos empoeirados e chá defumado. Na lareira, havia um vaso de frésias amarelas que Melissa trouxera para casa num dia que parecia ter acontecido há tempo demais para que ainda estivessem vivas.

"Tudo bem. Você que sabe." Minha mãe estava revirando camisas no guarda-roupa de Hugo. Ela estava fazendo aquilo gentilmente, mas, ainda assim, a invasão casual do gesto me deixou tenso. "Mas você vai carregar o caixão, não vai? Seu pai e seus tios, você, Leon e Tom. Você tá bem pra isso?"

Com essa coisa da sua perna e tal. "Tô", falei. "É claro."

"Não vai estar fervilhando de repórteres, pelo menos, ou não deve estar. O nome dele não saiu nos jornais."

Levei um momento para entender do que ela estava falando — eu ainda não tinha acordado quando ela bateu à porta. "Certo," falei. "Que bom."

"Até agora, pelo menos." Ela desabotoou uma camisa branca e a examinou, virando-a para a luz. "Não sei se a polícia só tá tendo consideração, esperando a gente resolver o funeral..."

"Não acho que eles tenham consideração," falei. "Se estão calados, é porque convém".

"Você pode estar certo. Talvez simplesmente não queiram ter que aparecer e manter os fotógrafos e curiosos longe do túmulo. De qualquer maneira, tá bom pra mim."

Aquele — *túmulo* — afastou parte do emaranhado nebuloso no meu cérebro. "Ele queria ser cremado", falei.

Minha mãe se virou abruptamente do guarda-roupa, a camisa pendurada na mão. "Tem certeza?"

"Tenho. Ele disse isso..." Eu não conseguia lembrar quanto tempo tinha passado. "Algumas semanas atrás. Ele queria que as cinzas fossem jogadas no quintal."

"Merda. Acho que Phil não sabe disso. Ele tava falando sobre o lote dos seus avós no cemitério... Vou ter que ligar pra ele." Ela se voltou para o guarda-roupa, com mais pressa agora. "Essa gravata? Ou essa?"

"Não," falei de repente. "Sem gravata. E não essa camisa. Aquela, a listrada..." Uma coisa de flanela desbotada que Hugo usava em casa. "... e o suéter verde-escuro com a calça marrom de veludo." Hugo sempre odiara ternos; no casamento de Susanna passou o tempo todo fazendo caretas, passando o dedo sob o colarinho... Pelo menos aquilo eu podia fazer por ele.

"Oliver não vai ficar feliz. Ele disse que o terno azul..." Minha mãe estreitou os olhos para a camisa e a gravata em suas mãos. "Sabe de uma coisa? Oliver pode se ferrar. Você tem razão. Escolhe o que você quiser; vou ligar pra Phil e falar da cremação."

Ela foi até o patamar para fazer isso. A considerar pelo tom cuidadoso e tranquilizador na voz dela, Phil estava enrolado. "Eu sei, eu sei, mas podemos ligar pra eles e... Porque só passou pela cabeça dele agora. Ele deve ter achado que você sabia... Sim, ele tem certeza... Não, Phil. Ele não tá. Como assim, do nada? Ele não..."

A voz dela sumiu escada abaixo. A luz solitária do outono caía no piso. Depois de um tempo, fui até o guarda-roupa e comecei a retirar roupas, arrancar fiapos e arrumar as peças com cuidado na cama.

* * *

O dia do funeral estava cinzento e frio, o vento soprando longas cortinas de chuva pela rua. Meu terno preto estava largo; no espelho, eu parecia ridículo, perdido nas roupas de um estranho tendo um dia muito ruim. Alguém havia contratado carros compridos e pretos que pareciam da máfia para nos transportar de um lugar ao outro, funerária, igreja, crematório, tudo isso em pedaços desconhecidos do oeste de Dublin, e logo de cara eu havia perdido a noção de espaço por completo e não fazia ideia de onde estava.

"Cadê a Melissa?", perguntou Leon no carro a caminho da funerária. O terno comprado às pressas estava muito longo nas mangas, e ele parecia um estudante. Exalava um cheiro leve e inconfundível de haxixe. Nossos pais não notaram ou decidiram não notar.

"Ela não tá aqui", falei.

"Por que não?"

"Eu não trouxe os guarda-chuvas", disse minha mãe, inclinando-se por cima de mim para espiar pela janela. "Eu sabia que tava esquecendo algo."

"Nós vamos sobreviver", disse Oliver. Ele estava com uma aparência péssima, o rosto flácido onde havia perdido peso, com cortes nas dobras de pele onde havia feito a barba. "Não vamos ficar expostos ao ar livre em um cemitério." Ele me lançou um olhar sinistro; aparentemente, na opinião dele, eu estava malvisto pela coisa da cremação.

"Mas se ficar *pior*", disse Miriam, um pouco descontrolada. Ela estava vestindo uma coisa tipo uma capa preta drapeada que, no momento em que saiu de casa e tomou vento, dera a impressão de que estava prestes a decolar. "A gente espera fora da igreja, sempre tem tudo aquilo por perto..."

"Não se preocupe", disse o motorista tranquilamente por cima do ombro. "Eu tenho guarda-chuvas no porta-malas se vocês precisarem. Estou preparado pra qualquer coisa."

"Que bom, então", falou Miriam, triunfante e críptica. "Resolvido."

Ninguém teve nada a dizer sobre aquilo. Leon ainda estava me encarando. Virei a cabeça e olhei pela janela, para as árvores nuas e esqueléticas e para as casinhas passando depressa.

A funerária estava imaculada e neutra, sem nada que pudesse fazer qualquer um se sentir pior, cada detalhe tão discreto que escapava da mente no segundo em que eu desviava o olhar. De um lado da sala, brilhando na luz suave e de bom gosto, jazia o caixão.

Hugo estava, bizarramente, mais parecido com ele mesmo do que nos meses anteriores: cabelo arrumado e bem-aparado, bochechas preenchidas e coradas por técnicas sobre as quais eu nem queria pensar, a expressão de absorção imperturbável que ele fazia quando estava trabalhando e seguindo uma trilha interessante. Uma lembrança me atingiu do nada, Hugo curvado sobre meu dedo com uma agulha e aquele mesmo olhar absorto, tirando uma farpa. Um dia frio e ensolarado, o cabelo dele todo escuro naquela época. *Sim, vai doer, mas só por um momento... olha, tá aqui, essa era das grandes!*

Meu pai e meus tios, rostos fixos em sombria resistência remota, moveram-se apertando a mão de pessoas que eu meio que reconhecia. Uma mulher de seios grandes declarou "Ah, Toby, você tá com uma cara péssima, você deve estar *arrasado*" e me envolveu em um abraço perfumado. Troquei um olhar com Leon por cima do ombro e fiz expressão de pânico; ele murmurou *Margaret*, o que não ajudou muito. "Toby", disse meu pai baixinho no meu ouvido. "Hora de ir." Levei um momento para entender o que ele queria dizer.

O peso do caixão era impressionante. Até então, o dia havia parecido algo completamente irreal, só mais um sonho ruim para percorrer aos tropeços — eu nem tinha considerado fazer aquilo sem Xanax —, mas a pressão e o aperto da madeira no meu ombro foram selvagens e inescapavelmente reais. Minha perna tremia e se arrastava, eu não conseguia fazer parar, uma pegada irregular em marcha lenta, enquanto todos assistiam... Deslizando o caixão no rabecão, a chuva caindo dentro da gola do meu casaco, eu tropecei e quase caí com um joelho no asfalto. "Opa", disse Tom, pegando meu braço. "Tá escorregadio aqui fora."

Uma igreja feia de concreto, faixas compridas tentando se passar por caseiras penduradas em toda parte, imagens estilizadas e frases de efeito suaves sobre colheitas. Estava mais cheio do que eu esperava, principalmente de pessoas mais velhas — reconheci algumas delas, tinham ido visitar Hugo —, e havia um zumbido constante e abafado de pés em movimento, tosse, murmúrios. Acima das cabeças grisalhas, captei um lampejo dourado e meu coração disparou: Melissa estava lá.

Hinos soaram no ar frio; só os mais velhos conheciam as melodias, e suas vozes eram muito baixas e ineficazes para preencher o vasto espaço acima. A voz do padre tinha aquela oscilação horrível e untuosa que todos eles adquirem de alguma forma. Coroas de flores apoiadas ao pé do caixão, velas oscilando na corrente de ar. Phil leu algo de uma folha de papel pautado, presumivelmente uma homenagem, mas sua voz estava rouca e quase inaudível e a acústica distorceu tudo, de forma que só captei uma coisa aqui e outra ali: *sempre no coração do nosso... desceu para o...* Algo que fez todo mundo rir. *Nós sabíamos que ele iria...*

Hugo à luz do fogo, olhando para a frente e rindo do livro, o cabelo caindo nos olhos e um dedo na página para marcar o lugar: *Escutem isso!* Ao meu lado, meu pai chorava silenciosamente sem mover um músculo. Minha mãe tinha os dedos entrelaçados aos dele. "Ele era", disse Phil, mais alto e mais firme, levantando a cabeça em desafio, "possivelmente o melhor homem que já conheci."

No saguão, depois — pessoas circulando, todos fazendo fila para apertar a mão do meu pai e dos meus tios —, eu olhei em volta feito um louco até que vi aquele brilho dourado outra vez e praticamente empurrei as pessoas para chegar a Melissa.

Ela estava sozinha, imprensada contra a parede pela multidão. "Melissa", falei. "Você veio."

Ela usava um vestido azul-marinho sóbrio que a deixava mais pálida e mais velha, o cabelo puxado para trás em um coque suave. Havia manchas de rímel sob os olhos, porque tinha chorado, e aquilo abalou meu coração; cada célula de mim estava berrando para passar os braços em volta dela, abraçá-la com força enquanto soluçávamos naquelas estranhas roupas adultas um do outro.

"Toby", disse ela, estendendo as duas mãos. "Eu sinto muito."

"Obrigado", falei. "Que bom que você veio."

"Como você tá?"

"Tô bem. Indo." As mãos dela nas minhas, tão pequenas e frias que quase soprei nelas para esquentá-las. "Como você tá?"

"Tô bem. Triste."

Ela estava falando sobre Hugo ou de nós dois? "Eu também", respondi. Depois, com uma batida forte de coração, arrisquei dizer: "A gente vai voltar pra casa depois. Vem com a gente."

"Não. Obrigada, obrigada mesmo, mas eu não posso, eu tenho que..." Ela estava a um passo longe de mim, como se achasse que eu a abraçaria ou seguraria ou algo assim — o que estava acontecendo? "Eu só queria vir aqui e dizer o quanto eu sinto... dizer pra sua família também, claro. Ele era um homem maravilhoso; tive sorte de ter conhecido o Hugo."

"É. Eu também." Eu não conseguia acreditar que aquele era o fim, o adeus, ali, em um saguão lotado de igreja. Eu quase falei o que teria dito se fosse um rompimento normal: *Por favor, posso te ligar, podemos conversar...?* Precisei de toda a minha força de vontade para ficar quieto.

Ela assentiu e mordeu os lábios. "Melhor eu ir procurar seu pai", disse ela, "antes que vocês tenham que ir embora pra... eu não quero deixar de falar com ele..." Por um segundo, Melissa apertou minhas mãos com tanta força que doeu, mas depois ela passou por mim no meio da multidão, seguindo com agilidade e delicadeza até o brilho dourado sumir.

Levantar o caixão de novo, voltar para o rabecão, colocar lá dentro — todo mundo parecia saber por instinto aonde ir e por quais momentos esperar, menos eu; eu fiz o que meu pai fazia. De volta ao carro. "Aqueles seus analgésicos", disse Leon no meu ouvido enquanto nossos pais estavam absortos em uma discussão sobre o que fazer com as flores. "Tem algum aí?"

"Não", falei.

"Em casa?"

"É. Te dou um lá."

"Obrigado", disse Leon. Por um momento, achei que ele fosse dizer outra coisa, mas ele só assentiu e se virou para olhar pela janela. O caixão tinha deixado uma linha funda no ombro do terno dele.

E, finalmente, o crematório. Era uma capela decorativa no terreno do cemitério: bancos reluzentes de madeira, arcos elegantes e iluminação plena, tudo perfeitamente calibrado e solidário. Scarlatti tocando baixinho. Mais discursos. Phil chorando, olhos fechados, dedos pressionando a boca.

Hugo, rabugento, olhando por cima do ombro para mim deitado no chão do escritório, empurrando os óculos com um dedo: *Toby, se você vai ficar brincando com o celular, melhor ir pra outro lugar, você tá distraindo a gente.*

O dia todo eu ficara me preparando para o grande momento: a parede se abrindo, o deslizar lento e controlado do caixão para as sombras; o estalo da porta pesada depois de ele entrar, o rugido grande e abafado do fogo. Aquilo tinha estado nos meus sonhos. Em vez disso, as luzes sobre o caixão foram diminuindo gradativamente, como um efeito de palco, e uma cortina ganhou vida e se arrastou lentamente pela capela, tirando o caixão de vista. Todo mundo respirou fundo e se virou um para o outro, murmurando, saindo dos bancos, abotoando casacos.

Fiquei tão atordoado que continuei parado, boquiaberto, esperando a cortina se abrir de novo até que minha mãe segurou meu cotovelo e me virou para a porta. *Mas, espera*, quase falei, *espera aí, nós não...* Aquele tinha sido o momento central do dia inteiro, o motivo para todos os ternos e hinos e apertos de mão e todo o ritual? Era só aquilo? Para onde Hugo tinha ido? Mas, antes que eu pudesse juntar as palavras, minha mãe já havia me guiado pelo corredor até a porta.

No estacionamento, Susanna estava encostada em uma parede, observando Zach e Sallie correrem um atrás do outro em círculos pela chuva forte. Zach tinha encontrado um lírio caído e estava batendo em Sallie com a flor; a risada da garota tinha um tom agudo de histeria. "Eles quiseram vir", disse Susanna. "Não sei se fiz certo. Achei que, se eles precisavam disso, tudo bem; os pais do Tom podem levar os dois pra casa se ficar pesado demais. Mas a cremação... é, não."

"Não teve nada assustador", falei. A cena ainda estava se repetindo na minha cabeça, a cortina se fechando reservadamente na frente do caixão, "podem ir embora". "Você não vê a hora que entra na fornalha nem nada." A área aberta do cemitério dava espaço para o vento ganhar impulso; ele chegou forte no estacionamento e bateu em nós como um objeto sólido. Lá dentro daquele prédio acinzentado, Hugo estava virando cinzas. A ruga intrigada entre as sobrancelhas, o sorriso rápido.

"Ah. Eu achei que a gente ia ver." Susanna fechou a gola. "Mas eles deviam estar precisando correr um pouco mesmo. Zach estava ficando agitado."

"Devem ter mudado as coisas recentemente. A gente viu o caixão da vovó entrar, não viu? E o do vovô?"

"Vovó e vovô foram enterrados", disse Susanna. "Lá em cima." Um movimento de queixo na direção do cemitério, lápides amontoadas e infinitas, umas atrás das outras. "Você não lembra?"

"Ah", falei. "Certo."

"Porra, como eu odeio esse ano", disse Susanna de repente. Ela enfiou as mãos nos bolsos do casaco e seguiu pelo asfalto na direção das crianças.

A parte envolvendo comida e lembranças aconteceu na Casa da Hera. Eu estava com medo — multidão invasiva, barulho, falação sem sentido —, mas foi um alívio tão grande estar em casa que quase desmoronei no chão do saguão. Fui para o quarto, tomei outro Xanax e apoiei a testa na parede fria por um tempo.

Quando voltei lá pra baixo, a casa estava lotada e barulhenta. Fui procurar Leon — eu tinha dois Xanax no bolso do paletó —, mas ele estava contando uma história no canto da sala, cercado de gente velha. Minha mãe e as tias estavam oferecendo taças de vinho que tinham se materializado de algum lugar, junto a pratos de sanduíches caprichados em miniatura com brioches e combinações improváveis de ingredientes e coisas verdes. Zach havia encontrado um prato em uma mesinha lateral e estava lambendo todos os sanduíches e colocando de volta. "Toby", chamou minha mãe — eu ainda estava parado na porta, tentando entender o que devia fazer ali, "tô ficando sem vinho branco. Você consegue encontrar mais algumas garrafas?"

Já havia um amontoado grande de garrafas de vinho vazias em um canto da cozinha. Meu pai estava à mesa, tirando papel filme de outro prato enorme de mini sanduíches apetitosos. "Comparecimento bom", falei, que era o que todo mundo no saguão da igreja ficara dizendo para todo mundo.

Meu pai não ergueu os olhos. "Sabe do que eu perdi a conta?", perguntou ele. "Do número de pessoas que me perguntaram se Hugo fumava. 'Ele fumava?' 'Mas, mas, eu achei que ele não fumava?' E ele não fumava, claro, não nos últimos vinte anos, pelo menos, e não seria nem remotamente relevante se fumasse; esse tipo de câncer não tem conexão com cigarro. É só um, um, um filho da mãe maligno e aleatório. Hugo só deu azar; foi um jogo de dados ruim. Mas a gente fica tão desesperado, né, pra acreditar que o azar só acontece com quem merece. As pessoas realmente não conseguem aceitar que uma pessoa pode morrer de câncer *sem fumar*."

O prato estava abarrotado; sem o plástico segurando, a cascata de sanduíches ficava caindo. Ele tentava colocar no lugar. "Por exemplo, a *Miriam*, caramba, e ela conhecia Hugo havia quanto tempo, mais de trinta anos?, não era só uma conhecida, mas passou os últimos meses falando sobre as toxinas da carne vermelha e das comidas industrializadas e das pessoas que fazem ioga todas as manhãs e vivem até os 100 anos de idade, e não sei que *diabos* ela pensa que tá falando, mas a essa altura eu não suporto nem estar no mesmo aposento que ela."

As mãos dele estavam tremendo; os sanduíches se desmontavam, ele ficava ajeitando. "Me dá", falei. "Eu cuido disso."

Meu pai não pareceu ouvir. "E aqueles detetives. Você tem alguma ideia do que eles planejam? Do quanto vão contar pra imprensa?"

"Não. Eu não vi nenhum deles."

"Porque, se tudo vazar, essas mesmas pessoas, as do fumo, elas vão ficar convencidas de que Hugo morreu de câncer porque matou aquele garoto. Uma punição de Deus, do carma, ondas cerebrais negativas por causa da culpa ou... não, vamos ser sinceros, elas não vão nem pensar tanto assim, vão? Elas só vão inventar uma disposição irracional qualquer. E nada no mundo vai mudar o que elas pensam. E eu sei que não faz a menor diferença pro Hugo, mas é tão *frustrante*..." Os sanduíches caíram de novo na mesa. "E essas, essas *coisas malditas*..."

Peguei os sanduíches e comecei a empilhar. Meu pai se encostou na pia e passou as mãos pelo rosto. Eu não sabia se ele achava que Hugo tinha mesmo feito aquilo. Eu que não ia perguntar.

"Fico dizendo a mim mesmo que podia ter sido bem pior", continuou ele. "Você também devia se lembrar disso. Pra alguém que teve um azar tão grande, Hugo teve sorte. Todas aquelas coisas que os médicos avisaram: demência, dores, convulsões, incontinência, paralisia. Ele não precisou passar por nada disso. Nem..." Ele pressionou a ponta dos dedos nos olhos. "... pelo caminho que as coisas estavam seguindo, a prisão."

"Ele queria que fosse em casa", falei. Não consegui me segurar. "Não naquele buraco."

Meu pai ergueu a cabeça e me encarou. Seus olhos estavam vermelhos e inchados, e alguém com um batom magenta de velha tinha dado um beijo grande na bochecha dele. "Hugo decidiu ligar pros detetives, sabe?", disse ele. "Não vieram atrás dele. Sim, ele deve ter suposto que voltaria pra casa; mas devia saber que existia a possibilidade de não voltar. E foi em frente mesmo assim. Eu tenho que acreditar que ele teve seus motivos, e que ele achou que eram bons motivos."

Eu não soube dizer se havia uma mensagem ali, ou uma pergunta, colocada de forma cuidadosa para eu poder ignorar caso quisesse. "Acho que sim", falei. Os sanduíches pareciam bem. Fui até a geladeira pegar vinho.

"Eu não sei se Hugo teria conversado comigo sobre isso", disse meu pai, "se tivesse tido tempo. Espero que sim."

A geladeira estava abarrotada; eu não sabia como tirar alguma coisa sem que todo o resto caísse em cima de mim. "Ele não me disse nada", falei.

"Ei", disse Susanna, entrando com Sallie agarrada na saia. Ela estava usando um vestidinho preto bem cortado com saltos, o cabelo penteado e liso; estava parecendo alta, linda e inesperadamente elegante. "Aquele velho de paletó de tweed frouxo acabou de acender um cachimbo. Minha mãe e Miriam estão surtando e criando caso pra decidir quem deve dizer pro cara fumar lá fora, mas eu acho que não tem problema? Fumo de cachimbo não tá nem nas nossas cem preocupações principais do dia. Desde que ele use o cinzeiro... Sal, me solta um minuto, eu preciso..." Ela içou o corpo, um joelho na bancada, a fim de pegar uma tigela rachada em uma prateleira alta do armário. "Isso vai ter que servir. Quem é aquele cara, afinal?"

"Acho que é Maurice Devine", disse meu pai, esfregando o pescoço com uma careta. "Historiador social. Ele ajudava Hugo quando as pessoas queriam coisas mais profundas. Relatórios. Sei lá como chama. É incrível quanta gente apareceu. Eu não sabia que Hugo era tão..."

"O comparecimento foi muito bom", disse Tom com ar de originalidade, colocando a cabeça pela porta. "Su, pegou o cinzeiro? O cara tá usando a lareira e sua mãe tá prestes a ter uma síncope."

"Eu falo com ela", disse Susanna, ajeitando a saia. Para meu pai, quando estava saindo, batendo na bochecha, ela avisou: "Batom bem aqui. A mãe do Tom te pegou."

"Tem mais sanduíches por aí?", perguntou Oliver por cima do ombro de Tom.

"A caminho", disse meu pai, se empertigou, pegou a travessa com cautela e foi atrás deles para a sala.

Aquele dia pareceu durar semanas. Mas enfim, os sanduíches e todas as reminiscências acabaram superadas, os convidados foram embora, Susanna e Tom mandaram as crianças que reclamavam e bocejavam para casa, meu pai e meus tios choraram enquanto escolhiam uma lembrança cada um, minha mãe e minhas tias (apesar dos meus protestos) arrumaram tudo, encheram a máquina de lavar louça, limparam a mesa da sala de jantar e debateram longamente sobre quem deveria devolver os copos aos fornecedores e, por Deus, eu aspirei todo o andar de baixo e fiquei com a casa só para mim de novo.

Não chorei por Hugo nos dias seguintes. O que parecia vergonhoso, um cuspe na cara de tudo o que ele havia feito e mais um marcador do quanto eu estava fodido, mas não consegui. Na verdade, até tentei; coloquei o disco favorito dele de Leonard Cohen, abri uma garrafa de vinho que tinha sobrado e pensei em tudo o que ele havia perdido, no fato de que eu nunca mais o veria, tudo isso... mas nada aconteceu. A ausência dele era enorme e tangível, como se uma parte da casa tivesse sumido, mas, em um nível emocional, a morte de Hugo não parecia existir.

Minha mãe estava certa sobre os detetives ficarem de boca fechada apenas durante o funeral. Dois dias depois, apareceu em todos os sites de notícia, por meio de um comunicado de imprensa bem redigido: Hugo Hennessy, o homem em cujo jardim os restos mortais de um jovem de 18 anos, Dominic Ganly, tinham sido encontrados recentemente, morreu de causas naturais; os detetives não estavam seguindo quaisquer outras linhas de investigação em conexão com o caso. Os sites exploraram aquilo com informações generosas sobre as conquistas de rúgbi de Dominic, citações genéricas de colegas de escola e qualquer informação sobre Hugo que conseguissem obter, algumas mais precisas do que outras. Um site entendeu errado e citou Hugo como ginecologista, o que levou a uma histeria frenética na seção de comentários quando alguém perguntou se ele fazia abortos na mesa da cozinha e se Dominic havia ameaçado denunciá-lo depois que Hugo operara a namorada dele. Em poucas horas, aquilo se transformou em fato, a ponto de nem mesmo uma correção do site fazer as pessoas mudarem de opinião (*E daí? Nem precisa ser médico!!! E a gente já sabe que o cara era um assassino, não custa muito achar que ele também mataria bebês! Ele se safou fácil, devia estar apodrecendo na cadeia* e um monte de emojis vermelhos raivosos). As outras seções de comentários não estavam muito melhores ("Ah, Deus, seções de comentários", disse Susanna, "esgoto. Nunca pare pra ler"): o consenso geral parecia ser de que era profundamente suspeito Hugo nunca ter se casado e de que ele devia ter assassinado Dominic depois de o rapaz ter rejeitado seus avanços.

    Pensei muito no que meu pai havia dito naquela semana. No hospital, eu estivera convencido de que precisava de um plano, fosse para me proteger ou me entregar e fazer algum tipo de acordo, mas agora eu não conseguia me lembrar do porquê. A coisa sobre não seguir outras linhas de investigação: aquilo podia ter sido jogado ali para me dar uma falsa sensação de segurança, mas, de qualquer forma, não parecia haver muito que Rafferty pudesse fazer contra mim. Mesmo que ele encontrasse alguma prova concreta, a confissão de alguém traria uma dúvida razoável, certo? E não parecia que me entregar tornaria o mundo um lugar melhor de alguma forma. Pelo contrário: a situação já estava bem difícil para minha família, e eu não conseguia nem imaginar o que faria aos meus pais se eu fosse preso por homicídio. A razão pela qual eu tinha cogitado aquilo nunca foi por um nobre desejo de me sacrificar no altar da justiça, de qualquer maneira. Em parte, tinha sido por causa de Hugo — somente uma pessoa muito merda teria deixado ele passar seus últimos meses na prisão; mas deixar um monte de idiotas da internet inventando mentiras que ele nunca veria era uma coisa completamente diferente. E, como meu pai havia dito, Hugo escolhera aquilo. A mente dele estava se corroendo, mas não a ponto de não saber o que estava fazendo. Ele tinha feito aquilo de forma deliberada, e tinha feito para me proteger. Jogar uma coisa assim fora me parecia um nível realmente impressionante de ingratidão.

    A outra razão pela qual eu estava pensando em me entregar era um grande *por que não*? O que sobrara para proteger? Mesmo quando a maioria das outras coisas havia caído no esquecimento, eu me apeguei à ideia de que pelo menos era um cara decente, um dos mocinhos, mas a probabilidade esmagadora de eu ter sido um assassino mandou tudo pelo ralo. Mas foi surpreendente como me acostumei à ideia rápido. Não que eu tenha gostado. Eu nunca havia tido fantasias sobre ser um bandido perigoso e violento; basicamente, tudo o que eu sempre desejei foi ser normal e feliz. Mas, com essa parte fora de questão e depois que o choque inicial havia passado, ser um bandido pelo menos parecia melhor do que uma vítima fodida, inútil e desprezível. De uma forma estranha, aquilo acabava meio que quase cancelando a coisa da vítima; deixava o fato de eu ter permitido que dois bandidinhos desprezíveis me dessem uma surra um pouco mais palatável. Pelo menos em algum ponto ao longo do caminho, eu tinha, aparentemente, feito as minhas crueldades.

Tudo isso para dizer que eu não me entregaria à polícia. Rafferty que fosse se foder. Eu não precisava de um plano; o que eu precisava fazer, se por acaso o detetive aparecesse, era ficar de boca fechada.

A grande questão, aquela em que eu realmente não havia pensado até o momento, era o que *eu* ia fazer. Não podia simplesmente vagar pela Casa da Hera pelo resto da vida, por mais atraente que a ideia me parecesse; na verdade, não havia razão para eu continuar ali. Eu tinha meu apartamento para resolver — ainda estava pagando a hipoteca, e minhas economias não durariam para sempre —, havia o trabalho, havia todas as coisas que Hugo me dera uma excelente desculpa para ignorar. Agora, Hugo tinha partido, e todas estavam ali, enfileiradas, para me cutucarem com mais insistência a cada dia.

Parecia que, no final, tudo se resumia ao motivo de eu ter matado Dominic (*se* eu tivesse matado, *se*, isso às vezes me escapava). Eu não tinha caído na explicação implausível que Rafferty balançara na minha frente, o susto que tinha dado errado; se um susto era a única coisa que eu tinha planejado, por que não pular em cima de Dominic e dar uns socos ou ameaçar com uma faca? Por que a trabalheira barroca de aprender a fazer um garrote, mais ainda aprender a usar um? Não: devia ter sido porque eu queria matá-lo. E o motivo importava.

Recitei tudo na cabeça passo a passo, metodicamente, andando de um lado para o outro entre os quartos e falando em voz alta comigo mesmo para ter certeza de que estava tudo certo. Se eu tivesse feito aquilo porque Dominic estava me incomodando naquele verão (plausível, considerando o quanto estava agindo feito um babaca completo) ou por causa de alguma rusga idiota alimentada por hormônios relacionada a uma garota (de quem eu estava mesmo a fim naquele verão? Jasmine alguma coisa, mas não loucamente apaixonado, mesma coisa com Lara Mulvaney e basicamente todas as outras garotas remotamente atraentes que eu conhecia... Eu não podia acreditar que estrangularia alguém por causa de qualquer uma delas, embora, é claro, o que eu acreditava ou não significasse absolutamente nada a esse ponto). Se havia sido esse tipo de birra mesquinha, não me parecia algo que eu pudesse simplesmente ignorar. Não que eu sentisse necessidade de fazer penitência dedicando minha vida a servir aos pobres, nem qualquer outra coisa, mas almejar uma vidinha mansa e segura também não parecia uma opção. Se tudo isso fosse verdade, eu era o pior tipo de perigo — explosivo, imprevisível, horripilante; algo que não deveria se aproximar de bebês ou Melissa, por exemplo.

Se Rafferty estivesse certo, por outro lado, e aquilo tivesse acontecido porque eu estava de alguma forma protegendo Leon, a situação parecia totalmente diferente. Me fazia parecer alguém merecedor do que Hugo fizera; alguém que tinha o direito, ou talvez até a responsabilidade, de reivindicar tudo o que podia da vida.

Não sei quanta esperança eu acalentava. Eu também nunca tinha me visto como um cavaleiro branco avançando de forma imprudente para a batalha a fim de salvar os oprimidos, mas ainda queria acreditar que, pelo menos em algum nível, eu tinha sido uma pessoa decente. Leon havia falado como se eu fosse um tremendo idiota que nunca levantara um dedo por ninguém exceto por mim mesmo, mas eu tinha me livrado de outros valentões, afinal, eu tinha afugentado o idiota que andara incomodando Melissa e eu tinha ficado ali na Casa da Hera com Hugo até o fim. Seria muito difícil pensar que, se eu tivesse de alguma forma descoberto a extensão do que Dominic fazia com Leon, eu talvez tivesse simplesmente feito o possível para proteger meu primo?

Àquela altura, eu não confiava na minha cabeça o suficiente nem para me incomodar em tentar lembrar. Qualquer coisa que eu desenterrasse provavelmente seria besteira, algo oferecido pelo mesmo tipo de sinapses confusas como o esquecimento da cremação dos meus avós. Embora estivesse claro que Leon e Susanna não sabiam ao certo se eu tinha matado Dominic, eles pareciam as pessoas mais prováveis de saber — mesmo que não tivessem feito a conexão — sobre qualquer conjunto confuso de circunstâncias que pudesse ter me levado àquele ponto. E assim, mais uma vez, coloquei meu disfarce de Detetive Toby e mandei uma mensagem para os dois, pedindo que viessem me visitar uma tarde qualquer.

Provavelmente, faria mais sentido deixar Susanna de fora. Com Leon, eu podia persuadir, incutir culpa, cutucar até conseguir algo dele. Mas, mesmo antes da minha mente ser atingida por uma bola de demolição, Susanna teria sido capaz de me deixar no chinelo; se ela quisesse que algo permanecesse escondido de mim, eu nunca chegaria a menos de um quilômetro dessa coisa. Nunca nem cogitei deixá-la de fora. Afinal, os dois estavam enredados nas raízes da minha antiga vida. Em algum lugar mais profundo que o pensamento, eu acreditava que, se alguém pudesse abrir um caminho de volta àquela existência, seriam eles. Acho que poderia dizer, e apesar de tudo não seria mentira, que eu precisava dos dois ali porque os amava.

Pensei que estivesse sendo astuciosamente casual com o convite, mas, em retrospectiva, é óbvio que eles sabiam. E apareceram mesmo assim. Ainda não tenho certeza, mesmo depois de todo esse tempo, se eu devia ser grato por isso; se eles pelo menos pensaram, um ou ambos, que estavam ali para me fazer um favor.

Depois de todo aquele tempo sozinho afundando na casa silenciosa, encarar a energia deles foi um choque. Susanna levou um monte de rolinhos de salsicha, que jogou no forno com uma batida e um arrastar das assadeiras. Leon tinha um saco grande de mini Mars — o Halloween estava chegando; eu tinha esquecido até ver os fantasmas e vampiros desenhados no pacote me olhando de volta —, e eu tinha todo o vinho que sobrara do funeral. "Elegante combinação", disse Leon, ajoelhado no chão da sala de estar e empurrando de lado montes de papel, suéteres e pratos para que pudesse jogar as barras de chocolate na mesa de centro — estava frio, eu tinha acendido o fogo, a sala era o único aposento que estava quente. "Você pode dizer o que quiser sobre nós três, mas a gente tem estilo."

"Da próxima vez, podemos ser terrivelmente civilizados e fazer chá, sanduíches de pepino e bolinhos se você quiser", disse Susanna, cutucando Leon para colocar o prato de rolinhos de salsicha na mesa. "Mas todos nós ficamos em modo de emergência por tanto tempo que o que precisamos agora é de comida gostosa. Tom, as crianças e eu temos vivido de pizza e comida chinesa pra viagem. Eu vou voltar a ser a Supermãe Orgânica e Nutritiva em algum momento, mas, por enquanto, foda-se."

"Qual é o problema?", falei, tirando a rolha de uma garrafa de vinho tinto. "Eu gosto de enroladinho de salsicha, gosto de mini Mars, gosto de vinho, tá tudo ótimo. Tinto combina com carne de porco, né?" Eu havia me preparado para a visita tomando uma quantidade absurda de café, de modo que estava meio agitado, de um jeito precário e frágil que parecia *speed* misturado com algo duvidoso.

"Você tá com uma cara péssima", disse Leon para mim, aflito, inclinado para a frente a fim de examinar meu rosto. "Você tá bem?"

"Valeu, cara."

"Não, sério. Você tá se alimentando?"

"Às vezes."

"Você tem todo o direito de estar mal", disse Susanna. "Você aguentou o pior disso tudo. E tem sido guerreiro pra caramba."

"E vocês pegando no meu pé dizendo que eu não ia aguentar", falei. "Lembram?"

"Eu sei. Retiro o que eu disse. Desculpa." Ela se sentou no sofá e pegou uma manta de lã. "Se eu soubesse como as coisas iam se desenrolar, eu não sei se teria pedido pra você vir morar aqui."

"Eu não teria vindo. Pode acreditar."

"A gente te deve essa."

"É. Devem mesmo."

"Toma aqui", disse Leon, empurrando com nervosismo os enrolados de salsicha na minha direção. "Enquanto tá quente."

"Não, valeu", falei. O cheiro estava embrulhando meu estômago. O que eu queria mesmo, por estranho que pareça, eram os chocolates; eu nunca havia tido preferência por doce, mas queria enfiar três barrinhas na boca de uma vez só. "Aqui." Distribuí as taças de vinho.

"A Hugo", disse Susanna, erguendo a taça.

"A Hugo", dissemos eu e Leon.

Batemos as taças.

"Ahhh", falou Leon. Ele se acomodou no tapete da lareira, se encostou na poltrona em frente à minha e tirou os tênis e as meias. "Perdão pelos meus pés, mas eu pisei em uma poça enorme e tô *encharcado*. Preciso secar isto." Ele colocou as meias na grade da lareira.

"Espero que essas meias estejam limpas", disse Susanna.

"Não me enche o saco. Você também tá aí de meias..."

"Que não fedem..."

"Nem as minhas. São limpinhas feito bumbum de bebê. Quer cheirar?" Ele balançou uma meia na direção de Susanna, que fez mímica de vômito.

"Você tá com uma aparência ótima", falei para Leon. Ele estava mesmo. A expressão tensa havia sumido do rosto, o cabelo estava arrumado com gel e o guarda-roupa ousado e idiota estava de volta, o que eu não considerava uma vantagem, mas que parecia ser um indicador de que Leon estava se sentindo melhor. "Bem menos estressado."

"Eu sei", disse ele, esticando os pés na direção do fogo e movendo os dedos com alegria. "Tô me sentindo tão melhor. Isso é horrível? Não aguento ficar esperando uma coisa ruim acontecer. Agora que aconteceu, eu consigo lidar."

"O que você vai fazer agora?", perguntei, pondo uma barrinha de chocolate na boca. "Quando vai voltar pra Berlim? Se é que vai voltar."

Leon deu de ombros. "Ainda não decidi."

"E o seu emprego?", perguntou Susanna, pegando um rolinho de salsicha. "E Carsten?"

"Não sei. Ainda não decidi. Me deixa em paz." Ele se virou para mim. "E você? Quando vai voltar pro trabalho?"

"Também não sei", falei. A onda cremosa do chocolate estava batendo de forma tão intensa e total quanto cocaína. Peguei outra barrinha. "Me dá um tempo. Só tem uma semana."

"Você devia voltar", disse Leon. "Não é bom pra sua cabeça ficar aqui sozinho o dia todo."

"Falando nisso", disse Susanna, "como tá a Melissa?"

"Bem."

"Pra onde ela foi depois da igreja? Ela tinha compromisso?"

"Melissa voltou pra casa dela", falei.

Após uma fração de segundo de pausa, Leon perguntou, esperançoso: "É por causa da mãe dela?"

"Não", falei. "Tenho certeza de que ela me deu o pé na bunda. Eu não falo com ela desde o funeral."

"Mas...", disse Leon. Ele tinha se sentado com a coluna ereta. "Ela tava aqui da última vez que a gente veio. Naquela noite horrível dois dias antes de Hugo ter..."

"É, eu sei. E quando eu fui pra cama naquela noite, ela não tava mais aqui."

Susanna estava tirando migalhas do suéter; eu não conseguia saber o que ela estava pensando. "Foi...?", perguntou Leon. Ele segurava um enroladinho de salsicha no ar, a caminho da boca. "Foram as coisas que a gente conversou naquela noite? Foi aquilo?"

"Ora, ora, parece que temos um Sherlock Holmes aqui. Não dá pra botar a culpa nela."

Susanna quis saber: "Ela acha que você matou Dominic?"

"Tenho quase certeza de que sim", falei. "É."

"Te falei", disse Susanna para Leon.

"Ah, não", gemeu Leon. Ele parecia abalado. "Eu *gosto* da Melissa."

"É", falei. "Eu também. Muito."

"Ela era boa pra você. Achei que vocês fossem se *casar*. Tava torcendo por isso."

"Certo. Mais uma vez, eu também."

Susanna perguntou: "Melissa já disse alguma vez que achava que tinha sido você?"

"Ela não precisou."

"Então talvez ela não ache", disse Leon. "Talvez não tenha sido por isso que ela foi embora. Tanto estresse, com Hugo, não pode ter sido..."

"A questão é", falei, limpando a garganta. Aquilo tudo não estava sendo mais difícil do que eu tinha esperado, mas parecia bem mais estranho; eu estava prestes a perguntar a eles a razão de eu ser um assassino, e parecia impossível que minha vida tivesse me levado até ali. "A questão é que pode parecer estranho, mas acho que vocês estão meio que certos... não foi por isso que Melissa me deu um pé na bunda. Acho que ela aguentaria se eu tivesse feito aquilo... quer dizer, sei que parece loucura, mas, como vocês falaram, a Melissa é especial, ela é... acho que ela conseguiria lidar com o assunto dependendo do motivo. Só que ela não sabe. O que deve ser bem assustador pra ela. Pode ter sido porque eu sou um, um psicopata que esconde muito bem as coisas na maior parte do tempo. E a questão é que eu não posso contar pra ela. Porque eu não me lembro. De nada. Então eu tô bem fodido."

Fez-se silêncio. Tomei um gole grande de vinho; apenas quando levantei a taça foi que percebi que minha mão tremia. Susanna e Leon estavam tendo uma troca complicada de sinais através de olhares.

"Se vocês se lembrarem de alguma coisa", falei, "qualquer coisa que possa, que possa dar sentido a por que eu talvez tenha... Vocês me devem isso. Me ajudar a acertar as coisas. Melissa só se meteu nisso porque vocês queriam que eu viesse pra cá. Se eu não tivesse vindo..."

"Tudo bem", disse Susanna. "Nós vamos te contar uma história."

"Su", falou Leon. "Eu ainda acho que não é boa ideia."

"Relaxa. Vai ficar tudo bem."

"*Su*. É sério."

Susanna olhou para Leon por cima da mesa de centro. Ela estava com as mangas do suéter puxadas até a ponta dos dedos e a taça de vinho nas duas mãos, como se fosse uma xícara de chá. Na luz da lareira, a cena toda parecia quase impossivelmente aconchegante e idílica, o tecido vermelho puído das poltronas reluzindo, brilhos quentes refletidos no balde de cobre amassado onde ficava a lenha, fazendo as velhas gravuras se agitarem e ondularem. Ela disse: "É justo."

"Não é, não."

"É o mais perto que vamos chegar." Para mim, ela ameaçou: "Se você contar isso pra alguém, e isso inclui Melissa, a gente vai dizer que é mentira, que você deve ter tido uma alucinação sobre a conversa, que nós dois só viemos hoje e tivemos um ótimo papo sentimental sobre Hugo e voltamos pra casa. E vão acreditar na gente. Tudo bem por você?"

"Eu tenho escolha?" E, como Susanna deu de ombros, respondi: "Tudo bem. Eu entendo."

"Eu vou fumar" disse Leon, levantando-se do tapete. "Não quero nem saber. Cadê aquele cinzeiro?"

"Ele ainda tá meio pilhado, não acha?", falou Susanna quando Leon foi para a cozinha. "É porque ele tá tentando decidir o que fazer em relação ao Carsten. Espero que fique com ele. Formam um bom casal."

"Su", falei. Meu coração estava batendo forte. Eu não esperava que fosse fácil assim. Eu não sabia se devia me preocupar com o fato de que Susanna viera até ali já planejando me contar a história.

"Eu sei." Ela se inclinou sobre o braço do sofá para remexer na bolsa e pegar cigarros. "Quer um?"

"Não, obrigado."

"Tem isqueiro?"

"*Su.*"

"Tudo bem, tudo bem. Tô pensando por onde começar." Ela esticou as pernas no sofá e rearrumou a manta para ficar mais à vontade. "Então. Terceiro ano do ensino médio, acho que foi lá o começo. Em alguma parte de março, no recesso de Páscoa. Nossos pais tinham viajado pra algum canto, e a gente tava aqui, estudando pras provas orais do Leaving Cert. Lembra?"

"Lembro."

"Nossos amigos vinham estudar com a gente, lembra? Inclusive Dominic."

"Lembro."

"Foi horrível", disse Leon, voltando com a tigela rachada que Susanna havia encontrado no dia do funeral. "*Aqui*, porra, onde era pra ser *seguro*, e de repente aquele babaca tava bem aqui, entrando cheio de ginga, derrubando todos os meus livros no chão e rindo feito uma hiena."

"No começo, eu me perguntei o que ele vinha fazer aqui", disse Susanna. "Vocês dois não eram próximos. Mas aí Dominic começou a vir pra cima de mim com um sorrisão na cara, pedindo ajuda com francês. Não fiquei impressionada. Ele sempre tinha agido como se eu não existisse e, de repente, quando precisava de ajuda, veio pra cima de mim? Mas eu adorava ajudar na época. Tinha responsabilidade social, essa merda toda. Meu Deus, como eu era arrogante e moralista, né?"

"A gente te amava mesmo assim", disse Leon, tirando mais coisas da mesa de centro a fim de abrir espaço para o cinzeiro.

"Obrigada. Enfim, eu pensei que tudo bem, vai, vou tentar meter uns verbos irregulares na cabeça dura do Dominic. E deu certo por um ou dois dias, até que uma noite, bem aqui, na verdade, acho que vocês dois e os seus outros amigos tavam na mesa da cozinha, e ele começou a passar a mão na minha coxa e disse que eu era muito sexy." Susanna esticou a mão; Leon entregou o isqueiro para ela. "E, tá, tudo bem. Achei que ele tava só tirando sarro... ainda acho, na verdade. Tipo que ele e os amigos de vocês tinham feito uma disputa ou aposta, sei lá. Tinham?"

"Não! Meu Deus, Su. O que você pensa de mim?" Eu tinha quase certeza de estar certo em ficar ultrajado, eu não teria me metido em uma coisa assim, teria? "E..." —essa parte era definitivamente verdade — "... eu não teria permitido que ele metesse você nisso. De jeito nenhum."

"Bom", disse Susanna, "eu sabia que ele tava armando pra mim de alguma forma. Talvez não fosse uma disputa nem aposta, talvez Dominic só tivesse pensado que eu seria uma trepada fácil porque ficaria muito lisonjeada de ter alguém tão absolutamente incrível que nem ele querendo alguém insignificante como eu. Ou talvez ele achasse que tava me fazendo um favor em troca da ajuda com o estudo. Mas eu tirei a mão dele de cima de mim e falei que não tava interessada. Obviamente, ele não tava esperando isso."

Leon soltou uma risada debochada. "Por que ele tinha que estar armando pra você?", perguntei. "Ou procurando uma trepada rápida? Talvez ele estivesse mesmo a fim de você."

Susanna me lançou um olhar por cima do clique do isqueiro. "Ah, para com isso. Você sabe de quem Dominic gostava. Cara Hannigan. Lauren Malone. Louras lindas, populares e superarrumadas."

"Você não devia se subestimar", falei feito um idiota. "Você é linda. Nem todo mundo gosta das mesmas..."

"Toby", disse Susanna, meio achando graça, meio exasperada. "Tudo bem eu não ser bonita, sabe? Não é uma deformidade que você precisa fingir que não notou."

"Eu não..."

"De qualquer jeito, eu não tava a fim do Dominic, então não importa se ele tava a fim de mim ou não. Se bem que, claro, não foi assim que ele encarou a coisa. Ele me mandou relaxar e botou a mão na minha perna de novo. Eu não queria mais saber daquilo. Mandei ele tirar a mão de mim porque preferia comer meu próprio vômito."

"Oohh", falei, fazendo uma careta por reflexo. Mesmo depois de todos aqueles anos, eu consegui sentir com um pico de adrenalina exatamente o quanto o pequeno Dom teria gostado daquilo.

"É, em retrospecto, pode não ter sido uma boa decisão. Vivendo e aprendendo." Susanna esticou um pé e prendeu o dedão embaixo da borda da mesa de centro a fim de puxá-la para mais perto e poder alcançar o cinzeiro. "Ele agiu como se tivesse aceitado bem. Deu um pulo exagerado pra trás e levantou as mãos, riu muito, falou qualquer coisa sobre eu precisar relaxar e perguntou se eu era sapatão, clichê, clichê. Eu me levantei pra sair de perto e ele falou 'Ué, você não vai mais me ajudar?'. Respondi que não, que tinha acabado. Bem..." Ela levantou uma sobrancelha. "Dominic ficou *furioso* com isso. De verdade. 'Qual seu problema, porra, eu só tava me divertindo, você é louca...' Eu saí da sala. Tava meio abalada, mas achei que tinha acabado."

Leon começou a rir. "Eu sei, eu sei", disse Susanna. "'Sabe de nada, inocente'."

Eu me vi (deploravelmente, talvez, eu não me importava) empolgado com o rumo que aquela história estava tomando. Eu não tinha certeza sobre Leon, mas Susanna: não havia a menor dúvida em minha mente de que eu a teria protegido caso ela precisasse, custasse o que custasse. Meu coração batia como se estivesse em uma montanha-russa, subindo na direção do pico vertiginoso, preparado para a queda implacável.

"Depois disso", disse Susanna, "sempre que eu esbarrava com Dominic, tipo quando todo mundo tava no parque depois da aula, ele fazia algum comentário sobre eu ser frígida ou careta. Alguém fazia uma piada suja e Dominic falava 'Opa, melhor não falar besteira, a Madre Superiora tá aqui!'. E um monte de gente ria. Tentei mandar ele calar a boca, mas isso só deixava pior: 'Aaa, alguém precisa desenvolver seu senso de humor, ela deve estar naqueles dias, ela precisa de uma boa transa pra relaxar'... E todo mundo ria ainda mais. Depois de um tempo, passei a ficar de boca fechada."

Eu estava tentando me lembrar daquilo. Todo mundo havia flertado com todo mundo, a maioria mal, e todo mundo tinha transado com todo mundo, muita gente não sabia quando parar — éramos adolescentes no fim das contas, tínhamos só 17, 18 anos. Mesmo que eu estivesse presente nessas horas, parecia algo tão próximo do normal que eu talvez não tivesse registrado.

"Naquele estágio, não foi nada demais", disse Susanna, como se lesse meus pensamentos. "Me deixou puta da vida, mas foram só aquelas merdas típicas; não foi *assustador*. Mas, depois das provas orais, ficou pior. Dominic sabia que tinha feito merda nas provas e achou que era culpa minha por ter desistido de ajudar ele nos estudos. Ele parou de me sacanear pra se divertir. Passou a chegar perto de mim, se inclinar e dizer coisas no meu ouvido: 'Você se acha inteligente, sua vaca burra, acha que é mais inteligente do que eu? Alguém devia te botar no seu lugar', merdas assim. E o inevitável clichê sobre ele querer ver se eu era boa mesmo de oral." Ela fez uma mímica, imitando uma virada cômica de bateria.

"Ele era assim comigo também", disse Leon, se virando para esquentar o outro lado do corpo no fogo. "Todos os clichês. Piadas de bunda. Piadas de AIDS. Se era pra dedicar tanto tempo e energia em ser um valentão escroto, pelo menos Dominic devia ter se esforçado pra ser original."

"Sei lá", disse Susanna, considerando a questão. "As coisas podiam ter sido bem piores se ele tivesse imaginação. Mas ele não tinha. Quer saber, acho que esse talvez tenha sido o problema dele o tempo todo. Além de ser um babaca, claro."

"E um psicopata", comentou Leon. "Àquela altura, ele tava começando a ficar com aquela cara... ele sempre foi psicopata, mas tava começando a ficar óbvio que tinha algo muito errado com ele. Dominic andava até você do nada e te dava um soco no estômago, depois ficava ali parado, olhando e rindo. Era *assustador*." Para mim, Leon perguntou: "Como você e os seus amigos nunca notaram...?"

"Sendo justa", falou Susanna, se inclinando para a frente e apagando o cigarro, "nenhum de nós era muito observador na temporada das provas. Nessa época, já era maio, as provas escritas tavam chegando... o que significava que Dominic tava ficando mais estressado, o que significava que ele tava ficando pior. As coisas que ele dizia pareciam cada vez mais ameaças de verdade. 'Você é feia demais pra foder cara a cara, vou te comer por trás...'"

"Meu Deus, Su", falei com uma careta.

"É, desculpa se isso te incomoda. Também não foi divertido pra mim." Ela se acomodou no sofá e pôs uma almofada nas costas. "E ele não tava mais só falando. No começo, não era exatamente sexual; só era esquisito. Como da vez em que eu comecei a dizer alguma coisa pra ele e Dominic enfiou o dedo na minha boca. Eu devia ter mordido, mas, quando percebi o que tava acontecendo, ele já tinha sumido. Em outra ocasião, ele puxou as costas da minha blusa e cuspiu dentro."

"Ele era um animal", disse Leon. "Uma vez, ele mijou nos meus sapatos."

"Mas passou a ser sexual bem rápido", prosseguiu Susanna. "Um dia, ele veio até mim, e eu tava só *parada* na frente daquela lojinha ao lado da escola, esperando minhas amigas, e Dominic me encarou, segurou minha bunda com as duas mãos e apertou com força. Esfregou a virilha em mim enquanto fazia isso. E saiu andando."

"Você devia ter me contado", falei, da forma mais natural que consegui, e esperei. Eu não estava respirando.

Susanna ergueu as sobrancelhas. "Eu contei", disse ela. Friamente, sem emoção, quase achando graça. "Claro que contei. Foi exatamente nessa hora que eu te procurei. Meu primo descolado e fofo que resolveria tudo."

"Aah", disse Leon para o fogo. "Deus a abençoe."

"Eu tinha 18 anos. Era uma idiota. Me processa."

Havia algo errado ali, algo que eu não estava captando. "O quê?", falei. "O que era idiota?"

"Ele nem *lembra*", disse Leon.

"Você lembra?", perguntou Susanna. Quando ficou óbvio que não, ela explicou: "Não se preocupe, você não riu da minha cara nem nada. Você foi bem legal até. Explicou que era uma coisa boa os caras começarem a me querer, que não era algo pra me deixar nervosa, que eu me divertiria mais e que seria bem mais divertida se arrumasse um namorado em vez de passar a vida toda salvando o Tibete. E que foi uma boa eu não ficar com o Dominic porque ele era escroto, mas talvez alguém como Lorcan Mullan? E aí você recebeu mensagem de alguém e esqueceu a coisa toda."

"Eu não..." Aquilo não parecia certo. "Eu não devo ter entendido que era sério. Eu não teria..."

"Não", disse Susanna. "Você definitivamente não achou que fosse sério. O que, pra ser justa, foi em parte minha culpa. Fiquei constrangida demais pra contar todos os detalhes sórdidos. Só passei a ideia geral."

"Ah, então pronto", falei. Um aperto rápido de bunda e uns comentários babacas não teriam me parecido grande coisa, Susanna sempre levava as coisas a sério demais, uma semana antes ela devia ter tido um chilique porque tinha tirado A- em uma prova ou sei lá... "Se você tivesse me contado..."

"Bom, eu meio que esperava que você acreditasse na minha palavra. Mas, não. Eu perguntei se você podia pelo menos dizer pro Dominic me deixar em paz, mas você respondeu que aquilo ia criar uma situação esquisita com os rapazes. Você ficou meio chateado comigo por pedir. Acho que você pensou que eu não devia ter te colocado naquela posição."

Então quando, como, como eu...? Será que tinha sido isso? Raiva de mim mesmo, assim como de Dominic, quando descobri do que eu tinha deixado ele se safar...? Será que precisei compensar aquilo, será que levei longe demais? "Merda", falei. "Me desculpe."

Susanna deu de ombros. "Águas passadas."

"O que você fez? Contou pra alguém?"

"Pras minhas amigas, mais ou menos. Elas sabiam que Dominic tava me enchendo o saco, mas também não contei os detalhes. Eu me sentia mal. Suja. Eu não entendia, mas, claro: 18 anos." Um movimento filosófico de ombros. "E elas não tinham ideia do que eu devia fazer, assim como eu também não tinha. 'Deus, que babaca, talvez se você só ignorar o Dominic ele pare, talvez você possa dizer que tem um namorado no interior...'"

"Eu tava falando dos seus pais", expliquei. "Ou daquela professora de inglês de quem você gostava."

Um arquear da sobrancelha por cima da taça. "Você quer saber se eu contei pra um adulto de confiança? Não. Provavelmente deveria, mas fiquei sem graça. Ninguém quer contar pros pais que passaram a mão na gente. E eu não sabia se tava exagerando sobre uma coisa à toa. Ele era tão casual, sabe? Como se fosse tudo piada. Além do mais, se eu falasse com um professor e Dominic se metesse em confusão na escola, todo mundo ia saber e aí seria um inferno."

"Seria", disse Leon, virando a meia na grade da lareira. "Lembra quando Lorcan Mullan dedurou Seamus Dooley por esconder os óculos dele? Ele foi tratado como um *leproso*. Por meses."

"De qualquer maneira", disse Susanna, "Dominic era inteligente. Quanto pior ele ficava, mais cuidadoso era. Ele segurava meu pulso, botava minha mão no pau dele e dizia que eu ia chupar, mas só fazia isso quando não tinha ninguém olhando. Ele se aproximava de mim no parque com um vídeo no celular, porque *claro* que ele sempre tinha o melhor celular, lembra? Era sempre um vídeo de uma mulher sendo comida de alguma forma criativa, e ele dizia 'É isso que eu vou fazer com você', mas ele não me mandava foto de pau nem coisa parecida. Eu não podia provar que nada tinha acontecido. Se eu contasse pra alguém,

Dominic só precisaria dizer que não sabia do que eu tava falando e que eu era uma piranha maluca. De modo geral, não parecia existir vantagem em falar sobre o assunto."

"Eu sentia exatamente a mesma coisa", disse Leon. "Era com isso que ele contava. Deus, ele era horrível mesmo, não era?"

"E, naquele ponto", disse Susanna, "eu ainda achava que podia lidar. Não que eu estivesse lidando *bem*. Eu tava nervosa pra caralho. Tava reorganizando minha vida inteira pra tentar não ir em qualquer lugar onde Dominic Ganly pudesse estar e, sempre que eu saía de casa, ficava virando a cabeça a cada dois segundos pra ver se tinha alguém se aproximando por trás de mim; todas as partes do meu corpo pareciam prestes a ser agarradas o tempo todo. Mas ainda não era o centro do meu universo. Eu tava estudando feito louca; a maior parte dos meus pensamentos tavam nas provas, e era lá que eu queria que estivessem mesmo. A última coisa que eu queria era fazer a confusão com o Dominic aumentar ainda mais." Ela pegou outro cigarro. "Em retrospecto, acho que não lidei tão bem quanto achei. Em algum momento, comecei a pensar em matar o Dominic."

Fiquei sem ar. Claro que eu devia ter sabido... não, eu sabia, só não tinha conseguido acreditar. Eu sabia que não era coisa minha inventar aquele tipo de morte planejada e meticulosa. E eu teria sabido, se ao menos tivesse conseguido pensar claramente por trinta segundos, exatamente quem havia sido.

"Bom, não de um jeito sério", disse Susanna, interpretando errado a expressão em meu rosto. "Foi só uma coisa pra fazer eu me sentir melhor, tipo enfiar alfinetes em um boneco. Eu ficava fantasiando dar tiros no Dominic com uma metralhadora e elaborar algum tipo de frase espertinha que seria a última coisa que ele ouviria na face da Terra, esse tipo de merda."

"'*Yippee-ki-yay, filho da puta*'", disse Leon, sorrindo.

Susanna soprou fumaça nele.

"A questão é que eu ainda achava que aguentava. Achei que só precisava trincar os dentes por algumas semanas: a gente tava prestes a terminar a escola, né? Quando as provas tivessem acabado, por que eu teria que ver aquele babaca novamente?"

"Quem dera", disse Leon.

"Pois é. Depois das provas, ficou pior. Quando eu tava em casa, Dominic não podia aparecer e exigir que deixassem ele entrar; mas quando a gente tava aqui pra passar o verão, ele vinha a cada dois dias. Me esperou do lado de fora do meu *trabalho* algumas vezes... Eu nem sei como ele descobriu onde eu tava trabalhando. Eu é que não contei."

Um olhar de lado para mim. Eu não fazia ideia; talvez tivesse dito alguma coisa, como eu ia saber que era um crime horrível? Muito daquilo parecia absurdamente injusto: eu estava sendo culpado por coisas que não tinha feito e que não tinha como saber. "Qualquer pessoa pode ter contado", falei. "Não era segredo de estado."

"Bom, alguém contou", disse Susanna. "Ele me acompanhava até o ponto de ônibus e ia beliscando várias partes de mim e descrevendo todos os detalhes do que faria comigo. Eu ficava mandando ele me deixar em paz, mas Dominic só dava risada e dizia que eu podia parar de besteira, ele sabia que eu amava. Não sei se falava isso pra me irritar ou se tinha se convencido genuinamente a acreditar naquilo."

"Quem sabe que porra se passava na cabeça do Dominic", disse Leon. "Sinceramente, quem liga? O motivo todo pra isso era fazer com que a mentezinha horrível de Dominic Ganly não fosse mais problema nosso."

"Eu acho que, lá no fundo", disse Susanna, "ele pensava que eu dava azar. Ele sempre teve tudo que queria sem nem precisar se esforçar, né? E aí, eu apareci. Logo depois, vieram as provas do Leaving. Dominic sabia que tinha se estrepado e que o único curso que seria oferecido pra ele era tipo artesanato de cestas de palha na Sligo Tech. Os planos de vida que ele tinha se arruinaram, o que era minha culpa por ter parado de ajudar, e duvido que ele tivesse um Plano B; nunca tinha passado pela cabeça de Dominic que ele talvez precisasse de um. E acho que ele imaginava que tudo tinha começado comigo." Ela considerou aquilo, a cabeça inclinada para o lado no braço do sofá. "Talvez eu não fosse exatamente azar; só uma nuvem preta. E, se ele pudesse me derrubar e me colocar no meu lugar, talvez tudo voltaria a ser como devia."

"Ou talvez não fosse nada profundo", disse Leon. "Ele só gostava de deixar as pessoas com medo e infelizes e gostava de comer garotas e aí você parecia uma oportunidade perfeita pra fazer as duas coisas."

"Não sei", disse Susanna. "Acho que ele já tava bem louco. Não digo com doença mental, não de uma forma que fosse gerar um diagnóstico. Quero dizer *errado*, fora de controle. Basicamente, tudo que ele sempre tinha sido, o grande sucesso, o rei do castelo, o garanhão, tudo isso tinha acabado. E essa realidade destruiu o Dominic. Ele devia ser bem frágil desde sempre se bastou só isso."

"Ah, pelo amor de Deus", disse Leon. "Ele não tava *destruído*. Ele sempre foi um merda. Qualquer um de nós, se tivesse se ferrado nas provas do Leaving, teria começado a fazer ameaças de estupro pra pessoas aleatórias? Não, obrigado, não mesmo."

Susanna pensou naquilo enquanto batia as cinzas. "Talvez", disse ela. "Talvez ele não tenha ficado destruído; ele só se abriu e deu pra ver o que tinha dentro. Que era basicamente a mesma coisa, só que piorado."

Passou pela minha cabeça, um pouco tarde, questionar como Leon se encaixava naquilo. *Su, eu ainda acho que não é boa ideia*. Claramente, ele conhecia a história toda, e havia um bom tempo; o que aquilo significava? Nós todos participamos juntos? Eu não acharia impossível Susanna ter bolado algo bizantino ao estilo *Assassinato no Expresso do Oriente*. Peguei outra barrinha de chocolate.

"Enfim", disse Susanna, "ele foi piorando. Teve um dia que apareceu em frente ao meu trabalho e andou comigo até o ponto de ônibus de novo, só que não tinha mais ninguém lá, o que eu soube na hora que não era boa coisa. Ele me empurrou pra área coberta do ponto e começou a passar a mão em mim. Bati na cara dele, mas ele bateu na minha com força, sem parar o que tava fazendo. Minha cabeça se chocou contra a parede da área coberta, fiquei com um galo por dias. Quando parei de ver estrelas, tentei empurrar Dominic pra longe, mas ele era *forte*. Ele segurou meus pulsos com uma das mãos, prendeu acima da minha cabeça e enfiou a outra mão por baixo da minha saia. Tentei chutar, mas ele só riu e forçou o peso contra mim, e eu não consegui me mexer. Não conseguia nem ar suficiente pra gritar. Se um grupo de velhinhas não tivesse aparecido, eu não sei o que teria acontecido."

"Mas isso é agressão", falei. O tom dela — frio, distante, era como se estivesse descrevendo uma ida ao mercado — estava me incomodando; era Susanna, caramba, aquela que conseguia levar a emoção da injustiça com alguém para outro hemisfério, o que estava acontecendo? "Por que você não foi até a polícia?"

"Tô um passo na sua frente aí, campeão", disse Susanna, erguendo uma sobrancelha. "Eu fui. Depois que isso aconteceu, contei tudo pro Leon. Não que eu esperasse que ele desse um pulo e acabasse com o problema, mas eu precisava de alguém pra me acompanhar até o trabalho de manhã e me esperar do lado de fora quando eu saísse, o que foi bem humilhante: como se eu fosse uma criancinha incapaz de lidar com o grande mundo malvado. E eu sabia que Leon não ia me achar covarde, porque ele sabia como Dominic era."

"Ah, eu sabia", disse Leon. "Sabia exatamente como ele era. Ele ainda tava fazendo as merdas de sempre comigo, aliás; ele conseguia muito bem lidar com mais de uma vítima ao mesmo tempo. Multitarefas; ele teria se saído bem em uma posição de gerência. Mas pelo menos tava mais leve. Ele só pegava no meu pé quando os amigos tavam por perto, era uma coisa meio de chimpanzé, de demonstrar domínio na frente de outros machos. Só que agora que ninguém queria ficar perto dele, ele não fazia tanto. Só umas coisas casuais, de passagem. Derrubar meu café no meu peito, esse tipo de coisa."

"Mas", disse Susanna, com um olhar de afeto real, "Leon ficou horrorizado. Furioso. 'Aquele filho da mãe, a gente não vai deixar ele se safar disso...' Acho que, se eu tivesse deixado, Leon teria corrido pra dar uma lição no Dominic, o que não teria terminado bem... sem querer ofender, Leon..."

"Não me ofendo", disse Leon com alegria. "Ele teria feito mingau de mim."

"Leon me convenceu a falar com a polícia. Não foi fácil me convencer, mas, considerando como ele tinha ficado furioso... aquilo me fez pensar que, sim, eu não tava exagerando, aquilo era coisa séria e já tava na hora de alguém parar aquele filho da puta. Como ele comentou, a gente não tava mais na escola; eu não precisava me preocupar de todo mundo descobrir e me tratar feito uma leprosa." Susanna estava sorrindo para Leon. "Ele foi comigo e segurou minha mão enquanto a gente esperava e tudo."

"Tenho tanta vergonha disso", disse Leon, cobrindo o rosto com as mãos. "Deus. Cada vez que penso nisso, tenho vontade de te ligar e pedir desculpas. Nem sei o que eu achei que os policiais fariam. Que iam dar um sermão no Dominic. Dar um susto que faria ele recuar."

"Tudo bem", disse Susanna. "Sério. Eu também esperava que eles fizessem alguma coisa. A gente era só dois mimados de classe média."

"Espera aí, eles não fizeram nada?", perguntei. "Nadinha?" Aquilo me pareceu bizarro. Martin e o cara do terno extravagante haviam sido dois inúteis, mas pelo menos se esforçavam.

"Eles riram da minha cara", disse Susanna. "Não quiseram nem tomar depoimento, fazer registro, sei lá como chamam."

"Por que não? Qual era o problema deles?"

Ela deu de ombros. "Eu não tinha provas. O galo na minha cabeça já tinha sumido. Não existia mensagem de texto, nem e-mail, nem testemunhas. Só boatos, e, aparentemente, esses não contavam muito. Pra ser justa, acho que não foi só por eu ser garota. Dominic era um jovem rico de uma escola bacana, os pais teriam surtado e contratado advogados caros e feito mil denúncias... A polícia não queria se meter naquela confusão, não sem nenhuma prova. Então deram tapinhas na minha cabeça e me disseram que ele devia estar só se divertindo e que eu devia ir pra casa e me concentrar em ter um verão tranquilo e gostoso em vez de ficar nervosa por causa de um garoto."

"Isso me pareceu meio insensível na ocasião", disse Leon, tirando outro cigarro do maço, "mas foi a melhor coisa que podia ter acontecido. Se existisse algo registrado sobre o caso..."

"E aí foi isso", disse Susanna. Ela apagou o cigarro e empurrou o cinzeiro pela mesa na direção de Leon. "Se a polícia não queria tocar no assunto, também não tinha muito sentido em procurar meus pais, mesmo que eu quisesse. O que eles fariam, pegariam um policial e obrigariam o sujeito a prender Dominic? Falariam com os pais dele, pra mamãe e o papai ficarem ultrajados com a ideia do príncipe precioso ter feito uma coisa ruim? E a escola não tava mais envolvida. Eu fiquei sem opções."

"Você tava prestes a ir pra faculdade", falei. Eu sabia que o argumento podia acabar saindo errado e deixando Susanna irritada, mas eu precisava ouvir que eu não havia tido escolha. "Você podia ter entrado em qualquer uma. Você não se candidatou pra Edimburgo?"

"Sim, me candidatei", disse Susanna, inabalada. "E tinha quase certeza de que entraria. Eu tava pensando em ir. Eu não queria, queria ficar aqui, mas qualquer coisa pra ficar em segurança, né? Só que Dominic veio até mim na cozinha um dia e disse 'Soube que você tá pensando em Edimburgo', e sabe-se lá onde ele ouviu isso." Uma erguida de sobrancelha para mim. "Gaguejei qualquer coisa e Dominic disse 'Legal. Eu sempre quis uma desculpa pra passar um tempo em Edimburgo'. E fez disparos de arminha com os dedos e saiu andando."

Susanna deu de ombros. "Quer dizer, talvez ele não tivesse me seguido de verdade. Talvez tivesse esquecido que eu existia. Mas, àquela altura, ele estava tão louco que eu acreditei. Deus sabe que dinheiro não era problema pra ele, e Dominic não tinha motivo pra ficar aqui. Até vocês tavam se afastando dele... não que eu culpasse vocês por isso, acredite. Mas ele não tinha amigos de verdade, né? Um bando de parceiros prontos pra comemorar quando ele fazia alguma palhaçada, mas não amigos de verdade. Não como você tinha Sean e Dec."

"Acho que não", falei. Eu nunca tinha pensado muito naquilo, mas não conseguia me lembrar de Dominic andando com uma ou duas pessoas; ele sempre estava no centro de um grupo agitado ou, perto do fim, principalmente, andando sozinho, com um brilho partido e errante no olhar que fazia quem notava querer ficar longe.

"Ele não ia ficar em Dublin só por causa dos amigos. E eu vivia o tempo todo apavorada pra caralho e tão exausta de estar apavorada que não conseguia pensar direito. Eu tinha certeza de que ele ia me procurar e que seria pior ainda porque eu estaria longe de casa e da família. Àquela altura, Dominic não parecia ser apenas um babaca; era uma ameaça enorme. Um demônio. Algo capaz de me encontrar em qualquer lugar." Um olhar em minha direção. "Você acha que eu devia ter ido mesmo assim e ficado de dedos cruzados. Eu não tinha feito nada de errado, mas devia ter ido pra Mongólia Exterior porque um babaca não sabia lidar quando as coisas não eram como ele queria. Você teria ido?"

"Não sei", falei. A calma de Susanna — dos dois, na verdade, Leon relaxando no tapete e cutucando um sapato molhado para ver como progredia a secagem — estava me perturbando cada vez mais. Não era que eu os quisesse tremendo e chorando, mas, considerando aonde aquilo tudo tinha levado, parecia que eles deviam estar pelo menos tensos, *sei lá*. "Não sei o que eu teria feito."

"Eu tava bem enlouquecida na época", disse Susanna. "Foi como estar em um pesadelo, aquela sensação de quando você precisa sair, mas não consegue se mover rápido o suficiente nem gritar. Eu tava me cortando muito. A única coisa que fazia eu me sentir melhor era fantasiar em matar Dominic. Eu ainda não tava considerando fazer *de verdade*, mas já tinha ficado bem mais realista. Enchê-lo de balas de metralhadora parecia idiota; era como largar uma bigorna de desenho animado na cabeça dele. Eu precisava de algo que pudesse ser real."

"Eu não sabia", disse Leon para um de nós dois ou para ambos, não consegui identificar. "Quer dizer, eu sabia, mas não fazia ideia de que tinha ficado tão ruim."

"Demorei um tempo pra encontrar um jeito que daria certo", disse Susanna. "Dominic tinha o dobro do meu tamanho e eu não queria nada que fizesse ele sangrar porque a limpeza seria complicada demais, o que descartava a maioria das alternativas. Pensei em veneno, mas era muito arriscado. Mesmo que eu conseguisse fazer Dominic ingerir alguma coisa, a maioria dos venenos leva uma eternidade; ele teria tempo de ir pro hospital, ser tratado, contar a alguém sobre mim... Eu nem sei quanto tempo passei lendo sites de crimes reais, pesquisando métodos. Sei como envenenar uma pessoa de forma que não apareça em um exame toxicológico, e se ao menos eu tivesse conseguido obter succinilcolina... Conheço as melhores formas de afogar alguém, o que teria sido ótimo se a gente tivesse um lago no quintal... E aí *finalmente* eu descobri sobre garrotes. No começo, não consegui acreditar que era tão fácil, mas continuei lendo e, aos poucos, caiu a ficha: *Puta merda. Isso pode dar certo.*"

Novamente, eu devia ter sabido; eu sabia. Jamais teria me ocorrido pesquisar sobre garrotes. Por outro lado, era bem o estilo de Susanna. Minha mente parecia estar virando do avesso. Eu podia ter confiado em mim mesmo aquele tempo todo.

"Foi uma sensação boa", disse Susanna. "Não que fizesse diferença, mas eu tava impotente pra caralho... Depois disso, quando Dominic pegava no meu peito ou fazia alguma outra coisa e abria aquele sorriso escroto de *O que você vai fazer sobre isso*, eu pensava *Filho duma puta, posso usar um garrote em você a hora que eu quiser*."

"Ah, meu Deus, a sua *cara*", disse Leon para mim. "Não fica com essa cara de chocado. Eu tava sonhando em enfiar o sujeito em um triturador de galhos fazia anos. E você teria sonhado a mesma coisa."

Meu apartamento, o passo arrastado, a fantasia incessante onde eu encontrava os ladrões e os chutava de prédios altos mil vezes à noite. "Eu não tô com cara de chocado", falei.

"Você não tem nada que bancar o hipócrita."

"Sei disso. Tá bem?"

"E aí", disse Susanna, ignorando a discussão, "chegou agosto e os resultados do Leaving Cert saíram. Eu mal olhei o meu, sabia? Devia ter ficado feliz da vida, mas o único resultado que me importava era o do filho da puta do Dominic Ganly, porque, se ele tivesse ido bem, ele talvez tomasse jeito, mas, se tivesse bombado, eu tava fodida. E claro que ele bombou."

"Eu que contei pra ela", disse Leon em meio a um fluxo de fumaça. "Quando fomos pra a escola e pegamos o resultado, eu saí na mesma hora, lembra...? O que eu tô dizendo, claro que você não lembra, você tava ocupado demais pulando e fazendo barulhos de orangotango com Sean e Dec. Mas Dominic tava em um canto, olhando pro nada. Ele tava com cara de quem ia puxar uma AK-47. Eu nem olhei meu resultado direito. Só pensava que eu tinha que contar pra Susanna."

"Concluí que a minha única opção era me trancar no quarto pelo resto da vida", disse Susanna. "Só que nem isso ia funcionar, porque a festa de aniversário do Leon era tipo uma semana depois, e claro que Dominic viria. Eu tava *apavorada*. Pensei em dizer que tava passando mal e não podia ir, mas aí o que eu ia fazer? Ficar no quarto, onde ele podia me encontrar a hora que quisesse? Hugo sempre colocava plugues de ouvido na hora das festas, ele não teria ouvido nada, e eu não podia ficar no quarto dele a noite toda... quer dizer, acho que podia se contasse tudo pra ele, mas eu achava que as coisas já tinham passado desse ponto. Eu também podia ter voltado pra casa, mas a ideia de ficar lá sozinha fazia eu me borrar de medo."

Susanna mudou de posição para se acomodar melhor, encolhida de lado, o cotovelo apoiado no braço do sofá e a bochecha encostada pensativamente na mão. "Mas, no fim", disse ela, "ficou tudo bem. Desviei do Dominic a festa toda e ele nem veio atrás de mim. Fiquei *tão* feliz. As propostas das faculdades tinham chegado uns dois dias antes; eu achei que talvez tivesse acontecido um milagre e Dominic tivesse conseguido entrar em um lugar decente e que isso tinha deixado ele mais calmo... Mas aí dei uma perguntada por aí e descobri: não, ele não tinha conseguido nada. Nenhuma proposta. Ele só tinha se candidatado pras faculdades grandes, não montou nenhum plano B. Isso não foi muito tranquilizador."

Eu me lembrava daquilo, vozes impressionadas e baixas, *Merda, ele não conseguiu nadinha?*, e uma piada ferina aqui e outra ali sobre o McDonald's. Só que, na festa, Dominic parecia bem, falando alto, rindo aos berros, pulando da mesa da cozinha. Eu havia pretendido ficar de boca bem fechada para não levar um soco na cara, mas, lá nos fundos do quintal, a cocaína soltou minha língua: *Cara, que merda isso da faculdade, sério, uma sacanagem, o que você vai fazer?* E Dominic me encarou, os olhos refletindo o luar. *Como se fizesse diferença pra você. Como se fizesse diferença pra alguém. Eu sei que vocês todos estão morrendo de rir disso. Seus filhos da puta.* E aí Dominic riu ao notar o vislumbre de medo em meu rosto e me deu um soco no braço que me fez cambalear, *Relaxa, cara, eu vou ficar bem, cheira mais um pouco!*

"E aí", disse Susanna, "descobri que Dominic tinha afanado a chave do quintal durante a festa."

Ela suspirou. "Foi a gota d'água no fim das contas. Significava que ele podia vir aqui atrás de mim a hora que quisesse. *Aqui.*" Um vergalhão de ferro de fúria na voz dela, o movimento da cabeça contemplando a casa, e, por um momento, eu a enxerguei como tinha sido no passado: calorosa, bagunçada, feliz, os nós barulhentos e emaranhados do nosso forte, nossas engenhocas, Hugo gritando *Jantar!* escada acima, em meio a uma nuvem de odores saborosos.

"E ele veio. Dois dias depois, Hugo me mandou no quintal buscar alecrim por causa de alguma comida que ele tava fazendo. Lembra onde ficavam os arbustos de alecrim? Lá no final? Assim que me abaixei pra pegar um pouco, uma coisa saiu *correndo* de trás daquele carvalho e me derrubou como num jogo de rúgbi. Eu caí de cara nos morangos. Fiquei sem ar, e tinha um peso enorme me esmagando, eu não conseguia virar a cabeça pra olhar, mas sabia quem era, óbvio. Eu já reconhecia o cheiro dele; aquela colônia de merda, *eau de atleta*. Ele começou a enfiar a mão por baixo de mim pra tentar abrir minha calça. Eu me debati e tentei enfiar as unhas nele, mas Dominic colocou a outra mão no meu pescoço e começou a apertar. E tudo começou a ficar cinza, borrado e distante."

Susanna examinou a taça, limpando uma coisa real ou imaginária da borda. Suas feições não tinham mudado, mas demorou um momento para ela prosseguir. "Pra minha sorte", disse ela com a voz calma, "naquela hora Hugo botou a cabeça pela porta dos fundos e me chamou. Dominic saiu de cima de mim, sorriu e sussurrou 'Fica pra depois', aí puxou meu cabelo e voltou pra trás do carvalho."

"Sabe", disse Leon, tenso, "às vezes eu queria que você tivesse escolhido um método diferente. Algo mais lento e mais doloroso."

"Hugo viu que eu tava coberta de terra e pedaços de grama", disse Susanna, "mas falei que tropecei e ele nem duvidou, porque, na verdade, quem duvidaria? Eu pensei em contar pra ele, eu tava muito abalada. No mínimo. Mas..." Um movimento de ombros. "Hugo, sabe? O que ele ia fazer? Ele não ia sair correndo lá fora pra dar uma surra no Dominic. Não ia conseguir nem se tentasse."

Você devia ter me contado, eu quis dizer. "Meu Deus", foi o que realmente acabei falando.

"Ela não me contou", disse Leon. "Sobre isso. Não na hora."

"Você teria ido atrás dele", disse Susanna "e levado uma surra, e isso não teria sido bom pra ninguém. Eu precisava acabar com aquilo. Dominic era bem capaz de me matar na vez seguinte, e tava me esperando lá fora. Eu não podia dizer pra mim mesma que ele tava só aproveitando uma oportunidade quando ela surgia e que eu ficaria bem se conseguisse me manter fora do caminho dele. Dominic tava ativamente atrás de mim. Mesmo que eu tivesse convencido Hugo a mudar a fechadura, não teria feito diferença. Dominic tinha planos; eram planos concretos. Eu também precisava de planos concretos."

Ela falou aquilo de forma tão simples, como se fosse a coisa mais óbvia do mundo. "Eu passei muito tempo pensando. Sabia que matar seria a parte fácil; a parte difícil era como cuidar pra não ser descoberta. E acho que fui bem pra uma adolescente." Olhando para nós dois. "Me assustou, sabe? O tanto que eu me saí bem. Eu sempre tinha me visto como alguém meio distraída, inteligente com coisas de livros, mas não coisas práticas; porém, quando fiquei encurralada..."

"Você se saiu muito bem", disse Leon com uma certa tristeza. "Você foi incrível."

Susanna tomou um gole de vinho. "A primeira coisa que eu fiz, fora ficar longe do quintal, óbvio, e verificar se a casa tava bem trancada à noite, foi começar a minimizar as merdas do Dominic pras minhas amigas. Elas não sabiam da história toda mesmo... Como eu falei, eu tinha vergonha e ficava constrangida e tal, mas elas sabiam de uma parte, e eu não queria que ninguém contasse pra polícia depois que eu tinha problemas com ele. Então, comecei a fazer piadas, revirar os olhos, *Ah, meu Deus, aquele idiota, é como se o cachorrinho bobão de alguém estivesse pulando na gente, não dá pra ficar com raiva, mas dá vontade de bater no focinho dele com um jornal...* E aí comecei a soltar comentários solidários dizendo que o coitado tava mal com o resultado da prova, que ele parecia estar tendo um colapso de verdade, que eu esperava que os pais dele levassem Dominic pra terapia, que a gente vive ouvindo histórias de gente que se mata porque não consegue estudar o que queria... E, claro, quando se tem aquela idade, todo mundo ama um drama, e em poucos dias já tinha boatos correndo de que Dominic tava fazendo terapia porque tinha tentado se enforcar."

"Eu fiquei tão decepcionado quando descobri que isso não era verdade", disse Leon. "Não teria tornado tudo bem mais simples? Se ele mesmo tivesse resolvido?"

"A outra coisa que eu precisava limpar", disse Susanna, "era o histórico do computador. Quando comecei a pensar em formas reais de fazer aquilo, usei o computador de Hugo pra fazer a pesquisa. Tinha páginas de 'como fazer um garrote' por todo o histórico do navegador. E, se a polícia começasse a xeretar, eu não queria que encontrassem aquilo."

"Acho que todos nós tivemos coisas naquele histórico de navegador que a gente não gostaria que ninguém encontrasse", disse Leon, arqueando uma sobrancelha.

"Mas eu dei uma sorte danada nisso. Eu também não queria que Hugo encontrasse buscas estranhas no histórico dele. Ele usava o Internet Explorer como navegador, né? Como a maioria das pessoas na época. Quando comecei a fazer as pesquisas, eu baixei o Firefox, e foi esse que eu usei. O que significou que, quando terminei, eu só precisei desinstalar o Firefox, passar um programa de limpeza e pronto: tudo limpinho. Foi bom."

Susanna terminou o vinho. "Mas eu sabia que, se houvesse uma investigação completa de homicídio, eu estaria ferrada. A polícia não é burra; se começassem a procurar a sério, não tinha como eu encobrir bem o suficiente pra ficar em segurança. Eu precisava que parecesse suicídio desde o começo. Era possível; Dominic tava tão mal que ninguém ficaria muito surpreso. Mas, pra isso funcionar, o corpo não podia ser encontrado, pelo menos não antes de se decompor o suficiente pras marcas do garrote sumirem."

A calma de Susanna explicando ponto a ponto, como se ela estivesse destrinchando um problema do dever de casa de geometria. A cena toda parecia irreal, oscilando no ar, prestes a se dissipar e nos deixar com 14 anos, deitados na frente da televisão, Hugo na outra poltrona murmurando com um livro na mão.

"Pensei em fazer nas montanhas, em um lugar bem remoto, e deixar ele lá. Ou em Howth Head ou Bray Head, e depois jogar o corpo na água. Mas o problema com qualquer coisa assim era que contava demais com a sorte. Nas montanhas, tem gente que vai passear com o cachorro, que vai fazer trilhas, que vai caçar ilegalmente; alguém podia passar na hora errada ou tropeçar no corpo no dia seguinte. Na água, mesmo que eu sincronizasse com as marés e Dominic não fosse parar na margem, ele podia ser visto por um barco. Eu não gosto de contar com a sorte."

Susanna inclinou a garrafa de vinho na minha direção; quando fiz que não, ela deu de ombros e encheu a própria taça. "Quando eu já tinha pensado bastante", disse ela, "percebi que o jeito mais seguro era manter, o máximo possível, a coisa toda sob controle. O que significava deixar o assassinato e o corpo em um lugar sobre o qual eu tivesse pelo menos um pouco de controle. O que significava..." Um movimento de queixo indicando a casa, o quintal. "... aqui."

"Aqui", falei. "Você decidiu usar a Casa da Hera." Eu sabia que aquilo não dizia nada de bom sobre mim, mas foi aquela a parte que realmente me chocou.

"Bom, a casa tava fora de questão, claro, por causa do cheiro. Tinha que ser no quintal, o mais distante possível no terreno. Pensei em enterrar o corpo, mas cavar um buraco grande o bastante teria levado uma eternidade, e eu não sabia nem se era possível. Lembra que Hugo vivia encontrando terra compactada e rochas enquanto tava cavando para fazer o jardim de pedras? Além do mais, se alguém encontrasse o cadáver enterrado, isso acabaria com a história do suicídio, porque Dominic não teria como enterrar a si mesmo. E aí..." Um sorrisinho. "... eu me lembrei do olmo. Do buraco. Eu subi lá um dia quando vocês todos tinham saído e entrei. E realmente: tinha espaço pra duas de mim. Não eliminaria o fator sorte, o olmo podia ter sido arrancado por uma tempestade duas semanas depois, mas minimizaria o risco." Ela se inclinou para servir vinho a Leon. "A questão é que eu teria de trazer o Dominic aqui. E pra isso ia precisar de ajuda. Eu teria ficado mais feliz de fazer tudo sozinha, mas..."

E finalmente, finalmente, ali estava. Eu mal conseguia respirar. Eu falei: "Aí você procurou a gente."

Os dois me encararam com expressões totalmente confusas.

"Eu e Leon."

O silêncio pareceu errado. Os cigarros e o fogo tinham deixado uma camada de fumaça no ar. "O quê?", falei.

Susanna disse: "Eu procurei Leon."

"Então quando...?" Eu não sabia como fazer a pergunta: quando eu tinha me envolvido, como? "Como eu...?"

"Toby", disse Susanna com gentileza. "Você não fez nada. Você nunca soube."

"Mas", acabei falando após um momento bem longo. Minha mente estava totalmente vazia. Não conseguia entender: ela estava mentindo, o quanto daquela história toda era inventada, por que ela...? "Você disse. Quando a gente tava chapado. Você disse que foi no meu quarto naquela noite, você disse que eu não tava..."

"É, acho que isso foi meio babaquice. Mas o jeito como você tava agindo com Leon... Nós todos estávamos segurando a onda como dava. Mas você ficou massacrando ele, e Leon teria acabado falando tudo, principalmente com Melissa junto... Eu tinha que fazer você parar. Foi a única coisa que pensei."

"E quando você... depois disso, aí você disse que o Leon achava que tinha sido eu. Isso foi só pra, isso foi, que porra foi aquela?"

"Você disse isso?", perguntou Leon. "Por quê? Você disse que *ele* achava que tinha sido *eu*."

"Olha", falou Susanna, irritada. "Eu tava fazendo o melhor possível no improviso, no que vocês precisam admitir que era uma situação caótica. Eu só tava tentando manter tudo sob controle. Vocês dois tavam irritando um ao outro; eu precisava manter os dois separados até as coisas se acalmarem. E eu precisava de vocês dois tensos. A última coisa de que a gente precisava era de você...." Apontando para mim. "... ficando todo amiguinho da polícia e você..." Para Leon. "... brigando com ele e deixando alguma coisa escapar." E para mim, como não respondi, ela disse: "Eu tô te contando agora."

"Certo", falei. Os dois me olhavam com uma espécie de pena curiosa. "Tudo bem."

"Você não fez nada. Eu juro."

Eu sabia que devia estar praticamente desmoronando de alívio. Não havia prisão perpétua pairando sobre a minha cabeça, não havia mancha sinistra na minha alma, eu podia voltar para Melissa de mãos limpas... Mas eu só conseguia me sentir absurdamente arrasado. Eu havia me apegado, mais do que tinha percebido, à ideia de mim mesmo como um matador de dragões. Sem isso, eu tinha voltado a ser a vítima inútil.

Mas era mais do que isso. Susanna e Leon me conheciam desde o nascimento. Eles me conheciam desde bem antes de sermos capazes de máscaras ou disfarces; desde que éramos nossos primeiros eus, imaculados e inalterados. Eles tinham visto em mim, tanto tempo antes, algo que me tornava inapto a ser o matador de dragões, inapto até para ser o escudeiro ao lado segurando as espadas adicionais; apto apenas para ficar vagando ao fundo, para ser convocado caso uma distração conveniente fosse necessária e aí jogado para a coxia logo em seguida.

"Mas", falei. "Por que não?"

"Você não teria topado", disse Leon. "Dominic não tinha feito nada com você."

"Tá, mas", falei, "mas isso não teria importado. Ele tava fazendo coisas com a Su. Se você tivesse me contado..."

"Ela já tinha te contado uma vez, lembra? Você não ajudou muito. Por que a gente tentaria de novo?"

"Ela não tinha me contado *contado*. Não direito. Só tinha, ela *disse*, ela só..."

"Não foi nem isso", explicou Susanna. "Mesmo que eu não tivesse tentado te contar antes, eu não teria envolvido você naquele ponto. A gente tava falando em *matar* uma pessoa; um dos seus amigos. Isso é bem extremo, e extremo não é muito seu estilo, né? Vamos ser honestos, tinha tipo noventa e nove por cento de chance de você ter ficado horrorizado. Você ia dizer que eu tava exagerando na reação, que eu tinha perdido a cabeça, que eu devia procurar meus pais ou a polícia ou ir fazer faculdade em outro lugar..."

"Todas as coisas que você disse agorinha, na verdade", observou Leon secamente.

"... ou você ia querer dar uma surra nele, o que àquela altura não teria adiantado de nada. Dominic já tinha passado do ponto de se abalar com alguns socos. Ele teria botado a culpa em mim, o azar de novo, e ficado ainda mais determinado a acabar comigo." E, com um olhar frio para mim, Susanna acrescentou: "E eu não podia correr o risco de você decidir estragar tudo. Avisar Dominic ou..."

"Eu não teria feito isso. Eu não teria feito nada que metesse você em confusão. Eu teria..." Eu não fazia ideia do que teria feito.

"Receba como um elogio", falou Susanna. "Eu sabia que você tinha o coração puro demais pra ser um bom assassino. Já Leon..."

"Eu nem precisei pensar", disse Leon. "Quer dizer, eu pensei porque não queria ir preso; mas, assim que soube que Su tinha um plano bom, fiquei *feliz da vida* por estar incluído. Eu só queria que ela tivesse decidido fazer aquilo anos antes."

"Eu devia mesmo", disse Susanna, "pelas coisas que ele tava fazendo com você. Mas, sinceramente, nunca tinha me ocorrido. Não sei se eu era nova demais ou se precisava ser levada ao limite pra ter a ideia. Mas acho que foi bom. Se eu fosse mais nova, teria feito merda. Não teria me preparado o suficiente, a gente acabaria sendo descoberto."

"E a gente se preparou mesmo", disse Leon. "A gente treinou. Lembra as pedras que Hugo tinha trazido pro jardim? Uma noite você tinha saído com o pessoal e Hugo tinha ido pra um jantar, e nós colocamos um monte de pedras em um saco até ficar com o peso certo. Aí pegamos uma corda no barracão, amarramos em volta do saco e jogamos por cima de um galho do olmo, depois eu puxei a corda enquanto Susanna ficava na escada, do lado da árvore, e empurrava o saco pra cima. Nós dois conseguimos levar as pedras até o buraco no tronco."

"Não foi fácil", disse Susanna, "mas acabamos conseguindo. Depois disso, fiz com que a gente levantasse peso todos os dias... bom, as pedras do Hugo de novo, pra aumentar a força na parte superior do corpo. E treinamos com o garrote. Tudo que eu tinha lido dizia que era, nossa, tããão perigoso, que dava pra esmagar a traqueia da pessoa sem nem perceber, então fiz garrotes de treino com papel higiênico, que arrebentariam se a gente puxasse com força demais."

"A gente fazia no nosso quarto de luz apagada", disse Leon, "pra conseguir fazer no escuro. E também no quintal, pra gente se acostumar a fazer na grama e nas pedras. Acho que eu seria capaz de fazer até dormindo."

"Toda a coisa do quintal acontecia à noite, claro", disse Susanna. "Não só por causa de você, Hugo e os vizinhos; por causa de Dominic. Ele já tinha usado a chave; não era difícil imaginar que podia usar de novo. A gente não queria que ele entrasse uma tarde qualquer e nos visse no meio do treino com o garrote." Leon riu. "Teria sido estranho. Pelo menos, no escuro, mesmo que ele aparecesse, não ia conseguir enxergar."

"Acho que Dominic talvez estivesse por aqui", disse Leon, olhando para Susanna com o canto do olho. "Em algumas noites, quando a gente tava lá fora, eu ouvia barulhos. Algo se movendo na viela dos fundos. Arranhando o muro; uma batida uma vez. Não falei nada porque não queria te assustar, podiam ser só as raposas..."

"Eu também ouvia", disse Susanna. "E em algumas manhãs tinha coisa fora do lugar. As cadeiras do quintal apareciam de cabeça pra baixo. Surgiam pilhas estranhas de galhos no terraço. Não sei que porra era aquela."

"Podiam ter sido as raposas. Ou o vento."

"Não era isso", disse Susanna, tomando outro gole de vinho. "Eu via Dominic algumas vezes pela janela do quarto, no meio da noite. Eu não tava dormindo muito. Ele ficava andando pelo quintal. Quebrava umas plantas; uma vez ele mastigou um punhado de alecrim e cuspiu. Ele colocava o rosto nas janelas da sala de jantar, tentava abrir a porta da cozinha."

"Meu Deus do céu", falei. Toda aquela loucura borbulhando e jorrando de todos os cantos enquanto eu roncava a alguns metros de distância, feliz, inofensivo e inútil. A sala estava escura e cheia de sombras inquietas. Desejei ter acendido os abajures.

Susanna deu de ombros. "Já não tava fazendo muita diferença. Eu só colocava a cômoda na frente da porta do meu quarto à noite e não saía quando vocês tavam todos dormindo."

"Você devia ter me contado", disse Leon com reprovação.

"Você não me contou sobre os barulhos. Eu também não queria te assustar." Para mim, ela disse: "Quando a gente ficou com tudo preparado, fiz o verdadeiro garrote. Precisava de uma coisa que não fosse fina demais, pra não cortar Dominic e espalhar o sangue..."

"Aí você decidiu que o cordão do meu moletom seria perfeito."

Susanna ergueu uma sobrancelha. Fiquei com vontade de arrancar aquela expressão desinteressada da cara dela no tapa, vê-la se espatifar em choque e dor. "Deu certo, né?"

"Você não tinha nenhum moletom seu, não?"

"Ah, pelo amor de Deus", disse Susanna, exasperada. "Eu não tava tentando te *incriminar*. Só não queria ir presa por causa disso, obrigada. Eu achei que, *se* a polícia encontrasse o corpo e *se* concluísse que alguém tinha matado Dominic, a única forma de escapar sem meter mais ninguém na merda toda era tornar a história o mais confusa possível. Misturar, enfiar um monte de gente no meio; se não conseguissem reduzir os suspeitos, não poderiam fazer nada com ninguém. O meu DNA estaria nele. Leon tinha motivo; a polícia não teria levado nem dez minutos pra descobrir as coisas que Dominic tinha feito com ele. Eu ia colocar uma das jaquetas de Hugo pra um pouco do DNA do Dominic grudar nela.

Eu tinha mais algumas coisas aleatórias pra jogar na árvore: uns fios de cabelo de Faye, umas guimbas de cigarro e uma lista de compras que peguei na rua, um lenço de papel onde seu amigo Sean tinha assoado o nariz. Deixei tudo em um saco de sanduíche na minha gaveta de calcinhas. Fico pensando se a polícia encontrou." Um aceno para mim. "E o cordão do seu moletom. Não foi *pessoal*."

"E você fez questão de tirar uma foto minha usando o moletom", falei, "antes de roubar o cordão. Pra poder entregar pra polícia caso precisasse. Com o que você tirou a foto?"

"Usei aquela câmera que você ganhou de aniversário. Meu celular não tinha definição suficiente."

"Certo", falei. "Imaginei." A raiva era grande e fria demais para que eu gritasse. "Aí, quando você soube que Hugo tava morrendo e que isso tudo ia aparecer, você precisou pegar a câmera."

Susanna me encarou, juntando as sobrancelhas. "Quê?"

A confusão dela parecia real, mas agora eu já a conhecia bem demais para achar que aquilo significava algo. Era outro detalhe que eu devia ter imaginado: claro que Leon não teria conseguido planejar uma coisa daquelas, mas Susanna... "A invasão. Foi pra pegar a câmera, pra você poder dar a foto pra polícia. Eu devia ter percebido séculos atrás, né? Você riu da minha cara, do quanto eu fui trouxa?"

"A *invasão*?"

"Do meu apartamento. Quando eu... Era assim que você queria que fosse? Porque eu não resolvi as coisas com Dominic pra você? Você queria que eu acabasse assim, como um, um...?"

"Toby", disse Susanna. "Eu fiz upload da foto e mandei pra mim mesma por e-mail no mesmo dia que tirei. Por que eu ia deixar na câmera de outra pessoa?" Como não consegui responder, ela concluiu: "Você achou que a invasão tinha sido *eu*? Você achou que eu mandei baterem em você?"

Leon soltou um ruído debochado e extravagante. "Foi só o que eles levaram", falei. Meu coração estava batendo de forma errática. "Além das, das coisas óbvias, as coisas grandes, a televisão, o carro. Só a câmera. Por que alguém...? Quem quer uma câmera velha de merda...?"

"Meu Deus do céu, Toby. *Não*."

"Então o que, por que eles, *por que*...?"

"Escuta. Foi na *primavera* essa invasão. Né? Hugo nem tava doente ainda. Eu não tinha ideia de que isso tudo ia acontecer. E mesmo que tivesse perdido a foto, você acha que eu faria o quê? Que colocaria um anúncio na internet procurando *ladrões* pra revirar sua casa e torcer pra câmera estar lá e a foto ainda estar nela depois de dez anos? Em vez de ligar e perguntar se você ainda tinha aquela câmera velha, ah, olha só quantas fotos legais, posso pegar emprestada e salvar no meu computador?"

Eu me senti burro demais para existir. Claro que Susanna estava certa, absurdamente certa, e qualquer pessoa com metade de um cérebro funcional teria pensado naquilo tudo, mas era justamente esse o problema havia um tempo, não é? "Certo", falei. "Claro. Desculpa."

"Meu Deus, Toby. Porra."

Pareceu meio exagero Susanna ficar aborrecida por ser acusada de um roubo considerando o resto da conversa, mas não fiz comentários. Eu estava enjoado; tinha comido chocolate demais, e o resíduo doce enchia minha boca de saliva como se eu estivesse prestes a vomitar. "Tudo bem", falei. "Entendi. Deixa pra lá. O que você fez depois?"

Susanna me encarou por um momento, mas em seguida fez um movimento exasperado de cabeça e deixou passar. "Então", disse ela, se reacomodando embaixo da manta, voltando para a história, "tudo tava basicamente planejado. Eu só precisava colocar Dominic no lugar certo na hora certa. Algumas semanas antes teria sido fácil marcar um encontro, ele vivia quase que acampado aqui, mas, depois da festa de aniversário do Leon, ele não tinha aparecido muito, pelo menos não durante o dia. E eu sabia que não tinha muito tempo. Dominic não ia se contentar em enrolar no jardim pra sempre."

Tive vontade de me levantar e sair andando, de ir para longe daqueles dois e daquela conversa catastrófica maldita. Eu não conseguia lembrar por que havia achado que aquilo seria uma boa ideia.

"Então", disse Susanna, "eu tive que ser criativa. Eu não tava indo pro quintal sozinha, mas comecei a ir sempre que aparecia uma oportunidade. Ia podar as roseiras, essas coisas... Eu não sei porra nenhuma de roseiras, devo ter matado um monte. Mas eu fui. Depois de alguns dias nisso, eu tava lá uma tarde quando empurraram um negócio com força na minha bunda e Dominic perguntou se era assim que eu gostava."

"Aquele cara", disse Leon, pegando outro enrolado de salsicha, "via muita pornografia ruim na internet."

"Eu quase caí de cara na roseira", disse Susanna, "o que podia ter terminado mal. Tive sorte: me segurei em uma planta e recuperei o equilíbrio. Cortei a mão nos espinhos, mas só percebi depois. Quando me virei pro Dominic, ele falou 'Surpresa!'" Susanna fez um movimento irônico com a boca. "Eu juro que ele tava sorrindo pra mim. Um sorriso largo de satisfação, como se tivesse feito uma coisa inteligente e estivesse esperando uma medalha. Ele falou 'Tá feliz em me ver?'

"Respondi que não gostava de surpresas. Dominic achou aquilo muito engraçado. Ele me empurrou pra cima da roseira e enfiou a mão na minha blusa. Eu falei 'Hugo tá na cozinha'. Dominic não gostou disso. Tirou a mão e falou 'Vou fazer uma surpresa e tanto qualquer noite dessas. Em breve'."

"Um psicopata do caralho", disse Leon com a boca cheia. "Você ainda acha que a Su devia só ter ido pra Edimburgo? Que sem ela por perto pra ser uma tentação, abracadabra, Dominic teria se transformado em um cara normal e gente boa?"

"Até aquele momento", disse Susanna, "eu não tinha certeza se conseguiria ir em frente com a ideia. Mas aquilo facilitou tudo. Eu falei 'Tudo bem, eu não aguento mais isso. Você venceu. Se eu fizer um boquete em você, você me deixa em paz?'

"Ele ficou de queixo caído. Fez cara de quem realmente não conseguia entender o que tava acontecendo, mas, depois de um segundo, perguntou 'Você tá falando sério?', e eu falei 'Tô, desde que você jure pela sua vida que depois nunca mais vai me perturbar'. Você devia ter visto o sorriso na cara dele. Ele ficou todo 'Ah, claro, eu juro!', o que era mentira, *claro* que ele tava planejando continuar me assediando... '*Agora?*' Eu falei que não, que a gente ia ser visto, que Hugo sairia a qualquer momento. Ele teria que voltar de noite, talvez na segunda? E ele disse que sim, tudo bem, segunda à noite, combinado. Eu falei uma e meia da madrugada. Achei que Dominic ia reclamar, mas ele teria dito sim pra qualquer coisa."

Susanna olhou o nível do copo contra a luz. "Eu aproveitei ao máximo. Fiz com que ele prometesse vir andando pra ninguém ver o carro. Fiz com que ele prometesse não contar pra ninguém; falei que, se ouvisse qualquer boato, o acordo tava cancelado. E se ele me mandasse mensagem de texto ou me ligasse, o acordo tava cancelado. Dominic ficou todo 'Claro, gata, tudo bem, juro pela minha vida'. Obviamente, ele planejava contar pro mundo inteiro depois, mas, por mim, tudo bem. Ele falou 'Eu não preciso te mandar mensagem de texto porque você sabe que não pode mudar de ideia. E não precisa se preocupar em abrir pra mim, eu vou estar aqui'. Aí ele mostrou a chave, piscou e foi embora."

Na janela por trás de Susanna, o céu estava escurecendo, as folhas avermelhadas e pesadas de chuva nas castanheiras. "Ele nunca ficou nem um pouquinho desconfiado", disse ela, "sabia? Eu fiz de tudo pra parecer apavorada e enojada, não que fosse difícil, e ele tava se divertindo tanto com aquilo que não tinha espaço pra mais nada. Às vezes, eu me pergunto o que teria acontecido caso Dominic tivesse sacado."

A sala estava ficando fria; o fogo estava baixo. Leon esticou a mão para a pilha de lenha e jogou um tronco na lareira, gerando um farfalhar suave e uma chuva de fagulhas laranja.

"Aí", disse Susanna, "a gente só precisou esperar a segunda-feira."

"Você era nossa grande preocupação", disse Leon para mim. "Hugo tava sempre na cama com as luzes apagadas às onze e meia, feito um reloginho. A fábrica ainda tava sendo transformada nos apartamentos, não tinha ninguém morando lá, e os vizinhos tavam sob controle; eles iam pra cama depois do noticiário das nove e, mesmo que se levantassem e olhassem pela janela, eles eram cegos que nem morcegos. Mas, se você decidisse ficar acordado até tarde vendo pornô ou sei lá o que você fazia no computador de Hugo, a gente ia estar encrencado."

"Bom", disse Susanna, um sorrisinho por cima da borda do copo. "Não foi uma preocupação tão grande."

"O quê?", perguntei. Eu tinha aprumado a coluna. "O que vocês fizeram comigo?"

"Ah, meu Deus, relaxa aí", disse Leon, as sobrancelhas arqueadas. "A gente não fez nada."

"Só trouxemos uma garrafa de vodca na noite de domingo", disse Susanna. "E um pouco de haxixe. E nós dois não consumimos muito de nenhum dos dois."

"Você nem reparou", disse Leon para mim. "Você ficou doidão. Em determinado momento, tava se balançando em um galho de árvore, rindo e dizendo pra gente que era o Homem-Macaco."

"E cuidamos pra que você acordasse cedinho pra trabalhar na manhã da segunda. Não foi fácil, mas a gente conseguiu."

"Você tava péssimo. Verde. Acho que tava vomitando. Você queria faltar porque tava passando mal, mas não deixamos."

"Às onze da noite de segunda", disse Susanna, "você tava praticamente desmaiando. A gente tava aqui vendo televisão, *Newsnight* ou alguma outra coisa que você não ia querer ver. Você ficava reclamando que era pra gente mudar de canal, mas a gente não quis, então você acabou desistindo e indo pra cama. A gente tinha praticamente certeza de que você ia ficar lá."

"Ah, que bom", falei. Nem mesmo o pateta que ficava só olhando; apenas um objeto a ser tirado do caminho para que eles não tropeçassem no meio de algo importante, um brinquedo chato que precisava ter a pilha gasta a fim de ficar inerte enquanto a ação acontecia. E eu havia seguido quase sem resistência pelo caminho que eles tinham mapeado para mim. Eles me conheciam tão bem. "Eu não ia querer... querer atrapalhar."

"Você não atrapalhou", garantiu Susanna. "Você se comportou perfeitamente. Tudo se comportou, na verdade. Minha outra preocupação principal era a chuva. A última coisa que eu queria era Dominic tentando fazer as coisas dentro de casa..."

"Ele não teria feito isso", disse Leon, lambendo migalhas de enroladinho de salsicha do dedo. "Você acha que ele planejava interromper um boquete? Ele não ia querer estar em um lugar onde você pudesse gritar por socorro."

"Verdade", disse Susanna. "Mas ele podia não ter aparecido se estivesse chovendo; talvez quisesse remarcar. Isso teria sido um saco."

"Ter que me tirar do caminho de novo", falei. "Que chato."

"A gente teria dado um jeito", disse Susanna. "Mas tivemos sorte. A noite tava ótima. Fria, mas não tinha uma nuvem sequer. Assim que você e Hugo pararam de fazer barulho, a gente se preparou..."

"Acho que essa foi a pior parte", disse Leon. "Su vestindo a jaqueta de Hugo e pegando o saco com as coisas pra jogar na árvore... aquele saco era nojento, sabia? Parecia um kit de faça sua própria boneca de vodu." Susanna riu com deboche. "E eu procurando roupas escuras pra que Dominic não me visse, botando o garrote no bolso e verificando umas oito vezes pra ver se não tava embolado... A coisa toda parecia impossível. Tinha certeza de que a qualquer minuto eu piscaria e tudo teria sumido e eu acordaria na minha cama pensando *Ah, meu Deus, que sonho mais esquisito!* Mas continuou acontecendo e sendo real."

"Pra mim, a pior parte foi a espera", disse Susanna, pegando um cigarro com Leon. "Depois que a gente tava posicionado. Eu fiquei perto dos fundos do quintal. A gente não queria Dominic chegando perto demais da casa, só pro caso de algo dar errado ou de você ou Hugo olharem pela janela. Leon ficou atrás do olmo. E a gente só podia esperar. Foi horrível." Um olhar para mim por cima do isqueiro. "Sei que você não gosta de termos feito isso aqui. Mas escolhi o quintal em parte porque achei que estar no nosso território ajudaria a controlar tudo. A gente tá fazendo com que pareça ter sido moleza, mas não foi."

"Acho que nós dois ficamos dias sem comer", disse Leon. "Sem dormir. As pessoas precisavam repetir as coisas pra mim três vezes porque não entrava na minha cabeça; eu não conseguia nem *ouvir*. Qualquer coisa que tornasse um pouquinho mais fácil..."

"Só que, quando chegou a hora", disse Susanna, "o quintal não foi tão reconfortante assim. Todos aqueles sons baixos, folhas caindo da árvore, provavelmente, mas..."

"Mas sempre bem no meu *pé do ouvido*", disse Leon, tremendo, "e eu ficava pulando como se estivesse num pula-pula. E os galhos faziam desenhos como se tivesse coisas nas árvores, pássaros, pessoas, *cobras*... Eu via com o canto do olho, mas, quando espiava, claro que não tinha nada."

"Nosso sangue devia estar noventa por cento adrenalina", disse Susanna. "Minha mente tava *disparada*... E se ele vier de carro? E se o garrote arrebentar? E se ele tiver contado pra alguém? E se isso ou aquilo...? Teve um segundo em que eu pensei, claramente, *eu vou pirar. Vou começar a gritar e não vou conseguir parar.*"

Ela soprou um aro de fumaça e o observou subir. "Isso soa bem covarde", disse ela, "a não ser que você leve em conta como os meses anteriores tinham sido. Mas eu não pirei. Mordi o braço com tanta força que me controlei pelo choque. A marca dos dentes ainda tava lá uma semana mais tarde. E aí, uns dois minutos depois disso, a porta do quintal se abriu e lá tava ele. Entrou tranquilo, mãos no bolso, olhando em volta como se tivesse vindo comprar a casa."

"Espera", falei. Eu estava uns dois passos atrás naquela história. "*Leon* tava com o, o meu, o cordão do moletom? Foi *Leon*?"

"Esse", disse Susanna, tão bruscamente que me sobressaltou, "não era o plano original. Eu que ia fazer. Esperar atrás da árvore, escolher um momento em que Dominic tivesse de costas pra mim e pronto. Leon ia só *ajudar* com a limpeza."

"Mas depois que a gente conversou", disse Leon gentilmente, se sentando, "ficou óbvio que o plano não era bom. Teria sido arriscado demais; tinha chance demais de ele se virar no momento errado ou de não ficar na posição certa. Teria sido burrice."

"Eu devia saber desde o começo", disse Susanna. "Pelo jeito como eu imaginava, tudo limpo e fácil... literalmente: eu só teria que tocar nele quando já estivesse morto. Mas não funciona assim. O que a gente tava tentando fazer não era coisa pequena. Se você quer uma coisa assim, tem que fazer sujeira."

Eu não sabia bem o quanto ela estava bêbada; apenas uma taça e meia, mas eu tinha servido bastante, queria os dois relaxados. Na luz da lareira, os olhos de Susanna estavam escuros e opacos, cheios de reflexos.

"Eu não queria que você se sujasse", disse ela para Leon. "Não queria que fosse você a ter que fazer o trabalho sujo. Mas não consegui pensar em nenhum jeito de fazer funcionar ao contrário."

"Eu também não queria você fazendo a sua parte", disse Leon. Eles estavam virados um para o outro, alertas, íntimos; por um momento, era como se tivessem esquecido que eu estava ali. "Mas a gente não teve muita escolha."

Só que eu queria dizer que claro que eles tiveram escolha. Se fôssemos três, nós três juntos, teríamos elaborado alguma coisa... Mas até aquilo pareceu melhor para eles do que me incluir no plano.

"O quê?", falei, alto demais. "O que aconteceu?"

Eles se viraram para me olhar. Passou pela minha cabeça que talvez eu devesse estar com medo. Dois assassinos contando tudo para mim; em um programa de televisão, eu jamais teria saído daquela sala vivo. Mas eu não conseguia encontrar uma parte sequer de mim que se importasse.

"Nós fizemos juntos", disse Leon. "Foi bem mais seguro assim. Um de nós precisou botar Dominic em posição embaixo da árvore e manter ele parado e distraído..."

"Essa fui eu", disse Susanna.

"E, depois que ela colocou Dominic onde a gente precisava que ele ficasse", disse Leon, "eu cheguei sorrateiro por trás. Essa parte foi horrível. Eu tive que chegar devagar, porque, se ele me ouvisse, a gente tava *fodido*, mas eu não queria deixar Su ali nem um segundo a mais do que precisava..."

"Funcionou com perfeição", disse Susanna, interrompendo. "Eu diria que Dominic nem soube o que tava atacando ele, exceto por um momento em que ele soube. Eu vi. Eu tava basicamente cara a cara com Dominic; assim que ele caiu, eu pulei em cima dele e enfiei um pedaço grande da minha jaqueta, bom, da jaqueta de Hugo, na boca dele. O máximo na garganta que consegui. A gente provavelmente não precisava disso, o garrote teria funcionado sozinho, mas eu queria, pra que nenhum de nós tivesse certeza de quem tinha feito o serviço. Me pareceu o mínimo que eu podia fazer por Leon. E eu queria o DNA de Dominic na jaqueta mesmo." Susanna olhou para mim, o rosto pálido e tranquilo, um fio de fumaça subindo pela bochecha. Pensei: *O que eu estou ouvindo? O que é isso?* "E, se for pra ser sincera", disse ela, "eu queria fazer aquilo."

"Não acreditei em como foi rápido", comentou Leon. "Eu tinha imagens mentais horríveis de que demoraria uma eternidade, sabe, como nos filmes de terror, que toda vez que você pensa que o malvado morreu ele volta à vida e ataca de novo? Eu tava morrendo de medo de não ter força... Mas bastou um ou dois minutos. Só isso." Ele ergueu o indicador e o polegar com uma distância pequena entre os dois. "Esse tempinho."

"Foi feio", disse Susanna, "mas foi rápido. Quando tivemos certeza de que o coração dele tinha parado de bater, o passo seguinte foi colocar Dominic na árvore. Amarramos a corda embaixo das axilas dele e fizemos a coisa com a roldana que tínhamos praticado. Coloquei ele meio emborcado por cima de um galho grande e nós dois subimos e manobramos o corpo pra dentro do buraco."

"Mas foi bem mais difícil com ele do que com o saco de pedras", disse Leon, se inclinando para pegar a garrafa de vinho. "Colocamos luvas de jardinagem pra não deixar um monte de DNA nele, mas ficamos super desajeitados e tivemos que tirar a corda do cadáver sem deixar ele cair, e os braços e as pernas ficavam virando pro lado errado e o sapato saiu..."

"Bom, não foi divertido", disse Susanna, vendo a expressão em meu rosto. "Mas, se você for ficar horrorizado, acho que essa não é a parte em que devemos nos concentrar. Nada que a gente tenha feito fez diferença pra ele naquele momento."

Susanna havia interpretado errado o que eu estava sentindo. Não era que eu estivesse horrorizado. Eu só não conseguia captar tudo aquilo, minha mente ficava travando — *cara a cara com ele, foi feio, mas foi rápido...* Eu queria mais, queria todos os detalhes, queria apertar todos entre os dedos feito vidro quebrado. Eu não conseguia pensar em um jeito de pedir.

"Parece horrível", disse Leon, enchendo a taça de Susanna, "mas, sendo sincero, ele não parecia mais uma pessoa. Essa foi a parte bizarra. Dominic simplesmente *sumiu*. O corpo, aquilo era só uma *coisa*, um objeto mole e enorme pra gente se livrar. Às vezes, por um segundo, eu quase esquecia o porquê; era como uma tarefa bizarra e impossível saída de um conto de fadas que, se a gente não fizesse até o nascer do sol, a bruxa do olmo transformaria nós dois em pedra."

"Deus", disse Susanna. "Foi um milhão de vezes mais trabalhoso do que a parte de matar. Pareceu durar uma *eternidade*. Eu não conseguia pensar no que fazer se não desse certo."

"E aí veio aquela porra de garrote."

"Ah, Deus, o garrote. A gente conseguiu enfiar o Dominic lá, né? A gente ainda tava em cima da árvore. E Leon pegou o garrote..."

"Eu tinha enfiado no bolso enquanto a gente subia com ele..."

"A gente ia desfazer os nós e jogar o cordão no buraco da árvore", disse Susanna. "Só que os nós não soltavam. Devem ter se apertado quando a gente fez o serviço."

"As luvas também não ajudaram. Depois de um tempo, ficamos desesperados e as tiramos, mas não fez a menor diferença, os nós pareciam *pedras*..."

"Nós dois ficamos sentados em galhos feito dois macacos, trabalhando cada um em um nó, cada vez mais agoniados..."

"... quebrando as unhas..."

"Até que, finalmente", disse Susanna com um olhar exasperado, "Leon entrou em pânico e jogou o garrote no buraco de qualquer jeito."

"Bom, o que a gente ia fazer? Não dava pra botar na lixeira, a polícia podia fazer uma busca, e não ia pegar fogo direito, era feito de náilon..."

"Jogar em uma lata de lixo do outro lado da cidade. Jogar no canal. Qualquer coisa. Aquele garrote era a única coisa que provava que Dominic tinha sido assassinado. Sem aquilo, desde que não encontrassem o corpo por uma ou duas semanas, ele podia ter se matado, tido overdose ou só caído por estar bêbado e ser um idiota..."

"Rafferty achou que eu tinha matado Dominic", falei. "Por causa daquele garrote."

"É, desculpa por isso. Como eu falei, não era o plano."

"Ah, claro. Agora tá tudo bem."

"A gente *tentou* pegar de volta", disse Leon. "Eu enfiei a mão no buraco e *remexi*... foi nojento, meus dedos entraram na *boca* dele, foi como ser mordido por um zumbi. Mas eu não consegui encontrar; deve ter caído lá no fundo. O que a gente ia fazer? Tirar o corpo da árvore e mergulhar lá dentro pra procurar?"

"No fim das contas, a gente desistiu", disse Susanna. "Descemos e desabamos embaixo da árvore como se tivessem atingido a gente com dardos tranquilizantes. Nunca fiquei tão exausta na vida. Nem depois do *trabalho de parto*. A gente teria dormido ali mesmo se pudesse."

"Eu acho que dormi", disse Leon. "Eu me lembro de ficar deitado com a cara na grama, ofegando como se tivesse corrido, suando *em bicas*, e logo depois Su tava sacudindo meu ombro e me mandando acordar porque a gente tinha que resolver a questão do celular do Dominic."

"Aquele celular era a coisa com que eu mais tava preocupada", disse Susanna. "Também era nossa maior vantagem: bastava uma mensagem de texto e a gente podia apontar pra suicídio, do nada; uma nota de suicídio falsa antes da época dos celulares teria sido bem mais difícil. Por outro lado, eu sabia que a polícia tinha como rastrear. Não com tanta precisão, não como agora com o GPS, mas dava pra saber a área geral das torres que transmitissem a mensagem. Aquele cara que apareceu no noticiário, o que matou a esposa e foi pego porque o celular não tava onde ele disse que tava, lembra dele? Eu li *muita* coisa sobre o assunto. Pensei em dizer pro Dominic desligar o celular porque eu tinha medo que ele tirasse uma foto minha chupando o pau dele ou algo assim, mas decidi que era má ideia. A polícia ainda rastrearia o celular até essa área, mas, se fosse desligado aqui, eles perceberiam que era *aqui* que alguma coisa tinha dado errado. Se o celular fosse pra outro lugar, eles saberiam que Dominic tinha ficado nessa área por um tempo, mas também saberiam que ele tinha ido embora. Talvez achassem que ele tava vagando por aí tentando decidir se acabava com a vida ou não... talvez ele estivesse pensando no canal e depois mudou de ideia, né? Ele conhecia outras pessoas que moravam nessa região, de qualquer modo; não tinha motivo pra polícia conectar com a gente."

A voz calma e absorta, dando detalhes de um problema interessante. "Mesmo que o pior acontecesse e a polícia rastreasse Dominic até aqui, tipo se alguém tivesse visto quando ele entrou na viela, eu tinha um plano. Eu ia cair no choro e confessar que ele tinha vindo me dizer que tava apaixonado por mim e que eu dei um fora nele, e que aí Dominic foi embora chateado gritando que eu ia me arrepender. Não era perfeito, mas teria que servir. Leon ia confirmar."

"A gente tinha a história toda ensaiada", disse Leon, "só por precaução. Mas eu tava torcendo muito pra não precisar. Se eles chegassem tão perto assim, eu não sei se conseguiria me manter controlado."

"Você teria se saído bem", disse Susanna. "Mas, de qualquer modo, aquele celular tinha que ir pra algum lugar bom, um lugar com cara de suicídio. Primeiro, pensei em Bray Head. Mas a gente tava falando do Dominic; não tinha como ele ter ido pra Northside, nem mesmo pra se matar. Mas Howth Head é mais perto, tem mais suicídios e, pelo que consegui descobrir sobre as correntezas, era mais plausível que o corpo dele não fosse encontrado caso Dominic fosse pra lá. Então, Leon saiu com o celular."

"Por que Leon?", perguntei. Se eu tivesse que escolher, teria confiado um serviço daqueles a Susanna no lugar de Leon a qualquer momento. Eu teria confiado o serviço a mim e não a Leon, mas eles tinham decidido que eu não servia nem para isso.

"Valeu mesmo", disse Leon.

"Ninguém vai reparar em um cara jovem andando sozinho de madrugada", disse Susanna. "Mas em uma garota, sim. Alguém talvez até se lembrasse de mim. Eu não queria jogar mais coisa nas costas do Leon.

Até pensei em enfiar o cabelo debaixo de um chapéu e fingir que era um homem, mas, se alguém desconfiasse de mim, seria algo que as pessoas *lembrariam*."

"Eu não me importei", disse Leon. "Sinceramente. Você facilitou tanto." Para mim, ele explicou: "Ela tinha planejado tudo. Cada passo."

"Era o *mínimo* que eu podia fazer. Você ficou com a pior parte do trabalho em tudo." Susanna estava olhando para Leon com aquela expressão de pura admiração e calor que eu vira antes, uma ou duas vezes, e que nunca tinha entendido. "Todas as partes difíceis. E lidou com cada segundo lindamente. Você foi um gladiador."

"Por sua causa", disse Leon. "As coisas em que você pensou, não tinha a menor chance de eu planejar isso. Se dependesse de mim, a gente seria descoberto em um dia. Su disse", Leon falou para mim, "que eu não podia pegar um táxi daqui até Howth porque o taxista podia se lembrar da minha cara. Então andei até a cidade e peguei um táxi pra Baldoyle. Falei qualquer coisa pro taxista tipo 'Meu Deus, todo mundo ainda tá animado e eu tenho que trabalhar cedo', mas, fora isso, fiquei calado. Eu fingi cochilar com a cabeça encostada na janela pra ele não querer conversar. Su tinha planejado até isso."

"A polícia ia tentar rastrear os movimentos de Dominic naquela noite", explicou Susanna. "Iam querer descobrir como ele chegou em Howth. Saberiam que ele não foi andando pela velocidade com que o celular mudava de torres; idealmente, Leon teria andado o caminho todo, mas eram no mínimo três horas, e o tempo ficaria bem apertado. A gente não podia correr o risco de ele se perder e ter que pedir informação. Imaginei que a polícia ia verificar com os taxistas e que, quando não conseguissem encontrar um que tivesse levado Dominic, os policiais concluiriam que ele tinha pegado carona com alguém que não queria se apresentar ou tinha usado um táxi ilegal: um táxi falso ou algum sujeito sem licença usando o táxi de um amigo, ou talvez até alguém que não devia estar trabalhando por estar recebendo seguro-desemprego ou ser refugiado. Tudo isso era tranquilo. Mas se encontrassem um cara que não batia com a descrição do Dominic pegando um táxi daqui pra Howth e depois de volta bem no meio daquela noite, aí acho que prestariam atenção."

"Eu andei a partir de Baldoyle", disse Leon. "Não fui até Howth Head porque, no escuro? Naquele penhasco? Não, obrigado. Só subi um pouco, até ter certeza de que ninguém podia me ver, e mandei a mensagem. Morri de medo de não ser transmitida, o sinal não era tão bom, mas deu certo. Quando vi 'enviado', limpei minhas digitais do aparelho e joguei o celular o mais longe que consegui."

"Mesmo que não tivesse ido parar no mar, não tinha importância", disse Susanna. "Dominic podia ter se livrado do celular subindo o penhasco."

"E aí eu voltei pra casa", disse Leon. "Andei até Kilbarrack e peguei um táxi. No caminho da ida, eu tava usando um moletom branco por cima de um azul, e na volta troquei os dois e botei um boné. Então, mesmo que a polícia perguntasse e os dois taxistas se lembrassem de mim, não teria parecido que eu era o mesmo cara."

"Ideia sua", falei para Susanna, que assentiu e se virou de lado para olhar Leon.

"Eu falei pro motorista me deixar na planície em Ranelagh. Su tinha até escolhido a rua, não lembro qual era. Dessa vez, falei que tinha brigado com a minha namorada. E aí 'dormi' encostado na janela de novo."

Leon virou a taça nas mãos, admirando a luz do fogo nas bordas. "Foi a parte mais estranha da coisa toda", disse ele. "Aquele trajeto de táxi. Até ali, tinha sido questão de fazer coisas: fazer isso certo, não esquecer disso, não foder aquilo, só seguir em frente. E aí, de repente, tinha acabado; não tinha mais nada pra fazer. Existia só... o resto das nossas vidas, sem Dominic. Com isso." Ele inspirou fundo. "O taxista tava ouvindo uma estação de músicas antigas, bem baixinho. R.E.M. David Bowie. Ainda tava escuro, mas o céu de um lado tava começando a ficar um pouquinho cinza, e por algum motivo isso fez parecer que a terra tava se inclinando. Como se as rodas do táxi tivessem saindo do chão e a gente tivesse flutuando. Tinha uma estrela brilhante, bem baixa no horizonte. Era linda."

Susana estava com a cabeça apoiada em cima do cotovelo no braço do sofá, olhando para ele. "Eu senti o mesmo", disse. Para mim, ela contou: "Depois que Leon foi embora, joguei as coisas do saco de sanduíche no buraco. Joguei também um monte de terra e folhas pra encobrir o cheiro. E guardei a escada, a corda e as luvas, ajeitei os buracos que a escada tinha deixado na frente da árvore e pendurei a jaqueta do Hugo no armário. Então fiquei sentada no quarto, com as luzes apagadas, pro caso de você ou Hugo irem ao banheiro. Repassei tudo na cabeça pra ver se tinha esquecido alguma coisa, mas não esqueci. Não tinha mais nada que eu pudesse fazer. Mesmo que eu quisesse desfazer tudo, não tinha como."

Os olhos dela haviam se afastado de nós, ido para o fogo. "Foi muito tranquilo. Não devia ter sido; eu devia estar subindo pelas paredes de adrenalina ou ficando louca de remorso ou alguma outra coisa. Né? Eu e as minhas cruzadas morais, e agora eu tinha matado uma pessoa. Mas eu só fiquei sentada do lado da janela olhando pro quintal. Tudo parecia diferente, mas não de um jeito ruim; só diferente." Ela pensou por um tempo. "Mais claro, talvez? Eu queria botar o resto do mundo em pausa e ficar sentada ali por um ou dois anos, apenas olhando."

Encolhida daquele jeito, sonhadora na penumbra, o cabelo embolado contra o vermelho desbotado do sofá, Susanna devia estar parecendo a pessoa que costumava ser na infância, cansada após um dia brincando; Leon, apoiado na poltrona com as pernas esticadas, devia estar parecendo aquele garotinho vibrante do passado, com o rosto sujo e o joelho ralado. Eles quase estavam assim. Nós éramos tão próximos naquela época, uma proximidade fundamental demais para sequer pensarmos nela. Eu não conseguia entender como eles tinham se distanciado tanto de mim.

"Finalmente, chegou uma mensagem de texto no meu celular", disse Susanna. "E ouvi o seu apitando do outro lado do andar, depois o de Leon, que ele teve que deixar aqui. Eu não gostei disso porque, se alguma coisa desse errado, a gente não teria como se falar, mas se a polícia xeretasse, a gente não podia que o celular de Leon tivesse estado em Howth. Esperei um minuto antes de olhar, pro caso da polícia verificar os horários dos celulares e descobrir a hora que eu tinha lido a mensagem; eu não queria que parecesse que eu tava esperando. E lá estava."

E eu havia dormido alegremente o tempo inteiro. Eu mal tinha me virado para esticar o braço quando o celular tocara; eu vi a mensagem, *'Que porra é essa?'*, e voltei a dormir.

"Depois de um tempo, Leon chegou em casa e me contou que tinha dado tudo certo", disse Susanna. "Tava clareando lá fora. A gente tava morrendo de fome, e eu fiz sanduíches e chá..."

"Sussurrando na mesa da cozinha", disse Leon, "dando risadinhas feito duas crianças descendo pra um lanchinho de madrugada. Eu tava eufórico. A comida tava deliciosa; acho que nunca comi nada tão gostoso."

"E aí a gente foi pra cama", disse Susanna. "Imagino que a gente devia ter ficado rolando na cama e tendo pesadelos, mas acho que nunca dormi tão pesado."

"Ah, meu Deus. Foi como se eu tivesse levado uma porrada com um *bastão de beisebol*. Acho que eu teria dormido por 24 horas seguidas, mas aí Su entrou no meu quarto e me arrastou da cama pra eu ir trabalhar."

"Bom, a gente não podia se atrasar", disse Susanna. "A gente precisava agir com normalidade. Não foi difícil. A gente só precisava acompanhar todo mundo: 'você recebeu uma mensagem de texto do Dominic

Ganly, meu Deus, o que foi aquilo, alguém falou com ele? Ah, não, e se ele tiver feito alguma besteira?!'" Ela se apoiou em um cotovelo e esticou a mão para pegar outro cigarro. "Daí em diante, a coisa meio que seguiu sozinha."

Tentei pensar naquele outono. Parecia impossível que eu não tivesse notado nada; eu estava feliz na faculdade, fazendo novos amigos, entrando em vários clubes esportivos e saindo de casa, mas algo teria chamado minha atenção — eles tinham *matado* alguém, eu não tinha como ter perdido aquilo. Eles deviam estar diferentes, marcados ou assombrados, sei lá. "Vocês não ficaram com medo?", perguntei. "De serem pegos?"

"A gente devia ter ficado, provavelmente", disse Susanna, sacudindo o isqueiro de Leon. "Mas não, não ficamos. Você precisa lembrar que a gente tava acostumado a ficar com medo. Era basicamente nosso modo automático àquela altura. Fora que 'Ah, não, a polícia pode talvez perceber que Dominic não se matou e pode conectar isso a nós dois e pode quem sabe conseguir provas suficientes pra nos prender e aí existe a possibilidade de sermos considerados culpados' era bem menos assustador do que 'Dominic Ganly vai me estuprar ou me matar qualquer dia desses'."

"Eu ficava com medo às vezes", disse Leon. "Quando pensava demais no assunto. Não era como se tivessem que procurar muito pra achar ele, óbvio, e, quando isso acontecesse, seria o fim pra gente. A única coisa que salvou foi que eles não tavam olhando na nossa direção."

"A gente teve sorte", disse Susanna. "Dominic se achava tão inteligente, nunca me mandava nada ousado justamente pra eu não ter provas. Mas, se o celular dele tivesse cheio de mensagens de texto cruéis pra mim, a polícia teria dado uma olhada e *caído em cima* de mim."

"Mas", falei, "a polícia veio aqui. Não veio?" Naquele ponto, nada que surgisse da minha memória parecia confiável, mas mesmo assim eu tinha certeza de que eles tinham vindo ali em casa uma tarde; eu estava de ressaca e indo me encontrar com os rapazes em busca de uma cura quando vi dois sujeitos caipiras de terno na porta, exibindo distintivos e fazendo perguntas sem sentido. Eu tinha me esquecido até aquele momento...

"A polícia veio, sim", disse Susanna. "Uma semana depois. Eles falaram com todo mundo que conhecia o Dominic, mas eu ganhei tratamento especial. Acho que uma das minhas amigas deve ter contado que ele tava dando em cima de mim e a polícia quis saber a história. Graças a Deus não eram os mesmos caras pra quem eu tentei denunciar assédio; aqueles eram guardas normais, do tipo que usa uniforme. Os que vieram falar comigo eram detetives, de terno, como Rafferty e Kerr. Os caras de uniforme já deviam ter me esquecido, mas, mesmo assim, teria sido assustador."

"Meu Deus", falei. O mundo pelo qual eu saltitava alegremente era tão absurdamente distante daquele outro, parecendo seguir por um trilho sombrio e subterrâneo, que eu não conseguia fazer os dois se encaixarem na minha cabeça. "O que você disse pra eles?"

Susanna deu de ombros. "Não foi ruim. Eles foram legais comigo. Eu não era exatamente suspeita; era só a número noventa e lá vai o trem de uma lista de amigos e conhecidos que eles tinham que riscar. Eu basicamente contei o que os caras uniformizados tinham me dito: Dominic tava só se divertindo, era uma espécie de brincadeira contínua. Dava pra ver que eles acreditaram. Afinal..." Susanna ergueu as mãos com naturalidade. "... olha pra mim, olha pro Dominic. Aí agi como se estivesse chateada porque, nossa, e se ele tivesse apaixonado de verdade por mim o tempo todo, eu não percebi, e ele não aguentou mais o sofrimento? Aí eu chorei um pouco. E eles me disseram que não era minha culpa de qualquer forma e que ele tava chateado com os resultados das provas e que não era pra eu me preocupar. E depois foram embora."

"E graças a Deus você lidou com isso tão bem", disse Leon, virando a cabeça para longe de Susanna a fim de soprar um filete de fumaça. "Meu Deus. Eles ficaram uns cinco minutos comigo e com Toby, ninguém deve ter contado pra eles as coisas que Dominic fazia comigo. Não deviam querer dar a impressão errada sobre um cara tão legal, provavelmente, ou algo idiota assim. Mas os detetives ficaram aqui com você *meia hora*. O tempo todo eu tava no meu quarto, tremendo tanto que não conseguia ficar de pé. Suando em bicas. Eu tinha certeza absoluta de que bateriam na porta a qualquer momento e que levariam a gente pra prisão. Eu ficava pensando se devia cortar os pulsos enquanto ainda tinha chance. Se você tivesse deixado a menor coisa escapar... se a gente tivesse ocorrido a eles como uma possibilidade, ainda que por um segundo... nós dois estaríamos *fodidos*. *Mega*fodidos."

"Ah, pelo amor de Deus", falei. Por algum motivo, o drama de Leon me irritava mais do que nunca; parecia que ele estava exagerando absurdamente de propósito, para jogar na minha cara o quanto eu tinha perdido. "Foi legítima defesa, basicamente. Mesmo que eles tivessem pegado vocês, não é provável que tivessem prendido e jogado a chave fora. Não é tão simples agora que vocês *deixaram o cara* aqui por dez anos, mas, se vocês tivessem procurado a polícia na época..."

Os dois caíram na gargalhada.

"*Que foi?* Qual é a porra da graça?"

"Ah, Deus", disse Leon em meio a um novo ataque de risos. "Foi por isso que a gente não incluiu você."

"Graças a Deus", disse Susanna.

"Do que vocês estão falando?"

"'Com licença, seu guarda, eu tenho uma coisa pra contar, sabe, mas tem que ser rápido porque vou encontrar meus amigos no bar...'"

"Claro que eles teriam nos prendido", disse Susanna, como se estivesse explicando alguma coisa para Sallie. "A gente não tinha nenhuma prova de que foi legítima defesa; a polícia só teria nossa palavra. Você acha que teriam acreditado na gente?"

"Por que não? Vocês dois contando a mesma história, e suas amigas teriam confirmado..."

"Garotas adolescentes", disse Susanna. "Provavelmente histéricas ou mentirosas ou as duas coisas... a polícia já *me achava* histérica. Por que alguém acreditaria na gente?"

"E um gay", disse Leon. "Eu ainda não tinha saído do armário, mas eles levariam só uns dois minutos pra adivinhar. Bichas são histéricas também, você sabe, e maldosas, sem mencionar falidas moralmente."

"E, do outro lado", disse Susanna, "você tem um belo e destacado jovem herói do rúgbi como Dominic Ganly."

"Tudo bem, ele tava meio deprimido", disse Leon, "mas isso era só por causa dos resultados das provas e possivelmente porque essa piranha ingrata..." Susanna acenou. "... se recusava a apreciar Dominic do jeito que ele merecia. Ele não tinha nenhuma *doença mental*. Não tinha nada de errado com ele além de uma empolgação meio infantil. Dominic era um cara legal, você mesmo disse." Um olhar de lado para mim. "Todo mundo amava o sujeito, ou ao menos todo mundo que importava. Os jornais ficavam babando dizendo o quanto ele era *maravilhoso*, cheio de *potencial*, faziam parecer que ele era Cúchulainn retornando pra salvar a nação de si mesma... O país todo estaria querendo sangue. É provável que tivessem restabelecido a pena de morte só pra nós dois. *Claro* que eu tava apavorado."

"Eu não tava", disse Susanna. "Não fiquei nem por um segundo. Antes, sim. Tava absolutamente apavorada, mas não depois que foi feito. Eu fiquei..."

Continuei aguardando, mas, depois de um momento, Susanna fez que não com a cabeça, riu e apagou o cigarro.

"Bom, é", disse Leon, e captei um toque similar de sorriso na voz dele. "Teve isso também."

"Teve *o quê?*", perguntei.

Eles se olharam. O fogo estava baixo de novo, manchas vermelhas pulsando em meio à madeira preta. A nuvem de fumaça se agitou ociosamente, formando pequenos redemoinhos e rodopios.

"Nós dois saímos um pouco dos trilhos, eu acho", disse Leon, "de jeitos diferentes. Tudo ficou estranho; desorientador. A melhor forma de explicar é que parecia existir oxigênio demais no ar de repente, e nossos corpos demoraram um tempo pra se acostumar."

"Eu não saí dos trilhos, obrigada", disse Susanna. "Eu só tava me divertindo. Tinha muito tempo que eu não conseguia fazer isso. Não só por causa do Dominic, pra falar a verdade. Mesmo antes dele, todo mundo ficava me julgando uma boa moça, toda inteligente e séria e bem-comportada; não parecia ter um jeito de escapar disso, nem mesmo entender se eu queria. E aí, quando Dominic começou a vir pra cima de mim... Meu Deus. Parecia que, se eu fizesse *qualquer* coisa divertida, tipo se usasse roupas bonitas, saísse, ficasse bêbada, risse, essa seria a justificativa do Dominic: *Você encheu a cara e ficou de peitos de fora, claro que queria*. Se não fosse Dominic, seria algum outro cara como ele. Depois..." Ela deu de ombros. "Não me pareceu ser uma questão. Claro que a opinião de Dominic não era mais uma questão, mas as outras pessoas não pareciam mais tão assustadoras, porque eu sabia que não precisava aguentar a merda de ninguém. Não que eu fosse sacar a opção nuclear no minuto que alguém furasse a fila na minha frente na parada de ônibus, mas só de saber que eu podia *fazer* alguma coisa já deixava o mundo parecendo bem menos perigoso. E eu definitivamente tava cagando pra ser uma boa moça."

"Acho que você tinha passado do ponto de se chamar de boa moça", comentou Leon, sorrindo.

"Redenção retroativa", disse Susanna com alegria, erguendo a taça. "Então eu só me diverti. Lembra aqueles hippies com uma van? Eles me levaram pra Cornualha, e um cara chamando Athelstan me ensinou a tocar dulcimer."

"Seus pais surtaram", falei. Tudo aquilo estava me incomodando. "Eles acharam que você tinha entrado pra uma seita. Ou que tinha sido sequestrada. Ou que tinha pirado."

"Todo jovem tem direito a um pouco de rebeldia. Eu tinha sido angelical durante toda a escola. Contrabalançou." Susanna rolou para alongar as costas no sofá. "Eu ainda sou amiga de Facebook do Athelstan. Ele mora em Portugal, em um yurt."

Leon caiu na risada. "Não sei do que você tá rindo", disse Susanna. "Qual era aquele seu amigo que andava por aí usando umas asas roxas grandes?"

"Ah, Deus, o Eric! Ele era um amor. Queria saber o que aconteceu com ele. Teve uma vez, né, que a gente tava bem chapado e foi pro bloco de artes na faculdade Trinity bem tarde, logo antes de fechar, sabe? A gente tava tentando ficar preso lá dentro durante a noite. Só que aí um segurança viu a gente e ficamos brincando de pique-esconde com ele, naquele monte de salas vazias, e a gente ficava se escondendo atrás das cadeiras, só que as asas do Eric apareciam e..."

"Bom, parece divertido", falei. Minha onda de café tinha passado; eu estava enjoado, com dor de cabeça e absurdamente cansado. "Fico feliz por vocês terem se divertido tanto."

"A gente não tá sendo indiferente", explicou Susanna. "É só que a gente teve um bom tempo pra se acostumar."

"Então por que você não tá morando em um yurt e tocando dulcimer?", perguntei. "Se foi tão libertador. Por que você agora é a senhora mãe suburbana?"

"Ooooh...", disse Leon. "Alguém tá rabugento."

Susanna ignorou meu tom. "O problema", explicou ela, "foi que depois de um tempo eu comecei a reparar que parecia que o que eu fazia *importava*. Que tinha peso. Eu nunca tinha sentido isso antes. Tantas campanhas em que me envolvi na escola, pra escrever milhões de cartas pra Anistia e arrecadar dinheiro pra lugares que sofreram seca, e nada daquilo mudou nada; o cara ainda tava metido em uma prisão infernal, as crianças ainda tavam morrendo de fome. Eu chorava por causa disso." Para mim, ela disse: "Você me pegou uma vez. Me achou uma idiota, mas foi gentil."

"Certo", falei. "Que bom." Passou pela minha cabeça que eu devia estar experimentando algum senso de realização. Eu tinha conseguido o que queria, fui o detetive até chegar à resposta que nem o grande e malvado Rafferty havia conseguido obter. Eu não conseguia entender por que tudo aquilo parecia uma decepção tão grande.

"De certa forma, você tava certo. Eu tava mesmo chorando pelo cara sendo torturado em Mianmar, mas também tava chorando porque parecia que eu não era nada. Que era feita de enchimento. De penas. Eu podia me matar lutando contra as coisas e elas não mudariam nadinha; ninguém notaria que eu tava lá." Ela tomou um gole de vinho. "Mas matar Dominic... Você pode pensar o que for sobre as questões morais, mas tem que admitir que fez diferença. Concreta."

"É", falei. "Fez mesmo."

"Eu queria fazer mais coisas assim... quer dizer, não *assim*, mas coisas que fizessem diferença concreta. Coisas com peso. Fumar o haxixe do Athelstan e cantar em volta de fogueiras era superficial demais. Era leve. Conheci Tom um ou dois meses antes de ir pra Cornualha, e ele tinha ficado louco por mim, mas eu nem tinha espaço pra pensar se tava a fim dele. Só que, quando eu pensava nele, parecia que ele tinha peso. Ficar com ele seria sério; não seria como pegar Athelstan pra me divertir. Eu sabia que, se pegasse o Tom, a gente acabaria se casando. Então voltei pra casa e liguei pra ele."

"Graças a Deus", disse Leon. "Ele tava no meu pé feito um cachorrinho. Uns olhos pidões, me perguntando sem parar quando você voltava. Eu teria sido bem mais legal com Tom se soubesse que você tava a fim dele. Eu falei que você tinha se casado com Ethelbert, pelada, em uma cerimônia Wicca em Stonehenge."

"Eu sei. Ele não acreditou em você." Susanna mostrou o dedo do meio para Leon. "A mesma coisa sobre ter filhos: não que parecesse mais importante do que fazer doutorado ou qualquer outra coisa que eu podia ter feito; só pareceu mais concreto. Uma diferença que eu conseguia ver, bem ali na minha frente. Nós fizemos duas pessoas inteirinhas. Nada é mais concreto do que isso." Para mim, ela acrescentou: "Sei que você sempre me achou doida por engravidar tão nova. E sei que você nunca gostou muito do Tom. Mas fazia sentido pra mim."

Leon a estava observando com curiosidade. "Deus, eu nunca tive isso. O oposto, na verdade."

"Mas você fez coisas que importavam", disse Susanna, se virando para o primo, surpresa. "Você saiu do armário naquele outono. Eu sempre achei que tinha sido por causa do Dominic. Não?"

"Ah, com certeza. Eu provavelmente ainda estaria no armário se não fosse por esse acontecimento. Eu tava agonizando havia anos."

"Não eram os anos *1950*", falei. "Você não ia ser rejeitado, coberto de alcatrão e *emplumado vivo*."

"Sei disso, obrigado", disse Leon com certa aspereza. "Eu sabia exatamente o que ia acontecer. Eu ouviria mais piadas estereotipadas de merda, perderia alguns amigos e meu pai tentaria me convencer de que era só uma fase. Eu era capaz de lidar com isso tudo. Era a ideia das pessoas me verem como algo diferente. Não ser mais só uma pessoa pra elas, não ser só eu mesmo nunca mais; ser *um gay*. Se eu dissesse algo rabugento, não seria por ter razão, nem por estar de mau humor ou porque sempre fui um filho da mãe grosseiro; seria porque gays são chatos. Se eu me irritasse com alguma coisa, não seria por ter um bom motivo, seria porque gays são dramáticos. Tenho certeza de que isso não parece uma questão pra você..." Leon apontou em minha direção. "... mas era pra mim. Por outro lado, eu também não gostava da ideia de passar o resto da vida no armário. Eu queria ter namorados, caramba, ficar de mãos dadas no bar, levar alguém pra casa pra conhecer meus pais; não devia ser pedir muito. Eu só me sentia totalmente paralisado. Achava que ia ficar assim pra sempre, vivendo entre a cruz e a espada. Mas, depois do Dominic..."

Ele pegou o atiçador e mexeu no fogo, gerando uma chama irregular e destemida. "A coisa toda ficou totalmente diferente. Se as pessoas não me vissem da mesma forma depois que eu saísse do armário, e daí? Não tô falando sobre ser corajoso e nem sobre aquelas merdas de que só se vive uma vez. Só..." Ele deu de ombros. "As pessoas estariam fora da minha vida em pouco tempo mesmo. Nada dura pra sempre, e não falo isso de um jeito emo, falo porque é um fato. Dominic foi *enorme* na minha vida durante anos, uma presença gigantesca pairando sobre todas as coisas, eu ia dormir pensando nele, tinha pesadelos com ele a noite inteira e acordava *de manhã* com medo dele. E aí nós fizemos uma coisinha, levou só um ou dois minutos, e ele *já era*. É difícil pensar em qualquer coisa como permanente depois disso. O que você tem," disse ele para Susanna, "o marido, os filhos e a hipoteca, todas essas coisas para sempre, nunca me pareceram uma opção."

"Você gostaria que parecessem?", perguntou Susanna. Pela primeira vez, ela soou preocupada, se virando no sofá para encarar Leon na luz fraca. "Você queria ter ficado como eu?"

Leon pensou naquilo, cutucando pedaços queimados de madeira delicadamente em direção ao centro do fogo. "Não", disse ele. "Sem querer menosprezar o que você tem, mas não é meu estilo. Tô feliz como eu sou. Tem seus lados ruins: larguei todos os namorados que tive ou fiz com que eles me largassem e me sinto um merda por isso todas as vezes. Mas gosto da sensação de que tudo é possível. Eu podia estar nas Ilhas Maurício nessa época do ano que vem. Ou em Dubrovnik." Ele olhou para Susanna, sorrindo. "Eu amo lugares, sabe?", disse ele. "Sempre amei. Quanto menos eu souber sobre eles, melhor ainda. As charnecas de Yorkshire: não parece um lugar incrível? Tanto espaço e urzes e os nomes vikings dos lugares? E Nova York e Goa e... Quando eu começo a conhecer, a graça passa e me sinto inquieto, mas assim, tudo bem, porque eu não tô preso. Não preciso escolher um; eu posso ter todos." Leon sorriu. "E eu também gosto muito de homens e também não preciso escolher um só."

Susanna sorriu para ele. "Que bom", disse ela. "Me manda cartões-postais." Ela esticou a mão; Leon entrelaçou os dedos aos dela e apertou. Na lareira, uma lasca de madeira pegou fogo, chamejante.

Eles pareciam estranhos, como se feitos de um material que eu não entendia e não podia tocar. A curva da bochecha de Susanna, branca e macia como pedra polida debaixo da camada de luz tremeluzente do fogo. A sombra longa do braço de Leon se mexendo na parede enquanto ele empurrava o cabelo para trás.

"Então", disse Susanna. Ela se encostou na quina do sofá e me olhou. "Era isso."

"Certo", falei. "Tudo bem."

"Não era o que você esperava?"

"Não era, não."

"E tá tudo bem pra você?"

Respondi: "Eu não tenho nem ideia do que isso quer dizer."

"Você vai se acostumar", disse Susanna. "Dá tempo ao tempo."

Leon estava me olhando de lado. "Diz que você não tá planejando sair correndo atrás do Rafferty", falou ele, brincando, só que não.

"O quê?" Aquilo nem tinha passado pela minha cabeça. "Não."

"Claro que não tá", disse Susanna. "Toby não é burro. Mesmo que quisesse que a gente fosse preso, e ele não quer, contar pro Rafferty não faria isso acontecer. Só criaria uma confusão e um caos danado, e, quando tudo passasse, a gente estaria exatamente onde tá agora. Tudo tá melhor desse jeito." Ela ergueu uma sobrancelha para mim. "Né?"

"Não se Rafferty ainda achar que fui eu."

"Ah, ele não acha. E, mesmo que ache, não tem nada que ele possa fazer sobre isso." Como eu não respondi, Susanna insistiu: "Sério, Toby, relaxa. Tá tudo sob controle."

"Mas", falei, olhando de um para o outro. Havia coisas que eu precisava perguntar, coisas vitais, mas eu não conseguia lembrar quais eram. "Vocês não se sentem mal pelo que aconteceu?"

Assim que falei, pareceu ser um questionamento idiota, hipócrita e falsamente ingênuo. Eu esperava algum ataque agressivo, mas os dois ficaram em silêncio por um momento, trocando olhares, considerando.

"Não", disse Leon. "Tenho certeza de que parece horrível. Mas não."

"Não pelo Dominic", disse Susanna. "Pelos pais dele, sim. Eu não sentia no começo porque devia ser em parte culpa deles o Dominic ser um babaca tão arrogante; mas, depois que eu tive filhos, sim. Mas nunca me senti mal por ele. Eu até tentei. Mas não sinto. Ele que se foda."

"Eu queria que não tivesse acontecido", disse Leon, "nada daquilo. Eu queria não ter conhecido o Dominic. Mas a gente conheceu, então..."

"É mesmo?", perguntou Susanna, interessada. "Sério?"

"Bem, eu queria não ter precisado *matar* ninguém. Você não?"

Susanna refletiu. "Não tenho certeza", disse ela. "Não sei se eu teria tido coragem de engravidar caso nada daquilo tivesse acontecido. Dominic não era um supervilão único; o mundo tá cheio de gente como ele. Se não tiver porra nenhuma que você possa fazer em relação a eles além de se deitar e aguentar e depois ouvir gente explicando que não é nada demais, você vai meter crianças nisso? Agora..." Ela puxou a manta sobre os dedos dos pés; a sala estava ficando fria. "... pelo menos eu sei que, se alguém tentar sacanear meus filhos, eu tenho uma boa chance de ferrar a pessoa."

Lembrei da história de Susanna sobre o médico, e eu questionando, em meio ao torpor de haxixe e álcool, por que ela estava contando aquilo. Um aviso para mim, eu achara, mas claro que tinha entendido tudo errado. Aquilo tinha sido para Leon, não tinha nada a ver comigo, uma espécie de consolo: *Não se preocupe. Olha o que a gente pode fazer.*

"Não é como em 'O coração delator'", disse Leon para mim com outro cigarro na boca e outro estalo do isqueiro. "Não passamos os últimos dez anos ouvindo dedos de esqueleto raspando dentro do olmo sempre que a gente passava por ele."

"De vez em quando vinha uma tempestade e eu pensava *Espero que aquela árvore não caia*", disse Susanna, "mas era só isso. Eu via o olmo toda vez que a gente vinha aqui, e, em nove de cada dez vezes, Dominic nem passava pela minha cabeça. Eu me senti *encostada* nele."

"Se bem que", disse Leon, um olhar exasperado para ela, "teria sido ótimo se você tivesse pensado nele o suficiente pra ensinar seus filhos a não mexerem naquela maldita árvore."

"Eu *ensinei*. Falei pra eles um milhão de vezes. Zach só tava querendo atenção, ele tava tenso por causa do Hugo..."

"É, mas você *sabia* que ele era assim. Podia ter deixado o menino com seus pais ou..."

"Eu não sabia que Hugo ia convocar uma grande reunião. De qualquer jeito, por que teria sido melhor assim? Dominic continuaria lá. A gente teria que lidar com isso mais cedo ou mais tarde. Pelo menos agora..."

Implicando feito crianças, como se alguém tivesse deixado o celular cair ou derramado Coca no dever de casa do outro. "Eu não entendo", falei, alto o suficiente para os dois pararem e olharem para mim.

"O quê?", perguntou Susanna.

"Vocês *mataram* uma pessoa, porra. Vocês..." Os dois me olhando com curiosidade, com interesse, era difícil manter o foco. "... são *assassinos*. Como...?" *Como que não estão todos fodidos, é o que eu queria dizer, vocês deviam estar todos fodidos, não é justo...* "Como isso não é nada demais? Como vocês não sentem culpa?"

Silêncio outra vez e aqueles olhares. Eu os sentia considerando, não o quanto era seguro me contar, mas o quanto eu entenderia.

"Já teve alguém", disse Susanna, "que te tratou como se você não fosse uma pessoa? Não por causa de nada que você tenha feito; só por causa do que você era. Alguém que fez o que queria com você. Qualquer coisa que tivesse vontade." Os olhos de Susanna estavam tão brilhantes e sem piscar que, por um momento louco, tive medo dela. "E você se sentia totalmente impotente pra fazer qualquer coisa sobre o assunto? E se você tentasse falar qualquer coisa, todo mundo acharia que você era ridículo e chorão e que devia parar de fazer escândalo porque isso é normal, pois as coisas são assim mesmo pra alguém como você? Em suma, que se você não gosta, devia ter nascido outra pessoa."

"Claro que não", disse Leon. Algo em sua voz trouxe de volta a criança que ele tinha sido, se esgueirando pelos corredores, os olhos voltados para baixo, curvado sob o peso da mochila. "Quem faria isso?"

"Já teve alguém assim?"

"Já", falei. Por algum motivo, não foi apenas nos dois homens no meu apartamento que pensei. Neles, claro, no cheiro de suor e leite azedo horrivelmente próximo e nos golpes vindo, mas, em um rodopio confuso, teve também o neurologista no hospital, sua palidez suada e a dobra do pescoço por cima da gola da camisa enquanto me olhava com um olhar plácido: *Depende de múltiplos fatores.*

Quais fa-fatores? A língua grossa, parecendo um idiota. A pena quase disfarçada e a repugnância passando pelos olhos dele, o momento em que o médico me rebaixou a algo indigno de explicações, marcado e arquivado, sem apelo possível.

É muito complicado.

É, mas, mas, mas, você pode, pode...

Por que você não se concentra na fisioterapia? Deixa as questões médicas pra gente.

Um chute nas costelas e algo quebrando, *o babaquinha se acha um sujeito do caralho.*

"Certo", disse Susanna. "E o que você quis fazer com essa pessoa?"

Aquilo travou minha garganta. Não havia nada no mundo que me fizesse conseguir botar em palavras o que eu queria fazer e o quanto. Eu balancei a cabeça.

"E como você se sentiu quando não fez nada?"

A lembrança percorreu meu corpo inteiro: o punho latejando depois de eu bater contra a parede sem parar, a perna um grande hematoma onde eu a tinha punido usando todo objeto pesado que consegui encontrar, a cabeça latejando de forma lancinante após cada tapa. Eu não conseguia respirar.

"Agora imagina", disse Susanna. Ela estava me olhando com firmeza através da atmosfera esfumaçada. "Imagina que você conseguiu fazer o que queria."

O ar subiu para o meu peito e, por um momento enorme de vertigem, eu senti: o êxtase impossível, quase grande demais para sobreviver a ele, o raio gigantesco de poder e meus punhos e pés trovejando repetidamente, ossos sendo esmagados, gritos roucos, sem parar até que finalmente: imobilidade; nada além de uma polpa obliterada de gente aos meus pés. E eu de pé, ereto, sangue correndo e ar entrando e saindo como um homem se erguendo de um rio purificante em um mundo que era meu de novo. Meu coração parecia que ia explodir do peito e voar como uma lanterna chinesa para longe, pelo vidro da janela e por cima das árvores escuras. Por um segundo insano, achei que fosse chorar.

Susanna disse: "Foi assim."

Por um longo momento, ninguém disse nada. As coisas oscilaram em uma corrente de ar suave, chamas e teias de aranha no teto, as páginas de um livro aberto na mesa de centro, as pontas do cabelo de Susanna.

Leon perguntou: "Você não tá feliz?"

Eu ri, um som ríspido e atônito que saiu alto demais. "Feliz?"

"Você não fez nada de errado. Ou pelo menos nada que possa te causar problema. Não é uma boa notícia?" Como eu não respondi, ele quis saber: "A gente não devia ter te contado?"

"Não faço ideia."

"Eu não queria. Achei que todo mundo ficaria melhor deixando pra lá. Mas Su era da opinião que você devia saber."

"Eu me senti mal por fazer você pensar que talvez tivesse sido culpa sua", disse Susanna. "Mas pareceu a melhor forma de lidar com as coisas na hora. E eu tava certa, né? Deu tudo certo no final."

Soltei uma gargalhada seca e sem ar. "Eu não iria tão longe."

"Acabou. A polícia foi embora. A gente pode esquecer tudo."

"É. A Melissa foi embora também."

"Isso foi porque a merda e o drama todo foram demais pra ela. Eu não culpo a coitada. Agora você pode ir até lá e dizer pra ela que acabou, que você não teve nada a ver com nada no fim das contas. Você vai ficar bem."

"Ela vai ficar feliz da vida", disse Leon, olhando com sinceridade para mim sob a luz fraca. "Ela é louca por você."

"Vai lá, deixa ela nas nuvens", disse Susanna, jogando a guimba do cigarro nos resquícios do fogo. "Vivam felizes pra sempre."

A chuva bateu com suavidade na janela, o fogo tremeu. Eu sentia que havia mais alguma coisa que eles deviam estar me contando, um segredo crucial que iluminaria a história toda de forma que todas as sombras carcomidas ganhassem vida com um grande significado transformador, mas não consegui pensar, por nada desse mundo, no que poderia ser.

Doze

Parecia óbvio que, assim como Leon tinha dito, a revelação deveria ter melhorado as coisas. Eu não era assassino, afinal; o que poderia ser uma notícia melhor do que essa? Além do mais, e um viva para o Garoto Detetive Toby, eu finalmente descobrira o que havia acontecido com Dominic, que era o que eu mais queria; e, como cereja no topo do sundae, estava bem claro que Rafferty não podia fazer nada contra ninguém — nós estávamos todos em casa e livres. Tudo devia ter passado a sensação, dentro dos limites do acontecido, de que a vida estava uma maravilha.

Mas, de alguma forma, não foi o que aconteceu. Eu não tinha ideia do que fazer com aquela nova situação. Eu devia pelo menos ter tido um pequeno debate ético comigo mesmo, por exemplo, sobre contar ou não para alguém (meu pai, por exemplo, ele não merecia saber que Hugo e eu éramos inocentes?), mas não fiz. Eu não tinha condições; não tinha me sobrado nada com que debater, com que avaliar tudo aquilo, com que pensar na história toda. Era como se Susanna e Leon tivessem jogado um pacote enorme da IKEA na casa: o pacote, supostamente, mudaria os ares da habitação se e quando eu tivesse energia para montar o que viera dentro, mas, até lá, ficaria ali, no meio de tudo, comigo batendo a canela ou o cotovelo a cada vez que tentasse passar.

Segui minha rotina metodicamente: café da manhã e um banho, depois subir para o escritório e fazer meu trabalho do dia. Embora não chegasse a cozinhar, eu fazia pausas nas horas certas para comer coisas aleatórias encontradas na cozinha — alguém, provavelmente a minha mãe, mantinha um estoque com quantidades fartas de coisas que não precisavam ser preparadas. Depois do jantar, eu me sentava na sala com o laptop de Hugo e navegava pela internet até meu cérebro desconectar, que era quando eu ia para a cama. Era de se esperar que eu passasse as noites rolando na cama, abalado pelo luto e por dilemas morais e todo o resto, ou pelo menos tendo novos daqueles pesadelos horríveis, mas, na verdade, eu dormia como um morto.

Estava indo bem com os diários de Haskins; agora que havia pegado o jeito da caligrafia dele, estava desbravando o texto em um ótimo ritmo. Ele acabara de passar pelo estágio de querer arrancar o nome do pai do bebê de Elaine McNamara à força, e o fato de ela ter se recusado a dizer o irritou loucamente. A voz de Haskins tinha ficado bem clara na minha cabeça: nasal, com ênfases pesadas, extremamente refinada, com um pigarrinho triunfante a cada vez que ele chegava a uma conclusão irrefutável. Uma vez, quando eu estava trabalhando por tempo demais e usando um pouco de Xanax demais (eu tinha voltado a tomar uma quantidade grande, não por estar tenso— eu não tinha voltado a andar pela casa à noite nem a bater em mim mesmo, nada disso —, mas porque parecia um jeito bem mais sensato de se viver), perguntei se ele queria café.

A única verdadeira mudança na rotina foram os almoços de domingo, que, por acordo tácito, não estavam mais acontecendo. Alguém visitava a cada dois dias, supostamente para ver se eu não estava me balançando e murmurando dentro de um guarda-roupa ou me decompondo no pé da escada, mas eu não era bom de conversa e a pessoa nunca ficava muito tempo. Oliver fez um discurso dizendo que todos nós estávamos de luto, mas que a vida continuava, o que eu não tive a menor ideia de como responder; e Miriam me deu uma pedra roxa que promovia cura psíquica, que perdi logo em seguida. Leon me ligou algumas vezes; quando eu não atendia, ele deixava mensagens de voz longas, hesitantes e confusas. Não tive nenhuma notícia de Susanna, e, por mim, tudo bem.

Em abril de 1888, Elaine McNamara teve o bebê: um menino, como Hugo havia concluído, supostamente o avô da sra. Wozniak. Ela "protestou com muita veemência e grande consternação" quando tiraram a criança da mãe para entregá-la aos gentis O'Hagan. Haskins explicou para a jovem que o que ela estava sentindo era uma punição por seu pecado, e que ela devia ficar grata porque Deus ainda a amava o suficiente para castigá-la daquele jeito, mas ele não achava que Elaine tivesse entendido.

A casa estava indo ladeira abaixo, de forma tão gradual que eu só reparava quando, por acaso, alguma coisa chamava minha atenção: a luz fraca de inverno realçando as teias de aranha que enfeitavam os cantos da sala, um roçar de braço em uma cornija que levantava um rodopio de poeira no ar e deixava uma mancha de sujeira na minha manga. Lâmpadas queimaram, e eu não as troquei. No antigo quarto de Leon, uma mancha estava se espalhando pelo teto, e havia um cheiro crescente de umidade vindo de algum lugar; eu sabia que um encanador tinha que olhar aquilo, mas parecia impossível tomar esse tipo de providência se eu não tinha certeza se morava ali ou não, nem por quanto tempo. Ninguém havia mencionado o testamento de Hugo, mas ele ocupava um lugar inquieto nos cantos da minha mente: ele tinha feito o testamento do qual falara, deixando a casa para nós seis? Quem ficaria com ela caso não tivesse feito? Alguém seria delegado para me explicar com muito tato que *não havia pressa, claro, estamos todos gratos por tudo que você fez por Hugo, fique o tempo que quiser, só que, com os preços das propriedades indo tão bem e todo o trabalho a ser feito antes de botarmos a casa à venda...*? Pensei no meu apartamento, nas cortinas fechadas e no ar parado, as luzes do alarme piscando e o botão vermelho do pânico abaixo da minha cama esperando seu momento.

    Pensei muito em tentar falar com Melissa. Agora que eu não tinha matado ninguém, parecia não haver motivo para não falar. Melissa não tinha ido embora, incrivelmente, porque tinha parado de me amar; ela só tinha ido embora porque eu estava xeretando, bancando o detetive, e ela estava mesmo certa sobre ser uma ideia horrível, mas agora eu podia olhar nos olhos dela e jurar que aquilo tudo ficara para trás de vez e também que, da próxima vez que ela me dissesse para fazer alguma coisa, eu ouviria. De alguma forma, não me preocupei em convencê-la de que eu não era um assassino. Eu sentia vergonha só de um dia já ter pensado que ela poderia acreditar nisso. Melissa estava bem à minha frente o tempo todo.

    Mas não liguei para ela. Afinal — quando eu decidia ligar, quando já estava com o telefone na mão —, por que eu faria isso? O que, naquela casa escura onde a hera cobria as janelas e todas as minhas roupas tinham um leve cheiro de mofo, eu tinha para oferecer?

    Estava frio lá fora. Eu não saía muito; ir ao mercado ou fazer uma caminhada pareciam conceitos estranhos e bizarros. Embora eu perambulasse ocasionalmente pelo quintal com uma vaga ideia sobre ar fresco e saudável, eu não gostava de ir lá fora. As calêndulas otimistas plantadas por mim e Melissa e todo o resto tinham morrido — era provável que a gente tivesse plantado errado ou que fosse a estação errada ou o solo errado, sei lá. Algumas áreas de grama rala e com aparência doente tinham nascido, e havia umas ervas altas e fortes num tom verde-acinzentado que pareciam dentes-de-leão depois de tomar esteroides, mas, fora isso, a terra ainda estava uma bagunça vazia. O lugar onde o olmo costumava ficar me incomodava; mesmo quando eu não estava olhando para lá, sua ausência coçava no canto do meu olho, algo essencial faltando que eu precisava consertar aquilo, pois era urgente... O céu estava sempre cinza, sempre havia corvos batendo as asas e conversando entre os galhos do carvalho, o frio sempre chegava, penetrante, e eu sempre entrava depois de alguns minutos.

Estava frio dentro de casa também. O aquecimento não dava conta do tamanho da casa, eu estava ficando sem lenha e ninguém tinha pensado em levar mais. Correntes de ar surgiam do nada, como se alguém tivesse aberto sorrateiramente uma porta ou uma janela, mas, quando eu ia procurar a fresta, não encontrava. As aranhas estavam vindo passar o inverno; eu via cada vez mais delas, em cantos e junto aos rodapés, umas coisas gordas marrom-acinzentadas com marcas vagamente sinistras. Besourinhos passavam pelo vão embaixo das portas de vidro.

Algumas semanas depois de ter o bebê, Elaine McNamara havia voltado para casa, para o alívio de Haskins. Ele não falou mais dela. Ela não apareceu em nenhum lugar da Irlanda no censo de 1901, mas havia uma mulher na parte direita de Clare cujas informações maternas batiam com as dela, com seis filhos nascidos vivos e seis natimortos, então parecia que Elaine tinha se casado, emigrado ou ambas as coisas. Não consegui achar a certidão de casamento dela. Hugo teria sabido como cuidar daquilo e como procurar o pai do bebê, usando softwares complicados para comparar vários perfis de DNA, mas eu não tinha ideia de por onde começar.

Então, em vez disso, escrevi um relatório para a sra. Wozniak. Eu não sabia o formato certo, e acabou ficando curto, apenas os fatos e algumas linhas no final, o mais perto que consegui chegar do que achava que Hugo teria escrito: *Infelizmente, não tenho habilidades para prosseguir com essa pesquisa. Algum outro genealogista talvez consiga fazer mais. Espero que essa nova informação não seja um choque e desejo de coração toda a sorte do mundo em sua busca.*

Quando terminei, li o relatório em voz alta, no ar vazio do escritório, para os livros empoeirados, os elefantes de madeira e os chinelos velhos de Hugo que haviam ficado jogados tortos embaixo da cadeira. "Hugo", falei. "Isso tá certo?" Eu tinha começado a fazer perguntas ocasionalmente para ele — não que eu tivesse pirado completamente e achasse que Hugo fosse responder, era só que estava ficando silencioso demais naquela casa. Em alguns dias, o silêncio parecia uma substância real, sendo engrossada sutil e implacavelmente a cada hora, até ficar difícil de respirar. Mandei o e-mail do relatório para a sra. Wozniak junto dos resultados da análise de DNA e as digitalizações das páginas mais importantes do diário e não abri a resposta dela.

Ficou pior depois disso. Sem nada e ninguém para me manter na rotina, meu relógio biológico ficou completamente perdido. Eu tinha passado de dormir demais a dormir de menos — o Xanax não estava mais surtindo efeito, apenas me jogava em um limbo horrível em que eu não conseguia dormir, mas nunca tinha certeza se estava acordado de verdade. Eu vagava pela casa na meia-luz, entre aposentos densos de escuridão e retângulos pálidos que podiam ter sido janelas ou portas. Ocasionalmente, ficava tonto — eu nunca tinha certeza de quando era a hora de comer — e tinha que me sentar por um tempo. Quando tateava alguma coisa para saber em que aposento eu estava, minhas mãos só encontravam objetos desconhecidos: uma perna de mesa cheia de entalhes que meus dedos não conseguiam decifrar, um papel de parede texturizado que eu não reconhecia, a borda de um linóleo levantado quando nunca tinha havido linóleo na Casa da Hera. As coisas apareciam em lugares estranhos, uma moeda pesada e velha de 1949 no meu travesseiro, a pedra roxa psíquica de Miriam na pia do banheiro.

Quando eu pensava em Susanna e Leon, era, estranhamente, não com horror, condenação ou raiva, mas com inveja. Os dois apareciam na minha mente desenhados em um preto forte e indelével que dava a eles uma espécie de glória; a morte de Dominic os definia, imutavelmente, não para melhor nem para pior, mas simplesmente pelo que eles eram, e aquilo tirava meu fôlego. Minha vida ficava borrada e manchada perante meus olhos; meus contornos tinham sido apagados da existência (e com que facilidade aquilo tinha sido feito, com que casualidade, um movimento distraído de passagem) e eu me desfazia no mundo em todas as margens.

Acho que Rafferty sabia. Acho que, fosse lá onde ele estivesse, a quilômetros de distância, pegando o bloquinho em alguma cena de homicídio ou subindo a vela em um barquinho, ele levantou a cabeça, farejou o vento e sentiu meu cheiro, percebeu que eu estava finalmente pronto.

Ele veio me procurar em um fim de tarde fria recendendo a pneu queimado. De algum modo, tinha penetrado no meu cérebro que já faziam dias, ou possivelmente semanas, desde que eu tinha visto a luz do sol pela última vez, então fui me sentar no terraço e, quando percebi, o crepúsculo estava chegando, estava um gelo, e não tive energia para me levantar e entrar. As nuvens estavam densas e brancas de inverno, imóveis; debaixo das árvores, o chão estava espesso com camadas de folhas úmidas. Um esquilo arranhava e corria embaixo dos carvalhos, e o gato cinza tinha voltado, agachado na lama cheia de raízes, a ponta do rabo se mexendo enquanto ele perseguia um pássaro distraído.

"O gato é seu?", perguntou uma voz atrás de mim, perto demais.

Eu me levantei e corri pelo terraço antes que me desse conta, um grito saindo pela boca, procurando uma arma, uma pedra, qualquer coisa... "Meu Deus do céu, cara", disse Rafferty, levantando as mãos. "Sou só eu."

"Mas que porra...?" Eu estava respirando com dificuldade. "Mas que porra...?"

"Não quis te assustar. Desculpa por isso."

"O quê...?" Ele parecia mais alto do que eu me lembrava, mais vermelho, a mandíbula e as maçãs do rosto fortes e mais definidas. Por um momento, na luz cinza, não tive certeza de que era ele. Mas a voz, intensa e calorosa como madeira, era de Rafferty, sim. "O que você tá fazendo aqui?"

"Fiquei um século batendo, você não ouviu. No final, tentei abrir a porta. Não tá trancada. Achei que devia ver se você tava bem."

"Tô ótimo."

"Sem querer ofender, cara, mas você não parece ótimo. Você tá com uma aparência péssima." Rafferty chegou mais perto, atravessando o terraço. Aquilo fez minha adrenalina disparar e continuar disparando. Havia algo em volta dele, um zumbido e uma batida, uma vitalidade que consumia o ar como fogo e me deixava sem ter o que respirar. "Não pode ser bom pra cabeça ficar enfiado aqui sozinho. Você não quer ficar com seus pais por um tempo, algo assim?"

"Eu tô ótimo."

A resposta o fez erguer uma sobrancelha, mas ele deixou por isso mesmo. "Você devia manter a porta trancada. O bairro é ótimo, mas, ainda assim: melhor prevenir do que remediar hoje em dia."

"Eu tranco. Devo ter esquecido." Eu não conseguia lembrar a última vez que tinha aberto aquela porta. Podia estar destrancada havia dias.

"A gente estragou a caçada dele", disse Rafferty, indicando o gato. Os pássaros haviam sumido; o gato estava paralisado, uma pata erguida, olhando para nós com cautela e decidindo se devia fugir. "Ele não é seu, né?"

"Fica por aqui às vezes", falei. Eu ainda estava tremendo. Não estava me sentindo melhor agora que vira que Rafferty não era um ladrão. Como um idiota, eu tinha acreditado na Susanna: *Acabou, a polícia foi embora, a gente pode esquecer tudo...* "Não sei quem é o dono."

"Eu diria que é um gato de rua. Tá muito ossudo. Tem alguma fatia de presunto, algo assim?"

Por algum motivo, fui obedientemente até a cozinha e olhei para a geladeira. *Ele não pode fazer nada comigo*, falei para mim mesmo. *Ele vai ter que ir embora logo*. Eu tinha esquecido o que tinha vindo procurar. No fim das contas, vi um pacote de fatias de frango da delicatéssen.

Quando voltei lá fora, Rafferty e o gato ainda estavam se olhando. "Aqui", falei. Minha voz soou enferrujada.

"Ah, ótimo", disse Rafferty, pegando o pacote da minha mão. "Olha só. Não é pra jogar pra ele, senão ele vai pensar que você tá jogando uma pedra ou alguma outra coisa e vai sumir. O que você vai querer fazer..." Descendo casualmente os degraus para o quintal, o rosto ainda virado para mim, falando de forma regular e calma. "... é chegar o mais perto possível dele, entende? E botar no chão e recuar. Eu diria..." O gato se encolheu, preparado para fugir; Rafferty parou na mesma hora. "É. Aqui acho que tá bom." Ele se curvou e pôs uma fatia de frango no chão. O olhar do gato seguiu cada movimento.

Rafferty se empertigou devagar e voltou para o terraço, largando mais umas fatias pelo caminho com gestos amplos e claros para que o gato não deixasse de ver. "Agora", disse ele, levantando a parte de trás do casaco e se sentando no degrau de cima, como se morasse ali. "Faz isso todos os dias e ele vai ficar voltando. Vai acabar com os ratos pra você."

"Nós não temos ratos."

"Não? Alguma coisa tirou a mão do Dominic daquela árvore pra fazer um lanchinho. O que foi se não foram ratos?"

"Sei lá", falei. "Não sou especialista em vida animal." Saiu em tom arrogante. Ele estava agindo como se fosse uma conversa casual, e eu não sabia o que fazer com aquilo. Não conseguia chegar nesse nível.

Rafferty refletiu. "Uma raposa sobe uma cerca alta, mas não tem garras pra entrar e sair de árvores. Eu já vi uma ou outra fazendo isso, sabe. Indo atrás de ovos ou filhotes no ninho. Tem raposa aqui?"

"Não sei. Nunca vi." A mão de Dominic se mexendo sob dentes delicados e ocupados. Ossinhos caindo na terra. O quintal tinha a energia daquela noite horrível e chapada com Susanna e Leon, distorcido e alienígena. Eu queria entrar.

"Pode ter sido, acho", disse Rafferty. O gato estava esticando o pescoço para o frango, curioso. "Se senta, cara. Ele não vai chegar mais perto com você aí de pé."

Depois de um momento, eu me sentei na extremidade dos degraus. O detetive pegou um maço de Marlboro. "Quer um?" E, sorrindo quando hesitei, ele disse: "Toby, eu sei que você fuma. Vi nas suas coisas quando fizemos a busca. Prometo não contar pra sua mamãe."

Peguei um cigarro, e Rafferty acendeu o isqueiro para mim, me obrigando a inclinar o corpo na direção dele. Chegar perto daquela maneira fez meus nervos formigarem. Eu não conseguia pensar em um jeito de perguntar o que ele estava fazendo ali.

Rafferty encheu os pulmões, os olhos fechados, e soltou o ar devagar. "Ahhh", disse ele. "Eu precisava disso. Como você tá, você e a família? Tá todo mundo bem?"

"Tão bem quanto poderia estar", falei, o que, por algum motivo, era a resposta padrão que eu tinha dado umas cem vezes no funeral. "Não foi uma surpresa. A gente só não esperava ser tão rápido."

"É difícil, não importa como aconteça. Demora pra acostumar. Olha isso..." Pata a pata, o focinho tremendo, o gato estava chegando mais perto. "Não presta muita atenção nele", disse Rafferty. "Você vai voltar a trabalhar? Agora que não precisa ficar aqui por causa do Hugo?"

"Acho que vou. Ainda não pensei nisso."

"Estão precisando de você, cara. Seu chefe... Richard, né? Ele não conseguia parar de falar como você é incrível, que eles estão perdidos sem você."

"Que bom", falei; e aí, para o caso de ter parecido sarcástico, acrescentei: "É bom ouvir isso."

"Ele não tava falando por falar", disse Rafferty com um sorriso na voz. "Você olhou o Twitter da galeria ultimamente? Teve talvez uns cinco tweets desde a noite em que você foi atacado, e um deles diz 'Oi, Maeve, você pode verificar se estão sendo postados? Obrigado, Richard'."

Consegui dar risada. Não tinha pensado mesmo em voltar para o trabalho, não em muito tempo. Parecia inconcebível, como se a galeria ficasse em um país inacessível ou possivelmente em uma série de televisão que eu costumava assistir.

"Você precisa voltar lá pra salvar os caras deles mesmos. Não tem de verdade mais ninguém ali que saiba usar a internet?"

"Não. Digo, as pessoas sabem abrir o e-mail e fazer compras online, mas as redes sociais..."

"Eita", disse Rafferty. Ainda preguiçoso, apenas meio interessado. "Que loucura. Porque sabe qual foi a outra coisa que eu reparei sobre aquela conta do Twitter? Até a semana em que você foi atacado, teve um monte de outras contas seguindo, retuitando pra ela, retuitando suas coisas. Dezenas. Depois daquela semana..." Ele arqueou a sobrancelha para mim, com linhas de sorriso começando a surgir na bochecha. "Parece um deserto lá. Não tem nem um pio dessas outras contas. Nem sobre a galeria nem sobre o resto."

"Ah, bom", falei depois de um momento. "Me pegou. É uma prática bem comum. Criar um monte de seguidores fantasmas, fazer um pouco de barulho..."

Ele riu. "É? Eu meio que imaginei isso, sim; é bom saber que eu tava certo. Eu diria que é divertido também."

"É. Pode ser."

"Ah, para com isso. Todos os seus delinquentes imaginários? Discutindo se Gouger ia parar de receber doações caso fizesse sucesso como artista?"

Silêncio.

As linhas do sorriso de Rafferty tinham aumentado. "Você devia ver a sua cara. Tudo bem, Toby: pode falar a verdade. A gente já conversou com seu amigo Tiernan. Ele tava se cagando, mas ficou calmo quando se deu conta de que não íamos prender ninguém por distribuição de delinquentes falsos."

"Certo", falei. Eu tinha ficado muito tenso, embora não soubesse o porquê; o que Rafferty podia fazer comigo, por que se importaria? Por que estava tocando naquele assunto? "Tudo bem."

"Ele é bom, né? Não sei muito sobre arte, mas aqueles quadros me pareceram bem bons."

"É. Foi o que eu pensei."

"Alguma chance de serem vistos agora?"

"Duvido."

"Pena. Acho que seu amigo Tiernan pode fazer outros; mas ainda assim, que pena. Eu não te culpo por não querer que fossem desperdiçados. Aqueles tweets foram todos seus? Ou tinha mais gente envolvida?"

"Não. Só eu."

Rafferty assentiu, nada surpreso. "É justo. Eram bons, sabe? Pareciam de verdade, faziam pensar que história era aquela do tal Gouger, procurar atualizações... Eu teria caído. Não me surpreende que Richard queira você de volta. Olha, lá vem ele..."

O detetive apontou com o queixo para o gato, que tinha chegado à primeira fatia de frango e estava comendo de um jeito apressado que conseguia ser voraz e delicado ao mesmo tempo. "Umas duas semanas e ele vai estar comendo na sua mão."

"Quando você descobriu?", perguntei. "Sobre Gouger?"

Rafferty deu de ombros e se inclinou para bater as cinzas. "Meu Deus, séculos atrás. Quando tem um caso assim, a gente olha tudo de todo mundo. A relação sinal-ruído é horrenda, mas é uma coisa importante, desde que a gente pegue as partes estranhas e úteis que estão envolvidas. Concluímos que Gouger era irrelevante... mas demos umas boas risadas por causa dele no fim das contas."

"Certo", falei. "Que bom que vocês deram umas boas risadas."

"A gente aproveita sempre que dá nesse trabalho. Não tivemos muitas oportunidades nesse caso."

"O que acontece agora?", perguntei. "O caso tá encerrado? Vocês...?"

O que eu queria perguntar, obviamente, era *Vocês acreditam que foi Hugo?*, e claro que Rafferty sabia disso. Ele me manteve esperando; ficou brincando com uma pilha de castanhas-da-índia que Zach e Sallie haviam deixado no terraço, revirou uma na mão, pensando. A luz estava fraca, a escuridão descendo como uma névoa de poeira fina no ar.

"Vamos dizer assim", disse ele no final, equilibrando a castanha-da--índia em cima da pilha. "Hugo tava no topo da nossa lista de suspeitos desde o começo. Até mesmo antes da gente identificar o corpo."

"*Por quê?*"

"Primeiro..." Rafferty ergueu um dedo. "... ele morava aqui em tempo integral e trabalhava de casa. Tinha o melhor acesso à árvore. Qualquer outro de vocês, vocês nunca ficavam aqui sozinhos; teriam que contornar Hugo e uns aos outros, conseguir colocar o corpo lá dentro sem serem vistos. Hugo tinha bastante tempo aqui sozinho."

Segundo dedo. "Ele era um homem grande. Mesmo quando chegamos aqui, dava pra ver só de olhar: ele era forte. Seus primos... não tem como nenhum deles ter colocado um corpo de oitenta e cinco quilos em cima daquela árvore e depois jogar no buraco, não sozinhos. Mas Hugo..."

Ele não tinha nem me mencionado. *Eu era forte*, senti vontade de gritar para o detetive, *eu jogava rúgbi, tava em forma pra caralho, poderia ter feito qualquer coisa*. Meu cigarro estava com gosto de mofo. Eu o apaguei no chão do terraço.

"E", Rafferty disse. Terceiro dedo. "Da primeira vez que eu tava conversando com todos vocês; na sala, no dia em que o crânio apareceu, se lembra disso? Teve uma coisa que me chamou a atenção naquela conversa. Seu sobrinho, Zach: ele disse que já tinha tentado subir naquela árvore, mas que a mãe dele ou Hugo sempre faziam ele descer. E aí, dois minutos depois, sua prima Susanna disse que seus pais não deixavam vocês subirem naquela árvore quando vocês eram crianças, mas que Hugo deixava. Querendo dizer que, antes de Dominic estar lá dentro, Hugo não tinha nenhum problema com crianças subindo naquela árvore. Depois que Dominic foi colocado lá, passou a ter."

Hugo sempre soube. *Acho que a verdade é que nunca fui um homem de ação. Não balance o barco; tudo vai ficar bem no final se você deixar...* Ele não devia saber qual de nós, se um, dois ou se os três tinham participado, não com certeza — aquela pergunta cuidadosa no carro, *sinto que tenho o direito de saber o que aconteceu* —, mas ele sabia o suficiente.

"Você não percebeu isso?"

"Não."

"Por que perceberia, né? Não é seu trabalho."

"Não."

"E", disse Rafferty — balançando quatro dedos, uma tragada longa e prazerosa no cigarro, "sem querer ser gráfico demais, é difícil não perceber um corpo em decomposição. Tinha muito lodo e folhas em cima, o que teria mascarado um pouco do cheiro, e fez bastante frio naquele outono e inverno; mas, mesmo assim. Hugo teria ido investigar e tido o choque da vida dele se já não soubesse exatamente o que andava fedendo no jardim."

Com uma sensação estranha no estômago, eu me dei conta: Hugo não apenas sabia. Todos nós reunidos na sala, Zach pulando para lá e para cá querendo confusão e Hugo o chamando e sussurrando alguma coisa no ouvido do garoto; e Zach abriu um sorrisão e saiu correndo para o jardim, subindo direto na árvore onde nunca tinha tido permissão para subir antes.

Falei que tem um tesouro escondido no jardim. Mais do que isso: ele contara a Zach exatamente onde olhar. Talvez não com tantas palavras, para o caso de Zach dedurá-lo, mas ele não teria precisado. *Vão lá pra fora, vamos ficar ocupados aqui por um tempo, podem procurar onde quiserem, qualquer lugar...*

Depois que nós três começamos a fazer barulho sobre o que ia acontecer com a casa, Hugo havia se dado conta: se ele morresse e deixasse o esqueleto lá fora, seria como nos deixar com uma mina terrestre ativa no quintal. Ele precisava de uma explosão controlada, e, assim (*É preciso uma agitação danada pra quebrar essa casca e forçar a pessoa a descobrir o que mais pode estar por baixo*), Hugo fizera seus planos silenciosamente e os colocara em ação. O método dele me pareceu meio duro com Zach, mesmo que ele fosse um danadinho resistente, mas acho que Hugo não teve muitas alternativas: ele não poderia ter ido remexer na árvore, nem mandado mais ninguém, sem gerar desconfiança.

Obviamente, eu devia ter falado anos atrás. Mas seria preciso ser um certo tipo de pessoa pra isso, né, e ao que tudo indica, eu não sou esse tipo de pessoa; ou não era, pelo menos, até agora...

Ele quase tinha deixado ficar tarde demais para o passo final, a confissão — eu me perguntei se, quando fôssemos arrumar as coisas de Hugo, encontraríamos uma carta manuscrita guardada, só por garantia. Mesmo naquele momento, tive espaço para ficar feliz de ele ter esperado tanto. Melissa e eu havíamos deixado Hugo feliz a ponto de ele querer cada dia a mais que pudesse ter.

"E aí..." Rafferty ergueu os cinco dedos, como um aceno ou uma saudação. "... as buscas de DNA voltaram. Lembra aquela jaqueta que pegamos quando revistamos a casa? A que Hugo disse que era dele?"

"Lembro."

"Tinha o DNA do Dominic nela. Na parte de dentro, aqui." Batendo no lado direito do corpo. "Não sangue, mas achamos que ele não sangrou. Podia ser saliva. Qualquer um podia ter usado aquela jaqueta, ou Dominic podia ter deixado o DNA dele quando tava na casa em algum momento. Mas quando você soma com todo o resto que conseguimos..."

Meu Deus, como Susanna tinha sido boa. Só 18 anos e inteligente daquele jeito, pensando tão à frente. Quando a história de suicídio finalmente desmoronasse, o Plano B dela estaria esperando — *Misturar, meter um monte de gente na história* — e provavelmente o Plano C e o D e todo o resto também. Eu me perguntei o que Susanna teria feito se a polícia tivesse prendido Hugo naquela época, a mim, a Leon, ou se tivessem ido atrás dela.

"Então", disse Rafferty, "quando Hugo ligou pra gente naquele dia, não foi uma grande surpresa. E ele sabia detalhes que a gente não tinha liberado. Perguntamos como foi que ele enfiou o corpo no tronco, sabe? Ele disse que amarrou uma corda no peito do Dominic, jogou a corda por cima de um galho e usou isso pra içar o corpo até conseguir subir em uma escada e guiar o cadáver pro buraco; e, realmente, tinha fibras de corda na camisa do Dominic. E ele contou que um dos sapatos de Dominic tinha caído pelo caminho e que ele teve que tatear nos arbustos e jogar lá depois. E, realmente, Dominic estava sem um sapato;

tava dentro da árvore, sim, mas na altura da cintura. É isso que a gente procura quando alguém vem confessar. Coisinhas que a pessoa não saberia caso não tivesse falando a verdade."

Só que, claro, Hugo tinha como saber. Um barulho no quintal no meio da noite; vozes abafadas e urgentes, o arrastar da escada. Hugo acordando, se questionando, enfim incomodado o suficiente por alguma tensão distorcendo o ar a ponto de se levantar e ir até a janela.

Hugo não tinha ido falar com eles. Talvez não tivesse entendido ou acreditado no que estava vendo até a notícia sobre Dominic se espalhar. Ou talvez tenha entendido logo de cara e, por motivos próprios — mais seguro para nós três, mais seguro para a paz dele, anos observando de fora (*a gente se acostuma a ser só a gente*) —, tinha decidido ficar onde estava. Eu me perguntei se um dia chegaria a entender alguma coisa sobre Hugo.

Escuridão, Susanna usando a jaqueta de jardinagem dele, Leon provavelmente usando alguma coisa minha. Ele não soube quais de nós estava vendo. Não quis saber: ele poderia ter verificado quais dos três estavam fora da cama, mas não fez isso. Rangidos e movimentação no andar de baixo quando Leon saiu para ir até Howth; a longa espera, as notificações dos nossos celulares quando a mensagem de texto de *Desculpa* chegou. Mais espera, o tempo passando. O barulho baixo da chave de Leon girando, sussurros ao amanhecer. Portas de quarto se fechando. Silêncio.

De manhã, Hugo sorrira pacificamente para nós no café da manhã, perguntando o que tínhamos planejado para o dia. No fim do mês, se despedira dos sobrinhos quando fomos para a faculdade e para nossas novas vidas, *Boa sorte! Sejam felizes!* E aí voltou para a Casa da Hera e fechou a porta.

Dez anos vivendo com aquilo no quintal. O presente dele para nós. Eu queria, de uma forma tão violenta que era capaz de gritar, que ele estivesse ali. Eu queria falar com ele.

"A única pergunta", disse Rafferty, "era o motivo." Ele estava brincando com as castanhas-da-índia de novo, atirando uma para cima e pegando com destreza na outra mão. "Hugo não quis dizer. Só 'Pareceu necessário na época' e 'Por que você precisa saber?'. Alegando que a memória tava ruim, ficando irritado quando a gente insistia... 'Sabe o quanto do meu cérebro foi empurrado pelas células tumorais? Quer ver os exames? Eu nem consigo me lembrar direito dos nomes dos meus irmãos, imagine coisas que aconteceram dez anos atrás...'"

Rafferty era um bom mímico. A cadência específica da voz de Hugo, todas as beiradas roucas e calorosas, se espalhando pelo quintal. A escuridão crescente tremeluzia feito estática no ar.

"Kerr achou que fosse porque Dominic fazia bullying com seu primo Leon, mas eu não caí nessa. Se tivesse acontecido um ano antes, talvez. Mas depois que vocês já tinham terminado a escola? Quando Leon nunca mais teria que ver Dominic na vida? Hugo não era do tipo que matava por vingança." Um olhar para mim. "Ou era? E eu entendi errado?"

"Não", falei. "Ele não era."

"Pois é. Essa era a peça que faltava. Não era grande, não era nada demais — a gente pode fechar um caso sem motivo —, mas eu não gosto de peças faltando. Olha aquilo..." O gato tinha ido até o segundo pedaço de frango e estava agachado para comer, mais tranquilo dessa vez, um olhar cauteloso em nossa direção. "Ele já tá relaxando. Dá um tempinho pra ele e você vai ter um gato."

"Eu não quero um gato."

"Gatos são ótimos, cara. E um bichinho tira a cabeça da gente das preocupações, é outra coisa em que pensar. Faz bem."

"É. Pode ser."

Rafferty encontrou o maço de cigarros e pegou mais um, estreitando os olhos na semiescuridão para ver quantos ainda tinha. "E aí", disse ele, "Hugo morreu, o descanso de Deus. Parecia que eu ia ter que me contentar com uma peça faltando. O que me deixou meio que na saia justa: fechar o caso ou não?"

Ele inclinou o maço para mim. Fiz que não com a cabeça; ele deu de ombros e o guardou. "Só que aí", disse ele, "sua prima Susanna veio falar comigo."

Quê? "Quando?"

"Dois dias atrás."

Relaxa. Tá tudo sob controle. Susanna me cansava tanto que eu poderia colocar a cabeça nos joelhos e dormir.

"De acordo com Susanna..." Rafferty esticou as pernas, voltando para a história. "... Dominic tava enchendo o saco dela naquele ano. Nada sério; só tentando convencer sua prima a sair com ele, sem aceitar um não como resposta. Ela reclamou disso com Hugo. Deve ter feito parecer que tava pior do que de fato estava, segundo ela; garotas adolescentes, você sabe como exageram, uma coisa é o fim do mundo em um dia e no dia seguinte elas já esqueceram tudo... Susanna se sente mal por isso. Ela só queria reclamar, mas Hugo deve ter interpretado errado. Achou que Dominic era um predador pervertido. Hugo era bem protetor com vocês três, não era?"

Um olho dourado se voltando para mim de lado, brilhando na chama do isqueiro. "Era", falei.

"É. Isso eu percebi. Então, teve um motivo. E, só pro caso de eu ainda ter dúvidas, Susanna me contou que viu seu tio naquela noite. Aqui fora."

"O quê?", falei.

"Ela não te contou?"

"Não."

"Ué", disse Rafferty. "Achei que contaria. Uma coisa importante assim e ela não foi falar com você?"

"Pelo visto, não."

Se Rafferty percebeu meu amargor, ele não demonstrou. "Na noite em que Dominic sumiu", disse ele, "já tarde. Susanna acordou por causa de uma mensagem de texto no celular: a famosa mensagem com o pedido de desculpas. Ela não conseguia voltar a dormir. Aí ela ouviu um barulho no fundo do quintal e foi até a janela pra ver o que tava acontecendo. Era Hugo arrastando alguma coisa grande pela grama; tava escuro demais pra ela ver o que era exatamente. Na ocasião, ela achou que ele não tava conseguindo dormir e que tinha ido trabalhar no jardim de pedras que ele tava montando... ao que parece, Hugo sofria de insônia, é isso?"

"Eu não lembro."

"Bom, de qualquer jeito. Foi o que Susanna supôs... Claro, por que ela pensaria outra coisa? Eu perguntei se podia ser você ou Leon lá fora, mas ela disse que não, que Hugo era bem maior do que vocês dois e tinha cabelo comprido na época, não tinha como ela ter confundido você com ele."

Que amável da parte dela. "Eu perguntei se podia ser outra pessoa", disse Rafferty, "e ela respondeu que sim, era possível, podia ter sido outro cara grande de cabelo comprido. Ela não ficou olhando muito tempo. Até pensou em sair e ajudar Hugo, mas tinha que trabalhar de manhã e voltou pra cama. Quando soube que Dominic tinha se matado em Howth Head, nem passou pela cabeça dela conectar o episódio com Hugo mexendo no jardim de pedras... e faz sentido, né?"

Ele me olhou. "Acho que sim", falei.

"Mas ela percebeu quando identificamos o esqueleto. Ela não é burra, a sua prima."

"Não", falei. "Não é."

"Não. Mas ela não ia dizer nada, que era pra não estragar os últimos meses de Hugo. Ela ficou calada. Lançou umas informações aleatórias que apontavam pra Leon ou..." Um olhar de esguelha. "... pra você. Só pra confundir um pouco, pra impedir que a gente mirasse no Hugo. Ela sabia que não faria mal a ninguém no longo prazo; ela tem fé na polícia, achou que a gente não ia prender a pessoa errada... e, mesmo que tivesse prendido, nesse caso ela podia ter ido contestar. Se isso não acontecesse, ela planejava contar depois que Hugo morresse."

Eu aposto que planejava. Só que nunca cruzara pela cabeça de Susanna que Hugo pudesse ter planos próprios. Ela não o levara a sério, o Hugo do jeito que a gente sempre conheceu, gentil e sonhador, dançando conforme a música. Ela não era tão inteligente assim, afinal. Dentre todo mundo, Susanna deveria ter percebido que aquelas grandes agitações eram capazes de rachar um alicerce, mover placas tectônicas, transformar a paisagem em algo que não dá mais para reconhecer.

"Então", disse Rafferty, "voltando à sua pergunta: tá tudo bem amarrado. A essa altura, eu só tô botando os pingos nos i's e os traços nos t's pra poder arquivar meu relatório e fechar o caso. Ando olhando essa história do Dominic estar a fim da Susanna, por exemplo, pra ter certeza de que bate."

Algo, um tremor frio. No quintal, o gato, apenas uma silhueta agora, ergueu a cabeça para examinar, imóvel, alguma coisa invisível no ar. "E bate?", perguntei.

Rafferty balançou a mão. "Sim e não, pra ser sincero. As amigas de Susanna confirmam que ele deu em cima dela, mas não são consistentes sobre o nível do assédio. Algumas dizem que era só brincadeira; outras concordam com ela que o cara era um saco, mas não um grande problema. Algumas, as mais próximas dela, engraçado, disseram que foi ruim. Bem ruim." Com um olhar em minha direção. "Por isso, eu adoraria saber. Como você se lembra dessa parte?"

Era sobre isso, era para aquilo que ele tinha ido me ver, era aquilo que Rafferty queria de mim? Não havia nada nele em que eu pudesse confiar, nada em que pudesse me agarrar... "É como Susanna disse", falei no final. "Dominic tava irritando ela, mas não era grande coisa."

"Você falou alguma coisa pra ele? Mandou que Dominic parasse?"

"Não." Como Rafferty ergueu uma sobrancelha, surpreso, expliquei: "Não pareceu que eu precisava."

Secamente, o detetive comentou: "Parece que você se enganou nisso, cara."

"Provavelmente", falei. Na última luz, o rosto dele tinha camadas de manchas sombreadas. Os cheiros de terra, folhas molhadas e fogo se fortaleciam no ar.

"A questão é a seguinte", disse Rafferty, apagando o cigarro, examinando-o com atenção para ter certeza de que estava apagado. "Pode ter ligação ou não; eu adoraria saber. Tinha vários e-mails na conta de

Dominic que nunca foram rastreados. E-mails anônimos, enviados no verão anterior a ele morrer. De uma garota que ele tava atrás, ao que parece. Ela tava a fim dele, mas não queria se manifestar em público pro caso de Dominic estar de enrolação, por isso andava recusando os avanços dele... tá acompanhando? Mas, ao mesmo tempo, sabe, ela queria que ele soubesse que ela tava a fim." Um sorriso, as sombras se aprofundando. "Quanto drama, meu Deus. Você não fica feliz de nunca mais precisar ser adolescente?"

Ondas de frio me atingiam, era como se algo bem ruim estivesse acontecendo, mas eu fosse burro demais para entender o que era. "É", falei.

"Quando Dominic sumiu, os e-mails não pareceram nada demais. Todo mundo concordava que todas as garotas eram loucas por ele, não era surpresa o garoto receber mensagens de amor, e ele obviamente não tava tão a fim dela a ponto de ter se matado por isso. Os caras que investigaram nem se deram ao trabalho de rastrear." Um revirar de olhos e uma curva humorística da boca para mim, *Uns idiotas, você acredita?* "Mas, quando Susanna contou a história, eu me perguntei se aqueles e-mails podiam ser dela. Sua prima jura que não, que nunca mandou e-mails pra ele, mas as circunstâncias se encaixam direitinho: Dominic dando em cima dessa garota, ela mandando que ele vá se foder. Faz sentido, né?"

Outro olhar agradável para mim, como se fôssemos colegas discutindo o caso por cima de uma caneca de cerveja em um bar legal. "Acho que sim", falei.

"Você acha que foi ela?"

"Não sei." Aquele frio estava penetrando em mim, entrando mais fundo, havia alguma coisa ali que eu devia saber, alguma coisa estava faltando... "Se ela tivesse a fim dele, por que enviaria um e-mail? Em vez de só ficar logo com ele?"

Rafferty deu de ombros. "Talvez ela estivesse com medo de Dominic estar de sacanagem, como ela falou. Ou talvez estivesse bancando a difícil. Ou talvez não estivesse a fim dele, só estivesse tentando fazer Dominic escorregar e fazer alguma coisa que ela pudesse usar como prova de que ele praticava assédio, como mandar uma foto de pau por e-mail, sei lá. Ou pode ser que ela nem soubesse o que queria." Sorrindo de novo. "Garotas adolescentes são malucas, né?"

"Sei lá."

"É o que todo mundo me diz, pelo menos. Então eu fiquei me perguntando no começo. Mas aí", disse Rafferty, com tranquilidade, confortável, apoiado nos cotovelos para apreciar a vista do jardim, "eu me lembrei dos seus tweets. Eu já conhecia alguém, não Susanna, que achava divertido brincar com identidades inventadas online pra mexer com as pessoas. E que era bom nisso."

Outra onda gelada me atingiu. Estava vindo do chão, subindo para os meus ossos. Eu não estava sentindo meus pés.

"Você mandou aqueles e-mails pro Dominic, não foi?"

"Não sei", falei. "Eu não lembro."

Rafferty soprou o ar, exasperado e achando graça. "Ah, Toby. Nem vem. Não começa com isso de novo."

"É verdade."

"Por acaso você mandava tantos e-mails falsos que não tem como se lembrar de mais alguns? Pra um cara que *morreu* não muito tempo depois?"

"*Não*. Eu não..."

"Tudo bem. Vamos tentar assim. Você alguma vez mandou e-mails falsos pra alguém quando era adolescente?"

"Não que eu me lembre", falei. Na verdade, eu tinha a sensação de que aquilo talvez não fosse verdade, eu e Dec rindo na frente do computador da escola, *Que nada, a gente tem que pegar mais leve, ele nunca vai acreditar...*

"Nossa", disse Rafferty. "Você se lembra de um cara chamado Lorcan Mullan? Ele era da sua turma?"

"Era. O que ele tem a ver com...?"

"Ele diz que na primavera do sexto ano recebeu alguns e-mails de uma garota a fim dele. Ela não quis dizer o nome, só falou que tinha visto Lorcan e achado ele gato. Lorcan não fazia muito sucesso com a mulherada, era magrelo e tinha espinhas, pelo que ele diz, então ficou feliz da vida. A garota deu dicas de que era do time de hóquei, coisas assim, pra ele saber que ela tava em forma, né? Depois de algumas trocas de e-mail, ela disse que queria se encontrar com ele. Eles marcaram uma hora e um lugar e Lorcan colocou a camisa de trepar e metade de uma lata de desodorante; mas, quando chegou lá, eram você e seu amigo Declan, morrendo de rir."

Tinha sido ideia de Dec. Dec entediado na aula de informática, procurando confusão, ficando com aquele brilho perigoso nos olhos: *Vamos ver quem a gente consegue pegar...* Não tinha sido só Lorcan; foram uns três ou quatro caras, escolhidos cuidadosamente por ingenuidade e desespero e por serem otários de modo geral, mas, ao que parecia, só Lorcan tinha sido burro a ponto de ir até o fim. "Nós éramos uns merdinhas na época", falei. "Todos nós. Aposto que tentaram fazer a mesma coisa comigo em algum momento."

"Ah, vocês podiam ter sido bem piores", disse Rafferty com honestidade. "Até Lorcan admite. Ele tava esperando que vocês dois contassem pra todo mundo e que pegassem no pé dele até Lorcan ter que mudar de escola ou talvez de país. Mas, pelo que ele percebeu, vocês nunca disseram nada pra ninguém. Vocês não queriam acabar com ele, como algumas pessoas teriam feito. Só tavam tirando sarro."

Acontece que nós havíamos contado para uma pessoa, sim. Sean, que não riu como a gente esperava; na verdade (na frente do armário dele, guardando livros na mochila), ele nos olhou com uma certa repulsa por cima do ombro: *Puta que pariu. O Lorcan? Se vocês querem foder com alguém, escolham alguém do seu tamanho. Arrumem um desafio de verdade.*

"Então", disse Rafferty. "Me parece que vocês podem ter tirado sarro do Dominic desse mesmo jeito. Ele tava se metendo com seus primos. Ele merecia, né?"

Provavelmente a gente teria perdido o interesse depois de Lorcan, passado para outra forma idiota de diversão. Aquele era o estilo de Dec; uma vez já teria sido suficiente para ele. E eu jamais teria tido a ideia se não fosse por ele, não teria seguido em frente sozinho... Mas eu sempre me importei com a opinião de Sean. Aquela expressão de repulsa me machucou. *Escolham alguém do seu tamanho.*

"Os e-mails", falei. Eu estava com tanto frio que não conseguia imaginar me sentir aquecido outra vez. "Esses pro Lorcan. Eram do mesmo endereço que os do Dominic?"

Rafferty me olhou com curiosidade. "Você realmente não lembra?"

"Não."

Após um momento, o detetive cedeu: "A gente não sabe. Lorcan deletou os e-mails assim que descobriu que era sacanagem e o servidor não guarda os dados por tanto tempo. Alguma chance de você se lembrar de algo sobre o endereço que você usou? Ou alguma parte dele?"

"Não." Tinha sido Dec quem fizera aquilo, curvado sobre o teclado, rindo loucamente, me chutando para calar a boca quando eu fazia menção de falar.

"Pena", disse Rafferty depois de uma pausa que pareceu infinita. "Declan diz que também não lembra. Ele se lembra dos e-mails pro Lorcan, sim... e de alguns outros, aliás. Mas diz que nunca enviou nada pro Dominic. E eu acredito nele, de qualquer jeito."

Eu teria contado a Sean, não teria, se o objetivo tivesse sido mostrar para ele que eu não estava implicando apenas com rejeitados? A não ser que... a não ser que Dominic tivesse sumido antes de eu poder dizer alguma coisa e eu tivesse achado que aquilo talvez fosse, mesmo que um pouco, só talvez, por causa dos meus e-mails. Dominic, já meio perturbado com os resultados das provas, percebendo que tinha caído feito um trouxa; não era lá grande coisa, mas era mais uma entre tantas... Se eu tivesse achado que existia meia chance disso ser verdade, eu teria ficado de boca fechada. Por que chatear as pessoas abrindo o jogo? Não adiantaria de nada, a gente nunca saberia mesmo, não havia sentido em me torturar pensando naquilo... *Ah, você. Qualquer coisa com a qual você se sinta mal some da sua cabeça.*

Rafferty suspirou. "Acho que nunca vamos saber. E eu adoraria. Porque e se esses e-mails encorajaram Dominic a continuar dando em cima de Susanna? E se ele foi morto por causa disso? Aí não vai importar quem executou a morte, a pessoa que escreveu os e-mails ajudou Dominic a ser assassinado."

Eu não conseguia nem fazer cara de horror. Sinceramente, não era de Susanna que eu estava cansado, não de verdade; era de mim, o inocente injustiçado, o cavaleiro branco, o investigador astuto, o assassino, o escroto egoísta e egocêntrico, o provocador mesquinho, pode escolher, que importância tem? Os rótulos todos vão mudar amanhã, a oferta é grande. Aquela coisa sem forma, sem ossos, grotesca, amassada feito massinha no molde que o chefe do dia quisesse ver: eu estava de saco cheio.

O quintal estava preto e azul-esbranquiçado, as árvores inchadas de hera e imóveis como monumentos. O gato tinha sumido para algum lugar. Sementes de bétula rodopiavam suaves, enchendo o ar como floquinhos de neve ou de cinzas.

A voz de Rafferty se repetia em minha cabeça, de novo e de novo. Mas levei um minuto para ouvi-la: *não vai importar quem executou a morte.*

Falei: "Você não acha que tenha sido Hugo."

Ele não se virou para me olhar. "Já te disse. Tudo aponta pro seu tio. E, agora, eu tenho motivo e uma testemunha. Se o caso fosse a julgamento, eu apostaria uma boa grana em uma condenação."

"Mas você não acha que tenha sido Hugo." Entendi, em algum fragmento distante e lúcido do meu cérebro, que eu devia estar apavorado. Mesmo um ano antes, eu não teria sido páreo para Rafferty; agora, se ele decidisse que era atrás de mim que devia ir, ele poderia me desmontar metodicamente, pedaço a pedaço, até eu confessar ter matado Dominic e provavelmente acreditar em cada palavra. Mas só consegui reunir um leve reflexo de medo primitivo.

O ar estava tão parado que consegui ouvir o leve suspiro de Rafferty. "Muitas vezes, nesse trabalho", disse ele, "dá pra saber contra que tipo de mente a gente tá lutando. Dá pra sentir elas por aí." Um aceno na direção do quintal. "E eu senti com força dessa vez. Em geral, é só algum palhaço, sabe? Um sacana imbecil querendo acabar com um traficante rival, um babaca que ficou bêbado de novo e bateu na esposa com força demais dessa vez. Mas o caso aqui foi diferente desde o começo. Alguém frio como gelo, que pensa vinte passos à frente. Alguém que nunca se assustaria, nunca se confundiria e nem usaria violência. Nunca pareceu Hugo."

"Então por que diabos você prendeu meu tio?"

Um movimento de ombro. "Intuição é legal e tal, mas eu tenho que seguir as provas. As provas dizem que foi ele. Mas, se você souber de alguma outra coisa..." Rafferty virou a cabeça para mim ao falar. Ele não passava de olhos e sombras. "Se você tiver alguma coisa que indique que foi outra pessoa e não quiser que Hugo siga como assassino, você precisa me contar."

Eu falei: "Eu não matei Dominic."

Ele assentiu sem surpresa. "Mas você escreveu os e-mails... shh, cara, nós dois sabemos. Você não é um santo inocente nisso tudo. Seu tio, a não ser que eu esteja muito enganado, era um cara legal. Você deve isso a ele."

Então era aquilo que ele queria. Não estava atrás de mim, afinal; queria me convencer a dedurar Leon e Susanna.

Eu quase contei. Por que não? Que se fodessem os dois; eles que lidassem com Rafferty se sentando no terraço deles, oferecendo cigarros e fazendo provocações, Susanna que desse um jeito de sair daquilo se era tão inteligente. Ela havia ficado feliz da vida em me sacudir na frente do nariz do detetive, olha aqui, que lindo! Mais do que isso, muito mais: os dois tinham me deixado de fora. Eu podia ter sido como eles, ter mudado, ter melhorado. Poderia ter chegado naquela noite no meu apartamento como alguém capaz de sair daquilo ileso se ao menos meus primos tivessem acreditado em mim a ponto de me levar junto.

Só que esse raciocínio inteiro parecia importar menos do que a falta de surpresa na voz de Rafferty. Eu tinha demorado aquele tempo todo para perceber. E falei: "Você nunca achou que tinha sido eu."

"Não. Nunca pareceu ter sido você, mesmo com aquele moletom. Eu sei..." Ele ergueu um pouco a voz quando tentei responder. "... eu sei que tem dez anos e eu sei sobre a sua lesão na cabeça. Mas, lá no fundo, atrás disso tudo, as pessoas são quem são. E esse assassinato não pareceu coisa sua."

"Mesmo quando você veio com as fotos. Você fez parecer que ia me prender. Você só, você..." Aquele tempo todo, eu estava pensando em Rafferty como um oponente, o adversário brilhante que eu ia superar, *en garde!* Eu não era oponente dele. Não era nem uma pessoa, era uma coisa conveniente que ele podia cutucar com cuidado para assumir uma posição que se adequasse à estratégia dele. "Você me usou como isca. Pra fazer Hugo confessar."

Um movimento de um ombro só. "Deu certo."

"E se não tivesse dado? O que você teria feito? Teria me prendido? Me trancafiado?"

Rafferty disse: "Só quero capturar meu homem. Ou minha mulher."

Aquela pontada de terror me percorreu de novo. Ele parecia uma ave de rapina, não cruel, nem boa nem má, apenas totalmente ele mesmo. A pureza daquilo, inquebrável, ia além de qualquer coisa que eu pudesse imaginar.

E esse é um dos momentos aos quais eu volto milhares de vezes, uma das coisas pelas quais não consigo me perdoar; porque uma parte de mim sabia, uma parte de mim sabia que eu não devia perguntar. Mas parecia que uma resposta de Rafferty faria tudo ter sentido, que seria absoluta e dourada como a resposta de um deus. "Por que eu?", perguntei. "Por que não Leon? Era ele que tava sendo... com quem Dominic fazia bullying. Por que não...?"

Rafferty disse simplesmente: "Porque você foi minha melhor aposta."

Meu coração estava batendo forte e devagar. "*Por quê?*"

"Você quer saber?"

"Sim. Quero."

"Tudo bem." Ele se reposicionou, os cotovelos nos joelhos, ficando à vontade para me explicar as coisas. "A questão é: eu podia ter tentado com Leon, claro. No que diz respeito às provas, eu tinha tanto relacionado a ele quanto tinha contra você. Mas foi tipo você falou naquele dia do moletom, lembra? Nada era concreto; era tudo coisa circunstancial. E, com um caso circunstancial, muito acaba dependendo do que o júri acha do réu. Digamos que eu levasse Susanna a julgamento por isso. Certo? Dona de casa amorosa de classe média. Fala bem, vem de uma boa família. Se casou com o namorado da faculdade. É tão dedicada aos filhos que abriu mão da carreira por eles. Não é linda nem chique, então não é uma piranha diabólica cheia de planos, mas não é feia nem gorda nem nada, então também não é uma otária nojenta. Educada, então não é drogada, mas não com um grau de estudo muito alto a ponto de ser uma elitista metida. Forte o suficiente pra pessoa a levar a sério, mas não forte demais, porque pode apostar que ela agiria direitinho, então não é uma vaca arrogante que precisa baixar o tom. Se a gente não tivesse provas concretas, você acha que um júri votaria pela condenação?"

"Provavelmente não."

"Não existe a menor chance. Agora, Leon..." Rafferty balançou a mão. "Talvez a gente tivesse chance com ele. Estilo de vida duvidoso e tal. Muita gente ainda acha que gays são meio desequilibrados, e você sabe como são esses tipos artísticos, não dá pra ficar de olho. Se eu tivesse uma coisinha concreta sobre ele, uma testemunha, DNA, qualquer coisa, aí você ia estar certo: ele teria sido minha melhor aposta. Mas a gente não tinha. E, assim como Susanna, ele é de uma boa família, bem abastado, sotaque bom de classe média; é bonito, mas não tanto a ponto de parecer um babaca arrogante, é articulado, inteligente, simpático... É só colocar um terno bonito nele, acabar com o penteado idiota e ele se sairia muito bem. Aquele garoto legal e normal, um assassino? Ah, não."

Fileiras de janelas pretas e vazias no prédio; algo na luz fazia com que parecessem buracos irregulares e quebrados para o vazio, a poeira se acumulando em posteres rasgados e cadeiras viradas. Não havia som em lugar nenhum, nem uma motocicleta distante, um grito, um trecho de música.

"Mas você", disse Rafferty, de forma totalmente natural. "Eu podia chegar em algum lugar com você."

Essa foi a parte incrível: por uma fração de segundo, eu quase ri na cara dele. Logo eu, caramba, quem acreditaria... Talvez eu devesse ver aquilo como uma espécie de triunfo do espírito humano: mesmo depois de tudo, havia um minúsculo fragmento do meu cérebro que realmente acreditava que eu ainda era eu.

"As coisas pequenas fazem uma grande diferença", explicou Rafferty. "Como a pálpebra, sabe essa coisa que ela faz, o...?" Ele indicou com o dedo. "E a perna que manca. O jeito como você arrasta as palavras um pouco... só quando tá sob pressão, na maior parte do tempo ninguém nota, mas Deus sabe que você estaria sob pressão no banco das testemunhas. O jeito como você fica tenso, sobressaltado. Como tropeça, enrola as frases. E o jeito como às vezes parece que você não tá sintonizado; aquela cara fora de foco que você faz." Ele se inclinou para a frente. "Escuta, Toby, eu não tô te sacaneando. Na vida normal, com as pessoas que te conhecem, nada disso faz diferença. Mas os jurados não gostam dessas coisas. Eles acham que significa que tem algo de errado com você. E, quando pensam assim, basta um pulinho pra você virar um assassino."

As árvores se movendo, minúsculos cliques e mudanças sutis, onde não havia vento. Sombras de galhos rabiscadas de forma violenta como rachaduras de terremoto na terra exposta. Cheiro de pneu queimado, cada vez mais forte.

"E tem a memória", acrescentou Rafferty. "Susanna ou Leon, eles podiam subir lá e jurar que não tiveram nada a ver com o que aconteceu com Dominic; bastaria eles convencerem um jurado de que tavam falando a verdade. Você, cara, não importaria se você convencesse o júri ou não. A gente conseguiria provar que sua memória tava ferrada. Nada que saísse da sua boca teria a menor importância."

"*Nada disso é culpa minha*", falei, alto demais. Eu sabia que era ridículo, mas saiu mesmo assim, saiu rasgando... "Não foi uma *escolha* minha, porra."

Rafferty disse com gentileza: "E daí?"

"E daí que você não, você não pode, não pode *usar* contra mim." A raiva crescente foi tão sufocante que travou minha língua, idiota do caralho, dei um jeito de provar justamente o que Rafferty estava dizendo, senti vontade de me socar. "Você não pode agir como se, se, se... Isso *não conta*."

"Mas teria contado", observou Rafferty com naturalidade.

Não consegui responder àquilo; mal conseguia respirar. "Eu não tô dizendo que teria levado as coisas longe assim", garantiu ele. "Eu não teria. Juro por Deus. Não tô nesse ramo pra condenar homens inocentes por homicídio. Mas a questão é que eu não precisava. Só precisava que Hugo achasse que eu podia fazer isso. Foi por isso que fui pra cima de você e não do Leon. Porque Hugo sabia tão bem quanto eu que, se você fosse parar no tribunal, você ia estar fodido."

Ele me disse alguma outra coisa depois. Ainda consigo ver a centelha equívoca de um sorriso iluminando o rosto dele e passei centenas ou talvez milhares de horas tentando lembrar o que ele disse, mas não consigo, porque, na hora que Rafferty começou a falar, percebi que estava prestes a dar um soco na cara dele, e, assim que ele terminou de dizer aquela coisa, bati no detetive.

Peguei ele de surpresa. O soco acertou com um ruído denso, e Rafferty caiu de lado no terraço. Mas ele rolou para o lado e, quando consegui me firmar — uma lucidez estranha e tonta quase como alegria me levantando, *finalmente, finalmente* —, ele já estava de pé de novo e vindo para cima de mim, abaixado, as mãos esticadas e duras como um lutador de rua. Ele fintou para um lado e para o outro, sorrindo quando pulei para fazer o mesmo, me chamando.

Eu parti para cima dele. Rafferty desviou do meu golpe desesperado, me segurou pelo braço quando passei, me virou e me soltou. Vacilei, andando para trás pelo terraço e bati na parede da casa. Ele veio atrás de mim, preparou o punho com facilidade e me acertou no nariz.

Algo estourou; por um momento, fiquei cego, sangue escorreu pela minha boca. Inspirei, engasgado, e Rafferty já estava em cima de mim. Ele me deu um mata-leão e começou a me socar nas costelas.

Pisei no peito do pé dele e ouvi o grito de dor do detetive. No segundo em que ele perdeu o equilíbrio, apoiei o pé na parede atrás de mim e empurrei com força.

Nós dois saímos cambaleando pelo terraço, ainda juntos. Descemos os degraus para o quintal enrolados nos pés um do outro, nos equilibrando, e caímos com tudo. Antes que eu pudesse me situar, ele estava em cima de mim, enfiando minha cara na terra.

Rafferty era maior e dez vezes mais forte que eu. A terra apertou minhas pálpebras, minha boca se encheu de terra. Eu não conseguia respirar.

Eu quase deixei. Quase relaxei os músculos doloridos e deixei que ele me empurrasse para baixo, no meio das folhas do ano anterior e das criaturinhas adormecidas do inverno, entre tesouros perdidos e ossinhos tortos, na terra escura. Mas o calor louco daquele corpo pressionado contra mim, a respiração rouca em meu ouvido: aquela noite no apartamento cresceu dentro de mim, e eu só conseguia pensar com uma fúria louca que incendiava todas as células do meu corpo: *Não dessa vez*.

Apoiei os joelhos embaixo do corpo, peguei impulso, fiquei de costas e cuspi uma explosão de sangue e terra na cara dele. Rafferty chegou para trás, meti um pé em sua barriga, empurrei-o de cima de mim, me afastei e me levantei. Ele recuperou o equilíbrio como um gato e veio para cima outra vez, mas firmei os calcanhares no chão e consegui ficar de pé. Dei um jeito de segurá-lo, e continuei segurando.

Nós cambaleamos em círculos na quase escuridão como um monstro grotesco e cheio de membros, grunhindo, tateando às cegas. Havia uma lentidão de pesadelo em tudo aquilo, os pés afundando e grudando na lama, as mãos agarrando cabelos, pano e pele. Minha respiração borbulhava e arranhava; a dele estava pesada como a de um animal, senti seus dentes pressionando minha bochecha e, mesmo com o sangue entupindo meu nariz, eu podia jurar ter sentido seu cheiro de pinheiro selvagem. Rafferty estava tentando me dar uma joelhada nas bolas, e eu estava batendo inutilmente na parte de trás da cabeça dele, mas nenhum de nós conseguia distância suficiente, nem apoio suficiente no terreno irregular e mole, para um golpe adequado.

Ele mudou de pegada, me agarrou pela coxa e me ergueu do chão. Mas eu estava com um cotovelo em volta do pescoço dele —, por isso quando Rafferty me jogou no chão de costas, eu o trouxe comigo. No mesmo segundo que perdi o ar, ouvi o crânio dele batendo em uma pedra, bem ao lado da minha orelha, emitindo um som terrível e úmido de rachadura.

Fiquei imóvel, lutando para respirar. Ele parecia um saco de cimento molhado me segurando. Bem acima de mim, pássaros cinzentos e disformes tremeluziam contra a escuridão do céu, e achei que eles seriam a última coisa que eu veria, mas, finalmente, consegui inspirar uma grande lufada de ar. Eu me debati, arranhando e empurrando, até que o tirei de cima de mim e fiquei de joelhos.

Lentamente, centímetro a centímetro, ele se apoiou nas mãos e joelhos e virou a cabeça para me olhar. Seus olhos estavam enormes e pretos, alienígenas, e havia sangue escorrendo pelo rosto a partir de um grande corte na testa, espalhando rios da substância escura e brilhante sob a luz fraca e azul-pálida. Ele soltou um rosnado profundo, franzindo o lábio e prendendo uma das mãos em volta do meu pulso.

Dei um soco na cara dele. A mão soltou meu pulso, e eu fui para cima de Rafferty com os dois punhos, avançando com todo o meu peso atrás dele, martelando sua cabeça, agarrando seus cabelos para bater com o rosto do detetive no chão. Eu nem sentia meus dedos se rasgando; eu seria capaz de esmagar rocha viva, eu era forte como um deus e inesgotável. Ele ainda estava fazendo o barulho de rosnado, e eu ia fazê-lo parar, ele nunca mais me agarraria, ele nunca mais faria nada comigo, nunca, nunca... Em meio ao feroz trovejar das batidas do meu coração e o enorme silêncio estrondoso do quintal, ouvi a voz de Susanna: *Agora imagina que você fez*. O arrebatamento sagrado do ato, o raio indolor percorrendo meus ossos. Subindo pelo outro lado desse rio em um mundo que finalmente era meu de novo.

No fim, pouco a pouco, o raio se esvaiu e eu parei. Meus braços estavam fracos como panos, caídos de lado como se pertencessem a outra pessoa, e eu estava respirando em grandes soluços. Fiquei ajoelhado na terra, oscilando um pouco para frente e para trás.

Rafferty estava encolhido de bruços, os antebraços envolvendo a cabeça. Eu não conseguia lembrar por que estávamos brigando. Tinha perdido qualquer noção de quem ele era, de quem eu era. Tudo o que eu conhecia era a vasta teia escura e fria e nós dois, duas pequenas faíscas de calor, lado a lado.

Sementes de bétula caindo, pairando pálidas no ar, pousando silenciosamente nas costas sombreadas. Ele estava fazendo um barulho estranho de ronco. Depois de um tempo, Rafferty tombou, muito lentamente, de lado.

Ergui a mão, pesada feito granito, e a coloquei no ombro dele. Uma das pernas de Rafferty se contraiu ritmicamente. Achei que devia me deitar sobre ele para que as sementes de bétula não o cobrissem como neve, mas eu não tinha forças para fazer aquilo. Meu nariz estava latejando, pingando grandes gotas escuras de sangue na minha calça jeans.

Galhos pretos retorcidos, o movimento de alguma coisa no telhado. Eu tinha apenas uma vaga ideia nebulosa de onde estava; o lugar parecia familiar, mas só um pouco, algo saído de um sonho ou de uma história. Estava terrivelmente frio.

Depois de um tempo, os espasmos pararam. O mesmo aconteceu com o barulho do ronco, e eu fiquei sozinho no jardim.

Permaneci ajoelhado com a mão no ombro do detetive até não aguentar mais ficar ajoelhado. Desci dolorosamente para a terra e me encolhi com as costas grudadas nas dele. Eu estava tremendo em calafrios intensos, os dentes batendo dolorosamente, mas as costas de Rafferty estavam tão quentes e firmes que, de alguma forma, acabei dormindo.

Uma luz leve e cinzenta me acordou. Eu estava encolhido de lado, os joelhos puxados até a barriga e os punhos encostados no peito, como em um enterro da Idade do Ferro. Minha boca tinha gosto de terra e um dos meus olhos estava grudado. Eu me sentia rígido e dolorido da cabeça aos pés, todo úmido e com tanto frio que não conseguia sentir o rosto.

Dei um jeito de mover uma das mãos em direção ao olho, mas vê-la me assustou: estava coberta de sangue seco, sangue em cada dobra, juntas machucadas e inchadas. Quando cuspi nos dedos e esfreguei o olho, eles voltaram manchados de um vermelho mais brilhante. Algo ruim havia acontecido.

A terra debaixo de mim estava macia, mas minhas costas tocavam algo duro e muito frio do qual eu queria fugir. Demorou uma eternidade, cada movimento era como se rasgasse um músculo ou rompesse as juntas, até eu conseguir me sentar. O esforço e a dor me deixaram trêmulo, com um latejar vermelho e feio por trás dos olhos. Cuspi terra e sangue, limpei a boca na manga.

O quintal estava monocromático e adormecido sob um véu de orvalho. Nada se movia, não havia nenhuma folha tremendo, nenhum pássaro pulando, nenhum inseto correndo. O céu estava de um cinza fraco que o tornava invisível. Montinhos de sementes de bétula tinham formado pequenos vales na terra.

Aquilo trouxe algo de volta. Alguém, outra pessoa, ali comigo — eu me virei, e lá estava ele.

Sementes de bétula pontilhando a aba estendida do casaco escuro, o orvalho prateando o cabelo. A cabeça estava virada de lado, o rosto escondido na dobra do cotovelo, o outro braço esticado acima da cabeça. A mão estava igual à minha, o sangue e os nós dos dedos. Tentei levantar o cotovelo dele do rosto a fim de verificar se ele estava respirando, mas Rafferty não se moveu; cada músculo e articulação estava rígido, como se ele tivesse se transformado em pedra de dentro para fora. A mão estava ainda mais fria do que a minha.

Depois de muito tempo, consegui me levantar e me arrastar para dentro, tropeçando, curvado como um velho. Acendi o fogo — cinzas antigas subindo, me levando a um ataque de tosse doloroso — e me encolhi na frente dele, o mais perto que consegui chegar.

Fui lembrando pouco a pouco, a ficha caindo com uma calma invernal, lenta, irrevogável. Parecera uma coisa heroica na hora; parecera iluminar todo o céu com sua própria chama selvagem de redenção. Na manhã sombria, tudo aquilo se perdeu. Rafferty estava morto, e eu o tinha matado. Não para salvar Leon ou Susanna, como eu acreditara que havia matado Dominic, nem mesmo para me salvar, mas simplesmente porque meu cérebro estava tão fodido que eu tinha considerado ser uma boa ideia. E agora ele estava morto. Em algum lugar não muito longe, alguém estaria começando a se perguntar onde ele estava, por que não tinha ligado, por que não tinha voltado para casa.

Sombras de chamas em movimento fazendo as paredes ondularem e se curvarem. Montes irregulares de livros e pratos sujos na mesinha de centro, aranhas se movimentando com determinação nas tábuas do chão junto ao meu joelho.

Meu rosto havia descongelado o suficiente para que eu pudesse sentir que estava coberto de alguma coisa; quando mexi nele, a dor se espalhou por tudo. Segui para o banheiro, parando algumas vezes no caminho a fim de me encostar na parede até a onda de tontura diminuir e eu conseguir enxergar outra vez. No espelho, meu nariz estava estranho, inchado e descentralizado, e meu rosto estava coberto de crostas secas de sangue e terra, como uma máscara. Esfreguei com uma toalha molhada por um tempo, mas não pareceu fazer muita diferença e doía demais continuar. Minhas pernas se dobraram e me sentei no chão do banheiro. Fiquei sentado ali por muito tempo, a bochecha latejando contra o ladrilho frio.

Eu estava esperando pelo que Susanna e Leon haviam falado, pela grande transformação. *Bom, é, teve isso também.* O poder de aço que surgira para Susanna, ninguém nunca vai foder comigo de novo, eu sou uma super-heroína agora; vou pegar os ladrões pela nuca e atirá-los aos pés de Martin, vou tecer uma teia maquiavélica que fará o neurologista de merda soluçar aos meus pés e implorar pelo meu perdão. A leveza delicada que surgira em Leon, nada disso importa, nada disso pode me machucar; vou deixar essa vida estragada escorregar dos meus ombros feito uma jaqueta manchada e vou procurar algo novo e perfeito. À luz do fogo, os dois haviam brilhado como se feitos de algum elemento estranho, irreconhecível e indestrutível. Esperei para sentir minha própria carne se transmutando, para me erguer do chão com as feridas se curando, minhas cicatrizes desaparecendo e enfim tudo fazendo sentido.

Nada aconteceu. Só existia o pensamento na esposa ou namorada de Rafferty, ou seja lá o que ele tivesse, começando a ficar assustada, imaginando se devia ligar para Kerr; os filhos, talvez, garotos de cabelo escuro desgrenhado, vibrantes de energia, correndo para longe da brincadeira a fim de perguntar onde estava o pai.

Pequenas agitações na casa quando o vento soprava. Rachaduras e manchas de umidade marcando as paredes como a sombra de uma grande árvore coberta de musgo. Luz fraca se movendo pela janela suja, a cortina do chuveiro caindo de um aro quebrado.

Acabei me lembrando dos e-mails para Dominic. Ou pensei ter lembrado, se é que vale de alguma coisa; mas estava claro como o dia. Esparramado na minha cama, em casa, supostamente estudando, inquieto e agitado com o calor fora de época da primavera, um daqueles fins de semana em que todo mundo ficava um pé no saco: Susanna havia brigado comigo porque fiz um comentário nada lisonjeiro sobre uma amiga gorda do passado, Leon continuava fazendo longos discursos amargos sobre como todos nós éramos apenas ovelhas no matadouro, nos arrastando obedientemente da escola para a faculdade e direto para a bocarra corporativa, e minhas costelas estavam me matando onde Dominic tinha me dado um soco de brincadeira no dia anterior. Sean ou Dec poderiam ter me tirado do mau humor, mas Dec arrumara um emprego de merda de meio período a fim de economizar para a faculdade e nunca estava por perto, e Sean devia estar em algum lugar com a mão enfiada na blusa de Audrey ou coisa do tipo, sem atender o telefone. Eu queria irritar alguém.

O endereço de e-mail que Dec e eu tínhamos usado com Lorcan era *afimdevc@algumacoisa*, Hotmail ou Yahoo. A senha era *otário*.

Susanna tinha ficado aborrecida na semana anterior porque Dominic estava tentando ficar com ela. Na ocasião, parecera meio fofo — para alguém tão inteligente, Su às vezes podia ser tão infantil, perdendo a cabeça porque um cara tinha dado em cima dela —, mas, naquele dia, a coisa parecia um drama irritante, uma desculpa para um ultraje hipócrita. Se ela queria ficar irritada, então seria um prazer.

Ei, eu sei que explodi quando você agarrou minha bunda outro dia, mas na verdade aquilo me excitou muuuito ;-)

Eu não assinei — a negação seria plausível caso tudo viesse à tona e Susanna quisesse tirar satisfações, minha melhor cara magoada, *O quê? Eu nunca disse que o e-mail era seu!* Dom somaria dois mais dois e, se não fizesse isso, eu realmente não me importava. De qualquer maneira, ele estava tão desnorteado que cairia fácil. Mais uma investida contra Susanna e ela arrancaria o couro dele ou daria um sermão sobre consentimento e autonomia corporal que o deixaria em coma. Eles se mereciam. Eu só esperava estar lá quando ele fizesse isso.

Aí algo mais interessante surgiu, eu saí do mau humor e esqueci a história toda por alguns dias. Mas quando lembrei e verifiquei a conta de e-mail, é claro que Dominic tinha caído. *Então por que vc agiu feito uma escrota?*

Eu ri com deboche e esqueci a coisa por mais um tempo, até a próxima vez em que fiquei entediado. *Sei lá, fiquei com vergonha!! Porque você podia estar só brincando comigo. Mas assim também é divertido, né? ;)*

Uma carinha sorridente de Dominic em resposta. *:D Que tesão*

E depois? O que eu tinha dito para ele? Quantos e-mails foram? Eu só conseguia me lembrar desses, mas Rafferty havia mencionado *vários*. O suficiente; mais do que o suficiente.

Um sorriso largo de satisfação, como se tivesse feito uma coisa inteligente e tivesse esperando uma medalha, dissera Susanna. Ele falou: "Tá feliz em me ver?"

A lembrança provavelmente devia ter me atingido com uma onda de vergonha, culpa, horror, mas só consegui sentir uma tristeza imensa e infinita. Tinha sido uma coisa tão pequena de se fazer. Crianças faziam pegadinhas piores umas com as outras todos os dias, milhares delas. Na época, achei que não significava nada; não deveria ter significado absolutamente nada. E, no entanto, de alguma forma, ali estávamos nós, e tudo estava arruinado.

Meu quarto parecia ter sido abandonado havia anos, roupas amassadas nos cantos, teias de aranha empoeiradas penduradas no abajur, a inclinação fraca da luz entrando pela fresta entre as cortinas. Encontrei meu Xanax e meus analgésicos guardados no fundo de uma gaveta e os espalhei na cama. Ainda havia uma quantidade surpreendente deles.

Eu já tinha pensado naquilo antes, claro que tinha — durante aquelas semanas terríveis andando de um lado para o outro no meu apartamento, eu não pensava em praticamente mais nada. Mas, na hora H, eu nunca ia em frente, não cheguei nem mesmo a tentar. Achava que era por causa de Melissa, por causa da minha mãe, do meu pai... não suportava a ideia de nunca mais vê-los, não suportava a ideia de algum deles me encontrando. Mas nunca tinha sido isso. Tinha sido por causa daquela centelha ridícula, em algum lugar no fundo da mente, que ainda acreditava que as coisas poderiam mudar. Em algum lugar do outro lado daquela vidraça falsa, minha vida estava me esperando, quente e brilhante como o verão, acenando.

Sempre mais um milagre, sempre mais uma chance. Para me puxar dos escombros do terremoto, semanas depois, coberto de poeira como se fosse uma estátua branca e erguendo apenas uma das mãos debilmente, a me exibir alto em triunfo. Para me tirar da correnteza do rio como um tritão, a trabalhar em mim além da esperança, até a tosse e o engasgo finalmente chegarem. Eu tenho sorte, minha sorte vai durar.

Só que agora havia um detetive morto no meu quintal e o sangue dele em minhas mãos, e eu não enxergava nada que a sorte pudesse fazer por mim. Mesmo que eu conseguisse cavar um buraco na terra e enterrá-lo, as pessoas apareceriam para procurar. Ele teria dito a alguém para onde estava indo, ele teria deixado o carro em algum lugar próximo, rastreariam o celular dele. Eu não era Susana, capaz de criar planos astutos; não havia espaço em mim para fazer joguinhos que confundissem, alegar que poderia ter sido essa ou aquela outra pessoa. Eu seria preso.

E, mesmo que de alguma forma não fosse: eu havia matado alguém e aquilo nunca mudaria. Sempre seria assim. Não dava para desfazer aquilo, não dava para eu me safar no papo, não dava para consertar nem pedir desculpas, não dava para aparar as arestas nem cortar nada a fim de que a situação pudesse ser escondida em alguma caixa menor e gerenciável. Em vez disso, a coisa me esmagaria até que eu me encaixasse em sua própria forma imutável.

O que falhei em perceber depois daquela noite no meu apartamento — embora estivesse bem ali e fosse crucial, o tempo todo — era que ninguém estava morto. Por isso aquela centelha se recusava a apagar: mesmo destruído, aparvalhado, atordoado, eu ainda estava vivo. *Enquanto há vida, há esperança*: banal o suficiente para fazer vomitar, mas acabou sendo verdade. Agora, Rafferty estava morto e não havia lugar para a sorte, milagres ou últimas chances. Era a parede branca de pedra, a palavra final contra a qual não havia apelação. Era meu fim.

Engoli os comprimidos com as mãos cheias de água da torneira do banheiro — pensei em vodca ou vinho, só para garantir, um copo de despedida, mas a ideia embrulhou meu estômago e eu não podia correr o risco de vomitar tudo. Tirei a roupa — ensanguentada, lamacenta, espalhando terra e sementes de bétula quando a deixei cair no chão do quarto —, vesti uma camiseta limpa e a calça de um pijama e fui para a cama. O lençol estava gelado e pegajoso. Eu me encolhi bem, estremecendo ao encostar nos pontos machucados, e enrolei o edredom na cabeça.

Pensei em Melissa gripada, em um dia em que se sentou na minha cama, corada de febre e tagarelando com uma clareza maluca e determinada, enquanto eu levava ovos de gema mole, tiras de torrada e chá de ervas, e lia para ela *O Ursinho Pooh* no celular com sua cabeça encostada no meu peito. Pensei na minha mãe sentada de pernas cruzadas no chão jogando Snap comigo, o rabo de cavalo caindo para a frente por cima do ombro, a mão levantada e um meio-sorriso inconsciente iluminando seu rosto; pensei no meu pai recostado na poltrona à luz do abajur, dando para algum dos meus trabalhos escolares sua atenção séria e paciente, *tá muito bom, gostei de como você construiu seu argumento...* Eu teria gostado de ficar ali deitado por mais tempo; teria gostado de mais tempo para voltar a cada boa lembrança, todas as cervejas e arruaças com Sean e Dec, todas as noites loucas na faculdade, as garotas e as férias e as histórias para dormir, até mesmo os verões na Casa da Hera com Hugo, Susanna e Leon. Mas eu estava exausto de corpo e mente, até os ossos, estava me esvaindo; e, quando a cama esquentou e as pílulas começaram a fazer efeito, eu não conseguia mais manter os olhos abertos. A última coisa de que me lembro é pensar como era terrivelmente triste que, no fim, fosse tão fácil adormecer.

Treze

É óbvio que não consegui. Em algum momento, parece que deixei para Melissa uma longa e vaga mensagem de voz composta principalmente de desculpas e uma baboseira incompreensível. Quando Melissa ouviu, ela ligou para meus pais, que correram até a Casa da Hera e encontraram Rafferty morto no jardim em uma poça de sangue e eu quase morto na minha cama em uma poça de vômito. Não consigo nem começar a imaginar como foram as horas seguintes. Acordei de novo no hospital, com a sensação de estar enfrentando a mãe de todas as ressacas e como se tivesse levado chutes repetidos no estômago, com aquele fedor de doença e desinfetante impregnado de novo em mim e um policial uniformizado me olhando, severo, da cadeira próxima ao meu leito.

A princípio, pensei ter voltado aos dias depois daquela noite no meu apartamento e não consegui entender por que o policial estava tão puto comigo por aquilo. A percepção de que meu ferimento na cabeça estava cicatrizado me deixou tão em pânico — há quanto tempo eu estava ali?! — que uma enfermeira teve de vir me dar uma injeção. Quando alguns detetives entraram para conversar, eu estava tão fora de mim que só pude olhar sonhadoramente para eles e perguntar se haviam encontrado meu carro ou se podiam verificar se meus pés ainda estavam ali.

Demorou um pouco até eu entender as coisas o suficiente para ser interrogado — o que, na prática, sob ordens estritas do advogado chique que meus pais contrataram, significava dizer "sem comentários" um monte de vezes para um par de detetives que, por trás das cuidadosas expressões vazias, claramente queriam me rasgar em pedaços e mijar nas sobras. Porém, uma das poucas partes inteligíveis daquela mensagem de voz para Melissa tinha sido algo como *se aproximou de mim sorrateiro, pensei que ele era um ladrão, fiquei me cagando de medo*... e depois mais murmúrios e *desculpa, sinto muito* (ter que ouvir aquela mensagem sendo tocada em um tribunal foi, em comparação à dura concorrência, um dos piores momentos da coisa toda). Quando me recuperei o suficiente para ter alguma ideia do que havia acontecido, a história já tinha se solidificado basicamente da forma que a minha defesa queria usar no julgamento: Rafferty aparecendo para ver se eu sustentava a história de Susanna; a porta aberta (minha mãe, Louisa e o carteiro testemunharam ter encontrado a porta da casa destrancada ou mesmo aberta ao longo das semanas anteriores; aparentemente, o carteiro tinha me dado um sermão sobre aquilo, mas ele achou que eu não o levara a sério); o sobressalto no terraço escuro, o pobre sofredor de TEPT relembrando a violência que destruíra sua vida, atacando em um frenesi que ele realmente acreditava ser legítima defesa (depoimento de especialista do neurologista de merda e de vários psicólogos, bem como algumas coisas bem horrendas vindas da minha família e de Melissa), até ficar horrorizado ao ponto de cometer suicídio quando saiu do transe de terror e viu o rosto ensanguentado de Rafferty.

Tinha algum tipo de verdade naquilo tudo, acho, de um jeito próprio, enrolado e oblíquo. Meu advogado me guiou metodicamente, incansável, como um professor antiquado e rigoroso treinando um aluno atrasado em declinações de latim. No começo, eu recusei à queima-roupa até mesmo a ideia de testemunhar. Não era só, nem principalmente, o que Rafferty dissera — *se você fosse parar no tribunal, você ia estar fodido.* Era mais simples do que isso. Poucas coisas tinham sobrado no mundo capazes de fazer eu me sentir pior, mas expandir os detalhes mais sutis da minha atitude fodida para uma plateia composta por minha família, meus amigos, Melissa e gente da imprensa e do planeta inteiro estava basicamente no topo da lista.

Mas o advogado continuou falando que era minha única chance de evitar uma condenação por homicídio e uma sentença de prisão perpétua automática, então, no final, eu aceitei. Acho, ou talvez só queira pensar, que fiz isso principalmente pelo bem dos meus pais. Eu não conseguia me livrar da imagem da minha mãe pisando na Casa da Hera, *Toby? Toby, você tá bem?*, a corrente de ar frio entrando pela porta aberta do quintal; a coisa caída na terra, o momento de horror, a confusão vertiginosa quando ela viu o rosto de Rafferty; minha mãe correndo por quartos empoeirados e subindo escadas escuras, *Toby!*, a voz se elevando e falhando, *Toby!*; e, por fim, lá estava eu, fazendo o possível para morrer bem ali na frente dela, só não muito capaz de cruzar a fronteira final.

Então eu fui para o banco das testemunhas, me despi e fiz minha dancinha na frente de todo mundo. Tremi e hiperventilei nas horas certas enquanto meu advogado me conduzia passo a passo pelo roubo. Tropecei em descrições profundas de cada efeito humilhante que veio em seguida (*E o que aconteceu quando você tentou sair sozinho? E quando a administradora do cartão de crédito pediu seu nome do meio? Você não conseguiu lembrar, é isso mesmo? E vemos que sua pálpebra parece caída, isso é resultado do...?*). Perdi o fluxo de pensamento e tive que pedir que algumas perguntas fossem repetidas. Quando deixaram um caderno cair, eu quase pulei da cadeira. Gaguejei e falei arrastado sobre todo o percurso da morte de Hugo, travei de tal maneira que meu advogado teve de pedir uma pausa quando chegamos na luta com Rafferty. Tentei não olhar para o rosto dos jurados enquanto eles avaliavam cuidadosamente o quanto eu estava destruído, especialmente para a loura bonita na primeira fila, com olhos grandes e compassivos. No interrogatório, o promotor veio para cima de mim com força, tentando demonstrar que eu estava fingindo, mas recuou rápido quando ficou claro que eu não estava fingindo de jeito nenhum, que, na verdade, eu estava prestes a desmoronar por completo.

A versão da promotoria era que eu guardava rancor contra Rafferty por causa da morte do meu tio, e aí, quando o detetive apareceu procurando informações para cimentar a reputação de assassino de Hugo, eu havia perdido a paciência e partido para cima dele. Acho que existia um elemento verdadeiro nessa versão também, mas o júri, após quase três dias de deliberação, preferiu a versão do meu advogado. Afinal de contas, não havia como argumentar contra o fato de que eu estava completamente fodido. Eu era o único a entender a ironia: todas as coisas que Rafferty havia explicado que funcionariam contra mim, a fala arrastada, o nervosismo, o olhar vidrado e a incapacidade de me concentrar, foram essas coisas que me salvaram. O veredito (onze contra um: havia um homem grande e de cabeça raspada cujo olhar cansado dizia que ele não estava acreditando em nada daquilo) foi homicídio culposo com semi-imputabilidade.

O veredito significava, como meu advogado explicou, que o juiz poderia me dar a sentença que escolhesse, desde liberdade condicional até prisão perpétua. Tive sorte. O juiz dificilmente poderia deixar eu me safar de ter matado um detetive, mas ele levou em conta minha ficha imaculada, meu imenso potencial para contribuir com a sociedade, minha família solidária (ele conhecia meu pai e Phil profissionalmente, embora com uma distância satisfatória o bastante para não ter sentido a necessidade de recusar o caso), o fato de que meu estado mental e minha origem social provavelmente tornariam a prisão um ambiente excessivamente difícil para mim. Ele me condenou a doze anos, dez deles suspensos, e me mandou para o Central Mental Hospital, onde eu poderia receber o tratamento adequado para garantir que algum dia eu cumprisse todo aquele potencial. A última coisa que eu precisava era que Susanna observasse que, se eu fosse algum marginal de moletom vindo de uma família de desempregados sustentados pelo governo, a coisa toda teria se desenrolado de modo muito diferente.

Susanna veio me visitar algumas vezes enquanto eu estava no hospital. Na primeira ocasião, presumi que ela estava lá para descobrir se eu planejava dedurá-la junto a Leon para os psiquiatras. Eu não planejava. Não por amor ou nobreza nem nada, tampouco pela alegre indiferença com que eu os tinha encoberto para Tiernan, *Ei, por que não? quem vai se prejudicar?*; era só porque parecia que já havia sido causado mal suficiente para todos os lados. Se alguma coisa pudesse ser resgatada daquilo tudo, eu gostava da ideia de ajudar a resgatá-la.

Susanna estava com a cara boa. Ela viera direto da faculdade; vestia uma camiseta azul-clara, calça jeans skinny, tênis velhos, e parecia jovem, enérgica e com cara de estudante. Na sala de visitas — poltronas maltrapilhas manchadas de chá e chiclete, uma mesa de centro aparafusada no chão, pinturas mostrando vasos de flores distorcidos e vagamente inquietantes da arteterapia —, ela parecia um alienígena teletransportado de outro mundo; mas, claro, todos os visitantes causavam essa impressão.

Ela não tentou me abraçar. "Você tá com uma cara melhor", disse. "Com cara de quem tá dormindo."

"Obrigado", falei. "Aqui tem uns comprimidos pra isso." Susanna continuava não sendo minha pessoa favorita. Tenho certeza de que ela argumentaria ter feito o melhor para nos manter longe de problemas e que não fora culpa dela eu decidir dar uma surra em um policial, mas eu tinha dificuldade em enxergar as coisas por aquele ângulo.

"Como é esse lugar?"

"É bom", falei. E meio que era mesmo. As primeiras semanas foram ruins. Vigilância de suicídio, o que por si só era suficiente para deixar até a pessoa mais estável suicida: colchão direto no chão, portinhola numa porta de metal, um calor sufocante, as luzes sempre acesas. Olhares ilegíveis por todo lado, todo mundo pulsando perigo, médicos que podiam decidir me injetar uma droga qualquer se eu fizesse a coisa errada, pacientes que podiam decidir que eu era Satanás e que precisavam arrancar minha cara. Barulho constante, sempre havia alguém gritando, cantando ou batendo em alguma coisa, tudo amplificado pela acústica institucional. E a percepção crescente de que aquela sentença não tinha data para terminar; os dois anos do juiz eram uma ilusão, eu ficaria ali até os médicos acharem que eu estava curado, o que poderia levar anos ou nunca.

Mas, depois que o choque inicial passou, eu me ajustei sem muita dificuldade. Ninguém tentou comer minha cara nem me drogar até um estado de catatonia. Eu tinha um quarto só meu (pequenininho, quente, a tinta descascando) e era considerado um paciente de risco baixo o suficiente a ponto de poder fazer coisas como caminhar no pátio e praticar exercício. Até a estadia indefinida tinha perdido boa parte do horror quando percebi que não havia nenhum outro lugar onde eu preferisse estar.

"Tom mandou um oi", disse Susanna. "E as crianças. Sallie e eu fizemos biscoitos, mas o enfermeiro ou o guarda, sei lá, confiscou."

"É. É pro caso de você ter colocado drogas dentro. Ou uma lâmina ou outra coisa."

"Ah. Eu devia ter pensado nisso." Ela olhou para a câmera pendurada de forma muito óbvia em um canto do teto. "Minha mãe e meu pai mandaram lembranças também. E Miriam e Oliver. Miriam disse pra você ficar bom logo. Ela pesquisou online e descobriu que você pode pedir alta depois de seis meses. Ela espera que você esteja em casa no Natal."

"Ah. Tudo bem."

"Eu falei que não funciona assim, mas ela diz que eu tô subestimando o poder do pensamento positivo. Ela já marcou uma hora pra você com um tal guru que vai fazer reiki e tirar as energias negativas da sua aura, sei lá."

"Ai, meu Deus", falei. "Diz pra ela que eu tô piorando." Na verdade, eu não tinha intenção alguma de pedir alta antes do fim dos dois anos. Antes disso, mesmo que fosse aprovado, eu só receberia uma transferência para a prisão. O hospital não era um hotel cinco estrelas, e boa parte da companhia deixava muito a desejar, mas o local não sofria com guerras de gangues, estupros no chuveiro nem os pesadelos ferozes que eu ("da minha perspectiva arrogante de classe média", dizia a voz de Susanna na minha cabeça) associava com a prisão. Todos nós no hospital tínhamos feito merdas grandes e variadas, mas, com poucas exceções, ninguém ali queria confusão, e os tipos realmente assustadores ficavam separados. Muitas pessoas eram esquizofrênicas, e elas ficavam juntas no geral, mas havia uns depressivos e um cara no espectro autista que eram surpreendentemente boas companhias. O autista, em particular, era bem tranquilo de se ficar por perto. Ele só queria conversar por horas sobre O Senhor dos Anéis e não exigia participação, nem mesmo a minha atenção — eu ficava sentado na janela da sala olhando para o jardim, o gramado amplo, as topiarias decorativas e os carvalhos espalhados, enquanto a falação monótona e seca se repetia feito água corrente.

"A gente pode ir lá pra fora?", perguntou Susanna de repente. "Pro jardim?"

"Acho que sim", falei. Eu sabia que podíamos, sim, mas havia alguns caras que eu preferiria que ela não encontrasse, mais pelo meu orgulho do que pelo dela.

"Vamos. Tá lindo lá fora. Pra quem a gente pede?"

Estava mesmo lindo lá fora: a primavera novinha, uma brisa quente e generosa com cheiro de flor de maçã e grama fresca, nuvens brancas no céu azul. Os arbustos de lavanda dos dois lados do caminho estavam floridos; havia aves por todo lado, barulhentas e jubilantes.

"Uau", disse Susanna, virando-se para olhar o prédio: uma casa vitoriana imensa e ampla, cinza, com telhados íngremes e janelões estilo sacada.

"Pois é. Impressionante mesmo."

"Acho que eu tava esperando uma coisa moderna. Superdiscreta. Algo que pudesse ser um centro comunitário ou um prédio residencial. Esse lugar é tipo 'Foda-se, tem uma louca morando no sótão e a gente não liga pra quem sabe'."

Não consegui segurar a risada. Susanna olhou para mim com um meio-sorriso. "Te tratam bem?"

"Não tenho do que reclamar."

"Eles escutam a gente aqui fora? Tem algum tipo de grampo?"

"Ah, pelo amor de Deus", falei.

"É sério."

"Aqui não tem dinheiro pra grampear nada. Tem ele." Indiquei com o queixo o enfermeiro grandão parado no terraço, balançando-se pacificamente enquanto ficava de olho em nós e nos outros três caras jogando cartas na grama. "Só isso."

Susanna assentiu, virou, e nós seguimos pelo caminho, o cascalho fazendo barulho debaixo dos nossos pés, Susanna erguendo o rosto para pegar sol.

"Como estão meus pais?", perguntei.

"Vão bem, até onde sei. Aliviados. Sei que parece estranho, mas acho que eles tavam com medo das coisas acabarem de um jeito pior."

"É. Eu também tava."

Susanna assentiu. "Tem uma coisa que eu queria te contar", disse ela após um momento. "Sobre Dominic."

"Certo", falei. Eu não queria conversar sobre Dominic.

"Eu não me toquei de primeira; só depois de alguns meses. Lembra que eu te contei que, no começo do verão, quando eu tava só fantasiando sobre jeitos de fazer aquilo, eu baixei o Firefox no computador de Hugo pra fazer a pesquisa em vez de usar o Internet Explorer dele?"

"Lembro."

"Pra ele não descobrir que eu tava pesquisando técnicas de homicídio." Alguém tinha jogado uma embalagem de KitKat no chão; Susanna a pegou e botou no bolso. "Mas, pensa bem, o Hugo: com que frequência você acha que ele olhava o histórico de busca? Você acha que ele teria registrado caso 'fazer um garrote' tivesse aparecido? A gente podia estar assistindo a orgias pornográficas ali todos os dias da semana e ele nem teria notado. E, se era com isso que eu tava preocupada, eu podia ter ficado com o IE e limpado o histórico, os cookies e os arquivos temporários no fim de cada sessão."

"Certo", falei. Eu não sabia bem onde ela queria chegar. Susanna sempre gostara de complicar as coisas; ficar baixando navegadores desnecessários era exatamente o estilo dela.

"Só que isso teria aparecido logo. Não pro Hugo, mas, se a polícia tivesse ido olhar aquele computador, teria visto que alguém tinha limpado tudo. Não conseguiriam saber o que tinha sido apagado, mas teria sido bem estranho. Eu podia ter inventado uma história, fóruns de pessoas que se cortavam, talvez, mas, quando a polícia se interessasse, tenho certeza de que os detetives teriam arrumado uma intimação pra obter os registros do servidor, do Google ou sei lá. A grande questão de baixar o Firefox era que, quando eu acabasse, eu podia só desinstalar, passar um programa de limpeza e ficava parecendo que nada tinha acontecido. Um histórico de busca perfeitamente normal, bem ali no IE, sem vazios nem nada. Nada que fizesse a polícia olhar duas vezes. O que foi uma coisa boa, e fico feliz de ter sido assim. Mas a questão é que eu fiz isso antes de pensar a sério em matar o Dominic."

"E daí?", perguntei.

Havíamos dado a volta e chegado ao passeio, uma série de arcos cobertos de trepadeiras de forma a parecer um longo túnel. Estava mais fresco ali na sombra, com abelhas zumbindo em volta das flores brancas.

"Então, quando eu comecei a planejar de verdade", disse Susanna, "primeiro eu achei que tinha mudado. Por causa do Dominic; do que ele tava fazendo comigo. Achei que ele tinha me deixado cruel. Não que eu tenha problema em ser cruel... eu acho." Ela pensou por um momento. "Acho que eu deveria ter amado essa ideia. Significaria que nada tinha sido culpa minha, né? Que não era eu de verdade, que Dominic tinha me tornado aquilo. Mas eu odiei. Essa talvez tenha sido a pior parte de tudo: a ideia de que eu só era quem era por causa de um cara qualquer que eu tinha conhecido por acaso e que, se ele tivesse procurado ajuda no estudo com outra garota, se estudasse espanhol em vez de francês, eu seria uma pessoa diferente. A ideia de que alguém podia me transformar em outra coisa e que não tinha nada que eu pudesse fazer sobre o assunto. Isso fodeu comigo por um tempo. Talvez tenha sido um dos motivos pra eu ter ido em frente, sei lá."

Susanna afastou uma trepadeira e a prendeu com cuidado na treliça. "Mas quando eu pensei naquele navegador", disse ela, "ficou tudo bem de novo. Eu tava mesmo preparada pra matar Dominic e acertar as coisas mesmo antes de pensar em fazer isso de verdade. As coisas que ele fez comigo, as coisas que pareciam que tavam me transformando em outra pessoa? Elas não mudavam quem eu era. Eu sempre fui cruel. Era só uma questão do que precisava acontecer pra isso vir à tona."

Ela me observou, o sol no rosto conforme andávamos, mosquitinhos no ar. Pensei em Susanna quando criança, talvez do tamanho de Zach, dividindo os M&MS comigo porque eu tinha chorado depois de derrubar os meus na lama. "Talvez", falei, "você já soubesse."

"Eu sei."

Não fiz a pergunta que estava na minha cabeça, que era se eu residia dentro ou fora do alcance daquela crueldade; se, caso chegasse a esse ponto, Susanna me jogaria na frente de um ônibus para se salvar junto de Leon. Não parecia haver muito sentido. Tenho certeza de que ela só teria me dito que esse *se* não existia, que jamais chegaria a isso, que ela estava com tudo sob controle sempre; nada daquilo teria respondido à pergunta. Mas o que era mais verdadeiro era que eu não tinha certeza se queria saber.

Então, perguntei: "Você contou pro Tom?" Eu também andava me perguntando sobre aquilo. "Sobre Dominic?"

"Não", disse Susanna. "Não por eu ter medo de ele entregar a gente, me deixar, nem nada disso. Tom não faria isso. Mas ele ia ficar chateado e preocupado, e não vou jogar isso nas costas dele só pra poder me parabenizar por não ter segredos no casamento. E..." Um olhar frio para mim. "... ninguém mais vai contar."

"Eu não tava planejando."

"Mas, quer saber?", disse ela, um pouco mais à frente no caminho. "Às vezes, acho que ele sabe. Sobre Dominic e sobre aquele médico também. Óbvio, não tem como eu perguntar, mas... eu fico pensando." Outro olhar para mim. "E Melissa?"

"Não sei", falei. "E também não vou perguntar."

"É, não pergunta. Deixa pra lá."

Nós tínhamos saído do passeio; após a penumbra, o sol parecia forte demais, agressivo demais. "As cinzas de Hugo", falei. Eu não queria falar daquilo na frente do meu pai. "Ele queria que fossem pro quintal da Casa da Hera. Você ou alguém...?"

"Sim, sua mãe comentou. Mas..." A brisa brincando com um cacho, Susanna levantando a mão para prendê-lo atrás da orelha. "... nossos pais ficaram incomodados com isso. Depois de tudo. Tem um lago aonde os quatro iam nas férias quando eram crianças, sabe? Em Donegal? A gente foi lá umas semanas atrás. Espalhamos as cinzas dele no lago. Deve ser ilegal fazer isso, mas não tinha ninguém por perto. É um lugar lindo." Um olhar para mim. "A gente teria te esperado, mas..."

"Melhor a gente entrar", falei. "Nosso tempo deve estar acabando."

Susanna assentiu. Por um segundo, achei que ela fosse dizer alguma outra coisa, mas ela se virou e foi na direção do caminho. Nós voltamos para dentro da casa em silêncio.

Meus pais vinham me visitar sempre, é claro, e Sean e Dec, e às vezes as tias e os tios. Richard veio uma vez, mas ele estava tão chateado que nós dois apenas nos sentimos piores. Ele tinha metido na cabeça que a coisa toda era de alguma forma culpa dele, que, se ele tivesse insistido para eu voltar ao trabalho, eu teria me recuperado mais rápido (o que não é verdade, e eu disse isso a ele) e, de um jeito mais confuso, que, se ele não tivesse ficado tão zangado comigo sobre aquela história do Gouger, eu não teria ficado até tarde no trabalho naquela noite e não teria cruzado o caminho dos ladrões, ou não teria acordado para ouvi-los, algo assim. Aquilo também não era verdade, é óbvio, mas chegava perto o suficiente de uma coisa que parte de mim acreditava ser uma dificuldade minha, o que, é claro, chateou Richard ainda mais. Depois disso, ele me escreveu todos os meses como um relógio — contando fofocas, descrições de novos artistas que havia descoberto, apartes melancólicos sobre as coisas adoráveis que eu teria feito pela exposição de *ready made* —, mas não voltou, e fiquei feliz por isso.

Leon não estava mais por perto; havia se mudado para a Suécia, onde trabalhava como guia turístico e de onde me enviou postais de monumentos nacionais com algumas linhas alegres e sem sentido rabiscadas no verso. Melissa também não veio visitar. Ela me escreveu cartas longas e muito doces: muitas histórias engraçadas sobre a loja, como as que ela contava enquanto eu lambia minhas feridas no meu apartamento; a terrível Megan, a colega de apartamento, finalmente conseguira destruir sua cafeteria pretensiosa, o que obviamente fora culpa de todos, menos dela, e agora estava se estabelecendo como coach de desenvolvimento pessoal; Melissa havia encontrado Sean e Audrey na cidade, e o bebê deles era adorável, com a mesma expressão descontraída de Sean, eles mal podiam esperar para que eu o conhecesse! Apesar da enorme quantidade de tempo, consideração e cuidado que ela devia ter dedicado às cartas, havia algo de impessoal nelas — podiam muito bem ter sido escritas para um colega de turma que ela não via já tinha dez anos —, e não fiquei nem um pouco surpreso quando Melissa mencionou (delicada, não dando muita importância) que estava indo a um show com o namorado. Reescrevi minha resposta umas seis vezes, tentando deixar claro com igual delicadeza que eu não estava com raiva, que eu queria que ela tivesse toda a felicidade e que, enquanto desejava de todo coração ter podido dar tal coisa a ela, agora que era impossível, eu esperava que ela a encontrasse com outra pessoa. Talvez eu tenha errado o tom, ou talvez o novo namorado compreensivelmente não fosse louco pela ideia de eu existir; as cartas não pararam, mas se tornaram mais distantes, mais curtas, mais impessoais, mais como cartas para um sujeito com quem escolhera se corresponder em um site beneficente. Ainda assim, eu era um dos sortudos. Muitos caras, especialmente aqueles que estavam lá havia uma década ou duas, não recebiam nenhuma carta ou visita.

Martin, logo o Martin, também veio me ver. Eu estava jogando tênis de mesa — havia um torneio complicado e disputado que vinha acontecendo havia cerca de seis anos — e, quando me disseram que eu tinha visita, achei que era um dos meus pais. Vê-lo ali — de costas para a janela da sala de visita, examinando o local como se estivesse procurando contrabando — me fez congelar na hora.

"Surpresa", disse ele. "Quanto tempo."

Não consegui pensar em nada para dizer. Meu primeiro pensamento foi que ele tinha vindo me dar uma surra. A sala de visita possuía câmera de segurança, mas eu não sabia o que fazer caso ele sugerisse um passeio no jardim.

"Você tá com a cara boa." Ele me olhou de cima a baixo, sem se apressar. Estava mais velho, as rugas estavam mais fundas, a papada começando a aparecer. "Consertou o dente", disse ele. "Meus impostos trabalhando, né?"

"Acho que sim", falei. Ele não tinha se afastado da janela. Atrás dele, pássaros distantes percorriam o céu cinzento; o gramado tinha o brilho verde e intenso de chuva chegando.

"Não ia querer ter problema com as moças depois que sair."

Eu fiquei em silêncio. Depois de um minuto, Martin soltou uma risadinha seca e tirou algo de uma pasta marrom. "Tenho uma coisa pra você olhar."

Ele não se sentou nem entregou o conteúdo para mim; apenas jogou em cima da mesa de centro e me deixou examinar. Era uma folha de papel cartão com duas colunas de fotos, numeradas de um a oito.

"Algum desses aí é familiar?"

Eram todos caras gorduchos de vinte e poucos anos, a maioria com franjas oleosas de drogado. "Quem são?", perguntei.

"Me diga você."

Fiz o possível: olhei cada uma das fotos com atenção, mas nenhuma parecia nem vagamente familiar. "Não reconheço nenhum desses caras", falei. "Desculpa."

"Mas é bem possível que não mesmo. Com essa lesão cerebral horrível que você tem."

"É", falei. Não conseguia saber se ele estava sendo sarcástico.

"A vida é uma merda", disse Martin. Ele jogou outra folha de papel para mim. "Dá uma olhada nessa."

Aqueles caras eram bem mais novos e mais magrelos, e, na metade da folha, uma imagem me acertou como um choque de fio desencapado. Um fedor de suor e leite azedo tão forte que eu poderia jurar que ele estava ali na sala comigo, grudado na minha cara feito um pano com clorofórmio.

Martin me observava sem nenhuma expressão no rosto. "Sim", falei depois de um momento. Minha voz estava tremendo, eu não conseguia fazer parar. "Esse cara."

"De onde você conhece ele?"

"Ele foi, ele, ele, ele..." Eu respirei fundo. Martin esperou. "Ele foi um dos homens que invadiram meu apartamento. Foi esse aqui que me atacou. Me atacou primeiro. Com quem eu lutei."

"Você tem certeza?"

"Tenho."

"Pronto. Eu falei que fecho os meus casos." Martin jogou uma caneta para mim... tão de repente que me encolhi e ela saiu voando, precisei pegar no chão. "Escreve o número que você reconhece, de onde você conhece o cara, assina, põe a data e coloca suas iniciais junto da foto."

"Quem...?", falei. Eu me sentei em uma das poltronas, feliz pela desculpa. "Quem é ele?"

"O nome é Deano Colvin. Vinte anos. Desempregado."

Não era aquilo que eu queria dizer, não era o que eu queria saber, mas não consegui pensar em como perguntar... "Como você encontrou esse cara?"

Outra folha de papel, apenas uma foto dessa vez. Relógio dourado com corrente, o brilho desgastado do ouro mantendo seu silêncio antigo e calmo intacto mesmo com a luz forte e o fundo branco. Iniciais ornamentadas, CRH.

"Reconhece isso?", perguntou Martin.

"É o relógio do meu avô. O que ele deixou pra mim."

"O que foi roubado do seu apartamento."

"É."

"Escreve isso no papel. Assina e põe a data."

Comecei pelo relógio; eu não queria olhar de novo a cara do sujeito. *Esse é o relógio que o meu avô deixou para mim.* A caneta não parava de tremer; minha caligrafia parecia a de um bêbado.

"Deano afirma", disse Martin, "que ganhou o relógio de um cara em um jogo de cartas um ou dois anos atrás. Não lembra o nome do cara, claro. Com a sua identificação, a gente talvez possa descartar essa história. Se bem que..." Um movimento dos ombros. "... uma identificação sua não vale de muita coisa. Considerando tudo."

"Como...?", tentei de novo. "Como você pegou ele?"

"Deano gostava desse relógio. Fazia com que se sentisse chique, segundo ele." Um olhar para a minha camiseta puída e a calça jeans desbotada: *Não tão chique agora.* "Por isso ele nunca tentou penhorar nem vender... senão a gente já o teria encontrado anos antes; Deano só foi ficando com o relógio. Mas, uns dois meses atrás, o apartamento dele foi revistado porque o irmão era traficante e o pessoal viu essa belezinha aqui na mesa de cabeceira do Deano. Acharam que tava meio deslocado. Levaram pra delegacia, jogaram no sistema, seu arquivo apareceu." Com uma inclinada de queixo para o papel, Martin perguntou: "Alguma dificuldade até aqui?"

"Não, tudo bem."

"Você vai receber o relógio de volta. Quando a gente terminar com ele. O resto das suas coisas já era. Venderam logo."

"Então ele era um, um criminoso, no fim das contas?" Como Martin não disse nada, insisti: "Você disse, quando aconteceu, eu acho que você disse que, se ele fosse um dos, dos regulares, você saberia quem..."

"Eu disse, sim. Eu saberia. Deano tem alguns registros por briga, coisa pequena. Nada de roubo."

"Então", falei. "Por que eu?"

"Ele é o artista da família", disse Martin. "Tinha pinturas a óleo nas paredes do quarto todo. E algumas nem eram tão ruins."

O detetive esperou. Como eu não fazia ideia do que estava acontecendo, ele explicou: "A exposição em que você tava trabalhando quando levou a surra, sabe? Jovens Artistas Marginais, sei lá? Deano era um dos artistas."

Depois do que pareceu ser uma pausa bem longa, falei: "O quê?"

"Achamos que talvez ele tenha visto o relógio com você um dia, quando seu amigo Tiernan levou o rapaz na galeria. Ou então Deano viu seu carro. Gostou. Envolveu o irmão ou um amigo e os dois te seguiram até em casa uma noite."

Eu só conseguia pensar com uma firmeza absoluta: *Não*. Aquilo ter sido azar, puro azar, escolher o dia errado para usar meu relógio e acabar ali... "Não", falei.

Martin me observou sem expressão. "O que foi, então?"

Um piscar de alguma coisa, algo que eu sabia muito tempo antes e que tinha esquecido, mas eu não conseguia... "Não sei", falei depois do que pareceu uma eternidade.

Martin apoiou a bunda no parapeito da janela e enfiou as mãos nos bolsos. "A gente teve umas conversinhas com Tiernan", disse ele, "quando você apanhou. Só pra xeretar, procurar problemas, ressentimentos. Ele contou que a coisa do Gouger não tinha sido sua... Ah, puta que pariu, Toby..." Uma expressão de pura repulsa. "Claro que a gente sabia. Levamos uns dez minutos pra entender a história toda. Tiernan disse que não tinha sido culpa sua, que a coisa toda foi ideia dele, que você não teve praticamente nada a ver; ele falou que tava feliz de você ainda ter o emprego porque assim ia poder dar uma mãozinha pra ele em algum momento. Ele foi convincente. Deano e o resto dos garotos também: não tinham ideia sobre Gouger, não tinham ideia sobre você, não tinham ideia do que a polícia tava falando. E você ficou insistindo que ninguém tinha nenhum ressentimento contra você. Então..." Martin deu de ombros. "Pareceu um beco sem saída. Mas, se Tiernan estivesse de sacanagem com a gente; se não estivesse feliz do seu chefe ter demitido ele enquanto você só ganhava uns dias no cantinho do pensamento..."

"Tiernan armou tudo", falei. Eu deveria ter ficado espantado, mas não pareceu uma surpresa.

"Talvez sim. Talvez não."

"Foi ele." Tiernan. Quando eu tentava visualizá-lo, a única imagem que conseguia formar era a de uma abertura de exposição, Tiernan me enchendo o saco para ficar furioso por uma das artistas ter dado um fora nele apesar de ele só ter sido legal com ela, reclamando sem parar com migalhas de canapé na barba enquanto eu fazia "*Aham*" e tentava seguir na direção das pessoas com quem eu devia estar conversando. Eu nunca tinha pensado em Tiernan como qualquer outra coisa além de insignificante e medianamente patético; nas raras ocasiões, claro, em que eu pensava nele.

"Tem alguma prova? Ele te ameaçou, te culpou, alguma coisa assim?"

"Não lembro. Talvez." Na verdade, eu tinha quase certeza de que não recebera uma única mensagem de texto depois que a história do Gouger havia estourado — eu me lembro daqueles três dias de tédio no apartamento, tentando falar com Tiernan e perguntar se ele havia me dedurado, mas só caía na caixa-postal —, mas não queria que Martin deixasse aquilo de lado. "Você não pode falar com ele de novo? Perguntar, interrogar...?"

O rosto de Martin estava ainda mais desprovido de expressão. "Sim, a gente conseguiu pensar nisso. Tiernan segue sustentando a história original. Deano segue sustentando o jogo de cartas."

"Mas eles estão mentindo. O Tiernan, ele é um, um banana, se você interrogar ele com mais força..."

Na minha cabeça, era claro como o dia. Do ponto de vista de Tiernan, todo o fiasco envolvendo Gouger teria sido automaticamente culpa de outra pessoa, e eu seria a escolha óbvia. Ele estava enfiando Gouger na exposição como apenas mais uma história triste e talentosa; tinha sido eu quem o colocara como estrela, que conseguira com que Tiernan fizesse uma nova série grande de pinturas, que dissera para ele dar a Richard atualizações diárias sobre seus telefonemas com Gouger. Só que Tiernan havia cometido um deslize, não tinha mantido a história — minha orelha encostada na porta do escritório, Richard gritando algo sobre um telefonema... Se eu não tivesse me intrometido, Richard não teria prestado nenhuma atenção especial em Gouger e tudo teria ficado bem. Em vez disso, Tiernan acabou sendo demitido e eu saí impune.

Então Tiernan escolheu o garoto mais louco do grupo e o encheu de histórias sobre o cara malvado tentando destruir a exposição e acabar com todas as chances de eles serem os próximos Damien Hirst: o filho da mãe rico com um carrão, uma televisão grande, um Xbox novo; o idiota presunçoso pedindo para levar uns tapas. E aí ele o mandou embora.

"Deano tá mentindo, de qualquer maneira", disse Martin. "Tiernan, não tenho tanta certeza. *Se* estiver, não temos como provar, a menos que alguém fale. E eles não vão falar. Eles não são burros." Com um sorrisinho brando, ele acrescentou: "Desculpa te decepcionar."

Havia algo de vertiginoso naquilo, no fato de que Tiernan jamais poderia ter sonhado onde aquela situação levaria. Devia ter parecido uma coisa tão pequena, só um pirulito gostoso de alegria para chupar enquanto o mundo se recusava a dar o que ele merecia; nada mais que isso, assim como meus e-mails falsos para Dominic não eram nada demais.

"Você vai precisar testemunhar no julgamento", disse Martin. "Se as coisas chegarem nisso. Vamos manter contato."

"Mas", falei. Eu tinha acabado de descobrir por que tudo aquilo parecia vagamente familiar. "Eu pensei nisso. Que podia ter sido Tiernan." Lá atrás, no hospital, assim que o pior da confusão começara a passar, a primeira pessoa em quem pensei foi Tiernan.

"Parabéns. Se você tivesse se dado ao trabalho de mencionar, talvez a gente tivesse chegado em algum canto."

Maluquice, eu pensara na época, só mais provas de que meu cérebro estava quebrado, eu tinha deixado as ideias para lá. E eu estivera certo o tempo todo. "Pensei que era idiotice", falei.

Martin me observou. Atrás dele, o verde do gramado havia se intensificado, luminoso e inquietante. "Você não vai ficar com nenhuma ideia na cabeça sobre ir atrás de Tiernan", disse ele. "Vai?"

"Não", falei.

"Porque não seria inteligente. Você pode se safar uma vez... aparentemente. Na segunda vez, você não teria tanta sorte."

"Eu não quero ir atrás dele."

"Certo. Esqueci. Você não faria mal a uma mosca." E, quando o encarei, Martin disse: "Assina e põe a data. Não tenho o dia todo."

Escrevi algo, tentando respirar devagar e manter os olhos longe daquela foto. "Se você pensar bem", disse Martin, "quem te deu essa pancada na cabeça te fez um favor. Sem isso, você ia estar cumprindo prisão perpétua em Mountjoy."

Aquilo pareceu não apenas falso como absurdo, mas, quando ergui a cabeça, encontrei seus olhos, frios, especulativos e cínicos como os de uma gaivota. "Pronto", falei. "Aqui." Passei as folhas de papel para ele.

"Esses dois." Martin levantou as folhas de papel. "Se eles forem presos, eles não vão se safar com alguns anos contando problemas pro terapeuta em um lugar confortável com canteiros de lavanda e um *gazebo*."

"Certo."

"Então você não tá em posição de se preocupar com Tiernan não receber o que merece. Né?"

Aquele olhar frio de gaivota de novo. "Não sei," falei.

"A gente se vê por aí", disse Martin, fechando a pasta. Ele fez aquilo parecer uma ameaça. "Comporte-se."

"Tô me comportando."

"Bom", disse ele. "Continua fazendo isso." Ele colocou a pasta de volta debaixo do braço e saiu da sala sem olhar para mim outra vez.

Eu me comportei. Segui meu plano de cuidados individualizados, fiz minha terapia cognitiva comportamental para curar o transtorno de estresse pós-traumático, fiz terapia ocupacional para aprender a viver uma vida independente e produtiva, fiz fisioterapia para a mão e a perna, fonoaudiologia para me livrar da fala arrastada. Os médicos gostavam de mim; acho que eu era uma boa mudança em comparação à grande maioria dos caras cujos problemas eram inatos, a serem administrados como hemofilia ou fibrose cística, sem expectativa de qualquer melhora. Comigo, eles sentiram que podiam alcançar alguma coisa. Pode ser que tenham conseguido; de qualquer maneira, pareceram satisfeitos com meu progresso. Quando, na terceira tentativa, consegui liberação com condicional, todos eles pareceram genuinamente encantados. Eu era uma de suas histórias de sucesso.

Àquela altura, a Casa da Hera já não existia mais. Meus pais tinham contratado para mim os melhores advogados que o dinheiro podia pagar (outra razão, tenho certeza que Susanna gostaria de observar, para eu não estar cumprindo prisão perpétua servindo de amante de um traficante de drogas), e a quantia em questão fora, sem surpresa, de arregalar os olhos. Os psicólogos especialistas, que passaram incontáveis horas me fazendo perguntas confusas e exaustivas junto a baterias de testes incompreensíveis, também não saíram barato. A decisão de vender a Casa da Hera para pagar por tudo aparentemente tinha sido unânime. Era, todos concordaram, o que Hugo teria desejado.

Meu emprego também já era, é claro. Richard se desculpou por isso, de coração, como se eu esperasse que ele deixasse a vaga em aberto indefinidamente só pela chance de poder voltar algum dia. Mesmo que ele tivesse feito isso, não sei se eu teria sido capaz. As várias formas de terapia ajudaram muito — aparentemente, nada exceto cirurgia consertaria minha pálpebra, mas a fala arrastada estava quase imperceptível, exceto quando eu ficava cansado, assim como o andar mancando; meu aperto de mão ainda não estava ótimo, mas eu tinha aprendido muitas formas criativas de contornar a situação. Mas minha mente ainda possuía lugares devastados, buracos escancarados cheios de coisas à deriva; eu tinha dificuldade para seguir conjuntos de instruções complicadas, precisava de uma agenda cheia de listas para não perder noção do que precisava fazer e do que já tinha feito, e, mesmo com isso, às vezes perdia grandes períodos de tempo ou não conseguia saber em que dia estava. Só de pensar no meu antigo emprego — sem rotina, ninguém me dizendo o que fazer, mantendo malabarismos hábeis com uma dezena de bolas ao mesmo tempo —, minha cabeça girava.

Tive de arrumar um emprego por causa da condicional e, durante um tempo, tive visões envolvendo turnos de doze horas carregando paletes em um armazém cheio de imigrantes que me odiariam e cuspiriam no meu almoço, mas, quando saí, minha família veio em meu socorro novamente. Oliver tinha mexido os pauzinhos com um amigo em uma grande empresa de relações públicas e conseguido para mim um emprego simples e agradável que poderia ser realizado, e provavelmente tinha sido até então, por um garoto de 15 anos de idade fazendo estágio. Cheguei lá usando meu nome do meio (Charles, em homenagem ao meu avô; eu era chamado de Charlie). Não sei se isso enganou meus colegas de trabalho por um período de tempo — alguns trechos de tabloides haviam surgido quando eu saí, "ASSASSINO 'INSANO' DE POLICIAIS LIVRE EM NOSSAS RUAS" com uma foto desfocada minha, sabe-se lá de onde, parecendo sinistro por estar de óculos escuros —, mas isso pelo menos impediu que os clientes me expulsassem de suas contas para não correrem o risco de que eu os perseguisse até em casa e os matasse com um machado enquanto dormiam. O trabalho correu bem. Meus colegas de trabalho eram gente inteligente de vinte e poucos anos com vidas sociais agitadas ou de trinta e poucos anos com problemas complicados envolvendo a creche dos filhos; eram simpáticos, de uma forma pré-programada, mas nenhum deles podia pensar muito em mim, o que de minha parte estava ótimo. Eles me convidavam para tomar umas bebidas às sextas-feiras; às vezes eu ia, embora o bar que eles costumavam escolher fosse barulhento e eu quase sempre ficasse com dor de cabeça depois de uma hora mais ou menos. Havia uma garota, uma ruiva animada e enérgica chamada Caoimhe, que eu tinha certeza de que teria saído comigo se eu tivesse convidado, mas não convidei. Não que eu tivesse medo de poluir a inocência dela nem nada, não cheguei tão longe; foi só que não consegui arrumar envolvimento emocional suficiente para ter esse trabalho.

Eu tinha dificuldade em sentir qualquer coisa por alguém, na verdade, não apenas Caoimhe. Pequenas coisas eram capazes de me levar a lágrimas que pareciam confusamente enlutadas — a geada em uma vidraça escura, plantas frágeis brotando de uma rachadura na calçada —, mas, quando se tratava de pessoas: nada. Eu sabia que tinha algo a ver com aquela noite no quintal, é claro, mas não tinha certeza exatamente de como: se aquela onda de fúria havia inflamado tudo dentro de mim com uma ferocidade que vaporizara tudo e queimara a terra; ou se, embora minha tentativa de suicídio não tivesse ido adiante, pudesse ter me levado longe o suficiente para que eu não conseguisse encontrar o caminho de volta.

O lado bom foi que acabou sendo verdade o que falei para Martin: eu não tinha nenhum desejo de ir atrás de Tiernan. Fiquei esperando a raiva, a vontade de procurá-lo e de dar uma surra nele, mas nunca aconteceu. Talvez fosse apenas aquele vazio, ou talvez todas as sessões com os psiquiatras do hospital tivessem funcionado, quem sabe; ou talvez fosse porque, lá no fundo, eu tinha menos certeza do que gostaria de que Tiernan estivesse envolvido com o arrombamento. No fim das contas, Tiernan era extremamente cuidadoso. Inserir algumas pinturas em uma exposição o havia deixado se cagando de medo; o mero pensamento em qualquer coisa que pudesse envolver um tempo na prisão teria provocado um ataque cardíaco nele, e eu não tinha certeza se perder um emprego seria um acontecimento grande o suficiente para mudar isso. Fosse qual fosse o motivo, meu sentimento esmagador sobre

Tiernan era que eu nunca mais queria pensar no sujeito. Se eu pudesse ter feito uma lobotomia muito específica para cortar cada lembrança da existência dele do meu cérebro, eu teria feito.

 Meu apartamento ainda estava lá, alugado (pelos meus pais) para um casal jovem e simpático, professores, enfermeiros ou algo assim. Eu não tinha intenção de voltar. O aluguel era suficiente para que, mesmo com meu salário irrisório, eu pudesse me dar ao luxo de morar basicamente onde quisesse, já que precisava de muito pouco. No hospital, um tópico de conversa frequente era sobre as coisas as pessoas fariam quando saíssem (torneios de pôquer, viagens por ilhas gregas, serviços de acompanhantes), mas aquilo vinha principalmente dos caras que não iriam a lugar algum; aqueles de nós com chance real no mundo exterior tinham muito mais dificuldade em imaginá-la. Agora que eu estava ali, não parecia mais real nem mais acessível do que no hospital. Eu não conseguia pensar em nada que eu particularmente quisesse fazer, exceto me enfiar no meu novo apartamento, ficar clicando em links aleatórios da internet e assistir a programas ruins na televisão.

 De alguma forma, porém, eu não conseguia ficar parado. Meu TEPT havia diminuído muito — coisa da terapia cognitiva ou apenas tempo, não sei —, mas eu não pulava mais com barulhos altos nem pessoas se aproximando por trás de mim. Eu conseguia sair andando por aí, mesmo no escuro. A única coisa que ainda era um problema era ficar em casa à noite. Quando eu me mudava para um lugar novo, eu ficava bem, mas, depois de alguns meses — como se eu pudesse sentir na nuca algum caçador gradualmente se aproximando, algum círculo de rastreamento ficando cada vez mais apertado —, eu começava a ficar inquieto: primeiro, verificava duas vezes fechaduras e alarmes, depois ficava acordado com os ouvidos apurados, andando de um lado para o outro pelo apartamento até o céu clarear do lado de fora das janelas. Nesse ponto, eu avisava ao proprietário sobre minha saída e procurava algum outro lugar para morar, e o ciclo recomeçava.

 Chegou a me ocorrer — em algum momento bem no meio daquelas noites, andando por outro tapete barato de apartamento alugado, o silêncio cheio do zumbido de pessoas demais dormindo por todos os lados — me perguntar se eu havia mesmo saído do primeiro hospital. A Casa da Hera agora, quando penso nela, me parece dolorosamente improvável, o refúgio murmurante de um livro infantil gasto, impregnado em todas as minhas memórias com uma névoa dourada contendo algo assustadoramente numinoso; aquele lugar poderia realmente ter existido, nesse mundo insípido, monótono e sufocante de tempestades no Twitter e contagem de carboidratos, engarrafamento e *Big Brother*? E Hugo, circulando vago, desleixado e benevolente pelos aposentos, ele poderia ter sido real? Eu já tive mesmo primos? Pela manhã, enfiado no Luas com centenas de outros passageiros fumegando na chuva e clicando freneticamente em seus celulares, eu sei que isso é besteira, mas, à noite: não consigo deixar de me perguntar, com uma onda impressionante de tristeza, se tudo desde aquela noite não passou da última explosão de luz de uma estrela moribunda, os últimos estilhaços de eletricidade ao longo de fios em curto.

No final, suponho, não importa, ou pelo menos não tanto quanto se pensaria. De qualquer forma, afinal, aqui estou eu: em mais um apartamento que cheira a refeições desconhecidas, muito acima do solo, com lâmpadas de cem watts demais, muitas janelas e portas trancadas. E, embora às vezes eu não possa impedir minha mente de alcançar realidades alternativas (eu andando de um lado para o outro no piso de madeira daquela casa georgiana branca, um bebê sonolento fungando no meu ombro, Melissa dormindo no quarto ao lado), estou muito ciente de que, dentre todas as possibilidades, esta é longe de ser a pior.

Talvez seja por isso que ainda me considero uma pessoa de sorte: agora mais do que nunca, não posso me dar ao luxo de não pensar assim. Se eu não entendi mais nada, sabe, no tempo longo e estranho que se passou desde aquela noite de abril, eu pelo menos percebi o seguinte: eu costumava acreditar que sorte era uma coisa exterior a mim, uma coisa que governava apenas o que acontecia ou não acontecia comigo; o carro veloz que desviou bem na hora, o apartamento perfeito que ficou disponível na mesma semana em que fui procurar. Eu acreditava que, se eu perdesse minha sorte, estaria perdendo uma coisa separada de mim, um telefone moderno, um relógio caro, algo valioso, mas, no fim, longe de ser indispensável; eu tinha como certo que, sem ela, eu ainda seria eu, só que com um braço quebrado e sem janelas viradas para o Sul. Agora, acho que eu estava errado. Acho que a minha sorte estava inserida em mim, a pedra angular que permeava meus ossos, o fio de ouro que costurava as tapeçarias secretas do meu DNA; acho que era a pedra preciosa brilhando na minha fonte, colorindo tudo que eu fazia e cada palavra que eu dizia. E, se de alguma forma isso foi extirpado de mim, e se, na verdade, ainda estou aqui sem ela, então o que eu sou?

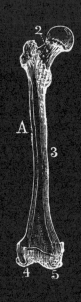

AGRADECIMENTOS

Devo enormes agradecimentos ao incrível Darley Anderson e a todos da agência, especialmente Mary, Emma, Pippa, Rosanna e Kristina; a Andrea Schulz, minha maravilhosa editora, cuja habilidade enorme, paciência e sabedoria tornaram este livro tão melhor do que achei que poderia ser; a Ben Petrone, que é simplesmente ótimo, e a todos da Viking; a Susanne Halbleib e todo mundo da Fischer Verlage; a Katy Loftus, pela fé neste livro e por identificar aquela coisinha que mais teria feito diferença; ao meu irmão, Alex French, pelas partes de computador e por me mandar o link do caso de Bella no olmo; a Fearghas Ó Cochláin pelas partes médicas; a Ellen da ancestrysisters.com pela ajuda com genealogia; a Dave Walsh pela enorme ajuda com os detalhes sobre procedimentos policiais; a Ciara Considine, Clare Ferraro e Sue Fletcher, que botaram isso tudo em movimento; a Oonagh Montague, Ann-Marie Hardiman, Jessica Ryan, Karen Gillece, Noni Stapleton e Kendra Harpster pelas conversas, risadas, bebidas, apoio moral, apoio prático e todas as outras coisas essenciais; a David Ryan, estou te difamando, pelo amor de Deus, preste atenção; a Sarah e Josie Williams por serem incríveis; à minha mãe, Elena Lombardi; ao meu pai, David French; e, como sempre, além das palavras, ao meu marido, Anthony Breatnach.

NOTA DA AUTORA: A partir de 25 de maio de 2018, a fala de Susanna na p. 146 está ultrapassada; com a revogação da oitava emenda à constituição irlandesa, as mulheres grávidas têm o direito legal de dar ou recusar consentimento para tratamento médico.

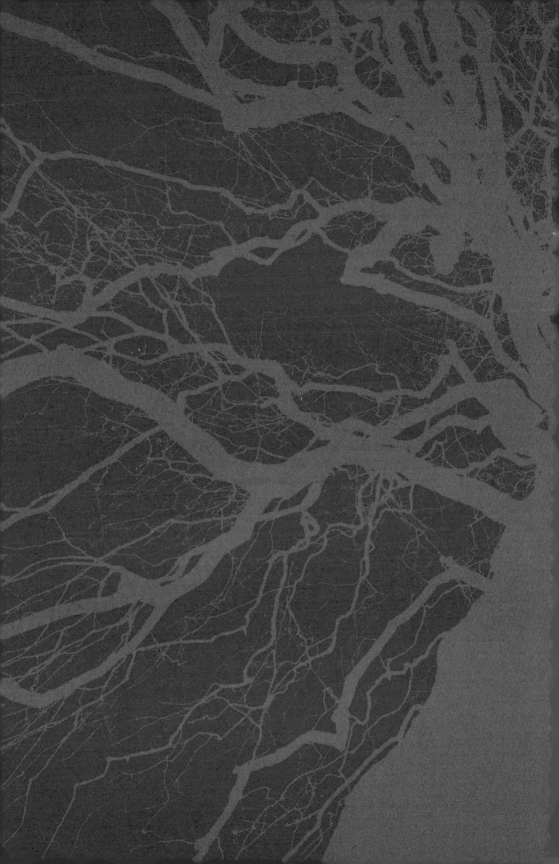

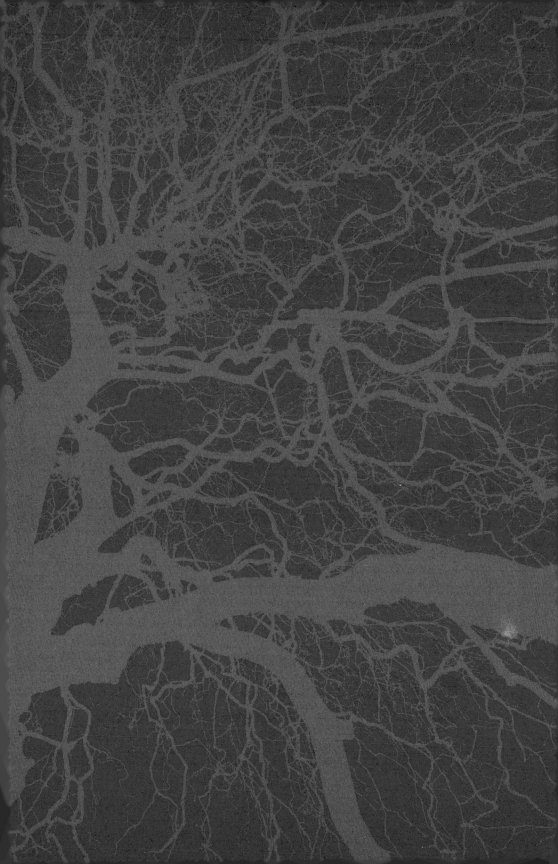

Case No. #05 Inventory #
Type 2ª Temporada
Description of evidence coleção

Quem é ELA?

TANA FRENCH é a autora best-seller do *New York Times* e publicou nove livros, incluindo *No Bosque da Memória*, *The Searcher*, *The Hunter* e *Árvore de Ossos*. Seus romances venderam mais de sete milhões de cópias e ganharam vários prêmios, entre eles o Edgar, Anthony, Macavity e Barry, o Los Angeles Times Book Prize for Best Mystery/Thriller e o Irish Book Award for Crime Fiction. Vive em Dublin, Irlanda, com a família. Saiba mais em tanafrench.com.

E.L.A.S

CONHEÇA, LEIA E COMPARTILHE NOSSA COLEÇÃO DE EVIDÊNCIAS

1ª Temporada

"Katie Sise é uma nova voz obrigatória no universo do suspense familiar."
MARY KUBICA, autora best-seller do New York Times de *A Outra*

"Sise mostra seu domínio do suspense com uma obra de tirar o fôlego."
PUBLISHERS WEEKLY

KATIE SISE
ELA NÃO PODE CONFIAR

Uma mãe, um bebê e um suspense arrebatador que vai assombrar a sua mente neste instigante thriller que aborda a saúde mental materna de maneira dolorosa e profunda.

1

"Inteligente e deliciosamente sombrio. Fui fisgada até o fim."
ALICE FEENEY, autora do best-seller *Pedra Papel Tesoura*

"Fascinante, sombrio e tão afiado quanto uma coroa de espinhos."
RILEY SAGER, autor de *The House Across the Lake*

KATE ALICE MARSHALL
O QUE ESTÁ LÁ FORA

Um thriller poderoso e inventivo. Uma história cruel e real sobre amizade, segredos e mentiras, inspirada em um crime real, e que evoca as grandes fábulas literárias.

2

"Uma leitura diabolicamente planejada e deliciosamente sombria."
LUCY FOLEY, autora de *A Última Festa*

"Alice Feeney é única e excelente em reviravoltas."
HARLAN COBEN, autor de *Não Conte a Ninguém*

ALICE FEENEY
PEDRA PAPEL TESOURA

Dez anos de casamento. Dez anos de segredos. E um aniversário que eles nunca esquecerão. Um relacionamento construído entre mentiras e pedradas.

3

"Instigante, inteligente, emocionante, comovente."
PAULA HAWKINS, autora de *A Garota no Trem* e de *Em Águas Sombrias*

"*Anatomia de uma Execução* é um thriller irresistível e tenso."
MEGAN ABBOTT, autora de *A Febre*

DANYA KUKAFKA
ANATOMIA DE UMA EXECUÇÃO

Um suspense que disseca a mente de um serial killer. Uma reflexão sobre a estranha obsessão cultural por histórias de crimes reais e uma sociedade que cultua e reproduz essa violência.

4

"Uma prosa hipnotizante sobre um mundo que todos conhecemos e tememos."
ALEX SEGURA, autor de *Araña and Spider-Man 2099*

"O melhor thriller de Jess Lourey até agora."
CHRIS HOLM, autor do premiado *The Killing Kind*

JESS LOUREY
GAROTAS NA ESCURIDÃO

Um thriller atmosférico que evoca o verão de 1977 e a vida de toda uma cidade que será transformada para sempre — para o bem e para o mal.

5

E.L.A.S®

1. A. R. TORRE — A BOA MENTIRA

> "Para um fã de suspense e mistério, esse romance é arrebatador."
> **LAURA'S BOOKS AND BLOGS**

> "Sua escrita é rápida e dinâmica, com pontos de vista se alternando."
> **BRUNA MANFRÉ**

Seis adolescentes assassinados. Um suspeito preso. Uma psiquiatra com uma questão ética. Um pai desesperado. Todos buscam a verdade, mas também a ocultam.

2. MEGAN MIRANDA — SOBREVIVENTES

> "Nasce uma nova rainha do suspense."
> **MARY KUBICA**, autora de *A Garota Perfeita*

> "Miranda sempre oferece suspenses emocionantes."
> **CRIMEREADS**

Um acidente terrível. Nove sobreviventes. Incontáveis segredos e mistérios. Um thriller arrepiante e engenhoso que rompe totalmente com todas as fórmulas.

3. JENEVA ROSE — CASAMENTO PERFEITO

> "Rose é uma das grandes rainhas das reviravoltas."
> **COLLEEN HOOVER**, autora de *Verity*

> "Uma estreia magistral e arrebatadora sobre traição e justiça."
> **SAMANTHA M. BAILEY**, autora de *Woman on the Edge*

Um livro viciante que vai se desvelando aos poucos e mantém o leitor preso até a última página, enquanto trilha pelas suspeitas e intimidades de uma intensa relação conjugal.

4. JULIA HEABERLIN — SONO ETERNO DAS MARGARIDAS

> "Um cativante estudo de personagem."
> **BOOKLIST**

> "Uma leitura envolvente, sobretudo para os fãs do podcast *Serial*."
> **COSMOPOLITAN**

Um tenso thriller psicológico que explora aspectos da mente traumatizada de uma vítima, décadas depois de escapar de um serial killer.

2ª Temporada

Capture o QRcode e descubra.

Conheça agora todos os títulos do projeto especial **E.L.A.S — Especialistas Literárias na Anatomia do Suspense**, que integra a marca Crime Scene® Fiction, da DarkSide® Books, para apresentar uma seleção criteriosa das mais criativas e inovadoras autoras contemporâneas do suspense mundial.

CRIME SCENE® FICTION

E.L.A.S

Suspect _____ ESPECIALISTAS
Victim _____ LITERÁRIAS NA
ANATOMIA DO
SUSPENSE

CRIME SCENE
FICTION

DARKSIDEBOOKS.COM